STEPHEN R. DONALDSON

Stephen R. Donaldson est né en 1947 à Cleveland, dans l'Ohio. Il a vécu jusqu'en 1963 en Inde où son père était médecin missionnaire auprès des lépreux. Diplômé de littérature, il commence ses premières *Chroniques de Thomas Covenant* en 1977. Cette longue série (huit volumes à ce jour – dix tomes prévus) a été couronnée de prix (British Fantasy et John W. Campbell Awards) tout comme ses romans de science-fiction, et s'est vendue à des millions d'exemplaires. Il a également publié des recueils de nouvelles et une série de polars sous le pseudonyme de Reed Stephens. Stephen Donaldson vit aujourd'hui au Nouveau-Mexique et poursuit l'écriture de sa saga best-seller…

Pour en savoir plus :
http://le.fief.de.covenant.free.fr

LA TERRE DÉVASTÉE

DU MÊME AUTEUR
CHEZ POCKET

LES CHRONIQUES DE THOMAS COVENANT

1. LA MALÉDICTION DU ROGUE
2. LA RETRAITE MAUDITE
3. LA TERRE DÉVASTÉE

SCIENCE-FICTION

Collection dirigée par Bénédicte Lombardo

STEPHEN R. DONALDSON

LES CHRONIQUES DE THOMAS COVENANT 3

LA TERRE DÉVASTÉE

Traduit de l'américain
par Isabelle Troin

LE PRÉ AUX CLERCS

Titre original :
*The Chronicles of Thomas Covenant
The Unbeliever – Book Three – Power That Preserves*

Édition publiée avec l'autorisation de Ballantine Books,
une marque de Random House Publishing Group,
un département de Random House, Inc.

ISBN 978-2-266-17831-0

Pour le Dr James R. Donaldson, M. D.,
dont la vie a exprimé la compassion
et le dévouement mieux que n'importe quels mots.

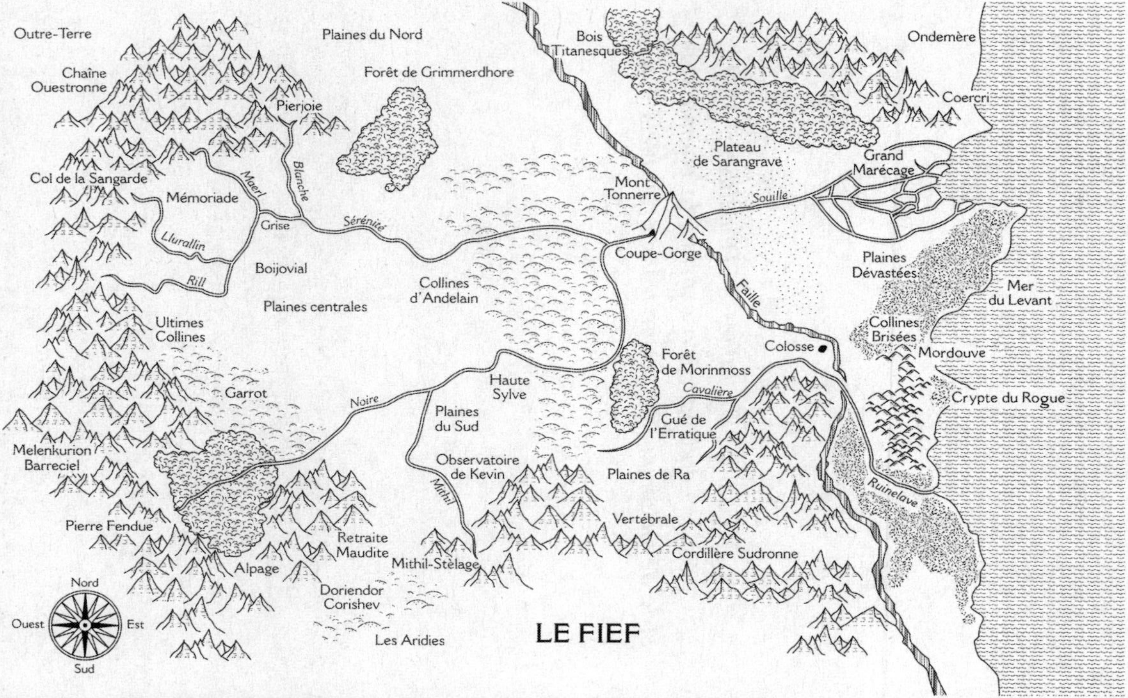
Outre-Terre
Plaines du Nord
Chaîne Ouestronne
Forêt de Grimmerdhore
Pierjoie
Bois Titanesques
Ondemère
Coercri
Plateau de Sarangrave
Grand Marécage
Col de la Sangarde
Mémoriade
Maerl
Blanche
Grise
Sérénité
Lluralin
Rill
Boijovial
Mont Tonnerre
Souille
Coupe-Gorge
Plaines Dévastées
Mer du Levant
Collines d'Andelain
Faille
Plaines centrales
Ultimes Collines
Collines Brisées
Colosse
Mordouve
Forêt de Morinmoss
Haute Sylve
Cavalière
Crypte du Rogue
Garrot
Noire
Plaines du Sud
Gué de l'Erratique
Melenkurion Barreciel
Observatoire de Kevin
Plaines de Ra
Mithil
Ruinelave
Vertébrale
Pierre Fendue
Retraite Maudite
Cordillère Sudronne
Mithil-Stèlage
Alpage
Nord
Ouest
Est
Sud
Doriendor Corishev
Les Aridies
LE FIEF

Sois fidèle, Incrédule.

Un glossaire en fin d'ouvrage définit les termes spécifiques, ainsi que les noms des personnages et des lieux.

1

Le danger dans les rêves

THOMAS COVENANT PARLAIT EN DORMANT. Parfois, il s'en rendait compte ; telles des étincelles d'innocence, les fragments de sa voix pénétraient son sommeil. Mais si lourd était le poids de son épuisement qu'il ne parvenait pas à s'y arracher. Il bredouillait comme tant de gens avant lui, malades ou en bonne santé, fidèles ou infidèles. Dans son cas, cependant, il n'y avait personne pour l'entendre. Il n'aurait pas été plus seul s'il avait été le dernier rêveur sur Terre.

Quand une sonnerie aiguë et insistante le transperça, il se réveilla en hurlant.

L'espace d'une seconde après s'être redressé en sursaut, il ne put faire la différence entre le téléphone et sa propre terreur. Tous deux se répercutaient à travers le brouillard de son esprit ainsi que l'écho d'un tourment. Puis la sonnerie retentit à nouveau. Elle tira Covenant hors du lit, le poussa titubant tel un ivrogne vers le salon, le força à décrocher. Ses doigts, engourdis par la maladie, eurent du mal à trouver une prise sur le combiné et, quand il réussit enfin à s'en saisir, il le porta au côté de sa tête comme un pistolet avec lequel il aurait voulu se faire sauter la cervelle.

Une voix de femme lança sur un ton hésitant :

— Monsieur Covenant ? Thomas Covenant ?

— Oui, murmura-t-il avant de s'interrompre, surpris par les choses qu'il venait d'admettre par ce simple mot.

— Ah, monsieur Covenant, se réjouit son interlocutrice. Megan Roman à l'appareil. (Comme il ne réagissait pas, elle ajouta avec une pointe d'acidité :) Votre avocate. Vous vous en souvenez ?

Mais ce n'était pas le cas. Covenant ne voyait pas de quoi elle parlait. Une brume paralysante s'était abattue sur sa mémoire. Malgré la distorsion métallique de la ligne, cette voix avait quelque chose de vaguement familier. Pourtant, il n'arrivait pas à la replacer.

La femme poursuivit :

— Monsieur Covenant, je suis votre avocate depuis deux ans déjà. Que se passe-t-il ? Êtes-vous souffrant ?

La familiarité de l'intonation le perturbait. Il ne voulait pas se rappeler à qui elle appartenait. D'un ton morne, il murmura :

— Ça ne me concerne pas.

— Vous plaisantez ? Je n'aurais pas appelé si ça ne vous concernait pas, je m'en serais lavé les mains, répliqua Megan Roman sur un ton mi-irrité, mi-embarrassé.

— Non. (Dans son propre intérêt, Covenant se força à articuler :) La loi ne s'applique pas à moi. C'est elle qui l'a enfreinte. De toute façon, je… Je suis hors de son atteinte.

— Oh que non ! Croyez-moi. Vous feriez mieux de m'écouter. Je ne sais pas ce qui cloche chez vous, mais…

Parce que Covenant était à deux doigts d'identifier Megan Roman, il l'interrompit :

— Non, répéta-t-il. La loi ne m'entrave pas. Je suis… extérieur à sa juridiction. Elle ne peut pas me toucher. (Il marqua une pause, tâtonnant à travers le brouillard en quête des mots justes.) La loi n'est pas le contraire du Mépris.

Alors, malgré lui, il reconnut la voix, même désincarnée et déformée par la communication téléphonique ; il trouva le nom de sa propriétaire.

Elena.

Le vertige de la défaite le submergea, annihilant sa résistance.

— … De quoi parlez-vous, protesta Megan Roman. Je suis *votre avocate*. Et si vous pensez être dégagé de la loi, vous feriez bien de m'écouter. C'est à ce sujet que je vous contacte.

— D'accord, capitula-t-il.

— Monsieur Covenant, commença Megan Roman, lâchant la bride à son irritation. Je ne peux pas dire que ça me plaise de défendre vos intérêts. Franchement, le seul fait de penser à vous me fait frémir. Mais je n'ai encore jamais laissé tomber un client et n'ai pas l'intention de commencer avec vous. Alors ressaisissez-vous et ouvrez grand vos oreilles.

— Entendu.

« Elena ? gémit-il en son for intérieur. Elena ? Que t'ai-je fait ? »

— Très bien. Voici de quoi il retourne. Votre… regrettable escapade de samedi soir a provoqué une levée de boucliers. Étiez-vous vraiment obligé de vous rendre dans une boîte de nuit, monsieur Covenant ? Entre tous les endroits que vous auriez pu choisir…

— Je n'ai pas fait exprès.

Il ne trouvait pas d'autres mots pour exprimer sa contrition.

— Il est trop tard pour revenir là-dessus. Bref, le shérif Lytton a pris les armes. Vous lui avez fourni le prétexte rêvé pour agir contre vous. Il a passé la soirée de dimanche et la matinée d'aujourd'hui à parler à un tas de gens du coin, qui eux-mêmes ont parlé à d'autres. Résultat : le conseil municipal s'est réuni à midi.

« Monsieur Covenant, tout cela ne serait probablement pas arrivé si le souvenir de votre dernière irruption en ville n'était encore aussi frais dans les mémoires. Sur le coup, vous aviez suscité une agitation très vive, mais qui était peu à peu retombée. Vous venez de la ranimer. Nos concitoyens réclament que des mesures soient prises à votre encontre. Et le conseil a l'intention de les satisfaire. Il entend reclasser vos terres. Le Refuge deviendra sans doute une zone industrielle, dont l'occupation à titre résidentiel sera interdite. Alors, vous serez forcé de vider les lieux. Vous tirerez sans doute un bon prix de votre ferme, mais ne trouverez pas d'autre endroit où habiter dans ce comté.

— C'est ma faute, se lamenta Covenant. Je détenais le pouvoir et ne savais pas comment l'utiliser.

La mort et la haine imprégnaient ses os jusqu'à la moelle.

— Quoi ? Vous m'écoutez, oui ou non ? Monsieur Covenant, vous êtes mon client – pour ce que ça vaut. Je n'ai pas l'intention de rester les bras ballants pendant qu'on vous traitera de la sorte. Malade ou non, vous disposez des mêmes droits que n'importe qui. Et il existe des lois pour protéger les citoyens contre… la persécution. Nous pouvons nous battre. À présent… (À travers la tonalité métallique de la ligne, Covenant l'entendit rassembler son courage.) Je veux que vous veniez à mon bureau. Aujourd'hui même. Nous examinerons la situation ; nous prendrons nos dispositions pour faire appel à la décision du conseil ou pour porter plainte contre lui. Nous discuterons des conséquences possibles et élaborerons une stratégie. Entendu ?

À la fermeté délibérée de l'avocate, Covenant réalisa qu'elle croyait prendre un risque.

— Je suis lépreux, contra-t-il. Nul ne peut me toucher.

— On vous jettera dehors ! Nom d'un chien, Covenant ! Vous n'avez pas l'air de vous rendre compte. Vous êtes sur le point de perdre votre maison ! Je peux empêcher ça ; mais c'est vous le client et je ne vous défendrai pas sans votre accord.

La véhémence de Megan Roman fit battre en retraite Covenant. De vagues souvenirs d'Elena tourbillonnant dans son esprit, il lâcha :

— Ce n'est pas la bonne réponse.

Puis il écarta distraitement le combiné de son oreille et raccrocha.

Pendant un long moment, il fixa l'appareil sans bouger. Sa forme sombre et menaçante lui rappelait que sa tête lui faisait mal. Que quelque chose d'important venait de lui arriver. Comme pour la première fois, il entendit l'avocate dire « la soirée de dimanche et la matinée d'aujourd'hui ». Il pivota avec raideur vers l'horloge murale. Au début, il ne parvint pas à focaliser sa vision dessus. Le cadran lui renvoya une image trouble, comme s'il était en train de devenir aveugle. Puis il distingua les chiffres et les aiguilles. Le soleil déclinant qui traversait les vitres lui confirma qu'il avait bien lu.

Covenant venait de dormir pendant plus de trente heures d'affilée.

« Elena ? » songea-t-il. Ça ne pouvait pas être Elena à l'autre bout du fil. Elena était morte. Sa fille était morte. Par sa faute.

Une douleur brutale et aveuglante comme l'éclat d'un projecteur explosa derrière son front. Il baissa la tête pour tenter de s'y soustraire.

Elena n'était même pas réelle. Elle n'avait jamais existé. Il avait rêvé toutes ses aventures dans le Fief.

— Elena, gémit-il.

Faisant volte-face, il se traîna péniblement jusqu'à son lit. Et tandis qu'il traversait le salon, son cerveau s'embruma.

Quand Covenant entra dans sa chambre, ses yeux s'écarquillèrent à la vue de son oreiller. Il s'arrêta net. La taie était couverte de taches noires pareilles à de la moisissure, un champignon qui grignotait la blancheur immaculée du coton.

Instinctivement, Covenant porta une main à sa tempe. Mais ses doigts gourds ne lui apprirent rien. Le mal qui semblait emplir l'intérieur de son crâne redoubla. La nausée tordit ses entrailles vides. Se tenant la tête à deux mains, Covenant tituba vers la salle de bains.

Dans le miroir qui surplombait le lavabo, il découvrit la plaie sur son front. Un instant, il ne vit rien d'autre. On aurait dit que la griffe invisible de la lèpre agrippait sa peau. Du sang séché s'accrochait au bord de la blessure, soulignant la chair pâle telle la gangrène ; de la lymphe et du sang plus frais suintaient par les craquelures des croûtes. Covenant crut sentir l'infection se frayer un chemin jusqu'à son cerveau. Cette vision lui blessait les yeux comme un augure de maladie et de mort atroce.

Tremblant de tout son corps, il ouvrit grand les robinets pour remplir le lavabo. Tandis que l'eau bouillonnait dans la cuvette, il se hâta de se savonner les mains.

Puis son regard se posa sur l'anneau d'or blanc qui pendait à son annulaire gauche et il se figea. Il se souvenait du pouvoir brûlant qui avait traversé le métal dans son rêve. Il revoyait encore Bannor, le sangarde chargé de sa protection, aboyer : « Sauvez-la ! Vous le devez ! » Il s'entendait répondre : « Je ne peux pas. » Et le cri d'Hile Troy résonnait à ses oreilles : « Lépreux ! Vous êtes trop égoïste pour aimer quiconque d'autre que vous-même ! » Covenant frémit en se rappelant le coup qui lui avait ouvert le front.

Elena était morte à cause de lui.

Elle n'avait jamais existé.

Elle était tombée dans cette crevasse, luttant désespérément contre le spectre de Kevin le Dévastateur, qu'elle avait tiré de sa tombe grâce au Pouvoir du Commandement. Elle était tombée et avait péri. Le Bâton de la Loi avait disparu. Et lui, Covenant, n'avait pas levé fût-ce le petit doigt pour sauver Elena.

Elle n'avait pas existé. Il l'avait rêvée pendant qu'il gisait, inconscient, après s'être cogné la tête contre un coin de la table basse.

Tiraillé entre des horreurs conflictuelles, il fixa la plaie comme si elle était une dénonciation à double tranchant, un tollé qu'il aurait soulevé malgré lui. Depuis le miroir, elle lui hurlait que la prophétie de la maladie avait fini par se réaliser.

Gémissant, Covenant s'écarta du lavabo et revint vers le téléphone. De ses mains dégoulinantes, il saisit maladroitement le combiné et lutta pour composer le numéro des parents de Joan. Elle avait dû se réfugier chez eux. C'était son ex-femme ; il avait besoin de lui parler.

Mais au bout de quelques chiffres, il jeta le poste par terre. Il revoyait Joan plantée devant lui, chaste et impitoyable. Elle pensait sûrement qu'il avait refusé de lui parler quand elle l'avait appelé, le samedi soir. Elle ne lui pardonnerait pas cette rebuffade, aussi involontaire soit-elle.

Comment pouvait-il lui dire qu'il cherchait l'absolution pour avoir laissé une autre femme mourir dans ses songes ? Pourtant, il avait besoin de quelqu'un, quelqu'un à qui crier : « Aidez-moi ! »

Il s'était aventuré si loin sur la route conduisant les lépreux à leur fin qu'il n'arriverait pas à rebrousser chemin seul. Mais il ne pouvait pas s'adresser aux médecins de la léproserie. Ils l'expédieraient en Louisiane. Ils le traiteraient, lui enseigneraient des exercices de survie, l'accableraient de conseils. Puis ils le renverraient à son existence quotidienne comme si sa maladie était la seule chose qui importait, comme si la sagesse était un phénomène épidermique – comme si le chagrin, le remords et l'horreur se résumaient à des illusions, des tours de passe-passe réalisés avec des miroirs, sans prise aucune sur le chrome rutilant, la porcelaine virginale et les lumières fluorescentes d'un hôpital.

Ils l'abandonneraient à l'irréalité de sa passion.

Covenant réalisa que son souffle était rauque, qu'il haletait comme si l'air de la pièce lui écorchait les poumons.

Il avait besoin, besoin de…

D'un geste convulsif, il appela les renseignements et réclama les coordonnées de la boîte de nuit où il était allé le samedi.

La femme qui décrocha lui répondit sur un ton d'ennui suprême que Susie Thurston était partie et, avant même que Covenant songe à le lui demander, lui indiqua où aurait lieu son prochain spectacle.

Une fois de plus, un employé du téléphone lui fournit le numéro qu'il cherchait et il passa un appel longue distance au club où la chanteuse était censée se produire le soir même. Le standard le mit en relation avec sa loge sans poser de questions.

Dès que Covenant entendit la voix grave dont il se souvenait si bien, il débita précipitamment :

— Pourquoi avez-vous fait ça ? Est-ce lui qui vous l'a demandé ? Vous y a-t-il contrainte ? Comment s'y est-il pris ? Je veux savoir…

— Qui êtes-vous ? l'interrompit Susie Thurston sur un ton bourru. Je ne comprends pas un traître mot à vos salades. Pour qui vous prenez-vous ? Je ne vous ai rien fait.

— Si. Samedi soir. C'était samedi soir…

— Je ne vous connais ni d'Ève ni d'Adam. Alors soyez gentil : allez vous faire foutre et libérez la ligne, d'accord ?

— Il a dû vous manipuler. Vous m'avez appelé Berek.

Parce que la lèpre avait emporté les deux derniers doigts de la main droite de Covenant, les gens du Fief l'avaient pris, dans son rêve, pour la réincarnation de Berek Demi-Main, leur héros légendaire.

— Ce vieux mendiant fou vous a dit de m'appeler Berek et vous l'avez fait !

À l'autre bout du fil, la fille garda le silence un long moment avant de lâcher :

— Ah c'est vous ! Les gens du club m'ont dit que vous étiez lépreux.

— Vous m'avez appelé Berek, croassa Covenant comme si l'atmosphère sépulcrale de la maison le faisait suffoquer.

— Un lépreux, souffla Susie Thurston. Quand je pense que j'ai failli vous embrasser ! Franchement, c'était à s'y tromper. Vous ressemblez comme deux gouttes d'eau à un de mes amis.

— Berek, grogna Covenant.

— Hein ? Berek ? Vous m'avez mal entendue. J'ai dit Berrett – Berrett Williams. Lui et moi, on se connaît depuis un bail. Il m'a beaucoup appris. Et il est très joueur. Passer me voir sans me prévenir, c'est exactement le genre de choses qu'il aurait pu faire. Alors…

— Il vous a manipulée. C'est ce mendiant qui vous a poussée à faire ça. Il attend quelque chose de moi, je le sais bien.

— C'est votre cerveau qui a la lèpre. Je ne connais aucun mendiant. J'ai déjà plus que ma part de vieux croulants sur les bras. Dans le fond, vous êtes peut-être réellement Berrett Williams. Une blague d'aussi mauvais goût, ce serait tout à fait son style. Berrett, espèce d'enfoiré, si tu es en train de te fiche de moi, je te jure que…

De nouveau, la nausée assaillit Covenant. Il raccrocha et se plia en deux. Mais il avait l'estomac trop vide pour vomir : il n'avait rien mangé depuis quarante-huit heures. De ses doigts gourds, il essuya la sueur qui lui coulait dans les yeux, puis contacta une troisième fois les renseignements.

Le savon à demi séché qui recouvrait ses mains lui piqua les yeux et sa vision s'embua tandis qu'il passait un nouvel appel longue distance.

Quand une voix à la raideur militaire annonça « ministère de la Défense », Covenant cligna des paupières pour chasser l'humidité qui emplissait ses yeux et dit :

— Je voudrais parler à Hile Troy.

C'était l'un des protagonistes du songe, mais il avait affirmé qu'il venait du même monde que Covenant et n'était pas un produit de son imagination.

— Un instant, monsieur. (Bruit de pages feuilletées rapidement.) Je suis désolé, mais je n'ai aucun poste à ce nom-là.

— Hile Troy, répéta Covenant. Il travaille dans votre service de recherche. Il a eu un accident, mais s'il n'est pas mort, il a déjà dû retourner au boulot.

La voix de son interlocuteur se fit un peu moins sèche.

— S'il fait partie du personnel accrédité secret défense, je ne pourrais pas vous donner son numéro, quand bien même je le connaîtrais

— Contentez-vous de me le passer.

— Quel est votre nom, monsieur ?

— Il acceptera de me parler, je vous le garantis.

— C'est possible. Mais il me faut votre nom.

— Enfer et damnation ! (Covenant s'essuya les yeux d'un revers de main et, vaincu, soupira :) Je suis Thomas Covenant.

— Très bien, monsieur. Je vous mets en relation avec le major Rolle. Peut-être pourra-t-il vous aider.

Silence. En fond sonore, Covenant entendit une série de cliquetis, pareils à ceux d'un chronomètre décomptant les secondes avant une exécution. En lui, la pression enfla. Sa plaie au front l'élançait. Il crispa la main sur le combiné et s'enveloppa de son bras libre comme pour s'immobiliser de force. Lorsque quelqu'un reprit la communication, ce fut tout juste s'il se retint de lui hurler dans les oreilles.

— Monsieur Covenant ? interrogea une voix atone, légèrement sifflante. Ici le major Rolle. Nous avons des difficultés à localiser la personne à qui vous désirez parler. Voyez-vous, nous sommes très nombreux à travailler pour ce ministère. Pourriez-vous me donner quelques précisions à son sujet ?

— Il s'appelle Hile Troy. Il est employé par votre service de recherche. Et il est aveugle.

Les lèvres de Covenant tremblaient comme s'il était en train de geler sur place.

— Aveugle ? Vraiment ? Monsieur Covenant, vous avez parlé d'un accident. Pouvez-vous me raconter ce qui est arrivé à ce Hile Troy ?

— Il est là, oui ou non ? Je veux juste lui dire deux mots.

Rolle hésita.

— Monsieur Covenant, nous n'avons pas de collaborateur aveugle. Pourriez-vous m'indiquer la source de vos informations ? Je crains que vous n'ayez été victime de…

Covenant explosa.

— Il est tombé par la fenêtre quand son appartement a brûlé et a été tué ! Il n'a jamais existé !

Covenant arracha le fil du téléphone d'un geste rageur, pivota et, de toutes ses forces, projeta l'appareil contre le mur. Celui-ci heurta l'horloge et atterrit en un seul morceau, imperméable au choc, mais l'horloge, elle, vola en éclats.

— Il est mort depuis des jours ! *Il n'a jamais existé* !

Au paroxysme de la fureur, Covenant décocha un coup de pied dans la table basse, qui bascula sur le tapis et brisa dans sa chute le cadre contenant la photo de Joan. Covenant renversa alors le canapé, sauta par-dessus et se dirigea vers les bibliothèques remplies de livres, qu'il jeta à terre l'une après l'autre. Quelques instants plus tard, l'ordre qu'il prenait si grand soin d'entretenir depuis son retour de la léproserie avait cédé la place à un redoutable chaos.

Covenant se rua vers la chambre. De ses doigts malhabiles, il sortit son canif, l'ouvrit et s'en servit pour tailler en pièces la taie d'oreiller souillée. Puis, tandis que les plumes recouvraient le lit tels des flocons de neige, il remit l'instrument dans sa poche et sortit de la maison en trombe.

Il plongea dans les bois qui se dressaient derrière la ferme et courut vers la cabane isolée qui lui servait de bureau. À défaut de parler de sa détresse, peut-être pouvait-il l'écrire. Tandis qu'il fonçait sur le sentier, ses doigts le démangeaient déjà de taper : « Aidez-moi, aidez-moi, aidez-moi ! » Mais quand il atteignit la cahute, il la trouva sens dessus dessous, comme s'il y était déjà passé. La porte avait été arrachée de ses gonds ; à l'intérieur, les machines à écrire gisaient tels des navires échoués parmi un amoncellement de dossiers épars. L'ensemble était barbouillé d'excréments et une forte odeur d'urine planait dans l'air.

Covenant fixa les ruines de son sanctuaire comme s'il venait de se surprendre en pleine crise d'amnésie. Il ne se souvenait pas d'avoir perpétré ces ravages. Puis il réalisa qu'il n'était pas coupable ; c'était du vandalisme, une attaque dirigée contre lui, comme l'incendie de l'écurie, quelque temps auparavant. Hébété par la vision de ces dégâts inattendus, il en oublia ce qu'il venait de faire chez lui. « Je ne suis pas un homme violent, songea-t-il. Non, je ne le suis pas. »

Puis l'espace exigu parut se refermer sur lui comme pour l'étouffer. Un étau lui comprima la poitrine, lui infligeant des haut-le-cœur, sans qu'il parvienne à vomir.

Haletant entre ses dents serrées, Covenant s'enfuit dans les bois.

Il courut d'abord au hasard, chassant l'inanition de ses os aussi vite que ses jambes le lui permettaient, sans aucun autre but que de laisser le Refuge derrière lui. Mais, lorsque le crépuscule envahit les collines et assombrit les chemins, il tourna ses pas vers la ville. La présence d'êtres humains l'attirait à la façon d'un aimant.

Tandis qu'il titubait dans la pénombre grandissante, des bouffées d'espoir irrationnel firent tressaillir son cœur. Parfois, il lui semblait que la seule vue d'un visage ouvert et amical suffirait à le stabiliser, à le soulager du fardeau de son épreuve. En même temps, il redoutait de poser les yeux sur un tel visage : le spectacle de la santé, le jugement implicite qu'autrui porterait sur sa propre maladie dépasseraient les limites de son endurance.

Covenant continua pourtant à progresser d'une démarche saccadée, tel un papillon de nuit volant presque malgré lui vers l'immolation. Il ne pouvait résister à la sirène de l'humanité, à la séduction et à la douleur de son sang mortel. « Aidez-moi ! » Chaque fois qu'un espoir cruel le frappait en plein cœur, il frémissait. « Aidez-moi ! »

Mais à l'approche de la ville – quand il émergea du couvert de la végétation à l'arrière des maisons décrépies qui entouraient le quartier commerçant comme un périmètre défensif –, il manqua de courage. Les jardins, les porches et les fenêtres brillamment éclairés lui apparaissaient comme autant d'obstacles infranchissables ; il devrait s'exposer à un point intolérable pour atteindre une porte. Et il n'était même pas sûr de trouver une âme secourable derrière. L'obscurité était la seule couverture offerte à sa terrible vulnérabilité.

Geignant de frustration, Covenant voulut se forcer à avancer. Il longea les bâtisses et les examina une à une, en quête de celle qui pourrait lui apporter une consolation même ténue. Mais les lumières le maintenaient à distance autant que la peur et la honte. Il ne pouvait imposer sa présence aux hommes et aux femmes qui vivaient dans le sanctuaire de cette clarté, tous ces gens qui souhaitaient se tenir à l'écart de lui. Il avait déjà fait bien assez de victimes.

Zigzaguant et se faufilant à la lisière de la communauté tel un fantôme impuissant, une goule incapable de terrifier qui que ce soit, il rebroussa chemin. Une trajectoire aussi erratique que celle d'une feuille morte, cassante et prête à s'enflammer, le ramena au Refuge.

Durant les trois jours qui suivirent, nombreuses furent les occasions où l'envie le prit de mettre le feu à sa maison, d'en faire le bûcher sur lequel se consumerait son impureté. Quand il était d'humeur moins sauvage, il rêvait de s'ouvrir les poignets, de laisser l'accablement de sa déchéance s'écouler hors de ses veines. Mais il ne trouvait nulle part la résolution nécessaire pour passer à l'acte. Le peu de volonté qu'il lui restait, il l'employait à se refuser tout repos et toute nourriture.

Il s'abstenait de manger parce qu'il avait déjà fait l'expérience de jeûner. La faim l'avait aidé à voir au-delà des mensonges qu'il se racontait et à réaliser l'ampleur de son crime envers Léna, la mère d'Elena. À présent, il voulait dépasser les excuses, les justifications, les digressions et les défenses pour affronter les plus noirs aspects de sa condition. S'il échouait, les conclusions auxquelles il parviendrait seraient, comme Elena, entachées dès leur naissance par les failles de sa rectitude et de son raisonnement.

Covenant lutta contre la fatigue qui l'imprégnait jusqu'à la moelle par crainte de ce qui lui arriverait s'il s'abandonnait au sommeil. Il avait appris que les innocents ne dormaient pas et que la culpabilité prenait sa source dans les rêves.

Aucune de ces deux abnégations n'était hors de sa portée. La nausée, constamment tapie au creux de son estomac, l'aidait à maîtriser la faim et le dilemme le taraudait sans relâche, l'entravant et l'irritant comme un harnais trop serré autour de son âme. Chaque fois que la faiblesse menaçait de le submerger, il se ruait dehors telle une bourrasque et arpentait les collines des heures durant. Quand l'épuisement l'empêchait de se lever, il s'allongeait sur les débris du mobilier du salon ; ainsi, raisonnait-il, même s'il venait à s'assoupir, l'inconfort l'empêcherait de sombrer dans un sommeil assez profond pour rêver.

Pendant trois jours, Covenant ne prit aucun soin de sa santé. Il négligea la SVE, la surveillance visuelle des extrémités, et les autres habitudes protectrices dont dépendait la réussite du combat contre la lèpre. Il ne prit pas les médicaments qui avaient permis d'enrayer la progression de la maladie. Sa plaie au front s'infecta ; un engourdissement glacé commença à ronger les nerfs de ses mains et de ses pieds. Il en accepta les conséquences sans réagir. C'était un châtiment mérité.

Pourtant, chaque soir, la même humeur étrange l'assaillait. Dans la pénombre du crépuscule, son besoin de compagnie devenait plus fort, et le poussait, jurant et serrant les dents, à travers les ténèbres qui entouraient la ville. Nuit après nuit, il tentait de s'approcher de la porte d'une maison, n'importe laquelle. Mais il ne trouvait pas le courage d'affronter les lumières. Les êtres humains qui se tenaient à un jet de pierre lui demeuraient aussi inaccessibles que s'ils avaient vécu dans un autre monde. Sa recherche de compagnie se heurtait à sa faiblesse, à la douleur palpitante qui emplissait son crâne tandis que se propageait l'infection.

Elena, sa fille, était morte à cause de lui. Il l'aimait, pourtant, il l'avait piégée et conduite au trépas.

Elle n'avait jamais existé.

Il ne trouvait nulle réponse à son dilemme.

Mais, le jeudi soir, un élément extérieur brisa le cercle vicieux de la déchéance. Pendant son errance spectrale, Covenant prit conscience d'un murmure, porté par la brise nocturne, qui enflait et retombait telle la voix d'un orateur. Et, entre les strophes de sa harangue, Covenant entendit chanter. Les voix désincarnées avaient un accent mélancolique, presque lugubre ; elles semblaient inviter les âmes damnées au rassemblement. Couplets et refrains se répondaient comme l'écho d'une douleur inextinguible. Elena était issue d'une famille de chanteurs et chantait elle aussi merveilleusement bien. Guidé par son souvenir, Covenant remonta le sillage poignant de la musique.

Celui-ci l'entraîna au-delà des maisons, sur la route menant au pré qui servait de terrain de parade lorsque la ville célébrait un événement patriotique. Quelques personnes se hâtaient dans cette direction comme si elles étaient en retard ; Covenant les évita en restant sur le bas-côté. Quand il atteignit son but, il vit qu'un énorme pavillon de toile avait été dressé en son centre. Les côtés étaient relevés, si bien que la lumière des lanternes se répandait librement à l'extérieur.

Des centaines de gens se pressaient sous la tente. Ils venaient d'achever leur chant et se rasseyaient ; quelques placeurs en profitèrent pour faire entrer les retardataires et les guider vers les derniers sièges libres. Des bancs disposés en rangs serrés faisaient face à une large estrade, qu'occupaient trois hommes. Ils étaient assis derrière une lourde chaire. Dans leur dos se dressait un autel improvisé, assemblage de planches clouées à la hâte, surmonté par quelques bougies bancales et une croix d'or ternie. Alors que Covenant les observait sans comprendre, l'un d'eux, un bonhomme grassouillet vêtu d'un costume noir et d'une chemise blanche, se leva et s'approcha de la tribune. D'une voix sonore, impérieuse, il lança :

— Prions.

L'assemblée inclina la tête. Covenant faillit se détourner tant son dégoût était grand, mais la tranquille assurance du prêcheur le retint. Malgré lui, il tendit l'oreille cependant que l'autre croisait les mains devant lui et entonnait :

— Jésus, notre Sauveur, daigne baisser les yeux vers les âmes qui se sont rassemblées ici ce soir. Regarde au fond de leur cœur, Seigneur. Vois leur douleur, leur chagrin, leur solitude… Leur péché, aussi, et la soif qu'elles ont de Toi. Réconforte-les, Seigneur. Aide-les. Guéris-les. Enseigne-leur la paix et le miracle de la prière lorsqu'elle T'est adressée. Amen.

Et l'assistance reprit en chœur :

— Amen.

La voix inconnue exerçait une incompréhensible attraction sur Covenant. En elle, il entendait quelque chose qui ressemblait à de la sincérité ou de la compassion. Il ne pouvait pas en être certain : tout ce qu'il savait sur ces deux émotions, il l'avait appris dans les rêves. Pourtant, il ne s'éloigna pas. Bien au contraire. Tandis que les fidèles relevaient la tête, il s'avança prudemment dans la lumière, s'approcha suffisamment de la tente pour déchiffrer la pancarte plantée sur le bord de la route :

Croisade pascale de la santé
Dr B. Sam Johnson
Prédicateur et guérisseur
À partir de ce soir et jusqu'à dimanche seulement

Au fond du pavillon, un autre orateur remplaça le premier en chaire. Il portait un col d'ecclésiastique et une croix en argent pendait à son cou. De l'extrémité de l'index, il remonta ses grosses lunettes sur son nez. Puis il adressa un sourire rayonnant à l'auditoire.

— Je suis ravi d'accueillir ici le Dr Johnson et Matthew Logan, célèbres dans tout l'État pour la façon inspirée dont ils subviennent aux besoins spirituels des êtres comme vous et moi. Inutile de vous dire à quel point nous avons besoin de reviviscence dans cette ville – ou combien d'entre nous aspirent à retrouver la foi, qui guérit, particulièrement en cette saison pascale. Le Dr Johnson et M. Logan vont nous aider à entrer dans l'ineffable grâce de Dieu.

Le petit homme en costume noir se leva de nouveau.

— Merci.

Le prêtre hésita, puis quitta la chaire comme s'il avait été congédié, coupé dans son bel élan alors qu'il commençait à peine sa présentation, et le Dr Johnson reprit d'une voix suave :

— Mes amis, je vous présente mon très cher frère dans le Christ, Matthew Logan. Vous avez entendu son chant merveilleux. À présent, il va lire la parole divine pour nous.

Le dernier des trois occupants de l'estrade rejoignit le Dr Johnson. Il avait une silhouette puissante et apparemment pas de cou. Mais, bien qu'elle semblât directement posée sur ses larges épaules, sa tête dominait celle de son partenaire de cinquante bons centimètres. Logan était un véritable colosse. Avec des gestes pleins d'autorité, il feuilleta l'énorme bible à couverture noire posée sur le pupitre, trouva la page et inclina la tête pour lire, comme par déférence envers la parole de Dieu.

— « Mais si vous ne m'écoutez point et ne mettez point en pratique tous ces commandements, si vous méprisez mes lois, voici alors ce que je vous ferai, commença-t-il sans préambule. J'enverrai sur vous la terreur, la consomption et la fièvre, qui rendront vos yeux languissants et votre âme souffrante, et vous sèmerez en vain. Ceux qui vous haïssent régneront sur vous et vous fuirez sans que l'on vous poursuive. Je rendrai votre ciel comme du fer et votre terre comme de l'airain. Votre force s'épuisera inutilement ; votre terre ne donnera pas ses produits et les arbres ne porteront pas de fruits.

« Si vous me résistez et ne voulez point m'écouter, je vous enverrai un surcroît de fléaux – sept fois autant que le nombre de vos péchés. Je lâcherai sur vous des animaux sauvages qui vous priveront de vos enfants, détruiront vos troupeaux et vous réduiront à un petit nombre, de sorte que vos chemins deviendront déserts. Si ces châtiments ne vous corrigent point, je ferai s'abattre sur vous une épée qui vengera mon alliance ; quand vous vous rassemblerez dans vos villes, j'enverrai la peste au milieu de vous et vous serez livrés aux mains de l'ennemi. »

Tandis que les mots roulaient hors de la bouche de Logan, Covenant sentit leur sortilège s'emparer de lui. La promesse de punition lui serrait le cœur, l'étranglait comme si elle avait pris au collet son âme grise et décharnée. Malgré lui, il se dirigea vers la tente avec raideur, incapable de résister à l'emprise de la malédiction.

— « Si vous me résistez encore, je vous résisterai aussi avec fureur. Vous mangerez la chair de vos fils et de vos filles. Mon âme vous aura en horreur. Je vous disperserai parmi les nations et tirerai l'épée après vous. Vos villes seront désertes et votre pays sera dévasté. Tout le temps qu'il le restera, il aura le repos qu'il n'avait pas eu dans vos sabbats. »

Covenant baissa la tête pour passer sous un des pans de toile relevés et se retrouva debout derrière un des placeurs, au fond de la tente. L'homme lui jeta un coup d'œil méfiant et s'abstint de lui désigner un siège.

Sur l'estrade, Logan toisait l'assemblée tel un patriarche vengeur faisant pleuvoir son châtiment sur les échines courbées et vulnérables en contrebas. Le texte biblique déchaînait une tempête en Covenant ; il craignit de se mettre à hurler avant que la lecture s'achève. Mais Logan s'interrompit là et se remit à feuilleter la bible. Quand il trouva la page qu'il cherchait, il reprit un ton plus bas :

— « C'est pourquoi celui qui mangera le pain ou boira la coupe du Seigneur indignement sera coupable envers le corps et le sang du Seigneur. Que chacun donc s'éprouve soi-même, et qu'ainsi il mange du pain et boive de la coupe. Car celui qui mange et boit sans discerner le corps du Seigneur mange et boit un jugement contre lui-même. C'est pour cela qu'il y a parmi vous beaucoup d'infirmes et de malades, et qu'un grand nombre sont morts. Si nous nous jugions nous-mêmes, nous ne serions pas jugés. Mais quand nous sommes jugés, nous sommes châtiés par le Seigneur, afin que nous ne soyons pas condamnés avec le monde. »

Logan ferma la bible avec un bruit pareil à celui d'une gifle et regagna son siège, l'air impassible.

Le Dr Johnson se leva aussitôt. À présent, il semblait déborder d'énergie. Il avait hâte de prendre la parole. Ce fut les bajoues tremblantes d'excitation qu'il s'adressa à l'assemblée :

— Qu'elle est merveilleuse, la parole divine ! Qu'elle est prompte à toucher le cœur. Qu'elle est réconfortante pour les malades, les faibles et les indigents. Et avec quelle facilité elle fait frémir même les plus purs d'entre nous. Mes amis, écoutez-moi ! Écoutez l'Apocalypse selon saint Jean !

« "Aux assoiffés, j'offrirai l'eau de la fontaine de la vie. Le conquérant aura son héritage ; je serai son Dieu et il sera mon fils. Quant aux lâches, aux incrédules et aux impurs, quant aux assassins, aux fornicateurs, aux sorciers, aux idolâtres et aux menteurs, ils finiront dans le lac brûlant de feu et de soufre qui est celui de la seconde mort."

« Sublime parole de Dieu. En ce court passage se trouvent réunis les deux grands messages de la Bible, la Loi et le gospel, l'Ancien Testament et le Nouveau.

Frère Logan vous a d'abord lu un extrait de l'Ancien Testament, chapitre XXVI du Lévitique. L'avez-vous entendu, mes amis ? Avez-vous écouté avec vos oreilles et votre cœur ? C'était la voix de Dieu tout-puissant. Il ne mâche pas ses mots. Il ne tourne pas autour du pot. Il ne dissimule rien derrière des termes compliqués. Non. Il vous dit : "Si vous péchez, si vous enfreignez ma loi, le prix à payer sera terrible. Je rendrai votre terre stérile et lâcherai d'innombrables épidémies sur vous. Si vous vous obstinez dans vos erreurs, je ferai de vous des cannibales et des infirmes."

« Savez-vous en quoi consiste cette loi, mes amis ? Je peux vous la résumer en citant l'Apocalypse selon saint Jean : "Point ne seras lâche, incrédule ou impur." Ne parlons pas d'assassinat, de fornication, de sorcellerie, d'idolâtrie ou de mensonge. Nous sommes tous de braves gens. Nous ne ferions pas des choses pareilles. Mais n'avez-vous jamais eu peur ? N'avez-vous jamais vacillé dans votre foi ? N'avez-vous jamais échoué à préserver votre cœur et votre esprit contre la souillure ? "Votre pays sera dévasté. Tout le temps qu'il le restera, il aura le repos qu'il n'avait pas eu dans vos sabbats." L'apôtre Paul appelle un chat un chat. Il nous dit : "C'est pour cela qu'il y a parmi vous beaucoup d'infirmes et de malades, et qu'un grand nombre sont morts." Mais Jésus va encore plus loin en lançant : "Hors de ma présence, maudits ; allez vous jeter dans le feu éternel, qui a été préparé pour le diable et pour ses anges."

« Je vous entends protester. Je vous entends murmurer : "Personne ne peut être vertueux à ce point. Je ne suis qu'un être humain. Je ne peux prétendre à une telle perfection." Et vous avez raison, bien entendu. Mais la loi de Dieu n'a que faire de vos excuses. Si vous boitez, si vous avez de l'arthrite, si vous perdez la vue ou si votre cœur donne des signes de faiblesse, si vous êtes handicapé, si vous avez la sclérose en plaques, le diabète ou l'une de ces maladies dont le nom savant n'est qu'un synonyme de péché, soyez certain que la malédiction de Dieu est sur vous. Et si vous êtes en bonne santé, ne vous croyez pas à l'abri pour autant ! Vous avez juste de la chance que Dieu n'ait pas décidé de "vous résister avec fureur". Vous ne pouvez pas être parfaits, mes amis. Et la loi se moque des efforts que vous aurez déployés pour essayer. Au lieu de vous dire que vous avez fait de votre mieux, écoutez la Bible. L'Ancien Testament est clair comme de l'eau de roche : "Le lépreux atteint de la plaie portera ses vêtements déchirés et aura la tête nue ; il se couvrira la bouche et criera 'impur ! impur !' "

À présent, le Dr Johnson tenait la foule dans le creux de sa main. La résonance de sa voix balayait les fidèles, renversait leurs rangs serrés de mortalité et de faiblesse. Même Covenant oubliait qu'il était un intrus dans ce tabernacle de toile ; le sermon du prêcheur trouvait tant d'échos intimes en lui qu'il ne pouvait lui résister. Il était prêt à croire qu'il était maudit.

— Ah ! mes amis, enchaîna le Dr Johnson, c'est un jour bien sombre pour nous que celui où frappe le mal, où nous afflige la douleur, l'infirmité ou le deuil et où nous ne pouvons plus prétendre que nous sommes purs. Mais je n'ai pas encore évoqué le gospel. Vous souvenez-vous des paroles du Christ : « Celui qui conservera sa vie la perdra et celui qui la perdra à cause de moi la retrouvera » ? Avez-vous entendu Paul : « Quand nous sommes jugés, nous sommes châtiés par le Seigneur, afin que nous ne soyons pas condamnés avec le monde » ? Avez-vous retenu les paroles de l'auteur de l'Apocalypse : « Le conquérant aura son héritage ; je serai son Dieu et il sera mon fils » ?

« C'est l'autre versant du châtiment, mes amis. La loi n'est que la moitié du saint message de Dieu. L'autre moitié est le pardon, la guérison – la miséricorde, qui fait pendant à la justice divine. Dois-je vous rappeler que le Fils de Dieu a guéri ceux qui le lui demandaient, même les lépreux ? Qu'Il s'est laissé crucifier pour payer à notre place le prix de nos péchés ? Que des clous ont déchiqueté Ses mains et Ses pieds ? Qu'une lance a transpercé Son flanc ? Qu'Il est resté mort pendant trois jours – mort et en enfer ?

« Mes amis, Il n'a consenti ce sacrifice que pour une seule raison. Il l'a fait pour racheter notre lâcheté, notre incrédulité, notre impureté et les sabbats qui en ont découlé. Tout ce que vous avez à faire pour être guéris, c'est y croire, accepter les bienfaits du Seigneur et L'aimer en retour. Et dire, à l'instar de cet homme dont l'enfant était possédé : "Je crois ! Délivre-moi de mon incrédulité !" Sept mots très simples, mes amis. Mais quand ils viennent du cœur, ils suffisent à acheter le royaume des cieux.

Comme en réponse à un signal, Logan se leva et entonna doucement *Blessed Assurance*. Alors, le Dr Johnson croisa les mains devant lui et lança :

— Mes amis, priez avec moi.

Toutes les têtes plongèrent sur-le-champ – celle de Covenant comprise. Mais dans cette position, sa plaie au front le brûlait atrocement. Il releva le nez au moment où le Dr Johnson ordonnait :

— Fermez les yeux, mes amis. Oubliez vos voisins, vos enfants, vos parents, votre mari ou votre femme. Barricadez-vous contre toute distraction. Regardez à l'intérieur de vous, au plus profond de votre cœur, et voyez le mal qui s'y tapit. Entendez la voix de Dieu qui vous dit : « Tu as été pesé dans la balance et ton poids se trouve en défaut. » Et priez avec moi.

« Jésus, notre Sauveur bien-aimé, Tu es notre seul espoir. Seule Ta miséricorde divine peut guérir le mal qui ronge notre courage, fait pourrir notre foi et nous salit à Ta vue. Nous mettons notre cœur à nu devant Toi, Seigneur. Aide-nous à trouver la force de prononcer ces sept mots si difficiles : "Je crois ! Délivre-moi de mon incrédulité !" (Sans même s'arrêter pour reprendre son souffle, le Dr Johnson leva les bras et poursuivit :) Sentez-vous Son esprit, mes amis ? Le sentez-vous en votre cœur ? Sentez-vous le doigt de Sa vertu tâter les parties corrompues de votre corps et de votre âme ? Si tel est le cas, avancez-vous et laissez-moi prier avec vous pour le retour de votre santé.

Puis il s'inclina en une attitude de supplication muette, comme pour attendre que les repentis se décident à répondre à son appel. Mais Covenant s'était déjà engagé dans la travée centrale. Le placeur fit mine de le retenir et interrompit son geste lorsque plusieurs membres de l'assemblée levèrent les yeux.

Covenant traversa la tente d'une démarche fiévreuse, grimpa les marches de l'estrade et s'immobilisa face au

Dr Johnson. Les yeux humides, il chuchota d'une voix éraillée :

— Aidez-moi.

Le prédicateur était encore plus petit qu'il ne lui avait semblé vu d'en bas. Son costume noir était brillant d'usure, le col de sa chemise jauni par la transpiration. Il ne s'était pas rasé récemment ; des poils raides, grisonnants, recouvraient ses joues et son menton. Une expression hésitante, presque inquiète, passa sur son visage. Très vite, il la remplaça par un masque de sérénité et répondit :

— T'aider, mon fils ? Seul Dieu le peut. Mais c'est avec joie que je joindrai mes prières à celles de tout cœur contrit. (Il posa une main ferme sur l'épaule de Covenant.) À genoux, mon fils. Prie avec moi. Réclamons ensemble l'aide de Dieu.

Covenant voulait obéir, se soumettre à l'autorité ensorcelante de la voix et de la main du Dr Johnson, mais la faim et la fatigue verrouillaient ses muscles. L'infection au front lui grignotait le cerveau comme de l'acide. Il n'osait même pas se pencher de peur de s'écrouler lamentablement.

— Aidez-moi, répéta-t-il tout bas. Je ne le supporte plus.

Face à cet apparent refus d'obtempérer, le Dr Johnson se rembrunit.

— Te repens-tu, mon fils ? demanda-t-il sévèrement. As-tu trouvé la partie de ton âme que le mal a corrompue ? As-tu vraiment soif de la miséricorde de Dieu tout-puissant ?

— Je suis malade, répondit Covenant comme s'il récitait une litanie. J'ai commis des crimes.

— Mais te repens-tu ? Peux-tu prononcer ces sept mots difficiles en toute sincérité ?

Les mâchoires de Covenant se crispèrent. Les dents serrées, il articula :

— Délivrez-moi de mon incrédulité.

— Mon fils, ça ne suffit pas, tu le sais bien. (L'expression du Dr Johnson se fit orageuse.) Ne t'avise surtout pas de railler Dieu ou de le provoquer ; sans quoi, Il te rejettera à jamais. Crois-tu ? Crois-tu en la santé que Dieu peut t'impartir ?

— Je... (Covenant luttait pour remuer les mâchoires, mais ses dents restaient rivées les unes aux autres, comme soudées par le désespoir.) Je n'y crois pas.

Derrière lui, Logan s'interrompit. Le silence abrupt résonna à ses oreilles tel un éclat de rire moqueur. Piteusement, il souffla :

— Je suis lépreux.

L'expression curieuse des fidèles assis aux premiers rangs apprit à Covenant qu'ils ne l'avaient pas entendu et ne le reconnaissaient pas. Il n'en fut guère surpris : il lui semblait que ses illusions l'avaient remodelé au-delà de toute possibilité d'identification. Et même à l'époque où il jouissait d'une santé insolente, il n'avait jamais fréquenté les cercles religieux. Mais le Dr Johnson, lui, avait entendu. Les yeux exorbités, il murmura, de sorte que même Covenant eut du mal à capter ses paroles :

— J'ignore qui vous envoie. Mais vous ne vous en tirerez pas comme ça. (Sans marquer de pause, il éleva la voix.) Mon pauvre homme, vous délirez, lâcha-t-il sur un ton plein de compassion. Cette blessure s'est infectée ; vous avez une très méchante fièvre. Mon cœur saigne pour vous. Mais de puissantes prières seront nécessaires pour éclaircir votre esprit et permettre à la voix de Dieu de vous atteindre. Frère Logan, voulez-vous prendre ce malheureux à part et prier avec lui ? Si Dieu bénit vos efforts et fait disparaître sa fièvre, peut-être se repentira-t-il.

Deux mains massives se refermèrent sur les biceps de Covenant. Les doigts de Logan s'enfoncèrent dans sa chair comme pour lui broyer les os. Covenant se sentit poussé en avant, presque soulevé de terre et porté à bas de l'estrade. Derrière lui, le Dr Johnson enchaîna :

— Mes amis, voulez-vous bien prier avec moi pour cette âme égarée ? Voulez-vous bien implorer Dieu de la guérir ?

Logan chuchota à l'oreille de Covenant :

— Nous n'avons pas encore fait la quête. Si vous nous interrompez encore de quelque façon que ce soit, je vous casse les deux bras.

— Ne me touchez pas ! aboya Covenant. (Que le colosse le malmène faisait rejaillir du plus profond de lui une rage endiguée depuis longtemps. Il se débattit furieusement.) Ôtez vos sales pattes de moi !

Puis ils atteignirent l'extrémité de la travée, passèrent sous le pan de toile relevé et sortirent dans la nuit. D'une bourrade presque désinvolte, Logan se débarrassa de Covenant. Celui-ci trébucha et s'étala dans la poussière. Quand il releva la tête, l'autre le surplombait, les poings posés sur les hanches et sa silhouette se découpant telle une ombre chinoise contre la lumière de la tente.

Covenant se redressa péniblement, s'enveloppa dans le peu de dignité qui lui restait et s'éloigna.

Tandis que les ténèbres se refermaient sur lui, il entendit l'assemblée chanter *Blessed Assurance*. Quelques instants plus tard, une voix enfantine et pathétique s'écria :

— Seigneur, je suis infirme ! Je vous en supplie, guérissez-moi !

Covenant tomba à genoux. Un haut-le-cœur le saisit, mais il n'avait rien à vomir. Plusieurs minutes s'écoulèrent avant qu'il puisse se relever et fuir l'hymne cruelle.

Il prit la direction du Refuge, suivant la grande route comme pour mettre ses concitoyens au défi de l'agresser encore. Mais les commerces étaient fermés et les rues désertes. Il avançait tel un fragment d'obscurité sous la lumière jaune pâle des lampadaires. Bientôt, il dépassa le tribunal et ses colonnes de pierre surmontées de têtes grimaçantes. Il réussit à sortir de la ville sans que personne l'accoste.

Les trois kilomètres qui le séparaient du Refuge passèrent comme toutes ses marches à pied, fragmentés par le rythme de ses pas – celui d'un mécanisme d'horlogerie au ressort remonté à bloc. Les rouages tournaient trop vite et menaçaient de lâcher. Mais un changement subtil s'était opéré dans la force qui propulsait Covenant.

À présent, il se souvenait de la haine.

De folles idées de vengeance tourbillonnaient dans sa tête quand il atteignit enfin la longue allée qui menait au Refuge. Là, dans la lueur froide des étoiles, il avisa un sac posé au pied de la boîte à lettres. Quelques instants s'écoulèrent avant qu'il réalise ce que ce dernier contenait : de la nourriture. Plutôt que de prendre le risque que Covenant se déplace pour faire ses courses, l'épicerie locale le livrait deux fois par semaine. Mais, trop préoccupé par son jeûne et sa veille forcés, il avait oublié.

Sans se demander pourquoi il s'en donnait la peine, il ramassa le sac et l'emporta vers la maison.

Quand il l'ouvrit dans la lumière crue de la cuisine, il réalisa qu'il lui fallait se nourrir. La vengeance nécessitait des forces ; il ne pourrait pas rendre la monnaie de leur pièce à ses bourreaux s'il était trop faible pour tenir debout. Plongeant la main dans le sac, il en sortit un sachet de petits pains.

Celui-ci avait été proprement découpé sur un côté, mais il n'y prit pas garde. Il arracha l'emballage de plastique et le laissa tomber par terre. L'exposition à l'air avait rassis le pain. Covenant en prit un dans sa paume et l'observa. Sa vue lui donnait la nausée. Une partie de lui aspirait à la pureté de l'inanition et il se sentait incapable de mettre son projet vengeur à exécution.

D'un geste rageur, il porta le pain à sa bouche et mordit dedans. Quelque chose de tranchant s'insinua entre sa lèvre inférieure et sa gencive supérieure. Avant de pouvoir interrompre son mouvement, il s'infligea une profonde coupure. Une vive douleur lui poignarda le visage. Haletant, il écarta la nourriture de sa bouche. La mie était imbibée de sang et un filet chaud dégoulinait le long de son menton.

Quand Covenant rompit le pain, il trouva une lame de rasoir rouillée à l'intérieur. La stupéfaction l'empêcha de réagir. Il ne comprenait pas ce que cette lame faisait là, ne pouvait croire à la réalité du sang qui maculait ses mains. Hébété, il se détourna et se dirigea vers le salon dévasté.

Son regard fut irrésistiblement attiré par la photo de Joan, qui gisait face vers le haut sous la table basse. Il écarta les débris de mobilier pour la ramasser. Le verre du cadre était brisé ; derrière les craquelures en forme de toile d'araignée, Joan souriait, comme inconsciente d'être prise au piège du filet de la mortalité.

Covenant se mit à rire, doucement d'abord, puis de plus en plus fort, en montant vers les aigus de la démence. Des larmes s'échappèrent de ses yeux, mais il continua à s'esclaffer. Chaque secousse due à l'hilarité déclenchait des projections de sang qui éclaboussaient ses mains et la photo.

Brusquement, Covenant jeta le cliché à terre et s'enfuit. Il ne voulait pas que Joan soit témoin de son hystérie. Sans cesser de rire, il sortit de la maison et s'enfonça en courant dans les bois. Il était en train de perdre tout contrôle sur lui-même, mais, s'il atteignait le point de rupture, il était bien décidé à ce que cela se fasse le plus loin possible du Refuge.

Parvenu au bord de la rivière, il infléchit sa trajectoire pour suivre la berge vers l'amont, au cœur des collines. Ainsi s'éloigna-t-il du reste de l'humanité et du dangereux attrait qu'elle exerçait sur lui, aussi vite que ses pieds gourds pouvaient le porter. Son rire désespéré était son seul compagnon.

Au milieu de la nuit, Covenant trébucha et tomba. Au lieu de se relever, il s'adossa à un arbre pour se reposer un moment. Il s'endormit aussitôt et ne se réveilla qu'en sentant la caresse du soleil matinal sur son visage.

Pendant quelques secondes, il ne sut pas qui il était ni où il se trouvait. La lumière blanche et aveuglante calcinait ses pensées ; ses yeux en étaient si éblouis qu'il ne voyait pas ce qui l'entourait. Mais quand il entendit un cri étranglé, il se mit à glousser. Il était trop faible pour éclater de rire.

Le cri se répéta, exhortant Covenant à se lever. Il se mit péniblement debout, mais l'effort sapa ses maigres forces et il dut se calmer pour reprendre son souffle. Alors, il capta de nouveau le cri et l'identifia : c'était le hurlement de terreur d'un enfant. Une main posée sur le tronc pour ne pas perdre l'équilibre, il promena son regard à la ronde.

Peu à peu, les taches noires qui dansaient devant ses yeux plissés se dissipèrent et il distingua la silhouette des végétaux. Il se tenait au sommet d'une colline. Une explosion de pousses vert tendre avait éclaboussé chaque branche et buisson alentour. Dix mètres plus loin, la rivière dévalait la pente et s'éloignait en ondulant tel un ruban argenté. En contrebas, le sol était rocailleux et nulle broussaille ne masquait le terrain.

Un étrange point de couleur, au pied de l'éminence, attira l'attention de Covenant. Il focalisa sa vision dessus. C'était une robe bleu ciel, portée par une fillette de quatre ou cinq ans. À moitié tournée vers lui, elle pressait son dos contre un arbre comme si elle avait voulu se fondre dans l'écorce noire. Mais celle-ci refusait de lui livrer passage.

La petite hurlait en continu à présent. Avec une expression terrifiée, elle fixait le sol un mètre devant elle. Covenant mit un instant à comprendre. Puis ses oreilles captèrent un bruit de crécelle, et ses yeux discernèrent le frémissement brun d'une queue.

Le crotale était lové sur lui-même au pied de sa proie. Sa tête oscillait comme s'il cherchait l'endroit idéal où mordre la peau nue.

Covenant s'élança.

La pente lui parut interminable. Son élan l'emportait en avant et ses jambes étaient à peine assez fortes pour le soutenir. Chaque fois qu'un de ses pieds touchait le sol, ses muscles cédaient et il manquait de s'écrouler. Mais il ne pouvait se dérober à la terreur de la fillette, à sa détresse irréfutable. Il ne regardait pas le serpent ; il se concentrait sur les mollets de l'enfant, sur la nécessité d'atteindre la petite avant que les crochets chargés de venin se plantent dans sa chair. Le reste de son corps se brouillait à sa vue, comme si elle n'existait pas en dehors du péril qui la menaçait.

Par chacun de ses cris aigus, elle implorait Covenant de se dépêcher. Mais à peine avait-il parcouru la moitié de la distance qu'il trébucha, bascula en avant et se mit à dévaler la pente, roulant cul par-dessus tête. Instinctivement, il leva les bras pour se protéger. Puis son crâne heurta une large facette de roche nue.

Son visage s'enfonça dans la pierre ainsi que dans une mare de ténèbres. La surface dure l'engloutit telle une vague ; Covenant se sentit dégringoler dans des profondeurs granitiques.

— Non ! hurla-t-il. Non, pas maintenant !

Il résista de toutes ses forces. Mais il n'était pas de taille. Il sombra comme s'il se noyait dans la matière.

2

Varil-fi

Le haut seigneur Mhoram était assis dans ses appartements privés, à Pierjoie. Autour de lui, les murs de roche nue étaient baignés par la lumière émanant des urnes d'ignescentes disposées dans chaque angle de la pièce ; le léger parfum de terre fraîchement retournée que dégageaient les pierres de feu l'enveloppait de manière réconfortante. Pourtant, il ne pouvait lui faire oublier l'hiver surnaturel qui s'était abattu sur le Fief.

Malgré les multiples brasiers entretenus par les magistères et les ignessires, un froid mordant s'infiltrait dans les entrailles granitiques de la Citadelle. Mhoram le sentait. Il percevait son influence sur l'humeur physique de la forteresse bâtie par les géants. À un niveau presque subliminal, Pierjoie se recroquevillait sur elle-même.

Le cycle des saisons avait déjà pris une lune de retard. Le milieu du printemps n'était plus distant que de quatorze jours et la glace ne relâchait pas son emprise sur le Fief.

À l'extérieur du promontoire en forme de coin qui abritait la Citadelle, il n'y avait guère de neige ; la température était trop basse pour cela. Un vent âpre et sporadique, curieusement venu de l'est, soufflait quelques flocons en travers des contreforts, ensevelissant les fenêtres de Pierjoie sous plusieurs centimètres de givre et gelant la surface du lac au pied des chutes Ferlées. Mhoram n'avait nul besoin de humer le Mépris qui propulsait ce vent pour connaître sa source : Ridjeck Thome, la Crypte du Rogue.

Plongé dans une intense réflexion, les coudes posés sur la table de pierre et le menton calé dans une main, Mhoram avait néanmoins conscience du sifflement féroce dont l'écho résonnait dans les couloirs de la Citadelle. Dix ans plus tôt, il aurait dit que c'était impossible, que l'ordre naturel ne pouvait être bouleversé de la sorte. Et même cinq ans plus tôt, après avoir eu le loisir de ruminer la perte du Bâton de la Loi, il aurait douté que la Pierre de Maleterre rende le seigneur Turpide aussi puissant. À présent, il connaissait et comprenait la vérité.

La bataille du haut seigneur Elena contre le spectre de Kevin le Dévastateur avait eu lieu sept ans auparavant. Le Bâton de la Loi avait dû être détruit au cours de l'affrontement. Avec le soutien inné que l'artefact prêtait à la Terre, un immense obstacle avait disparu du chemin de la Corruption. Et en conjurant Kevin par-delà la tombe, Elena avait brisé la loi de la mort.

Mhoram ne pouvait même pas imaginer les terribles conséquences de son geste.

Il cligna des yeux et ses prunelles pailletées d'or se focalisèrent sur la sculpture qui se dressait au milieu de la table, à cinquante centimètres de l'arête de son nez. La lumière ambrée des ignescentes faisait ressortir l'éclat blanc de la statuette en os. C'était du moellage, la dernière œuvre d'*anundivian yajña* d'Elena. Le sangarde Bannor l'avait préservée et remise à Mhoram quand ils s'étaient retrouvés à Montgibet. Finement ciselée, elle représentait un buste d'homme aux joues creuses, à l'expression hantée et impénétrable. Après que les survivants de la milice furent rentrés à Pierjoie, Bannor avait expliqué son histoire à Mhoram.

Il lui avait fourni un luxe de détails très inhabituel de la part d'un sangarde. Sa réticence coutumière avait cédé la place à une quasi-prolixité et la minutie de sa description avait, pour la première fois, permis à Mhoram d'entrevoir le changement fondamental qui s'était opéré en lui. Cela avait provoqué un gigantesque bouleversement dans l'existence du haut seigneur et, par une logique étrange, sonné le glas de ses pouvoirs de divination.

Mhoram n'était plus le voyant et l'oracle du conseil. À cause de ce qu'il avait appris, il ne captait plus les bribes d'avenir dans ses rêves, ne déchiffrait plus les présages dans la danse des flammes. Le secret que son intuition avait perçu à travers la figurine avait aveuglé son regard prescient.

Mais ses effets ne s'étaient pas limités à cela. Il avait fait naître en Mhoram plus de peur et d'espoir qu'il n'en avait jamais éprouvé, et l'avait partiellement isolé des autres seigneurs – voire de l'ensemble des habitants de Pierjoie. Désormais, quand Mhoram arpentait les couloirs de la Citadelle, il lisait de la compassion, du chagrin, du doute et du respect dans les yeux d'autrui. Tous avaient conscience de son retranchement volontaire.

Ce qui le peinait le plus, c'était le gouffre qui le séparait de ses pairs : Callindrill Faer-mi, Amhatin fille de Mhatin, Trevor fils de Groyle et Loerya Trevor-mie. Il les côtoyait au quotidien, travaillait avec eux, fusionnait son esprit avec le leur, ainsi que les seigneurs en possédaient le privilège ; et pendant ce temps, il était forcé de leur dissimuler cette peur et cet espoir vertigineux. Car il ne leur avait pas révélé sa découverte.

Il ne leur avait pas dit que, par un enchaînement de perceptions impossibles à formuler, l'œuvre d'Elena lui avait dévoilé le fonctionnement du rituel de profanation.

Le silence de Mhoram n'avait d'autre fondement qu'une appréhension sourde mais légitime. Il y avait là de quoi alimenter une vie en peur et en espérance, estimait-il.

Dans un coin de son esprit, il était persuadé que Bannor souhaitait qu'il accède à ce savoir et n'avait pu le lui transmettre directement. Son vœu de sangarde le liait de maintes façons. Mais, durant la seule année que Bannor avait passée au poste de dragon, il avait exprimé, plus qu'aucun de ses prédécesseurs, sa sollicitude envers les seigneurs.

À ce souvenir, Mhoram frémit. L'acquisition de la connaissance dont il était le dépositaire avait été coûteuse à plus d'un titre.

Si elle lui avait apporté l'espoir, c'est qu'elle constituait un remède à l'échec fondamental qui hantait les nouveaux seigneurs depuis leur avènement – depuis le jour où ils avaient reçu le premier tabernacle des mains des géants et prêté le serment de paix. Mis en application, le secret déverrouillerait le pouvoir qui était resté scellé malgré les vaillants efforts déployés par des générations de seigneurs et d'étudiants de la Loge. Il permettrait enfin de maîtriser la Sagesse de Kevin et enseignerait peut-être au seigneur suprême Thomas Covenant comment utiliser la magie de son anneau d'or blanc.

Mais la Sagesse n'était qu'un outil dont la puissance pouvait être employée à faire le mal autant que le bien. Sans elle, Kevin fils de Loric n'aurait jamais pu ravager le Fief. Le mystère de son fonctionnement violait le serment de paix.

Pour sa plus grande horreur, Mhoram avait fini par réaliser que ce dernier était la cause de l'impuissance des nouveaux seigneurs, de la cécité qui les empêchait de percer à jour la Sagesse de Kevin. En prêtant ce serment, les nouveaux seigneurs d'origine – et les habitants du Fief avec eux – avaient exprimé leur plus noble idéal et leur plus profond engagement. Ils avaient renoncé aux passions destructrices, aux instincts qui poussent l'humanité au meurtre, à la destruction et au mépris. Ce faisant, ils s'étaient volontairement entravés… et involontairement coupés de la vitalité qui avait fait le pouvoir des vénérables.

C'est pourquoi Mhoram redoutait de partager son secret. C'était une force qui ne pouvait être employée que si les utilisateurs reniaient le fondement même de leur existence. Une arme que seule une personne ayant renoncé à se prémunir contre le désespoir devait manier.

Et la tentation d'y recourir serait forte, irrésistible, peut-être. Mhoram n'avait pas besoin de rêves prémonitoires pour deviner le péril que Turpide le Rogue réservait aux défenseurs du Fief. Il le sentait dans la morsure du vent glacial et se doutait que la Mémoriade était déjà assaillie. Le siège de Boijovial s'organisait pendant qu'il restait assis dans ses appartements, fixant une effigie d'un air morose.

Il goûtait sur sa langue le désespoir qui avait poussé le haut seigneur Kevin à rejoindre Kiril Threndor et à lancer le rituel de profanation. Le pouvoir était une chose redoutable et traîtresse. Quand il ne suffisait pas à exaucer les vœux de celui qui le manipulait, il se retournait contre lui. Elena n'avait fait que reproduire le destin de Kevin le Dévastateur. De son temps, celui-ci détenait une puissance bien supérieure à celle que les nouveaux seigneurs pouvaient viser, maintenant que le Bâton de la Loi avait disparu ; et cela n'avait engendré d'autre résultat que sa chute inéluctable et la ruine du Fief. En révélant sa découverte, Mhoram craignait de propager le danger. Il était déjà bien assez consterné de se savoir menacé lui-même.

Pourtant, cette rétention d'informations allait à l'encontre de sa nature. Il était persuadé que la dissimulation rabaisse celui qui la perpètre comme celui qui en est l'objet. En se taisant, il empêchait Callindrill, Amhatin, Trevor, Loerya et tous les adeptes du Bâton de puiser en eux la volonté nécessaire pour refuser la profanation ; il se plaçait indûment en position de juge ayant soupesé leurs mérites et conclu à leur insuffisance. C'était pour cette même raison que, dix ans plus tôt, il s'était passionnément opposé au reste du conseil, qui voulait taire les origines d'Elena à Hile Troy. Cette décision avait amoindri le contrôle de Troy sur son propre destin. Pourtant, comment lui, Mhoram, pouvait-il prendre la responsabilité de parler si cela devait conduire à la destruction du Fief ? Mieux valait que le mal vienne du Rogue, plutôt que d'un seigneur.

Quelqu'un frappa à la porte des appartements de Mhoram.

— Entrez, répondit-il aussitôt.

Il attendait un message et, à la façon dont les coups avaient été frappés, devinait l'identité de son visiteur. Il ne s'arracha même pas à la contemplation de la sculpture tandis que l'insigne Quaan pénétrait dans la pièce et venait se mettre au garde-à-vous de l'autre côté de la table. Comme il gardait le silence, Mhoram sentit qu'il attendait de croiser son regard. Réprimant un soupir, il leva les yeux. Sur le visage buriné de Quaan, il lut que les nouvelles n'étaient pas celles qu'il espérait.

Il ne l'invita pas à s'asseoir : Quaan préférerait rester debout. Tous deux se connaissaient bien. Après les multiples expériences, bonnes ou mauvaises, qu'ils avaient partagées, ils étaient de vieux camarades – même si Quaan, qui avait vingt ans de moins que Mhoram, en paraissait vingt de plus. Le haut seigneur trouvait très rafraîchissante la candeur brutale du militaire. Quaan était un adepte de l'Épée ; il ignorait les secrets du Bâton et ne désirait pas les apprendre.

Malgré ses soixante-dix ans, il portait encore fièrement sa tenue d'officier suprême de la milice : le plastron jaune barré de deux diagonales noires, le bandeau jaune et l'épée d'ébène. Ses mains aux doigts noueux et aux veines saillantes pendaient à ses côtés, comme prêtes à dégainer. Mais son regard pâle était troublé.

Mhoram le fixa sans ciller et demanda :

— Eh bien, mon ami ?

— Haut seigneur, répondit Quaan sur un ton brusque, la Loge est venue à nous.

Par son silence, Mhoram l'invita à continuer.

— Tous les gardiens et les étudiants sont arrivés ici sains et saufs. Ils ont apporté les livres et les tabernacles. Les visiteurs et les réfugiés que l'armée du Pilonneur a privés de foyer les ont accompagnés pour nous réclamer l'asile. Boijovial est assiégé.

Quaan s'interrompit et Mhoram s'enquit doucement :

— Qu'ont pu nous apprendre les gardiens de la Loge au sujet de cette armée ?

— Elle est… immense, haut seigneur. Elle déferle sur la vallée des Deux Rivières telle une lame de fond. Le ravageur détient le… le pouvoir que nous avons observé entre les mains du Lamineur durant la bataille de Doriendor Corishev. Il a aisément franchi les gués de la Rill et de la Llurallin. Boijovial tombera bientôt devant lui.

Afin de contrer l'accablement de Quaan, Mhoram mit de la sévérité dans sa voix.

— Nous avions été prévenus, insigne. Lorsque le ravageur et sa horde ont escaladé la Faille, le peuple de Ra nous a envoyé un message. Grâce à quoi, la Loge a pu être déplacée et préservée.

Alors, Quaan posa une main sur le pommeau de son épée et annonça :

— Le seigneur Callindrill est resté à Boijovial.

Mhoram sursauta.

— Il est resté pour défendre la sylve. Avec lui se trouvent cinq légions commandées par le brandebourg Amorine, ainsi que le doyen de l'Épée Drinishok et la doyenne du Bâton Asuraka.

Sous le choc de la nouvelle, les iris pailletés d'or de Mhoram se contractèrent dangereusement.

— Insigne, le conseil a ordonné que seuls les *lillianrill* qui ne supporteraient pas d'abandonner Boijovial assurent sa défense. Il a décidé que la bataille ultime pour la sauvegarde du Fief aurait lieu ici… (Il gifla la table de sa paume.) Où nous pouvons vendre notre peau le plus chèrement.

— Vous et moi ne sommes pas à Boijovial, répliqua Quaan. Qui, là-bas, aurait pu détourner Callindrill de son dessein ? Amorine n'en avait pas le pouvoir, vous le savez. Elle est liée à lui par le souvenir de Doriendor Corishev. Et elle ne pouvait pas, non plus, le laisser seul. Ni lui refuser l'aide des doyens.

Quaan avait pris un ton tranchant pour défendre Amorine, mais il s'interrompit lorsque Mhoram écarta toute velléité de colère d'un geste distrait. Un silence prudent s'abattit entre eux. Le haut seigneur sentait son cœur se serrer d'avance. Ravalant le chagrin qu'il anticipait, il reporta son attention sur le buste en os posé devant lui.

— A-t-on prévenu Faer Callindrill-mie ? s'enquit-il doucement.

— Corimini, l'aïeul de la Loge, s'est immédiatement rendu auprès d'elle. Il fut le professeur de Callindrill pendant maintes années et les connaît bien tous les deux. Il vous demande de l'excuser de n'être pas d'abord venu vous saluer.

Mhoram haussa les épaules pour signifier que cela n'avait pas d'importance. Son impuissance à atteindre Callindrill le torturait. Six jours de cheval le séparaient de Boijovial et il ne pouvait pas faire appel aux ranyhyn. L'armée du Rogue avait coupé la Mémoriade des plaines de Ra ; le mustang qui tenterait de franchir le barrage se ferait certainement massacrer et dévorer. Mhoram ne pouvait qu'attendre – et prier pour que Callindrill et ses compagnons fuient Boijovial avant d'être encerclés par le Pilonneur. Deux mille guerriers et le brandebourg de la milice, deux des dirigeants de la Loge, un seigneur… C'était un prix terrible à payer pour la bravade de Callindrill.

Alors même que cette pensée amère lui traversait l'esprit, Mhoram réalisa que Callindrill n'agissait pas par simple défi. Il ne supportait pas l'idée que Boijovial périsse. De son côté, Mhoram espérait que le Pilonneur épargnerait la sylve, qu'il utiliserait le grand banian au lieu de le détruire. Depuis qu'il avait failli durant la bataille de Doriendor Corishev, Callindrill se considérait comme un homme disgracié, un seigneur incapable de pourvoir au besoin du Fief. Il se prenait pour un lâche. Et à présent, Boijovial, l'œuvre la plus accomplie des nouveaux seigneurs, était assailli…

Mhoram soupira et effleura la sculpture du bout des doigts.

— Quaan, mon ami, qu'avons-nous accompli en sept ans ? demanda-t-il sur un ton funeste.

Comme si cette question clôturait la partie formelle de la conversation, Quaan s'assit sur une chaise face à

Mhoram et autorisa ses épaules à s'affaisser de quelques millimètres.

— Nous nous sommes préparés au siège de la Citadelle de notre mieux. Nous avons partiellement reconstruit la milice : des dix légions qui avaient survécu, nous sommes remontés à vingt-cinq. Pour ne pas laisser les habitants des plaines centrales sur le chemin du Pilonneur, nous les avons amenés ici. Nous avons constitué des réserves de nourriture, d'armes et d'équipement. Une marée d'ur-vils et de lémures ne suffira pas au Tueur Gris pour nous déloger.

— Mais il dispose de bien d'autres forces, rappela Mhoram en continuant à caresser le visage expressif de la statuette. Et nous avons perdu la sangarde.

— Ce n'était pas notre faute ! (Le chagrin mettait de l'indignation dans la voix de Quaan, qui avait combattu au côté de la troupe d'élite plus souvent que tout autre guerrier du Fief.) Lorsque l'expédition à Ondemère a été confiée aux soins de Korik et de la sangarde, nous ne pouvions pas savoir que le Tueur Gris attaquerait les géants avec la Pierre de Maleterre ni que Korik vaincrait un ravageur et tenterait de rapporter ici un morceau de la roche maléfique.

— Non, nous ne pouvions pas savoir, répéta Mhoram tel un écho douloureux.

Au fond, la disparition de ses pouvoirs divinatoires ne constituait pas une grosse perte. Malgré la myriade de visions terrifiantes qui l'avaient assailli, il n'avait pas réussi à anticiper le coup fatal que Turpide avait porté aux géants.

— Mon ami, vous souvenez-vous de ce que Bannor nous a dit au sujet de ce buste ?

— Haut seigneur ?

— Il nous a raconté qu'Elena fille de Léna l'avait réalisé à l'effigie de Thomas Covenant, Incrédule et porteur d'or blanc, et que celui-ci avait cru qu'il représentait un sangarde.

D'après Bannor, le seigneur suprême l'avait forcé à révéler à Elena le nom du pouvoir contenu dans le septième tabernacle afin que la jeune femme remplisse les conditions nécessaires pour y accéder. Mais pour l'instant, Mhoram n'était intéressé que par la ressemblance qu'Elena avait insufflée à l'œuvre. Cela avait été son point de départ, le commencement du chemin qu'il avait suivi pour parvenir jusqu'au secret.

— Elena était un grand maître de l'*anundivian yajña*. Jamais elle n'aurait involontairement permis une telle confusion.

Quaan haussa les épaules.

Touché par sa réticence à hasarder une opinion sur un sujet qui dépassait sa compétence, Mhoram lui adressa un sourire affectueux.

— Mon ami, dit-il, moi aussi, je voyais cette ressemblance et n'arrivais pas à la déchiffrer. Ahanna fille d'Hanna m'a aidé. Bien qu'elle ne pratique pas le moellage, elle a l'œil d'une artiste. Elle a perçu la signification de la création d'Elena.

« Le seigneur suprême Covenant et Bannor ont l'un et l'autre besoin d'une réponse absolue au dilemme de leur existence. Les sangardes la trouvaient dans leur vœu. Ils exigeaient d'eux-mêmes un service éternel, pur et sans faille, ou pas de service du tout. Et l'Incrédule…

— … exige que son monde soit réel et le nôtre pas, acheva Quaan sur un ton aigre.

Un autre sourire éclaira brièvement le visage de Mhoram.

— Cette aspiration à l'absolu est dangereuse. Kevin aussi n'admettait qu'une alternative : la victoire ou la destruction.

Quaan soutint le regard de son interlocuteur pendant quelques secondes avant de lancer :

— Dans ce cas, ne rappelez pas l'Incrédule. Vous savez qu'il n'hésitera pas à dévaster le Fief pour préserver *son* monde.

Mhoram haussa un sourcil et pinça les lèvres. Quaan se méfiait de Covenant depuis le début mais, en cette période de crise, les doutes prenaient plus d'ampleur, plus de poids que jamais.

Avant qu'il puisse répondre, des coups précipités furent frappés à sa porte.

— Haut seigneur, venez vite ! implora une sentinelle d'une voix sifflante. *Haut seigneur !*

Mhoram se leva. Tout en se dirigeant vers la porte, il bannit ses interrogations pour mieux focaliser ses sens sur l'ambiance de Pierjoie, qu'il sonda en quête d'une cause potentielle de détresse.

Quaan atteignit la porte avant lui et l'ouvrit à la volée. Mhoram sortit hâtivement dans la cour ronde baignée de lumière. La caverne était éclairée par le rayonnement jaune pâle qui émanait du sol de pierre, mais Mhoram n'eut pas besoin de lever les yeux vers les balcons en saillie pour comprendre pourquoi le garde l'avait appelé. Le seigneur Amhatin était plantée dos à ses appartements, comme si elle se rendait chez lui quand l'alerte avait été donnée. Elle se détachait contre la roche telle une ombre.

Elle serrait la baguette de communication en *lomillialor* que la Loge avait offerte à Pierjoie sept ans plus tôt. Le haut bois brûlait sans dégager la moindre flamme, telle une fissure ouvrant sur une fournaise. Sporadiquement, il crachait des nuées d'étincelles froides. Amhatin était en train de recevoir un message du porteur de l'autre baguette, celle qui était restée à Boijovial.

Mhoram saisit son bâton seigneurial, qu'il avait déposé sur un tripode, à l'entrée de ses quartiers, et se dirigea vers la jeune femme à grandes enjambées. D'expérience, il savait que l'envoi ou la réception d'informations à travers le *lomillialor* était une tâche épuisante. Amhatin aurait besoin de son aide. Elle manquait de force physique et en avait conscience.

Quand le conseil avait appris que l'armée du Rogue était en marche, elle avait confié à Callindrill la charge de Boijovial, sur lequel elle veillait jusqu'alors, persuadée qu'elle n'était pas assez robuste pour s'en acquitter en temps de guerre. Pourtant, son corps frêle et ses yeux graves dissimulaient un amour passionné de l'étude, une immense érudition à laquelle nul autre seigneur ne pouvait prétendre. Mhoram pensait souvent qu'Amhatin était à la fois la plus apte à découvrir son secret et la moins bien préparée pour l'accepter.

Mais à présent, sa silhouette menue lui semblait presque dénuée de substance, simple image projetée par le pouvoir du haut bois. Amhatin tremblait, tenant la baguette de *lomillialor* à bout de bras, comme pour l'éloigner le plus possible d'elle sans la lâcher. Avant que Mhoram la rejoigne, elle hoqueta :

— Asuraka. Asuraka me parle. (Sa voix frémissait telle une branche agitée par le vent.) Le Pilonneur. Le feu. L'arbre. *Aaaah !*

Tout en soufflant ces mots, elle fixait Mhoram, comme si, à travers lui, elle pouvait voir les flammes dévorer les troncs de Boijovial.

Ce dernier s'arrêta à portée d'Amhatin et planta fermement son bâton dans le sol. Haussant la voix pour pénétrer la gangue d'effarement de son interlocutrice, il lança :

— Tenez bon, Amhatin. Je vous entends.

La jeune femme baissa la tête pour se dérober à ses affreuses visions et les mots fusèrent de sa bouche comme si quelqu'un avait projeté un gros rocher dans les eaux de son âme.

— Le feu ! L'écorce brûle. Le bois se consume. *La Pierre !* Elle ronge les feuilles, les racines et les fibres. Callindrill lutte. Il lutte, mais… Les guerriers hurlent. Le hall sud est en flammes. *Ah, mon doux foyer !*

Avec un rictus, Mhoram empoigna la baguette de *lomillialor* en son centre. Une secousse le parcourut de la tête aux pieds, mais il crispa sa main sur le bois lisse et y projeta sa volonté. À travers lui, il atteignit Amhatin et la stabilisa. Puis, avec son soutien, il inversa le flux de pouvoir l'espace d'un instant. À contre-courant du flot émotionnel d'Asuraka, il siffla :

— *Fuyez !*

La doyenne du Bâton l'entendit. Et par les lèvres d'Amhatin, elle répliqua :

— *Fuir ?* Impossible ! Boijovial est en train de mourir sous nos pieds. Nous sommes encerclés. Les branches extérieures flambent. Deux troncs sont déjà calcinés jusqu'à leur sommet. Si vous entendiez ces hurlements… Callindrill s'est posté dans le *viancome*. Il lutte vaillamment, mais le tronc central vient de s'embraser. Le filet du *viancome* a pris feu. *Callindrill !*

— De l'eau ! cracha Mhoram à travers la baguette. Détournez les rivières ! Inondez la vallée !

Un instant, la pression qui émanait d'Asuraka diminua, comme si la doyenne s'était détournée de la baguette.

— *Asuraka !* appela Mhoram. *Doyenne !*

Il craignait qu'elle ne soit tombée dans les flammes. Quand elle reprit la parole, ce fut sur un ton morne et distant.

— Callindrill a déjà conjuré les cours d'eau un peu plus tôt. Le Pilonneur a détourné leurs flots. Il… La Pierre de Maleterre… (Une note horrifiée se glissa dans la voix faible qui s'échappait des lèvres d'Amhatin.) Il a ressuscité la mort antique de Kurash Plenethor. Des débris de roche et d'os, du sang et de la terre calcinée sont remontés du sol. Il s'est servi de ces reliefs pour murer Boijovial et empêcher le flux de nous atteindre. Comment est-ce possible ? Le fil du temps a-t-il été brisé ? En une seule frappe, la Pierre vient d'anéantir des siècles de guérison.

Soudain, Amhatin se raidit et poussa un cri strident.

— *Callindrill !*

L'instant d'après, le *lomillialor* se tut. Le pouvoir retomba tel un oiseau abattu en plein vol. Amhatin chancela et faillit s'effondrer. Mhoram lui agrippa le bras pour la retenir.

Dans le brusque silence, la cour lui parut aussi morte et froide qu'une tombe. L'atmosphère grouillait d'échos angoissés, pareils à un battement d'ailes inaudible. Mhoram crispa si fort la main sur le bâton que ses jointures blanchirent.

Puis Amhatin frissonna et se ressaisit. Mhoram la lâcha, s'écarta d'elle et tourna son attention vers les autres personnes présentes. Quaan se trouvait quelques pas derrière lui et plusieurs sentinelles étaient postées autour du plancher lumineux. Une poignée de civils pelotonnés sur les balcons en saillie observaient craintivement la scène. Mhoram les ignora pour pivoter vers la gauche, où Corimini se tenait en compagnie de Faer Callindrill-mie. Les mains ridées de l'aïeul de la Loge étaient posées sur les épaules de Faer. Des larmes brillaient sous ses paupières lourdes et sa longue barbe blanche frémissait de chagrin. Mais le visage carré de Faer, livide et immobile, était digne d'une sculpture d'*anundivian yajña.*

— Si je comprends bien, il est mort, dit-elle doucement.

— « La mort fauche la beauté du monde », récita Mhoram.

— Il a brûlé vif.

— Le Pilonneur est un ravageur. Il hait ce qui est vert et qui croît. J'ai été stupide de penser qu'il épargnerait Boijovial.

— Brûlé vif, répéta Faer.

— Oui. (Mhoram ne trouvait pas de mots adéquats pour apaiser la douleur de Faer.) Il s'est battu pour sauver Boijovial.

— Haut seigneur, le doute était en lui. (Faer posa une main sur son sein.) Il s'est oublié.

Mhoram perçut la vérité dans sa voix.

— Peut-être. Mais il n'a pas oublié le Fief, se sentit-il tenu de préciser.

Avec un gémissement sourd, Amhatin se détourna et rebroussa chemin vers ses appartements. Faer ne lui prêta aucune attention. Se dérobant au regard de Mhoram, elle demanda :

— Est-ce possible ?

— La loi de la mort a été brisée, répondit le haut seigneur. Qui peut dire ce qui est possible, désormais ?

— Boijovial… grogna Corimini d'une voix tremblante de vieillesse et de chagrin. Callindrill est mort en héros.

— Il s'est oublié, répéta Faer.

Et elle se dégagea comme si elle n'avait que faire des consolations que l'aïeul pourrait lui prodiguer. Tournant le dos à Mhoram, elle se dirigea vers ses appartements d'une démarche automatique. Corimini la suivit, clignant des paupières dans un effort futile pour chasser ses larmes.

Mhoram fit passer son bâton dans son autre main et fléchit ses doigts recourbés comme des serres. Puis il prit sa décision. Les lèvres pincées et l'air dur, il fit face à Quaan.

— Convoquez le conseil, ordonna-t-il comme s'il s'attendait à ce que l'insigne proteste. Invitez les gardiens de la Loge, ainsi que tous les *rhadhamaerl* et les *lillianrill* qui désireront venir. Nous ne pouvons plus repousser l'échéance.

Quaan s'abstint de discuter. Il salua avec raideur et cria aussitôt des ordres aux sentinelles.

Mhoram n'attendit pas qu'il ait terminé. Il sortit de la cour et s'engagea dans le couloir qui séparait les appartements seigneuriaux du reste de la Citadelle. Au passage, il salua les gardes d'un signe de tête, mais, malgré leur expression interrogatrice, ne s'arrêta pas pour les informer des dernières nouvelles. Tous les gens qu'il croisa avaient perçu le changement d'atmosphère à Pierjoie et l'angoisse se lisait dans leurs yeux. Pourtant, Mhoram les ignora. Ils sauraient bien assez tôt.

Avec une mine sévère, il gravit les escaliers de la Citadelle jusqu'au niveau de la closerie.

Pierjoie devint fébrile tandis que le message d'Asuraka se répandait en ses murs. L'énergie qui animait la roche et servait d'ordinaire à synchroniser le rythme de vie des habitants se fit plus tendue, plus concentrée, comme si la forteresse elle-même racontait à ses occupants ce qui s'était passé et leur dictait de quelle manière ils devaient réagir. Ainsi participait-elle à ordonner leur existence depuis des siècles.

Au fond de son cœur meurtri, Mhoram savait que même la Citadelle pouvait être détruite, anéantie. Elle n'avait encore jamais été assiégée depuis sa construction, mais Turpide était assez puissant pour en venir à bout. Il détenait le pouvoir d'abattre ses murs massifs, de réduire le dernier bastion du Fief à un vulgaire tas de gravats. Et il ne tarderait plus à l'exercer.

Sur ce point-là, au moins, Callindrill avait vu juste : l'heure était aux mesures désespérées. Mhoram ployait déjà sous le fardeau des dégâts causés par le Pilonneur durant sa longue marche depuis Ridjeck Thome. Il avait pris sa décision ; il allait tenter le tout pour le tout – en s'efforçant de tourner à l'avantage du Fief la rupture de la loi de la mort.

Inconsciemment, il pressa le pas. Il savait qu'il devrait attendre une fois parvenu à la closerie, mais sa résolution le poussait en avant. Pourtant, lorsque Trell Atiaran-mi le héla depuis un couloir latéral, il s'arrêta aussi sec et pivota vers lui. Le robuste ignessire avait des revendications auxquelles Mhoram ne pouvait ni se dérober ni opposer un refus.

Trell portait la tenue traditionnelle des stèlagiens : un pantalon brun clair et une courte tunique brodée du symbole de sa famille, un motif de feuilles blanches, au niveau des épaules. Il avait la large carrure et la musculature développée qui caractérisaient les habitants des villages de pierre, mais, contrairement à la plupart d'entre eux, il était très grand. Il dégageait une impression de force physique considérable, que sa maîtrise du *rhadhamaerl* ne faisait qu'accentuer.

Il s'approcha du haut seigneur tête inclinée. Mhoram savait que ce n'était pas par timidité. Une autre raison poussait le colosse à éviter le regard d'autrui – une raison tapie derrière sa peau burinée et sa barbe rousse mêlée de poils gris. À cette pensée, Mhoram frissonna comme si le vent hivernal qui s'infiltrait dans les couloirs de Pierjoie avait réussi à s'insinuer jusqu'en son cœur.

À l'instar de tout *rhadhamaerl*, Trell avait consacré son existence au service de la pierre. Mais il avait perdu sa femme, sa fille et sa petite-fille à cause de Thomas Covenant. Sept ans plus tôt, la seule vue de l'Incrédule l'avait poussé à endommager la roche de la Citadelle ; il avait enfoncé ses doigts dans le granit comme dans de l'argile molle.

Depuis, il gardait les yeux baissés, s'efforçant de dissimuler la douleur et la haine qui livraient bataille en lui. Il travaillait seul dans son coin et ne se mêlait pas aux habitants de la forteresse. Pourtant, ce fut avec une sombre détermination qu'il accosta Mhoram.

— Vous vous rendez à la closerie, haut seigneur.

Son expression était sévère, mais son intonation contenait une note étrangement suppliante.

— Oui, confirma Mhoram.

— Pourquoi ?

— Vous le savez très bien, Trell Atiaran-mi. Vous n'êtes pas sourd au besoin du Fief.

— Ne le faites pas, lâcha l'ignessire.

Mhoram secoua la tête.

— Je dois essayer.

— Ne le faites pas, insista le stèlagien.

— Trell, je suis le haut seigneur du conseil de Pierjoie. Je dois tenter tout ce qui est en mon pouvoir.

— Vous bafoueriez la mémoire d'Elena fille de ma fille ?

— *Bafouer ?* répéta Mhoram, surpris.

Haussant un sourcil, il attendit que l'ignessire s'explique.

— Oui ! (La voix de Trell était rocailleuse et hésitante, comme si les chants souterrains du *rhadhamaerl* lui avaient fait oublier les inflexions du langage humain, et il semblait se retenir pour ne pas hurler.) Atiaran ma femme prétendait… Elle disait que c'est la responsabilité des vivants de justifier le sacrifice des morts. Sans ça, celui-ci se vide de toute signification. Vous allez priver Elena d'une chose qu'elle a payée très cher. Vous ne pouvez pas approuver son trépas.

Mhoram entendit la vérité dans les paroles de Trell. Son choix impliquait d'entériner, ou du moins de reconnaître, la chute d'Elena sous Melenkurion Barreciel. Ce serait très difficile à avaler pour Trell. Mais même si Mhoram ne voulait pas blesser l'ignessire, il était lié par son devoir envers le Fief.

— Je dois essayer, répondit-il fermement, afin que nulle méprise ne soit possible. (Puis, sur un ton plus doux :) Le haut seigneur Elena a brisé la loi de la mort. Comment pourrais-je l'approuver ?

Trell balaya les murs du regard, évitant de fixer son interlocuteur. Ses mains se crispèrent sur ses hanches comme pour se retenir de frapper – comme s'il craignait ce qu'elles pourraient faire de leur propre chef s'il ne les gardait pas occupées.

— Aimez-vous le Fief ? demanda-t-il d'une voix rauque. Parce que vous allez le détruire.

Alors, il planta son regard dans celui de Mhoram. Un feu humide brûlait dans ses yeux rougis.

— Il aurait mieux valu que je... (D'un geste brusque, il frappa dans ses mains tandis que ses épaules se contractaient comme celles d'un étrangleur.) Que je tue Léna ma fille à sa naissance.

— Non, protesta Mhoram. Non, certainement pas.

Il aurait voulu étreindre Trell, lui donner une accolade consolatrice. Mais comment aurait-il pu remédier à la détresse d'autrui alors qu'il ne parvenait pas à résoudre son propre dilemme ?

— Allez en paix, Trell, murmura-t-il. Souvenez-vous du serment.

Il ne trouvait rien d'autre à dire.

— *En paix ?* répéta Trell avec un ricanement amer. Atiaran croyait à la paix. Et elle avait tort. (Son regard se fit flou.) La paix n'existe pas.

Vacillant, il se détourna et rebroussa chemin dans le couloir par lequel il était arrivé.

Mhoram le suivit des yeux. La prudence lui recommandait d'assigner un ou plusieurs guerriers à la surveillance de Trell. Mais il ne pouvait se résoudre à tourmenter l'ignessire en lui témoignant une telle méfiance ; ce serait peut-être la goutte d'eau qui ferait déborder le vase et réduirait à néant sa maîtrise de lui-même, déjà fragilisée. Sans compter que Mhoram avait déjà vu des hommes et des femmes vaincre une affliction plus grande encore que celle de Trell.

Pourtant, l'ignessire ne lui était pas apparu comme capable de faire jaillir une nouvelle vie des cendres de l'ancienne. En choisissant de ne pas intervenir, Mhoram prenait un risque. Il se remit en marche vers la closerie, accablé par le poids de ses responsabilités. Il ne se sentait pas de taille à porter sur ses épaules une telle multitude de catastrophes potentielles.

Les seigneurs ne disposaient d'aucun pouvoir assez grand pour combattre l'hiver prolongé qui s'était abattu sur le Fief.

Mhoram enfila un long passage éclairé par des torches, gravit un escalier en colimaçon et se dirigea vers une entrée réservée aux seigneurs. Il s'arrêta sur le seuil pour estimer le nombre de gens déjà rassemblés dans la salle et, au bout d'un moment, entendit Amhatin arriver derrière lui.

Quand elle atteignit le palier sur lequel il se tenait, il remarqua que ses yeux étaient rougis et sa bouche crispée. Il fut tenté de lui parler sur-le-champ, mais se ravisa et décida de n'aborder la question de ses sentiments que devant le conseil. S'il voulait révéler son secret, il devait commencer par préparer le terrain. Avec un sourire compatissant, il tint la porte à Amhatin et la suivit à l'intérieur.

Ils descendirent les marches qui conduisaient au pied des gradins. L'amphithéâtre était éclairé par quatre énormes torches de *lillianrill* accrochées aux murs et par une fosse d'ignescentes située au fond, en contrebas, au milieu du croissant formé par la table des seigneurs. Des chaises de pierre, destinées à ces derniers et à leurs invités de marque, étaient disposées à l'extérieur de la demi-lune. À la tête trônait le siège du haut seigneur.

Près de la fosse se dressait un guéridon de pierre au centre duquel une épée courte était plantée jusqu'à mi-lame. C'était le *krill* de Loric, resté là où Covenant l'avait fiché sept ans plus tôt – pour la simple raison que les seigneurs n'avaient pas trouvé le moyen de l'en retirer. Ils l'avaient laissé dans la closerie afin que quiconque le souhaitant puisse l'examiner librement. Mais rien n'avait changé, à l'exception de la gemme blanche autour de laquelle avaient été forgées la garde et la poignée de l'arme à double tranchant.

Lorsque Mhoram et Callindrill étaient revenus de leur plongée dans le Garrot, ils avaient trouvé la roche terne, comme morte. Le feu brûlant que Covenant avait allumé en elle s'était éteint.

La lumière produite par les ignescentes se reflétait à la surface du *krill* telle une accusation d'impuissance jetée à la face des seigneurs. Mais Mhoram n'y prêta nulle attention. Il n'avait pas besoin de regarder alentour pour savoir qui était déjà arrivé ; la parfaite acoustique du lieu apportait à ses oreilles chaque mot prononcé, chaque bruit fait dans son enceinte. Le premier rang de gradins, directement au-dessus des seigneurs, était occupé par des guerriers – des chevrons de la milice au lieu des sangardes d'autrefois.

Les deux hospitaliers, l'ignessire Thorm et le magistère Borillar, étaient assis avec Quaan à leur place attitrée, tout en haut de la galerie derrière Mhoram. Plusieurs gardiens de la Loge s'y trouvaient également, encore couverts de la poussière de la route mais trop agités par la nouvelle de la chute de Boijovial pour manquer le conseil. Pratiquement tous les *lillianrill* de la Citadelle les avaient accompagnés. Frappés en plein cœur par l'incendie de la sylve, ils fixaient du regard Mhoram ; leurs yeux débordaient de chagrin.

Mhoram ne s'assit pas immédiatement. Tandis qu'Amhatin se dirigeait vers sa chaise, sur le côté droit de la table, il sentit la douleur le poignarder à la vue du siège que Callindrill aurait dû occuper. Il perçut aussi la présence de ceux qui l'avaient précédé dans le fauteuil du haut seigneur : Damelon, Loric et Kevin chez les vénérables, puis Varil, Prothall, Osondrea et Elena. Au souvenir de la grandeur et du courage de chacun d'eux, il réalisa qu'il était bien peu compétent, bien peu robuste pour porter sur ses épaules tant de responsabilités et d'échecs. Il ne possédait ni la sage clairvoyance de Varil, ni la force stoïque de Prothall, ni l'intransigeance austère d'Osondrea, ni la passion flamboyante d'Elena. Et sa puissance n'était rien comparée à celle du plus faible membre des conseils jamais dirigés par les vénérables. Pourtant, nul ne pouvait prendre sa place. Amhatin manquait d'endurance physique. Trevor doutait de ses propres capacités ; jamais il ne s'était considéré comme l'égal de ses pairs. Quant à Loerya, elle était partagée entre son amour pour le Fief et son désir de protéger sa famille. Plus d'une fois, elle avait failli demander à Mhoram de la relever de ses fonctions pour fuir avec ses filles vers la chaîne Ouestronne et se mettre en relative sécurité.

Callindrill disparu, Mhoram se retrouvait plus seul que jamais.

Il dut se forcer à tirer le fauteuil et à y prendre place.

En attendant Trevor et Loerya, il s'abîma en lui-même et tenta de rassembler son courage. Enfin, la grande porte de la closerie s'ouvrit face à lui et les deux seigneurs descendirent les marches, encadrant Corimini. Celui-ci se mouvait avec lenteur et difficulté, comme si la destruction de Boijovial avait consumé jusqu'au moindre vestige d'élasticité de ses muscles. Trevor et Loerya le soutenaient chacun par un coude. Ils le guidèrent vers une chaise à droite d'Amhatin, puis contournèrent la table et s'installèrent à la gauche de Mhoram.

Comme ils s'asseyaient, les bavardages cessèrent et le silence se fit. Après avoir rapidement rectifié leur position, les membres de l'auditoire tournèrent leur attention vers les seigneurs. C'était à peine si Mhoram entendait quelques respirations suspendues. Lentement, il balaya l'assemblée du regard. Tous les yeux étaient posés sur lui. Se raidissant, il déposa son bâton sur la table et se leva.

— Amis et serviteurs du Fief, entonna-t-il d'une voix ferme, bienvenue au conseil des seigneurs. Je suis Mhoram fils de Varil, haut seigneur par le choix du conseil. De grands périls nous menacent et nous devons sans délai prendre nos dispositions pour les affronter. Mais, avant, accueillons les gardiens de la Loge qui viennent de rejoindre la Citadelle. Corimini, noble aïeul, vous et vos gens êtes ici chez vous. Vous nous avez transmis le savoir accumulé au fil des générations par les adeptes de l'Épée et du Bâton. Comment pouvons-nous vous honorer ?

Corimini se redressa pour répondre au salut de Mhoram, mais son regard flou révélait que son esprit était ailleurs.

— Faer… commença-t-il d'une voix chevrotante. Faer me prie de vous présenter ses excuses pour l'absence de Callindrill son époux, qui sera dans l'incapacité d'assister au conseil.

Sa voix buta sur les derniers mots et, arrivé à la fin de la phrase, il s'interrompit comme s'il avait oublié ce qu'il voulait dire. Ses pensées échappaient à son contrôle et s'éparpillaient. Le pouvoir de la Sagesse qui l'avait si longtemps préservé des effets de la vieillesse semblait se dissiper en lui. Au bout d'un moment, il se rassit en marmonnant dans sa barbe, tel un homme perdu dans les méandres de son propre esprit.

— Boijovial… Boijovial, répéta-t-il plusieurs fois, comme s'il cherchait vainement la signification de ce nom.

Vaincu, il se mit à sangloter tout bas.

Des larmes brûlaient les yeux de Mhoram. Il adressa un geste rapide à deux gardiens. Ceux-ci rejoignirent Corimini, le soulevèrent et gravirent les marches qui menaient à la sortie.

— Conduisez-le aux guérisseurs, ordonna Mhoram d'une voix enrouée. Qu'ils lui apportent la paix. Il a servi le Fief avec courage, dévouement et réflexion pendant plus longtemps que n'importe lequel d'entre nous.

Les seigneurs se levèrent, imités par l'assistance. Ensemble, ils portèrent la main droite à leur cœur et tendirent leur paume vers Corimini.

— Salut à vous, Corimini, aïeul de la Loge. Soyez en paix.

Puis les portes se refermèrent derrière Corimini et son escorte. Chacun se rassit tristement. Les seigneurs tournèrent un regard douloureux vers Mhoram et Loerya dit avec raideur :

— C'est un mauvais présage.

Mhoram se força à se ressaisir.

— Tous les présages le sont, en ces temps troublés, répliqua-t-il. Le Mépris erre en liberté. Voilà pourquoi nous sommes les seigneurs. Le Fief n'aurait pas besoin de nous si nul danger ne le menaçait.

Les yeux baissés, Amhatin fit remarquer :

— Si faire barrage au Rogue est notre raison d'être, nous avons bien mal justifié notre existence jusqu'à présent. (Le chagrin et la colère lui prêtaient un ton de défi. Posant les mains à plat sur la table, elle les fixa comme si elle essayait de les pousser à travers la pierre.) De nous tous, seul Callindrill a tenté de défendre Boijovial. Il a brûlé à ma place.

— *Non !* aboya Mhoram. (Ce n'était pas ainsi qu'il comptait aborder le sujet, mais la jeune femme ne lui laissait pas le choix.) *Non, Amhatin !* Vous n'êtes pas responsable de la mort de Callindrill Faer-mi. C'est lui qui a choisi de demeurer à Boijovial et de périr avec la sylve. Lorsque vous avez estimé que vous n'étiez plus la personne la mieux indiquée pour veiller sur la Loge, vous en avez fait part au conseil. Celui-ci s'est rangé à votre avis et a demandé à Callindrill de vous remplacer.

« Parallèlement, nous avons débattu et conclu que nous ne devions pas gaspiller nos forces en livrant une bataille futile à Boijovial. (Une crispation de la peau autour des yeux de Mhoram exprima combien la décision avait été difficile à prendre.) La sylve n'était pas conçue pour soutenir un siège ; il était impossible de la défendre correctement. Dans l'intérêt du Fief, le conseil s'est donc résolu à économiser ses forces vives et à les employer là où elles seraient le plus efficaces : à la Citadelle. Callindrill... (La voix de Mhoram vacilla.) Callindrill a fait un choix différent. Ce n'est en aucun cas votre faute.

Devinant qu'Amhatin s'apprêtait à protester, Mhoram la prit de vitesse. Il ne voulait pas qu'elle formule ses pensées.

— Par ailleurs, sachez que nous ne sommes pas responsables de la réussite ou de l'échec des stratégies que nous mettons en œuvre pour préserver le Fief. Nous ne sommes pas les créateurs de la Terre, juste des créations, comme elle. Son destin dépend d'une puissance supérieure. Faire de notre mieux, voilà la seule chose que l'on puisse exiger de nous. Du moment que nous employons notre sagesse et nos ressources à protéger le Fief, nul ne peut nous reprocher quoi que ce soit. La vie et la mort, le bien et le mal, la victoire ou la destruction – ce sont là des énigmes qu'on ne nous demande pas de résoudre. Que le Créateur réponde lui-même du sort de sa création.

Amhatin dévisagea Mhoram ; il la sentit sonder le tréfonds de son cœur.

— Tenez-vous donc Callindrill pour responsable ? souffla-t-elle. Ce n'est certainement pas sa sagesse qui lui a commandé de rester à la Loge.

Mhoram fut peiné qu'elle se méprenne ainsi sur ses intentions.

— Vous m'avez mal compris, Amhatin. J'aimais Callindrill Faer-mi comme un frère. Je n'ai aucun désir de le blâmer.

— Vous êtes le haut seigneur. Que vous commande votre sagesse ?

— Je suis le haut seigneur, confirma simplement Mhoram, et je n'ai pas de temps à perdre en vaines accusations.

— Et s'il n'y avait pas de Créateur ? intervint brusquement Loerya. Ou s'il s'était détourné de son œuvre ?

— Dans ce cas, qui resterait-il pour nous juger ? Nous sommes les artisans de la signification de notre vie. Servir le Fief au mieux de nos capacités, que pouvons-nous exiger d'autre de nous-mêmes ?

Ce fut Trevor qui répondit.

— La victoire, haut seigneur. Si nous échouons, le Fief nous jugera. Sa ruine sera notre chef d'accusation. Nous sommes ses derniers protecteurs.

C'était un argument d'une pertinence redoutable, une attaque difficile à parer. Mhoram réalisa qu'il n'avait toujours pas le courage d'affirmer : « Mieux vaut l'échec que la profanation. » Au lieu de quoi, il riposta avec un sourire grimaçant.

— Les *derniers*, Trevor ? Non. Les haruchai vivent toujours sur les sommets de la chaîne Ouestronne. À leur façon, ils connaissent mieux le nom du Pouvoir de la Terre que n'importe quel seigneur. Le peuple de Ra et les ranyhyn subsistent. Beaucoup de gens ont survécu dans les plaines du Sud et du Nord. La plupart des affranchis demeurent. Caerroil Folbois, forestal du

Garrot, est encore de ce monde. Et quelque part au-delà de la mer du Levant se trouve la patrie des géants – et des Élohim et des Brathair dont parlaient leurs chansons. Ils résisteront à l'emprise de Turpide sur la Terre.

— Mais le Fief, haut seigneur ! Le Fief sera perdu ! Le Mépris le ravagera d'un bout à l'autre !

— Pas tant qu'il restera une étincelle d'amour ou de foi, s'enflamma Mhoram.

Ses yeux brûlants transpercèrent Trevor jusqu'à ce que les protestations de ce dernier se soient consumées dans sa gorge. Alors, il se tourna vers Loerya. Mais elle n'était pas mue par le doute, juste par la peur qu'elle éprouvait pour ses filles. Aussi préféra-t-il épargner son cœur déjà meurtri. Quant à Amhatin, Mhoram fut soulagé de constater que sa colère s'était dissipée et qu'elle le dévisageait avec espoir, comme si elle avait trouvé en lui quelque chose dont elle avait besoin.

— Haut seigneur, vous avez découvert un moyen de contrer le fléau qui nous menace, dit-elle doucement.

Mhoram se raidit.

— En effet. (Levant la tête, il s'adressa à l'auditoire.) Mes amis, le Pilonneur a brûlé Boijovial. La Mémoriade se trouve désormais entre ses mains. Bientôt, il marchera sur nous. Nous ne disposons que de quelques jours avant le début du siège. Nous ne pouvons plus attendre. (Les paillettes d'or de ses yeux s'embrasèrent comme il concluait :) Nous devons tenter d'appeler l'Incrédule.

Un silence funeste accueillit la déclaration. Mhoram sentit des vagues de surprise, d'excitation et de crainte se déverser depuis les gradins. L'ardente objection de Quaan pesait sur ses épaules, mais il attendit sans rien dire jusqu'à ce que Loerya recouvre l'usage de la parole et s'exclame :

— C'est impossible ! Le Bâton de la Loi a été perdu. Nous n'avons aucun moyen d'effectuer une telle conjuration.

Le timbre doux de sa voix couvrait à grand-peine la dureté de ses propos.

Mhoram continua à attendre, guettant la réaction des autres seigneurs. Au bout d'un moment, Trevor lança sur un ton hésitant :

— Mais la loi de la mort a été brisée.

— Et si le Bâton a été détruit, ajouta très vite Amhatin, le pouvoir qu'il contenait et concentrait a été lâché sur le Fief. Peut-être nous est-il accessible.

— De toute façon, nous n'avons pas le choix, conclut Mhoram. Pour le meilleur ou pour le pire, l'Incrédule est inextricablement lié au destin du Fief. S'il n'est pas présent, il ne pourra pas nous aider à défendre le Fief.

— Il ne risquera pas, non plus, de le détruire, marmonna Quaan.

Avant que Mhoram puisse répondre, Borillar se leva.

— L'Incrédule sauvera le Fief, lâcha-t-il précipitamment.

— Vous semblez bien sûr de vous, hospitalier, gronda Quaan.

— Il sauvera le Fief, répéta Borillar, comme surpris par sa propre témérité.

Sept ans plus tôt, lors de la précédente visite de Thomas Covenant dans le Fief, il était le plus jeune magistère jamais élevé au rang d'hospitalier. Conscient de son manque d'expérience, il se comportait en toute chose avec une humilité qui amusait son ami et pair, Thorm.

— Lorsque j'ai rencontré le seigneur suprême, j'étais timide. J'avais peur de tout. (Il ignora le sourire malicieux de Thorm, qui semblait dire : « Et maintenant, ce n'est plus le cas ? ») Mais il m'a parlé avec beaucoup de gentillesse.

Rouge d'embarras, il se rassit.

La force de sa conviction parut ébranler l'assistance. Quand Loerya reprit la parole, ce fut sur un ton très différent :

— Et comment procéderons-nous ? s'enquit-elle en jetant un coup d'œil interrogateur à Borillar.

D'un air grave, Mhoram adressa un signe de tête à celui-ci pour le remercier.

— Je vais tenter d'effectuer le rituel. Seul. Si mes forces viennent à me trahir, aidez-moi.

Les seigneurs acquiescèrent en silence. Promenant un dernier regard à la ronde, Mhoram se rassit, inclina la tête et ouvrit son esprit.

Il savait qu'il devrait en partie le barricader, l'empêcher de fusionner avec celui de Trevor, de Loerya et d'Amhatin. Même s'il avait besoin de la consolation et de la force que lui aurait apportées une communion absolue, il ne voulait pas prendre le risque de dévoiler son secret. Aussi se retenait-il de s'abandonner. Il donnait à ses semblables mais ne leur prenait rien. Du coup, l'échange n'exerçait aucune fonction régénératrice sur lui.

Pourtant, Mhoram croyait à son efficacité. De tous les pouvoirs dont disposaient les nouveaux seigneurs, la communion était le seul qui leur appartînt en propre ; les autres leur avaient été transmis par les tabernacles de Kevin le Dévastateur. Pratiquée dans les règles de l'art, elle leur permettait de partager leur vigueur physique et mentale. Et tant que Mhoram posséderait le moindre souffle de vie, il se refuserait à le garder égoïstement pour lui.

Lorsque le contact fut rompu, la tête lui tourna. Il lui semblait que jamais il n'aurait la force de se lever. Le besoin des autres seigneurs et l'inquiétude qu'il leur causait pesaient sur ses épaules, fardeau accablant. Mais Mhoram était assez lucide pour se rendre compte que, même sans cela, il aurait été incapable de se laisser aller. Sa nature profonde le poussait à se dépenser jusqu'à la dernière extrémité ; son goût pour l'absolu l'effrayait chaque fois qu'il pensait au rituel de profanation.

Il s'accorda quelques instants pour se ressaisir, puis se leva et empoigna son bâton. Le brandissant tel un étendard, il contourna la table et descendit les marches qui menaient à la fosse d'ignescentes.

Thorm le rejoignit. Comme d'habitude, ses yeux pétillaient de bonne humeur et il lança en souriant :

— Vous aurez besoin d'y voir clair pour localiser l'Incrédule. (Il lui fit un clin d'œil.) Le gouffre qui sépare les mondes est sombre et l'obscurité flétrit le cœur. Permettez-moi de vous fournir de la lumière.

Mhoram lui adressa un sourire reconnaissant. Alors, Thorm se pencha vers la fosse et se mit à chanter. Dans la langue sourde et rocailleuse connue des seuls *rhadhamaerl*, il entonna une invocation aux pierres de feu, les encouragea, les cajola, appela à la vie leur pouvoir latent. Et la lueur des ignescentes se refléta sur son visage telle une réponse.

Bientôt, Mhoram vit croître leur éclat. Le rouge s'estompa, le doré s'intensifia, et le parfum de terre fraîchement retournée se répandit dans la closerie.

En silence, Amhatin, Loerya et Trevor se levèrent. Les spectateurs les imitèrent, témoignant de leur admiration pour l'ignessire et de leur respect pour le Pouvoir de la Terre. Face à eux, la fosse dégageait désormais une clarté aveuglante, au milieu de laquelle se découpait la pâle silhouette de Thorm.

D'un mouvement lent et majestueux, Mhoram prit son bâton à deux mains et le tendit devant lui, à hauteur du front. L'hymne d'invocation de l'Incrédule se mit à défiler dans sa tête alors qu'il se concentrait pour projeter son esprit dans le haut bois. Un par un, il oblitéra de sa conscience les occupants de la closerie puis cette dernière, ne conservant que la mélopée, la lumière et le Pouvoir de la Terre. Enfourchant le flot impétueux de l'énergie qui palpitait autour de lui, il entonna :

Il y a en chaque pierre une magie sauvage
Que l'or blanc pourra libérer ou contrôler :
L'or, métal rare, non originaire du Fief,
Ni gouverné, limité ou soumis
Par la Loi avec laquelle le Fief fut créé,
Mais pierre d'angle, pivot, contrepoint,
Au chaos dont le temps a été tiré.

Le pouls de la montagne l'emporta à travers le vent maléfique qui soufflait dans ses entrailles. La conscience de Mhoram eut juste le temps de frissonner, avant de laisser derrière elle la pierre, le bois, l'eau et l'air pour s'abîmer dans la trame de la réalité. Durant un intervalle impossible à mesurer à l'aune du temps, le haut seigneur perdit la trace de lui-même. Il lui semblait qu'il flottait au-delà des limites de la création. Mais la chanson et la lumière l'ancraient, le stabilisaient. Bientôt, ses pensées se tournèrent vers l'or blanc, telle l'aiguille d'une boussole vers le nord.

Puis il aperçut l'anneau de Thomas Covenant. Impossible de s'y tromper : la présence anxieuse de l'Incrédule l'enveloppait, le liant et scellant son pouvoir. Mhoram se porta à sa rencontre et commença à chanter :

Sois fidèle, Incrédule
Réponds à notre appel.
La vie donne,
La mort reprend tout.
Les promesses sont vérités
Qui, tenues,
Dispersent les malédictions.
Mais de l'âme
Le fléau le plus ravageur
De foi brisée
Et d'infidélité se nourrit,
Propageant les ténèbres.
Garde la foi, Incrédule,
Réponds à notre appel.
Sois fidèle.

Il prit Covenant au filet de son incantation et rebroussa chemin vers la closerie.

L'efficacité de la manœuvre le soulagea d'une grande partie de son fardeau, lui permit de revenir rapidement à lui. Tandis qu'il ouvrait les yeux, il chancela et faillit tomber à genoux. Il se sentait vidé, rompu, comme si son âme s'était étirée sur une trop longue distance. Un instant, il en oublia même de chanter. Mais ses pairs avaient entonné l'hymne en chœur et leurs bâtons avaient pris le relais de son pouvoir défaillant.

Lorsque Mhoram recouvra la vue, il découvrit Thomas Covenant, debout devant lui. Mais l'apparition n'était encore qu'à demi tangible et ne faisait pas mine de se solidifier. Covenant demeurait à la lisière de l'incarnation physique ; il refusait de franchir la frontière qui séparait son monde du Fief. D'une voix ténue, il lança :

— Pas maintenant ! Laissez-moi partir !

Sa souffrance, visible, choqua Mhoram. Covenant avait les traits creusés par la faim et l'épuisement. Une plaie profonde et infectée lui barrait le front, et du sang séché maculait un des côtés de sa bouche. Son corps était couvert d'ecchymoses, comme si on l'avait lapidé. Mais, aussi affreuses soient-elles, ses blessures physiques semblaient insignifiantes en comparaison de sa détresse morale. L'Incrédule dégageait l'accablement et la résistance de tout son être. Seule sa volonté ardente le retenait dans les limbes. Le voir lutter si farouchement contre son retour dans le Fief rappela à Mhoram le pauvre *dukkha*, le repenti que le Rogue avait torturé avec la Pierre de Maleterre et qui s'était débattu durant son interrogatoire comme si on l'avait plongé dans une cuve d'acide.

— Covenant ! grogna Mhoram. Oh, Covenant ! (Sa lassitude était telle qu'il craignit de ne pas pouvoir retenir ses larmes.) Mon ami, votre monde est un enfer !

Covenant frémit comme si les paroles du haut seigneur étaient autant de coups qu'il avait reçus en pleine poitrine.

— Renvoyez-moi là d'où je viens ! implora-t-il. *Elle a besoin de moi !*

— Nous aussi, nous avons besoin de vous, murmura Mhoram.

Il se sentait mou, comme s'il n'avait plus d'os ni de muscles pour le tenir droit. Il comprenait pourquoi il avait réussi à ramener l'Incrédule sans le Bâton de la Loi, et c'était comme si un gouffre de chagrin venait de s'ouvrir en lui. Il avait l'impression que sa substance s'écoulait hors de lui.

— Elle a besoin de moi ! répéta Covenant. (Un peu de sang se remit à couler au coin de sa bouche, distordue par l'effort.) Mhoram, ne m'entendez-vous pas ?

Mhoram fut touché par les supplications de l'Incrédule. En tant que haut seigneur, il ne devait sous aucun prétexte se montrer indigne des responsabilités qui lui avaient été conférées. Aussi se força-t-il à soutenir le regard fiévreux de Covenant.

— Je vous entends, Incrédule. Je suis Mhoram fils de Varil, haut seigneur par le choix du conseil. Nous aussi, nous avons besoin de vous. Je vous ai rappelé pour que vous nous aidiez à vaincre l'ultime péril qui menace le Fief. La prophétie que Turpide vous a, jadis, demandé de nous transmettre est sur le point de se réaliser. Si nous échouons, le Rogue acquerra le contrôle sur la vie et la mort, et l'univers deviendra un enfer à tout jamais. Seigneur suprême Covenant, aidez-nous ! C'est moi, Mhoram fils de Varil, qui vous le demande.

Bombardé par les paroles de Mhoram, Covenant tituba, mais ne capitula pas pour autant. Dès qu'il recouvra l'équilibre, il cria :

— Je vous dis qu'elle a *besoin de moi* ! Le crotale va la mordre ! Si vous me renvoyez tout de suite, je la sauverai !

Au fond de lui, Mhoram était émerveillé que Covenant parvienne ainsi à lui résister sans recourir au pouvoir de son anneau. Cela collait parfaitement avec le secret qu'il avait découvert. L'espoir et la peur s'agitèrent de plus belle en son cœur, et il eut beaucoup de mal à maîtriser sa voix pour répondre :

— Covenant, écoutez-moi, je vous en prie. Entendez le besoin du Fief par ma voix. Nous ne pouvons pas vous retenir contre votre gré. Vous détenez l'or blanc ; vous avez la capacité de vous dérober à nos exigences. La loi de la mort ne vous lie pas. Si vous souhaitez toujours partir quand j'aurai fini de parler – et je vous promets que ça ne sera pas long –, j'annulerai la conjuration. Je… je vous révélerai le moyen d'utiliser l'or blanc pour nous contrer.

De nouveau, Covenant tressaillit sous l'attaque sonore. Mais cette fois, au lieu de vociférer et de réclamer qu'on le libère, il répondit sur un ton dur :

— Faites vite. C'est ma seule chance. L'unique occasion de s'arracher à un rêve, c'est quand il vient juste de commencer. Il faut que je l'aide.

Mhoram leva fièrement le menton. Puis il rassembla son amour et ses craintes pour le Fief, et tenta de les faire passer dans son plaidoyer.

— Seigneur suprême, sept ans se sont écoulés depuis que nous nous sommes tenus ensemble sur la colline de Montgibet. Durant ce laps de temps, nous avons remplacé certaines de nos pertes. Mais depuis que… Depuis la perte du Bâton de la Loi, le Rogue jouit d'une liberté de mouvement bien plus grande qu'auparavant. Il a levé une armée aussi vaste que la mer et marche sur nous. Déjà, il a détruit Boijovial. Le Pilonneur a incendié la sylve et tué le seigneur Callindrill. Dans quelques jours, il assiégera la Citadelle.

« Il y a sept ans, nous aurions pu tenir Pierjoie pendant des saisons, voire des années, contre n'importe quel ennemi, aussi nombreux soit-il. Avec ou sans le Bâton de la Loi, nous aurions été bien armés pour nous défendre. Hélas, mon ami… Nous avons perdu la sangarde !

Covenant se recroquevilla sur lui-même comme pour se protéger contre une avalanche.

— Lorsque Korik partit en expédition vers Ondemère pour s'enquérir du sort des géants, de grands fléaux emportèrent les seigneurs Hyrim et Shetra, poursuivit Mhoram. Privés de leurs conseils…

Il hésita. Il se souvenait de l'amitié de Covenant et de Salin Suilécume. Il ne voulait pas accabler l'Incrédule en lui révélant le sort funeste des apatrides ; aussi décida-t-il de sauter directement à la conclusion de l'histoire.

— Privés de leurs conseils, Korik et deux de ses camarades récupérèrent un fragment de la Pierre de Maleterre. Ils voulaient le rapporter à la Citadelle afin que nous l'étudiions. Ils ne se rendaient pas compte du danger auquel ils s'exposaient ce faisant. Le Pouvoir de la Pierre les surpassait. Elle les réduisit en esclavage. Sous son influence, ils la transportèrent à la Crypte du Rogue, qui les fit siens.

Là encore, Mhoram ne put se résoudre à révéler la vérité intégrale. Il ne pouvait pas raconter à Covenant que le vœu des sangardes avait été subtilement altéré par la rupture de la loi de la mort, ni que l'Incrédule avait porté un coup crucial à leur rectitude morale en forçant Bannor à livrer le nom du Pouvoir de Commandement.

— Puis Turpide… (À ce souvenir, Mhoram frémit.) Il envoya ses nouveaux serviteurs attaquer Pierjoie. Korik, Sill et Doar arrivèrent ici, avec des flammes vertes dans les yeux et la Corruption dans le cœur. Ils massacrèrent de nombreux fermiers et guerriers avant que nous comprenions ce qui se passait.

« Alors, le dragon Bannor et les sangardes Terrel et Runnik affrontèrent leurs camarades. Ils les tuèrent et ramenèrent leurs corps à la Citadelle. C'est ainsi que nous découvrîmes… (Mhoram déglutit.) … que Turpide leur avait coupé les deux derniers doigts de la main droite.

Covenant poussa un cri de douleur, mais Mhoram poursuivit d'une voix rauque :

— Il les avait mutilés pour les façonner à votre image.

— Arrêtez ! grogna Covenant. *Arrêtez !* Je ne le supporte pas.

Mhoram ne tint aucun compte de ses protestations.

— Lorsque Bannor constata que Korik et ses compagnons avaient été corrompus malgré leur vœu, il abandonna son service et s'en retourna dans les montagnes des haruchai. Tous les sangardes l'imitèrent. Ah, mon ami ! Sans eux, sans le Bâton de la Loi, sans une immense armée ou de puissants alliés, Pierjoie tombera sûrement. Seule la magie sauvage peut encore s'interposer entre nous et l'avide Turpide.

Mhoram se tut enfin et attendit la réponse de l'Incrédule. Le regard de Covenant était hanté ; sa fièvre semblait consumer ses larmes avant qu'elles puissent couler. Un instant, sa résistance faiblit et il faillit autoriser la transition à s'achever. Puis il releva la tête pour contempler d'autres souvenirs en face. Son corps se raidit. Mû par une nouvelle résolution, il recula jusqu'à disparaître presque totalement dans la lumière des ignescentes.

— Mhoram, je ne peux pas, lâcha-t-il d'une voix distante, comme étouffée. Le serpent… Cette fillette est seule. Je suis responsable d'elle. Il n'y a personne d'autre que moi pour l'aider.

Soufflant depuis les gradins supérieurs, une bouffée d'indignation assaillit Mhoram comme Quaan se levait d'un bond.

— Par les sept tabernacles ! tempêta l'insigne. Il ose parler de responsabilité !

Quaan sentait ses forces décliner ; au fil des ans, il avait pris la mesure de son impuissance à sauver le Fief tandis que Covenant ne vieillissait ni n'agissait. Il ne lui inspirait que méfiance depuis son premier séjour dans le Fief. Quaan, en guerrier, avait appris à sacrifier la vie de quelques individus dans l'intérêt du plus grand nombre.

— Covenant, vous êtes responsable de nous ! lâcha-t-il.

L'Incrédule chancela sous l'assaut de sa voix mais ne pivota pas vers lui. Au contraire, il soutint le regard de Mhoram et articula :

— Oui, je sais. Mais la petite a besoin de moi. Il n'y a personne d'autre. Elle fait partie de mon monde, de la réalité. Je ne peux rien vous donner pour le moment. (L'angoisse tordit son visage et sa résistance s'accrut jusqu'à se déverser de lui en vagues douloureuses.) Mhoram, si je ne retourne pas auprès d'elle, elle va mourir !

La supplique mit le haut seigneur à la torture. Inconsciemment, il se mordilla les lèvres comme pour se distraire des sympathies conflictuelles qui faisaient rage en lui. Son amour pour le Fief lui hurlait de s'accrocher à l'Incrédule, de le retenir coûte que coûte. Mais sa nature profonde l'empêchait de lui forcer la main, de lui refuser le droit de choisir son destin. Prisonnier de cette contradiction interne, il hésita une longue minute. Puis il releva la tête pour s'adresser à l'assistance en même temps qu'à Thomas Covenant.

— Nul ne saurait être contraint à combattre le Rogue. On doit lui résister volontairement ou pas du tout. Incrédule, je vous libère. Vous vous détournez de nous pour sauver une vie dans votre monde. Nous ne serons pas vaincus par une telle motivation. Et si les ténèbres venaient à s'abattre sur nous, la beauté du Fief perdurerait quand même. Si nous sommes un rêve et vous le rêveur, le Fief est impérissable, car vous ne l'oublierez pas. N'ayez pas peur, seigneur suprême Thomas Covenant. Allez en paix.

Mhoram sentit que Loerya et plusieurs membres de l'assistance étaient sur le point de protester. D'un geste autoritaire, il les contraignit au silence.

Un par un, les seigneurs retirèrent le pouvoir de leur bâton, tandis que Thorm faisait décroître l'intensité de la lumière. Covenant s'estompa comme s'il se dissolvait dans l'abysse au-delà de l'arche du temps.

Alors, Mhoram honora sa promesse de lui dévoiler le secret de la magie sauvage. Il ignorait si Covenant pouvait encore l'entendre ou non ; pourtant, il murmura :

— L'or blanc, c'est vous.

Un instant plus tard, il sut que l'Incrédule avait disparu. Toute impression de pouvoir et de résistance s'évanouit, et les ignescentes reprirent un éclat normal. Pour la première fois depuis le début du rituel, Mhoram distingua la silhouette et le visage des gens qui l'entouraient. Mais cette vision ne dura pas. Aveuglé par les larmes, il s'appuya sur son bâton comme si seul le haut bois pouvait encore le soutenir.

L'étrange facilité avec laquelle il avait réussi à rappeler l'Incrédule le remplissait de chagrin. Sans le Bâton de la Loi, il n'aurait pas dû y parvenir. Mais il avait réussi. Et il savait pourquoi. L'Incrédule était vulnérable à ses appels parce qu'il se mourait.

La voix de Trevor l'arracha à ses sombres pensées.

— Haut seigneur, le *krill*... La gemme du *krill* est revenue à la vie. Elle s'est mise à brûler comme le jour où l'Incrédule a planté la lame dans la table.

Mhoram cligna des yeux pour chasser ses pleurs et se traîna jusqu'au guéridon. En son centre, l'épée de Loric se dressait telle une croix ternie, opaque et froide. D'une main, Mhoram saisit la poignée argentée. Une lueur bleue clignota au cœur de la gemme, puis s'éteignit presque aussitôt.

— Elle est de nouveau morte, constata-t-il sur un ton absent.

Puis il sortit de la closerie et se rendit au sanctuaire afin de chanter pour Covenant, pour Callindrill et pour le Fief.

3

Le sauvetage

UN VENT ÂPRE SOUFFLAIT à travers l'âme de Covenant. Paré de cette lueur verdâtre et malsaine qui était l'antithèse du renouveau printanier, il glaçait le lépreux comme si ses os avaient été dénudés et exposés à la morsure cruelle du froid. Très lentement, il disparut dans une autre dimension. Alors, Covenant prit conscience de la pierre qui l'enveloppait. Son impénétrabilité granitique épaissit ; il commença à suffoquer.

Il agita les bras et les jambes, tentant de remonter vers la surface. Mais, l'espace d'un instant, il ne fut même pas certain que ses membres lui obéissaient. Puis une série de secousses ébranla ses articulations. Il sentit dans ses coudes et ses genoux qu'il luttait contre quelque chose de dur.

Il était en train de gifler le sol. Par-dessus le raffut qu'il faisait, il captait un gargouillis d'eau courante. Le soleil brillait quelque part derrière lui. Covenant redressa vivement la tête.

Il eut quelques difficultés à s'orienter. Un ruisseau à la surface étincelante barrait son champ de vision en diagonale. Covenant crut d'abord qu'il le découvrait du dessus et que la ligne d'horizon s'inclinait selon un angle impossible. Puis il réalisa qu'il gisait allongé en travers d'une pente. La colline le surplombait sur la droite et se dérobait à lui sur la gauche.

Il tourna la tête, cherchant des yeux la fillette et le serpent. Mais sa vue refusait de se focaliser. Quelque chose de pâle l'empêchait d'apercevoir le bas de la pente.

Près de lui, une voix enfantine lança :

— Monsieur ? Ça va, monsieur ? Vous êtes tombé.

Il essayait de regarder trop loin. Péniblement, il se cala sur une distance plus courte et réalisa enfin ce qu'était la tache pâle : un mollet nu et blanc qui, dans la lumière du soleil, scintillait comme s'il avait été oint de chrême. Mais déjà, la peau présentait une légère tumescence, avec, au centre, deux points rouges semblables à des piqûres d'aiguille jumelles.

— Monsieur ? répéta la fillette. Ça va ? Le serpent m'a mordue. Ma jambe me fait mal.

Le vent glacial que Covenant avait laissé derrière lui parut ressurgir depuis les profondeurs de son esprit. Il se mit à frissonner. Mais il se força à ignorer le froid pour concentrer son attention sur les marques de crochets. Sans les quitter des yeux, il se redressa en position accroupie. Ses ecchymoses le lancèrent et la plaie de son front palpita de plus belle. Il se barricada contre la douleur comme si elle était une chose distincte de lui. De ses mains tremblantes, il attira la petite vers lui.

« Une morsure de serpent, songea-t-il, hébété. Comment soigne-t-on ça ? »

— D'accord, commença-t-il.

Puis il s'interrompit. Sa voix tremblait et sa gorge était si sèche qu'il n'arrivait pas à la contrôler. En outre, il ne trouvait rien de réconfortant à dire. Il déglutit avec difficulté et étreignit maladroitement l'enfant.

— Ça va. Je suis là. Je vais t'aider, promit-il.

Son ton avait quelque chose de creux et de grotesque. Sa coupure à la lèvre et aux gencives l'empêchait d'articuler correctement. Il ne s'attarda pas sur cette pensée : il n'avait pas d'énergie à gaspiller en vaines considérations. Une brume fiévreuse enveloppait son esprit ; il avait besoin de toute son énergie pour la combattre et retrouver dans ses souvenirs la manière adéquate de traiter une morsure de serpent.

Il fixa la chair gonflée jusqu'à ce que cela lui revienne. « Couper la circulation sanguine, articula-t-il en son for intérieur comme s'il s'adressait à un débile. Entailler et aspirer le venin. »

Avec des gestes saccadés, il saisit son canif.

Il le sortit de sa poche et le laissa tomber sur le sol près de lui, puis dut fouiller parmi les débris qui jonchaient son cerveau, en quête d'un garrot improvisé. Sa ceinture ne ferait pas l'affaire ; il n'arriverait pas à la serrer suffisamment. Les lacets de l'enfant n'étaient pas assez longs.

— Ma jambe me fait mal, répéta-t-elle plaintivement. Je veux ma maman.

— Où est-elle ? demanda Covenant.

— Par là. (D'un geste vague, elle désigna l'aval de la rivière.) Loin. Papa m'a donné une fessée et je me suis sauvée.

Covenant lui passa un bras autour de la taille pour l'empêcher de bouger et d'accélérer la propagation du venin. De sa main libre, il arracha le lacet de sa botte gauche. Mais celui-ci, usé, se rompit dans sa main. « Par les feux de l'enfer ! » Covenant perdait un temps précieux. D'une main tremblante, il s'attaqua au second lien et parvint à le défaire sans l'abîmer.

— D'accord, marmonna-t-il. Je vais... Je vais m'occuper de ta morsure. D'abord, il faut que je fasse un nœud autour de ta jambe pour que le venin ne se répande pas. Ensuite, je te couperai un peu. Comme ça, le poison sortira, et tu auras moins mal. Tu te sens courageuse, aujourd'hui ?

— Papa m'a donné la fessée et je n'ai pas pleuré, répondit solennellement la fillette. Je me suis sauvée.

Dans sa voix, Covenant n'entendit nulle trace de la terreur qui l'avait saisie quelques minutes plus tôt.

— C'est bien, la félicita-t-il.

Il ne pouvait plus attendre. Le membre atteint gonflait à vue d'œil et la peau pâle commençait à virer au noir. Il enroula le lacet autour du petit genou.

— Appuie-toi sur ton autre jambe pour que celle-ci puisse se détendre.

L'enfant obtempéra. Covenant serra l'étroit cordon jusqu'à ce qu'elle pousse un hoquet de douleur. Puis il fit un nœud.

— Tu es vraiment très courageuse.

De ses mains hésitantes, il ramassa son canif et l'ouvrit.

L'idée d'intervenir l'affolait. Il tremblait trop fort ; la chaleur du soleil ne parvenait pas à chasser le froid de ses os. Mais les traces de crochets l'aiguillonnaient. Avec beaucoup de douceur, il souleva la fillette et l'assit sur ses genoux. Il lui saisit la cheville de la main gauche et approcha sa jambe de son visage. Les trois doigts de sa main droite se crispèrent sur l'instrument.

— Si tu ne regardes pas, tu ne sentiras presque rien, dit-il en espérant que la suite lui donnerait raison.

L'enfant réagit comme si la seule présence d'un adulte suffisait à écarter ses craintes.

— Je n'ai pas peur, répliqua-t-elle fièrement. Je me sens courageuse, aujourd'hui.

Mais lorsque Covenant pivota de sorte que son épaule droite s'interposa entre le visage et la jambe de la fillette, celle-ci empoigna sa chemise à deux mains et y enfouit sa figure.

Dans sa tête, il entendait Mhoram dire : « Nous avons perdu la sangarde. Perdu la sangarde… Perdu… » « Oh, Bannor ! se lamenta-t-il en silence. Était-ce si terrible ? »

Il serra les dents jusqu'à ce que ses mâchoires lui fassent mal et que le sang rugisse dans ses tempes. La douleur l'immobilisa telle une lance plantée dans son cerveau, le forçant à se concentrer.

D'un geste brusque, il pratiqua deux entailles en croix sur la zone boursouflée. La petite poussa un cri étranglé et se raidit, lui enfonçant ses doigts dans la chair.

Un instant, Covenant écarquilla les yeux, horrifié à la vue du sang écarlate qui jaillissait et dégoulinait le long de la peau pâle. Puis il lâcha le canif comme s'il s'était brûlé. Agrippant le mollet meurtri à deux mains, il posa sa bouche sur la plaie et se mit à sucer.

Le mouvement rouvrit ses propres coupures et son sang se mêla à celui de la fillette. Mais il l'ignora. Sa volonté était concentrée sur une seule chose : aspirer le venin. Quand il s'interrompit le temps de reprendre son souffle, il frotta la jambe blessée pour faire affluer le sang vers l'entaille, puis se remit à sucer de plus belle.

Un vertige le saisit. Craignant de s'évanouir, Covenant releva la tête.

— Voilà, haleta-t-il. J'ai fini.

Au bout d'un moment, il réalisa que la fillette sanglotait contre son épaule. Il pivota vers elle, la prit dans ses bras et étreignit son corps frêle.

— Je vais te ramener à ta mère, dit-il d'une voix rauque.

Il ne pensait pas avoir la force de se redresser, et encore moins de porter l'enfant. Mais il savait qu'elle avait besoin de soins ; elle souffrait des coupures qu'il lui avait infligées et il n'avait pas pu éliminer tout le venin. Sa faiblesse était un luxe que la petite ne pouvait pas s'offrir. Au prix d'un effort qui manqua de le terrasser, il se mit debout, chancelant sur le flanc de la colline tel un navire sur le point de chavirer.

La fillette reniflait. Covenant n'osait pas la regarder de peur de lire une expression de reproche sur sa frimousse. Aussi fixa-t-il son attention sur le bas de la colline tandis qu'il luttait pour trouver le courage et la force de bouger.

— Votre bouche saigne, dit-elle à travers ses larmes.

— Oui, je sais.

Mais sa bouche ne faisait pas plus mal à Covenant que son front ou ses ecchymoses. Et les souffrances physiques n'étaient qu'une gêne temporaire ; la lèpre les engloutirait bientôt. Déjà, Covenant avait l'impression que l'engourdissement de ses mains et de ses pieds se propageait. La douleur ne constituait en aucun cas une excuse à la défaillance.

Lentement, il déverrouilla un de ses genoux et laissa le poids de son corps basculer vers l'avant. Semblable à une marionnette aux articulations grossières, il descendit la pente en titubant.

Le temps d'atteindre l'arbre noir qui se dressait comme un panneau indicateur à l'endroit où l'enfant avait été mordue, il avait failli tomber trois fois. Ses bottes le faisaient trébucher ; sans lacets pour les tenir serrées, elles entravaient chacun de ses pas. Prenant appui sur le tronc, Covenant s'en débarrassa d'une ruade. Il n'avait pas besoin d'elles. Ses pieds étaient trop gourds pour sentir les cailloux du chemin.

— Tu es prête ? souffla-t-il. C'est parti.

Mais il n'était pas certain que les mots soient sortis de sa bouche. Il se surprit à penser que la vie était mal faite, les fardeaux placés sur les épaules des mauvaises personnes. Pour une raison obscure, il lui semblait qu'à la place de Bannor, il aurait trouvé une autre réponse à la corruption de Korik. Et le sangarde aurait été mieux qualifié que lui pour s'acquitter du sauvetage de cette enfant.

Puis Covenant se rappela que Mhoram ne lui avait donné aucune nouvelle des géants, dont l'expédition à

Ondemère était censée s'enquérir. Comme suscitée par cette association d'idées, une vision de Montgibet s'imposa à son esprit. Il revit le Lamineur se balancer à la potence du forestal. Le ravageur avait pris la forme d'un des apatrides.

Qu'était-il donc arrivé aux géants ?

Bouche bée, comme sidéré par les bois et la fillette qu'il tenait contre lui, Covenant entreprit de longer la rivière en direction de l'aval. Tandis qu'il traînait les pieds dans la poussière, il se força à ouvrir la bouche pour crier :

— Au secours !

La petite avait dit que ses parents étaient loin. Il ignorait à quelle distance cela pouvait correspondre, tout comme il n'avait aucune idée de celle à laquelle il se trouvait du Refuge ; la nuit précédente n'était qu'un souvenir confus dans son esprit. Mais le bord du cours d'eau offrait le chemin le plus praticable pour rejoindre la ville et Covenant ne voyait pas d'autre endroit où aller.

La fillette souffrait. Chaque fois qu'il posait un pied par terre, la secousse lui arrachait un gémissement, et chaque fois qu'il baissait les yeux vers sa jambe, il constatait qu'elle était un peu plus noire. De temps en temps, elle appelait sa mère ; alors, comme cinglé par un coup de fouet, Covenant réitérait son appel à l'aide.

Mais sa voix semblait n'avoir nulle autorité, nulle portée. Le silence se refermait sur elle ainsi que sur un bébé mort-né. Et ses efforts pour crier aggravaient la blessure de sa bouche. Bientôt, Covenant sentit sa lèvre gonfler, devenir sombre et palpiter. Il serra l'enfant un peu plus fort contre lui et croassa avec une funeste obstination :

— Au secours ! Au secours !

Sous la chaleur du soleil, il ne tarda pas à transpirer. La sueur lui piqua le front et fit larmoyer ses yeux. Mais elle ne chassa pas le froid de ses os. Covenant frissonna. En proie au vertige, il tangua à travers les bois tel le souffle d'un ouragan. Parfois, il marchait sur un caillou pointu ou une branche qui se plantait assez profondément dans son pied pour atteindre les nerfs vivants. Alors ses jambes cédaient sous lui et il tombait à genoux. Mais, toujours, il se redressait et poursuivait son chemin.

La tumescence s'étendait peu à peu sur son visage. À chaque impact, une vive douleur lui poignardait le cerveau. Son cœur, incapable d'endurer cette torture, tressaillait entre les battements. Sa fièvre s'intensifia, tant et si bien que, par moments, il craignait d'avoir perdu la vue. Le reflet du soleil sur l'eau l'éblouissait, mais quand le ruisseau traversait des zones d'ombre, le flot lui paraissait si apaisant qu'il se retenait à grand-peine d'y plonger tout habillé.

Une seule certitude guidait Covenant : s'il ne continuait pas, s'il ne réussissait pas à trouver des secours, ce qu'il avait fait pour la fillette n'aurait servi à rien. Il ne pouvait pas s'arrêter et faillir à ses responsabilités envers elle. Il songeait à Robin, le fils qu'il avait perdu. Aussi poursuivit-il son chemin malgré la douleur qui le taraudait.

Puis il entendit des cris dans le lointain – comme des voix appelant un enfant égaré. Il s'arrêta en vacillant sur ses jambes raidies et voulut regarder autour de lui. Mais il semblait avoir perdu le contrôle de sa tête. Celle-ci oscillait mollement sur son cou et il n'arrivait pas à la tourner dans la bonne direction.

Blottie contre sa poitrine, la petite fille gémit :

— Maman… Papa…

Covenant lutta contre le mal qui le dévorait pour former les mots « au secours », mais aucun son ne sortit de ses lèvres. Faiblement, il tendit la fillette à bout de bras comme pour l'offrir aux appels indistincts.

Puis ceux-ci se précisèrent.

— Karen ! s'exclama une voix de femme. Elle est là ! Je l'ai trouvée ! Oh, Karen ! Mon bébé !

Covenant perçut le bruit d'une course dans sa direction entre les feuilles et les branches, pareil au sifflement du vent glacial qui transperçait le brouillard provoqué par sa fièvre. Enfin, il distingua deux silhouettes : une femme dévalait une colline et un homme s'efforçait de la rattraper.

— Karen !

— Maman ! Maman !

L'instant d'après, des mains fébriles délestèrent Covenant de son fardeau.

— Karen ! Mon bébé ! gémit la femme en serrant sa fille contre elle. Tu nous as fait si peur ! Pourquoi t'es-tu sauvée ? (Sans un regard pour Covenant, elle débita :) Où l'avez-vous trouvée ? Elle s'est enfuie ce matin ; depuis, nous la cherchons partout. Nous étions à moitié morts de peur. (Comme si ce n'était pas une explication suffisante, elle précisa :) Nous campons dans le coin. Dave a pris son vendredi et on a pensé que serait bien de prendre l'air.

Son mari la rejoignit et elle reporta son attention sur l'enfant.

— Vilaine ! Ne refais plus jamais ça, la morigéna-t-elle. Tu vas bien ? Laisse-moi te regarder.

La petite sanglota de soulagement tandis que sa mère l'examinait. À la vue du garrot, du mollet noirci et des coupures, cette dernière poussa un cri alarmé ; et pour la première fois, elle leva les yeux vers Covenant.

— Que s'est-il passé ? Que lui avez-vous fait ?

Soudain, elle s'interrompit. Une expression horrifiée passa sur son visage et elle recula précipitamment.

— Dave, c'est le lépreux ! glapit-elle. *C'est ce Thomas Covenant !*

— *Quoi ?* (Dave faillit s'étrangler d'indignation.) Espèce de salaud ! cracha-t-il.

Il fit un pas en avant et Covenant crut qu'il allait le frapper. Trop occupé à guetter l'attaque, il perdit l'équilibre, tituba en arrière et tomba lourdement sur les fesses. Un voile rouge s'abattit devant ses yeux. Quand il se dissipa, Covenant fut vaguement surpris de n'avoir reçu aucun coup de pied. L'homme s'était arrêté à trois ou quatre mètres de lui. Les poings serrés, il s'efforçait de dissimuler la peur que le lépreux lui inspirait.

Covenant tenta de parler, d'expliquer que la fillette avait besoin de soins, mais un long moment s'écoula avant que ses cordes vocales consentent à lui obéir. Enfin, sur un ton dont le détachement ne collait ni avec son apparence ni avec ses sentiments, il articula :

— Elle a été mordue par un serpent. Un crotale. Aidez-la.

Cet effort l'épuisa. Incapable de poursuivre, il s'abîma dans le silence et l'immobilité. L'homme et la femme se brouillèrent à ses yeux, perdirent leur substance comme s'ils se dissolvaient. Très vaguement, il entendit la petite gémir :

— Ma jambe me fait mal.

Soudain, il réalisa qu'il n'avait toujours pas vu son visage. Mais il avait laissé passer sa chance. Il s'était trop agité alors que du venin de serpent courait dans ses veines. Graduellement, il tombait en état de choc.

— C'est bon, Mhoram, marmonna-t-il entre ses dents. Vous pouvez venir me chercher. J'en ai terminé ici.

Il n'aurait su dire s'il avait parlé tout haut. Il n'entendait pas sa propre voix. Sous lui, le relief avait commencé à onduler. Des vagues dévalèrent le flanc de la colline, soulevant le radeau de terre ferme sur lequel il était assis. Il s'y accrocha le plus longtemps possible, mais la mer solide était vraiment démontée. Bientôt, Covenant perdit l'équilibre et le sol l'engloutit telle une tombe.

4

Assiégés

DOUZE JOURS APRÈS QUE LES DERNIERS TRONCS de Boijovial eurent été calcinés, réduits en cendres et foulés aux pieds, le Pilonneur, ravageur et bras droit du Tueur Gris, atteignit les portes de la Citadelle.

Les hordes qui le suivaient se ramassaient sur elles-mêmes pour bondir tels des loups trop longtemps tenus en laisse ; malgré leur impatience, il s'était approché très lentement. Il avait contenu la voracité de ses ur-vils, de ses lémures et de ses autres créatures, de sorte que les habitants de la Mémoriade et des terres qui séparaient Boijovial des plaines du Nord aient le temps de se réfugier à Pierjoie. Il n'avait pas agi ainsi par magnanimité, mais parce qu'il souhaitait que ses cibles se rassemblent en un même endroit. Plus nombreuse serait la population de la Citadelle, plus vite s'épuiseraient ses réserves de nourriture et son endurance. Sans compter que les humains ordinaires seraient, bien davantage que les seigneurs et leur milice, sensibles à la peur qu'inspirait le Pilonneur.

À ses yeux, l'issue du siège ne faisait aucun doute. Son armée n'était pas aussi vaste que celle que son frère le Lamineur avait perdue au Garrot. Pour verrouiller son emprise sur les régions déjà conquises, le Pilonneur avait laissé des dizaines de milliers de monstres derrière lui – le long de l'Erratique, dans la vallée qui formait la frontière sud d'Andelain et dans les plaines centrales. Mais la guerre précédente avait emporté à peine plus d'un tiers des forces du Rogue. En lieu et place des *kresh* et des griffons indisciplinés auxquels commandait le Lamineur, le Pilonneur s'était vu confier davantage d'ur-vils maléfiques et retors, ainsi qu'une pléthore de créatures que Turpide avait ralliées à lui dans les Basses Terres – et rendues folles grâce à la Pierre de Maleterre. En outre, il était soutenu par un pouvoir que les seigneurs ne pouvaient même pas imaginer. Aussi était-il disposé à retarder le début du siège pour mieux précipiter la chute inéluctable de la Citadelle.

Très tôt le matin du douzième jour, un hurlement à faire trembler les cieux se propagea dans les rangs de sa force comme les combattants sanguinaires apercevaient pour la première fois le plateau montagneux de Pierjoie. Des milliers d'entre eux s'élancèrent à travers les collines, mais leur chef les repoussa avec le fléau vert de son pouvoir. Il passa la journée à organiser son approche et à mettre ses troupes en position. Lorsque le jour mourut, elles étaient réparties autour du promontoire rocheux qui abritait la Citadelle, empêchant ses occupants de s'enfuir, de réclamer des secours extérieurs ou de se faire ravitailler. Ce soir-là, le Pilonneur se reput de la chair des prisonniers qu'il avait capturés durant la marche vers Pierjoie.

Si quelqu'un, à la Citadelle, avait eu le regard assez perçant pour voir par-delà l'épais manteau de nuages, il aurait constaté que cette nuit – celle qui aurait dû marquer le milieu du printemps – était sans lune. L'hiver surnaturel du Rogue sévissait dans le Fief depuis quarante-deux jours.

Le Pilonneur s'était conformé à la lettre aux instructions fournies par son maître.

Le matin suivant, il se dirigea vers la tour de garde qui formait la pointe avant de la forteresse. Il ne prêta aucune attention à la complexité de l'architecture, à la délicatesse avec laquelle les géants avaient taillé des fenêtres, des balcons et des remparts à même les falaises ; la partie de lui qui aurait pu s'en émerveiller avait depuis longtemps été étouffée par l'esprit du ravageur. Indifférent aux murs d'enceinte et aux guerriers postés sur les chemins de ronde, il contourna l'avancée rocheuse et vint se planter face aux immenses portes de pierre qui se découpaient à la base de la tour du côté sud-est – l'unique entrée de la Citadelle.

Il ne fut guère surpris de les trouver ouvertes. Même si la passion naturelle des apatrides pour la maçonnerie s'était éteinte dans son sang, sa connaissance de la place forte demeurait. Il savait que, tant que les vantaux massifs resteraient intacts, ils pourraient se refermer sur commande, emprisonnant quiconque oserait s'aventurer dans le tunnel sous la tour. Les intrus, piégés, se verraient attaqués depuis les baies défensives ménagées dans le plafond. Au-delà, il n'y avait qu'une cour à ciel ouvert, puis une nouvelle double porte, plus robuste encore que la précédente. Pour accéder à la tour, il fallait emprunter soit des passerelles suspendues, reliées à la Citadelle proprement dite, soit deux petites portes donnant sur la cour. Les architectes de Pierjoie n'avaient rien laissé au hasard. Aussi le Pilonneur ne releva-t-il pas le défi des battants ouverts.

Au lieu de cela, il s'arrêta juste à portée de tir des archers et, levant la tête, cria d'une voix vibrante de joie mauvaise :

— Salut à vous, seigneurs ! Dignes défenseurs du Fief ! Montrez-vous, lapereaux tremblants ! Ne restez pas tapis dans vos terriers ! Venez me parler ! Dans mon immense bonté, je suis venu accepter votre reddition.

Il n'y eut pas de réponse. Les fenêtres et les remparts de la tour, moitié moins haute que le reste de la Citadelle, demeurèrent obscurs et silencieux. Un son, entre le gémissement et le grognement, se propagea parmi les créatures, avides de charger.

— Écoutez-moi, petits seigneurs ! Voyez comme l'étau de mes forces vous enserre ! Je tiens vos vies dans la paume de ma main. Votre seul espoir, c'est de vous rendre et d'implorer la miséricorde du Rogue.

Des aboiements d'ur-vils saluèrent cette déclaration. Le Pilonneur grimaça.

— Parlez, minuscules seigneurs ! Parlez ou mourez !

Un instant plus tard, deux silhouettes apparurent au sommet de la tour : un guerrier et un homme en robe bleu azur, que le ravageur identifia aussitôt. Sans se soucier de lui, ils se dirigèrent vers un immense mât et, ensemble, hissèrent le *ferlé* du haut seigneur, l'oriflamme du conseil. Lorsqu'il flotta au vent glacial tel un défi, ils s'approchèrent du parapet et baissèrent enfin les yeux vers le Pilonneur.

— Je t'ai entendu ! aboya le personnage en bleu. Je t'ai entendu, ravageur *samadhi*. Je te connais, Sheol le Pilonneur. Et tu me connais aussi. Je suis Mhoram fils de Varil, haut seigneur par le choix du conseil. Va-t'en, ravageur ! Emmène tes hordes maudites avec toi. Tu m'as touché. Tu sais que je ne me laisserai pas intimider.

Le souvenir évoqué par Mhoram fit étinceler les yeux du géant. Contenant sa fureur, il posa la main sur le fragment de Pierre dissimulé sous son pourpoint et exécuta une courbette sarcastique.

— Oui, je te connais, Mhoram. Depuis que je t'ai touché dans le labyrinthe de Kurash Qwellinir, je te connais. À l'époque, tu étais trop aveuglé par ta folie et ton ignorance pour éprouver un sage désespoir. Aussi t'ai-je permis de vivre, afin que tu apprennes et ouvres les yeux. N'y vois-tu donc toujours rien ? Ne réalises-tu pas que tu périras de ma main sans avoir rien accompli ? As-tu déjà oublié les géants ? As-tu déjà oublié la sangarde ? Au nom du Rogue, je t'écraserai dans ton terrier !

— Du vent ! répliqua Mhoram. Proférer des menaces est facile ; les mettre à exécution le sera beaucoup moins pour toi. *Melenkurion abatha !* Va-t'en, ravageur ! Retourne auprès de ton infâme maître avant que le Créateur oublie toute retenue et que sa vengeance te foudroie !

Le Pilonneur éclata d'un rire dur.

— N'essaie pas de te réconforter avec des mensonges, petit seigneur. L'arche du temps sera brisée si le Créateur frappe à travers elle. Alors le seigneur Turpide le Rogue, Sanguinaire et Pulverâme, la Corruption et l'Équarrisseur, sera libéré dans l'univers. Si le Créateur ose lever la main sur un seul d'entre nous, mes frères et moi nous repaîtrons de son âme. *Rends-toi, imbécile !* Apprends à te prosterner tant que ça peut encore te sauver la vie. Mon maître t'autorisera peut-être à me servir comme esclave.

— *Jamais !* cria farouchement Mhoram. Aussi longtemps qu'il restera un souffle de vie et de foi dans le Fief, jamais nous ne nous inclinerons devant vous. Le Pouvoir de la Terre est encore assez fort pour que nous résistions. Nous l'explorerons jusqu'à ce que nous ayons trouvé le moyen de vous abattre, toi, ton maître et toutes ses œuvres ! (Il brandit son bâton et le fit tournoyer en l'air, créant une couronne de flammes bleues au-dessus de sa tête.) Va-t'en, ravageur *samadhi* ! *Melenkurion abatha ! Duroc minas mill khabaal !* Jamais nous ne nous rendrons !

En contrebas, le Pilonneur frémit sous la gifle des mots sacrés, puis il bondit en arrachant quelque chose de son pourpoint. Le fragment de la Pierre de Maleterre fumant au poing, il projeta une lance de feu émeraude vers le haut seigneur.

Au même moment, des centaines de monstres brisèrent les rangs et chargèrent les portes ouvertes.

À l'aide de son bâton, Mhoram dévia la décharge d'énergie vers la couronne enflammée, qui la dévora instantanément. Puis il s'accroupit à l'abri du parapet. Par-dessus son épaule, il lança à Quaan :

— Fermez les portes ! Que les archers abattent toute créature qui gagnera la cour ! Nous ne pouvons pas nous offrir le luxe de ménager un tel adversaire.

Quaan fonçait déjà vers l'escalier en criant des ordres à ses hommes. Mhoram jeta un coup d'œil vers le bas pour s'assurer que le Pilonneur n'était pas entré et s'élança sur les traces de l'insigne.

Depuis la plus haute des passerelles, il observa le déroulement de l'escarmouche. Des tireurs à la précision redoutable faisaient pleuvoir leurs flèches sur les intrus et un fracas métallique résonnait dans le tunnel. Tout serait réglé en quelques instants. Remettant la suite entre les mains compétentes de Quaan, Mhoram se dirigea vers la Citadelle, où les seigneurs l'attendaient sur un balcon.

Mais quand il croisa le regard sombre de Trevor, de Loerya et d'Amhatin, une brusque lassitude s'empara de lui. Ses compagnons et lui n'étaient même pas capables d'utiliser le peu de pouvoir qu'ils possédaient. Et il ne savait pas davantage quoi faire de son secret que lorsqu'il avait rappelé puis laissé partir Thomas Covenant. Les fanfaronnades du Pilonneur n'étaient donc guère éloignées de la vérité. Mhoram poussa un soupir, autorisant ses épaules à s'affaisser.

— Je n'avais pas imaginé qu'il existait autant d'ur-vils dans le monde entier, dit-il en guise d'explication.

Mais ce n'était pas là la cause principale de son découragement.

Il ne pouvait pas se permettre de baisser les bras. Il était le haut seigneur. Trevor, Loerya et Amhatin avaient leurs doutes, leurs besoins, auxquels il se devait. Le dilemme qu'il entretenait leur avait déjà causé bien assez de tort. Se redressant, il leur raconta ce qu'il venait de voir et d'entendre.

Quand il eut terminé, Amhatin grimaça un sourire.

— Vous avez affronté le ravageur *samadhi*. C'était courageux, haut seigneur.

— Je ne voulais pas qu'il se réjouisse à l'idée que nous le croyions invincible.

Loerya frémit.

— L'est-il à ce point ? demanda-t-elle sur un ton douloureux.

— Il ne le sera pas tant qu'il restera un cœur, un corps ou une goutte de Pouvoir de la Terre pour s'opposer à lui, affirma Mhoram, le visage dur. Mais j'ignore comment nous pouvons le combattre… Ce qu'il découvrira bien assez tôt.

Comme souvent, Loerya tenta de le sonder.

— Pourtant, vous avez touché le *krill* et lui avez rendu la vie. Votre main a fait jaillir une étincelle bleue de la gemme. N'est-ce pas une raison d'espérer ? Selon la légende, l'épée de Loric Vilmotu était capable d'arrêter les démondims.

— Une étincelle, répéta Mhoram. (Malgré ce qu'il savait, il redoutait l'étrange pouvoir qui lui avait permis d'animer le joyau opaque du *krill*. Il manquait du courage nécessaire pour révéler sa source.) À quoi cela nous avancera-t-il ?

Mille questions et protestations se bousculèrent sur les traits de Loerya, mais, avant qu'elle puisse les formuler, un cri en provenance de la cour attira l'attention des seigneurs. Ils baissèrent les yeux. Quaan se tenait au milieu des cadavres ennemis. Il brandit son épée vers eux. Mhoram lui rendit son salut muet afin de le féliciter pour sa victoire. Mais ce fut avec une grande tristesse qu'il lâcha :

— Le premier sang vient d'être versé. Ainsi, même les opposants au mal doivent combattre les victimes du mal. Emportez les corps dans les collines et jetez-les dans un feu purificateur. Puis répandez les cendres dans les chutes Ferlées, afin de montrer que nous haïssons les desseins du Rogue et non les esclaves qu'il utilise pour les mettre en œuvre.

Quaan se rembrunit. Il répugnait à faire un tel honneur à ses ennemis. Pourtant, il donna les ordres nécessaires pour que ses hommes exécutent les instructions du haut seigneur.

De nouveau, les épaules de Mhoram s'affaissèrent comme il reportait son attention sur ses pairs. Afin de prévenir toute question gênante, il lança :

— Le géant sait qu'il ne parviendra pas à abattre ces murs à coups d'épée ou de lance. Mais il ne restera pas les bras croisés à attendre que la faim fasse le travail pour lui. Il est trop assoiffé de sang. Il cherchera un moyen de nous atteindre coûte que coûte. Nous devons monter la garde dans la tour et nous tenir prêts à contrer les assauts.

— Je m'en charge, offrit précipitamment Trevor, toujours désireux d'endosser les responsabilités qu'il estimait à sa portée.

Mhoram hocha la tête.

— Appelez l'un de nous pour vous relever quand vous serez fatigué. Et rameutez-nous tous si le Pilonneur passe à l'action. Nous devons l'observer pour savoir comment nous défendre. (Il se tourna vers un soldat qui se tenait non loin de lui.) Galon, veuillez porter un message à Thorm et Borillar. Qu'ils demandent aux ignessires et aux magistères de la Citadelle de se tenir prêts, eux aussi.

Le galon salua et s'en fut rapidement. Mhoram posa une main sur l'épaule de Trevor et la serra très fort. Puis, jetant un dernier regard au ciel couvert pardessus son épaule, il quitta le balcon et regagna ses appartements.

Il avait l'intention de dormir, mais le buste posé sur la table ne l'y autorisa pas. L'expression fanatique et vulnérable dont il était empreint était celle d'un homme choisi pour devenir un prophète, et qui se méprend du tout au tout sur sa mission – qui, au lieu de prodiguer des paroles d'espoir aux gens avides de les entendre, passe son temps à prêcher l'amertume et la vengeance dans le désert.

Covenant avait rejeté l'appel au secours du Fief pour aider une enfant dans son monde. Il avait refusé de sauver des dizaines de milliers d'existences au profit d'une seule. Pourtant, Mhoram répugnait à le juger, conscient que le poids d'une vie fait parfois pencher la balance du destin. Mais à cet instant, le visage de la statuette n'évoquait pour lui que l'erreur ; à travers lui, il voyait celui des êtres que l'Incrédule avait sacrifiés.

De nouveau, Mhoram fut saisi par la passion qui avait brièvement ramené le *krill* à la vie. Une lueur dangereuse s'alluma dans ses yeux et il empoigna la sculpture comme s'il voulait l'insulter ou la fracasser contre un mur.

La seconde d'après, le pli dur de sa bouche se radoucit et il poussa un soupir. Tiraillé par des pulsions contradictoires, il emporta l'effigie à la salle des offrandes. Il la mit à une place d'honneur, sur un des piliers grossiers qui faisaient office de piédestaux. Puis il rebroussa chemin vers ses quartiers, où il ne tarda pas à s'endormir.

Peu après midi, il fut réveillé par des coups frappés à sa porte. Un jeune guerrier venait le prévenir que Trevor réclamait sa présence à la tour. Émergeant instantanément de son sommeil sans rêves, Mhoram se leva et sortit d'un pas vif. Tandis qu'il remontait depuis les entrailles de la Citadelle, il croisa Thorm. Ensemble, ils gagnèrent la tour et gravirent l'escalier qui conduisait à son sommet. Ils y trouvèrent Trevor Loerya-mi, en compagnie de Quaan et de Borillar.

L'officier se tenait entre les deux autres comme pour leur servir de point d'ancrage. Trevor était livide d'appréhension, et les mains de Borillar tremblaient de peur et d'excitation mêlées. Quaan, lui, avait les bras croisés sur la poitrine et, les sourcils froncés, regardait vers le bas sans ciller. Il avait trop d'expérience pour se laisser surprendre par les agissements du Tueur Gris et de ses séides. Lorsque Mhoram le rejoignit, il déplia un bras musclé et bronzé et, d'un index raide et accusateur, guida son regard vers un groupe d'ur-vils massés devant les portes de la tour.

Ils se trouvaient à portée de flèches, mais une ligne de lémures aux yeux rouges, munis de boucliers en bois, les protégeait en interceptant les traits que les hommes de Quaan décochaient sporadiquement par les meurtrières. À l'abri derrière ce rempart de fortune, les monstres fabriquaient quelque chose – un engin de siège. Ils travaillaient vite et bien. Sous les yeux de Mhoram, ils enroulèrent des cordes épaisses autour de poulies dentées, d'une part, et d'un bras de levier, d'autre part. Puis, à l'aide d'éclairs noirs, ils soudèrent une large demi-sphère de métal creuse à une extrémité de ce bras.

Malgré le vent glacial qui soufflait sur Pierjoie, les paumes de Mhoram se couvrirent de sueur. Une catapulte. Il se raidit, rassemblant instinctivement son savoir et son pouvoir. Car il devinait que les ur-vils n'avaient nulle intention de jeter des boulets sur les murs de la Citadelle.

Le Pilonneur observait ses serviteurs depuis une bonne distance, mais pas une fois il ne leur cria d'instructions. Une vingtaine d'ur-vils escaladèrent la machine de guerre pour effectuer les derniers ajustements et, malgré lui, Mhoram s'émerveilla qu'ils soient de si bons artisans alors qu'ils ne possédaient pas d'yeux. Leur odorat aiguisé semblait leur suffire pour « visualiser » ce qui les entourait.

Quelques minutes plus tard, l'arme était terminée. Des aboiements résonnèrent à travers le camp ennemi et une centaine d'autres ur-vils se précipitèrent en avant. Vingt d'entre eux se placèrent en triangle de chaque côté de la catapulte. À l'aide de leur bâton métallique, les deux vilmestres placés en tête actionnèrent les poulies, tendant les cordages et tirant le bras en arrière. Ils étaient minuscules par rapport à l'engin, mais la disposition trianglulaire focalisait et décuplait leur pouvoir. Pendant qu'ils armaient la machine, les autres ur-vils formèrent un troisième triangle, beaucoup plus important, à l'arrière. Se détachant contre la blancheur gelée du sol, ils ressemblaient à une pointe de lance braquée vers le cœur de la Citadelle.

Mhoram réalisa qu'Amhatin l'avait rejoint. Il chercha Loerya du regard et l'aperçut sur un des balcons, de l'autre côté de la cour. D'un signe de tête, il lui exprima son approbation : si un fléau s'abattait sur la tour, il n'emporterait pas tous les seigneurs. Puis il reporta son attention sur Quaan et haussa un sourcil interrogateur. L'officier acquiesça : oui, ses hommes étaient prêts à recevoir et exécuter ses ordres.

Thorm s'agenouilla, écartant les bras et pressant ses paumes sur la légère courbe du parapet. D'une voix sourde, il entonna une chanson d'endurance pour exhorter le granit à résister.

Les vilmestres rabattirent le bras à l'horizontale et il frémit comme s'il était sur le point de se briser. Il n'aspirait qu'à une chose : rompre ses liens pour fuser vers la tour. Il fut aussitôt sécurisé à l'aide de crochets métalliques.

À présent, la demi-sphère métallique se trouvait face au vilmestre qui commandait le triangle principal. Il la frappa avec son bâton. Des volutes de pouvoir ondulèrent au-dessus des épaules de chaque ur-vil. Un fluide épais et fumant, aussi corrosif que le vitriol qui consume la chair, la pierre et le bois, jaillit de l'extrémité de l'instrument et se déversa dans la coupe géante.

Mhoram avait vu des corps humains tomber en cendres au contact de ce liquide. Il ouvrit la bouche pour prévenir Quaan, qui n'avait nul besoin qu'on le mette en garde. Lui aussi savait que l'acide des démondims dévorait un guerrier en quelques secondes. Déjà, il pivotait vers l'escalier de la tour pour hurler à ses hommes de s'écarter des fenêtres et d'évacuer les remparts.

Près de Mhoram, Amhatin se mit à frissonner. Elle agrippa le bâton calé entre ses pieds comme pour repousser le vent glacial.

Lentement, la substance emplissait la coupe. Elle bouillonnait telle la lave, projetant éclaboussures et étincelles dans les airs, mais le pouvoir des ur-vils la contenait et l'empêchait de ronger la catapulte.

Lorsqu'elle atteignit le bord de la coupe, les créatures n'hésitèrent pas un instant. Avec un cri rauque et affamé, elles défirent les crochets. Le bras se rabattit en avant. Un jet de vitriol aussi large qu'une maison de stèlagien fusa dans les airs et s'écrasa contre la tour, douze ou quinze mètres au-dessous du sommet. Il s'embrasa à l'impact et, dans une incandescence qui ne dégageait nulle lumière, consuma la roche telle l'explosion d'un soleil noir.

Thorm poussa un cri de douleur et, sous les pieds de Mhoram, la tour hurla son agonie.

Le haut seigneur contre-attaqua aussitôt. Flanqué de Trevor et d'Amhatin, il projeta le feu bleu de son bâton vers la lance d'acide. Parce que les ur-vils ne pouvaient pas régénérer son pouvoir, celle-ci se brisa en mille morceaux qui retombèrent sur le sol et le brûlèrent à cœur avant de s'éteindre. Derrière elle, elle laissa une longue cicatrice de corrosion. Mais elle n'avait pas réussi à ouvrir une brèche dans le mur de la tour.

Thorm poussa un grognement et s'affaissa. De la sueur dégoulinait sur son visage, se mêlant aux larmes ; Mhoram n'aurait su dire s'il pleurait de douleur, de chagrin ou de rage.

— *Melenkurion abatha !* cria-t-il d'une voix étranglée. Ah, Pierjoie !

Un instant, Mhoram se sentit choqué et impuissant. Mais, très vite, son instinct combatif reprit le dessus.

— Il ne faut pas qu'ils touchent le promontoire. Amhatin, Trevor, aidez-moi ! Nous allons ériger un rebutant.

Ses pairs acquiescèrent et s'écartèrent de lui pour dresser un front défensif le plus large possible. Mhoram savait déjà que cela ne suffirait pas. Trois seigneurs réussiraient peut-être à dévier quelques attaques, mais ils ne parviendraient pas à contrer les efforts concertés de quinze ou vingt mille ur-vils. Si ces derniers se mettaient tous à fabriquer des catapultes…

— *Thorm !* aboya Mhoram. *Borillar !*

Aussitôt, Thorm appela d'autres ignessires à la rescousse. Mais Borillar hésita, promenant un regard à la ronde comme si l'urgence de la situation interférait avec sa réflexion et l'empêchait d'accéder à ses propres connaissances.

— Calmez-vous, lui ordonna Mhoram. Les engins sont en bois.

Alors, Borillar fit volte-face et s'élança.

— Archers ! cria-t-il en direction de la Citadelle. Magistères ! Apportez du *lor-liarill* ! Nous allons fabriquer des flèches !

Quelques minutes plus tard, les ur-vils avaient réarmé la machine et de nouveau rempli la coupe. Ils tirèrent dix secondes après que les renforts *rhadhamaerl* de Thorm se furent mis en position.

Au commandement de Mhoram, les seigneurs frappèrent la langue d'acide avant qu'elle atteigne la tour. Leurs bâtons s'enflammèrent tandis qu'ils dressaient un mur d'énergie bleue sur son trajet. Le fluide le percuta avec une force telle qu'il le fit voler en éclats et poursuivit sur sa lancée pour s'écraser sur le mur de l'édifice. Mais, l'obstacle ayant dissipé une bonne partie de sa virulence, il fut contré par Thorm et ses pairs en atteignant la pierre. Il se brisa contre le pouvoir qu'ils avaient concentré au sein de la matière et ses fragments retombèrent sur le sol – laissant des traces noires, mais pas de dommages sérieux.

Thorm tourna la tête vers Mhoram. Son visage était rouge de colère et de fatigue, mais il se permit une grimace qui promettait beaucoup pour la défense de Pierjoie.

Puis trois des archers de Quaan rejoignirent les seigneurs, suivis de près par deux magistères. Les premiers étaient de grands sylvestres dont la minceur et l'apparente fragilité n'avaient d'égale que la force de leur arc. L'insigne les salua et demanda à Borillar ce qu'il voulait qu'ils fassent. En guise de réponse, Borillar se tourna vers les magistères, qui lui remirent six longues flèches à la hampe gravée de runes, à la pointe acérée et à l'empennage de plumes brun clair. Il en donna deux à chaque tireur.

— C'est du *lor-liarill*, leur expliqua-t-il, le bois sacré que les géants d'Ondemère appelaient vermeillan. Ils…

— Nous sommes des sylvestres, coupa la femme qui dirigeait les archers. Nous connaissons le *lor-liarill*.

— Utilisez-les à bon escient, conseilla Borillar. Nous n'en avons pas d'autres. Visez d'abord les lémures.

La femme jeta un coup d'œil à Quaan pour voir s'il avait quelque chose à ajouter, mais il se contenta de lui désigner le parapet du menton. Avec des gestes fluides et précis, les archers encochèrent leur premier projectile et bandèrent leur arc. En contrebas, les ur-vils avaient déjà réarmé la catapulte et leur vilmestre remplissait la coupe de vitriol.

— *Maintenant !* cracha Quaan, les dents serrées.

Trois cordes vibrèrent. Immédiatement, les lémures qui protégeaient les ur-vils levèrent leurs boucliers.

À l'instant où les traits se plantèrent dans le bois, ils explosèrent en une nuée de flammes. La force de l'impact propagea le feu à la surface des boucliers et fit pleuvoir des échardes incandescentes sur les lémures. Glapissant de surprise et de douleur, les créatures dégingandées reculèrent.

Les archers en profitèrent pour tirer leur seconde salve. Leurs flèches sifflèrent à travers les airs et vinrent heurter le bras de la catapulte, juste au-dessous de la coupe. La déflagration du *lor-liarill* mit le feu à l'acide. L'explosion en résultant fit voler la machine offensive en éclats et souffla des braises dans toutes les directions. Une vingtaine d'ur-vils et plusieurs lémures s'écroulèrent ; les autres s'enfuirent tandis que les débris de l'engin se consumaient.

Avec un rictus féroce, la sylvestre se tourna vers Borillar et dit :

— Les *lillianrill* fabriquent des jets d'une redoutable efficacité, hospitalier.

Borillar prit un air blasé, comme s'il était habitué à une telle réussite et à une avalanche de compliments bien mérités, mais il dut déglutir deux fois avant de retrouver l'usage de la parole et de croasser :

— C'est ce qu'il semblerait.

Mhoram lui posa la main sur l'épaule.

— Nous reste-t-il du *lor-liarill* avec lequel confectionner d'autres flèches ?

Borillar acquiesça.

— Des tonnes. Tous les gouvernails et les quilles en vermeillan que nous avions sculptés pour les géants avant… Bref, nous pouvons réutiliser le bois.

— Demandez aux magistères de s'atteler immédiatement à cette tâche.

Avec un large sourire, Thorm vint se planter à côté de Borillar.

— Mon cher, vous m'avez surpassé, le taquina-t-il. Les *rhadhamaerl* ne prendront plus de repos avant d'avoir réussi à égaler votre triomphe.

Renonçant à feindre le détachement, Borillar se fendit d'un sourire non moins large que celui de Thorm. Bras dessus bras dessous, les deux hospitaliers s'en furent, suivis par les autres magistères et ignessires.

Après avoir reçu les brèves félicitations de Quaan et s'être inclinés devant lui, les archers se retirèrent également. L'insigne resta seul avec les trois seigneurs, qui s'entre-regardaient d'un air sombre. Ce fut lui qui se décida à formuler tout haut ce qu'ils pensaient tout bas.

— Ce n'est qu'une victoire insignifiante. Avec des engins plus gros, l'ennemi pourrait frapper en restant hors de portée de nos tireurs. Avec des triangles plus importants, il générerait une quantité de pouvoir suffisante pour enfoncer nos murs. Et si nous étions attaqués simultanément par plusieurs catapultes, nous aurions bien du mal à repousser fût-ce les premières salves.

— Sans compter que la Pierre de Maleterre n'a pas encore parlé contre nous, murmura Mhoram. (La puissance maléfique qui avait brisé le rebutant lui picotait encore les poignets et les coudes.) Si ce n'est, peut-être, par la voix du vent maudit qui nous harcèle depuis des semaines.

Il communia brièvement avec Trevor et Amhatin, partageant sa force avec eux et leur rappelant qu'ils n'étaient eux-mêmes pas dépourvus de ressources.

— Je suis de sang sylvestre, déclara Amhatin lorsque la fusion mentale prit fin. Je vais assister Borillar dans la fabrication des flèches. Ce sera une tâche fastidieuse, et beaucoup de *lillianrill* ont à faire ailleurs.

— Quant à moi, je vais rejoindre Thorm, annonça Trevor. Je ne connais rien au *rhadhamaerl*, mais je trouverai peut-être un moyen de contrer l'engeance des démondims dans les pierres de feu.

Mhoram acquiesça, passa un bras autour des épaules de chacun d'eux et les étreignit.

— Pendant ce temps, je monterai la garde. Quand je serai las, j'appellerai Loerya pour qu'elle me relève.

Il renvoya Quaan afin qu'il puisse préparer ses soldats à agir au cas où l'ennemi ouvrirait une brèche dans le mur d'enceinte. Puis il pivota vers le camp des hordes maléfiques. Debout sous le *ferlé* qui claquait au vent, il planta l'extrémité ferrée de son bâton dans le sol et fit face à l'ennemi, comme si l'issue du siège était entre ses mains.

Dans la pâleur grise du crépuscule, les ur-vils construisirent une nouvelle machine de destruction – hors de portée de l'adversaire, donc plus grosse. Pourtant, Mhoram ne réclama nulle aide. Quand la substance acide fusa, elle eut davantage de distance à couvrir, ce qui laissa au haut seigneur plus de temps pour la contrer. Son pouvoir bleu l'intercepta à l'apogée de sa trajectoire, la freinant dans son élan et la faisant retomber avant qu'elle touche la cible. Dans une nuée d'éclaboussements, le liquide s'écrasa sur le sol, où il creusa une fosse aussi vaste qu'un charnier.

Les ur-vils battirent en retraite ; ils se rassemblèrent autour des feux de camp allumés pour les malheureuses créatures dont la vision ne transperçait pas l'obscurité. Mhoram attendit un peu afin de s'assurer qu'ils ne reviendraient pas, puis il appela Loerya pour qu'elle le remplace.

Durant la nuit, trois autres catapultes furent érigées à bonne distance des remparts. Au lieu d'attaquer la tour, elles bombardèrent les murs de la Citadelle – les deux premières depuis le nord, la dernière depuis le sud. Mais chaque fois, les défenseurs réagirent très vite. Dans les ténèbres, le pouvoir que dégageaient les ur-vils en produisant de l'acide était visible de loin. Ainsi prévenus d'un assaut imminent, les archers n'avaient plus qu'à se précipiter à leur poste, le carquois plein de traits de *lor-liarill.*

Ils tiraient dans le sol, au pied des engins. L'explosion lumineuse ainsi provoquée leur permit de détruire les deux premiers d'entre eux, mais le troisième se révéla hors de portée de leurs arcs comme du pouvoir de Loerya. Ce qui ne les empêcha pas de le mettre en échec. Saisi par une inspiration, le galon qui les commandait leur ordonna de viser le jet d'acide au moment où celui-ci fusait vers la Citadelle. Douze projectiles lancés successivement parvinrent à fragmenter la lance corrosive, qui ne fit guère de dégâts en touchant la paroi.

Par chance, il n'y eut pas d'autre attaque. Toutes les flèches de vermeillan neuves avaient été utilisées ; il restait de quoi en fabriquer de nouvelles, mais la tâche s'annonçait longue et pénible.

Le lendemain, les ur-vils se contentèrent de construire des catapultes. Ils ne firent pas mine de les utiliser avant qu'une obscurité épaisse se soit abattue sur Pierjoie. Vers minuit, des alarmes résonnèrent à travers la forteresse, arrachant les défenseurs au sommeil ou à l'inactivité. À la lumière vacillante des traits enflammés, qui brûlaient telles des torches harcelées par le vent, les seigneurs, les ignessires, les magistères, les guerriers et les gardiens de la Loge virent les ur-vils armer dix machines dans le lointain.

Des ordres bourdonnèrent à travers la Citadelle. Hommes et femmes se précipitèrent à leur poste. Quelques instants plus tard, un seigneur ou un groupe de défenseurs se tenait face à chaque engin de siège. Tandis que les coupes étaient remplies, Pierjoie s'apprêta à subir un nouvel assaut maléfique.

Au signal vert envoyé par le Pilonneur, les dix bras furent libérés.

La parade des défenseurs illumina la Citadelle, soulignant les remparts et les ouvertures de feux orangés, jaunes et bleus si nombreux que le promontoire parut se changer en brasier géant. Œuvrant ensemble au sommet de la tour, Mhoram et Amhatin neutralisèrent deux jets d'acide grâce à leurs éclairs de pouvoir. Perchés sur le plateau qui surplombait Pierjoie, Trevor et Loerya mirent à profit leur position dominante pour en dévier deux autres, qu'ils envoyèrent se perdre dans le sol. Les deux suivants furent réduits en miettes par les flèches de Borillar. Utilisant un morceau d'*orcrest* que leur avait donné Thorm et une baguette de *lomillialor* offerte par

Amhatin, des équipes de gardiens de la Loge érigèrent des boucliers qui absorbèrent la virulence de deux attaques.

Enfin, les ignessires réduisirent à néant les derniers efforts des ur-vils. Positionnés sur un balcon, de part et d'autre d'une vasque d'ignescentes, Thorm et son partenaire entonnèrent un chant *rhadhamaerl* qui, lentement, mit leur chair au diapason de l'éclat croissant des pierres de feu. Puis ils plongèrent les bras dans la coupe et les y enfoncèrent jusqu'à l'épaule. Ils attendirent ainsi en chantant que le fluide destructeur fonde sur eux. Au dernier moment, ils projetèrent deux brassées de pierres de feu vers lui. Les pouvoirs antagonistes entrèrent en collision un mètre au-dessus de leur tête et la force de l'impact les renversa. Le vitriol brûla les ignescentes dans la seconde, mais, en retour, elles l'évaporèrent avant qu'une seule goutte touche les assiégés ou la place forte.

Les ignessires de l'autre binôme ne connurent pas le même succès. Ils agirent une fraction de seconde trop tôt et n'arrêtèrent que la moitié de l'acide. Ils moururent rongés par les flammes, qui détruisirent une partie du balcon sur lequel ils se tenaient.

Au lieu d'enchaîner pour saper la résistance ennemie, les ur-vils abandonnèrent le combat et se retirèrent. Mhoram les regarda s'éloigner avec surprise, l'angoisse au cœur. Les créatures ne s'étaient sûrement pas laissé intimider. Si leur maître avait décidé de changer de tactique, ce devait être parce qu'il avait décelé une faiblesse dans la défense de Pierjoie et cherchait un meilleur moyen de l'exploiter.

Le matin suivant, Mhoram assista à la mise en place de la nouvelle stratégie du Pilonneur, mais deux jours s'écoulèrent sans qu'il comprenne en quoi elle consistait. Les hordes maléfiques se rapprochèrent de la Citadelle, s'immobilisant à trois cents pieds à peine du mur d'enceinte, face à l'avancée rocheuse, comme si elles s'attendaient à ce que les occupants de la forteresse leur sautent volontairement dans les bras. Les ur-vils circulèrent parmi les lémures et les bêtes hideuses issues du plateau de Sarangrave ou formèrent des triangles dont la pointe semblait désigner le cœur de Pierjoie.

Derrière eux, le ravageur se planta en terrain découvert, brandissant la Pierre de Maleterre pour la première fois. Il ne lança pourtant nul assaut, ne donna à la Citadelle nulle occasion de riposter ou de succomber. Au lieu de cela, les monstres se laissèrent tomber à quatre pattes et, tels des prédateurs se ramassant sur eux-mêmes pour bondir, levèrent un regard affamé vers l'ouvrage défensif. Les vilmestres enfoncèrent la pointe de leur bâton dans le sol et entamèrent une invocation à base d'ululements et d'aboiements, dont le vent apporta quelques bribes confuses aux oreilles des défenseurs.

Alors, Sheol le Pilonneur serra le fragment de la Pierre de Maleterre dans son poing et celui-ci se mit à fumer.

Mhoram, qui avait observé la scène depuis le début, sentit le pouvoir jaillir de toute part et le heurter si fort que ses joues le brûlèrent malgré la caresse glaciale du vent. Mais les assaillants ne firent rien de plus. Ils gardèrent leur position et leur attitude meurtrière, comme s'ils pouvaient faire couler le sang de leurs victimes par la seule force de leur volonté.

Lentement, les collines alentour se métamorphosèrent. Depuis la Pierre de Maleterre, à l'éclat éblouissant, une fluorescence émeraude malsaine se communiqua au sol et commença à palpiter autour des pieds du ravageur tel un cœur corrompu. Puis elle étendit en direction de Pierjoie des filaments tordus, pareils à des veines, qui se divisaient à chaque pulsation. Lorsqu'ils atteignirent l'arrière des hordes maudites, une lueur écarlate fleurit depuis la pointe enterrée des bâtons des vilmestres. Elle aussi se propagea, dessinant un réseau d'artères dans le sol. Assez intense pour transpercer la glace grise sans la faire fondre, elle élargit son emprise jusqu'à tenir le promontoire de la Citadelle dans son étau.

Ce développement souterrain fut lent mais implacable. À la tombée de la nuit, le fléau vert et rouge avait à peine dépassé les ur-vils, et lorsque l'obscurité céda la place au jour blafard, les veines n'étaient qu'à mi-chemin du pied des falaises. Néanmoins, faute de connaître leur nature, Mhoram ne voyait pas comment arrêter leur progression ou se défendre contre elles.

Durant les deux jours suivants, l'angoisse s'abattit sur la Citadelle. Les gens se mirent à parler à voix basse. Ils marchaient de plus en plus vite, comme s'ils craignaient que la roche ne se retourne contre eux et ne les prenne au piège. Les enfants sanglotaient sans raison et hurlaient à la vue de visages connus. Une atmosphère de peur et d'incompréhension jetait son ombre sur Pierjoie, telles les ailes déployées d'un immense vautour.

Mhoram ne saisit ce qui se passait qu'au crépuscule du troisième jour. Ce soir-là, le hasard voulut qu'il réussisse à approcher de Quaan sans que celui-ci le voie ou l'entende. Quand il posa la main sur son épaule, l'insigne bondit en arrière, écarquillant les yeux et portant la main à son épée. Puis il reconnut le haut seigneur. Son visage prit une teinte cireuse, et il se mit à trembler tel un novice – ce qu'il n'était plus depuis un demi-siècle.

Mhoram poussa un grognement consterné. Il venait d'identifier le mal qui planait au-dessus de Pierjoie. La peur de l'inconnu n'en était que le symptôme le plus superficiel. Le haut seigneur réalisa que les veines rouges et vertes ne présentaient aucun danger ; elles ne servaient qu'à véhiculer la puissance émotionnelle du Mépris. C'était une attaque ciblée contre la volonté et la résistance morale de la Citadelle.

L'effroi se répandait telle une maladie mortelle dans le cœur du bastion. Le courage de la cité commençait à diminuer.

Pierjoie était sans défense contre cette gangrène. Les *lillianrill* et les *rhadhamaerl* pouvaient bien allumer des feux pour réchauffer la population ; les gardiens chanter des hymnes galvanisateurs d'une voix tremblante ; les miliciens s'entraîner jusqu'à être trop épuisés pour ressentir quoi que ce soit ; les seigneurs arpenter le lieu tels des oiseaux bleus, charriant à toute heure la lumière du courage, de la foi et de l'endurance. Les habitants de Pierjoie ne demeuraient pas inactifs. Tandis que les heures effectuaient leur morne révolution, que le temps s'étirait sans fin, ils faisaient tout ce qui pouvait être humainement fait. Mais l'érosion spirituelle de la Citadelle se poursuivait. Le fléau palpitant raffermissait son emprise. La malveillance de dix mille cœurs corrompus étouffait toute résistance.

Bientôt, même la roche parut se mettre à gémir. Le cinquième jour, plusieurs familles s'enfermèrent dans leurs appartements et refusèrent d'en sortir. D'autres s'enfuirent vers la sécurité apparente du plateau. De violentes bagarres éclatèrent dans les cuisines, où n'importe quel marmiton pouvait saisir un couteau et l'agiter pour se défendre contre ses bouffées de terreur. Afin de prévenir ces accès de folie, Quaan posta des hommes dans les parties communes.

En dépit du mal qu'il se donnait, il n'obtenait guère de résultats et ne parvenait même pas à préserver ses soldats de la panique. Vint le moment où il fut forcé de l'avouer au haut seigneur. Après que celui-ci eut entendu son rapport, il alla relever Amhatin de sa surveillance. Seul en haut de la tour de garde, il affronta la nuit qui s'abattait aussi lourdement que le poids du désespoir sur sa nuque, le haïssable éclat vert de la Pierre de Maleterre et les veines qui charriaient la putréfaction, et berça sa propre angoisse dans le silence de son cœur. S'il n'avait pas été aussi accablé, il aurait sans doute pleuré de compassion pour Kevin le Dévastateur, dont il comprenait désormais le dilemme avec une acuité qui lui poignardait l'âme.

Plus tard, après que les ténèbres eurent ajouté leur froid à celui de l'hiver du Rogue et que les feux du campement ennemi eurent été réduits à de simples étincelles par l'intensité meurtrière du pouvoir de *samadhi* le ravageur, Loerya Trevor-mie rejoignit Mhoram. Elle apportait un petit pot d'ignescentes, qu'elle déposa devant elle avant de s'asseoir sur la pierre, de sorte que leur lumière ambrée éclaira ses traits tirés. À cause de l'angle de son visage, ses yeux restèrent plongés dans l'ombre, mais Mhoram remarqua qu'ils étaient rougis de larmes.

— Mes filles, s'étrangla-t-elle. Mes filles, elles… Vous les connaissez, haut seigneur. N'ont-elles pas de quoi faire la fierté de leurs parents ?

— Bien sûr que si, répondit doucement Mhoram.

— Elles m'ont procuré tant de joie que, parfois, c'en devenait douloureux. À présent… Haut seigneur, elles ne mangent plus, dit Loerya sur un ton implorant. La nourriture les terrifie ; elles imaginent qu'elle contient du poison. Ce mal est en train de les rendre folles.

— Comme nous tous, répliqua Mhoram. Nous devons tenir.

— Mais comment faire ? Sans espoir… Ah, il aurait mieux valu que jamais elles ne voient le jour !

— Nous ne pouvons pas sortir combattre l'ennemi. Si nous quittons l'abri de ces murs, nous sommes condamnés. Il n'est pas d'autre solution pour nous. *Nous devons tenir.*

D'une voix enrouée par les sanglots, Loerya supplia :

— Haut seigneur, rappelez l'Incrédule.

— Hélas, sœur Loerya… C'est impossible. Vous savez que j'ai fait le bon choix en libérant Thomas Covenant pour lui permettre de répondre aux exigences de son monde. S'il est arrivé que mes égarements compromettent la juste trajectoire de mon existence, cette décision-là fut prise en toute sagesse.

— *Mhoram !*

— Non. Loerya, réfléchissez à ce que vous me demandez. Dans le monde de l'Incrédule, le temps ne s'écoule pas au même rythme que dans le Fief. Ici, quarante-sept ans ont passé depuis son premier séjour à la Citadelle ; pourtant, je jurerais qu'il n'a pas vieilli de plus de trois cycles lunaires. Il se peut qu'une poignée de secondes seulement se soit écoulée depuis ma dernière intervention. En le conjurant, je risquerais de l'empêcher de sauver la fillette qui avait besoin de lui.

Une brusque colère tordit les traits de Loerya.

— *Rappelez-le !* siffla-t-elle. Que m'importent les enfants anonymes d'un autre monde ? Par les sept tabernacles, Mhoram ! *Rappelez-le !*

— Non, s'obstina le haut seigneur sans pour autant se départir de sa douceur. Je m'y refuse. Thomas Covenant doit être libre de choisir son destin. C'est son droit le plus strict et nous n'avons nulle autorité pour l'en priver. Même le danger qui menace le Fief ne saurait justifier ça. Covenant détient l'or blanc. Il viendra à nous de lui-même s'il le désire. Je me tiendrai à l'unique acte de bravoure de toute mon existence insensée.

La colère de Loerya se dissipa aussi vite qu'elle était apparue. Se tordant les mains au-dessus du pot d'ignescentes, elle gémit :

— Ce soir, Yolenid – c'est ma petite dernière, encore un bébé ou presque… Quand elle m'a vue, elle s'est mise à hurler. (Au prix d'un gros effort, Loerya leva les yeux vers le haut seigneur et chuchota :) Comment faire pour tenir ?

Même si son cœur saignait pour elle, Mhoram soutint son regard sans ciller.

— La seule possibilité, c'est la profanation.

Tandis qu'il scrutait le visage torturé de Loerya, il fut submergé par le besoin de partager son dangereux secret. L'espace d'un instant qui affola son pouls, il sut qu'il répondrait à Loerya si elle le questionnait plus avant. Pour la mettre en garde, il souffla :

— Le pouvoir est une chose redoutable.

Une étincelle d'espoir irraisonné s'alluma dans les yeux de Loerya. Elle se redressa en vacillant et s'approcha de Mhoram pour mieux l'étudier. Les prémices d'une communion effleurèrent l'esprit du haut seigneur. Mais ce que Loerya dut voir ou sentir en lui l'arrêta net et elle recula. D'une voix hésitante, dans laquelle Mhoram ne décela qu'une légère vibration d'amertume, elle lâcha :

— Non, je ne vous demanderai rien. J'ai confiance en vous plus qu'en n'importe qui d'autre. Vous parlerez quand vous serez prêt.

Des larmes de gratitude brûlèrent les paupières du haut seigneur. Avec un sourire en coin, il déclara :

— Vous êtes courageuse, sœur Loerya.

— Non, répliqua-t-elle en se baissant pour ramasser le pot d'ignescentes. Bien qu'involontairement, ce sont mes filles qui me donnent foi et détermination.

Sans un regard en arrière, elle s'éloigna, laissant Mhoram seul dans les ténèbres embrasées.

Le bâton serré contre sa poitrine, il pivota pour faire de nouveau face à la corruption verte de la Pierre de Maleterre. Comme ses yeux se posaient sur elle, il redressa les épaules et se releva de toute sa hauteur pour bien lui montrer qu'elle ne l'intimidait pas. Ainsi continua-t-il à monter la garde, telle une statue témoignant de l'inviolabilité de la Citadelle.

5

Lomillialor

LE POIDS DE LA MORTALITÉ QUI ÉCRASAIT COVENANT l'enfonçait de plus en plus profondément dans le sol. La terre et la pierre à travers lesquelles il sombrait l'empêchaient de respirer, mais le manque d'air ne le gênait absolument pas. Il n'essaya même pas de se débattre tandis qu'il dégringolait tel un homme tombé par mégarde dans un abysse.

Autour de lui, la glèbe noire se mua peu à peu en une brume froide, aussi épaisse et impénétrable que de la poix. Des volutes glaciales l'enveloppèrent comme un linceul.

Covenant avait perdu la notion du temps, mais, à un moment donné, il sentit la caresse d'un vent léger, qui atténua la pression du brouillard. Puis une trouée apparut à quelque distance de lui. De l'autre côté, il aperçut un ciel nocturne dans lequel ne brillait nulle étoile – et un croissant de lumière verte à l'éclat aussi ensorcelant que celui de l'émeraude la plus pure.

Porté par la brise, il émergea brièvement des nuages et découvrit, derrière leur masse impénétrable, le disque d'une pleine lune boursouflée et verdâtre, duquel irradiaient le mal et la corruption. La lueur délétère se posa sur lui. Quand Covenant atteignit l'autre extrémité de la brèche et que les nuées se refermèrent sur lui, il se sentit résister à la traction du vent. La lune exerçait sur lui une attirance, une autorité magnétique à laquelle il ne pouvait se dérober. Sans faire le moindre geste, il commença à flotter vers elle.

Puis une autre force s'interposa. L'espace d'un instant, Covenant crut sentir le parfum de la sève de pin et entendre des bribes de chanson : « Sois fidèle… Réponds… Malédictions… » Il s'accrocha à elles et les utilisa pour se stabiliser. De nouveau, la brume l'enveloppa et il coula vers la source de la mélodie.

L'air froid se solidifia sous lui, formant comme une dalle invisible. Covenant était transi jusqu'à la moelle, incapable de bouger, et seule la brûlure de l'air glacé dans ses poumons lui apprit qu'il avait recommencé à respirer.

Puis il remarqua un autre changement. La nuit humide et jusqu'alors insondable venait d'adopter une limite ; elle donnait l'impression de s'accrocher à lui et de laisser le reste du monde dans la lumière. Malgré les nuages, Covenant devinait une possibilité de jour dans la brise, hors du champ de ses perceptions.

Pendant ce temps, la dalle invisible continuait à descendre. Elle était si dure et si froide qu'il avait l'impression de reposer sur un catafalque, sous un tumulus de ténèbres.

Cette pensée lui avait à peine traversé l'esprit que la mélopée familière cessa. Un moment, il n'entendit plus rien que le souffle du vent et sa propre respiration laborieuse. Sa lèvre et sa gencive étaient toujours enflées, mais elles ne lui faisaient plus mal. Il était en train de geler, de fusionner avec la pierre sur laquelle il reposait.

Puis quelqu'un s'exclama près de lui :

— Par les sept tabernacles ! Nous avons réussi.

L'homme qui venait de parler semblait à bout de forces ; sa voix mélancolique ne produisait nul écho.

Une seconde voix, plus légère et pleine de soulagement, gloussa :

— Oui, mon ami. Ton art nous a bien servis. Nous n'avons pas œuvré en vain pendant trois jours.

— Mon art et ta force. Et le *lomillialor* du haut seigneur. Mais regarde-le ! Il est blessé, malade.

— Ne t'ai-je pas dit qu'il souffrait, lui aussi ?

La voix était familière à Covenant.

— Si, tu me l'as dit. Et je t'ai répondu que j'aurais dû le tuer quand j'en avais l'occasion. Mais toutes mes initiatives tournent mal. Prends garde ; aujourd'hui encore, c'est mourant que l'Incrédule répond à mon appel.

— Mon ami, le tança son compagnon, tu…

— Ne nous attardons pas en cet endroit battu par les vents. Ici, nous ne pouvons pas l'aider.

Covenant sentit des mains se glisser sous ses aisselles. Il ouvrit péniblement les yeux.

Au début, il ne vit rien, ébloui par l'éclat du soleil. Puis une silhouette s'interposa entre lui et l'astre du jour, le recouvrant de son ombre. Il cligna des paupières pour stabiliser sa vue.

— Il se réveille, lança le premier homme. Me reconnaîtra-t-il ?

— Pas forcément. Tu as beaucoup vieilli, mon ami, fit doucement remarquer son compère.

— C'est sans doute préférable. Sinon, il croira que je veux réussir là où j'ai échoué par le passé. Quelqu'un comme lui comprend forcément les pulsions de vengeance.

— Tu lui fais du tort en parlant de lui en ces termes. Je l'ai mieux connu que toi. Ne perçois-tu pas l'ampleur de son besoin de miséricorde ?

— Si, je la perçois. Mais moi aussi, je le connais. Voilà quarante-sept ans qu'on me rebat les oreilles de Thomas Covenant. Il a toujours eu droit à la compassion générale, qu'il en ait conscience ou non.

— Nous l'avons appelé et arraché à son monde d'origine. Trouves-tu que ce soit juste ?

— Oui, affirma son interlocuteur sur un ton dur.

Au bout d'un moment, l'autre soupira.

— Tu n'as pas tort. Et nous n'avions pas le choix. Sans lui, le Fief mourra.

— Miséricorde ? croassa Covenant, dont la bouche recommençait à le lancer.

— Absolument, confirma l'individu penché sur lui. Nous t'offrons une nouvelle chance de t'opposer au mal que tu as autorisé à se répandre dans le Fief.

Petit à petit, Covenant discerna le visage carré et les larges épaules d'un homme. Ses traits se perdaient dans l'ombre, mais sur sa cape en fourrure étaient brodés deux éclairs entrecroisés – un curieux motif, que le lépreux avait déjà vu quelque part. Hélas, il était encore trop étourdi par le froid et le choc pour retrouver où dans ses souvenirs.

Il tenta de s'asseoir. Le stèlagien l'aida et le cala dans la bonne position. Covenant laissa vagabonder son regard. Il se trouvait sur une plate-forme circulaire, entourée par un muret de pierre. Au-delà, il ne voyait rien d'autre que le ciel. Le vide bleu et froid captura son regard comme pour l'attirer. La symétrie de ce gouffre avec celui qui béait dans son propre cœur avait quelque chose de très séduisant. Covenant dut lutter pour reporter son attention sur le stèlagien.

Vu sous cet angle, son visage était éclairé par le soleil. Avec ses joues ravinées et sa barbe noire semée de poils gris, il accusait une bonne soixantaine d'années, mais l'âge n'était pas l'impression dominante qui se dégageait de lui. Ses traits exprimaient de profondes contradictions. Sa bouche formait un pli dur et amer, comme s'il n'avait mangé que des aliments aigres pendant trop longtemps – au point d'en oublier le goût de la douceur. Ses yeux, en revanche, étaient soulignés par de fines rides de supplication, comme s'il avait passé des années à fixer le ciel en priant le soleil de ne pas l'aveugler. C'était, de toute évidence, un être blessé, qui avait eu beaucoup de mal à accepter son sort.

« J'aurais dû le tuer quand j'en avais l'occasion », avait-il dit. Alors, Covenant se rappela. Un jour, un homme à la tunique ornée d'éclairs entrecroisés avait essayé de l'éliminer mais Atiaran Trell-mie l'en avait dissuadé en invoquant le serment de paix.

— Triock ? haleta Covenant.

L'autre soutint son regard sans ciller.

— Je t'avais promis qu'on se reverrait.

« Par les feux de l'enfer », grogna Covenant en son for intérieur. Triock était amoureux de Léna fille d’Atiaran bien avant que lui-même fasse sa connaissance.

Il lutta pour se relever. Ses muscles meurtris, encore engourdis par le froid, étaient incapables de le porter et il faillit s’évanouir d’épuisement. Mais Triock le retint et une autre paire de mains le saisit par-derrière. Il se redressa, vacillant, et s’accrocha à l’épaule de Triock pour regarder par-dessus le parapet.

La plate-forme semblait flotter dans les airs, comme portée par le souffle du vent. Devant lui, Covenant ne voyait qu’une mer de nuages gris et épais qui recouvraient la terre tel un linceul. Il fit un pas chancelant vers le garde-fou. En contrebas, la nappe bouillonnante se prolongeait à l’aplomb du relief – apparemment, le seul sur lequel le soleil brillait encore.

Mais, dans la direction opposée, un promontoire rocheux jaillissait du couvert des nuages. Et quand Covenant regarda par-dessus son épaule, il découvrit un à-pic, prolongé de chaque côté par une succession de montagnes.

Il se trouvait de nouveau sur l’observatoire de Kevin, à l’extrémité d’un doigt de pierre qui rejoignait la falaise quelque part en dessous de lui.

Un instant, la surprise l’immunisa contre l’étourdissement. Il ne s’attendait pas à ça ; il pensait réapparaître à Pierjoie. Les seigneurs mis à part, qui dans le Fief avait le pouvoir de le conjurer ? À l’époque où il avait rencontré Triock, celui-ci était un simple bouvier. Il ne possédait aucune connaissance en matière de magie. Autrement dit, il ne pouvait s’agir que de l’œuvre du Rogue…

Puis la peur du vide rattrapa Covenant et ses jambes se dérobèrent sous lui. Sans les mains qui le tenaient, il aurait basculé par-dessus le parapet.

— N'aie crainte, mon ami, lui dit le compagnon de Triock sur un ton rassurant. Je ne te lâcherai pas. Je n'ai pas oublié que tu souffres de vertige.

Et il le tira en arrière pour le soustraire au spectacle du néant.

La tête de Covenant ballottait sur sa poitrine comme si son cou n'avait plus la force de la soutenir. Mais dès que l'observatoire cessa de tourner autour de lui, il se força à lever les yeux vers Triock.

— Comment… bredouilla-t-il d'une voix pâteuse. Qui… Où as-tu trouvé un tel pouvoir ?

Les lèvres de Triock esquissèrent un sourire dur.

— Ne t'avais-je pas dit qu'il comprendrait les pulsions de vengeance ? lança-t-il à son camarade. Après toutes ces années, il me croit encore capable de briser mon serment de paix pour lui. (Puis il reporta son amertume sur Covenant.) Incrédule, tu mérites d'être châtié. La disparition du haut seigneur Elena a entraîné…

— Paix, mon ami, coupa son compère. Il souffre déjà bien assez. Ne lui raconte pas d'histoires tristes pour le moment. Nous devons l'emmener dans un endroit où nous pourrons le soigner.

De nouveau, Triock détailla les blessures de Covenant.

— C'est vrai, soupira-t-il d'un air las. Pardonne-moi, Incrédule. J'ai passé ces quarante-sept dernières années avec des gens qui n'arrivent pas à t'oublier. Sois tranquille, nous te protégerons de notre mieux. Et nous répondrons à tes questions. Mais d'abord, nous devons quitter cet endroit, où nous sommes beaucoup trop exposés. Le Tueur Gris possède une multitude d'yeux ; certains ont peut-être aperçu le pouvoir qui t'a ramené parmi nous.

Triock glissa une baguette de bois lisse à l'intérieur de sa cape, puis demanda à son compagnon :

— Frère de roc, peux-tu porter l'Incrédule jusqu'en bas ? J'ai de la corde, si tu le désires.

Le second homme rit tout bas.

— Mon ami, je suis un géant. Je n'ai pas perdu l'équilibre sur de la pierre depuis mon premier voyage en mer. Thomas Covenant sera en sécurité avec moi.

« Un géant ? » songea vaguement Covenant. Pour la première fois, il remarqua la taille des mains qui le soutenaient. Deux fois plus grosses que les siennes, elles le firent pivoter et le soulevèrent dans les airs comme s'il ne pesait pas plus lourd qu'une plume.

Il se retrouva nez à nez avec Salin Suilécume.

Celui-ci n'avait pas beaucoup changé depuis la dernière fois qu'ils s'étaient vus. Sa barbe était un peu plus grise, un peu plus longue ; de profondes rides creusaient son front, dissimulant presque la cicatrice de la blessure qu'il avait reçue pendant la bataille de la Haute Sylve, mais ses yeux, enfoncés dans leurs orbites, étincelaient toujours d'enthousiasme sous les arcades sourcilières massives, et son sourire n'avait rien perdu de sa chaleur.

En le détaillant, Covenant ne put penser qu'à une chose : il ne lui avait pas dit au revoir quand ils s'étaient séparés à Coupe-Gorge. Salin Suilécume lui avait offert son amitié, et voilà de quelle façon il l'avait remercié. La honte lui fit baisser les yeux. Alors, il vit que le pourpoint et le pantalon de cuir de l'apatride étaient usés et déchirés. À travers les nombreux trous, il avisa les marques de combats anciens et récents. Les plus fraîches le blessèrent comme des plaies ouvertes dans sa propre chair.

— Suilécume, croassa-t-il. Je suis désolé.

— Paix, mon ami, répondit calmement Suilécume. Tout cela appartient au passé. Ne te tourmente pas pour si peu.

— Par les feux de l'enfer, que t'est-il arrivé ? ne put s'empêcher de demander Covenant.

— Ah ! c'est une longue histoire pleine de digressions – à la manière des géants, grimaça Suilécume. Aussi la garderai-je en réserve pour plus tard. Dans ton état, si nous ne te soignons pas très vite, c'est avec la mort que tu échangeras bientôt des souvenirs de guerre.

— Tu es blessé, insista Covenant.

Mais l'intensité du regard de Suilécume le dissuada de poursuivre.

— Silence, Incrédule, ordonna le géant avec une sévérité feinte. Je refuse d'écouter encore des histoires tristes en ce lieu. (Avec douceur, il prit Covenant dans ses bras et dit à Triock :) Suis-nous, frère de roc, et regarde bien où tu mets les pieds. Nous venons à peine d'entamer la mission qui nous incombe. Si tu tombes, j'aurai beaucoup de mal à te rattraper.

— Regarde bien où tu mets les pieds toi-même, répliqua Triock sur un ton bourru. Je suis habitué à la pierre, fût-elle aussi froide que celle-ci.

— Dans ce cas, dépêchons-nous pendant que nous le pouvons encore. Nous avons surmonté maintes épreuves pour arriver jusqu'ici, toi et moi. N'allons pas perdre le seigneur suprême maintenant.

Sans attendre de réponse, Suilécume s'engagea dans l'escalier grossier qui reliait l'observatoire à la falaise.

Covenant enfouit son visage contre la poitrine de son sauveur. Le sifflement mélancolique de la brise lui rappelait que l'aiguille rocheuse se dressait à plus de trois mille pieds au-dessus des collines. Mais le cœur de Suilécume battait avec force et régularité, et son étreinte semblait impossible à briser. Chaque fois qu'il descendait une marche, une légère secousse le traversait, comme si son pied se verrouillait à la surface de la pierre. Et puis Covenant n'avait plus la force d'avoir peur. Il s'abandonna dans les bras de Suilécume jusqu'à ce que celui-ci s'enfonce dans la mer de nuages.

En l'espace de quelques secondes, le soleil disparut comme s'il était irrémédiablement perdu. Le vent devint d'une âpreté trop mordante pour être atténué par l'humidité environnante. Covenant et Suilécume s'abîmaient dans un brouillard aussi glacial que la brume polaire, aussi épais qu'un poing tentant d'étrangler le monde. Le lépreux sentit la transpiration geler le long de sa colonne vertébrale, telles des stalactites minuscules s'enracinant dans la moelle de ses os pour aspirer leurs derniers vestiges de chaleur.

Puis ils atteignirent la corniche située à la base de l'observatoire de Kevin. Le précipice la flanquait, semblable à une gueule béante, mais Suilécume tourna à droite et se mit à le longer comme si l'idée même d'une chute était inconcevable pour lui.

Peu de temps après, il s'engagea sur la piste qui serpentait entre les montagnes. Les derniers lambeaux de tension se dissipèrent dans l'esprit de Covenant. Sa faiblesse s'épanouit en lui tel un chrysanthème et il sombra dans une torpeur hébétée.

Pendant quelque temps, il perdit toute notion de distance et de direction. Il avait l'impression de se vider de sa substance dans l'air gris et humide. Une tranquillité anesthésiante, comme celle de l'hypothermie, s'empara de son cœur.

— Triock, nous sommes en train de le perdre. C'est maintenant ou jamais qu'il faut l'aider, chuchota Suilécume.

Covenant ne comprit pas de qui il parlait.

— Oui, acquiesça Triock. Utilisons les couvertures et les ignescentes pour le réchauffer.

— Ça ne suffira pas, contra Suilécume. Il est malade et blessé. Il a besoin de soins.

— Je le vois bien. Je ne suis pas aveugle ! aboya Triock.

— Dans ce cas, que pouvons-nous faire ? Ici, je suis impuissant ; les géants n'ont pas de pouvoir sur le froid, pour la bonne raison qu'ils n'en souffrent guère.

— Frotte-lui les membres. Communique-lui ta force. Ça me laissera un peu de temps pour réfléchir.

Covenant sentit vaguement qu'on lui frictionnait les bras et les jambes. Il se demanda pourquoi Suilécume et Triock l'empêchaient de dormir.

— N'y a-t-il pas de panseglaise dans les parages ? s'enquit Suilécume.

— Jadis, il y en avait, répondit Triock sur un ton distant. Léna... Léna a soigné l'Incrédule ici, la première fois qu'il est arrivé dans le Fief. Mais je ne suis pas un *rhadhamaerl*, je ne perçois pas les parfums et les pouvoirs secrets de la Terre. Et on raconte que la panseglaise s'est... retirée. Qu'elle s'est cachée pour échapper au mal qui ronge le sol du Fief. Ou que cet hiver prolongé l'a tuée. Bref, la solution n'est pas là.

— Nous devons l'aider. Il est gelé jusqu'aux os.

Des bras qui le soulevaient. Des mains qui l'enveloppaient d'une couverture. Depuis les profondeurs de son engourdissement, Covenant crut apercevoir la lueur ambrée caractéristique des pierres de feu. Cela le réjouit ; il dormirait beaucoup mieux si le brouillard gris ne recouvrait pas tout.

— Il est possible que le haut bois puisse l'aider, hasarda Triock au bout d'un moment.

— Qu'attends-tu ? Essaie ! le pressa Suilécume.

— Je ne suis pas un magistère. Je ne connais pas grand-chose au *lillianrill* ; je ne l'ai étudié à la Loge que pendant une année, après que le haut seigneur Mhoram m'eut donné la baguette. Je ne contrôle pas son pouvoir.

— Peu importe ! Tu dois essayer !

— L'épreuve de vérité risque d'éteindre l'ultime étincelle de vie qui subsiste en l'Incrédule, protesta Triock. Indemne et en pleine forme, il n'est pas dit qu'il la supporterait, alors dans son état…

— Si tu ne fais rien, sa mort est assurée, rétorqua le géant.

Triock laissa échapper un juron.

— Très bien, frère de roc. Tu as raison. Maintiens-le en vie pendant que je me prépare.

Le gris se mit à dévorer l'ambre. Le cœur de Covenant se serra. La perspective que la lumière disparaisse lui était intolérable. Cette brume immonde ne pouvait pas prévaloir sur les ignescentes dans l'équilibre du Fief. Et il n'y avait plus de panseglaise. « Plus de panseglaise », se répéta Covenant, consterné. Très vite, son chagrin se mua en colère. « Par les feux de l'enfer ! Turpide, tu n'as pas le droit, fulmina-t-il. Je ne te laisserai pas faire. » La haine qu'il avait vainement cherché à conjurer, la veille, dans un autre monde, l'envahit brusquement et lui donna la force d'ouvrir les yeux.

Triock était penché sur lui, tenant sa baguette de *lomillialor* comme s'il voulait la lui planter entre les deux yeux. Dans ses mains, le haut bois fumait et brillait d'un éclat intense. Une odeur de sève se mêla à celle des ignescentes.

Marmonnant des paroles incompréhensibles, Triock baissa l'instrument jusqu'à ce qu'une de ses extrémités entre en contact avec la plaie infectée sur le front de Covenant.

Au début, ce dernier ne sentit rien. Le *lomillialor* touchait la blessure sans produire le moindre effet, comme si Covenant était immunisé contre son pouvoir. Puis la sensation se manifesta sous une forme et dans un endroit inattendus. Une brûlure exquise transperça la paume gauche gelée du lépreux, se propageant depuis l'anneau d'or blanc jusqu'à son poignet en lui donnant l'impression qu'elle le consumait. Mais la douleur lui procurait une extase féroce. Elle remonta le long du bras, ranimant la chair meurtrie.

Lorsque la gangue de glace se fut brisée jusqu'à l'épaule, elle commença à céder à d'autres endroits. La chaleur procurée par les couvertures atteignit les côtes endolories. Les articulations des jambes réagirent, comme si on les avait stimulées à coups de pied. Quelques instants plus tard, la plaie frontale se rappela au souvenir de Covenant.

Alors, Triock posa la baguette sur sa lèvre noircie et boursouflée. Une souffrance insoutenable envahit le blessé, qui s'y abîma comme s'il avait vu en elle son unique possibilité de salut.

Il revint lentement à lui. Quand il ouvrit les yeux, il réalisa que son état était stabilisé. Ses blessures lui faisaient aussi mal que des aiguillons plantés dans sa chair et son corps gémissant était toujours couvert d'ecchymoses, mais la glace ne rongeait plus ses os. Sa lèvre semblait moins enflée et il y voyait beaucoup plus clair, comme si on avait nettoyé ses cornées. Pourtant, il fut chagriné de constater que ses mains et ses pieds étaient encore engourdis. Ses nerfs morts n'avaient pas recouvré la santé dont il s'était habitué à jouir dans le Fief.

« Tant pis », décida-t-il. Il était vivant ; il était dans le Fief, et il avait revu Suilécume. Mettant sa détresse de côté, il regarda autour de lui.

Il gisait dans une petite vallée aux pentes abruptes, nichée entre les montagnes derrière l'observatoire de Kevin. Pendant qu'il était inconscient, la mer de nuages avait reculé de quelques dizaines de pieds et, à présent, une neige légère emplissait l'air tel un murmure. Déjà, elle recouvrait le sol sur deux ou trois centimètres d'épaisseur. Quelque chose dans son timbre donna à Covenant l'impression que l'après-midi touchait à sa fin. Mais l'heure ne lui importait guère. Il connaissait cette vallée ; il y était déjà venu une fois, avec Léna.

La réalité n'avait plus grand-chose en commun avec ses souvenirs. À l'époque, c'était un endroit calme, tapissé d'herbe douce, traversé par un ruisseau gazouillant et entouré de grands pins qui semblaient monter la garde. À présent, seule de la terre nue et stérile pointait sous la neige. Le cours d'eau s'était changé en un ruban de glace pareil à une balafre ; quant aux végétaux, ils avaient été dénudés de leur écorce, et fendillés par un hiver trop rude et trop long. Covenant se demanda combien de temps cette saison impitoyable durerait encore.

Les implications de la question le firent frissonner. Il lutta pour redresser sa carcasse épuisée. Alors, il aperçut des silhouettes assises autour d'un chaudron, un peu plus loin sur sa droite. L'une d'elles le vit bouger et prévint l'autre. Aussitôt, Triock se leva pour rejoindre l'Incrédule. Il s'accroupit près de lui et le dévisagea gravement avant de lancer :

— Tu as été très malade. Mes connaissances n'ont pas suffi à te guérir. Mais je vois que tu n'es plus mourant.

— Tu m'as sauvé, dit Covenant, aussi courageusement que le lui permettaient son inanition et la douleur de sa bouche.

— Peut-être. Je n'en suis pas certain. La magie sauvage est à l'œuvre en toi. (Comme le lépreux le fixait sans comprendre, Triock expliqua :) Il semble que l'or blanc de ton anneau ait réagi au contact du *lomillialor*. Avec ce pouvoir, tu surpasses toutes les épreuves de vérité que je pourrais t'infliger.

« Mon alliance », songea Covenant. Mais il n'était pas prêt à se colleter avec cette idée ; aussi la mit-il également de côté.

— Tu m'as sauvé, répéta-t-il. Il y a certaines choses que j'ai besoin de savoir.

— Oublie-les pour le moment. Tu dois manger. Tu n'as rien avalé depuis plusieurs jours. (Triock jeta un coup d'œil par-dessus son épaule.) Salin Suilécume va t'apporter des *aliantha.*

Covenant entendit des pas lourds sur le sol gelé. Quelques instants plus tard, le géant s'agenouilla près de lui en souriant. Ses mains en coupe étaient pleines de baies prodigieuses.

Covenant fixa les petits fruits verts sans réagir. Il avait oublié ce qu'il était censé en faire ; il jeûnait depuis si longtemps que la faim faisait partie intégrante de lui, désormais. Mais il ne pouvait refuser l'offre dissimulée par le sourire amical de l'apatride. Lentement, il tendit une main engourdie et prit une *aliantha.*

Quand il la glissa à l'intérieur de sa bouche et mordit dedans, le goût de pêche acide qui fleurit sur sa langue parut réfuter toutes ses raisons de jeûner. À peine avait-il dégluti qu'il sentit ses forces lui revenir. Il cracha la graine dans sa paume et, comme s'il achevait un rituel, la balança par-dessus son épaule. Puis il se jeta sur le reste des baies, qu'il dévora. Avec un soupir de regret, il laissa tomber le dernier pépin.

Suilécume manifesta son approbation d'un signe de tête et s'assit dans une position plus détendue près des ignescentes. Triock l'imita. Tous deux fixèrent l'Incrédule en silence.

— Je n'oublierai pas ce que vous venez de faire, dit doucement Covenant.

Triock se rembrunit.

— Est-il en train de nous menacer ?

Les yeux caverneux de Suilécume scrutèrent le visage du lépreux.

— L'Incrédule s'exprime comme s'il récitait une oraison funèbre. Cependant, je doute que ce soit la nôtre, répondit-il avec un léger sourire.

Covenant éprouva une bouffée de gratitude : le géant comprenait. Il tenta de lui sourire en retour, mais sa lèvre enflée lui arracha un frémissement. Alors, il s'enveloppa plus étroitement dans la couverture.

Il sentait un abysse glacial tapi derrière les questions qu'il avait besoin de poser et n'osait formuler. La bouche amère de Triock, les cicatrices de Suilécume s'interposaient entre ceux qui l'avaient rappelé et lui. Il craignait d'être responsable des catastrophes que ses interlocuteurs lui relateraient s'il les interrogeait. Pourtant, il devait connaître les réponses, apprendre où il en était. Une détermination nouvelle s'esquissait en lui. Il ne pouvait oublier à quoi ressemblait cette vallée quarante-sept ans plus tôt. Et Mhoram avait imploré son aide.

— Je ne m'attendais pas à apparaître ici, commença-t-il maladroitement. Je pensais que Mhoram me ramènerait parmi vous, mais il n'a plus le Bâton de la Loi. Comment avez-vous fait pour… ?

— Mhoram fils de Varil, voyant et oracle du conseil des seigneurs, est venu à Mithil-Stèlage pendant la précédente guerre, juste avant la bataille contre le Lamineur, révéla Triock sur un ton sec. Il m'a offert la baguette de *lomillialor* que j'ai utilisée aujourd'hui – et les trois jours précédents. Je me suis rendu à la Loge pour étudier les pouvoirs du haut bois. J'y ai eu vent de la chute du haut seigneur Elena. Je…

Il marqua une pause pour se ressaisir.

— Durant les années qui ont suivi, j'ai attendu de découvrir la raison pour laquelle Mhoram m'avait fait ce présent. Entre-temps, mon peuple et moi avons combattu les maraudeurs du Tueur Gris. Salin Suilécume s'est joint à nous et, ensemble, nous les avons poursuivis à travers les plaines du Sud. Tandis que l'hiver s'intensifiait dans le Fief, nous avons attaqué, battu en retraite et attaqué encore, causant le plus de dommages possible à nos innombrables adversaires.

« Puis nous avons appris que Boijovial était tombé et que l'ennemi assiégeait l'altière Pierjoie. Alors, nous avons désengagé le combat pour revenir à Mithil-Stèlage et à l'observatoire de Kevin. Ça nous a pris trois jours, mais grâce au *lomillialor*, à la force de Salin Suilécume et au savoir que j'ai acquis à la Loge, nous avons réussi à t'attirer dans le Fief.

Sa voix dure et tranchante comme un silex fit jaillir dans l'esprit de Covenant des visions de désespoir semblables à des étincelles. Pour leur résister, les contrôler jusqu'à ce qu'il soit prêt à les regarder en face, le lépreux demanda :

— Mais comment ? Je croyais que seul le Bâton de la Loi…

— Beaucoup de règles ont été brisées par la chute d'Elena, répliqua Triock. Le Fief n'a pas encore subi toutes les conséquences de ce fléau. Sache juste que, si le Bâton facilitait certaines expressions du Pouvoir de la Terre, il en limitait beaucoup d'autres. Ce qui n'est plus le cas à présent. Ne sens-tu pas la virulence de cet hiver surnaturel ?

Covenant acquiesça, le regard voilé. Sa responsabilité dans la disparition d'Elena l'aiguillonnait, le poussait à aborder un autre aspect du sujet.

— Ça ne m'explique pas pourquoi vous l'avez fait. Après ce qui s'est passé avec Léna… et Elena… et

Atiaran… (Il ne put se résoudre à davantage de précision.) Tu as moins de raisons de souhaiter mon retour que quiconque en ce monde, Trell y compris. Suilécume peut peut-être me pardonner, mais toi, tu en es incapable. Si tu pensais plus fort, je sentirais le goût de ton amertume sur ma langue.

Les mâchoires de Triock se crispèrent, mais sa réponse fusa, comme s'il l'avait polie et affûtée pendant de longues années.

— Suilécume est persuasif. Le Fief aussi. L'importance que te prêtent les gardiens de la Loge est persuasive. Et Léna fille d'Atiaran vit toujours à Mithil-Stèlage. Durant ses dernières années, Atiaran Trell-mie disait souvent que les vivants se doivent de donner une signification au sacrifice des morts. Moi, je souhaite en trouver une à celui des vivants. Après… après le crime que tu as commis envers elle, Léna s'est cachée pour que personne ne sache, pour que tu sois libre d'apporter la prophétie aux seigneurs. Ce geste mérite d'être honoré, Incrédule.

Malgré lui – malgré l'hostilité et les récriminations auxquelles il s'attendait –, Covenant crut Triock. Elena l'avait prévenu ; elle lui avait décrit l'ampleur des capacités du stèlagien. Ce qui ne l'empêchait pas de se demander d'où Triock tirait sa force. Jadis, c'était un simple bouvier. La fille qu'il aimait s'était fait violer, et une fois adulte, son enfant bâtarde était tombée amoureuse du violeur. Pourtant, il était allé à la Loge, avait étudié un art dangereux avec lequel il n'éprouvait nulle affinité ; tout ça pour *elles*. Il était devenu un franc-tireur au service du Fief. Et à présent, il venait de dépasser sa soif de vengeance parce que le

Fief l'exigeait. D'une voix enrouée, Covenant articula :

— Tu as respecté ton serment.

« Ça aussi, tu me le paieras, Turpide », songea-t-il.

Triock se releva brusquement. Il plissa les paupières et les rides qui entouraient ses yeux se creusèrent jusqu'à dominer son visage tandis qu'il étudiait son interlocuteur.

— Que vas-tu faire ? demanda-t-il à voix basse.

— Redemande-le-moi plus tard. (Covenant avait honte de ne pouvoir soutenir le regard du stèlagien.) Je ne suis pas encore prêt.

Instinctivement, il plaqua sa main droite sur son anneau pour le dissimuler.

— Rien ne presse, murmura Suilécume. Tu as grand besoin de repos.

— Tâche de te décider rapidement, contra Triock. Nous devrons nous mettre en route à l'aube.

Puis, à travers la neige qui s'épaississait, il rebroussa chemin vers le second pot d'ignescentes.

— C'est un brave homme, commenta Suilécume d'une voix douce. Tu peux lui faire confiance.

« Je me fie à lui, pensa Covenant. Comment pourrais-je m'en empêcher ? »

Malgré l'épaisseur de la couverture, il se remit à frissonner.

Tandis qu'il se penchait vers les pierres de feu, il remarqua l'air inquiet de Suilécume. Afin de prévenir toute expression d'anxiété qui lui aurait rappelé combien il était indigne de la sollicitude du géant, il dit très vite :

— Je ne sais toujours pas ce qui t'est arrivé. Les apatrides… J'ignore ce qu'il est advenu d'eux. Et toi… tu sembles en avoir vu de toutes les couleurs. Veux-tu que je te raconte quelque chose de drôle ? Après ce qui s'est passé à Coupe-Gorge, j'ai pensé que… J'ai eu peur que tu retournes auprès des tiens et que tu les convainques de renoncer, d'abandonner. Alors ? T'ai-je enfin raconté une histoire dont tu puisses rire ?

Covenant remarqua sur-le-champ que ce n'était pas le cas. Suilécume inclina la tête et se couvrit le visage d'une main. Un instant, les muscles de ses épaules se raidirent comme si ses doigts modelaient son corps pour lui faire prendre une posture qu'il n'aurait pu adopter de lui-même.

— La joie est dans les oreilles qui entendent, lâcha-t-il enfin. Les miennes ont été accaparées par le vacarme de la mort.

Alors, il releva la tête. Son expression était sereine. Seules ses pupilles révélaient combien il était blessé.

— Je ne suis pas encore prêt à plaisanter sur le sujet. Sans cela, je ne poursuivrais pas les créatures de Pulverâme avec tant d'acharnement.

— Suilécume, que t'est-il arrivé ? insista Covenant.

Le géant écarta les mains en un geste d'impuissance, comme s'il ne voyait pas d'autre moyen de raconter son histoire.

— Mon ami, je suis ce que tu vois, et cette histoire se trouve hors de ma portée. Bien que géant, j'ai toujours été considéré par les miens comme inhabituellement peu bavard. Par la pierre et la mer ! Je ne sais pas quoi te répondre. Tu as vu comment je me suis battu durant la quête du Bâton de la Loi. Lorsque la prophétie de Damelon Gigamis s'est réalisée, je n'ai pas pu abandonner la lutte. J'avais déjà porté trop de coups pour réussir à m'arrêter. Aussi ai-je quitté Ondemère pour pouvoir, à tout le moins, mettre mon élan au service du Fief.

« Mais je ne me suis pas présenté aux seigneurs. Je ne voulais pas me laisser ensorceler par la beauté de Pierjoie, me terrer dans ses fiers couloirs pendant que les sbires de Pulverâme sévissaient à travers le Fief. Voilà pourquoi j'ai choisi de me battre et de partager mes journées avec des gens qui en font autant. Pendant des années, j'ai œuvré en solitaire. Mais quand j'ai rencontré Triock fils de Thuler et ses compagnons, quand j'ai appris qu'il détenait une branche de haut bois, descendant de l'Arbre primordial, dans lequel fut jadis taillé le Bâton de la Loi, je me suis joint à lui. Ainsi ai-je récolté mes cicatrices ; ainsi suis-je arrivé jusqu'ici.

— Ça fait trop longtemps que tu fréquentes des humains, grommela Covenant. Tu ne m'as rien dit du tout. Que… Comment… Je ne sais même pas par où commencer.

— Alors, ne commence pas. (Suilécume posa la main avec affection sur l'épaule du lépreux.) Toi aussi, ça fait trop longtemps que tu fréquentes… des êtres d'une autre espèce. Tu as besoin de plusieurs jours de repos et je crains qu'on ne te les accorde pas. Tu dois dormir.

À sa grande surprise, Covenant s'aperçut qu'il était capable de s'abandonner au sommeil. Les ignescentes, la couverture qui l'enveloppait et les *aliantha* qu'il avait mangées dégageaient une tiédeur soporifique qui l'imprégnait jusqu'à la moelle. Demain, il aurait l'esprit plus clair ; il saurait quelles questions poser.

Il s'allongea sur le sol froid et se tortilla pour remonter le plaid jusqu'à ses oreilles. Suilécume se pencha pour l'aider.

— Combien de temps va encore durer cet hiver ? lui demanda-t-il.

— Le printemps aurait dû faire son apparition voici trois lunes, répondit le géant.

Un frisson glacé parcourut Covenant.

— Par les feux de l'enfer, Turpide ! grogna-t-il entre ses dents.

Il flottait dans un brouillard rouge et compact depuis un petit moment lorsque des voix, comme désincarnées par sa somnolence, lui parvinrent aux oreilles. Deux personnes parlaient non loin de lui, comme s'il n'était guère plus qu'un cadavre gisant sur le sol.

— Tu ne lui as pas révélé grand-chose de la vérité, dit Triock.

— Il souffre déjà bien assez pour un seul homme, répliqua Suilécume. Inutile d'ajouter à son fardeau.

— Mais il doit savoir. Il est responsable de ce qui est arrivé !

— Non.

— Peu importe. Il doit savoir.

— Même la pierre finit par se rompre si on presse trop lourdement sur elle.

— Ah, frère de roc ! Comment justifieras-tu ton silence si Covenant se retourne contre le Fief ?

— Paix, mon ami. Ne me tourmente pas. J'ai déjà appris à mes dépens que je ne peux pas me justifier.

Covenant écouta ce dialogue sans comprendre. Lorsque le silence s'imposa, il sombra dans des rêves chaotiques, pleins de vengeance et de détermination.

6

La défense de Mithil-Stèlage

COVENANT FUT RÉVEILLÉ PAR SUILÉCUME, qui le secoua par l'épaule jusqu'à ce qu'il repousse la couverture et se redresse. Dans la maigre lumière des pots d'ignescentes à moitié couverts, il vit que la neige avait cessé, mais que l'obscurité recouvrait toujours la vallée. Il se laissa à nouveau tomber sur le sol en grognant :

— Va-t'en. Laisse-moi dormir.

Suilécume le secoua avec plus d'insistance.

— Lève-toi. Nous partons bientôt et tu dois d'abord déjeuner.

— L'aube, protesta Covenant d'une voix pâteuse. (Sa lèvre était aussi engourdie que ses pieds et ses mains.) Il avait dit : « à l'aube ».

— D'après Yeurquin, des feux approchent de Mithil-Stèlage depuis les plaines du Sud. Leurs porteurs sont sûrement hostiles – peu de gens de la région osent faire de la lumière en pleine nuit. Et quelqu'un grimpe à notre rencontre. Nous ne pouvons pas rester ici. Lève-toi.

Suilécume saisit le lépreux sous les bras pour le redresser en position assise. Puis il lui fourra une flasque et un bol dans les mains.

— Mange.

Encore à moitié endormi, Covenant porta le flacon à sa bouche : il contenait de l'eau aussi froide que de la neige fondue. Cela acheva de le réveiller. Frissonnant, il reporta son attention sur le bol rempli de pain et de baies prodigieuses. Covenant se mit à manger très vite pour apaiser ses crampes d'estomac.

Entre deux bouchées, il demanda :

— S'il s'agit bien de... maraudeurs, ne serions-nous pas plus en sécurité ici ?

— Peut-être, mais les stèlagiens se battront pour préserver leurs maisons. Nous devons les aider.

— Ne peuvent-ils se cacher dans les montagnes jusqu'au départ des pillards ?

— Ils l'ont souvent fait par le passé. Mais Mithil-Stèlage a été attaqué à maintes reprises et les habitants en ont assez de voir leurs biens systématiquement endommagés. Cette fois, ils resteront pour les défendre.

Covenant vida le bol et se força à boire longuement. L'eau glacée lui fit mal à la gorge.

— Je ne suis pas un guerrier.

— Je me le rappelle, dit Suilécume avec un sourire ambigu, comme si ses souvenirs ne cadraient pas avec l'affirmation du lépreux. Nous te protégerons.

Il reprit le bol et la flasque, qu'il rangea dans une besace en cuir. Puis il sortit une lourde veste en peau de mouton qu'il tendit à Covenant.

— Elle te sera très utile, même si l'on raconte que nul vêtement et nul brasier ne peuvent prémunir contre la rigueur de cet hiver. (Tandis que Covenant enfilait le vêtement, il poursuivit :) Je regrette de n'avoir pas de chaussures plus appropriées à te fournir, mais c'est tout ce que portent les stèlagiens.

Et il produisit une paire de sandales à semelle épaisse.

Covenant repoussa la couverture et découvrit combien il s'était abîmé les pieds. Les plantes étaient déchiquetées des orteils au talon, couvertes de sang séché, et les lambeaux de ses chaussettes pendaient autour de ses chevilles telles les fanfreluches d'un bouffon. Mais il ne souffrait pas ; les plaies n'étaient pas assez profondes pour que la partie encore vivante des nerfs soit touchée.

— Ne t'inquiète pas, souffla-t-il d'une voix rauque en arrachant ses chaussettes. Ce n'est que la lèpre.

Il prit les sandales des mains de Suilécume, les enfila et attacha la bride.

— Un de ces jours, je comprendrai peut-être pourquoi je m'obstine à me protéger malgré tout.

Mais il possédait l'explication : même s'il manquait d'un objectif concret, son obstination naturelle demeurait.

— Tu devrais visiter mon monde, grogna-t-il. C'est indolore. Tu ne sentiras rien.

Puis Triock leur fit signe et Suilécume se redressa d'un bond. Dès que Covenant se fut relevé, le géant ramassa la couverture et la fourra dans sa besace. Le sac dans une main et le pot d'ignescentes dans l'autre, il se dirigea vers Triock en compagnie de Covenant.

Triock et trois autres personnes se tenaient près de l'étroite gorge qui constituait l'unique sortie de la vallée. Ils parlaient à voix basse, sur un ton pressant.

— Frère de roc, lança Triock à Suilécume, nos éclaireurs arrivent juste des plaines. Slen rapporte que… (Il s'interrompit brusquement et un sourire sardonique déforma sa bouche.) Pardonnez-moi. J'oublie la courtoisie. Je dois faire les présentations.

Il se tourna vers un vieillard trapu et large d'épaules, qui haletait dans le froid.

— Slen Terass-mi, voici le seigneur suprême Thomas Covenant, Incrédule et porteur d'or blanc. Incrédule, voici Slen, le meilleur cuisinier de toutes les plaines du Sud. Terass sa femme appartient au cercle des anciens de Mithil-Stèlage.

Slen salua Covenant, qui lui rendit maladroitement la pareille. Puis Triock pivota vers un homme et une femme qui se ressemblaient comme des jumeaux. Ils avaient l'air endurci de ceux qui ont vu couler beaucoup de sang et succomber beaucoup d'alliés ou d'ennemis en pleine nuit. Ils fixaient Covenant sans ciller, comme si plus rien ne pouvait les étonner.

— Et voici Yeurquin et Quirrel, compléta Triock. Nous nous battons ensemble depuis le début de cette invasion.

« Quand Suilécume et moi avons appris que Pierjoie était assiégée, nous harcelions un groupe important de créatures du Tueur Gris dans les plaines du Sud. Nous avons aussitôt battu en retraite en prenant bien garde de masquer nos traces, pour que l'ennemi ne puisse pas nous suivre. D'après nos éclaireurs, il nous a cherchés sans succès pendant un long moment. Mais, voici deux jours, il a brusquement foncé vers Mithil-Stèlage.

Triock marqua une pause lourde de signification.

— Nos poursuivants ont dû sentir le pouvoir dont nous avons fait usage sur l'observatoire de Kevin. *Melenkurion !* L'un d'eux au moins possède des yeux.

— Par conséquent, nous ne sommes pas en sécurité ici, conclut Suilécume. S'ils ont vraiment été témoins de la puissance du haut bois, ils ne connaîtront pas de repos tant qu'ils ne l'auront pas rapporté à Pulverâme, après avoir tué son porteur actuel.

Slen toussa, crachant un filet de vapeur blanche dans l'air glacial.

— Nous devons partir immédiatement. Ils attaqueront au lever du jour.

Triock hocha la tête.

— Nous sommes prêts. (Il jeta un regard à Suilécume et à Covenant.) Incrédule, il y a bien longtemps qu'on ne voyage plus à cheval dans le Fief. Seras-tu capable de marcher ?

Covenant haussa les épaules.

— Il est un peu tard pour vous soucier de ce dont je suis capable ou pas. Si jamais je vous ralentis trop, Suilécume n'aura qu'à me porter.

— Très bien. (Triock resserra les pans de sa cape, ramassa le pot d'ignescentes et le brandit au-dessus de sa tête de façon à éclairer leur chemin.) Dans ce cas, allons-y.

D'un pas vif, Quirrel s'engagea dans l'obscurité du ravin. Triock la suivit, puis Slen. Du menton, Suilécume intima à Covenant de passer devant lui. Yeurquin ferma la marche.

Il ne fallut pas plus de quelques enjambées au lépreux pour réaliser qu'il n'était pas en état d'avancer. La lassitude pétrifiait ses muscles et il avait besoin du peu d'énergie récupérée pendant la nuit pour se défendre contre le froid pénétrant. Au début, il résolut de serrer les dents et de souffrir en silence. Mais, arrivé au milieu de la gorge qui débouchait sur la falaise surplombant Mithil-Stèlage, il sut qu'il n'arriverait pas à continuer seul. Pour accomplir le dessein qui germait dans un coin de son esprit, il devait apprendre à accepter l'aide d'autrui.

Haletant, il s'adossa à la paroi.

— Suilécume ?

Le géant se pencha vers lui.

— Oui ?

— Suilécume, je n'y parviendrai pas.

— Moi non plus, gloussa Suilécume. Mon ami, il faut savoir profiter du réconfort que peuvent nous apporter certains de nos compagnons.

Il souleva Covenant de terre et le cala au creux de son bras en position assise, de manière que le lépreux puisse voir la route devant lui. Même si cela lui laissait un bras libre, il confia le pot d'ignescentes à son passager. Le doux éclairage révéla sa grimace malicieuse lorsqu'il dit :

— Ce que tu me fais faire là est bien dangereux. Je risque de prendre l'habitude de me sentir utile.

— J'ai l'impression de m'entendre, marmonna Covenant.

Le sourire de Suilécume s'élargit. Mais Triock leur jeta un coup d'œil sévère par-dessus son épaule et le géant n'ajouta rien.

Quelques instants plus tard, Triock couvrit ses pierres de feu. Sur un signe de tête de Suilécume, Covenant l'imita. Le géant rangea le pot dans sa besace. Sans lumière pour trahir sa position, le groupe émergea de la crevasse à flanc de montagne, au-dessus de la vallée de la Mithil.

Les ténèbres étaient encore si épaisses qu'on ne distinguait pas grand-chose en contrebas, hormis les feux de garde rougeoyant telles des étincelles au milieu de cendres froides. Covenant ne pouvait estimer quelle distance l'en séparait, mais Suilécume commenta sur un ton tendu :

— Ils sont vraiment nombreux. Et ils atteindront le stèlage d'ici l'aube, comme Slen le prévoyait.

— Dans ce cas, il n'y a pas une minute à perdre, aboya Triock.

Il tourna à gauche et se mit à longer rapidement la corniche. Suilécume lui emboîta le pas, ses longues enjambées lui permettant de ne pas se laisser distancer.

Bientôt, la piste suivit une pente douce qui menait à la vallée. Covenant sentit l'air s'épaissir peu à peu. Grâce à la tiédeur du pot d'ignescentes calé contre sa poitrine, ses forces lui revenaient progressivement. Il tenta de se souvenir de l'aspect de cette voie au printemps, mais aucune image ne lui vint. Il ne pouvait faire abstraction du paysage désolé qu'il devinait autour de lui. Il pressentait que s'il avait pu contempler la face lugubre de la montagne, l'aridité des collines, la friabilité des arbres et la Mithil prise dans la glace, il aurait été atterré. Il n'était pas encore prêt pour cela.

Devant lui, Triock s'élança dans la descente.

Suilécume l'imita. Les secousses chassèrent les pensées importunes de l'esprit de Covenant, lui permettant de se concentrer sur l'obscurité. En plissant les yeux, l'Incrédule parvint à la percer. Il discerna la hauteur des pics sur sa gauche et la profondeur de la vallée sur sa droite, et au bout d'un moment le pâle éclat de la rivière gelée devant lui.

Puis le passage atteignit l'extrémité de la combe et décrivit une large courbe vers la Mithil. Au sortir de celle-ci, Covenant aperçut les premières lueurs de l'aube derrière les monts, à l'est.

Ses compagnons pressèrent l'allure. Comme la clarté se répandait dans l'atmosphère, le lépreux vit de petits nuages de neige jaillir sous les pieds de Triock. Le souffle lourd du géant lui emplit les oreilles, ponctué à intervalles irréguliers par les craquements du cours d'eau, qui luttait pour s'extraire de son manteau de glace. Covenant fut saisi par l'envie de se faire poser, soit pour se désolidariser de l'urgence, soit pour être libre de courir vers son propre objectif.

Soudain, Quirrel pila net. Triock et Suilécume la rattrapèrent. Ils la trouvèrent en compagnie d'une stèlagienne, qui chuchota très vite :

— Triock, nous sommes prêts. L'ennemi sera bientôt là. Il est nombreux, mais les éclaireurs n'ont vu ni lémures ni ur-vils dans ses rangs. Comment allons-nous le combattre ?

Covenant se laissa tomber à terre. Il tapa des pieds pour rétablir la circulation sanguine dans ses genoux et se rapprocha pour entendre la suite de la conversation.

— Certaines de ces créatures ont des yeux, répondit Triock. Elles sont à la poursuite du haut bois.

— C'est ce que disent les anciens.

— Nous nous servirons donc de la baguette pour les appâter. Je resterai de ce côté du stèlage, dans la direction opposée à celle d'où arrivent les monstres. Ainsi, ils devront fouiller les maisons pour me trouver et seront obligés de se séparer. Leur dispersion et l'effet de surprise joueront en notre faveur. Dites aux nôtres de se cacher par ici, derrière les murs et dans les bâtiments les plus éloignés de la place. Allez !

La femme se détourna et rebroussa chemin en courant. Triock la suivit d'un pas plus mesuré, distribuant ses instructions à Quirrel et Yeurquin. Flanqué de Suilécume, Covenant pataugeait dans la neige derrière eux ; il se demandait comment il réussirait à survivre lorsque la bataille éclaterait. Triock semblait persuadé que les maraudeurs en voulaient au *lomillialor*, mais le lépreux ne partageait pas cette conviction. Il pensait plutôt que les sbires du Rogue venaient pour lui et pour son anneau.

Le souffle court, il escalada une éminence sur les talons de Triock. Arrivé en haut, il découvrit les formes trapues des bâtisses de pierre massées au bas de l'autre versant. À la lueur de l'aube, la configuration circulaire du stèlage se devinait ; les constructions grossières, pour la plupart de plain-pied et surmontées par un toit plat, étaient tournées vers l'intérieur – vers la place centrale, où les habitants avaient coutume de se rassembler.

Au loin, près de l'entrée de la vallée, brillaient les feux des pillards. Ils se déplaçaient rapidement, comme guidés et aiguillonnés par l'odeur de leur proie.

Triock s'arrêta pour regarder vers eux.

— Si ça devait mal tourner, je te confie le haut bois et l'Incrédule pour que tu accomplisses la mission que je n'aurais su mener à bien, dit-il à Suilécume.

— Il est hors de question que ça tourne mal, répliqua le géant. Nous ne pouvons pas nous le permettre. Que ferais-je de plus ou de mieux que toi ?

Du menton, Triock désigna Covenant.

— Lui pardonner.

Sans attendre de réponse, il s'élança.

Covenant voulut le rattraper, mais ses pieds glissaient dans la neige, l'empêchant d'avancer assez vite. Il ne rejoignit Triock qu'au niveau de la colline. Alors, il lui saisit le bras, le força à s'arrêter et lui souffla à la figure :

— Ne me pardonne pas. Tu t'es déjà bien assez fait violence par ma faute. Donne-moi juste une arme pour que je puisse me défendre.

Triock se dégagea violemment.

— *Une arme, Incrédule ?* aboya-t-il. *Utilise ton anneau !*

Un instant plus tard, il reprit le contrôle de lui-même et ravala son amertume.

— Un jour, peut-être arriverons-nous à nous comprendre, toi et moi, fit-il sur un ton plus doux.

Plongeant la main sous sa cape, il en tira une longue dague de pierre, qu'il remit à Covenant. Puis il s'éloigna à grandes enjambées pour rejoindre les gens qui se positionnaient aux abords du stèlage.

Covenant fixa la courte épée comme s'il s'agissait d'une vipère qui risquait de le mordre à tout instant. À présent qu'il était armé, il ne savait plus que faire. Il n'imaginait pas se battre. Jadis, il avait possédé d'autres lames aux implications ambiguës…

Il leva un regard interrogateur vers Suilécume, mais ce dernier ne s'occupait pas de lui. Il se focalisait sur les feux ennemis et ses yeux étincelaient d'un enthousiasme brûlant, comme s'ils reflétaient le souvenir d'un massacre. Covenant frémit intérieurement. Il fit passer l'arme d'une main dans l'autre, faillit la jeter, puis finit par la glisser à sa ceinture d'un geste brusque.

— Et maintenant ? demanda-t-il pour capter l'attention de Suilécume. On reste plantés là ou on court en rond ?

Le géant baissa la tête vers lui.

— Les stèlagiens se battent pour leurs maisons, gronda-t-il avec une expression orageuse. Si tu ne veux pas les aider, épargne-leur au moins tes sarcasmes.

Avec un geste impérieux, il se dirigea vers les bâtiments les plus proches.

Covenant le suivit en grommelant. Il n'avait pas l'habitude que son ami le rabroue ainsi.

La plupart des gens avaient cessé de s'agiter et s'étaient mis à l'abri derrière les constructions. Ils ignorèrent Covenant, qui traînait dans le sillage de Suilécume comme s'il devait servir d'appât aux maraudeurs.

Suilécume fit halte près d'une bâtisse dont l'avant-toit lui arrivait à la gorge. Lorsque Covenant le rejoignit, il le souleva et le projeta sans effort sur les ardoises. Le lépreux atterrit face dans la neige. Il se redressa aussitôt sur les genoux, crachant et foudroyant Suilécume du regard.

— Tu seras plus en sécurité ici, se justifia celui-ci. (Du menton, il désigna une baraque voisine.) Je te surveillerai de là-bas. Reste couché. Ils sont presque sur nous.

Instinctivement, Covenant se laissa tomber à plat ventre.

Un silence frémissant l'enveloppa, comme si tout le stèlage n'avait attendu que ce signal pour retenir son souffle. Le lépreux n'entendait plus que le sifflement ténu du vent. Dans sa position, il se sentait exposé. Mais les huit pieds qui le séparaient du sol suffisaient à lui donner le tournis. Il ne pouvait pas regarder en bas, et encore moins sauter.

Il s'écarta du bord, puis se figea en réalisant le vacarme qu'il produisait. Bien qu'étouffés par la neige, ses mouvements étaient assez bruyants pour le trahir dans cette immobilité ouatée. Un instant, le courage de tourner la tête lui manqua. Il craignait de découvrir des faciès cruels par-dessus le bord du toit.

Lentement, l'appréhension qui lui martelait les tempes se relâcha. Il commença à se maudire. Les membres en étoile, il effectua une rotation laborieuse sur lui-même, jusqu'à se retrouver face au centre du stèlage.

De l'autre côté de la vallée, la lumière filtrait à travers l'épais manteau de nuages. Ils bouchaient le ciel et sous leur masse froide se levait un jour sinistre, accablé par un irrémédiable chagrin. Cette vision glaça Covenant bien davantage que les ténèbres auxquelles elle succédait. Sur l'observatoire de Kevin, il ne s'était pas rendu compte à quel point cette pénombre perpétuelle était déplacée et nocive – émanation tangible de la malveillance du Rogue. À présent, il réalisait et restait consterné par le pouvoir qu'impliquait un tel phénomène. Turpide était capable de chambouler l'ordre fondamental de la nature. Il n'aurait aucun mal à écraser un misérable lépreux. Croire le contraire eût relevé d'une arrogance ridicule.

Covenant tâtonna en quête de la dague, comme pour affermir sa détermination. Mais une clameur distante, déformée par le vent, chassa toute autre pensée de son esprit. Il tendit l'oreille. À n'en pas douter, les maraudeurs approchaient.

Il frissonna à l'idée que les créatures ne faisaient pas le moindre effort de discrétion. La vallée se déployait devant elles et elles affichaient l'assurance que procure le nombre. Elles avançaient le long de la rivière en entrechoquant leurs armes, comme pour mettre les stèlagiens au défi de leur résister. Covenant glissa prudemment dans une position plus commode pour les observer. Ses muscles tremblaient, mais il serra les dents, se pressa de son mieux contre les ardoises et fixa la place avec une intensité qui lui donna mal à la tête.

Bientôt, il entendit des cris gutturaux et le fracas de l'acier sur la pierre tandis que les pillards s'engouffraient dans les premières maisons pour les fouiller. Mais le faîte des bâtiments lui bloquait la vue. Covenant tenta de maîtriser sa respiration pour que la vapeur de son souffle ne le gêne pas et ne révèle pas sa présence. Quand il tourna la tête pour regarder dans d'autres directions, il s'aperçut qu'il serrait dans ses mains des poignées de neige que la pression changeait en glace. Il se força à déplier les doigts, puis posa les paumes à plat sur le toit pour être prêt à bondir.

La clameur se déploya de l'autre côté du village et progressa plus ou moins parallèlement à la rivière. Au lieu d'encercler le stèlage pour piéger les habitants, les assaillants effectuaient un balayage lent et minutieux.

Dédaignant l'effet de surprise, ils manœuvraient de façon que les humains soient forcés de battre en retraite vers l'extrémité de la vallée.

Covenant ne voyait pas d'autre explication à cette tactique qu'un aplomb frisant l'arrogance. Les créatures voulaient acculer leurs proies pour faire monter leur excitation en retardant le massacre final. Tant de cruauté et d'assurance combinées avait quelque chose d'effrayant ; pourtant, cela soulageait Covenant. Ce n'était pas une stratégie conçue pour s'emparer d'un talisman aussi puissant que son anneau.

Bientôt, une autre explication se présenta à lui. Tandis qu'il plissait les yeux pour mieux sonder la pénombre, un bref éclair de lumière verte jaillit à l'extrémité du stèlage. L'instant d'après, un grondement sourd, pareil à celui d'une avalanche, emplit l'air. Covenant fut si surpris qu'il faillit se relever d'un bond pour voir ce qui se passait.

Les premiers monstres pénétrèrent sur la place centrale et il se figea en retenant son souffle. La plupart avaient une apparence vaguement humanoïde, mais leurs traits étaient grotesques, déformés comme si une main brutale leur avait broyé la figure à la naissance. Leurs yeux trop enfoncés ou trop saillants n'étaient pas à la bonne place ; leur nez et leur bouche partaient de travers au milieu de bourrelets de peau semblables à de l'argile échappée d'entre les doigts d'un poing serré et, dans certains cas, leur visage et leur crâne suintaient un liquide jaunâtre comme le pus. Le reste de leur corps n'était pas plus sain : dos plié selon un angle impossible, bras ou jambes surnuméraires, tête fixée entre les omoplates ou au milieu de la poitrine… Tous avaient un point commun : ils empestaient la perversion et la haine de ce qui, en ce monde, était bon ou sain.

Nus, à l'exception de sacs en toile, ils se déversèrent, grognant et crachant, au cœur de Mithil-Stèlage. Là, ils marquèrent un arrêt jusqu'à ce que les cris de leurs congénères confirment que la première moitié du village était sous leur contrôle. Alors, une haute silhouette au faciès osseux, dotée de trois bras massifs, aboya un ordre aux maraudeurs situés derrière elle. Quelques-uns s'avancèrent, entraînant trois créatures prodigieuses qui ne leur ressemblaient nullement.

Aussi aveugles et glabres que des ur-vils, elles ne possédaient cependant ni yeux ni nez. Leur petite tête reposait directement sur leurs larges épaules. Leurs courtes jambes jaillissaient d'un tronc gros comme une barrique et leurs bras épais étaient assez longs pour toucher le sol. Des ventouses en recouvraient la face interne. Leur silhouette semblait onduler, comme si elles portaient en elles tant de corruption que les yeux de Covenant n'arrivaient pas à les cerner.

Sur l'ordre du chef, elles furent conduites jusqu'à une baraque située au bord de la place et positionnées autour. Elles se plaquèrent alors aux murs en écartant les bras comme pour étreindre la pierre. Un pouvoir grondant enfla entre elles, qu'elles déployèrent tel un nœud coulant.

Covenant les observait, hagard. À présent, il comprenait la tactique de l'ennemi : elle visait à protéger les trois créatures. Dans une odeur d'essence de rose, leur pouvoir s'intensifia et se resserra jusqu'à ce que le lépreux distingue le rayon vert qui étranglait la construction avec une fureur implacable. Il songea qu'il devrait crier pour avertir les stèlagiens, mais sa bouche était sèche et sa langue paralysée d'horreur. À peine réalisa-t-il qu'il s'était dressé à quatre pattes pour mieux observer la suite des événements.

Quelques instants s'écoulèrent. Une tension surnaturelle fit vibrer l'air tandis que la bâtisse se tordait sous la pression. Covenant secoua la tête comme si elle lui réclamait de l'aide et qu'il était impuissant à la sauver.

Puis le ruban d'énergie explosa dans un éclair. L'édifice s'écroula sur lui-même et les gravats ensevelirent le mobilier contenu à l'intérieur. Les créatures reculèrent et tournèrent la tête ; sans doute cherchaient-elles autre chose à détruire.

Soudain, quelqu'un poussa un hurlement de rage. Covenant l'entendit courir entre les maisons. Se redressant d'un coup, il vit une femme aux cheveux blancs filer dans la rue en contrebas, un long couteau à la main. De toute évidence, elle se ruait vers le centre de Mithil-Stèlage.

Le lépreux n'hésita pas une seconde. En deux enjambées rapides, il se propulsa sur le toit voisin tel un sac d'os désarticulés. Il se reçut mal, tomba et glissa dans la neige. Mais il réussit à freiner sa chute avant de basculer dans le vide, se releva aussitôt et prit son élan pour sauter sur la toiture d'après.

Depuis son poste d'observation, il vit la stèlagienne débouler sur la place. Son cri avait alerté les maraudeurs, mais la vitesse à laquelle elle se jeta sur eux les prit par surprise. Elle bondit et, brandissant l'arme de toutes ses forces, la plongea jusqu'au manche dans la poitrine du monstre à trois bras qui dirigeait l'assaut.

L'instant d'après, un autre assaillant l'empoigna par les cheveux et la tira en arrière. Le couteau lui échappa des mains et elle s'écroula. Les créatures l'encerclèrent en levant leur épée.

Covenant poursuivit sa progression. Cette fois, il réussit à garder l'équilibre, courut le long des ardoises et se propulsa à nouveau dans les airs. Il atterrit dans une embardée et glissa sur le toit de la maison au pied de laquelle la femme était tombée. Mais il ne put s'arrêter, chuta et s'écrasa lourdement à terre.

L'impact l'assomma à demi. Par chance, sa brusque apparition avait décontenancé les pillards. Le plus proche d'entre eux recula de quelques pas en agitant son épée comme face à un groupe de redoutables guerriers. Covenant en profita pour secouer la tête, chasser le voile rouge qui lui obscurcissait la vue et se redresser, le souffle court.

Ses adversaires adoptèrent une position de combat. Quand ils réalisèrent qu'ils avaient affaire à un homme seul, certains crachèrent des jurons et d'autres éclatèrent d'un rire cruel. Rengainant leur arme, d'aucuns s'avancèrent avec des précautions exagérées pour capturer la femme et Covenant. Leurs camarades se mirent à siffler et à les huer. Intrigués, d'autres approchèrent pour voir ce qui se passait.

Covenant promena un regard affolé autour de lui, en quête d'une solution. La femme et lui étaient cernés par plus d'une douzaine de créatures difformes.

Leur souffle ne fumait pas dans l'air glacial. Même si elles ne portaient presque rien pour se protéger contre le froid, elles semblaient terriblement à leur aise sous ce climat surnaturel. Elles se dirigèrent vers leurs proies comme si elles avaient l'intention de les dévorer vives.

La stèlagienne poussa un sifflement dégoûté, mais Covenant ne lui accorda aucune attention. Tout son esprit était tourné vers leur fuite. Un souvenir incongru jaillit du fond de sa mémoire. Une fois, Mhoram avait réussi à utiliser son anneau, aussi inerte soit-il. Tandis que les maraudeurs approchaient en gloussant et en salivant, le lépreux brandit son poing gauche et glapit :

— Reculez, bestioles de malheur, ou je vous carbonise sur pattes !

Impressionnées par sa virulence ou par son alliance, elles s'exécutèrent en serrant leur arme.

Covenant prit la main de la stèlagienne et détala. La traînant derrière lui, il fonça vers l'angle de la maison, décrivit un virage sec et s'éloigna de la place à toutes jambes. Les doigts de la femme glissèrent dans les siens, mutilées. Elle se dégagea et se mit à courir aussi vite que lui. Elle le rattrapa en quelques secondes, lui saisit le bras et l'aida à prendre le tournant suivant.

Les assaillants se lancèrent à leurs trousses en rugissant de fureur. Mais quand ils s'engagèrent dans la ruelle, Suilécume plongea depuis un toit et s'écrasa parmi eux tête la première, tel un bélier. Bloqués par les maisons qui les encadraient, ils ne pouvaient pas lui échapper. Suilécume s'attela à un déblayage méthodique, brisant le cou des plus proches et balançant les autres vers la place.

Puis Triock, Quirrel, Yeurquin et une douzaine de stèlagiens lancèrent une contre-attaque par le haut. Profitant de la confusion provoquée par le géant, ils s'abattirent sur l'ennemi telle une pluie d'épées et de javelots. D'autres personnes se précipitèrent pour croiser le fer avec les créatures encore occupées à fouiller les baraques. En quelques instants, une bataille acharnée s'engagea à travers le stèlage.

Covenant ne s'arrêta pas pour autant. Avec la femme, il continua à courir jusqu'à ce qu'il ait dépassé les dernières bâtisses. Une fois en terrain découvert, il allongea encore la foulée : il voulait s'éloigner le plus possible de Mithil-Stèlage. Mais Slen intercepta les fuyards.

— Imbécile ! aboya-t-il en fixant la stèlagienne avec sévérité. As-tu donc perdu la tête ? (Puis il tira sur la manche de Covenant.) Venez ! Venez !

Ils le suivirent à l'écart de la rivière, le long d'un sentier qui s'enfonçait dans les collines. Quelques centaines de mètres au-dessus du village se dressaient les vestiges d'un éboulis très ancien. Slen se faufila entre les rochers et atteignit bientôt l'entrée d'une vaste caverne dissimulée. Plusieurs hommes montaient la garde dehors ; à l'intérieur, enfants, malades et infirmes se pelotonnaient autour de vasques d'ignescentes.

C'était un refuge tentant, mais, au lieu d'y entrer, Covenant escalada la corniche qui le surplombait : d'en haut, peut-être pourrait-il suivre le déroulement de la bataille. Sa compagne d'infortune l'imita. Bientôt, tous deux occupèrent un poste d'observation privilégié.

L'altitude de leur perchoir surprit Covenant. Il ne s'était pas rendu compte qu'il avait grimpé si haut. Le vertige rendit la pierre glissante sous ses pieds et il tituba en arrière. Un instant, la vallée tangua autour de lui. Il n'arrivait pas à croire que, quelques minutes plus tôt, il bondissait de toit en toit. Le souvenir de sa folle audace suffisait à le déséquilibrer, à le mettre à la merci du vide. Mais la stèlagienne lui prit le bras pour le retenir et son désir de détailler la bataille l'aida à résister au tournis. Agrippant inconsciemment l'épaule de la femme, il se força à regarder vers le bas.

Au début, la grisaille des nuages empêcha Covenant de distinguer ce qui se passait. Mais en plissant les yeux, il réussit à apercevoir Suilécume. Celui-ci dominait la mêlée. Telle l'étrave d'un navire, il fendait la foule des maraudeurs, abattant son poing sur la tête de ceux qui le gênaient avec assez de force pour leur briser le cou ou leur faire éclater le crâne. Hélas ! Ses adversaires étaient bien plus nombreux que lui. Même si ses gesticulations les empêchaient de porter une attaque concertée, ils étaient armés, et pas lui. Sous les yeux de Covenant, ils réussirent à le rabattre vers une des gigantesques créatures.

Ce fut le moment que la femme choisit pour lancer :

— Thomas Covenant, je te remercie. Ma vie t'appartient.

Sa voix douce forma un contrepoint douloureux à l'angoisse du lépreux, occupé à se lamenter en son for intérieur : « Suilécume ! »

— Quoi ? sursauta-t-il, pensant qu'il avait mal entendu. Je ne veux pas de votre vie. Vous pouvez m'expliquer ce qui vous a pris de vous jeter sur l'ennemi comme ça ?

— Ce n'est pas gentil de me parler ainsi, lui reprocha la femme. Je t'ai attendu. J'ai monté ton ranyhyn.

La signification de ces paroles ne pénétra pas l'esprit de Covenant.

— Suilécume va se faire tuer par votre faute !

— J'ai porté ton enfant.

Ces mots atteignirent Covenant en plein visage, comme une gifle. Il repoussa vivement la main posée sur son épaule et recula de deux pas. Un courant d'air lui apporta des lambeaux de la clameur qui montait depuis le stèlage, mais il n'y prit pas garde. Pour la première fois, il dévisagea son interlocutrice.

Elle semblait avoir soixante-cinq ans – elle aurait pu être sa mère, donc. Des plis d'espoir bafoué marquaient sa peau pâle autour des veines bleues de ses tempes et ses cheveux d'un blanc vaporeux étaient devenus fragiles, cassants. Covenant ne reconnut ni sa bouche entrouverte et frémissante, ni sa silhouette maigre, ni ses mains décharnées et ridées. Son regard, étonné, était à la limite de la confusion. Pourtant… Pourtant, ses yeux étaient aussi grands, aussi lumineux que ceux des deux femmes censées être sa mère et sa fille. Et un motif de feuilles blanches se détachait sur les épaules de sa longue robe bleue.

— Ne me reconnais-tu pas, Thomas Covenant ? demanda-t-elle doucement. Je n'ai pas changé. Ils voudraient tous que ce soit le cas – Triock, Trell mon père, le conseil des anciens… Mais je reste la même. Ne trouves-tu pas ?

— Si, hoqueta Covenant.

La nausée le gagna tandis qu'il réalisait qu'il contemplait Léna, la jeune fille qu'il avait souillée de son désir, la mère d'Elena – qu'il avait souillée de son amour – et la bénéficiaire de la faveur des ranyhyn – qu'il avait souillés avec son marché de dupes. Toute trace de fureur combative envolée, elle semblait désormais trop âgée, trop fragile pour être touchée. Covenant se força à articuler :

— Oui, tu es toujours la même.

Léna eut un sourire soulagé.

— Ravie de l'entendre. J'ai lutté pour rester fidèle. L'Incrédule n'en méritait pas moins.

— *Méritait ?* croassa Covenant. (De nouveau, les bruits de bataille l'assaillirent.) Par les feux de l'enfer…

Une expression inquiète chassa le sourire de Léna. Elle s'approcha de Covenant et tendit la main vers lui. Il voulut se dérober, mais se contraignit à l'immobilité tandis qu'elle lui effleurait la lèvre du bout des doigts, puis caressait la plaie sur son front.

— Tu es blessé, constata-t-elle. Le Rogue a-t-il osé t'attaquer dans ton propre monde ?

Covenant sentit qu'il devait la mettre en garde contre lui ; le trouble de son regard montrait que sa seule proximité était dangereuse pour elle.

— Le jugement d'Atiaran se réalise, chuchota-t-il très vite. Turpide est en train de détruire le Fief, par ma faute.

Léna lui massait le front comme pour en effacer une ride.

— Tu sauveras le Fief. Tu es l'Incrédule, le Berek Demi-Main de notre ère.

— Je ne sauverai rien du tout, protesta Covenant. Je ne peux même pas sauver les pauvres gens de ton stèlage. Ni Suilécume, qui est mon ami. Ni Triock, qui mérite pourtant tout ce que…

— Si j'étais un géant, l'interrompit Léna avec une brusque véhémence, je n'aurais pas besoin d'aide pour me battre contre cette vermine. Quant à Triock… (Elle hésita comme si sa langue avait accidentellement buté sur ce que son soupirant de jadis représentait pour elle.) Il voudrait bien que… Mais je suis toujours la même. Alors…

Covenant observa la détresse qui crispait son visage. Un instant, sa vue sembla sur le point de se focaliser et l'imminence de révélations cruelles plissa son front.

— Covenant… souffla-t-elle d'une manière douloureuse. Incrédule…

— Oui, je sais. Dans le fond, il n'aspire qu'à se faire tuer.

Avec toute la tendresse dont il était capable, Covenant prit Léna dans ses bras. Elle s'accrocha convulsivement à lui pendant qu'une crise la submergeait, puis battait en retraite telle une vague.

Mais, tout en lui prêtant le maigre réconfort de son étreinte, Covenant continuait à surveiller le stèlage. Les cris et le fracas du combat éclipsaient ses émotions conflictuelles : la compassion et l'horreur que Léna lui inspirait simultanément. Quand elle s'écarta de lui, il dut se forcer à soutenir son regard brillant de joie.

— Je suis si contente ! Mes yeux se réjouissent de te revoir. J'ai tant désiré… tant lutté pour être digne de toi. Il faut absolument que tu rencontres notre fille. Tu verras, tu seras fier d'elle.

« Elena, grogna Covenant en son for intérieur. Ils ne lui ont pas dit… Elle ne comprend pas… Par les feux de l'enfer ! »

Un instant, il maudit son impuissance, son incapacité à parler. Puis un hurlement venu du stèlage l'arracha à son autoflagellation mentale. Baissant les yeux, il vit des gens debout sur la place centrale, épées et javelots brandis. Au-delà, les maraudeurs survivants s'enfuyaient en direction des plaines. Une poignée de défenseurs les poursuivaient avec acharnement et massacraient les lambins.

Covenant attaqua aussitôt la descente. Derrière lui, il entendit Léna crier « Victoire ! » à Slen et aux autres occupants de la caverne, mais il ne les attendit pas. Il s'élança à travers les collines comme s'il voulait, lui aussi, se sauver – échapper à Léna ou à sa peur que Suilécume ait succombé, il ne savait pas trop. Il rebroussa chemin vers Mithil-Stèlage aussi vite que la neige le lui permit.

Il s'engouffra dans la première ruelle venue et fut forcé de s'arrêter net. Le sol était jonché de cadavres mutilés, les murs éclaboussés de sang écarlate ou verdâtre. Des humains démembrés gisaient parmi les pillards. Mais ce qui choqua le plus Covenant, ce fut l'apparence pervertie des créatures du Rogue. Même dans la mort, elles empestaient l'abomination perpétrée à leur encontre. Parce qu'elles étaient victimes de leur créateur, elles affectaient le lépreux bien davantage que les ur-vils, les *kresh* ou la lune décolorée. Leur odeur lui soulevait le cœur. Il tomba à genoux dans la neige souillée et vomit comme s'il essayait de se purger de tout lien avec ces monstres.

Ce fut dans cette position que Léna le trouva. En le rejoignant, elle poussa un cri apeuré et lui jeta les bras autour du cou.

— Que se passe-t-il ? gémit-elle. Mon bien-aimé, tu es malade !

Le terme « bien-aimé » atteignit Covenant tel de l'acide projeté depuis la tombe d'Elena. Il se releva en chancelant. Léna voulut l'aider, mais il la repoussa.

— Ne me touche pas ! (Avec des gestes saccadés, il désigna les corps alentour.) Ce sont des lépreux. *Des lépreux !* Comme moi ! Voilà ce que Turpide veut vous faire à tous.

Plusieurs stèlagiens s'étaient rassemblés. Triock se trouvait parmi eux. Ses mains étaient rougies et du sang dégoulinait d'une plaie le long de sa mâchoire, mais quand il parla, sa voix était plus dure, plus amère que jamais.

— Ils ont été conçus ainsi. Ce n'est pas leur faute. Mais ils versent le sang. Ils ravagent. Ils détruisent. Aussi devons-nous les arrêter.

— Ils sont comme moi.

Haletant, Covenant se tourna vers Triock comme s'il voulait lui sauter à la gorge. Mais en levant les yeux, il aperçut Suilécume derrière le stèlagien. Le géant portait les stigmates d'une terrible bataille. Les muscles de ses bras tremblaient d'épuisement ; son pourpoint de cuir pendait, déchiqueté, sur ses épaules, et sa poitrine était constellée d'ulcérations rougeâtres infligées par les ventouses de son agresseur. Mais il avait survécu. L'apaisement voilait son regard et un rictus triomphant flottait sur ses lèvres.

Covenant luttait pour respirer dans l'air vicié. La vue de Suilécume déclencha en lui une réaction incontrôlable.

— Rassemblez vos gens, ordonna-t-il à Triock d'une voix enrouée. J'ai décidé ce que j'allais faire.

Le stèlagien demeura impassible ; mais il scruta le visage du lépreux et son regard s'adoucit.

— Votre choix peut attendre, répliqua-t-il avec raideur. Nous avons d'autres devoirs plus urgents. Nous devons nettoyer Mithil-Stèlage, laver nos demeures de cette souillure.

Puis il se détourna et s'en fut.

Les habitants encore valides se mirent au travail. Ils commencèrent par enterrer leurs amis et leurs voisins morts sous des tumulus de roche, très haut sur le versant est de la vallée. Cela fait, ils rassemblèrent les cadavres ennemis et les transportèrent de l'autre côté du pont, un peu en aval sur la rive ouest de la Mithil. Là, ils allumèrent un gigantesque brasier, censé servir d'avertissement aux maraudeurs qui arpentaient les plaines du Sud, et y brûlèrent les restes de leurs victimes jusqu'à ce que même leurs os aient été réduits en cendres blanches. Enfin, ils regagnèrent le village. Partant de l'extérieur et progressant vers la place centrale, ils frottèrent les bâtisses et les rues avec de la neige pour ôter les traces de sang, d'entrailles et de cervelle.

Covenant ne participa pas à l'opération. Il ne s'était déjà que trop dépensé dans sa fuite éperdue. Mais il se sentait très agité – galvanisé par ses résolutions, à la fois transi et bouillonnant d'une passion nouvelle. Il accompagna Léna, Slen et le cercle des anciens sur les berges de la Mithil, où il aida à soigner les blessés. Il lava et pansa des plaies, ôta des éclats de métal ou de bois, amputa des doigts et des orteils. Alors que les anciens hésitaient, il saisit une lame chauffée à blanc et l'utilisa pour cautériser les lésions dont souffrait Suilécume. Sa main droite mutilée avait du mal à tenir le manche de l'instrument ; pourtant, il ne s'arrêta que quand il en eut terminé.

Le géant inspira, frissonnant de douleur.

— Merci, mon ami. Grâce à toi, ce feu m'aura purifié comme celui de la *caamora*.

Covenant lâcha le couteau sans répondre et s'en fut plonger ses mains tremblantes dans l'eau glacée de la Mithil. Une rage indicible montait en lui, envahissait son âme.

Plus tard, lorsque tous les blessés eurent reçu les soins appropriés, Slen et les anciens préparèrent un repas pour le stèlage. Assis autour de la place centrale, les habitants dévorèrent un ragoût savoureux, du pain, du fromage et des fruits séchés. Covenant se joignit à eux. Léna le servit comme une domestique, aussi garda-t-il les yeux baissés, fixant le sol pour ne pas voir son visage ni celui des autres convives : il ne voulait pas se laisser distraire du processus qui s'opérait en lui. Avec une froide détermination, il engloutit jusqu'à la dernière bouchée de la nourriture qu'on lui présenta. Il aurait besoin de forces pour accomplir son dessein.

Le festin terminé, Triock prit de nouvelles dispositions pour la défense de Mithil-Stèlage. Il ébaucha diverses stratégies, envoya des éclaireurs dans les plaines et demanda des volontaires pour porter un message aux communautés voisines, afin de les mettre en garde contre les créatures destructrices de roche. Enfin, il aborda la question du choix de l'Incrédule.

Assis entre Yeurquin et Quirrel, il fit face à ses concitoyens. Il jeta un coup d'œil à Suilécume. Covenant remarqua que ce dernier portait désormais un gilet en peau de mouton qui ne couvrait que son dos et ses épaules. En réponse à la question muette de Triock, Suilécume hocha la tête.

— Très bien. Le moment de la grande révélation est venu, lança le stèlagien sur un ton sardonique.

« Mes amis, voici le seigneur suprême Thomas Covenant, Incrédule et porteur d'or blanc. Pour le meilleur ou pour le pire, le géant et moi l'avons rappelé dans le Fief. Vous connaissez la prédiction qui circule depuis le jour où l'Incrédule est arrivé à Mithil-Stèlage, il y a quarante-sept ans. Vous voyez qu'il revêt l'apparence de Berek Demi-Main, le père fondateur, et porte un talisman de magie sauvage capable de détruire la paix. Vous avez tous entendu cette vieille chanson :

D'un mot de vérité ou de trahison,
Il sauvera ou condamnera la Terre,
Car il est fou et sain d'esprit,
Froid et passionné,
Perdu et retrouvé.

« Aujourd'hui, il est de retour parmi nous pour que s'accomplisse la prophétie.

« Mes amis, une bénédiction portant le déguisement de la maladie peut quand même redresser les torts. Et les traîtres qui présentent un visage avenant n'en demeurent pas moins maudits. J'ignore si l'Incrédule donnera la vie ou la mort au Fief, mais je sais que de nombreux cœurs vaillants ont foi en lui. Les gardiens de la Loge ont vu des augures bénéfiques dans les plus noirs des actes attachés au nom de Thomas Covenant. Et ils affirment que Mhoram ne lui a jamais retiré sa confiance. Chacun de vous doit choisir son chemin. Moi, je décide de suivre et de soutenir le champion du haut seigneur.

— Moi aussi, ajouta Suilécume tout bas. Je connais bien Mhoram fils de Varil et Thomas Covenant.

« Des augures, par les feux de l'enfer ! Un viol, des trahisons répétées... » Covenant sentit que Léna s'apprêtait à faire une déclaration. Pour l'en empêcher, il se leva.

— Ce n'est pas tout, déclara-t-il, le front orageux. Tamarantha, Prothall, Mhoram et beaucoup d'autres pensaient que j'avais été désigné pour cette tâche par le Créateur – ou, si vous préférez, par l'entité responsable du destin de ce monde. Ralliez-vous à leur point de vue, si ça peut vous consoler. Ce n'est jamais qu'une autre façon de dire que j'ai choisi moi-même. À bien y réfléchir, l'idée n'est pas si absurde. Le Créateur fait partie des êtres les plus impuissants de tous, contraints de travailler avec des outils aussi inadéquats, émoussés et récalcitrants que moi. Alors qu'il serait tellement plus facile de détruire ce monde, de le réduire à l'état de cendres, innocentes et propres. D'ailleurs, c'est peut-être ce que je suis en train de faire. Sans ça, comment…

Covenant se força à s'interrompre. Il avait souvent exprimé l'incrédulité fondamentale avec laquelle il considérait le Fief ; inutile de répéter que c'était une illusion engendrée par son incapacité à vivre. Désormais, il était au-delà de la nécessité de ces affirmations : il devait affronter leurs conséquences. Il décida de les approcher par la tangente.

— L'un de vous aurait-il observé une brèche dans les nuages il y a… disons, deux jours ?

Triock se raidit.

— Oui, répondit-il sur un ton bourru. Nous l'avons remarquée.

— Et avez-vous vu la lune ?

— Elle était pleine.

— Elle était verte ! cracha Covenant.

Sous l'effet de la véhémence, sa lèvre meurtrie se fendit et un filet de sang coula le long de son menton. Il s'essuya de ses doigts gourds et, pour mieux s'imposer, riva son regard au visage granitique des stèlagiens.

— Peu importe. Écoutez-moi. Je vais vous dire ce que nous allons faire – ce que *vous* allez faire.

Il tourna son attention vers Triock. Celui-ci était livide de tension, mais ses yeux se tapissaient au fond de leurs orbites comme s'ils voulaient se soustraire au spectacle qu'ils contemplaient. Covenant le fixa d'un air sévère.

— Vous allez trouver un moyen d'informer Mhoram que je suis ici.

Triock laissa échapper un hoquet. Puis il se redressa et ouvrit la bouche. Voyant qu'il s'apprêtait à hurler contre le lépreux, Suilécume s'interposa.

— Seigneur suprême, te rends-tu compte de ce que tu nous demandes ? Trois cents lieues nous séparent de Pierjoie. En temps normal, même un géant mettrait quinze jours pour couvrir cette distance.

— Et les plaines grouillent de maraudeurs, aboya Triock. En usant de force et de discrétion, un groupe de voyageurs aguerris pourrait peut-être atteindre la jonction de la Noire et de la Mithil en une vingtaine de jours. Mais au-delà… les légions funestes du Tueur Gris occupent les plaines centrales ; elles contrôlent le Fief depuis Andelain jusqu'aux Ultimes Collines. Disposerais-je de vingt mille guerriers et de cinq cents jours que je ne parviendrais même pas à rejoindre la Sérénité.

— Je me fiche bien de ce que… commença Covenant.

— En outre, l'interrompit Quirrel d'un ton sec, vous ne devez pas appeler les ranyhyn à l'aide. Les créatures du Tueur Gris raffolent de leur chair. Ils se feraient capturer et dévorer.

— Ça m'est égal ! tempêta Covenant. Ici, rien n'est possible. Et si nous ne commençons pas à accomplir l'impossible tout de suite, il sera trop tard. Mhoram doit être mis au courant.

— Pourquoi ?

La colère grondait toujours dans la voix de Triock, mais, à présent, le stèlagien observait soigneusement Covenant, comme s'il s'interrogeait sur les causes profondes de son agitation.

Sous un regard aussi inflexible, le lépreux n'osa pas avouer qu'il s'était dérobé à l'appel du haut seigneur. Il imaginait déjà l'indignation avec laquelle l'auditoire accueillerait la nouvelle. Aussi répondit-il :

— Parce que ça fera une différence pour lui. S'il sait où je suis et ce que je fais… ça changera tout. Il saura comment réagir.

— Que pourra-t-il bien faire ? Pierjoie est assiégée par une armée aussi implacable que le désert. Mhoram et les autres membres du conseil sont prisonniers de leur propre Citadelle. Nous sommes plus libres de nos mouvements qu'eux.

— Si tu penses qu'une armée pourrait réduire Mhoram à l'impuissance, tu te fourres le doigt dans l'œil.

— L'Incrédule dit vrai, intervint Suilécume. Le fils de Varil possède de multiples ressources. Beaucoup de choses qui semblent impossibles ne le sont pas pour lui.

Triock baissa les yeux vers ses mains et hocha brusquement la tête.

— J'entends vos arguments. Le haut seigneur doit être informé. Mais j'ignore comment accomplir un tel exploit. Je n'ai pas les capacités d'un géant ni celles d'un porteur d'or blanc.

— Tu as une baguette de *lomillialor*, lui rappela Covenant. Elles ont été conçues pour communiquer à distance.

Triock poussa un grognement exaspéré.

— Je t'ai déjà dit que je n'avais pas étudié leur maniement à la Loge.

— Alors, apprends-le maintenant ! Par les feux de l'enfer ! T'attendais-tu à ce que ce soit facile ?

Covenant se montrait injuste envers Triock, mais son impérieux dessein ne pouvait s'embarrasser de considérations aussi secondaires que l'équité ni tolérer la moindre possibilité d'échec.

Pendant un long moment, Triock fixa le lépreux, les mains agitées par des tremblements de colère et de désespoir. Puis Quirrel lui chuchota quelque chose à l'oreille et ses yeux s'écarquillèrent.

— Peut-être, murmura-t-il. Oui, ça pourrait marcher. (Il fit un gros effort pour se redonner une contenance.) On raconte… (Il déglutit avant de poursuivre.) On raconte qu'un affranchi vit dans les montagnes qui protègent les plaines du Sud contre le Garrot. Certains prétendent qu'il écoute la respiration des montagnes ; d'autres pensent qu'il médite en contemplant Melenkurion Barreciel ou étudie le langage du vent. Quoi qu'il en soit, s'il existe et si nous réussissons à le trouver, il saura peut-être se servir de la baguette.

Un murmure d'excitation parcourut l'assemblée. Triock prit une profonde inspiration et hocha la tête.

— D'accord. Je vais me mettre à sa recherche. (Sa voix se teinta de sarcasme.) Si jamais ça tourne mal…

j'aurai fait tout ce qui était en mon pouvoir pour soutenir l'Incrédule et sa décision. Quel message dois-je faire envoyer à Mhoram ?

Covenant leva les yeux vers le ciel plombé. De la neige s'était mise à tomber ; des flocons dérivaient, portés par la bise, assombrissant encore la vallée. Un instant, le lépreux les regarda se poser mollement dans les rues et sur les toits. Il avait conscience que Triock le fixait, que la question restait suspendue en l'air tel un défi lancé à sa résolution toute neuve. Et il craignait d'y répondre, et de s'entendre prononcer des paroles aussi insensées.

Une fois de plus, il opta pour une approche oblique.

— Suilécume, qu'est-il arrivé à ton peuple ? demanda-t-il en baissant les yeux vers le géant.

— Mon ami ?

— Raconte-moi ce qui est arrivé à ton peuple.

Suilécume se dandina.

— Ah, seigneur suprême ! Je serais mal avisé de me lancer dans une histoire aussi longue maintenant. Le temps nous est compté et nous avons des préoccupations autrement urgentes.

— *Raconte-moi !* siffla Covenant. Par les feux de l'enfer, Suilécume ! *J'ai besoin de savoir !* Je veux connaître chacun des crimes haïssables que le Rogue…

— Les géants sont rentrés dans leur patrie, au-delà de la mer du Levant, lança abruptement Triock.

Son mensonge était si palpable que les autres stèlagiens en restèrent bouche bée. Mais il soutint le regard consterné de Covenant sans ciller. La coupure de sa mâchoire accentuait son expression déterminée.

— Nous avons prêté le serment de paix, déclara-t-il d'une manière dure, tranchante. Ne nous demande pas d'alimenter ta haine. Une passion si destructrice ne saurait servir le Fief.

— C'est tout ce que j'ai, répliqua Covenant. Ne comprends-tu pas ? Je ne dispose de rien d'autre. *Rien.* Il faudra bien que ça suffise.

Gravement, presque à regret, Triock affirma :

— Un adversaire tel que le Tueur Gris ne saurait être combattu avec ses propres armes. Je le sais. Je le sens dans mon cœur.

— Pitié, ne me fais pas la leçon ! aboya Covenant. J'en ai assez qu'on me traite comme une victime. Assez de subir les infamies sans broncher et de poser sagement la tête sur lc billot qu'on me désigne. Cette fois, je vais me battre.

— Pourquoi ? demanda Triock, tendu.

— Es-tu sourd autant qu'aveugle ? (Covenant s'enveloppa de ses bras.) Je hais Turpide. Je ne supporte plus de…

— Non, je ne suis ni sourd ni aveugle. J'entends et je note que tu as l'intention de te battre. Mais dans quel but ? Pour servir quel objectif ? Ton propre monde contient largement de quoi occuper ta haine. Ici, tu es dans le Fief. Alors, je répète ma question : pourquoi vas-tu te battre ?

« Par les feux de l'enfer ! faillit hurler le lépreux. Je vous cède un doigt et vous voulez me prendre un bras ! » Il aurait pu répondre : « Je hais Turpide à cause de ce qu'il fait au Fief. » Mais cela serait plus ou moins revenu à ce qu'il se décharge de ses responsabilités et il était trop furieux pour nier ses propres convictions – ou pour ménager Triock.

— Je vais le faire pour moi, lâcha-t-il sur un ton cassant. Pour croire en moi au moins une fois avant de perdre totalement la raison.

Triock garda le silence.

— Mon ami, que feras-tu de ta passion ? s'enquit Suilécume avec une expression douloureuse.

Peu à peu, la neige devenait plus dense. Les flocons dansaient devant les yeux de Covenant tels des papillons et la crispation ombrageuse de son front tirait sur les bords de la plaie, la faisait palpiter comme si le crâne était fendillé de toutes parts. Pourtant, Covenant ne céda pas. Il s'était déjà trop engagé pour battre en retraite.

— Il n'existe qu'une seule bonne réponse à la menace constituée par Turpide.

En dépit de sa colère, il réalisa qu'il ne pouvait pas soutenir le regard du géant.

— Et quelle est-elle ? s'enquit doucement Suilécume.

Les doigts de Covenant se recourbèrent comme des griffes.

— Je vais détruire la Crypte et l'ensevelir sous les décombres.

Covenant entendit les hoquets de surprise et d'incrédulité des stèlagiens, mais les ignora ; son attention était concentrée sur Suilécume.

— As-tu donc découvert comment utiliser l'or blanc ? interrogea ce dernier.

— Je trouverai un moyen, répondit Covenant avec toute l'assurance possible.

Le plus beau, c'est qu'il y croyait. Sa haine suffirait, pensait-il. Turpide ne pouvait pas la lui prendre, l'apaiser ou la dévier. En tant que lépreux, lui seul dans le Fief possédait l'expérience morale nécessaire pour accomplir cette mission.

— Vous êtes libres de m'aider ou non, lança-t-il en observant tour à tour Triock et Suilécume.

Triock soutint son regard.

— Je ne t'aiderai pas. Je tâcherai de prévenir Mhoram de ton retour, mais je ne participerai pas à cette violation de la paix.

— C'est la magie sauvage, Triock, intervint Suilécume comme s'il se faisait l'avocat du lépreux. La magie sauvage qui détruit la paix. Tu connais la chanson. L'or blanc surpasse tous les serments.

— Néanmoins, je respecterai le mien, s'obstina Triock. Sans lui, j'aurais tué l'Incrédule voilà quarante-sept ans. Qu'il accepte cette réponse et s'en contente.

Suilécume hocha la tête.

— Je t'entends, mon ami. Tu es digne du Fief que tu sers. (Puis il se tourna vers Covenant.) Seigneur suprême, permets-moi de t'accompagner. Je suis un géant ; je pourrai t'être utile. Je chérirai cette occasion de porter un coup décisif à Pulverâme, pourfendeur de mon peuple. Et je suis conscient du danger. J'ai vu de quelle façon nous devenons ce que nous haïssons.

Avant que Covenant puisse répondre, Léna se leva vivement.

— Moi aussi, permets-moi de t'accompagner ! s'écria-t-elle, excitée.

— Léna ! protesta Triock.

Elle l'ignora.

— J'ai attendu si longtemps, plaida-t-elle. J'ai lutté pour me montrer digne de toi. J'ai donné le jour à un haut seigneur et monté un ranyhyn. Je suis forte.

Rester près de toi, voilà à quoi j'aspire. Permets-moi de t'accompagner, Thomas Covenant.

Le vent soufflait doucement entre les maisons, projetant de la neige dans les yeux de Covenant et brouillant sa vision. Les flocons posaient des baisers froids et humides sur sa lèvre meurtrie, mais il n'en avait cure : les intempéries masqueraient ses traces. Dans un silence ouaté qui lui donna l'impression de parler tout seul, il lâcha :

— Allons-y. J'ai des dettes à régler.

7

Message pour Pierjoie

RAVALANT SES PROTESTATIONS, Triock donna à ses camarades l'ordre de préparer des paquetages pour Covenant, Suilécume et Léna. Et il sembla au lépreux que c'était la chose la plus difficile qu'il ait jamais faite – plus encore que de l'épargner quarante-sept ans avant, ou de le ramener dans le Fief. En exprimant son désir de partir avec l'Incrédule, Léna venait de réduire à néant une vie de chagrin et de dévouement stérile.

Pourtant, Triock ne pouvait pas la retenir – ou, plutôt, ne le voulait pas, même s'il détenait l'autorité nécessaire. Il appartenait au cercle des anciens, sans l'approbation duquel nul mariage n'était contracté ni nul voyage entrepris par les membres de la communauté. En outre, il était responsable de la défense de Mithil-Stèlage. Il aurait pu s'opposer au départ de

Léna pour des raisons valables et la population se serait battue pour la retenir.

Ses arguments auraient été recevables : Léna était âgée et à moitié folle. Elle risquait de gêner Covenant, voire de le mettre en danger – comme durant la bataille contre les maraudeurs. Sa vie serait menacée par quantité de créatures entre Mithil-Stèlage et la Crypte. Et puis, Covenant était responsable de sa fragilité mentale, coupable d'avoir à jamais dévié le cours de son existence. Alors que lui, Triock fils de Thuler, l'aimait…

En dépit de cela, il donna les instructions nécessaires pour préparer son départ. Il avait failli briser son serment de paix, puis passé quarante-sept ans à le respecter pour elle. Il avait élevé sa fille bâtarde en la protégeant contre la honte de ses origines. Il était trop tard pour faire marche arrière, pour commencer à rogner sur le prix d'un amour auquel il avait déjà tout sacrifié.

Cette épreuve achevée, il se calma un peu. Si Thomas Covenant incarnait l'espoir du Fief, l'avènement de ce dernier reposerait sur les réactions de l'Incrédule vis-à-vis de Léna ; au fond de son cœur, Triock en était persuadé. Son amertume venait surtout du fait qu'il ne pouvait pas accompagner Covenant et continuer, ainsi, à veiller sur Léna. Une mission qu'il avait acceptée en connaissance de cause l'appelait ailleurs. Les dents serrées, il songea qu'il devrait s'en remettre à Salin Suilécume.

D'un geste brusque, il chassa la neige qui s'était accrochée à ses cils et jeta un regard éloquent au géant. Celui-ci le rejoignit.

— Va en paix, mon ami. Tu sais que je ne suis pas un allié négligeable. Je ferai mon possible pour eux deux, promit-il d'une voix douce.

— Sois prudent, lui conseilla Triock. Les yeux qui nous ont vus à l'œuvre sur l'observatoire de Kevin sont toujours ouverts. Nous n'avons pas réussi à les fermer durant cette bataille.

Suilécume réfléchit un moment.

— Dans ce cas, c'est toi qui dois faire le plus attention. Tu emportes ta baguette de *lomillialor* dans une région très dangereuse…

Triock haussa les épaules.

— Haut bois ou or blanc, nous devrons tous rester sur nos gardes. Je ne peux malheureusement pas vous fournir d'escorte.

— Si tu m'en avais proposé une, je l'aurais refusée, sourit Suilécume. Les montagnes dans lesquelles tu chercheras l'affranchi sont loin d'ici ; pour les atteindre, tu devras te battre à chaque lieue du chemin, ou presque. Tu auras besoin de nos camarades pour t'aider.

— Je n'emmènerai que Quirrel et Yeurquin, le détrompa Triock d'une voix rauque.

Suilécume fit mine de protester, mais Triock ne lui en laissa pas le loisir.

— La rapidité sera un facteur déterminant. Et jamais Mithil-Stèlage n'a couru si grave danger. Pour la première fois, nous nous sommes battus ouvertement contre les maraudeurs et avons remporté une victoire écrasante. Si l'on ajoute le pouvoir dont nous avons fait étalage sur l'observatoire… Désormais, l'ennemi ne peut plus nous prendre pour une simple bande de justiciers errants. Il sait que nous sommes capables de défendre nos maisons. Il réalise qu'il n'a pas brisé notre esprit. Du coup, il va sûrement envoyer une horde plus nombreuse que la précédente pour nous anéantir. Non, frère de roc, conclut Triock sur un ton funeste. Tous les stèlagiens valides doivent rester ici et faire front à l'envahisseur qui voudrait nous balayer.

Suilécume poussa un soupir.

— Je t'entends, mon ami. C'est une époque bien sombre que nous vivons. Je serai plus tranquille quand Mhoram fils de Varil aura été informé de notre initiative.

— Tu crois que je réussirai ? marmonna Triock, sceptique.

— Qui d'autre que toi en serait capable ? Tu es robuste et aguerri ; tu connais bien les plaines et les montagnes, et tu as souvent affronté les pillards. De plus, tu as accepté cette mission alors que tes pieds aspiraient à suivre un autre chemin. Ceux qui obéissent aux désirs de leur cœur s'exposent à des trahisons et à des échecs plus subtils. D'une certaine façon, mieux vaut laisser à autrui le soin d'exaucer les vœux de notre âme.

Le géant avait pris un ton rêveur, comme s'il comparait mentalement la position de Triock à la sienne.

— La situation présente un autre avantage pour moi, fit remarquer le stèlagien. Elle place le fardeau de la miséricorde sur tes seules épaules. Peut-être le porteras-tu plus aisément que moi.

Suilécume soupira de nouveau, puis sourit tristement.

— Ah, mon ami, j'ignore tout de la compassion ! J'en ai tant besoin moi-même...

Triock aurait voulu protester, mais il ne comprenait que trop bien les émotions complexes dont Suilécume était la proie. Aussi se contenta-t-il de lui rendre son sourire du mieux qu'il put et de le saluer du fond du cœur. Puis il se détourna pour vaquer à ses propres préparatifs.

Il ne lui fallut que quelques minutes pour empaqueter des couvertures, une cape de rechange, un pot d'ignescentes, de la viande séchée, du fromage, des fruits et un couteau, en remplacement de la dague qu'il avait donnée à Covenant ; et guère davantage pour affûter son épée et glisser la baguette de *lomillialor* à sa ceinture. Mais quand il regagna la place centrale, il y trouva Covenant, Suilécume et Léna déjà prêts à partir. Léna avait fourré ses maigres possessions dans un paquetage identique au sien et Suilécume portait l'équipement du trio dans la besace de cuir négligemment jetée sur son épaule. Le visage de Covenant trahissait une intense frustration, comme si seule la plaie de sa lèvre l'empêchait de se plaindre tout haut. Dans son regard, Triock devina la fragilité de la haine dont il se targuait. Ce n'était pas, comprit-il, un sentiment durable. Un frisson le parcourut. Quelque chose lui soufflait que la détermination de l'Incrédule ne suffirait pas. Mais il garda cette pensée pour lui et se contenta de rendre son ultime salut à Suilécume. Il n'y avait rien à ajouter.

Un instant plus tard, le géant et ses deux compagnons disparurent entre les bâtisses. Très vite, les flocons effacèrent leurs empreintes ; bientôt, Mithil-Stèlage ne conserva plus nulle trace de leur passage.

— Nous aussi, nous devons partir, lança Triock sur un ton bourru. Dépêchons-nous de sortir de la vallée pendant que la neige tient encore.

Quirrel et Yeurquin acquiescèrent sans broncher. Leur figure était dénuée d'expression. Ils avaient l'apparence de gens chez qui la guerre a annihilé toute autre considération et portaient leurs javelots comme si tuer des ennemis était leur unique objectif. Leur présence procurait à Triock une sorte de sérénité. Pour Quirrel et Yeurquin, il n'était pas un porteur de haut bois ou d'un quelconque fardeau qui aurait suffi à courber le dos d'un seigneur. Il n'était qu'un homme qui se battait de son mieux pour le Fief, sans prétention de sagesse ou de messianisme. C'était un rôle approprié pour un bouvier, en temps de guerre, et il l'endossait de bon cœur.

Rasséréné par la solidité de ses camarades, il alla trouver les anciens, leur confia la surveillance de sa maison et récapitula les mesures à prendre pour assurer la défense de Mithil-Stèlage en son absence. Puis il se mit en route, très raide et le regard fixé droit devant lui, comme s'il partait pour la plus grande mission de sa vie.

Quirrel et Yeurquin sur les talons, il quitta le village par la route nord et, sans s'embarrasser de précautions, traversa le pont de pierre qui enjambait la Mithil. Il voulait profiter du couvert de la neige pour avancer ; aussi suivit-il le chemin le plus facile jusqu'à la pointe du croissant montagneux qui formait le versant ouest de la vallée. Là, il l'abandonna pour s'engager dans les collines massées au pied des pics.

Il avait l'intention de longer la cordillère en direction du sud-ouest jusqu'à la Retraite Maudite, puis d'infléchir sa trajectoire vers le nord-ouest, où un triangle de sommets isolés défendait les plaines du Sud contre le Garrot. Il n'osait pas mettre directement le cap à l'ouest, car les vastes étendues grouillaient de maraudeurs. Dans les contreforts, le terrain était plus accidenté, mais l'altitude lui permettrait de voir approcher l'ennemi, et le relief lui fournirait une cachette si nécessaire.

Mais, tandis que Triock pataugeait dans le magma gris, il se demanda s'il avait vraiment fait le bon choix. Il lui faudrait vingt jours pour atteindre les montagnes qui se dressaient au-delà de la Retraite Maudite, vingt jours avant de commencer à chercher l'affranchi. D'ici là, Covenant et les autres auraient peut-être passé la Faille. Alors, le message adressé au haut seigneur arriverait trop tard : l'Incrédule serait hors de portée de tout renfort.

Ce fut donc l'angoisse au cœur que Triock entreprit de contourner le promontoire.

En fin d'après-midi, la neige cessa de tomber. Pour ne pas prendre le risque d'être vu – tache brune se déplaçant contre la bouillasse qui recouvrait le sol –, le stèlagien ordonna une halte. Il dressa le camp et se laissa aussitôt emporter par la fatigue, sa compagne la plus fidèle depuis le début de la lutte contre les pillards.

Peu après la tombée de la nuit, Yeurquin le réveilla. Ils se remirent en marche, mâchant des lamelles de viande séchée pour entretenir quelques vestiges de chaleur dans leurs os et faisant passer le goût de sel dans leur bouche avec de grosses poignées de neige. Ils progressaient très lentement dans les ténèbres et chaque lieue les entraînait un peu plus loin des collines qu'ils connaissaient comme leur poche. Après une longue et infructueuse tentative pour escalader une pente particulièrement escarpée, Triock maudit la chape obscure des cieux et vira pour redescendre en terrain plus praticable.

Pendant une grande partie de la nuit, les trois compagnons longèrent le pied des contreforts, mais, lorsqu'ils sentirent poindre l'aube, ils reprirent un peu d'altitude. Ils grimpèrent jusqu'à une crête depuis laquelle ils purent voir un morceau du chemin déjà parcouru. Là, ils firent halte. Tandis qu'une lumière grisâtre se répandait dans l'air, ils ouvrirent les pots d'ignescentes et se préparèrent un repas chaud. Puis ils attendirent que le vent ait effacé leurs traces pour instaurer des tours de garde et dormir.

Ainsi cheminèrent-ils pendant trois jours, n'apercevant pas le moindre signe de vie humaine, animale ou monstrueuse. Ils étaient seuls dans un monde terne, froid et venteux. Piétinant comme si la neige les paralysait à demi, ils poussaient obstinément vers la Retraite Maudite. Hormis les bruits étouffés de leurs propres pas, ils n'entendaient que les craquements de la glace et le sifflement de la bise coupée dans son élan par le relief.

Mais à l'aube du quatrième jour, tandis qu'ils regardaient leurs empreintes s'évanouir sous leurs yeux, ils virent une masse grouillante, couleur de sable, traverser une vallée en contrebas et foncer vers eux ventre à terre.

— Des *kresh* ! cracha Yeurquin. Une dizaine.

Quirrel hocha la tête.

— Ils sont à notre poursuite. Le vent a dû leur apporter notre odeur pendant la nuit.

Triock frissonna. Les habitants des plaines du Sud n'étaient pas familiers avec les grands loups jaunes. Quelques années plus tôt, ceux-ci vivaient au nord de Ra, ne s'aventurant hors de leur territoire que lorsque la chair de ranyhyn se faisait rare. Et plusieurs milliers d'entre eux avaient péri durant la bataille de la Retraite Maudite. Pourtant, ils n'avaient pas tardé à recouvrer leur nombre initial et chassaient désormais dans toutes les régions du Fief où l'emprise des seigneurs s'était estompée.

Triock n'en avait encore jamais combattu, mais il avait vu de quoi ils étaient capables. L'année précédente, une énorme meute avait décimé la population de Radieux-Stèlage, dans les collines de Cristal, près de la jonction de la Noire et de la Mithil ; lorsque Triock avait exploré le village désert, il n'avait retrouvé que des lambeaux de vêtements et des esquilles d'os.

— *Melenkurion !* jura-t-il en estimant la vitesse des créatures. Il faut grimper, et vite !

Tandis que ses compagnons rassemblaient leurs affaires, il chercha un refuge. Malgré leur relief accidenté, les pentes alentour ne présentaient aucun obstacle infranchissable pour des loups et Triock ne connaissait pas de caverne ou de vallée facile à défendre aussi loin de Mithil-Stèlage.

Suivi par Yeurquin et Quirrel, il longea une arête qui filait vers les hauteurs. La neige n'était pas très épaisse à cet endroit et les compagnons progressaient rapidement. Droit devant eux, à l'ouest, se dressait une falaise à pic. Réalisant qu'ils ne pourraient pas l'escalader, Triock vira vers la droite. Il dévala la pente en soulevant un nuage de poudreuse, traversa une petite vallée au pas de course et se lança à l'assaut du versant opposé.

Avant que le groupe ait atteint le sommet, le *kresh* de tête le rattrapa et poussa un hurlement féroce. Le son frappa Triock entre les omoplates, le cinglant comme un coup de fouet. Il fit volte-face. Les bêtes déboulaient telle une marée jaune et toxique. Mille cinq cents pieds à peine les séparaient des fuyards.

À cette vue, Triock ressentit des picotements dans le crâne et des tressaillements dans les muscles de ses joues, à moitié gelées comme pour l'amorce d'un rictus terrifié. Sans un mot, il se détourna et recommença à grimper. Il lutta jusqu'à ce que son pouls rugisse dans ses tempes et que son souffle rauque oblitère tout autre son.

Arrivé en haut, il marqua une pause le temps de balayer le terrain du regard. L'éminence descendait droit vers une cuvette plus ou moins conique. Seul un ravin creusé dans le flanc nord de la vallée permettait de regagner les plaines. En face, au pied des montagnes, Triock aperçut une étroite corniche au-delà de laquelle se dressait un amas de roches – les restes d'un éboulis très ancien.

— Allez-y, marmonna Quirrel. Je les retiendrai ici.

— Deux javelots et une épée : trois victimes. Ensuite, ce sera sept contre deux, haleta Triock. (Il tendit un doigt.) Il faut atteindre cet éboulis pour les frapper par-dessus. Venez !

Il se remit en marche, forçant ses jambes lasses à avancer le plus vite possible ; ses compagnons lui emboîtèrent le pas. Gravissant et surmontant les obstacles, ils gagnèrent la saillie. Elle était recouverte de neige et Triock hésita : impossible de dire quelle quantité de roche solide se trouvait là-dessous. Dans son dos, les *kresh* progressaient à grands bonds ; il n'avait pas le temps de déblayer le passage. Les dents serrées, il se colla à la paroi et se mit à avancer en crabe.

Ses pieds patinaient sur une fine couche de glace. Mais il avait eu le temps de s'habituer au verglas durant le long hiver surnaturel. Pour ne pas glisser, il progressait à petits pas prudents.

Quelques instants plus tard, Quirrel et Yeurquin l'avaient rejoint et tous trois se trouvaient déjà à mi-distance de l'éboulis.

Soudain, une détonation assourdie, pareille à un formidable craquement d'os, se répercuta contre l'escarpement. Une secousse brutale parcourut la saillie rocheuse. Triock chercha des prises auxquelles se raccrocher et n'en trouva aucune. Ses camarades et lui étaient trop éloignés des deux extrémités de la corniche.

Juste après, celle-ci céda sous leur poids. Emportés telles les pierres d'une avalanche les stèlagiens dégringolèrent dans la vallée.

Triock rentra la tête dans les épaules et remonta les genoux contre sa poitrine pour se protéger. La neige amortissait sa chute, mais, en cédant sous lui, elle l'empêchait de s'arrêter ou même de ralentir. Il ne pouvait rien faire d'autre que se laisser culbuter. De gros paquets de poudreuse, délogés par l'effondrement de la corniche, ajoutaient leur poids à son élan. Quand il s'écrasa enfin au fond de la cuvette, la force de l'impact lui coupa le souffle.

À moitié assommé, Triock resta prostré de longues secondes tandis que la neige s'entassait sur lui. Puis sa tête cessa de tourner. Il se redressa à quatre pattes, haletant et luttant pour retrouver ses esprits.

— Quirrel ! croassa-t-il. Yeurquin !

Sur sa droite, il aperçut les jambes de Quirrel qui dépassaient d'un monticule neigeux. Un peu plus loin, Yeurquin gisait sur le dos. Une plaie sanglante se détachait sur sa tempe, d'une blancheur de craie. Ni Quirrel ni Yeurquin ne remuaient.

Un hurlement pareil à un cri de victoire fit sursauter Triock, l'arrachant à la contemplation de ses amis et attirant son regard vers le flanc de la vallée. Les *kresh* chargeaient. Ils avaient choisi de descendre par un côté moins escarpé et se ruaient avec férocité sur leurs proies. Leur chef se trouvait à moins de cinquante pieds de Triock.

Mû par son expérience du combat, ce dernier réagit instantanément. Il arracha son épée du fourreau et se redressa pour présenter une cible debout à son agresseur. Les crocs découverts, les yeux flamboyants, le loup lui sauta à la gorge. Triock se plia en deux pour esquiver, pivota et lui plongea sa lame dans le ventre. La créature vola au-dessus de lui et alla s'écraser dans la neige, où elle s'immobilisa, comme empalée sur la traînée écarlate de son propre sang. Mais son élan avait arraché l'arme des mains de Triock, qui n'avait pas le temps de la récupérer. Déjà, un autre prédateur se ramassait sur lui-même, prêt à bondir. Triock se jeta sur le côté, roula sur lui-même et se releva dans l'élan, la baguette de *lomillialor* à la main.

Celle-ci n'avait pas été conçue pour servir de moyen de défense, mais elle pouvait brûler et Triock n'avait rien d'autre sous la main. Criant une invocation dans une langue que seuls comprenaient les *lillianrill*, il brandit le haut bois au-dessus de sa tête et l'abattit sur le crâne du loup le plus proche.

À l'impact, la baguette s'embrasa telle une torche trempée dans la poix, mettant le feu à la fourrure du *kresh*. Il s'éteignit presque aussitôt, mais Triock répéta l'incantation en visant un nouvel agresseur qui se jetait sur lui pour le renverser. De nouveau, le pouvoir flamboya et la bête s'écroula, carbonisée.

Triock en élimina deux de plus. Mais chaque appel lancé à la puissance du haut bois sapait ses propres forces. Son souffle lui écorchait les poumons ; des taches noires dansaient devant ses yeux et la fatigue pesait à ses jambes comme des chaînes. Quatre *kresh* gisaient autour de lui. Les cinq autres lui tournaient autour en le fixant mais il ne pouvait pas les affronter simultanément. Leurs poils jaunes hérissés lui blessaient la vue ; leurs horribles yeux rouges étincelaient au-dessus de leurs babines humides et de leurs crocs menaçants.

L'espace d'une seconde, l'instinct de survie abandonna Triock.

Puis une masse de fureur compacte le percuta par-derrière et le fit basculer dans la neige piétinée. Le choc l'étourdit et le poids de l'assaillant le cloua à terre. Triock ne put rien faire d'autre que rentrer la tête dans les épaules pour protéger sa nuque – et attendre la morsure fatale.

Pourtant son agresseur ne bougeait pas. Il demeurait lourd et inerte comme la mort entre ses omoplates. D'une poussée, Triock roula sur le côté pour s'en débarrasser. La carcasse laissa une trace rouge sur sa cape : du sang dégoulinait depuis le javelot planté dans une des cuisses de l'animal.

Un autre *kresh* transpercé gisait quelques pas plus loin. Les trois derniers loups se massaient autour de Quirrel, qui, dressée au-dessus de Yeurquin, faisait tournoyer son épée pour les maintenir à distance.

Triock se releva en chancelant.

Au même moment, Yeurquin remua. Malgré sa blessure, il fit mine de dégainer son arme et de ramener ses jambes sous lui. Les *kresh* hésitèrent. Triock en profita pour saisir la pique fichée dans la carcasse la plus proche et pour la projeter avec vigueur dans les côtes des survivants.

Yeurquin vacillait, mais il réussit à neutraliser un *kresh* d'un grand coup de lame. La bête s'éloigna de lui en boitillant sur trois pattes ; il la rattrapa et lui fendit le crâne.

Le dernier loup s'était déjà élancé. Il ne fuyait pas la queue entre les jambes, tel un chiot qui vient de recevoir une correction, mais filait vers le ravin, comme s'il savait où trouver des alliés et revenir avec eux.

— Quirrel ! s'écria Triock.

D'un geste vif, la stèlagienne récupéra le second javelot. Elle le cala au creux de sa paume, fit trois pas en armant son bras et le projeta si fort que Triock craignit qu'il ne retombe trop loin. Mais la cible, atteinte au dos, s'effondra, boula et s'immobilisa dans la neige, éclaboussée de son sang. Un dernier frisson la parcourut.

Triock était si épuisé qu'il arrivait tout juste à tenir la baguette de *lomillialor*. Lorsque Quirrel le rejoignit, il la serra contre lui, autant pour s'imprégner de son énergie que pour lui manifester sa gratitude. La stèlagienne lui rendit brièvement son étreinte, comme si les marques d'affection l'embarrassaient. Puis tous deux se dirigèrent vers Yeurquin.

Sans un mot, ils l'examinèrent et le pansèrent. En d'autres circonstances, Triock aurait considéré sa blessure comme sans gravité : la plaie était propre, peu profonde, et l'os n'avait pas été touché. Mais Yeurquin avait besoin de repos – et Triock, lui, n'avait pas de temps à perdre. Faire parvenir son message au haut seigneur était plus urgent que jamais.

Pendant que Quirrel préparait le repas, Triock récupéra le reste des armes, puis ensevelit les carcasses de *kresh* et les traces de sang sous des monticules de neige grisâtre. Ce camouflage ne résisterait pas à une inspection rapprochée, mais il suffirait peut-être à tromper l'ennemi, si celui-ci se contentait de longer la vallée.

Triock se restaura lentement pour mieux reconstituer ses forces. Ses yeux dardaient de gauche et de droite, comme s'il s'attendait à voir des ur-vils, des lémures ou d'autres créatures immondes jaillir du sol pour l'assaillir. La dernière bouchée avalée, il annonça à ses camarades qu'il avait décidé de couper à travers les plaines pour rejoindre les montagnes où il espérait trouver l'affranchi. L'entreprise était périlleuse ; seule une grande rapidité permettrait de la mener à bien.

Après avoir nettoyé leurs armes et remballé leurs affaires, les trois stèlagiens quittèrent la vallée par le ravin.

À présent, ils voyageaient dans la journée pour avancer plus vite. Traînant Yeurquin derrière eux, Triock et Quirrel progressaient plein ouest dans un paysage ravagé par le froid. Ils se dirigeaient vers la pointe orientale de la cordillère, priant pour que la neige efface leurs traces.

Le lendemain soir, ils atteignirent la lisière du front orageux qui s'étendait sur une vingtaine de lieues dans toutes les directions autour de la Retraite Maudite.

Au nord du défilé, la chaleur ancestrale des Aridies rencontrait l'hiver surnaturel du Tueur Gris, produisant une tempête, condamnée à tourner en rond par le relief qui lui barrait le passage au sud et à l'ouest. Le bouillonnement des nuages dissimulait ses profondeurs, mais, depuis une distance d'un jour de marche, Triock aperçut quelques signes des conditions qui prévalaient à l'intérieur : des vents qui cinglaient la terre comme pour la dénuder, de la neige aussi épaisse que la nuit, de l'air assez froid pour geler le cœur d'un homme.

Et elle s'étendait en travers de son chemin.

Yeurquin était dans un piètre état : le sang suintait de sous la croûte qui recouvrait sa lésion et son endurance s'effilochait telle une corde sur le point de se rompre. Pourtant, Triock maintint le cap pendant une journée supplémentaire. Il ne pouvait pas se permettre de contourner la tempête. La nuit qui avait suivi l'affrontement avec les *kresh*, il avait aperçu des feux au nord-est ; la nuit d'après, il avait réalisé qu'ils se dirigeaient vers lui en progressant à une vitesse alarmante. L'ennemi avait senti qu'il utilisait le *lomillialor*. Il connaissait son odeur et manifestait une fureur croissante.

— Nous ne pourrons pas semer nos poursuivants, fit remarquer Quirrel, l'air sombre, tandis que les compagnons se pelotonnaient à l'abri du vent pour se restaurer et se reposer.

Triock ne répondit pas. Il entendait encore Covenant dire : « Si nous ne commençons pas à accomplir l'impossible… »

Quirrel renifla.

— Et je n'aime pas le goût de l'air devant nous, ajouta-t-elle. Un blizzard nous guette, assez âpre et violent pour nous emporter.

« L'impossible », se répéta Triock. Que n'avait-il répliqué : « Ma naissance me destinait à m'occuper du bétail ; je ne suis pas homme à accomplir l'impossible » ? Il était vieux, fatigué et stupide. Il aurait dû emmener Léna et le reste de son peuple dans la cordillère Sudronne, réitérer l'exil de jadis, au lieu de laisser un étranger employer tout Mithil-Stèlage à servir son objectif insensé.

— Nous devons nous séparer, lâcha Quirrel sans regarder Triock. Ainsi, l'ennemi ne saura pas lequel d'entre nous suivre, et tu auras une meilleure chance d'atteindre ta destination.

« Impossible. » Le mot se répétait telle une litanie usée jusqu'à la corde dans l'esprit de Triock.

— Nous n'avons pas le choix, insista Quirrel.

— Non, pas le choix, approuva Yeurquin d'une voix caverneuse.

Triock les dévisagea ; les rides qui entouraient ses yeux frémirent comme si même la peau de son visage appréhendait la suite. Sa mâchoire remua, mais aucun son ne sortit de sa bouche.

— Non, articula-t-il enfin.

Quirrel se raidit et voulut protester. Triock secoua la tête.

— Nous n'y gagnerons rien, lui expliqua-t-il. Notre adversaire ne suit pas notre piste, mais les émanations du haut bois.

— C'est impossible ! À moins d'une longueur de bras, je ne perçois pas le pouvoir du *lomillialor*.

— Parce que tes yeux ne sont pas faits pour ça. Si nous nous séparons, je me retrouverai seul contre nos ennemis. Et nous ne serons pas trop de trois pour les affronter.

— Laissez-moi, grogna Yeurquin. Je vous ralentis.

Son visage était blême et flasque, couvert de givre ; c'était celui d'un vaincu.

— *Pas question !* s'emporta Triock. J'ai besoin de vous deux. Venez !

Il se leva d'un bond, rangea rapidement ses affaires et enfila les bretelles de son paquetage, puis s'éloigna en direction du cœur de la tempête. Il ne regarda pas derrière lui, mais, au bout d'un moment, Quirrel le rattrapa par la gauche et Yeurquin apparut, titubant, sur sa droite. Ensemble, ils entamèrent une lutte pied à pied contre le blizzard.

Ils n'avaient pas couvert une lieue que, déjà, le vent et la neige les ballottaient comme des navires assaillis par une pluie de grêlons. Leurs vêtements de fourrure ne les protégeaient pas plus que la gaze contre les éléments déchaînés ; bientôt, ils furent transis jusqu'à la moelle.

Encore une lieue, et la lumière du jour vint à leur manquer. Quirrel tenta d'y remédier en découvrant son pot d'ignescentes, mais une bourrasque lui arracha les pierres de feu et les emporta telle une traînée de gemmes scintillantes. Après leur disparition, ce fut tout juste si Triock parvint à repérer la silhouette recroquevillée de sa compagne, un pas sur sa gauche. Quirrel n'avait même plus la force de jurer. Quant à Yeurquin, il s'était écroulé dès que les deux autres avaient marqué l'arrêt, et la neige le recouvrait déjà presque entièrement.

Face à eux, Triock distinguait le maelström que les nuages lui avaient en partie dissimulé jusqu'alors. Sa fureur, aiguë, saturait ses perceptions. En observant le cyclone, il comprit qu'il n'abritait rien de vivant : ni homme, ni bête, ni géant. Rien d'inerte et de dressé, non plus. De violentes rafales avaient depuis longtemps terrassé chaque arbre et rasé chaque pierre ayant osé pointer hors du sol. Triock dut se couvrir les yeux de ses mains. « Impossible » était un terme bien faible pour décrire la traversée de cet enfer. Mais il n'avait pas d'autre moyen d'échapper à ses poursuivants.

Avec toute la force qu'il put rassembler, il releva Yeurquin et lui passa un bras sous les aisselles pour l'aider à marcher.

Des tourbillons de vent et de la neige cinglante s'abattaient sur lui, l'écrasaient, essayaient de lui balayer les jambes. Le froid l'aveuglait, l'assourdissait, l'engourdissait. Triock savait qu'il n'avait pas perdu ses compagnons uniquement parce que Quirrel s'accrochait au dos de sa cape et que Yeurquin s'affaissait de plus en plus contre lui. Il sentait sa vigueur l'abandonner et ne pouvait rien faire pour prévenir sa fuite. Les bourrasques étaient si violentes, si compactes, qu'il avait toutes les peines du monde à respirer.

Quand il ne put plus supporter le poids de son camarade, il le repoussa pour l'obliger à marcher seul. Yeurquin chancela, fit quelques pas vacillants et disparut d'un coup, comme si la gueule du blizzard l'avait englouti.

— Yeurquin ! s'époumona Triock. Yeurquin !

Il s'élança en agitant les mains devant lui. Un instant, une silhouette floue se découpa à la limite de son champ de vision.

— Yeurquin !

Puis elle s'évanouit, tomba en morceaux et s'éparpilla telle une poignée de feuilles mortes déchiquetées par l'ouragan.

Triock lui courut après. Il avait à peine conscience que Quirrel s'accrochait toujours à lui ou que le vent tentait de le pousser vers le sud. La peur de perdre son ami oblitérait toute autre pensée. Soudain, Triock n'était plus le porteur d'un message impossible pour le haut seigneur. Il était redevenu le fils de Thuler, le bouvier qui ne supportait pas d'abandonner un camarade. Il fouillait la tempête comme si le salut de son âme en dépendait.

Mais la neige lui martelait vicieusement le dos ; l'air sifflait dans ses oreilles et le déchaînait ; le froid annihilait sa résistance et glaçait son sang dans ses veines. Triock n'arrivait pas à trouver Yeurquin. Dans la pénombre, il avait dû le dépasser sans le voir, à moins que ce dernier ne soit tombé et n'ait été enseveli.

Triock continua à courir, à tâtonner et à appeler, mais ne rencontra que le vide. Quand il voulut tourner la tête vers Quirrel, il découvrit qu'une couche de plusieurs centimètres de glace s'était formée sur ses épaules, immobilisant son cou. Chaque goutte de sueur qu'il versait gelait instantanément et venait épaissir cette gangue. Il ne pouvait pas s'arrêter, sans quoi, il s'écroulerait et ne se relèverait jamais.

Bientôt, il eut tout oublié de Yeurquin, de Covenant et du message qu'il devait porter, tout, à l'exception de son épuisement et des mains de Quirrel sur sa cape. Il ne savait pas où il allait ; il se contentait de se laisser porter. Peu à peu, le silence s'imposa à lui, tandis qu'une croûte de glace recouvrait ses oreilles. Les lieues défilèrent sans qu'il les remarque. Quand le sol s'inclina brusquement vers le haut, Triock tomba à quatre pattes. Une vague de lassitude le submergea, comme jaillie des engelures de ses pieds et de ses mains.

Quelqu'un le frappa sur le côté de la tête. La glace amortit le premier coup ; puis elle céda et se détacha, provoquant une douleur aussi vive que celle due à une déchirure. Un instant, Triock crut que son oreille avait été emportée. Mais le hurlement démoniaque du vent s'engouffra à nouveau dans ses tympans et il eut du mal à comprendre ce que Quirrel lui criait :

— … Collines !… Grimper !… Abri !

Triock était vieux, trop vieux pour se lancer dans ce genre d'expédition.

Non ! C'était un bouvier de Mithil-Stèlage, un homme robuste et fort, qui n'avait nulle intention de mourir de froid sans avoir accompli sa mission.

Il se releva péniblement et entreprit de gravir la pente. Le blizzard s'était un peu apaisé, mais Triock n'y voyait toujours rien car, entre-temps, la nuit avait étendu son manteau de ténèbres sur le Fief. Quand la pente devint trop escarpée, Triock infléchit sa trajectoire dans la direction qui offrait le moins de résistance et continua à avancer, pataugeant dans la poudreuse qui lui arrivait jusqu'aux genoux, laissant les éléments l'emmener où bon leur semblerait.

Malgré l'obscurité et les conditions atmosphériques, Triock perçut la présence de parois rocheuses sur sa droite et sur sa gauche. Le vent, qui avait soufflé en continu jusqu'alors, se changea en une succession de rafales aléatoires et Triock réussit à atteindre la sortie du défilé. Mais la vallée qui s'ouvrait au-delà était enfouie sous près de trois pieds de neige et il se sentait trop exténué pour franchir un tel obstacle. D'autant que Quirrel s'était affaissée sur son dos, l'obligeant à la soutenir. Incapable de faire un pas de plus, il s'écroula dans une congère.

— Du feu, haleta-t-il. Il faut…

Mais ses mains étaient gelées et ses bras prisonniers d'une gangue de glace. Il ne pouvait pas atteindre sa baguette de *lomillialor* – et quand bien même il aurait pu, il n'aurait pas eu assez d'énergie pour en faire jaillir une flamme. Quirrel avait déjà perdu ses ignescentes. Le pot de Triock se trouvait dans son paquetage. Autant dire qu'il était perdu, lui aussi, car jamais le stèlagien ne parviendrait à dégager ses épaules des bretelles du sac. Il secoua Quirrel, mais elle ne reprit pas connaissance. Le bas de son visage était couvert de glace et ses paupières papillotaient comme si elle avait basculé en état de choc.

— Du feu, croassa Triock.

Il se mit à sangloter de frustration et d'épuisement. Ses larmes soudèrent ses cils entre eux.

Quand il réussit à soulever ses paupières, il aperçut une flamme jaune qui se dirigeait vers lui. Il la fixa sans réagir. Elle dansait et oscillait comme au bout d'une mèche. Mais, lorsqu'elle fut si près de son visage qu'il put sentir sa tiédeur sur ses globes oculaires, il vit que ce n'était pas une bougie. En suspens devant ses yeux, elle clignotait impatiemment. Il eut l'impression qu'elle tentait de lui dire quelque chose.

Il ne pouvait plus bouger ; la glace et l'exténuation immobilisaient ses membres. Mais quand il promena un regard à la ronde, il découvrit d'autres flammes – trois ou quatre, qui ondulaient autour de lui et de Quirrel. L'une d'elles toucha le front de la stèlagienne comme pour la réveiller. Ses efforts n'ayant pas produit de résultat, elle enfla et s'intensifia légèrement. Alors, toutes rebroussèrent chemin en filant à ras de terre. Triock les regarda s'éloigner comme si elles étaient son dernier espoir.

Puis un sommeil irrésistible le saisit et il se sentit basculer dans les ténèbres. Le vent, la neige et la vallée s'estompèrent, et furent remplacés par des visages flous : Léna, Elena, Atiaran, Trell, Salin Suilécume, Thomas Covenant. Ils le fixaient d'un air suppliant. S'il échouait, leur mort n'aurait jamais de signification.

— Pardonnez-moi, haleta-t-il en s'adressant plus particulièrement à l'Incrédule. Pardonnez-moi.

— Je vais y réfléchir, lança une voix lointaine. Ça ne sera pas facile ; je déteste les intrusions. Mais tu apportes un talisman très rare. Je vais au moins tenter de t'aider.

Au prix d'un gros effort, Triock prêta attention à son environnement. Au-dessus de sa tête dansaient une myriade de flammes pas plus grosses que sa main. Et parmi elles se tenait un homme de haute taille, vêtu d'une simple robe couleur granit. Il soutint le regard du stèlagien d'un air gêné, comme s'il n'avait pas l'habitude d'être soumis à l'inspection d'autrui.

— Au secours ! lâcha Triock.

— Je vais t'aider. N'aie crainte, s'empressa de répondre l'inconnu.

Avec des gestes pleins d'assurance, il s'agenouilla, ouvrit la cape et la tunique du stèlagien et posa une paume tiède sur sa poitrine. Puis il se mit à chanter tout bas et Triock sentit une vague de chaleur se déverser en lui. Son pouls se stabilisa presque immédiatement ; sa respiration s'apaisa et la mobilité de ses membres lui revint avec une rapidité miraculeuse. Alors, son sauveur reporta son attention sur Quirrel. Le temps que Triock se redresse, sa camarade avait repris connaissance.

À présent, il reconnaissait les flammes qui oscillaient dans les airs. Les plus joyeuses et les plus tristes des légendes du Fief parlaient d'elles. C'était des esprits. Comme Triock secouait la tête pour chasser la glace qui s'était formée sur sa peau, il capta quelques fragments de leur mélodie cristalline à travers les hurlements de la bise. Leur voix avait la pureté et la perfection du quartz. Ils dansaient autour de lui comme pour lui poser des questions qu'il ne comprendrait jamais et leur éclat l'hypnotisait. Il restait planté au milieu d'eux, fasciné, incapable de s'arracher à leur contemplation.

L'inconnu aida Quirrel à se relever et la soutint jusqu'à ce qu'elle soit capable de tenir debout seule. Puis son regard passa de l'un à l'autre des stèlagiens et son expression se fit embarrassée. Il semblait se demander s'il avait d'assez bonnes raisons pour les abandonner à leur sort et se laver les mains de ce qui leur arriverait. Sa décision fut très vite prise. Au loin, le rugissement du blizzard enflait et retombait comme si un prédateur affamé luttait pour forcer l'accès à la vallée. Frissonnant, l'étranger dit :

— Venez. L'hiver de Turpide n'est pas un temps par lequel on peut laisser des êtres de chair et de sang dehors.

Il se détourna et se mit en route.

— Vous êtes l'un des affranchis, lança Triock tout de go.

— Oui. Pourtant, je vais vous aider, répondit ce dernier sans se retourner. (Il semblait se parler à lui-même, comme s'il vivait seul depuis si longtemps qu'il avait oublié de quelle façon les gens écoutent.) Jadis, j'étais un sylvestre. La main de la forêt est sur moi. Et vous… (Sa voix mourait dès que le vent s'emparait d'elle.) Vous portez du *lomillialor*.

Triock et Quirrel lui emboîtèrent hâtivement le pas. L'affranchi avançait à grandes enjambées puissantes, mais, en suivant le sillon qu'il ouvrait dans la neige, ses protégés parvinrent à ne pas se laisser semer. Les esprits éclairaient leur chemin de leur musique éthérée. Triock avait l'impression de traverser un coin d'Andelain, une poche de clarté et de chaleur au centre du maelström de haine et de corruption créé par le Tueur Gris. Les encouragements dansants des flammes lui firent oublier la fatigue et le poussèrent dans le sillage de la chanson de l'affranchi.

Solitaire
Sans amis
Sans liens
Solitaire.
Bois la coupe de l'absence jusqu'à la lie
Jusqu'à ce que le chagrin se soit évaporé

Et que le silence devienne communion,
Et reste sans amis
Sans liens
Solitaire.

Lentement, ils se frayèrent un chemin vers l'extrémité de la vallée. Elle était bloquée par un amas de rochers, mais l'affranchi se faufila entre les blocs sans hésiter, entraînant les stèlagiens à sa suite. Au-delà de l'éboulis s'étendait un ravin dont les parois escarpées se refermèrent bientôt au-dessus de leur tête. Ils se retrouvèrent dans un long tunnel obscur, que seul éclairait le rayonnement des esprits. Progressivement, les tours et les détours du passage bloquèrent le vent et le froid. L'atmosphère se réchauffa si bien que les vêtements des rescapés se mirent à dégouliner.

Puis le groupe atteignit l'antre de l'affranchi. Avant de s'interrompre, le tunnel s'élargissait pour former une vaste grotte vibrante de lumière et d'harmonie. Des dizaines d'esprits flottaient ou virevoltaient dans les airs. Certains décrivaient des cercles au centre de la grotte ; d'autres demeuraient en retrait près des parois, comme pour souligner les inscriptions qui y étaient gravées. Le plancher, en granit brut, était parsemé de saillies que l'affranchi utilisait visiblement comme mobilier, mais les murs et le plafond étaient aussi noirs que l'obsidienne, et couverts de facettes irrégulières, pareilles aux fragments d'un miroir brisé. Si elles avaient été moins sombres, elles auraient sûrement démultiplié l'éclat des esprits au point d'éblouir les visiteurs. En l'état, elles donnaient à l'abri rocheux un aspect chaleureux et douillet. C'était, songea Triock, un lieu de vie parfait pour une personne souhaitant étudier les écrits gravés au cœur de la montagne.

À l'entrée, les stèlagiens déposèrent leur paquetage et leur cape. Puis, pour la première fois, ils détaillèrent leur sauveur. Il était chauve, à l'exception d'une frange de cheveux blancs sur l'arrière du crâne ; une longue barbe de la même couleur dissimulait sa bouche. Ses yeux étaient entourés par tant de rides qu'il semblait avoir passé une éternité à tenter de déchiffrer des messages illisibles. Cette impression de grand âge était à la fois confirmée par la pâleur de sa peau et démentie par la vigueur de sa silhouette. Triock réalisa que sa robe avait dû être blanche, dans le temps ; elle n'avait acquis sa teinte de granit qu'au contact des parois de la caverne.

Chez lui, l'affranchi semblait encore plus perturbé par la présence des stèlagiens. Ses yeux papillotaient de crainte et de surprise – non comme s'il les croyait maléfiques, mais comme s'il se méfiait de leur maladresse et redoutait qu'ils brisent involontairement son existence fragile.

— Je n'ai pas grand-chose à manger, dit-il en observant les flaques qu'ils laissaient derrière eux. Je n'ai pas de temps à consacrer à la nourriture.

Puis un souvenir très ancien passa sur son visage, comme s'il venait de se rappeler que les gens du Fief ne traitaient pas leurs invités de cette façon. Triock eut soudain la certitude que cet homme vivait déjà en ermite bien avant sa propre naissance.

— Je n'ai pas l'habitude, reprit l'affranchi sur un ton d'excuse. Une vie ne suffit pas. Quand j'ai découvert que je ne pouvais pas refuser l'asile aux esprits… Beaucoup de temps a été perdu. Ils me dédommagent de leur mieux, mais… comment vivrais-je assez longtemps pour voir le bout de ma tâche ? Vous me coûtez ce dont je ne possède déjà que trop peu.

Alors, Triock se souvint de son message et reprit son habituelle expression orageuse.

— Le Tueur Gris risque de vous coûter bien davantage, répliqua-t-il sur un ton funeste.

Ce qui décontenança son interlocuteur.

— Certes, marmonna-t-il.

Il se baissa et ramassa une flasque d'eau, ainsi qu'un bol couvert.

— Servez-vous, dit-il en les tendant à Triock. Je… j'ai eu l'occasion de contempler l'œuvre du Rogue. Ici.

D'un geste vague, il désigna les murs de la caverne.

Le bol contenait une petite quantité de fruits séchés que Quirrel et Triock se partagèrent. Ce n'était pas assez pour apaiser leur faim ; pourtant, tandis qu'il mâchait sa part, Triock réalisa qu'il se sentait beaucoup mieux, comme si la lumière des esprits lui fournissait de l'énergie en plus de la chaleur. Et ce n'était pas la seule façon dont le rayonnement des flammes l'affectait. Peu à peu, les engelures disparaissaient de ses mains, de ses pieds et de ses oreilles. Il recouvrait ses sensations. Le sang et la vie recommençaient à circuler dans ses extrémités, comme si elles avaient été traitées avec de la panseglaise. Même l'amertume qui imprégnait sa bouche semblait diminuer.

Mais Triock n'oubliait pas sa mission. Quand il fut certain que Quirrel avait récupéré, elle aussi, il lui demanda de s'éloigner dans le tunnel pour monter la garde.

— Crois-tu que nos poursuivants viendront nous chercher jusqu'ici ? demanda-t-elle avec raideur.

— Qui peut le dire ? (Comme l'affranchi ne leur prêtait aucune attention, Triock le désigna du menton et poursuivit :) Il faut qu'il nous aide et je crains qu'il ne soit pas facile à convaincre. Nous ne devons pas nous faire surprendre avant l'envoi du message.

Quirrel acquiesça. Elle approuvait la prudence de son compagnon, même si elle était persuadée que nul n'avait pu les suivre dans le blizzard. Sans traîner, elle ramassa sa cape et ses armes, puis rebroussa chemin dans le passage et disparut au premier tournant.

L'affranchi la suivit des yeux avec une expression interrogatrice.

— Elle va faire le guet pendant que nous parlerons, expliqua Triock.

— Est-ce bien nécessaire ? s'étonna son interlocuteur. Il n'y a pas de créatures hostiles dans ces montagnes – plus depuis le début de ce maudit hiver. Nous ne serons pas dérangés par les animaux.

— Je suis poursuivi, annonça Triock. J'ai sans doute apporté mon propre fléau avec moi.

Puis il se tut. Il ne savait pas comment continuer. Pour la première fois, il réalisait dans quelle situation incroyable il se trouvait. Il était face à un affranchi et à une nuée d'esprits. Dans cette grotte, en compagnie des flammes, le vieil homme étudiait des secrets qui auraient probablement ébloui même les seigneurs. Consterné par son inconscience, Triock murmura :

— Noble affranchi, serviteur de la Sagesse… ce n'est pas de gaieté de cœur que je trouble votre studieuse réclusion. Mais un besoin impérieux…

— Je t'ai sauvé la vie, coupa l'affranchi sur un ton brusque. Je ne connais pas d'autres besoins.

— Dans ce cas, il me faut vous les révéler. (Triock rassembla son courage et se lança.) Le Tueur Gris arpente librement le Fief…

Une fois de plus, le vieillard l'interrompit :

— Je connais mon travail. J'ai subi le rituel d'affranchissement à l'époque où Tamarantha était la doyenne du Bâton à la Loge. Depuis lors, je consacre la totalité des maigres capacités de mon être à l'étude, afin de contempler, un jour, ce qu'autrui ignore. Je ne connais rien d'autre. Je ne sais même pas comment les esprits ont été chassés d'Andelain, bien qu'ils m'aient parlé d'ur-vils et de… Ces conversations me font perdre du temps.

Triock était stupéfait. Jusqu'à présent, il ignorait que Tamarantha Varil-mie avait été doyenne du Bâton à la Loge, mais ce devait être plusieurs dizaines d'années avant que Prothall accède au siège de haut seigneur. Autrement dit, l'affranchi était coupé du Fief depuis près d'un demi-siècle.

— Noble affranchi, qu'étudiez-vous donc ? demanda Triock d'une voix enrouée par l'émerveillement et le respect.

Le vieillard grimaça de réticence.

— Je n'aime pas en parler. Les mots… les mots trahissent la réalité. (Il se dirigea vers le mur et en caressa une des facettes avec une douceur qui ressemblait presque à de la tendresse.) La pierre est vivante. Le vois-tu ? Tu es un stèlagien ; tu devrais le voir. Elle est vivante – et éveillée. Attentive. Rien de ce qui se passe sur cette Terre ne lui échappe.

L'enthousiasme gagnait l'affranchi. Maintenant qu'il était lancé, il ne pouvait plus s'arrêter. Il approcha son visage de la paroi, collant presque son nez sur la surface lisse et brillante.

— Mais le... processus de vision est lent, et une vie comme la mienne si courte ! Le temps se consume tandis que le regard traverse la surface et pénètre en profondeur. Certaines veines transmettent leurs perceptions aux racines de la montagne en quelques siècles ; d'autres prennent des milliers de millénaires. Ici... (Sans se redresser, il désigna la caverne d'un geste ample.) Tu peux contempler l'histoire du Fief – à condition d'avoir fait de cette contemplation l'œuvre de ta vie. Ces myriades de facettes abritent une myriade de perceptions des événements qui se sont produits depuis la naissance du temps. Mon travail consiste à les voir, à découvrir leur ordre et à préserver leur souvenir.

L'excitation le faisait haleter.

— Depuis l'arrivée des esprits, j'étudie le destin de la Forêt primordiale. J'ai vu sa première graine donner naissance à l'arbre sacré. Je l'ai vue s'éveiller et déployer sa conscience sereine à travers le Fief. J'ai vu les forestals naître et périr, et le Colosse de la Faille édicter son interdit. La main de la forêt est sur moi. Ici... (Il palpa la surface dans laquelle il plongeait son regard.) J'ai vu des hommes avec des haches ; je les ai vus couper... (Sa voix se mit à trembler.) Je suis un sylvestre. Dans cette pierre, je lis la profanation des arbres. Tu es un stèlagien. Tu portes un fragment du haut bois, le *lomillialor*.

Soudain, il se détourna de la roche et fit face à Triock, les joues rouges de ferveur, ou de désespoir.

— Donne-le-moi, implora-t-il. Il m'aidera à voir. (Il s'avança, les mains tendues devant lui.) Ma vie n'est pas l'égale de cette pierre.

Triock ne prit même pas le temps de réfléchir. Si Covenant en personne s'était tenu derrière lui, il n'aurait pas agi différemment. Il ne pouvait pas plus se méfier d'un affranchi qu'il ne se serait méfié d'un seigneur. Sans hésitation, il sortit la baguette et la déposa dans les paumes du vieillard.

— Les créatures qui me poursuivent recherchent le *lomillialor*, dit-il à voix basse. C'est un cadeau empoisonné que je vous fais là.

L'affranchi l'ignora. Lorsque ses doigts se refermèrent sur la baguette, il ferma les yeux et un frisson le parcourut de la tête aux pieds, comme s'il absorbait le pouvoir du haut bois par simple contact.

Puis il accorda à nouveau son attention au monde extérieur. Il prit quelques inspirations profondes, rouvrit les yeux et fixa calmement Triock.

— Un cadeau empoisonné. Tu parlais d'un besoin impérieux. Es-tu venu me réclamer de l'aide pour combattre tes ennemis ?

— Je suis venu vous réclamer de transmettre un message. (La fébrilité de Triock rejaillit brusquement et les mots se déversèrent de sa bouche en cascade.) Le Fief est en guerre. Le Bâton de la Loi a été perdu une fois de plus, entraînant la rupture de la loi de la mort. Des créatures capables de détruire la pierre ont attaqué Mithil-Stèlage. Pierjoie elle-même est assiégée. Il faut…

— Je t'entends, coupa le vieillard. (Son malaise initial s'était évaporé, comme si la baguette lui insufflait une assurance inébranlable.) N'aie crainte, je vais t'aider. Qu'attends-tu de moi ?

Au prix d'un gros effort, Triock se ressaisit.

— Les esprits vous ont parlé des ur-vils – et de l'or blanc, sûrement. Il se trouve que le porteur d'or blanc est un étranger au Fief et qu'après de nombreuses années d'absence, il est revenu parmi nous. Les seigneurs ne sont pas encore au courant. Ils doivent être avertis.

— Je comprends, acquiesça l'affranchi en soutenant le regard brûlant de Triock. Comment veux-tu procéder ?

— Cette baguette a été conçue et façonnée par la Loge pour la transmission de messages à distance. Hélas, je ne puis l'utiliser. Je suis un stèlagien ; mes mains ne sont pas faites pour manier le bois, s'excusa Triock. Et je ne dispose pas des connaissances…

D'un geste désinvolte, l'affranchi balaya ses explications.

— Peu importe. Qui, à Pierjoie, peut recevoir un message envoyé de la sorte ?

— Le haut seigneur Mhoram.

— Je ne le connais pas. Comment puis-je l'atteindre ? Il m'est impossible de diriger mes paroles vers quelqu'un dont j'ignore tout.

Inspiré par l'urgence de la situation, Triock répondit :

— C'est le fils de Tamarantha Varil-mie, que vous avez connue. Laissez son souvenir vous guider jusqu'à lui.

— Oui, murmura l'affranchi. Ça devrait marcher. Je ne l'ai pas oubliée.

— Dites au haut seigneur que Thomas Covenant est revenu dans le Fief et qu'il a l'intention d'attaquer le Tueur Gris. Dites-lui que l'Incrédule a juré de détruire la Crypte.

Les yeux du vieillard s'écarquillèrent.

— L'information doit être passée immédiatement, poursuivit Triock. J'ai des poursuivants à mes trousses et un blizzard, même surnaturel, n'arrêtera pas les yeux qui ont été capables de voir le haut bois en ma possession.

— Je comprends. Très bien, je vais commencer tout de suite. Peut-être cela mettra-t-il un terme à cette fâcheuse intrusion.

L'affranchi se détourna comme pour congédier Triock. Il alla se placer au centre de la caverne, face à l'entrée, et rassembla les esprits autour de lui. Lorsqu'il fut baigné par leur lumière, il leva la baguette de *lomillialor* devant son visage en la tenant à deux mains. Il se mit à chanter tout bas – des paroles presque inintelligibles, qui sonnaient comme une transposition de la mélodie des esprits. Ses yeux se fermèrent ; sa tête bascula en arrière.

— Mhoram, fredonnait-il pendant les pauses de la mélopée. Mhoram, fils de Varil et de Tamarantha. Ouvre ton cœur et écoute-moi.

Triock le regardait fixement, tendu et fasciné.

— Tamarantha-fi, ouvre-moi ton cœur. Mhoram.

Lentement, la baguette se mit à rougeoyer.

L'instant d'après, Triock entendit un bruit de pas derrière lui. Quelque chose, dans leur résonance, de meurtrier et d'abominable, lui fit faire volte-face vers le tunnel.

Une voix aussi dure et sourde que le craquement d'une pierre fendue aboya :

— *Renonce !* Il ne peut pas t'ouvrir son cœur. Il est prisonnier de notre pouvoir.

Yeurquin se tenait sur le seuil de la grotte, les yeux fous et la bouche tordue par un rictus mauvais. Sous ses vêtements déchirés, sa peau pendait en lambeaux gelés. Le blizzard avait lacéré son visage et ses mains jusqu'à l'os, mais pas une goutte de sang ne suintait de ses plaies.

Dans ses bras, il tenait Quirrel. La tête de la stèlagienne pendait pitoyablement au bout de son cou brisé.

L'affranchi recula en chancelant comme si on l'avait frappé. Bouche bée d'horreur, il ne s'arrêta que lorsqu'il eut le dos collé au mur du fond.

Les esprits s'enfuirent en hurlant.

— Yeurquin, croassa Triock. (La corruption qui brillait dans les yeux de son camarade lui donnait la nausée.) Yeurquin ?

L'interpellé éclata d'un rire rauque et malsain. Il lâcha le corps de Quirrel et l'enjamba négligemment.

— Nous nous rencontrons enfin, jubila-t-il. J'ai dû me donner beaucoup de mal pour arriver à ce résultat. Tu me le paieras.

— Yeurquin ? bredouilla Triock.

Il voyait bien que son compagnon aurait dû être mort ; personne n'aurait pu survivre aux dommages que la tempête lui avait infligés. Mais une force maléfique l'animait, une force sauvage qui se délectait d'habiter un cadavre. Il était devenu un cauchemar incarné.

L'affranchi se ressaisit et se rua en avant.

— Ravageur *turiya* ! tonna-t-il en brandissant la baguette de *lomillialor* comme une arme. Je te connais ; je t'ai déjà vu. *Melenkurion abatha !* Quitte ce lieu. Ta présence souille la Terre elle-même.

Le pouvoir des mots sacrés fit frémir Yeurquin, mais pas reculer.

— Mieux vaut des pieds morts comme les miens qu'idiots comme les tiens, ricana-t-il. Je ne quitterai pas ce lieu avant d'avoir goûté ton sang, larve affranchie. Tu gaspillais ta vie en vaines études. À présent, tu vas me la donner.

Le vieillard ne se laissa pas impressionner.

— Je ne te donnerai rien d'autre que l'épreuve de vérité du *lomillialor*, à laquelle même un ravageur ne saurait se soustraire. Le haut bois va te brûler jusqu'à la moelle !

— Imbécile ! s'exclama *turiya*. Tu as vécu si longtemps que tu en as oublié la signification du pouvoir !

Et sans manifester la moindre crainte, il s'avança vers les deux hommes.

Avec un glapissement étranglé, Triock s'arracha à la paralysie. Il dégaina d'un geste vif et bondit sur le ravageur.

Yeurquin l'écarta négligemment, mais avec une force telle qu'il vola sur le côté et alla s'écraser contre le mur. Sa tête heurta la pierre et une douleur insoutenable inonda son esprit.

Sa poitrine hurlait à l'endroit où le ravageur l'avait frappé. Pourtant, il résista à l'évanouissement qui le menaçait et se redressa en vacillant.

Au centre de la caverne, *turiya* et l'affranchi luttaient férocement, chacun d'eux s'efforçant d'arracher la baguette des mains de l'autre.

La tête de Triock lui tourna.

Soudain, *turiya* poussa un hurlement de triomphe. Des éclairs d'énergie rouge et verte remontèrent le long des bras de l'affranchi et firent exploser sa cage thoracique.

Lorsque les ténèbres se refermèrent sur Triock, le ravageur avait déjà commencé à démembrer sa victime. Et il riait à gorge déployée.

8

Hiver

LA NEIGE TOURBILLONNAIT telle une brume palpable lorsque Thomas Covenant quitta Mithil-Stèlage en compagnie de Salin Suilécume et de Léna. Plein de détermination, il prit la direction du nord à grandes enjambées impatientes, comme s'il n'avait plus conscience de la fatigue, des plaies ouvertes de son visage ou de l'état pitoyable de ses pieds. Il marchait penché en avant, tel un fanatique que nul vent hivernal n'aurait pu faire capituler. Sa rage complexe avait enfin trouvé une cible adéquate.

Mais il n'allait pas bien et ne pourrait pas prétendre le contraire. Les flocons qui le bombardaient comme autant d'éclats gris et subtils de la malveillance du Rogue semblaient absorber la chaleur de ses membres. Et Covenant se sentait accablé par la présence de Léna. La mère de sa fille, Elena, marchait fièrement à son côté, comme si l'accompagner était un immense honneur pour elle.

Il n'avait pas couvert une demi-lieue vers la sortie de la vallée que ses genoux tremblaient déjà. Le souffle court, il fut forcé de s'arrêter.

Suilécume et Léna le détaillèrent gravement. De toute évidence, ils s'inquiétaient pour lui. Mais sa belle résolution d'accepter l'aide d'autrui s'était envolée ; il était trop en colère pour se laisser porter comme un enfant. D'une grimace, il rejeta l'offre tacite qu'il lisait dans les yeux du géant.

Suilécume n'était pas non plus dans une forme éblouissante – ses blessures le faisaient souffrir – et parut comprendre la réaction du lépreux.

— Mon ami, demanda-t-il doucement, connais-tu le chemin… (Il hésita, comme s'il cherchait un nom assez court.) De la Crypte ?

— Je m'en remets à toi pour me guider, répliqua Covenant.

Suilécume fronça les sourcils.

— Je connais le chemin ; il est gravé si profondément dans mon cœur que jamais je ne l'oublierai. Mais si nous venions à être séparés…

— Seul, je n'aurais pas la moindre chance de réussir, grommela amèrement Covenant.

Il aurait aimé étouffer la lèpre, mais la pourriture grouillait trop fort en lui pour être contenue.

— Qui parle de séparation ? protesta Léna avant que Suilécume puisse répondre. Je t'interdis de dire des choses pareilles, géant. Nous ne serons pas séparés. J'ai préservé… Je resterai près de l'Incrédule quoi qu'il advienne. Tu es vieux. Tu as oublié comment on peut donner sa vie par amour ; sans quoi, tu ne proférerais pas de telles inanités.

Ses paroles retournèrent le couteau dans les plaies de Suilécume.

— Je suis vieux, oui. (Il eut un rictus.) Et toi, tu es beaucoup trop jeune pour moi, douce Léna.

Covenant frémit. « Ayez pitié de moi », songea-t-il. Il se remit à marcher mais, presque aussitôt, trébucha sur un caillou dissimulé par la neige. Ses compagnons le rattrapèrent chacun par un bras et l'aidèrent à se redresser.

— Des baies prodigieuses, lâcha-t-il en les regardant tour à tour. J'ai besoin d'*aliantha.*

Suilécume acquiesça et s'éloigna d'un pas vif, comme si son instinct lui indiquait l'endroit exact où trouver la plante recherchée. Mais Léna ne lâcha pas le bras de Covenant. Elle n'avait pas mis sa capuche et ses cheveux blancs pendaient telle de la neige humide sur ses épaules. Elle dévorait littéralement l'Incrédule des yeux.

Covenant la laissa faire aussi longtemps qu'il put le supporter. Puis il se dégagea avec douceur.

— Si je veux survivre, je dois apprendre à me débrouiller seul, expliqua-t-il.

— Pourquoi ? s'étonna Léna. Nous serions tous heureux de t'aider, et personne ne le serait autant que moi. Tu as déjà assez souffert de la solitude.

« Parce que je n'ai que moi », voulut répondre Covenant. Mais il ne pouvait pas lui jeter une chose pareille à la figure. Il voyait combien elle avait besoin de lui, et cela le terrifiait.

Comme il gardait le silence, Léna baissa les yeux un moment afin de se soustraire à son regard. Quand elle releva la tête, ses prunelles brillaient d'excitation. Elle venait d'avoir une idée.

— Appelle les ranyhyn, suggéra-t-elle.

— Les ranyhyn ?

— Ils t'entendront. Ils viendront. Ils me rendent visite chaque année parce que tu le leur as ordonné. La dernière fois, c'était il y a quarante jours à peine. Ils arrivent toujours à Mithil-Stèlage la… (Elle jeta un coup d'œil perplexe au paysage enneigé.) La nuit qui marque le milieu du printemps. (Sa voix se changea en un murmure si faible que Covenant dut tendre l'oreille pour le capter.) Cette année, le froid de l'hiver refusait de quitter mon cœur. Comme si le Fief avait oublié la saison du renouveau ou comme si le soleil nous avait abandonnés. Je craignais que les ranyhyn ne reviennent jamais, que tous mes rêves n'aient été que divagations.

« Mais l'étalon est apparu. L'écume avait gelé sur sa robe, et son souffle a formé un nuage de vapeur devant son nez quand il m'a demandé de le monter. Je l'ai remercié du fond du cœur et renvoyé chez lui. Il avait fait ressurgir tous mes souvenirs de toi. Je ne le supportais pas.

Léna avait détourné les yeux. Elle s'interrompit comme si elle avait oublié qu'elle était en train de parler. Mais quand elle regarda Covenant, il vit que ses joues ridées dégoulinaient de larmes.

— Oh, mon amour, chuchota-t-elle. Tu es faible et malade. Appelle les ranyhyn et monte-les, comme tu le mérites.

— Non, Léna.

Covenant ne pouvait pas accepter l'aide des grands chevaux sauvages. Maladroitement, il essuya les larmes de Léna. Ses doigts ne sentaient rien.

— J'ai passé un mauvais marché avec eux. Depuis le début, je n'ai passé que des mauvais marchés.

— Mauvais ? répéta Léna, stupéfaite. Tu es Thomas Covenant l'Incrédule. Comment pourrais-tu faire quoi que ce soit de mauvais ? Et pourquoi dis-tu que ce marché l'était ?

« Parce qu'il m'a laissé commettre des crimes. »

Ne pouvant pas répondre sincèrement, le lépreux réagit comme si Léna avait touché le point sensible.

— Écoute, j'ignore pour qui tu me prends aujourd'hui. Peut-être crois-tu toujours que je suis la réincarnation de Berek Demi-Main. Mais tu te trompes. Je ne suis pas un héros, juste un misérable lépreux brisé par l'existence. Si j'ai entrepris cette expédition, c'est parce que j'en ai assez de me faire manipuler. Avec ou sans toi, je vais rendre la monnaie de sa pièce au Rogue, à ma façon. Si tu n'as pas envie de marcher, rentre chez toi.

Avant que Léna puisse répondre, Covenant se détourna et aperçut Suilécume, tristement planté près de lui.

— Encore une chose, enchaîna-t-il avec véhémence. J'en ai assez que tu arbores une tête de trois pieds de long. Ou tu me racontes ce qui est réellement arrivé à ton peuple, ou *tu cesses de gémir*. (Il souligna les quatre derniers mots en saisissant des poignées d'*aliantha* dans les mains pleines du géant.) *Par les feux de l'enfer !* Cessez vos jérémiades !

Foudroyant Suilécume du regard, il fourra les fruits dans sa bouche et les mâcha avec une férocité impuissante.

— Mon ami ! soupira le géant. Le chemin que tu t'es choisi est une cataracte. Je le sais, parce que je l'ai déjà suivi. Il t'entraînera jusqu'au bord du gouffre sans te laisser le temps de réaliser ce qui t'arrive et te précipitera dans un abîme dont personne n'est jamais revenu.

De nouveau, Léna prit le bras de Covenant, mais celui-ci la repoussa. Il était incapable de l'affronter.

— Tu ne m'as toujours pas dit la vérité, cracha-t-il en fixant Suilécume.

Puis il se détourna et s'éloigna en pataugeant dans la neige. Il s'en voulait d'être incapable de faire la différence entre le chagrin et la haine, mais sa rage l'en empêchait.

Les baies prodigieuses l'aidèrent à tenir une partie de l'après-midi, mais sa progression demeura laborieuse et hachée. Ses forces finirent par l'abandonner lorsque Suilécume l'entraîna à l'écart de la route et vers les collines qui se dressaient à l'est, après la sortie de la vallée. À ce stade, Covenant était trop fourbu pour s'inquiéter du fait que la neige avait cessé de tomber. Il se contenta de se blottir à l'abri d'une corniche et s'endormit aussitôt. Plus tard, dans un état de semi-conscience, il réalisa que le géant le portait. Il ne protesta pas.

Il s'éveilla peu après l'aube, une plaisante sensation de chaleur sur le visage et une odeur de cuisine dans les narines. En ouvrant les yeux, il vit Suilécume accroupi près d'un pot d'ignescentes, à quelques mètres de lui. Ils se trouvaient dans un petit ravin. Le ciel plombé ressemblait à un couvercle de cercueil au-dessus de leur tête, mais il n'y avait pas de neige dans l'air. Roulée en boule à même le sol, Léna dormait profondément.

— Elle n'est plus toute jeune, glissa Suilécume en surprenant le regard du lépreux. Et nous avons marché jusqu'à l'aube, ou presque. N'interromps pas son sommeil. Nous sommes bien cachés. Nous devrions rester ici jusqu'à la tombée de la nuit. Mieux vaut voyager sous le couvert de l'obscurité. (Il eut un faible sourire.) Et puis, quelques heures de repos supplémentaires ne te feront pas de mal.

— Je ne veux pas me reposer, marmonna Covenant, qui était pourtant abruti de fatigue. Je veux continuer à avancer.

— Tu progresseras encore plus vite une fois remis de tes blessures, fit remarquer Suilécume.

Covenant acquiesça à contrecœur. Il n'avait pas l'énergie de protester. En attendant que le repas soit prêt, il se livra à un rapide examen de son mental et de son physique. Intérieurement, il se sentait solide, plein d'aplomb. Sa lèvre avait désenflé et son front n'était plus fiévreux. L'infection de ses pieds ne semblait pas s'étendre.

Mais ses extrémités étaient toujours aussi gourdes, comme grignotées par les engelures. Si le dos de ses mains et le dessus de ses pieds conservaient une certaine sensibilité, la léthargie de la mort semblait profondément ancrée dans ses os. Covenant voulut se persuader que c'était à cause du froid. Mais sa vue lui disait clairement que la température ambiante n'y était pour rien. La lèpre gagnait du terrain. Sous la domination de Turpide et de son hiver cruel, le Fief n'avait plus le pouvoir de lui rendre la santé – même si ce n'était qu'une illusion.

Covenant avait toujours su qu'il s'agissait d'un mensonge. Son mal était incurable ; les nerfs morts ne régénèrent pas. La sensibilité retrouvée de ses doigts et de ses orteils, dans le Fief, constituait la preuve irréfutable que celui-ci n'était qu'un rêve. Pourtant, l'absence d'amélioration de son état le consternait. C'était comme une trahison commise envers les espoirs secrets de sa chair malade. « Envolée », se lamentait-il. Encore une chose qu'on lui avait arrachée. Tant d'injustice et de cruauté… Il ne le supportait pas.

— Covenant ? appela Suilécume, anxieux. Mon ami ?

Covenant le dévisagea et eut un nouveau choc. Le géant lui était fermé. À l'exception du chagrin inextinguible qui se tapissait dans ses yeux, il ne décelait rien de sa condition physique et mentale. Il aurait aussi bien pu être de retour dans son monde d'aveugles, où la vue n'était qu'un sens superficiel, qui ne permettait pas de franchir la surface des choses.

— Covenant ? répéta Suilécume.

Cette découverte dépassait l'entendement du lépreux. Il mit ses perceptions à l'épreuve. Oui, il voyait la putréfaction qui remontait vers ses poignets, vers son cœur. Il humait l'odeur de la gangrène dans ses pieds. Il sentait les vestiges du poison dans sa lèvre, la fièvre résiduelle de son front. Il goûtait la malveillance qui répandait cet hiver surnaturel sur le Fief. Tout cela, il le percevait sans problème, comme il avait perçu la corruption à l'œuvre chez les maraudeurs de Mithil-Stèlage.

Mais ce n'était pas un exploit. Le fléau laissait des traces si évidentes qu'un enfant de cinq ans les aurait remarquées. Tout le reste échappait complètement à Covenant. Il ne distinguait ni le courage de Suilécume ni la confusion de Léna. Le don de vue que le Fief lui avait accordé par deux fois lui était désormais refusé.

— Suilécume. (Il s'était retenu de gémir.) Ça ne revient pas. Je n'arrive pas à… C'est à cause de cet hiver… Ça ne revient pas.

— Calme-toi, mon ami. Je t'entends. (Un sourire chagriné passa sur les lèvres du géant.) J'ai vu l'effet que ce froid produit sur toi. Je devrais peut-être me réjouir que tu sois incapable de contempler celui qu'il exerce sur moi.

— Lequel ? croassa Covenant.

Suilécume haussa les épaules comme pour minimiser son propre fardeau.

— Par moments, quand je suis resté trop longtemps exposé à ce vent maudit, je réalise que j'ai oublié certaines histoires précieuses pour mon peuple. Mon ami, les géants n'oublient jamais un récit.

— Enfer et damnation ! (La voix de Covenant tremblait, mais il réussit à ne pas hurler.) Finis de préparer ce repas, veux-tu ? Il faut que je mange.

Il avait besoin de nourriture pour reprendre des forces. Sans cela, il ne pourrait pas exécuter son dessein.

Il n'y avait plus de place en lui pour le doute ou l'hésitation. Il était enchaîné à sa décision par la lèpre. Et la solution se trouvait à la Crypte.

Suilécume lui tendit une écuelle de ragoût, qu'il avala méthodiquement. Puis il s'allongea avec raideur, comme sur une pierre tombale, et se força à se reposer, à demeurer immobile pour conserver son énergie. Quand la tiédeur de la nourriture et le déficit de sommeil eurent raison de lui, il s'assoupit.

Il se réveilla vers midi et constata que Léna dormait encore. Mais à présent, elle était pelotonnée contre lui et souriait dans ses rêves. Suilécume montait la garde à l'entrée du ravin ; il agita la main pour le saluer. En guise de réponse, Covenant s'écarta prudemment de Léna et repoussa sa couverture. Il enfila ses sandales, rajusta son gilet et rejoignit le géant.

Depuis l'endroit où Suilécume s'était posté, on jouissait d'une vue dégagée sur les abords du ravin.

— Quelle distance avons-nous parcourue ? demanda Covenant à voix basse.

Un nuage de vapeur se forma devant sa bouche, comme si celle-ci était pleine de fumée.

— Nous avons contourné la pointe nord du promontoire. (Suilécume fit un signe du menton par-dessus son épaule gauche.) L'observatoire de Kevin est derrière nous. En coupant à travers ces collines, nous atteindrons les plaines de Ra d'ici trois nuits.

— Nous devrions nous mettre en route. Je suis pressé.

— Exerce-toi à la patience, mon ami. Nous ne gagnerons rien à nous jeter dans la gueule des maraudeurs.

Covenant regarda autour de lui et demanda :

— Le peuple de Ra laisserait vraiment les pillards approcher ses précieux ranyhyn ? Serait-il arrivé quelque chose aux nomades ?

— Peut-être. Je n'ai pas de contact parmi eux. Mais les plaines sont menacées sur toute la longueur de l'Erratique et de la Cavalière. Et même si leurs habitants se démènent d'une façon extravagante pour protéger les nobles coursiers, ils ne sont probablement pas assez nombreux pour patrouiller dans ces collines.

Covenant parut accepter l'explication.

— Suilécume… murmura-t-il. Qu'est-il advenu de ta célèbre éloquence ? Tu ne m'as toujours pas dit ce qui t'inquiétait. Sont-ce les yeux qui vous ont vus me rappeler, Triock et toi ? Chaque fois que je pose une question, tu te conduis comme si tes mâchoires étaient verrouillées.

— J'ai vécu une existence mouvementée, grimaça le géant. Le son de ma voix ne m'enchante plus autant qu'avant.

Covenant haussa un sourcil.

— J'ai entendu pire.

— Possible, dit doucement Suilécume.

Mais il n'ajouta rien. Et sa réticence ne fit qu'aiguillonner la curiosité de Covenant, lui donner envie de le bombarder de questions pour vaincre enfin son ignorance. Il avait la certitude que les enjeux étaient vastes, que les choses qu'il ignorait au sujet du Fief avaient une énorme importance. D'un autre côté, il se souvenait de la façon dont il avait extorqué des informations à Bannor sur le plateau de la Pierre Fendue et ne pouvait oublier les conséquences de son geste. Aussi ne s'attaqua-t-il pas aux secrets de Suilécume.

Léna commença à s'agiter dans son sommeil. Covenant frissonna en la voyant se tourner et se retourner, en l'entendant gémir tout bas. Une impulsion le poussait vers elle, l'incitait à la rejoindre et à la prendre dans ses bras pour éviter qu'elle ne rompe ses os fragiles. Il l'ignora. Il ne voulait pas nourrir d'espoirs insensés en elle ; il ne pouvait pas se le permettre.

Pourtant, quand Léna se redressa en sursaut, baissa les yeux et vit qu'il n'était plus à côté d'elle, quand elle poussa un cri perçant comme si elle avait été abandonnée, Covenant avait déjà le dos tourné. Le regard de Léna se posa sur lui. Elle se releva d'un bond, courut vers lui et se jeta dans ses bras, enfouissant son visage dans sa veste pour étouffer ses sanglots.

De sa main droite, dont les doigts restants lui paraissaient si gourds et si maladroits qu'on aurait sans doute dû les amputer, Covenant caressa les fins cheveux blancs de Léna. Incapable de prononcer des paroles réconfortantes, il tenta de la calmer par des gestes. Lentement, elle se ressaisit. Quand il relâcha son étreinte, elle s'écarta de lui.

— Pardonne-moi, mon bien-aimé, dit-elle d'un air contrit. Je craignais que tu ne m'aies laissée. Je suis faible et idiote ; sans quoi, je n'aurais pas oublié que tu es l'Incrédule et que tu mérites toute ma confiance.

Covenant secoua la tête en silence, comme s'il voulait nier en bloc et ne savait pas par où commencer.

— Mais je ne supporterais plus d'être séparée de toi, poursuivit Léna. Au plus noir de la nuit, quand le froid m'étranglait et que le miroir me mentait – quand il affirmait que je n'avais pas réussi à rester la même pour toi –, je m'accrochais à la promesse de ton retour. Je n'ai pas failli, non. En revanche, j'ai appris que je ne tiendrais plus, loin de toi. J'ai mérité de… Je ne veux plus jamais m'enfuir seule dans les ténèbres et me cacher comme si j'avais honte. Plus jamais.

— Plus jamais, souffla Covenant. (Dans le visage de Léna, il retrouvait les traits d'Elena, si belle et si irrémédiablement perdue pour lui que son souvenir lui tordit le cœur.) Tant que je serai coincé ici, je n'irai nulle part sans toi.

Mais Léna ne parut entendre que la restriction dans la phrase.

— Faudra-t-il vraiment que tu t'en ailles ? demanda-t-elle, angoissée.

— Oui. (À cause de la raideur de sa bouche, Covenant avait du mal à parler avec douceur ; il n'arrivait pas à bien articuler sans déchirer les croûtes encore fraîches.) Ma place n'est pas ici. Je n'appartiens pas à ce monde.

Léna hoqueta comme si chacun des mots était un coup de poignard qu'elle recevait en son sein. Elle baissa les yeux.

— Encore ! haleta-t-elle. Je ne peux pas… Oh, Atiaran ma mère ! Je l'aime. Je lui ai tout sacrifié sans regret. Quand j'étais jeune, je rêvais de suivre tes traces et d'étudier à la Loge, de connaître une réussite éclatante qui aurait donné du sens à ta vie. Je voulais épouser un seigneur. Mais j'ai renoncé…

Soudain, Léna saisit les revers de la veste de Covenant et leva son visage vers lui.

— Thomas Covenant, dit-elle sur un ton pressant, veux-tu m'épouser ?

Le lépreux en resta bouche bée d'horreur.

— Marions-nous ! Mon tendre amour, notre union me rendrait toute ma vigueur. Je serais capable de porter n'importe quel fardeau. (Emportées par son excitation, les paroles de Léna se déversaient de sa bouche en une cascade impétueuse.) Nous n'avons pas besoin de la permission des anciens : je leur ai déjà fait part de mon souhait à de nombreuses reprises. Je connais les rites et les vœux ; je te les enseignerai. Et le géant nous servira de témoin.

Avant que Covenant puisse contrôler l'expression de son visage, Léna se mit à le supplier :

— Ô Incrédule ! J'ai porté ta fille. J'ai monté les ranyhyn que tu m'avais envoyés. J'ai attendu… Je pense avoir prouvé la profondeur de mon amour pour toi. Épouse-moi, mon bien-aimé. Ne me repousse pas.

Cette façon de l'implorer fit frémir le lépreux. Tout à coup, il se sentait grotesque et impur. Il voulut tourner le dos à Léna et s'éloigner. Une partie de lui-même hurlait déjà : « Vieille folle ! C'est ta fille que j'aime ! » Mais il se retint. Les épaules contractées comme celles d'un étrangleur pour étouffer la violence de sa réaction, il saisit les poignets de Léna et la força à le lâcher.

— Regarde mes mains, dit-il d'une voix rauque en les brandissant sous son nez. Regarde mes doigts.

Léna obtempéra, les yeux écarquillés.

— Regarde la maladie qui les ronge, insista-t-il. Ils ne sont pas seulement froids ; ils sont insensibles, pourris jusqu'à la paume ou presque.

— Tu m'es fermé, se désola Léna.

— Que tu la voies ou non, la lèpre est en moi. Et il n'existe qu'un moyen de l'attraper : un contact prolongé. Si tu restais trop longtemps près de moi, tu risquerais de tomber malade, toi aussi. Et un mariage… À quoi bon un mariage sans enfants ? plaida Covenant d'une voix vibrante de passion. Les enfants… et les personnes âgées… sont encore plus vulnérables à cette infection. La prochaine fois qu'on me renverra chez moi, tu resteras ici, et la seule chose que je te laisserai en héritage, ce sera mon mal. Turpide y veillera. En plus de tout le reste, je serai responsable d'avoir contaminé le Fief.

— Covenant, mon bien-aimé, chuchota Léna. Ne me rejette pas, je t'en supplie. (Ses yeux étaient pleins de larmes, ravagés par le cruel effort qu'elle faisait pour regarder la réalité en face.) Je suis fragile et faillible. Je n'ai pas le courage de me protéger, si ça implique que je reste seule. J'ai renoncé… Pitié, Thomas Covenant. (Elle se laissa tomber à genoux.) Je t'en supplie, ne réduis pas à néant le sens de ma vie.

Le lépreux la força à se redresser aussi violemment que s'il avait voulu lui briser le dos. Mais l'instant d'après, il la prit dans ses bras et mit dans son expression toute la douceur dont il était capable. Une seconde, il lui sembla tenir dans ses mains la preuve qu'il était responsable des maux du Fief, lui, et non le Rogue. Et il ne pouvait accepter l'idée sans renier Léna, qui lui demandait d'oublier…

Il savait que Suilécume l'observait. Mais même si Triock, Mhoram et Bannor avaient été derrière lui, sa réponse aurait été inchangée. Il n'aurait pas réagi différemment, fût-ce en présence de Trell et d'Atiaran.

— Non, Léna, dit-il doucement. Je ne t'aime pas de la bonne façon, celle qui convient à un mari. Tu mérites mieux que ce que je pourrais t'offrir. Tu es si belle ! N'importe quel autre homme serait ravi de te dire oui. Mais je suis l'Incrédule, t'en souviens-tu ? Je suis ici dans un but bien précis. (Il voulut sourire et ne réussit qu'à grimacer.) Berek Demi-Main n'a pas épousé sa reine, lui non plus.

Ses propres paroles l'emplirent de dégoût. Il venait de mentir à Léna, de violer la vérité afin de la réconforter. Mais elle s'empara de l'argument qu'il avait lancé et s'y accrocha de toutes ses forces. Elle cligna des yeux pour chasser ses larmes et la confusion qui crispait son visage céda la place à un sourire timide.

— Suis-je donc ta reine, Incrédule ? demanda-t-elle, émerveillée.

Covenant l'étreignit avec empressement pour qu'elle ne voie pas l'éclat sauvage de ses prunelles.

— Bien sûr. (Il régurgitait les mots, comme si ceux-ci étaient trop épais pour franchir sa gorge douloureuse.) Personne d'autre n'en serait digne.

Il la tint contre lui, craignant qu'elle ne s'effondre s'il la lâchait. Mais au bout d'un moment, elle se dégagea d'elle-même. Son regard pétillant de malice rappela au lépreux l'adolescente qu'elle avait été jadis.

— Allons le dire au géant, s'exclama-t-elle. Son ton était joyeux, comme si elle s'apprêtait à annoncer quelque chose de bien plus excitant que des fiançailles.

Bras dessus bras dessous, Covenant et elle se dirigèrent vers Salin Suilécume.

Quand ils l'atteignirent, ils virent que son visage était inondé de larmes. De la glace formait une couche brillante sur ses joues et constellait sa barbe de perles blanchâtres. Ses mains agrippaient ses genoux avec force.

— Suilécume, c'est un moment de bonheur ! s'écria Léna, surprise. Pourquoi pleures-tu ?

Avec des gestes saccadés, le géant s'essuya la figure. Quand il baissa les mains, il adressa un sourire d'une infinie tendresse à son interlocutrice.

— Tu es trop belle, ma reine. Tu me surpasses.

Léna rosit comme une jouvencelle. Rayonnante, elle remercia Suilécume d'un signe de tête. Puis elle sursauta.

— Mais je m'oublie. J'ai dormi toute la journée et vous n'avez rien mangé. Je dois préparer votre repas.

Elle se détourna et, d'un pied léger, redescendit vers l'endroit où gisait le paquetage.

Suilécume leva les yeux vers le ciel plombé, puis les ramena jusqu'au visage décharné de Covenant. Il scruta le lépreux, comme s'il comprenait très bien à quel dilemme ce dernier s'était trouvé confronté.

— Maintenant, crois-tu au Fief ? lui demanda-t-il aussi doucement qu'il avait parlé à Léna.

— Je suis l'Incrédule. Je ne change pas.

— Vraiment ?

— Je vais… (Les épaules de Covenant se crispèrent.) Je vais exterminer Turpide, ce maudit Rogue. Cela ne te suffit-il pas ?

— Si, largement ! répondit Suilécume avec une soudaine véhémence. Je ne demande rien d'autre. Mais ça ne suffira pas pour toi. À quoi crois-tu ? En quoi as-tu foi ?

— Je n'en sais rien, admit Covenant.

De nouveau, Suilécume contempla les nuages qui s'amoncelaient au-dessus de leurs têtes. Ses arcades sourcilières proéminentes cachaient ses yeux, mais son sourire avait quelque chose de triste, de désespéré, presque.

— C'est bien pour ça que j'ai peur.

Covenant acquiesça d'un air lugubre.

Néanmoins, si Turpide était apparu devant lui à cet instant, il aurait tenté de lui arracher le cœur à mains nues.

Il avait besoin d'apprendre à utiliser la magie sauvage de l'or blanc.

Mais il ne trouva pas de réponse dans le repas que Léna prépara pour lui et pour Suilécume, et pas davantage dans l'après-midi maussade qu'il passa pelotonné près des ignescentes, la tête de Léna posée sur son épaule, ni dans le crépuscule humide qui mit enfin un terme à son attente.

Lorsque Suilécume les guida hors du ravin et prit la direction de l'est, Covenant eut l'impression de ne connaître que le vent, qui le traversait. Après cela, il n'eut plus le temps d'y réfléchir ! Marcher dans les collines obscures mobilisait toute son attention.

Il avait beaucoup de mal à se déplacer. Les efforts que faisait son corps pour récupérer de ses blessures et de son jeûne sapaient le plus gros de son énergie, et le froid mordant se chargeait du reste. Covenant ne voyait pas où il posait ses pieds, ne pouvait éviter les chutes et les meurtrissures à répétition. Pourtant, il continua à avancer dans les traces de Suilécume jusqu'à ce que la sueur gèle sur son front et que ses vêtements soient raidis par la glace. Sa détermination le poussait toujours plus loin. Il en vint même à se réjouir de l'engourdissement de ses pieds, qui lui épargnait de sentir les dommages qu'il s'infligeait.

Il avait perdu toute notion de temps écoulé ou de distance parcourue. Il mesurait leur progression au nombre de haltes faites et de poignées d'*aliantha* que Suilécume ramassait il ne savait d'où. Ces choses le ravigotaient, l'aidaient à tenir le coup. Mais au bout d'un moment, il cessa de se frotter le visage ; il autorisa la glace à étendre son emprise depuis son front blessé jusqu'à sa barbe, à recouvrir ses traits tel un masque gris représentant une créature de l'hiver. Et il continua à tituber dans le sillage du géant.

Lorsque ce dernier s'arrêta enfin, peu de temps avant l'aube, Covenant se laissa tomber dans la neige et s'endormit aussitôt.

Plus tard, Suilécume le réveilla pour le petit déjeuner. Léna était roulée en boule à côté de lui. Ses lèvres avaient pris une teinte légèrement bleutée et elle frissonnait dans son sommeil. Son âge se lisait clairement sur son visage et se devinait à la fragilité de son souffle. Covenant la secoua doucement, la força à manger de la nourriture chaude jusqu'à ce que ses lèvres reprennent leur couleur normale et que les veines de ses tempes deviennent moins proéminentes. Puis, malgré ses protestations, il la recoucha sous la couverture et resta allongé près d'elle tandis qu'elle se rendormait.

Il se redressa pour finir de se restaurer. Un rapide calcul lui permit d'estimer que Suilécume ne s'était pas reposé depuis au moins trois jours et trois nuits. Il saisit le pot d'ignescentes et se leva.

— Quand je commencerai à piquer du nez, je t'appellerai, lança-t-il sur un ton brusque.

Et il s'éloigna pour trouver un endroit abrité où monter la garde. Assis en tailleur, il regarda la pâle lumière du jour monter dans l'atmosphère.

Il se réveilla en fin d'après-midi. Suilécume l'avait rejoint et Léna préparait un repas un peu plus loin. Covenant se redressa en sursaut, se maudissant de sa négligence. Mais ses compagnons ne semblaient pas en avoir souffert.

— Ne t'en fais pas, lui dit le géant en souriant. Nous étions en sécurité – même si j'étais très fatigué, au point de dormir jusqu'à midi. Une piste fréquentée par des daims passe au nord d'ici et j'y ai repéré des traces encore fraîches. Les animaux ne resteraient pas ici en présence de maraudeurs.

Covenant acquiesça. Son souffle fumait dans l'air glacial.

— Suilécume, marmonna-t-il. J'en ai plus qu'assez d'être mortel.

Mais cette nuit-là, il trouva la progression plus facile, car il avait recouvré une partie de ses forces. Et tandis que Suilécume les entraînait vers l'est, les montagnes disparurent au sud, de sorte que le terrain devint plus praticable.

Cela n'eut pas que des avantages. Moins protégés contre le vent, les voyageurs avaient souvent l'impression de marcher droit dans la gueule de l'hiver du Rogue. Même les sous-vêtements de Covenant semblaient s'être changés en glace et lui griffaient la poitrine.

Pourtant, à la fin de la nuit, il lui restait assez d'énergie pour prendre le premier tour de garde. Suilécume avait choisi de camper dans une petite cuvette abritée, à l'est, par une colline basse ; après que Léna et lui eurent apaisé leur faim, ils s'allongèrent pendant que Covenant se positionnait sous un genévrier rabougri, juste en dessous de la crête. Depuis son perchoir, il surplombait ses compagnons, les voyait dormir à poings fermés. Léna et Suilécume lui faisaient totalement confiance. Il était bien décidé à ne plus les décevoir.

Pourtant, il se savait bien mal équipé pour s'acquitter d'un tel devoir. L'amputation partielle de ses sens le tourmentait comme une implication de désastre, comme si son incapacité à voir, goûter et entendre le danger entraînerait forcément la survenance de ce dernier. Et sur ce point, il ne se trompait pas. Il resta éveillé, presque en alerte ; le jour s'était levé, emplissant l'atmosphère d'une lumière grise et pâle ; et l'attaque vint de l'est, dans le même sens que le vent. Mais Covenant ne sentit rien jusqu'à ce qu'il soit trop tard.

Il avait fait le tour du sommet de la colline afin de scruter le terrain alentour et venait juste de se rasseoir au pied du buisson quand il prit enfin conscience du danger. Le vent charriait un parfum d'imminence et l'atmosphère s'était parée d'une sinistre intensité. Soudain, des silhouettes noires jaillirent autour de Léna et de Suilécume. Avant que Covenant puisse crier pour avertir ses amis, elles passèrent à l'attaque.

Le lépreux se leva d'un bond et dévala la pente à toutes jambes. Au fond de la cuvette, Suilécume se dressa brusquement sur ses genoux, renversant ses agresseurs. Léna poussa un cri de rage étranglé et disparut sous une masse de gens à la peau très brune. Avant que Covenant puisse la rejoindre pour l'aider, quelqu'un le frappa par-derrière. Il bascula en avant, roula dans la neige et voulut se relever, mais des bras le saisirent aussitôt, lui encerclant la poitrine et lui clouant les bras contre les flancs. Il résista en vain : son assaillant était beaucoup plus fort que lui ; Covenant n'avait aucune chance de briser son étreinte. Puis une voix étrangement dénuée d'inflexions dit à son oreille :

— Restez tranquille ou je vous brise le dos.

Son impuissance rendait Covenant fou.

— Allez-y, tuez-moi, haleta-t-il en se démenant de plus belle. Mais laissez-la partir.

Léna luttait frénétiquement en criant son indignation.

— Suilécume ! appela Covenant d'une voix rauque.

Le géant n'avait pas engagé le combat contre ses adversaires, qui avaient reculé et ne faisaient pas mine de le toucher. Immobile, l'air grave, il fixait l'homme qui retenait Covenant.

Le lépreux s'affaissa de consternation et de chagrin.

Sans ménagement, les intrus arrachèrent la couverture de Léna, dont ils avaient déjà attaché les poignets avec une cordelette. Elle se débattait toujours, mais, à présent, son unique objectif semblait être de se dégager pour rejoindre Covenant.

Puis Suilécume parla. D'une voix dangereusement calme, il ordonna :

— Relâche-le.

Celui qui tenait Covenant ne broncha pas.

— Par la Pierre et la Mer ! Si tu lui as fait du mal, tu le regretteras. Ne me reconnais-tu pas ?

— Les géants sont morts, répliqua la voix atone dans l'oreille de Covenant. Il ne reste que des ravageurs ayant pris leur apparence.

— Bas les pattes ! siffla Léna. Mais regardez-le, imbéciles ! *Melenkurion abatha !* Voyez-vous un ravageur ?

Covenant n'aurait su dire si elle parlait de Suilécume ou de lui.

L'homme qui l'immobilisait ne se démonta pas.

— Nous avons vu… J'ai vu la Désespérance. J'ai accompli ce pèlerinage pour contempler l'œuvre des ravageurs.

Une ombre passa dans les yeux de Suilécume, mais sa voix ne tremblait pas quand il répliqua :

— Alors, méfie-toi de moi si ça te chante. Mais regarde cet homme, comme le suggère Léna fille d'Atiaran. C'est Thomas Covenant.

Alors, les bras puissants firent pivoter le lépreux dans leur étreinte. Covenant se retrouva face à un individu trapu, au maintien impérieux. Il ne portait qu'une courte tunique de peau, comme s'il était insensible au froid. Par certains côtés, il avait changé : ses sourcils avaient viré au blanc et ses cheveux au gris ; des rides profondes, creusées par le temps, entouraient ses yeux et encadraient sa bouche. Pourtant, Covenant le reconnut immédiatement.

C'était Bannor, de la sangarde.

9

La bastille

Choqué, Covenant mit quelques secondes à se ressaisir. Des silhouettes minces et musclées, à la peau couleur de boue, vêtues de robes dont le blanc grisâtre se fondait avec la neige environnante, s'approchèrent de lui comme pour vérifier son identité.

— L'orréchal, murmurèrent quelques-unes d'une voix tendue.

Ce fut à peine s'il leur prêta attention.

— Mais Mhoram a dit… balbutia-t-il.

Mhoram avait dit que la sangarde était perdue.

— Seigneur suprême Covenant, le salua Bannor en inclinant la tête. Pardonnez cette méprise. Vous êtes trop bien déguisé.

— Déguisé ?

Le lépreux ne voyait pas du tout de quoi parlait Bannor. Le chagrin de Mhoram était empreint d'une telle conviction ! Covenant baissa les yeux, ahuri, vers les mains de Bannor, comme s'il s'attendait à découvrir que deux doigts manquaient à la droite.

— Une veste de stèlagien. Des sandales. Un géant pour compagnon. (Bannor le fixait sans ciller.) Et vous empestez l'infection. Seul votre visage est encore reconnaissable.

— Reconnaissable…

Covenant ne put s'empêcher de répéter ce mot, parce que c'était le dernier que Bannor avait prononcé. Luttant pour reprendre le contrôle de lui-même, il marmonna :

— Pourquoi n'êtes-vous pas à la Citadelle ?

— Notre vœu a été corrompu, répondit Bannor. Nous ne servons plus les seigneurs.

Covenant en resta bouche bée. Mhoram n'avait pourtant rien dit qui laissât supposer… Il réalisa que ses genoux flageolaient comme si le sol s'était mis à trembler sous lui. « Nous ne servons plus les seigneurs », répéta-t-il en son for intérieur, sans comprendre. Il ignorait la signification de ces mots.

Puis Léna mit un terme à sa confusion.

— Vous lui avez fait du mal, tempêtait-elle. Lâchez-moi !

Covenant fit un effort pour se ressaisir.

— Laissez-la, ordonna-t-il à Bannor. Ne réalisez-vous pas qui elle est ?

— Le géant disait-il vrai ?

— Quoi ? (Secoué par la méfiance de Bannor, Covenant faillit retomber dans la stupeur mais, pour le bien de Léna, il prit une profonde inspiration et résista.) C'est la mère du haut seigneur Elena, confirma-t-il. Dites à vos hommes de la lâcher.

Par-dessus son épaule, Bannor jeta un coup d'œil à Léna.

— Les seigneurs parlaient souvent d'elle, dit-il sur un ton distant. Ils n'arrivaient pas à la guérir. (Il haussa les épaules.) Ils n'arrivaient pas à guérir beaucoup de choses…

Avant que Covenant puisse répondre, il fit signe à ses compagnons.

Quelques secondes plus tard, Léna avait rejoint Covenant et Bannor. Des plis de sa robe, elle sortit un couteau de pierre, qu'elle brandit entre eux.

— Si vous lui avez fait du mal, je me rembourserai sur votre peau, vieillard, fulmina-t-elle.

Bannor haussa un sourcil. Covenant saisit le poignet de Léna, mais il était encore trop ébranlé pour trouver les mots capables de la calmer, de la rassurer.

— Léna, murmura-t-il, impuissant. Léna.

Quand Suilécume arriva à son tour, le lépreux implora son aide du regard.

— Ah ! ma reine, murmura le géant avec douceur. Souviens-toi de ton serment de paix.

— La paix ! aboya Léna. C'est à eux qu'il faut parler de paix ! Ces gens ont attaqué l'Incrédule !

— Pourtant, ils ne sont pas nos ennemis. Ils appartiennent au peuple de Ra.

Abasourdie, Léna pivota vers Suilécume.

— Le peuple de Ra ? Celui qui s'occupe des ranyhyn ?

Covenant fit des yeux ronds. Inconsciemment, il avait supposé que les compagnons de Bannor étaient haruchai, comme lui. Le peuple de Ra avait toujours détesté les sangardes à cause des nombreux ranyhyn qui étaient morts en les portant au combat. Une alliance aussi incongrue ébranlait le lépreux. Rien n'était comme il le croyait ; tout, dans le Fief, le choquerait ou le consternerait s'il venait à apprendre la vérité.

— Oui, acquiesça Suilécume en réponse à la question de Léna.

À présent, Covenant reconnaissait les traits caractéristiques du peuple de Ra chez les huit hommes et femmes qui l'entouraient. Ils avaient une musculature effilée, le regard aiguisé des chasseurs et la peau si brunie par leur constante exposition aux éléments que même cet hiver interminable n'avait pu la faire pâlir. Sous la robe qui leur servait de camouflage, ils portaient une courte tunique qui découvrait leurs bras et leurs jambes. Pas de chaussures. Leurs cheveux courts et la cordelette nouée autour de leur taille désignaient sept d'entre eux comme des pisteurs. Le huitième devait être un écuyer, à en juger par ses longs cheveux noirs et la petite couronne de fleurs jaunes qu'il arborait.

Pourtant, ils ne ressemblaient pas tout à fait aux nomades que Covenant avait rencontrés quarante-sept ans en arrière. Le changement le plus flagrant était leur attitude vis-à-vis de lui. Durant son premier séjour dans le Fief, ils l'avaient traité avec un respect émerveillé. Il était l'orréchal, l'homme devant lequel cent ranyhyn s'étaient cabrés. À présent, ils le contemplaient avec une mine hostile, presque agressive, comme s'il avait piétiné leur honneur en commettant quelque innommable perfidie.

Tandis que Covenant détaillait leurs visages sévères, il prit conscience d'une différence plus subtile. Leur posture semblait moins fière que jadis, comme si des attaques répétées avaient eu raison de leur bel aplomb. Le ratio actuel de sept pisteurs pour un écuyer – au lieu du trois ou quatre pour un, naguère – indiquait que leur peuple avait perdu beaucoup de ses chefs, ceux qui connaissaient les ranyhyn et enseignaient leur savoir aux autres. Leur expression était hantée, leur solidité érodée et leur courage semblait miné. En les étudiant, Covenant acquit la brusque conviction qu'ils supportaient Bannor, lui obéissaient, parce qu'ils n'étaient plus assez sûrs d'eux pour s'opposer à un sangarde.

Au bout d'un moment, Covenant réalisa que Léna parlait et que sa voix trahissait désormais plus de confusion que de colère.

— Pourquoi nous avez-vous attaqués ? Ne reconnaissez-vous pas l'Incrédule ? Ne vous souvenez-vous pas des frères de roc du Fief ? Ne voyez-vous pas que j'ai monté les ranyhyn ?

— *Monté !* cracha l'écuyer.

— Ma reine, releva Suilécume, le peuple de Ra ne *monte pas* les nobles coursiers.

— Quant aux géants, poursuivit l'homme, ils ont trahi.

— Trahi ? répéta Covenant.

Son pouls lui martelait les tempes, comme s'il se tenait trop près d'un abysse dissimulé par la neige.

— Par deux fois déjà, des apatrides ont conduit les armées de Crochal au nord des plaines de Ra. Ils ont envoyé des dizaines de milliers de crocs et de griffes lacérer la chair des ranyhyn. Prenez garde ! (D'un geste vif, l'homme arracha le lien qui nouait ses cheveux et le tendit entre ses mains tel un garrot.) Toutes nos cordelettes sont noires de sang. (Ses jointures blanchirent comme s'il allait bondir sur Suilécume.) Stabula est à l'abandon. Nomades et ranyhyn sont éparpillés aux quatre vents. Les géants, peuh ! cracha-t-il.

— Pourtant, vous me connaissez, argumenta Suilécume. Vous savez que je ne suis pas l'un des trois qui se sont fait posséder par des ravageurs.

Bannor haussa les épaules.

— Deux sont morts. Qui peut dire dans quel corps se sont réfugiés les ravageurs *turiya* et *moksha* ?

— Mais c'est moi qui ai jadis conduit Thomas Covenant à Pierjoie, insista Suilécume sur un ton suppliant, comme si cela suffisait à prouver son indéfectible loyauté.

Bannor ne se laissa pas émouvoir.

— Alors, comment se fait-il que tu sois encore vivant ?

La douleur fit briller les yeux de Suilécume.

— J'étais absent de Coercri lorsque s'est achevé le séjour de mes semblables à Ondemère.

Bannor ne répondit pas. Covenant songea qu'il était seul capable de les sortir de cette impasse. Il n'était pas en état de régler ce genre de problème, mais savait qu'il devait agir. Au prix d'un gros effort, il se tourna vers Bannor.

— Vous ne pouvez pas prétendre que vous m'avez oublié. Je continue probablement à hanter vos cauchemars, même si vous ne dormez jamais.

Les narines de Bannor frémirent, comme offensées par la puanteur de la maladie.

— Je vous connais, seigneur suprême.

— Et vous aussi, dit Covenant à l'écuyer. Votre peuple me surnomme l'orréchal. Les ranyhyn se sont cabrés devant moi.

L'homme détourna les yeux pour se soustraire à l'exigence de son regard.

— Nous ne parlons jamais de l'orréchal entre nous, murmura-t-il. Les ranyhyn ont choisi. Il ne nous appartient pas de mettre leur décision en question.

— *Dans ce cas, fichez-nous la paix !* (Covenant n'avait pas voulu crier, mais trop de peurs diffuses bouillaient en lui ; il ne pouvait pas les contenir.) Par les feux de l'enfer ! Nous avons déjà bien assez de problèmes !

Son ton cinglant fouetta l'orgueil de l'écuyer.

— Pourquoi êtes-vous venu ici ? demanda-t-il sévèrement.

— Je ne suis pas « venu ». Je n'ai même pas envie d'être ici.

— Quel dessein poursuivez-vous ?

— J'ai l'intention de rendre visite au Rogue dans sa Crypte.

Les pisteurs sursautèrent et prirent entre leurs dents une inspiration sifflante. Les mains de l'écuyer se crispèrent sur la cordelette. L'espace d'un instant, un élan sauvage écarquilla les yeux de Bannor. Mais le sangarde reprit aussitôt son impassibilité coutumière. Échangeant un coup d'œil avec l'écuyer, il lança :

— Seigneur suprême, vous devez venir avec nous. Nous vous emmènerons dans un endroit où d'autres nomades s'occuperont de vous.

— Sommes-nous vos prisonniers ? gronda Covenant.

— Seigneur suprême, nulle main ne se lèvera contre vous en ma présence. Mais ces questions méritent d'être considérées avec le plus grand soin.

Le lépreux scruta le visage inexpressif de Bannor, puis se tourna vers Suilécume.

— Qu'en penses-tu ?

— Je n'aime pas la façon dont on nous traite, intervint Léna. Salin Suilécume est un véritable ami du Fief. Atiaran ma mère chantait les louanges des géants. Et tu es l'Incrédule, le porteur d'or blanc. Ces gens nous ont manqué de respect. Laissons-les là et poursuivons notre chemin.

— Le peuple de Ra n'est pas aveugle, répliqua Suilécume. Bannor n'est pas aveugle. Ils finiront bien par me voir plus clairement. Et leur aide peut nous être précieuse.

— Très bien, marmonna Covenant. De toute façon, je ne suis pas doué pour me battre. (À Bannor, il annonça avec raideur :) Nous vous accompagnons. Quelles que soient les circonstances actuelles, vous m'avez sauvé la vie trop de fois pour que je commence à douter de vous maintenant.

Bannor lui adressa une nouvelle courbette. Aussitôt, l'écuyer aboya des ordres aux pisteurs. Deux d'entre eux s'élancèrent en courant vers le nord-est ; deux autres se placèrent en position d'éclaireurs, sur les côtés, et les trois derniers récupérèrent les havresacs dissimulés autour de la cuvette. Une fois de plus, Covenant fut stupéfié par la rapidité et l'aisance avec laquelle les nomades se fondaient dans l'environnement. Même leurs empreintes semblaient se volatiliser sous ses yeux. Le temps que Suilécume boucle sa besace, ils avaient fait disparaître tout signe de leur passage dans le coin.

Le petit groupe se mit en route dans la direction qu'avaient prise les pisteurs. Venaient d'abord Bannor et l'écuyer, puis Covenant, encadré par Suilécume et Léna. Les pisteurs restants fermaient la marche, comme pour empêcher le trio de s'enfuir. Ni Bannor ni ses compagnons ne cherchaient à se cacher. Mais à deux reprises, en regardant par-dessus son épaule, Covenant vit les pisteurs effacer leurs traces dans les congères grisâtres et sur le sol gelé.

La présence de ces trois garrots dans son dos aggravait sa confusion. Malgré sa longue expérience de l'hostilité, il n'était pas préparé à une telle méfiance de la part du peuple de Ra. De toute évidence, des événements importants avaient eu lieu – et personne ne voulait les lui raconter. Son ignorance lui donnait l'impression que le Fief fonçait droit vers une crise majeure, un bouleversement fondamental, dans lequel son propre rôle demeurait obscur. Les faits qu'on lui dissimulait jetaient une ombre funeste sur sa détermination ; ils la faisaient vaciller comme si elle avait reposé sur du vide. Covenant avait besoin de poser des questions et d'obtenir des réponses. Mais la menace tacite des cordelettes le déconcertait. Et Bannor… Covenant n'arrivait pas à formuler des interrogations, pas même dans son for intérieur.

Et il était las. Il avait déjà marché toute la nuit, n'avait pas dormi depuis l'après-midi précédent. Quatre jours à peine s'étaient écoulés depuis son retour dans le Fief. Tandis qu'il luttait pour soutenir l'allure de ses compagnons, il nota que la concentration, nécessaire à la réflexion, le fuyait.

Léna ne se portait pas mieux. Elle était en meilleure santé que lui, mais beaucoup plus âgée et peu habituée à un effort physique soutenu. Bientôt, l'inquiétude qu'elle inspirait à Covenant rivalisa avec la fatigue qu'il ressentait. Quand elle commença à s'affaisser contre lui, il annonça sèchement à Bannor qu'ils devaient s'arrêter.

Ils dormirent jusqu'en milieu d'après-midi, puis marchèrent de nouveau jusqu'au milieu de la nuit avant de dresser le camp. Et le lendemain matin, ils se remirent en route avant l'aube. Mais Léna et Covenant se sentaient plus gaillards après le petit déjeuner chaud et nourrissant qu'on leur avait offert.

Peu après le lever du jour, ils arrivèrent en vue des plaines de Ra. Au lieu de s'aventurer en terrain découvert, exposé à la morsure du vent hivernal, ils virèrent vers le nord pour longer le pied des collines. La progression devint plus aisée et Covenant fut bientôt en état de questionner Bannor.

Il avait toujours eu du mal à parler avec lui, car son flegme inébranlable ne lui inspirait que frustration et colère. La réticence de Bannor à manifester la moindre émotion l'immunisait contre tout jugement – faisait de lui l'antithèse d'un lépreux. À présent, les sangardes avaient abandonné les seigneurs. Sans eux, la Citadelle tomberait sûrement. Pourtant, Bannor était ici ; il vivait et travaillait avec le peuple de Ra. Lorsque Covenant engagea la conversation, ce fut avec l'impression de s'adresser à un inconnu.

Bannor ne se fit pas prier pour lui présenter ses compagnons : l'écuyer Kam et les pisteurs Whane, Lal et Puhl. Il lui assura qu'ils atteindraient leur destination d'ici le lendemain soir et lui révéla que sa troupe était une patrouille dont la tâche était de repérer les maraudeurs le long de la frontière ouest des plaines de Ra. Le hasard les avait mis sur le chemin de Covenant. Quand le lépreux demanda des nouvelles de Rue, l'écuyer qui était venue à la Citadelle pour mettre le conseil en garde contre l'armée du Lamineur sept ans plus tôt, Bannor lui répondit qu'elle était morte peu après son retour dans les plaines de Ra.

Après ça, l'interrogatoire devint plus ardu. Covenant chercha un moyen diplomatique de formuler la question qui le préoccupait. N'en trouvant pas, il finit par lâcher tout de go :

— Vous avez quitté les seigneurs. Que faites-vous ici ?

— Notre vœu était brisé. Comment aurions-nous pu rester ?

— Ils ont besoin de vous plus que jamais.

— Je viens de vous dire que notre vœu était brisé. Comme beaucoup d'autres choses. Vous êtes bien placé pour le savoir. Nous ne pouvions pas… Seigneur suprême, je suis vieux, à présent. Moi, Bannor, dragon de la sangarde, j'ai besoin de dormir et de manger chaud. J'ai grandi dans les montagnes ; pourtant, ce froid me pénètre jusqu'à la moelle. Je ne suis plus digne de servir Pierjoie ni même les seigneurs, bien qu'ils soient loin d'égaler Kevin leur prédécesseur.

— Alors, pourquoi n'êtes-vous pas rentré chez vous ?

Le ton de Covenant fit frémir Suilécume, mais Bannor demeura imperturbable.

— Telle était mon intention lorsque j'ai quitté la Citadelle. Mais j'ai vite réalisé que je ne pouvais pas oublier. J'avais chevauché trop de ranyhyn. La nuit, je les voyais ; ils galopaient dans mes rêves telles des flèches d'azur. Ne les avez-vous pas contemplés ? Sans avoir prêté le moindre vœu ni défié le passage du temps et la mort, ils surpassent la foi des sangardes. C'est pour eux que je suis revenu sur mes pas.

— Parce que vous ne pouviez pas vous passer des ranyhyn ? Vous laisseriez la Citadelle tomber et les seigneurs périr dans les flammes de l'enfer, mais vous seriez incapable de renoncer à monter les ranyhyn ?

— Je ne les monte pas.

Covenant regarda Bannor sans comprendre.

— Je suis venu participer au travail du peuple de Ra. Quelques sangardes – j'ignore combien, au juste – partageaient mon sentiment. Nous avions connu Kevin à l'apogée de sa gloire et ne pouvions pas l'oublier. Terrel et Runnik, entre autres, m'ont accompagné ici. Nous enseignons notre savoir aux nomades ; en retour, ils nous apprennent à nous occuper des grands coursiers. Peut-être réussirons-nous à faire la paix avec nous-mêmes et à dépasser notre échec avant de mourir.

— Faire la paix, grogna Covenant. Bannor !

La simplicité de l'explication l'atterrait. Des millénaires de loyauté infaillible, de renoncement implacable, tout ça pour en arriver là ! Il ne posa pas d'autres questions au sangarde ; il craignait trop d'entendre les réponses.

Pendant le reste de la journée, il oublia sa détermination. Il marcha entre Léna et Suilécume dans un silence morose, décourageant toute sollicitude ou tentative de bavardage. Les paroles de Bannor avaient engourdi son cœur. Cette nuit-là, il dormit sur le dos, les yeux rivés sur le ciel, comme s'il n'arrivait pas à croire qu'il reverrait le soleil un jour.

Mais le lendemain matin, il se rappela. Peu après l'aube, le groupe de Kam rencontra un autre pisteur, qui était en route pour la frontière des plaines. Il tenait deux petits bouquets de fleurs jaunes dont le vent agitait les pétales fragiles. Après avoir salué Kam, il s'éloigna de quelques pas et poussa un cri perçant, dans un langage inconnu de Covenant. Il répéta son appel puis attendit, les deux mains tendues devant lui comme pour présenter une offrande au vent.

Peu de temps après, deux ranyhyn sortirent d'un ravin verglacé. Le poitrail de l'étalon était zébré de griffures encore fraîches et la jument avait le regard fou, comme si elle venait de perdre son poulain. Tous deux étaient squelettiques ; la faim avait dissous la fierté de leur croupe, exposé leurs côtes et émacié leurs muscles. Ils semblaient à peine capables de tenir leur tête droite. Pourtant, ils hennirent en apercevant le pisteur, le rejoignirent au petit trot et engloutirent en trois bouchées le présent qu'il leur offrait. L'homme leur flatta l'encolure puis se détourna très vite, les yeux pleins de larmes.

Sans un mot, Kam lui remit sa couronne flétrie, afin que chaque cheval puisse avoir une bouchée de plus.

— C'est de l'*amanibhavam*, l'herbe curative des plaines de Ra, expliqua-t-il à Covenant. Une plante robuste, qui n'est pas aussi affectée par cet hiver surnaturel que l'Équarrisseur le souhaiterait. Elle les gardera en vie… au moins un jour de plus.

Il foudroya le lépreux du regard comme si celui-ci était responsable du malheur des ranyhyn. Du menton, il désigna le pisteur qui nourrissait les deux coursiers.

— Il a fait plus de dix lieues à pied pour leur apporter cette maigre pitance.

Avec ses traits creusés par le chagrin, Kam ressemblait à la victime d'une malédiction. Il se détourna péniblement et, sans rien ajouter, se remit à marcher en direction du nord.

À présent, Covenant se souvenait de son dessein. Il emboîta le pas à Kam comme s'il combattait l'engourdissement de ses pieds à grand renfort d'indignation.

Ce jour-là, il eut l'occasion d'apercevoir plusieurs autres ranyhyn. Deux seulement n'arboraient aucune blessure, et tous étaient décharnés.

Leur vue affectait beaucoup Léna. Il n'y avait nulle confusion dans le regard qu'elle portait sur eux, nulle distorsion, nulle trace de folie. Le spectacle de leur tourment la consumait. Au fil des heures, ses yeux s'enfoncèrent dans leurs orbites et se parèrent de cernes violacés pareils à des hématomes. Ils balayaient tout ce qui n'était pas les ranyhyn sans le voir, comme si ces derniers seuls avaient encore le pouvoir de les attirer.

Covenant tenait le bras de Léna ; il guidait ses pas et la soutenait de son mieux. Bientôt, la fatigue n'eut plus d'importance pour lui. Il ne se sentait pas concerné par l'état de son corps, en oubliait jusqu'au vent âpre qui lui cinglait le visage. Il piétinait derrière Kam et Bannor tel un prophète dément venu convertir le peuple de Ra.

En milieu d'après-midi, le petit groupe atteignit l'avant-poste de sa destination. Deux pisteurs jaillirent soudain d'un bosquet d'acacias desséchés et saluèrent Kam à la façon de leur peuple : les mains levées de chaque côté de la tête et les paumes ouvertes. Kam leur rendit leur salut et s'entretint brièvement avec eux, dans une langue sourde pleine d'aspirations. Puis il fit signe à Covenant, à Suilécume et à Léna de le suivre. Tandis qu'ils rebroussaient chemin vers les collines, il annonça :

— Mes pisteurs n'ont pu trouver que trois autres écuyers. Mais quatre devraient suffire.

— Suffire pour quoi ? s'enquit Covenant.

— Pour que le peuple de Ra accepte notre jugement.

Le lépreux soutint le regard de Kam sans broncher. Quelques instants plus tard, celui-ci se détourna avec un air accablé, comme s'il venait de se rappeler que les ranyhyn avaient donné à Covenant des droits sur lui. Pressant le pas, il entraîna ses compagnons vers les hauteurs.

Ils gravirent une pente escarpée, depuis le sommet de laquelle on bénéficiait d'une vue panoramique sur les plaines. La neige grisâtre qui recouvrait le paysage lui donnait un aspect désolé et désolant. Mais Kam n'y prêta aucune attention. Il continua à avancer, franchissant une crête avant de descendre dans une vallée nichée entre plusieurs escarpements rocheux. Des carrés d'*amanibhavam* encore vert poussaient sur les versants, à l'abri du vent. Covenant se remémora ce qu'il avait appris sur la plante durant sa précédente visite dans les plaines de Ra. Miraculeusement curative pour les chevaux, elle était empoisonnée pour les humains.

L'*amanibhavam* mis à part, la cuvette n'abritait rien d'autre que trois bosquets d'arbres morts adossés à ses pentes. Kam se dirigea tout droit vers le plus touffu. Quatre pisteurs sortirent du couvert des troncs et le saluèrent nerveusement. Leur expression tendue soulignait leur jeunesse ; même les deux filles les plus âgées semblaient avoir été prématurément arrachées au rang de simple valet. Dès que Kam leur eut rendu leur salut, ils s'écartèrent pour le laisser passer.

Derrière le boqueteau, une faille s'ouvrait dans le flanc de la colline. Elle n'était pas fermée en haut, mais ses parois incurvées empêchaient Covenant de voir le ciel. Une couche de feuilles mortes et humides étouffait ses pas ; il passa entre les parois rocheuses telle une ombre silencieuse. Une odeur de pourriture très ancienne montait du sol, comme si la décomposition végétale s'effectuait depuis plusieurs générations ; une vague tiédeur en émanait.

Nul ne pipait mot. Serrant la main glacée de Léna, Covenant longea le passage sinueux jusqu'à ce que Kam s'arrête devant lui. Quand le lépreux l'eut rejoint, l'écuyer lui dit à voix basse :

— Nous allons maintenant pénétrer dans le secret d'une bastille du peuple de Ra. Prenez garde, orréchal. Si vos compagnons et vous n'arrivez pas à nous inspirer confiance, vous n'en repartirez jamais. Ceci est la dernière cache de nomades qui reste dans les plaines et les collines environnantes. Jadis, il en existait plusieurs ; c'était là que les écuyers soignaient les ranyhyn blessés, là qu'ils enseignaient leurs rituels aux pisteurs. Mais l'un après l'autre… (Kam fixa Covenant.) Ces endroits ont été détruits. Malgré tous nos efforts pour les dissimuler et les protéger, des *kresh*, des ur-vils, des lémures, toutes sortes de créatures à la chair corrompue les ont découverts et ravagés.

Kam étudia le lépreux comme s'il cherchait un indice de sa culpabilité.

— Nous vous retiendrons ici ; nous tuerons vos compagnons plutôt que de vous permettre de révéler l'existence et l'emplacement de ce lieu.

Sans laisser à Covenant le temps de répondre, il tourna les talons et franchit une nouvelle courbe du défilé. Le lépreux le suivit, les sourcils froncés et l'expression fermée.

Un peu plus loin, la faille débouchait sur une vaste salle creusée dans la roche. La lumière était maigre, mais suffisante pour permettre de distinguer plusieurs ranyhyn. Ils mangeaient de maigres touffes d'herbe, et dans cet espace clos, l'arôme piquant de l'*amanibhavam* fit tourner la tête de Covenant. Tous étaient blessés, certains si grièvement qu'ils tenaient à peine debout. Un étalon avait eu une partie de la tête emportée pendant une bataille ; une jument arborait des lacérations sanglantes sur les flancs ; deux autres avaient un boulet cassé, qui pendait, flasque, des esquilles d'os transperçant cruellement leur peau.

Tandis que Covenant observait les ranyhyn d'un air lugubre, ils prirent conscience de sa présence. Un frémissement les parcourut. À grand-peine, ils redressèrent la tête et tournèrent un regard douloureux vers l'Incrédule, pendant un long moment, comme s'ils eussent dû avoir peur de lui mais étaient trop mal en point pour cela. Puis, malgré leur état déplorable, même les femelles à la jambe fracturée tentèrent de se cabrer.

— Arrêtez ! Arrêtez ! gémit Covenant, levant les mains devant sa figure pour se protéger contre cette vision abominable. Je ne le supporte pas.

Bannor lui prit fermement le bras et l'entraîna vers un autre passage qui s'ouvrait dans la roche.

Au bout de quelques pas, le sol se déroba sous les pieds de Covenant. Mais Bannor le retint. Agrippant les épaules du sangarde, Covenant pivota face à lui.

— Pourquoi ? haleta-t-il. Pourquoi ont-ils fait ça ?

— Vous êtes l'orréchal, répondit Bannor, impassible. Ils vous ont fait une promesse.

— Une promesse… (Covenant se passa une main sur les yeux. La promesse des ranyhyn se traînait dans sa mémoire tel un cheval boiteux, infirme.) Par les feux de l'enfer !

Au prix d'un gros effort, il s'écarta de Bannor, s'appuya à la paroi et serra les poings comme pour les empêcher de trembler. Ses doigts le démangeaient d'étrangler le Rogue.

— Il faut les achever ! fulmina-t-il d'une voix rauque. Mettre un terme à leurs souffrances ! Comment pouvez-vous être assez cruels pour les laisser agoniser ?

— Est-ce ainsi que l'on procède dans votre monde, orréchal ? cracha Kam.

Mais Bannor répondit sur un ton égal :

— Ce sont des ranyhyn. Abstenez-vous de leur offrir votre miséricorde. Comment un humain pourrait-il faire le choix de la douleur ou de la mort en leur nom ?

Alors, Suilécume tendit la main et toucha l'épaule du sangarde en signe de respect.

Les muscles de la mâchoire de Covenant tressaillirent tandis qu'il ravalait ses protestations. Pivotant, il leva un regard gris vers Suilécume. Comme Bannor, le géant était présent lorsqu'il avait conclu son marché avec les ranyhyn quarante-sept ans plus tôt. Tous deux étaient sans doute, avec Mhoram et Quaan, les derniers survivants de la quête du Bâton de la Loi. Mais ils suffisaient. Ils pouvaient l'accuser. Le peuple de Ra aussi. Et le lépreux ne savait toujours pas de quels crimes.

Son alliance pendait à son annulaire gauche telle une breloque négligeable. Il avait perdu du poids et elle était désormais trop grande pour lui. Mais il avait besoin de son pouvoir. Il avait peur de découvrir les choses qu'on lui cachait.

Brusquement, il s'approcha de Kam et lui appuya un index raide comme la justice sur le plexus.

— Malédiction, marmonna-t-il. Si vous n'agissez ainsi que par orgueil, j'espère que vous pourrirez en enfer. Vous auriez pu emmener les ranyhyn au sud des montagnes, leur épargner ça. L'orgueil n'est pas une excuse suffisante.

De nouveau, le chagrin assombrit le regard de Kam.

— Ce n'est pas par orgueil, dit-il doucement. Les ranyhyn ont choisi de rester.

Et malgré lui, Covenant le crut. Il ne pouvait pas douter de ce qu'il voyait en Kam. Il recula légèrement, redressa les épaules et prit une profonde inspiration.

— Dans ce cas, vous devez m'aider. Faites-moi confiance, que ça vous plaise ou non. Je hais Turpide autant que vous.

— C'est possible, concéda Kam, recouvrant sa sévérité habituelle. Nous ne contredirons pas les ranyhyn en ce qui vous concerne. Si je ne l'avais pas vu de mes propres yeux, je ne l'aurais pas cru. Se cabrer ! Dans leur état ! Vous n'avez rien à craindre de nous. Mais vos compagnons... C'est une autre histoire. (Il faisait un effort visible pour s'exprimer calmement.) La femme ne nous pose pas de problème.

L'amour des crinières du monde se lit sur son visage. Le géant, en revanche… Il doit faire ses preuves.

— Je t'entends, écuyer, murmura Suilécume. Je respecterai ta méfiance de mon mieux.

Kam soutint son regard, puis jeta un coup d'œil à Bannor. Ce dernier haussa les épaules. Kam acquiesça et se remit en marche.

Avant de lui emboîter le pas, Covenant reprit Léna par la main. Elle ne leva pas la tête et, dans la pénombre, il ne vit de ses yeux que les cernes qui les soulignaient.

— Sois courageuse, lui dit-il doucement. Tout ne sera peut-être pas aussi terrible.

Léna ne répondit pas et, quand il l'entraîna à sa suite, elle se laissa faire. Bientôt, ils émergèrent à l'air libre.

Ils se trouvaient au fond d'une vallée dissimulée, qui semblait très spacieuse par contraste avec l'exiguïté de la fracture permettant d'y accéder. Autour du sol plat en terre battue, les parois, abruptes, découpaient une étroite bande de ciel nocturne. La vallée elle-même était longue et profonde ; elle dessinait un S qui s'achevait à l'entrée d'une nouvelle crevasse. Des éboulis se dressaient à l'intérieur, formant des anfractuosités. Bien à l'abri des chutes de neige, les nomades y avaient dressé des tentes ; elles étaient pathétiquement peu nombreuses.

Kam s'était annoncé en poussant un cri. Quand Covenant et Léna le rattrapèrent, des dizaines de gens se dirigeaient vers lui. Contrairement aux ranyhyn, ils ne semblaient pas souffrir de malnutrition : ils étaient renommés pour leurs talents de chasseurs, et visiblement plus doués pour trouver de la viande que de l'herbe. Ce qui ne signifiait pas qu'ils allaient bien.

Ceux qui avaient quitté l'enfance et n'étaient pas encore infirmes arboraient la tenue de pisteur ; pourtant, même une perception aussi superficielle que celle de Covenant lui montrait que beaucoup n'étaient pas prêts à assumer les risques et les responsabilités de ce rang.

Cela confirma les soupçons du lépreux : le peuple de Ra avait dû être décimé par l'hiver ou la guerre. Les survivants affichaient une nervosité hagarde, comme s'ils n'avaient pas connu une bonne nuit de sommeil depuis des mois. Covenant en devina la cause : ils étaient hantés par l'extermination sanglante des ranyhyn. Ils craignaient l'éradication imminente de leur raison de vivre : les grands coursiers au service desquels se consacrait leur race. Tant que ceux-ci refuseraient de quitter les plaines, ils ne pourraient pas empêcher leur massacre. Seule leur fierté obstinée les sauvait du désespoir.

Ils accueillirent Léna, Covenant et Suilécume avec un silence pesant et un regard morne. Léna parut à peine les remarquer, mais le géant s'inclina devant eux à la façon de leur peuple et Covenant l'imita, même s'il savait que ce geste exposerait son alliance.

À la vue de l'anneau, plusieurs pisteurs se mirent à murmurer et un des écuyers lâcha sur un ton funeste :

— Ainsi, c'était vrai. Il est revenu.

Quand Kam leur révéla la réaction des ranyhyn blessés, certains eurent un mouvement de recul ; d'autres marmonnèrent entre leurs dents d'un air coléreux. Pourtant, tous s'inclinèrent devant Covenant. Les chevaux s'étaient cabrés devant l'Incrédule, ils ne pouvaient pas lui refuser leur hospitalité.

Puis les valets – les nomades trop jeunes ou trop infirmes pour être pisteurs – s'éloignèrent et les trois écuyers que Kam avait mentionnés un peu plus tôt s'avancèrent pour être présentés aux visiteurs. Lorsqu'ils eurent donné leur nom, Jahin, la femme qui avait parlé la dernière, demanda à Kam :

— Était-il nécessaire de faire venir le géant ?

— C'est mon ami, répliqua vivement Covenant. Et Bannor sait qu'on peut lui faire confiance, même si les sangardes sont trop bornés pour reconnaître ce genre de chose à voix haute. Sans Salin Suilécume, je ne serais pas ici.

— Tu me fais trop d'honneur, grimaça le géant.

Les écuyers soupesèrent les paroles de Covenant comme si elles avaient une signification cachée. Bannor intervint :

— Salin Suilécume a participé à la quête du Bâton de la Loi avec le haut seigneur Prothall, le seigneur suprême Covenant et l'écuyer Lithe. À cette époque, il était digne de confiance. Mais j'ai vu nombre de gens honorables succomber à la Corruption. De l'antique fidélité des géants, il se peut qu'il ne demeure rien.

— Vous n'y croyez pas vous-même, aboya Covenant.

Bannor haussa un sourcil.

— Avez-vous contemplé la Désespérance, seigneur suprême ? Salin Suilécume vous a-t-il raconté ce qui s'est passé dans la cité d'Ondemère ?

— Non.

— Dans ce cas, vous avez été trop prompt à lui accorder votre confiance.

— Vous n'avez qu'à m'en parler, vous.

— Il ne m'appartient pas de le faire. Ce n'est pas moi qui ai proposé de vous conduire à Ridjeck Thome.

Covenant voulut protester, mais Suilécume posa une main sur son épaule pour le retenir. Malgré les émotions conflictuelles qui crispaient son front et se devinaient dans son regard, il demanda d'une voix très calme :

— Vos coutumes veulent-elles que vous laissiez vos invités debout, glacés et affamés après un long voyage ?

Kam cracha par terre, mais Jahin répondit sur un ton sec :

— Non, elles ne le veulent pas. Regardez. (Du menton, elle désigna l'extrémité du canyon, où les valets s'affairaient autour d'un grand feu, à l'abri d'une saillie rocheuse.) Le repas sera bientôt prêt. C'est de la viande de *kresh*, mais vous pouvez la manger en toute tranquillité : elle a été cuite plusieurs fois. (Puis elle prit le bras de Léna et dit :) Venez. La vue des ranyhyn vous a fait souffrir. Vous partagez donc notre douleur. Nous ferons notre possible pour vous ragaillardir.

Tout en parlant, elle entraîna Léna vers le feu.

Covenant bouillait de frustration et d'angoisse, mais il ne pouvait pas refuser la chaleur des flammes ; il en avait trop besoin. Ses doigts étaient couverts d'engelures et il devait soigner ses pieds très rapidement, pour ne pas risquer la septicémie et la gangrène. Aussi prit-il sur lui pour ravaler ses protestations et suivre Jahin. Le plus discrètement possible, il demanda à un des valets de lui apporter de l'eau chaude.

Malgré l'engourdissement de ses extrémités, cela le soulagea. Ses plantes de pieds n'étaient pas aussi abîmées qu'il l'avait craint. L'infection gonflait toujours ses chairs, mais pas davantage que quatre jours auparavant. Pour une raison qui échappait à Covenant, son corps résistait à la maladie. Il se réjouit de découvrir qu'il n'était pas en danger immédiat de perdre ses pieds.

Lorsque le repas fut prêt, les sept pisteurs de Kam, les quatre écuyers, Bannor, Léna, Covenant et Suilécume s'assirent en tailleur autour du feu. Les valets leur apportèrent des feuilles de bananier cassantes, qu'ils posèrent devant eux en guise d'assiettes. Un boiteux, qui ne cessait de marmonner, servit du ragoût et des patates aux convives. Covenant n'était guère enchanté à l'idée de manger du *kresh*. Il s'attendait que la viande soit forte et filandreuse, mais elle avait mijoté si longtemps et avec des herbes si parfumées qu'elle ne conservait qu'une très vague amertume. Et surtout, elle était chaude. Le lépreux dévora comme s'il prévoyait de longues semaines de nourriture rare et froide.

Non sans raison. Livrés à eux-mêmes, ses compagnons et lui ne parviendraient pas à trouver assez de vivres pour leur voyage jusqu'à la Crypte. Covenant avait entendu dire que l'*aliantha* ne poussait pas dans les plaines Dévastées. L'hostilité du peuple de Ra risquait d'entraver sa quête à plus d'un titre. Même si cela l'effrayait, il devait découvrir la raison de cette hostilité.

Il chercha un antidote à la peur, mais, pendant qu'il mâchait et réfléchissait, un étrange individu fit irruption dans la bastille. Il arriva par l'extrémité opposée du canyon et, à grandes enjambées décidées, se dirigea vers l'assemblée. Sa tenue ressemblait vaguement à celle des nomades ; sa chemise et son pantalon étaient taillés dans les mêmes matériaux, mais sa cape pendait sur ses épaules d'une manière qui entravait ses mouvements plus qu'aucun homme de Ra ne l'aurait jamais toléré. Et il ne portait aucune cordelette, juste un épieu court qu'il serrait dans sa main et un bâton de bois pointu glissé à sa ceinture.

Malgré sa démarche pleine d'aplomb, il donnait l'impression d'être mal à l'aise, de redouter l'accueil qui lui serait réservé. Il promenait un regard craintif à la ronde ; ses yeux sautaient d'un objet à l'autre comme si chacun d'eux lui blessait la vue. Il n'arborait aucune blessure, et ses armes étaient propres. Pourtant, il émanait de lui un inexplicable parfum de sang et de meurtre.

Quand il atteignit le feu, Covenant réalisa que l'assistance s'était raidie. Nul ne bougeait, ne mangeait ni ne regardait le nouveau venu. Poutant, chacun le connaissait, nota le lépreux, et sa présence était pénible à tous.

— Vous vous restaurez sans moi ? lança l'inconnu sur un ton agressif. Moi aussi, j'ai besoin de me sustenter.

Jahin ne leva pas les yeux.

— Tu es le bienvenu ici. Assieds-toi avec nous ou emporte ce que tu désires.

— Bienvenu, vraiment ? Alors, pourquoi ne me saluez-vous pas ? Pourquoi n'osez-vous même pas me regarder ?

Mais, lorsque Kam le foudroya du regard de sous ses sourcils froncés, l'autre frémit et détourna les yeux.

— Tu as bu du sang, dit doucement Jahin.

— *Oui !* Et vous êtes offensés. Vous ne comprenez rien. Si je n'étais pas le meilleur coureur et soigneur de ranyhyn des plaines, vous m'abattriez sur place sans le moindre remords.

— Nous ne sommes pas si prompts à oublier nos promesses, marmonna Kam d'un air sombre.

L'homme ne lui prêta aucune attention.

— Je vois que vous avez des invités, railla-t-il. L'orréchal en personne. Et un géant, si mes yeux ne m'abusent. Les ravageurs sont-ils donc les bienvenus, eux aussi ?

Covenant fut surpris d'entendre Bannor répondre avant que Kam ou Jahin ait pu ouvrir la bouche.

— C'est Salin Suilécume.

La voix atone du sangarde charriait une intensité inhabituelle, comme s'il communiquait un fait crucial.

— Salin Suilécume ! s'exclama l'inconnu. (Covenant remarqua qu'il évitait le regard du géant.) Donc, vous êtes déjà certains que c'est un ravageur.

— Non, contra Kam. Nous n'en sommes pas encore certains.

De nouveau, l'homme l'ignora.

— Et l'orréchal, le tourmenteur de chevaux. Ravage-t-il, lui aussi ? Il occupe la place qui lui revient, à la droite d'un sangarde. Ah, c'est un bien beau festin que vous avez organisé là ! Vous avez réussi à rassembler les ennemis les plus cruels des ranyhyn. Félicitations !

Le ton de Jahin se durcit.

— Joins-toi à nous ou prends ce dont tu as besoin et va-t'en.

Un valet s'approcha du provocateur en hésitant, une feuille pleine de nourriture dans les mains. L'autre la prit sans un mot.

— J'y vais. J'entends votre cœur démentir vos paroles. Je ne suis ni assez fier ni assez attendu pour rester avec vous.

Sur ces mots, il tourna les talons et repartit par où il était arrivé.

Pendant quelques secondes, Covenant fixa le passage dans lequel il avait disparu. Puis il jeta un coup d'œil aux écuyers pour leur réclamer une explication. Mais Kam, Jahin et les autres regardaient obstinément devant eux. Suilécume semblait tout aussi abasourdi que le lépreux. Léna n'avait rien remarqué ; elle dormait à moitié.

Covenant se tourna vers Bannor. À sa question, le sangarde répondit avec son absence d'émotion habituelle :

— C'était Pietten.

— Pietten, répéta Covenant, atterré.

— Pietten ! s'exclama Suilécume d'une voix rauque.

— L'aubier Llaura et lui furent sauvés par les quêteurs du Bâton de la Loi durant la bataille de la Haute Sylve. Cependant, ils n'en réchappèrent pas indemnes. Vous le rappelez-vous ?

— Oh que oui ! lâcha amèrement Covenant. Les ur-vils les avaient torturés et utilisés pour amorcer le piège qu'ils nous destinaient.

Ce souvenir le consternait. Malgré son immense courage, Llaura n'était pas parvenue à surmonter les dommages subis. Quant à Pietten, à l'époque, il n'était qu'un enfant, mais l'Incrédule avait senti la corruption à l'œuvre en lui.

— Nous les avons conduits tous les deux à Stabula, se remémora Suilécume de l'autre côté du feu. (Alors, Covenant revit la façon dont le géant avait porté Pietten dans ses bras pendant le voyage.) Là, à la demande de l'orréchal et… et de moi-même, le peuple de Ra a accepté de les prendre sous son aile.

Bannor acquiesça.

— Telle est la promesse à laquelle Kam faisait allusion tout à l'heure.

— Qu'est devenue Llaura ? s'enquit faiblement Covenant.

— Elle est morte quand Pietten était adolescent, emportée avant l'heure par le mal qui lui avait été fait.

— Et Pietten ? s'enquit Suilécume.

— Il est fou, grommela Kam.

— Comme il l'a dit, c'est le meilleur coureur et soigneur de ranyhyn des plaines, contra Jahin sur un ton lugubre.

— Il sert les ranyhyn, ajouta Bannor. Il s'occupe d'eux aussi bien que n'importe quel écuyer. Mais il y a de… (Il chercha brièvement un terme approprié.) De la férocité dans l'amour qu'il leur porte. Il…

— Il aime le goût du sang, l'interrompit Covenant.

Il revoyait le petit Pietten, âgé de quatre ans à l'époque, debout dans le clair de lune écarlate. L'enfant avait caressé l'herbe ensanglantée et s'était sucé les doigts en souriant.

Bannor hocha la tête.

— Il lèche les blessures des coursiers pour les nettoyer ! s'exclama Kam, horrifié.

— À cause de ses dons et de la promesse faite jadis, le peuple de Ra partage sa vie et son travail avec lui, reprit Bannor. Mais tout le monde ici le craint. C'est pourquoi il vit seul et injurie les nomades comme s'ils l'avaient abandonné.

— Pourtant, il se bat, souffla Jahin. J'ai vu son épieu tuer trois *kresh* pendant qu'ils donnaient l'étreinte mortelle à un ranyhyn.

— Il se bat, oui, murmura Kam. Il est fou.

Covenant prit une profonde inspiration, comme s'il voulait se remplir de courage.

— Et nous sommes responsables, Suilécume et moi… C'est nous qui vous l'avons confié… C'est bien ça ?

En entendant sa voix, Léna s'agita et cligna des yeux.

— Non, mon ami, dit Suilécume.

— Les ranyhyn vous ont choisi, ajouta Jahin d'une manière lugubre. Nous ne vous demandons pas de les sauver.

— Appelez ça de l'orgueil si ça vous chante. Les ranyhyn le valent bien, conclut Kam.

— De toute façon, si quelqu'un est responsable, c'est moi et moi seul, lança Suilécume. (Son intonation, douloureuse, blessa les oreilles de Covenant.) Tout est ma faute. Après la bataille de la Haute Sylve, j'ai refusé à Pietten la panseglaise qui aurait pu le guérir, tout en sachant pertinemment qu'un mal innommable lui avait été fait.

Cela aussi, Covenant s'en souvenait. Frappé de remords à la vue des lémures qu'il avait tués, Suilécume avait utilisé les dernières gouttes de boue miraculeuse pour soigner une des créatures blessées.

— Tu ne la lui as pas refusée, protesta le lépreux. Tu…

— Je ne la lui ai pas donnée, coupa Suilécume sur un ton tranchant, aussi définitif qu'un coup de hache.

Covenant jura et regarda autour de lui, cherchant un moyen de maîtriser la situation. Mais il n'en vit aucun.

Sans le vouloir, il avait réveillé Léna. Celle-ci se redressa et demanda :

— Qu'est-ce qui ne va pas, mon bien-aimé ?

Covenant lui prit la main.

— Ne t'inquiète pas. J'essaie seulement de comprendre ce qui se passe ici.

— Ma reine, s'interposa Suilécume. (Il s'essuya la bouche, repoussa les feuilles qui avaient contenu son repas et se mit debout. Surplombant le cercle de nomades de toute sa hauteur, il s'avança jusqu'au feu.) Ma reine, le problème est que le peuple de Ra doute de moi. Nos hôtes ont exprimé leur respect pour toi, Léna fille d'Atiaran, et leur acceptation du seigneur suprême Thomas Covenant, Incrédule et porteur d'or blanc. Mais ils se méfient de moi.

Léna leva les yeux vers lui.

— Alors, ce sont des idiots, répliqua-t-elle dignement.

— Non. (Suilécume eut un sourire triste.) Il est vrai que j'ai été invité à Stabula et que j'ai accompagné Lithe pendant la quête du Bâton de la Loi. Et il est exact que Bannor, de la sangarde, m'a connu. Ensemble, nous avons combattu à la Haute Sylve. Mais les nomades ne sont pas idiots. Ils ont beaucoup souffert entre les mains de géants ; c'est pourquoi nous devons respecter leur suspicion. (Il se tourna vers les quatre écuyers.) Néanmoins, elle m'est difficile à supporter. Mon cœur me presse de quitter cet endroit où l'on se défie de moi. Si je décidais de partir, vous auriez beaucoup de mal à m'arrêter. Mais je ne m'en vais pas. Mon esprit me presse de m'en remettre à mon ami Thomas Covenant : peut-être pourrait-il vous forcer à m'accepter. Mais je ne le lui demande pas. Je dois gagner votre approbation par moi-même. Aussi vais-je m'efforcer de dissiper vos doutes, afin que les ennemis du Rogue – aussi nommé Pulverâme ou Crochal – ne soient pas divisés entre eux. Dites-moi ce que vous attendez de moi.

Les écuyers s'entre-regardèrent avec une expression tendue et Covenant sentit l'atmosphère se charger d'électricité. Le visage de Suilécume n'exprimait qu'une austère sérénité, comme si le géant avait conscience d'affronter une crise mais connaissait un moyen de la dépasser. Le lépreux, lui, était toujours aussi abasourdi par l'hostilité du peuple de Ra. Il brûlait de voler à la rescousse de son ami. Pourtant, il se retint, parce qu'il comprenait pourquoi Suilécume voulait se débrouiller seul et était curieux de voir comment ce dernier s'y prendrait.

Après avoir consulté ses compagnons du regard, Jahin se leva et fit face à Suilécume, qui se tenait de l'autre côté du feu. Bannor l'imita. Tous deux fixèrent le géant un long moment. Puis Jahin dit :

— Salin Suilécume, l'Équarrisseur est rusé dans sa malveillance. Mettre sa duplicité au jour nécessiterait une ruse égale, habileté que le peuple de Ra ne possède pas. Dans ces conditions, comment nous est-il possible de te tester ?

— Interrogez-moi sur mon passé, répondit Suilécume d'une façon égale. J'étais absent de Coercri lorsque les ravageurs ont porté la main sur mes semblables. Depuis ce jour, j'arpente le Fief, frappant… tuant des maraudeurs. J'ai combattu aux côtés des stèlagiens et les ai aidés à défendre leur village. Je…

— Ils sont accompagnés par des créatures qui détruisent la pierre ! s'écria soudain Léna avec véhémence. Leurs grands bras cruels ont réduit nos maisons à l'état de gravats. Sans la force du géant, il ne resterait pas une demeure intacte à Mithil-Stèlage.

— Léna ! (Covenant voulait l'applaudir et corroborer son histoire, mais il l'interrompit gentiment, lui pressant le bras jusqu'à ce qu'elle se tourne vers lui.) Suilécume n'a pas besoin de notre aide, expliqua-t-il, comme s'il craignait que Léna ne se rende malade à force d'indignation. Il peut se débrouiller seul.

Lentement, l'énervement de Léna se changea en chagrin.

— Pourquoi nous tourmentent-ils ? Nous aussi, nous voulons sauver les ranyhyn. Ceux-ci ont confiance en nous.

— Ils ont souffert, argumenta Covenant. Leur attitude est bien compréhensible.

— Par ailleurs, je suis à moitié responsable du retour de l'Incrédule, poursuivit Suilécume. Il ne serait pas assis parmi nous, se proposant de sauver le Fief, si je n'avais pas dépensé mes forces sans compter.

— Cela ne suffit pas, répliqua sévèrement Jahin. L'Équarrisseur n'hésiterait pas à tuer les siens pour se rapprocher d'un objectif supérieur. Peut-être as-tu aidé les stèlagiens et rappelé l'orréchal afin que l'or blanc tombe entre les mains de Crochal.

— Et tu ne nous as toujours pas parlé de la Désespérance, ajouta Bannor avec prudence, comme s'il avait conscience d'aborder un sujet dangereux.

Mais Suilécume repoussa ces considérations d'une violente secousse de tête.

— Dans ce cas, oubliez mon passé. Oubliez les cicatrices qui couvrent ma chair. Il est possible que je sois un instrument du Rogue. Interrogez-moi sur ce que vous voyez. Regardez-moi. Pensez-vous vraiment qu'un ravageur se tapisse en mon corps ?

— Comment répondre ? marmonna Jahin. Nous ne t'avons pas connu lorsque tu étais toi-même.

Mais c'était à Bannor que Suilécume avait lancé sa question, Bannor qu'il regardait fixement en attendant une réponse.

— Géant, tu n'as pas l'air dans ton état normal, lâcha le sangarde sur un ton égal. Cet hiver nous dissimule beaucoup de choses ; cependant, je perçois le mal à l'œuvre en toi – une avidité dont la nature exacte m'échappe, mais qui ressemble à de la corruption.

Les quatre écuyers opinèrent vigoureusement.

— Bannor ! hoqueta Suilécume. (Sa sérénité vola en éclats et une brusque angoisse tordit ses traits.) Ne me condamne pas avec des paroles aussi brèves. Il se peut que je ressemble trop à Pietten. J'ai porté des coups que je ne puis reprendre. Et tu as vu… que le sang des géants est sur ma tête.

« *Le sang des géants* ? gémit Covenant en son for intérieur. Suilécume ! »

L'instant d'après, ce dernier se ressaisit.

— Mais tu m'as connu, Bannor. Tu vois bien qu'il n'est pas dans mes intentions de servir le Rogue, plaida-t-il. Jamais je ne…

— Je t'ai connu *jadis*, acquiesça le sangarde. Comment pourrais-je prétendre te connaître aujourd'hui ?

Les mains de Suilécume se crispèrent, mais il conserva son calme. Sans détacher son regard de celui de Bannor, il s'agenouilla près du feu. Dans cette position, il était toujours plus grand que Bannor ou Jahin. Ses muscles se tendirent comme il se penchait en avant et la lumière orangée des flammes se refléta dans les sombres cavernes de ses yeux.

— Tu as assisté à la *caamora*, Bannor, dit-il avec raideur, l'épreuve du feu que les géants s'imposent afin de combattre les tourments de l'âme. Tu as vu combien elle nous fait souffrir. Je ne suis pas préparé à la subir ; pour moi, l'heure n'est pas aux rituels. Mais je ne me retirerai que lorsque tu m'auras reconnu, Bannor de la sangarde.

Les yeux toujours rivés à ceux de son interlocuteur, il tendit ses deux poings au-dessus des braises ardentes.

Les pisteurs poussèrent des hoquets de stupéfaction et les écuyers se levèrent d'un bond pour rejoindre Jahin. Covenant les imita telle une marionnette dont le géant aurait tiré les ficelles.

Suilécume était pétrifié par la douleur. Les flammes ne consumaient pas sa chair, mais elles le torturaient atrocement. Les muscles de son front se gonflaient et remuaient comme s'ils essayaient de broyer son crâne ; les tendons de son cou étaient aussi raides que des câbles ; la sueur dégoulinait sur ses joues rougies ; ses lèvres s'étaient retroussées en un rictus. Mais son regard ne tremblait pas. Dans sa souffrance, il réclamait la reconnaissance de sa bonne foi.

Bannor le dévisageait avec une indifférence magistrale. Consternés, les pisteurs fixaient ses mains avec une expression horrifiée. Quant aux écuyers, ils observaient tout à tour le sangarde et le géant pour voir laquelle de leurs deux volontés prévaudrait. Léna poussa un petit cri et se cacha la figure.

Covenant non plus ne supportait pas la scène. Il pivota vers Bannor.

— Abandonnez ! Admettez que vous le reconnaissez ! Par les feux de l'enfer, Bannor ! Oubliez votre foutue fierté ! La sangarde a échoué ; du coup, vous ne supportez pas d'admettre qu'il puisse rester la moindre trace de fidélité véritable dans le Fief. C'est vous ou rien. Je me trompe ? Mais Suilécume est un géant !

Bannor ne bougea pas. Pourtant, Covenant vit frémir sa mâchoire.

— Elena ne vous a pas suffi ? siffla-t-il. Voulez-vous faire de Suilécume un autre Kevin ?

Le sangarde fronça les sourcils, puis lâcha :

— Pardonne-moi, Salin Suilécume. J'ai confiance en toi.

Le géant retira ses mains du feu. Elles étaient paralysées de douleur. Il les serra contre sa poitrine en haletant.

Bannor se tourna vers Covenant. Quelque chose dans son attitude fit frémir le lépreux, comme s'il s'attendait que le sangarde le frappe.

— Vous êtes également responsable de la chute d'Elena, lâcha Bannor. Vous nous avez forcés à révéler le nom interdit. Mais vous n'en avez pas porté le fardeau vous-même. Ainsi la loi de la mort a-t-elle été brisée ; ainsi Elena est-elle tombée. Je ne vous ai pas fait de reproches sur le coup et ne vous en adresse pas maintenant. Mais je vous le dis : prenez garde, seigneur suprême Covenant ! Vous tenez trop de fléaux dans vos mains malades.

— Je le sais bien, marmonna le lépreux. (Il tremblait tant qu'il dut se raccrocher à Léna pour ne pas s'écrouler.) Je le sais bien. C'est même la seule chose dont je suis certain.

Il n'arrivait pas à regarder Suilécume, ne voulait pas être témoin de son mal – parce qu'il craignait que le géant ne lui en veuille d'être intervenu. Aussi laissa-t-il sa détresse se muer en colère.

— Mais j'en ai assez de tout ça. (Sa voix était trop forte, mais il n'en avait cure. Il avait besoin d'exprimer sa passion sous peine d'imploser.) Je ne suis plus d'humeur à réclamer de l'aide. Je vais me contenter de vous donner des ordres. Autrefois, Lithe m'a promis que le peuple de Ra ferait tout ce que je voudrais. Et je sais que vous êtes des gens honorables. Donc... Je veux de la nourriture, autant que nous pourrons en porter ; des guides pour nous conduire à la Faille le plus vite possible ; des éclaireurs pour nous faire traverser les plaines Dévastées. (Les mots se déversaient de la bouche de Covenant, trop vite pour qu'il puisse les contrôler.) Si Suilécume ne s'en remet pas... Par les feux de l'enfer, je vous jure que vous allez le dédommager.

— Demandez la lune, pendant que vous y êtes, grommela Kam.

— Ne me tentez pas.

Des cris brûlants se bousculaient dans la gorge du lépreux ; il fit volte-face pour les cracher aux écuyers. Mais le regard hanté de ceux-ci l'arrêta net. Ils ne méritaient pas tant de fureur. Comme Bannor et Suilécume, ils étaient victimes du Rogue, victimes des choses que lui, Thomas Covenant, n'avait pas pu ou pas voulu faire pour le Fief. De nouveau, il sentit le sol trembler sous ses pieds.

Au prix d'un gros effort, il reporta son attention sur Bannor.

— Ce qui est arrivé à Elena n'était absolument pas votre faute, murmura-t-il. Elle et moi… Nous l'avons fait ensemble. Ou je le lui ai fait.

Et il fit mine de se diriger vers Suilécume.

Mais Léna lui saisit le bras et l'obligea à pivoter vers elle.

— Elena ! Ma fille ! Que lui est-il arrivé ? s'exclama-t-elle, les yeux emplis d'horreur. (Elle se jeta sur Covenant et, dans son désespoir, se mit à lui griffer la poitrine.) Que lui est-il arrivé ?

Il la regarda sans répondre. Il avait à moitié oublié, n'avait pas voulu se rappeler qu'elle ignorait tout du sort d'Elena.

— Bannor a dit qu'elle était tombée ! se lamenta Léna. Que lui as-tu fait ?

Covenant la repoussa à bout de bras. Subitement, il se sentait dépassé par la situation. Léna, Suilécume, Bannor, le peuple de Ra… Il n'arrivait pas à tout gérer en même temps. Il tourna la tête vers Suilécume pour réclamer son aide. Mais celui-ci ne vit pas sa supplication muette : occupé à tenter de fléchir les doigts, il était trop absorbé par sa douleur. Covenant baissa la tête ; il n'avait pas d'autre choix que de répondre à Léna.

— Elena est morte. C'est ma faute ; sans moi, elle n'aurait jamais commis pareille folie. Je ne l'ai pas sauvée parce que je ne savais pas comment faire.

Il entendit des cris près de lui, mais son cerveau ne les enregistra pas. Tout son être était concentré sur Léna. Lentement, la signification de ses paroles pénétra cette dernière.

— Morte, répéta-t-elle tel un écho lugubre. Ta faute.

Dans ses yeux, l'étincelle de raison parut vaciller et s'éteindre.

— Léna, grogna Covenant. *Léna !*

Elle ne le reconnaissait pas. Son regard lui passait au travers et ses traits restaient inertes comme si son âme s'était repliée au plus profond d'elle-même.

Derrière Covenant, les cris s'amplifièrent. Une voix toute proche hoqueta :

— Nous avons été trahis ! Des ur-vils et des lémures ! Les sentinelles ont été tuées !

L'affolement extérieur pénétra enfin la conscience du lépreux. Il pivota à contrecœur. Une jeune pisteuse se tenait face aux écuyers et à Bannor, si effrayée qu'elle en claquait des dents. Dans l'entrée de la bastille, le combat s'était déjà engagé. Covenant entendait les cris et les grognements des belligérants se répercuter contre les parois de la crevasse.

L'instant d'après, des dizaines de lémures déboulèrent dans le canyon, faisant tournoyer d'énormes épées larges dans leurs mains en forme de spatule. Avec un rugissement aigu, ils chargèrent les nomades.

Bannor prit la main de Léna et de Covenant et, sans leur laisser le temps de réagir, les entraîna vers l'extrémité opposée de la vallée.

— Fuyez, leur ordonna-t-il. Le géant et moi les empêcherons de vous poursuivre, et nous vous rejoindrons aussi vite que possible. Prenez au nord, puis à l'est.

Les falaises se rapprochèrent jusqu'à ce que Léna et Covenant se retrouvent à l'entrée d'une nouvelle faille. Bannor les poussa vers la gueule noire du passage.

— Dépêchez-vous. Tenez votre gauche.

Puis il fit volte-face et rebroussa chemin en courant.

Machinalement, Covenant vérifia qu'il portait toujours le couteau de Triock à la ceinture. Une partie de lui voulait s'élancer sur les talons de Bannor et, comme lui, se jeter dans la mêlée pour y chercher l'absolution.

La main crispée sur l'avant-bras de Léna, il s'enfonça plus avant.

10

Paria

PASSÉ LA PREMIÈRE COURBE, la maigre lumière des feux de camp disparut et Covenant n'y vit plus rien. Léna avançait derrière lui telle une marionnette inepte. Il voulait qu'elle s'accroche à lui pour avoir les mains libres, mais, quand il prit ses doigts et tenta de les refermer sur sa manche, le bras de Léna retomba mollement. Covenant fut forcé de tâtonner avec sa main gauche en la tenant avec la droite. L'engourdissement de ses extrémités lui donnait l'impression qu'il allait la perdre d'un instant à l'autre.

Les bruits de bataille le poursuivaient dans la crevasse et chacun d'eux faisait monter son angoisse d'un cran. Il jura et cracha pour expulser la panique qu'il sentait croître en lui.

Quand la faille se scinda en deux, il continua à suivre la paroi de gauche. Au bout de quelques pas, la branche qu'il avait choisie devint si étroite qu'il fut forcé de se tourner sur le côté. Puis elle se mit à descendre. La pente était si raide qu'il glissait sur les feuilles à demi pourries dont le sol était jonché.

Bientôt, le défilé se changea en tunnel. La pierre se referma au-dessus de Covenant tandis que le plancher s'aplanissait. Le lépreux rentra la tête dans les épaules de peur de s'ouvrir le crâne contre le plafond. L'obscurité ambiante l'oppressait. Il avait l'impression de se frayer un chemin en aveugle dans les entrailles de la Terre, et craignait à chaque pas de sentir le sol se dérober sous ses pieds et de basculer dans un abîme. Il n'entendait plus d'autre bruit que celui de ses pas ; pourtant, il ne s'arrêta pas. La pression de la roche sur sa nuque le poussait en avant.

Léna ne donnait toujours aucun signe de vie. Elle trébuchait et se cognait contre la muraille, mais le bras que Covenant serrait dans sa main infirme demeurait inerte. Il n'entendait même pas sa compagne respirer. Il la traînait à sa suite telle une enfant simple d'esprit.

Enfin, sans crier gare, la pierre disparut et Covenant fit irruption dans des broussailles dont les branches le cinglèrent férocement, comme s'il était leur ennemi. Un bras replié devant la figure, il se fraya un chemin à travers les buissons jusqu'à ce qu'il émerge à découvert, dégoulinant de sueur face au vent glacial.

La nuit était toujours aussi froide et humide, mais, par contraste avec l'obscurité du boyau, Covenant réalisa qu'il y voyait vaguement. Léna et lui se tenaient sous un promontoire rocheux entouré de végétation rabougrie ; un peu plus loin, le terrain filait en pente douce vers les plaines de Ra.

Le lépreux fit halte et tenta de jauger la situation. De ce côté-ci, l'entrée du tunnel était bien dissimulée, mais les nomades avaient quand même dû poster des sentinelles pour la garder. Où étaient-elles donc ? Covenant ne distinguait personne, n'entendait rien d'autre que le sifflement de la bise.

Il fut tenté d'appeler mais se retint. Si le peuple de Ra était vaincu, les maraudeurs n'auraient aucune difficulté à le suivre : les ténèbres étaient l'élément naturel des lémures et des ur-vils. Pour ce que Covenant en savait, des créatures l'observaient en ce moment même depuis le couvert végétal.

« Prenez au nord, puis à l'est », avait dit Bannor. Covenant ne devait pas rester planté là. Mais il n'avait ni provisions, ni équipement, ni moyen de faire du feu – donc, aucune chance de survivre par un temps pareil. Si Bannor et Suilécume ne les rejoignaient pas très vite, Léna et lui étaient condamnés.

D'un autre côté, le sangarde avait promis qu'ils les rattraperaient. « Il est trop tard pour commencer à te préoccuper de l'impossible, songea Covenant pour raffermir sa détermination. Toute cette histoire est *impossible* depuis le début. Contente-toi d'avancer et tâche de mettre Léna à l'abri du vent. »

Il la fit passer sur sa gauche, lui entoura les épaules de son bras et se mit en marche vers le nord.

Il avançait aussi vite que possible, soutenant Léna et jetant des coups d'œil craintifs par-dessus son épaule pour voir s'ils étaient suivis. Quand il atteignit une brèche dans les collines, il fut confronté à une décision difficile. Bannor et Suilécume le localiseraient plus facilement s'il continuait à longer les plaines, mais, en prenant un peu d'altitude, il aurait une meilleure chance de trouver un refuge et de l'*aliantha*. Il finit par opter pour la seconde solution. Le bien-être de Léna était sa priorité ; il devrait se fier aux talents de pisteurs de ses amis.

L'escalade de la brèche fut laborieuse mais, une fois les premières crêtes franchies, Covenant découvrit une vallée peu profonde, plus ou moins orientée au nord et dont les versants le protégeraient contre la bise. Il ne s'arrêta pas pour autant ; il estimait n'être pas encore assez loin du tunnel. Au lieu de cela, il entraîna Léna vers les éminences au-delà.

En chemin, il tomba par hasard sur une touffe d'*aliantha* racornie. Elle n'arborait que quelques baies, mais sa présence réconforta vaguement le lépreux. Il mangea deux fruits et voulut convaincre Léna de prendre les autres. Mais elle demeura sourde et aveugle à ses supplications, comme si ses perceptions externes n'enregistraient plus le moindre stimulus.

Covenant engloutit le reste des baies pour ne pas les gaspiller, puis se remit en marche. Il eut beaucoup de mal à trouver une voie praticable. Il avançait plus ou moins en direction du nord, mais le terrain semblait vouloir le ramener vers l'est et vers les plaines. La sueur avait recommencé à geler dans sa barbe et ses muscles se raidissaient lentement sous la morsure glaciale de la bise. Chaque fois qu'une bourrasque frappait Léna, elle frissonnait violemment. Il décida qu'il devait lui trouver un abri au plus vite. Quand il aperçut une ombre qui ressemblait à un ravin, un peu en contrebas, il capitula et entreprit de redescendre.

Ce n'était pas un mirage, mais bel et bien une cavité étroite dont les flancs escarpés mesuraient plus de neuf pieds par endroits. Covenant guida Léna le long de la pente accidentée, puis la fit asseoir dos à la paroi. Pour la première fois depuis leur fuite de la bastille, il l'observa avec attention. Et son état l'effraya. Léna tremblait de tous ses membres, et sa peau était moite et glacée. Ses traits flasques révélaient qu'elle n'était pas consciente de l'endroit où elle se trouvait ni de ce qui lui arrivait. Covenant lui frotta énergiquement les poignets, mais ses bras demeurèrent inertes, comme si le froid avait ramolli ses os.

— Léna, appela-t-il sur un ton hésitant, puis avec plus de force. *Léna !*

Elle ne réagit pas. Affaissée sur elle-même, elle semblait avoir décidé de mourir congelée plutôt que d'admettre que l'homme qu'elle aimait était un assassin.

— Léna, ne me force pas à faire ça, implora Covenant d'une voix bourrue. Je n'ai aucune envie de recommencer.

Pas de réponse. Les gémissements et la respiration saccadée de Léna ne donnaient aucune indication qu'elle l'avait entendu. Elle paraissait aussi fragile et cassante que la porcelaine.

Avec un rictus, Covenant la gifla de sa main mutilée pour la seconde fois de sa vie.

La tête de Léna partit sur le côté et revint mollement vers lui. Un instant, son souffle s'étrangla dans sa gorge et ses lèvres frémirent, comme agitées par le vent. Puis ses bras se détendirent telles des serres, ses ongles se plantèrent dans le visage de Covenant, autour de ses yeux.

La nausée tordit l'estomac du lépreux. Il sursauta mais ne se dégagea pas.

— Tu as tué Elena ma fille, gronda Léna.

— Oui, admit Covenant.

Les doigts de Léna se crispèrent dans sa chair.

— Je pourrais t'ôter la vue.

— Oui.

— N'as-tu pas peur ?

— Bien sûr que si.

— Dans ce cas, pourquoi ne résistes-tu pas ?

Le lépreux sentit du sang couler le long de sa joue gauche.

— Parce qu'il faut que je te parle de ce qui est arrivé à Elena. Je dois te raconter ce qu'*elle* a fait, ce que *j'ai* fait et *pourquoi* je l'ai fait. Je sais que tu ne m'écouteras pas avant de…

— Je ne t'écouterai pas du tout ! l'interrompit Léna d'une voix vibrante de larmes.

Lâchant Covenant, elle leva son bras droit et lui assena une claque de toutes ses forces. La douleur fit monter les larmes aux yeux du lépreux. Quand il les eut chassées d'un battement de cils, il vit que Léna avait plaqué les mains sur sa bouche pour contenir ses sanglots.

Il l'enlaça maladroitement et elle ne résista pas. Il la tint contre lui tandis qu'elle pleurait ; au bout d'un moment, elle se laissa aller dans son étreinte et enfouit son visage dans l'épaisseur de sa veste. Mais bientôt, elle se raidit, se dégagea, s'essuya la figure et détourna la tête comme si elle avait honte de ce moment de faiblesse.

— Je ne veux pas que tu me réconfortes, Incrédule. Tu n'étais pas son père. Le rôle d'un père est d'aimer sa fille, et tu ne l'aimais pas. Ne confonds pas mon pitoyable chagrin avec… Je n'oublierai pas ce que tu as fait.

Covenant s'enveloppa de ses bras.

— Je ne veux pas que tu oublies. (À cet instant-là, il aurait volontiers renoncé à ses yeux, si la douleur causée par la cécité lui avait permis de pleurer.) Je veux que tous se souviennent de mon crime.

Mais il était trop stérile pour produire des larmes. Il se força à se relever.

— Viens. Si nous ne bougeons pas, nous allons mourir de froid.

Avant que Léna puisse répondre, il entendit des pas derrière lui. Il pivota en levant les bras pour se protéger contre une attaque éventuelle. Une silhouette sombre se tenait face à lui. La cape qui l'enveloppait ne permettait pas à Covenant de discerner son contour, mais elle serrait un épieu dans sa main droite.

— Peuh ! cracha-t-elle. Si je n'avais pas choisi de veiller sur toi, tu serais déjà mort cinq fois.

— Pietten ? s'exclama Covenant, surpris. Que fais-tu ici ?

— Décidément, tu es aussi stupide qu'incompétent, ricana le nouveau venu. J'ai compris tout de suite que les nomades ne te défendraient pas ; alors, j'ai décidé de m'en charger. Quelle folie t'a poussé à te livrer à eux ?

— Que s'est-il passé durant la bataille ? Que sont devenus Bannor et Suilécume ? Où sont-ils ?

Les questions se bousculaient dans la bouche de Covenant.

— Viens ! aboya Pietten. L'engeance du serpent n'est pas loin derrière nous. Si tu veux vivre, il ne faut pas traîner dans les parages.

Covenant le regarda sans réagir. L'attitude du sylvestre le perturbait. Il ouvrit la bouche et la referma sans avoir émis le moindre son. Enfin, il parvint à répéter avec une pointe de désespoir dans la voix :

— Que sont devenus Bannor et Suilécume ?

— Tu ne les reverras pas, lâcha Pietten sur un ton méprisant. Tu ne reverras aucune de tes connaissances, à moins que tu ne me suives immédiatement. Tu n'as ni nourriture, ni équipement, ni compétences de survie. Si tu restes ici, tu mourras avant que j'aie parcouru une lieue.

Sans attendre de réponse, il se détourna et s'éloigna en trottinant.

Covenant hésita tandis qu'en lui des peurs contradictoires luttaient pour se faire entendre. Il ne voulait pas se fier à Pietten. « Il boit du sang ! hurlait son instinct. Turpide l'a corrompu ! » Mais Léna et lui étaient vulnérables. Ils ne pouvaient pas se débrouiller seuls. Brusquement, il prit le bras de sa compagne et emboîta le pas à Pietten.

Celui-ci se laissa rattraper, puis leur imposa une allure qui empêcha Covenant de l'interroger davantage. Dès qu'ils furent sortis du ravin, il les entraîna vers les plaines, au nord, les forçant à se presser tel un homme qui arrive en vue de son objectif. Quand ils donnaient des signes de faiblesse, il poussait un soupir irrité et leur trouvait de l'*aliantha*. Lui-même marchait d'un pas sûr, énergique et presque bondissant. De temps en temps, il leur adressait un sourire moqueur.

Covenant et Léna le suivaient comme s'ils étaient en transe, ensorcelés, liés à lui par le climat extrême. Le lépreux traînait la patte et la vieille femme le repoussait chaque fois qu'il tentait de la soutenir. Son indépendance retrouvée semblait la porter ; elle couvrit près de deux lieues avant que la fatigue lui tombe dessus. Puis ses forces l'abandonnèrent rapidement.

Covenant aussi était épuisé ; pourtant, il n'aspirait qu'à l'aider. Quand elle trébucha pour la troisième fois et eut de la peine à se relever, il lança d'une voix essoufflée :

— Pietten, il faut nous reposer. Nous avons besoin d'un abri et de feu.

— Tu n'es vraiment pas très robuste, Incrédule, grimaça le sylvestre. Je me demande bien pourquoi tout le monde te craint.

— Nous ne pouvons pas continuer ainsi.

— Si vous vous arrêtez ici, vous mourrez de froid.

— Je le sais bien ! aboya Covenant, exaspéré. Vas-tu nous aider, oui ou non ?

— Nous serons plus en sécurité au-delà de la rivière, répondit Pietten sur un ton étrangement doucereux. Ce n'est plus très loin.

Et il accéléra avant que le lépreux puisse insister.

Ses compagnons firent l'effort de le suivre. Bientôt, ils atteignirent la berge d'un cours d'eau sombre qui jaillissait des collines pour filer vers l'est. Ses flots leur barraient le chemin tel un torrent de glace noire, mais Pietten sauta dedans sans hésiter et pataugea jusqu'à la rive opposée. Si le courant était très fort, le flux ne lui arrivait pas plus haut que les genoux.

Covenant regarda le sylvestre traverser sans bouger. La fatigue démultipliait sa méfiance ; sa prudence instinctive hurlait en lui. Il ne connaissait pas cette rivière mais supposait que c'était l'Erratique, qui marquait la frontière nord du territoire des nomades. Et il craignait que Bannor et Suilécume ne s'attendent pas qu'il ait quitté les plaines – s'ils étaient toujours vivants.

Malheureusement, il n'avait pas le choix. Pietten était sa seule chance, ainsi que celle de Léna.

— Tu veux vraiment t'arrêter ici ? lança le sylvestre depuis la berge d'en face. Tu tiens donc à mourir ?

« Par les feux de l'enfer ! » jura Covenant en son for intérieur. Il prit le bras de Léna et, malgré les efforts de celle-ci pour se dégager, entra dans la rivière.

Ses pieds ne sentirent pas le froid, mais l'eau glacée lui brûla les mollets. Il n'avait pas fait quelques pas que déjà ses genoux le lançaient comme si l'Erratique déchiquetait sa chair. Il tenta d'accélérer, mais la force du courant et l'irrégularité du fond menacèrent de le renverser. Titubant, il s'accrocha au bras de Léna et continua à avancer.

Il eut beaucoup de mal à prendre pied sur le talus d'en face.

— Maudit sois-tu, Pietten, marmonna-t-il entre ses dents. Cette fois, il nous faut absolument du feu.

Le sylvestre esquissa une courbette ironique.

— Tes désirs sont des ordres, orréchal.

Tournant les talons, il s'élança avec légèreté vers les collines situées au nord, tel un feu follet entraînant ses compagnons à leur perte.

Covenant se força à le suivre d'un pas chancelant. Quand il atteignit le sommet de la première crête, il vit que Pietten avait allumé un feu dans la vallée au-delà. Des flammes crépitaient au milieu d'un amas de broussailles. Elles se propagèrent très vite, bondissant avec délectation d'un buisson mort à l'autre.

Covenant et Léna dévalèrent la pente. Au dernier moment, les jambes de Léna cédèrent sous elle et elle tomba à genoux, comme si c'était le seul moyen qu'elle avait trouvé pour ne pas se jeter dans le brasier. Quant à Covenant, il écarta les bras et ouvrit sa veste tel un acolyte recevant une révélation. Pendant un long moment, ni l'un ni l'autre ne firent le moindre mouvement ni ne prononcèrent un seul mot.

Mais quand la glace fondit sur son front, que ses vêtements humides commencèrent à fumer et que la chaleur fit rougir ses joues, Covenant recula d'un pas et regarda autour de lui.

Pietten le fixait avec un rictus cruel.

Soudain, le lépreux se sentit acculé, pris au piège. Pour une raison qu'il ne s'expliquait pas, il savait qu'il était en danger. Il jeta un coup d'œil à Léna. Toujours absorbée par le feu, elle ne s'était rendu compte de rien. Covenant reporta son attention sur Pietten, dont le regard le paralysait, à l'égal de celui d'un serpent. Il devait lui résister. Sans réfléchir, il grogna :

— C'était vraiment stupide de faire ça. Un tel brasier va projeter de la lumière par-dessus le sommet des collines. On nous repérera de loin.

Pietten se lécha les lèvres.

— Je sais.

— Tu sais, marmonna Covenant. As-tu songé que ça pourrait attirer des maraudeurs ?

Il avait parlé sans réfléchir, mais les mots avaient à peine quitté sa bouche qu'un frisson le parcourut.

— N'es-tu pas satisfait ? grimaça Pietten. Tu réclames du feu, je t'en fournis un. N'est-ce pas ainsi que les hommes témoignent leur dévouement à l'orréchal ?

— Que ferons-nous si on nous attaque ? Léna et moi ne sommes pas en état de nous battre.

— Je sais.

— Tu sais, répéta Covenant.

La panique montait en lui telle une vague.

— Mais les pillards ne viendront pas ici, ajouta aussitôt Pietten. Je les hais. Peuh ! (Il cracha par terre.) Ils tuent les ranyhyn.

— Comment ça, ils ne viendront pas ici ? Tout à l'heure, tu as dit… (Covenant fouilla sa mémoire.) Tu as prétendu qu'ils n'étaient pas loin derrière nous. Tu ne crois quand même pas qu'ils pourraient nous rater !

— Je ne veux pas qu'ils nous ratent.

— *Quoi ?* (La terreur qui prenait forme dans l'esprit du lépreux lui fit hurler :) Par les feux de l'enfer ! Explique-toi !

— Orréchal, clama Pietten avec une soudaine véhémence, cette nuit, je vais enfin atteindre l'objectif de toute ma vie ! Oui, je veux qu'ils nous trouvent ! Je veux qu'ils voient ce feu et viennent ici ! Amis du Fief, serviteurs des chevaux… *Sornettes !* Ils tourmentent les ranyhyn au nom de leur foi. Je m'en vais leur enseigner la *véritable* foi.

Derrière lui, Covenant sentit Léna se redresser et se focaliser sur Pietten. Dans la chaleur ambiante, il remarqua enfin ce qui avait attiré son attention : l'odeur du sang.

— Je veux que le géant mon bienfaiteur et Bannor le sangarde se tiennent sur ce versant et contemplent ma foi à l'œuvre, clama Pietten.

— Tu as dit qu'ils étaient morts ! siffla Léna. Tu as dit que nous ne les reverrions pas !

Au même moment, Covenant lâcha :

— *C'est toi !* (Ses appréhensions se cristallisaient d'un coup. Il apercevait enfin la vérité – et le sort qui l'attendait.) C'est toi qui as trahi les nomades et révélé l'emplacement de leurs bastilles !

Le mouvement de Léna déclencha le sien. Il avait un pas d'avance sur elle quand elle se jeta sur Pietten.

Mais le sylvestre était trop rapide pour eux. Il brandit son épieu et planta ses pieds dans le sol, prêt à embrocher son premier agresseur.

Covenant s'arrêta net. D'un moulinet de bras frénétique, il ceintura Léna, l'empêchant de s'empaler sur l'arme de Pietten. Elle se débattit en silence l'espace de quelques secondes, puis s'affaissa dans son étreinte. Ses cheveux blancs pendaient devant son visage tel un rideau. Pinçant les lèvres, Covenant la repoussa derrière lui.

Bien que tremblant, il fit face à Pietten.

— Tu veux qu'ils regardent pendant que tu nous tueras.

Le sylvestre éclata d'un rire amer.

— Ne le méritent-ils pas ? (Ses yeux jetèrent des éclairs meurtriers.) Si ça ne tenait qu'à moi, je convoquerais le peuple de Ra afin qu'il contemple l'étendue de mon mépris pour lui. Serviteur des ranyhyn, peuh ! De la vermine, voilà ce qu'il est !

— Équarrisseur, grogna Léna.

De sa main gauche, Covenant la retint.

— Tu as trahi ceux qui t'avaient recueilli en révélant l'emplacement de leurs caches. Tu es le seul qui pouvait le faire. Tu as éliminé les sentinelles et montré aux maraudeurs par où entrer. Pas étonnant que tu empestes le sang.

— J'aime ça.

— À cause de toi, des ranyhyn ont été tués !

Pietten s'avança en brandissant son épieu d'un air menaçant.

— Tiens ta langue, orréchal ! aboya-t-il. Je ne te permets pas de douter de ma foi. J'ai combattu… Je massacrerais toute créature vivante qui oserait lever la main sur les ranyhyn.

— Tu appelles ça de la *foi* ? s'exclama Covenant. Il y avait des chevaux blessés, en ce lieu, et ils ont été massacrés !

— Ils ont été assassinés par le peuple de Ra ! répliqua Pietten, rouge de colère. Les nomades prétendent servir les ranyhyn, mais ils ne les ont pas emmenés en sécurité, dans le sud. Je n'ai aucun devoir de loyauté envers eux.

De nouveau, Léna voulut se jeter sur lui, mais Covenant l'en empêcha.

— Ils sont comme vous, et ce géant, et le sangarde ! Peuh ! cracha le sylvestre. Vous vous repaissez de la chair des ranyhyn tels des chacals !

Covenant força Léna à le regarder en face.

— Va-t'en, lui chuchota-t-il très vite. Cours. Retourne de l'autre côté de la rivière, tâche de trouver Bannor ou Suilécume. Pietten se fiche de toi. Il ne te poursuivra pas. C'est moi qu'il veut.

Le sylvestre arma son épieu.

— Si tu fais mine de fuir, je tuerai l'orréchal sur place et te traquerai comme un loup.

— D'accord, grommela Covenant. D'accord. (Les sourcils froncés et l'expression orageuse, il reporta son attention sur Pietten.) Te souviens-tu des ur-vils ? De la Haute Sylve ? Des flammes ?

Pietten le foudroya du regard.

— Ils t'ont capturé. Ils t'ont fait des choses innommables, tout comme à Llaura. Te souviens-tu d'elle ? Ils l'ont brisée pour qu'elle les aide à tendre un piège aux seigneurs. Plus elle tentait de s'échapper, plus les mailles du filet se resserraient. T'en souviens-tu ? C'est la même chose pour toi. Ils t'ont fait du mal pour que tu détruises les ranyhyn.

« Écoute-moi ! Quand Turpide a déclenché cette guerre, il savait qu'il ne parviendrait pas à éliminer les coursiers, à moins que quelqu'un ne trahisse les nomades. Alors, il a jeté son dévolu sur toi. Il t'a modelé pour que tu deviennes son instrument. Il t'utilise pour massacrer les ranyhyn ! Et il t'a probablement donné des ordres spéciaux me concernant. Que t'a-t-il dit de faire avec mon anneau ? (Covenant jetait les mots à la figure de son interlocuteur.) Combien de fois t'es-tu rendu à la Crypte depuis le début de cet hiver maudit ?

Un instant, le regard de Pietten se fit flou.

— Je dois le lui rapporter, murmura-t-il. Il s'en servira pour sauver les ranyhyn. (Mais l'instant d'après, une fureur chauffée à blanc flamboya de nouveau en lui.) Tu mens ! J'aime les ranyhyn ! C'est vous les bouchers, toi et cette vermine !

— C'est faux ! Tu sais que c'est faux, insista Covenant.

— Vraiment ? (Pietten éclata d'un rire désespéré.) Crois-tu que je sois aveugle, orréchal ? J'ai beaucoup appris à… au cours de mes voyages. Imagines-tu que les nomades retiennent les chevaux ici par amour ?

— Ils ne les retiennent pas, répliqua Covenant. Les ranyhyn refusent de partir.

Pietten l'ignora.

— Crois-tu que les sangardes soient ici par amour ? Quel imbécile tu fais ! Bannor est ici parce qu'il a causé la mort de tant de ranyhyn qu'il est devenu un traître. Désormais, il a besoin de trahir, comme il a déjà trahi les seigneurs. Certes, il se bat ; ça a toujours été sa raison de vivre. Mais il n'aspire qu'à voir les coursiers massacrés jusqu'au dernier, en dépit de tous ses efforts. Peuh !

Covenant voulut l'interrompre et protester, mais Pietten ne lui en laissa pas le temps.

— Penses-tu que le géant soit ici par amour ? Tu es sénile ; ta confiance t'a fait perdre la raison. Suilécume est ici parce qu'il a trahi son peuple. Tous les apatrides – chaque homme, chaque femme, chaque enfant – gisent décomposés à Ondemère parce qu'il les a abandonnés ! Il a fui plutôt que de les défendre. Ses os mêmes sont imprégnés de trahison et il est venu ici parce qu'il ne lui restait plus personne d'autre à trahir. Ses compagnons d'antan sont morts.

« Suilécume ! gémit Covenant en son for intérieur. Tous morts ? Ah, Suilécume ! »

— Et toi, orréchal, tu es le pire de tous. Tu surpasses mon mépris. Tu me demandes ce dont je me souviens. (Outré, Pietten braqua son épieu sur la poitrine de Covenant tel un doigt accusateur.) Je me rappelle que les ranyhyn se sont cabrés devant toi et que j'ai tenté de t'arrêter. Mais tu avais déjà choisi de les trahir. Tu les as liés avec des promesses, des promesses dont tu savais très bien qu'ils ne pourraient pas les briser. C'est pourquoi aujourd'hui, ils sont incapables d'aller se réfugier dans les montagnes. Ils sont enchaînés par les engagements que tu les as forcés à prendre ! C'est toi le véritable boucher, orréchal. Toute ma vie, je n'ai attendu qu'une occasion de te tuer.

— Non, hoqueta Covenant. Je ne savais pas… (Mais il percevait la vérité dans les accusations du sylvestre. Des vagues de crimes semblaient se propager depuis l'épicentre de son être dans toutes les directions.) Je ne savais pas…

« Bannor ? Suilécume ? » Une brume orangée, pareille aux émanations du soufre, emplit la vision du lépreux. Comment avait-il pu faire autant de mal ? Il avait juste essayé de survivre, cherché à échapper au suicide et à la folie. Les géants, perdus, comme Elena… Et à présent, les ranyhyn étaient forcés de s'engager sur le même chemin sanglant. « Suilécume, est-ce ma faute ? » La consternation rendait Covenant vulnérable ; elle l'empêcherait d'esquiver un coup d'épieu éventuel. Mais il contemplait l'abîme de ses propres actions et ne pouvait s'en détourner.

— Nous sommes pareils, haleta-t-il sans réfléchir. Turpide et moi, nous sommes pareils.

Puis il réalisa que des mains le tiraient en arrière. Léna avait agrippé sa veste. Elle le fit pivoter et se mit à le secouer de toutes ses forces.

— C'est vrai ? lui hurla-t-elle à la figure. Ils sont en train de mourir parce que tu leur as fait promettre de me rendre visite chaque année ?

La lumière des flammes se reflétait dans ses yeux, forçant Covenant à contempler un autre de ses crimes. Malgré le danger qui le menaçait, il ne put lui refuser la vérité.

— Non. (Sa gorge était à demi bloquée par le chagrin et l'horreur.) Ce n'est qu'une partie de… Même s'ils se réfugiaient dans les montagnes, ils pourraient encore t'atteindre. Je… Je… balbutia-t-il d'une voix enrouée. Je leur ai fait promettre de venir à mon secours si jamais je les appelais. Je l'ai fait pour moi.

Pietten éclata de rire.

Un cri de fureur et de désespoir s'échappa des lèvres de Léna. Avec toute l'énergie que lui conférait son dégoût, elle repoussa Covenant, tourna les talons et s'enfuit.

— Arrête-toi ! aboya Pietten. Tu ne peux pas m'échapper !

Il pivota pour suivre la trajectoire de Léna.

À l'instant où il leva son bras, Covenant chargea. Il saisit l'arme à pleines mains et, pesant contre le sylvestre, tenta de la lui arracher. Déséquilibré, Pietten recula. Les deux hommes luttèrent furieusement. Mais Covenant n'avait pas assez de force dans sa main droite mutilée. D'une secousse violente, Pietten se dégagea.

Covenant voulut lui attraper les poignets. Le sylvestre le repoussa avec la hampe de l'épieu, puis braqua la pointe vers lui comme pour l'embrocher. Covenant se jeta sur le côté et réussit à esquiver, mais atterrit lourdement sur un seul pied.

Sa cheville plia sous son poids. Des os cédèrent. Il entendit leurs craquements résonner à travers sa chair tandis qu'il s'écroulait sur le sol en poussant un cri. La douleur lui transperça la jambe, mais il se força à rouler sur lui-même pour éviter le coup suivant.

Comme il s'immobilisait sur le dos, il vit Pietten le surplomber, s'apprêtant à lui porter le coup de grâce.

Léna percuta alors le sylvestre de tout son poids, se jetant sur lui avec tant de férocité qu'il s'écroula sous sa frêle carcasse et lâcha son arme. Celle-ci atterrit en travers de la poitrine de Covenant. Le lépreux s'en saisit et tenta de se redresser en prenant appui sur elle. Mais sa fracture à la cheville le cloua au sol.

— Léna ! s'époumona-t-il. Non !

D'un revers puissant, Pietten repoussa l'assaillante. Elle se releva d'un bond et sortit un couteau de sa robe. Son visage flétri tordu par la rage, elle tenta de poignarder le sylvestre, qui n'eut guère de mal à éviter ses coups désordonnés. Il recula précipitamment pour reprendre son équilibre. Puis une grimace cruelle fleurit sur ses lèvres.

— Non ! glapit Covenant.

Quand Léna chargea de nouveau, Pietten lui saisit le poignet pour détourner la lame. Lentement, il lui tordit le bras. Léna le martela de son poing libre, mais sans réussir à lui faire lâcher prise. Incapable de lui résister, elle tomba à genoux.

— Les ranyhyn, hoqueta-t-elle en jetant un coup d'œil à Covenant. Appelle les ranyhyn !

— Léna !

Utilisant l'épieu comme une béquille, le lépreux se redressa, s'étala de tout son long et se mit à ramper sur le ventre.

Pietten força Léna à s'allonger sur le dos. Pendant qu'elle se tordait à terre, il sortit le bâton pointu de sa ceinture et, d'un geste brutal, le lui planta dans l'estomac.

Un rugissement horrifié se répercuta dans la tête de Covenant. Il sentit son être se briser en mille morceaux. Étourdi par la souffrance, il perdit momentanément connaissance.

Quand il rouvrit les yeux, Pietten se tenait face à lui. Il léchait le sang dont sa main était couverte.

Covenant voulut brandir l'épieu, mais le sylvestre le lui arracha.

— À présent, orréchal, je vais te tuer ! cria-t-il, extatique. Viens t'agenouiller ici ; prosterne-toi devant moi. Fais en sorte que mes rêves deviennent réalité. Par souci de justice, je vais te laisser une chance. Je projetterai mon arme à une distance de dix pas. Tu auras la possibilité de l'esquiver, si ta cheville t'y autorise.

Avec un rictus carnassier, il s'éloigna en comptant ses pas, pivota et se mit en position.

— Choisis-tu de renoncer à la vie ? ricana-t-il. Dans ce cas, reste où tu es. Ramper te sied à merveille.

Machinalement, comme s'il ne réalisait pas ce qu'il faisait, Covenant porta les deux doigts de sa main droite à sa bouche et émit un faible sifflement.

La seconde d'après, un ranyhyn apparut au sommet de la colline et dévala la pente ventre à terre. Il était décharné, réduit à un tel état d'inanition que seule sa robe baie semblait tenir ensemble les os de son squelette. Pourtant, il galopait vers Covenant telle une effigie d'indomptable fierté.

Pietten ne parut pas le voir. Il était en transe, exalté. Ramenant son bras en arrière, il ploya le corps jusqu'à ce que la passion menace de rompre ses muscles tendus. Puis il projeta l'épieu vers la poitrine de Covenant comme un éclair vengeur.

Le ranyhyn vira, fila entre les combattants et s'écroula en culbutant sur lui-même. Quand il s'immobilisa, Covenant vit que l'arme était fichée dans son flanc maculé de sang.

Ce macabre spectacle foudroya le sylvestre en plein cœur. Bouche bée, il contempla ce qu'il venait de faire comme si c'était inconcevable, insupportable. Ses épaules s'affaissèrent tandis que ses yeux s'écarquillaient d'incrédulité. Ses lèvres remuèrent, mais il ne parvint à émettre que des gémissements inarticulés, sans doute parce que les mots lui manquaient pour décrire sa consternation. Sa pomme d'Adam tressautait comme s'il n'arrivait pas à déglutir. S'il vit Covenant ramper vers lui, il n'en laissa rien paraître. Il resta les bras ballants jusqu'à ce que le lépreux se dresse devant lui sur une jambe et lui plonge son couteau dans la poitrine à deux mains.

Emporté par son élan, Covenant s'écroula sur le cadavre de Pietten. Le sang qui jaillissait autour de la lame de pierre éclaboussa sa veste et imbiba sa chemise. Mais il n'y prêta aucune attention. Le coup qu'il venait de porter semblait avoir épuisé sa rage. Il se redressa en appui sur ses mains et rampa en direction de Léna, traînant sa cheville brisée tel un boulet de douleur.

Quand il atteignit sa compagne, il constata qu'elle était vivante. Le devant de sa robe était écarlate, et un mince filet rougeâtre coulait entre ses lèvres ; pourtant, elle respirait encore. Covenant saisit le bâton pour le retirer de son ventre, mais le mouvement arracha un hoquet de douleur à la victime. Au prix d'un gros effort, elle ouvrit les yeux. Son regard était clair, comme enfin libéré de la confusion qui avait modelé son existence depuis sa rencontre avec l'Incrédule. Au bout d'un moment, elle reconnut le lépreux et tenta de sourire.

— Léna, haleta Covenant. Léna…

— Je t'aime, articula-t-elle d'une petite voix. Je n'ai pas changé.

— Léna.

Covenant lutta pour lui rendre son sourire, mais ne réussit qu'à grimacer. La main de Léna se tendit vers lui et lui toucha le front comme pour en effacer son amertume.

— Libère les ranyhyn, chuchota-t-elle.

Cette supplique consuma ses dernières forces. Elle mourut la bouche emplie de sang.

Covenant ne pouvait détacher de Léna son regard brûlant de fièvre. Aucun mot ne lui venait à l'esprit, mais il ressassait ce qui s'était passé. Viol, trahison, et maintenant, meurtre. Il avait commis tous les crimes possibles. Il avait brisé la promesse faite après la bataille de la Haute Sylve, quand il s'était juré de ne plus jamais tuer. Pendant un long moment, il contempla ses doigts comme si seul importait le sang qui les maculait. Puis il s'écarta de Léna et, rampant, se dirigea vers le ranyhyn.

Le nez de l'animal écumait de douleur et ses flancs étaient agités par d'horribles convulsions. Mais il regarda Covenant approcher sans ciller, comme si, pour la première fois de sa vie, il n'avait pas peur du porteur d'or blanc. L'épieu était profondément planté entre ses côtes ; au début, Covenant crut qu'il n'arriverait pas à le retirer. En le faisant jouer et en prenant appui sur la cage thoracique du ranyhyn avec les coudes, il finit par le dégager. Du sang jaillit de la plaie béante. Pourtant, le coursier se remit debout et, vacillant sur ses jambes écartées, donna un léger coup de tête à l'Incrédule comme pour lui dire qu'il survivrait.

— D’accord, marmonna Covenant. Rentre chez toi. Dis… Dis aux autres que notre marché est annulé. Je vous délivre de la promesse que vous m’avez faite jadis.

Le feu n’était plus que braises ardentes et la voix du lépreux baissait. Un brouillard noir le traversait, porté par les ailes du vent. Il fit un effort pour se ressaisir.

— C’est fini. Va leur dire.

Le ranyhyn resta planté devant lui comme s’il répugnait à l’abandonner.

— Vas-y, insista Covenant. Vous êtes libres. Tu dois le dire aux autres. Au nom de… de Kelenbhrabanal le père des chevaux. File.

Alors, le ranyhyn se détourna péniblement et entreprit de s’extraire de la vallée. Quand il atteignit le sommet de la colline, il s’arrêta et fit face à l’orréchal une dernière fois. Un instant, Covenant crut le voir se cabrer sur la toile de fond du ciel nocturne. Puis il disparut.

Au lieu de se reposer, le lépreux saisit l’épieu de Pietten et prit appui dessus pour se redresser. Sa cheville protesta tandis qu’il la traînait sur le sol, mais il serra les dents et s’éloigna du feu sans se retourner. Dès qu’il fut hors de portée de sa tiédeur, ses vêtements humides recommencèrent à geler.

Il ne savait pas où il allait – seulement qu’il devait y aller. À chaque souffle qui franchissait ses lèvres, il murmurait le mot « haine » comme une litanie.

11

Le rituel de profanation

Après le départ de Loerya, Mhoram demeura au sommet de la tour pendant le reste de la nuit. Il se protégea contre la morsure du vent en faisant appel au pouvoir de son bâton de temps à autre et observa avec inquiétude les veines de corruption dans le sol, qui s'insinuaient peu à peu dans le cœur de la Citadelle pour consumer son courage. Le rayonnement maléfique qui émanait de la pierre du ravageur et des bâtons des vilmestres balafrait l'obscurité ; à intervalles irréguliers, des étincelles jaillissaient de la terre lorsque la roche des collines barrait le passage au mal… ou tentait de le faire.

Malgré la lenteur de sa progression, le fléau vorace ne se trouvait plus qu'à quelque distance du mur d'enceinte de Pierjoie. Par la plante de ses pieds, Mhoram sentait la Citadelle gémir dans son immobilité silencieuse, comme si elle brûlait de reculer pour se soustraire à la hideuse menace.

Mais ce n'était pas la raison pour laquelle le haut seigneur avait passé la nuit exposé à l'assaut brutal des éléments. Il aurait pu suivre la progression du fléau depuis les entrailles de la forteresse, tout comme il n'avait pas besoin de ses yeux pour savoir que les habitants de Pierjoie étaient à deux doigts de sombrer dans la folie. Il observait la plaine parce que expérimenter la puissance de *samadhi* avec chacun de ses sens, l'éprouver dans toute son horreur était le seul moyen pour lui de la surmonter. Chaque fois qu'il s'en détournait, l'accablement lui tombait dessus comme une chape de plomb, faisait vibrer son cœur tel le glas d'une incompréhensible apocalypse. Une terreur diffuse embrouillait ses pensées et paralysait son instinct.

Quand Mhoram marchait dans les couloirs de la Citadelle, il voyait des visages gris de panique à peine contenue, entendait des enfants hurler d'épouvante à la vue de leurs parents, sentait l'épuisement moral des quelques âmes robustes qui maintenaient la forteresse en vie – Quaan, Trevor, Loerya, Amhatin, la plupart des gardiens de la Loge, des *lillianrill* et des *rhadhamaerl*. Alors, il avait le plus grand mal à réprimer l'élan de son impuissance, la rage qui l'incitait à frapper ses amis parce qu'il se blâmait d'avoir failli à ses devoirs envers le Fief. Un désespoir féroce œuvrait en lui, se frayant un chemin jusqu'en première ligne de ses réactions.

De tous les seigneurs, Mhoram était le seul qui sache comment faire en sorte que ce désespoir porte ses fruits.

Du sommet de la tour de garde, contemplant l'armée du Pilonneur déployée en contrebas, il pouvait y voir plus clair, réaliser ce que l'ennemi était en train de faire à Pierjoie. L'hiver et le siège adoptaient une signification différente à ses yeux. Mhoram ne se tenait plus pour responsable des catastrophes qui s'étaient abattues sur le Fief ; il se rendait compte que personne ne pouvait être accusé d'incompétence face à une malveillance si implacable. La destruction était plus aisée que la protection et, quand elle atteignait une certaine puissance, aucun humain n'était condamnable pour n'avoir pas réussi à repousser sa déferlante. Ce raisonnement permettait à Mhoram de résister à son propre penchant pour la profanation. Ses yeux dorés crépitaient de fureur à la vue du fléau rampant, mais il cherchait un moyen de se défendre contre celui-ci.

L'aspect de l'attaque qui le préoccupait le plus était sa férocité soutenue. Les ur-vils maintenaient leur afflux de pouvoir en procédant à des rotations régulières et Mhoram savait par expérience que la puissance de Turpide, décuplée par la Pierre de Maleterre, était capable de rendre folles des armées entières, de les inciter à une sauvagerie que leur propre chair était incapable d'endurer. Mais le Pilonneur n'était qu'un géant, une coquille mortelle faite de muscles, d'os et de sang. Même possédé par un ravageur, il n'aurait pas dû parvenir à soutenir un effort tellement énorme sur une durée si longue.

En outre, pendant que *samadhi* se concentrait sur l'attaque, il aurait théoriquement dû perdre une partie du contrôle qu'il exerçait sur ses troupes. Pourtant, les légions demeuraient à leur poste ; chacune des créatures qui les composaient focalisait sa volonté sur la Citadelle. Et le rayonnement émeraude du ravageur ne faiblissait pas. De toute évidence, Turpide alimentait son armée et leur commandant avec une puissance si considérable qu'elle surpassait de loin l'imagination de Mhoram.

Ce dernier ne voyait d'espoir pour Pierjoie nulle part, sinon dans cette consommation massive d'énergie. Les défenseurs devaient prier pour que le Pilonneur s'épuise avant eux. S'ils n'arrivaient pas à endurer son assaut, ils étaient perdus.

Lorsque Mhoram regagna les couloirs de la forteresse aux premières lueurs grisâtres de l'aube, il était prêt à aiguillonner ses concitoyens.

La panique silencieuse mais étouffante qui l'assaillit quand il s'engagea dans le corridor principal faillit briser sa détermination. Derrière les murs, il sentait des gens trembler de peur. Des cris lui parvinrent depuis une galerie lointaine. Deux groupes s'étaient formés pour se protéger l'un contre l'autre et leurs membres s'injuriaient copieusement en brandissant le poing.

Au détour d'un passage, Mhoram surprit quelques affamés qui tentaient de piller un garde-manger, persuadés que les cuisiniers leur servaient de la nourriture empoisonnée. Mû par la colère, il bondit en levant son bâton. Mais avant qu'il puisse frapper, les pillards détalèrent devant lui comme s'il était une goule.

Dans leur sillage, ils laissèrent deux des hommes de Quaan plantés devant la porte de la réserve, qui se faisaient face comme s'ils se surveillaient mutuellement au lieu de protéger les victuailles. Ils jetèrent un regard craintif au haut seigneur. Mhoram se ressaisit, se força à sourire et leur adressa quelques paroles encourageantes. Puis il s'éloigna d'un pas vif.

Pierjoie et ses habitants avaient atteint le point de rupture, réalisa-t-il. Pour les empêcher de craquer, il devait leur fournir quelque chose de plus substantiel qu'une aide ponctuelle. Il ignora délibérément leurs autres besoins et les multiples peurs qui assaillaient ses perceptions. Tout en enfilant des couloirs et en descendant des escaliers, il utilisa son bâton pour convoquer Thorm et l'ensemble des ignessires. Il y mit toute son autorité, afin que le plus de *rhadhamaerl* possible surmontent leur panique pour répondre à son appel.

Quand il atteignit la caverne autour de laquelle se dressaient les appartements privés des seigneurs, il éprouva un vif soulagement en découvrant que Thorm et une douzaine d'ignessires l'y attendaient déjà, et que beaucoup d'autres ne tarderaient pas à les rejoindre. Bientôt, une vingtaine de *rhadhamaerl*, soit la quasi-totalité de l'effectif présent à la Citadelle, lui firent face.

Il les balaya du regard, réprimant un frisson à la vue de leurs souffrances. Tout ce qui était infligé à la pierre de la forteresse affectait directement les ignessires dans leur esprit et dans leur chair. Mhoram eut un hochement de tête décidé. C'était bien par là qu'il devait commencer. S'il arrivait à convaincre les *rhadhamaerl* qu'ils étaient capables de résister au pouvoir du Pilonneur, ils pourraient faire beaucoup pour le reste de la population.

Au prix d'un effort qui tordit les muscles de son visage, Mhoram leur sourit. Thorm lui répondit d'une grimace embarrassée qui céda très vite la place à une appréhension non dissimulée.

— Ignessires, commença Mhoram sur un ton dur, nous avons passé trop de temps à subir ce fléau chacun dans son coin. Nous devons unir nos forces pour trouver un moyen de le repousser.

— Nous n'avons fait qu'obéir à vos ordres, bougonna un homme.

— C'est exact, convint Mhoram. Jusqu'à présent, nous avons consacré notre énergie à soutenir les habitants de la Citadelle. Vous avez alimenté vos feux d'ignescentes comme je vous l'avais demandé. Mais la sagesse n'est pas toujours prompte à venir. À présent, j'y vois plus clair. J'ai bien écouté la voix de la forteresse. J'ai senti la pierre elle-même se rebeller contre ce mal. Et aujourd'hui, je vous dis que, pour vaincre, nous devons trouver d'autres moyens de résister.

« Nous nous sommes mépris sur notre objectif. Le Fief n'existe pas pour nous ; c'est nous qui existons pour lui. Ignessires, vous devez mobiliser votre art pour la défense de la pierre. Ici, sous nos pieds, sommeille un pouvoir que seul un *rhadhamaerl* peut appréhender. (Il frappa le sol de l'extrémité de son bâton.) Utilisez-le. Mettez vos connaissances à profit. Procédez comme vous voudrez, mais trouvez un moyen de sceller le cœur minéral de Pierjoie contre ce fléau. Si la Citadelle garde courage, sa population réussira à prendre soin d'elle-même.

Tout en parlant, Mhoram songea qu'il aurait dû comprendre ces choses beaucoup plus tôt. Mais la peur avait engourdi ses facultés de raisonnement comme elle avait pétrifié celles des ignessires. À présent, ceux-ci réalisaient à leur tour. Ils s'ébrouèrent, tapèrent dans leurs mains et regardèrent autour d'eux avec plus de détermination que de frayeur. Un sourire fit frémir les lèvres de Thorm.

Sans hésitation, Mhoram laissa les ignessires à leur tâche. Il s'éloigna d'un pas aussi exalté que s'il venait de découvrir une nouvelle forme de magie et prit la direction d'un des réfectoires principaux. Il connaissait bien le cuisinier qui y officiait ; c'était un homme de caractère, peu sujet à la panique ou à la prostration. Tout en marchant, Mhoram envoya d'autres convocations – cette fois, aux trois seigneurs et aux magistères. La réponse d'Amhatin et de Trevor fut tendue ; celle de Borillar, d'une extrême timidité.

Quant à Loerya, elle mit un moment à réagir, et le signal qui parvint enfin à Mhoram avait quelque chose de léthargique. Le haut seigneur espéra que l'action des *rhadhamaerl* prendrait très vite effet, afin que des personnes comme Loerya ne sombrent pas définitivement dans la torpeur. Il gravit les escaliers qui conduisaient au réfectoire comme s'il escaladait une paroi visqueuse de terreur.

Mais en approchant de la cuisine, il vit une silhouette familière se glisser dans un passage latéral pour l'éviter. Il tourna sur ses talons et se retrouva face à Trell Atiaran-mi.

Le colosse semblait fiévreux. Sa barbe grisonnante était en bataille ; il avait les joues écarlates et ses yeux fous dardaient dans toutes les directions, comme s'ils ne pouvaient se fixer sur rien. Il endura l'examen de Mhoram en frémissant tel un lièvre prêt à détaler au moindre geste brusque.

— Ignessire Trell, dit prudemment le haut seigneur, les autres *rhadhamaerl* cherchent comment lutter contre ce mal. Ils ont besoin de vous.

Le regard de Trell lui balaya le visage.

— Vous voulez préserver Pierjoie afin qu'elle demeure intacte pour accueillir le Rogue.

Il avait mis tant d'amertume dans le mot « intacte » que celui-ci résonna comme une malédiction aux oreilles de Mhoram.

Le haut seigneur pinça les lèvres.

— Je veux préserver la Citadelle pour elle-même.

Les yeux de Trell poursuivaient leur errance chaotique ; on aurait dit qu'ils craignaient de devenir aveugles s'ils relâchaient leurs efforts de fuite un seul instant.

— J'ai du mal à travailler en groupe, marmonna Trell au bout d'un moment. (Puis son ton se fit pressant.) Haut seigneur, confiez-moi votre secret.

Mhoram sursauta.

— Quel secret ?

— Celui d'un pouvoir sans précédent, un pouvoir dont j'ai besoin.

— Pour faire quoi ?

Trell se dandina, mal à l'aise.

— Voulez-vous que Pierjoie demeure intacte, oui ou non ? cracha-t-il.

Sans attendre de réponse, il tourna les talons et s'éloigna.

Un instant, Mhoram sentit un mauvais pressentiment lui peser sur la nuque telle une main glaciale. Il suivit l'ignessire des yeux comme si celui-ci semait l'apocalypse dans son sillage. Mais avant que son impression se précise, l'atmosphère angoissée de la Citadelle la dissipa.

Mhoram n'osait pas révéler sa découverte à Trell. Même un *rhadhamaerl* pouvait peut-être se prêter au rituel de profanation. Au prix d'un gros effort, il se souvint de ce qu'il était censé faire et se remit en route vers le réfectoire.

Parce qu'il avait été retardé, toutes les personnes convoquées l'attendaient déjà sur place, plantées entre les tables au milieu de l'immense salle. Elles le regardèrent approcher avec un mélange d'inquiétude et d'espoir.

— Haut seigneur, commença le cuisinier, masquant sa peur par la colère. Je n'arrive plus à contrôler ces moutons incompétents déguisés en marmitons. La moitié d'entre eux ont déserté ; les autres brandissent des couteaux, se pelotonnent dans des recoins et refusent d'en sortir.

— C'est pourquoi nous devons restaurer leur courage. (Malgré la frayeur que Trell venait de lui faire, Mhoram réussit à sourire. Il dévisagea les seigneurs et les magistères.) Ne le sentez-vous pas ?

Amhatin acquiesça. Trevor grimaça.

Un changement s'opérait sous leurs pieds. Il était encore ténu, presque subliminal, mais bientôt, même les magistères purent le percevoir. Sans chaleur ni lumière, il réchauffa et éclaira leur cœur.

À un niveau à peine palpable, la pierre de la Citadelle se rappelait qu'elle était du granit et non du grès friable.

Mhoram avait conscience des limites de ce changement ; il savait que toute la force des *rhadhamaerl* ne suffirait jamais à dissiper l'angoisse provoquée par le

Pilonneur. Mais les ignessires avaient fait le premier pas. À présent, quiconque percevrait cette altération comprendrait qu'il était encore possible de résister.

Le haut seigneur laissa ses compagnons savourer l'instant, puis passa à la seconde phase de son plan. Il demanda à Borillar toute l'essence de bois curative, le *rillinlure*, qu'il pourrait lui fournir et chargea les autres magistères de seconder le cuisinier.

— Affairez-vous devant vos fourneaux sans relâche. Les autres réfectoires sont paralysés. Je veux que tous ceux qui auront faim trouvent un repas chaud ici.

Borillar était sceptique.

— À cette allure, nos réserves de *rillinlure* seront vite épuisées et il ne nous en restera plus pour la suite du siège.

— Qu'il en soit ainsi. Notre erreur a été de vouloir ménager nos forces en prévision d'assauts futurs. Mais si nous ne survivons pas à celui-ci, notre prudence aura été vaine. (Voyant que l'hospitalier hésitait toujours, Mhoram ajouta :) N'ayez crainte ; le Pilonneur lui-même devra se reposer après avoir dépensé autant de pouvoir.

Borillar finit par comprendre la sagesse de la décision. Il s'en fut exécuter les ordres et Mhoram se tourna vers les autres seigneurs.

— Quant à nous, mes amis… La tâche qui nous échoit est la suivante : nous devons amener ici tous les occupants de la Citadelle afin de les restaurer, au propre comme au figuré.

— Ne pouvez-vous déléguer cette tâche à la milice ? demanda Loerya, qui souffrait visiblement d'être séparée de ses filles.

— Non. La peur en poussera certains à résister. Nous devons leur donner envie de venir à nous. Pour cela, il nous faut mettre notre propre appréhension de côté et envoyer un appel à travers toute la forteresse, de sorte que chacun choisisse de nous répondre.

— Qui défendra Pierjoie pendant ce temps ? s'enquit Trevor.

— Le danger est ici. Inutile de gaspiller nos forces en surveillance futile. Tant que cette attaque se poursuivra, nos ennemis n'en lanceront pas d'autre. Venez. Joignez votre pouvoir au mien. Nous, les seigneurs, ne pouvons autoriser que l'on brise l'esprit de la Citadelle.

En parlant, Mhoram avait fait jaillir un feu éclatant de son bâton. Il harmonisa son pouvoir avec celui de la pierre, puis posa le bâton contre le mur afin que l'énergie se propage dans les veines de la forteresse. Ainsi, les gens qui se trouvaient à portée de son appel relèveraient la tête et afflueraient vers le réfectoire.

Dans son dos, Mhoram sentit Amhatin, Trevor puis Loerya l'imiter. Leur feu seigneurial se joignit au sien ; leurs esprits se tendirent vers le même objectif. Avec leur aide, il repoussa la terreur et projeta son indomptable conviction, si bien que l'appel qui résonna à travers Pierjoie ne contenait pas la moindre trace de peur.

Bientôt, les habitants de la Citadelle pénétrèrent dans le réfectoire, acceptèrent les écuelles fumantes que leur apportaient les magistères, s'assirent et se mirent à manger. Quand ils eurent fini, ils furent conduits dans un hall voisin, où les gardiens de la Loge les encouragèrent à chanter bravement pour conjurer la défaite :

Berek ! Viens à notre secours, Terramis !
La terre donne et répond à l'appel du pouvoir.
Berek ! Guéris-nous, rends-nous la lumière et l'espoir,
Purge le Fief de la mort sanglante et de ses ennemis !

De plus en plus de gens arrivèrent, attirés par la clameur, le pouvoir des seigneurs et le regain de courage du granit. Se soutenant les uns les autres, portant leurs enfants, traînant leurs amis, ils combattirent leur angoisse et vinrent parce que leurs instincts les plus profonds réagissaient à la nourriture, à la musique, au *rillinlure*, à la pierre – à la vie de Pierjoie.

Passé le premier afflux, les seigneurs se reposèrent à tour de rôle pour que la fatigue ne sape pas leur effort. Quand le *rillinlure* fut épuisé, les magistères allumèrent des feux spéciaux pour les marmitons qui avaient repris le travail et joignirent leur propre pouvoir à l'appel des seigneurs. Renonçant à faire semblant de garder les murs, les hommes de Quaan vinrent aider au réfectoire : ils débarrassèrent les tables, firent la vaisselle et assurèrent le transport des provisions depuis le garde-manger.

Pierjoie avait trouvé un moyen de résister au fléau ; elle était bien déterminée à l'emporter. En tout, moins de la moitié de sa population répondit à l'appel des seigneurs, mais cela suffit pour la maintenir en vie, quand l'atmosphère même empestait la corruption et la malveillance.

Pendant quatre jours et quatre nuits, Mhoram ne quitta pas son poste. Il se reposa et se nourrit, mais sans jamais quitter le réfectoire. Il ne voyait ni n'entendait plus les gens qui s'agitaient autour de lui.

Concentré, il se réglait sur la fréquence de la Citadelle, sur son pouls et sur la lutte pour sa possession.

Aussi clairement que s'il s'était tenu au sommet de la tour, il vit le pouvoir rampant du Pilonneur s'immobiliser tout près du mur d'enceinte. Il entendit le grognement de la pierre qui se débattait dans son emprise, sentit l'épuisement des ignessires. Toutes ces choses, il les absorba et, contre la corruption du Rogue, dressa son inflexible volonté.

Et il gagna.

Peu avant l'aube du cinquième jour, l'assaut ennemi se brisa telle une lame de fond s'effondrant sous son propre poids. L'espace d'un instant, Mhoram sentit de la jubilation se répandre à travers la citadelle, mais ne comprit pas pourquoi. Autour de lui, certains hoquetèrent, comme abasourdis par le brusque relâchement de la pression ambiante. Puis, mus par une impulsion commune, tous foncèrent vers les remparts pour découvrir ce qui venait de se passer.

En contrebas, le sol fumait et tremblotait telle de la chair blessée, mais la malveillance qui l'avait imprégné s'était dissipée. L'armée du Pilonneur gisait, prostrée, dans son camp. Le géant lui-même n'était nulle part en vue.

Un cri de victoire s'éleva d'un bout à l'autre des remparts. Des voix rauques, affaiblies par la faim et le manque de sommeil, poussèrent des vivats comme si le siège était terminé. Le soulagement embua la vue de Mhoram. Quand il se détourna pour regagner l'intérieur de la forteresse, il avisa Loerya, qui pleurait de joie et tentait d'étreindre ses trois filles en même temps.

— Reposez-vous, à présent, lui dit-elle à travers ses larmes. Confiez-nous la Citadelle. Nous savons ce qui doit être fait.

Mhoram hocha la tête en signe de gratitude muette et se traîna jusqu'à son lit.

Il ne réussit pas à s'endormir avant de sentir que les miliciens avaient repris leur poste, que des groupes de sauveteurs quadrillaient la Citadelle à la recherche des survivants les plus mal en point et que l'ordre se rétablissait peu à peu dans la cité. Alors seulement, il autorisa son pouls à se régler sur celui de Pierjoie et se laissa glisser dans le sommeil, qui le débarrassa de tous ses fardeaux.

Le lendemain matin, la Citadelle était de nouveau sur le pied de guerre. Quaan apporta son petit déjeuner à Mhoram sur un plateau et lui fit son rapport pendant qu'il mangeait.

Grâce à son entraînement rigoureux et aux efforts exceptionnels déployés par certains officiers, la milice n'avait subi que très peu de pertes. Les ignessires étaient épuisés, mais rien de plus grave. Les gardiens de la Loge et les magistères ne déploraient que des blessures légères infligées par des citoyens paniqués. Mais les gens qui n'avaient pas répondu à l'appel des seigneurs ne s'en étaient pas aussi bien tirés. Les sauveteurs avaient découvert des dizaines de cadavres, en particulier dans les appartements situés au niveau du sol près du mur d'enceinte. La plupart des victimes étaient mortes de soif, mais quelques-unes avaient été assassinées par leurs amis ou leurs voisins devenus fous. Parmi les centaines de survivants, quarante ou cinquante semblaient avoir irrémédiablement sombré dans la démence. Après la fin des recherches, Loerya avait conduit tous les gens atteints physiquement ou mentalement aux guérisseurs, ainsi que ceux qui se rappelaient avoir tué quelqu'un. Pour le reste, la Citadelle se remettait lentement de l'assaut.

Mhoram écouta le rapport de Quaan en silence. Comme l'insigne s'interrompait et ne faisait pas mine de conclure, il fut forcé de lui demander :

— Et l'armée du ravageur ?

— Elle n'a pas bougé, cracha Quaan.

C'était vrai. Les hordes du Pilonneur avaient battu en retraite dans leur campement, où elles se terraient depuis lors comme si la force qui les animait s'était brusquement volatilisée.

Durant les jours qui suivirent, les sentinelles n'observèrent guère plus d'activité aux abords de Pierjoie. Les troupes ennemies se contentaient de faire le minimum nécessaire à leur survie, notamment, décharger les chariots de vivres et d'équipement en provenance du sud et de l'est. De temps en temps, une vague étincelle de pouvoir crépitait dans les rangs tandis qu'un coup de fouet rappelait à l'ordre une bête de somme peu coopérative. Mais aucune créature n'approchait de la forteresse. *Samadhi* ne se montrait plus. Seul l'étau maintenu du siège prouvait que Turpide n'était pas encore vaincu.

Pendant cinq jours, puis dix, puis quinze, les forces du Pilonneur continuèrent à gésir aux portes de Pierjoie telle une carcasse inerte. Les habitants les plus optimistes affirmèrent d'abord que leur moral était brisé, et qu'elles ne s'en relèveraient pas. Mais Quaan n'y croyait guère, et après avoir longuement observé le camp ennemi depuis le sommet de la tour de garde, Mhoram se rangea à l'avis de son vieil ami. Le ravageur attendait juste que la Citadelle épuise ses provisions et que les assiégés soient affaiblis par la faim pour porter une nouvelle attaque.

Mhoram en perdit le sommeil. La nuit, il restait allongé sur son lit, le corps raide et les yeux grands ouverts. Il écoutait l'humeur de la cité virer à l'aigre.

Lentement, la population de Pierjoie comprit ce qui l'attendait. Les géants, qui avaient sculpté la Citadelle dans la montagne quelques millénaires plus tôt, du temps de Damelon, avaient fait en sorte qu'elle soit imprenable. Ses murs étaient indestructibles, ses portes, impossibles à enfoncer. En cas de crise, les hauteurs fertiles pouvaient fournir de la nourriture en abondance. Mais l'hiver maléfique avait tué la végétation et le bétail, forçant la cité à se rabattre sur le contenu de ses greniers.

Pour la première fois depuis sa construction, la Citadelle était menacée par la famine.

Les seigneurs organisèrent la restriction des vivres, déjà bien entamés. Ils diminuèrent la ration quotidienne des habitants, au point que chacun d'eux fut tenaillé par la faim en permanence. Ils révisèrent l'organisation des réfectoires afin que rien ne soit gaspillé. Mais ces mesures étaient parfaitement inadéquates. La Citadelle abritait plusieurs milliers de personnes, et même en leur servant des portions congrues, le niveau des stocks baissait à une vitesse effrayante.

Le soulagement initial s'évapora telle l'eau s'écoulant dans le sable brûlant. L'atmosphère se chargea d'abord d'inquiétude, puis devint lourde et électrique comme avant un orage. Bientôt, le spectre de la folie recommença à rôder dans les couloirs de la forteresse.

Et Mhoram se surprit à appeler l'assaut suivant de ses vœux. Contre une attaque physique, au moins, il ne serait pas tout à fait impuissant.

Peu à peu, ce suspens commença à saper le pragmatisme des habitants de Pierjoie. Certains fermiers, que l'hiver du Rogue condamnait au désœuvrement depuis des mois, se faufilèrent dehors comme s'ils avaient honte qu'on les surprenne. Dans les collines qui entouraient Scintillia, ils plantèrent des graines, que le gel empêcherait de germer.

Trevor se mit à négliger une partie de ses devoirs. Par moments, il oubliait pourquoi il était devenu membre du conseil et s'était élevé à ce rang malgré son manque de confiance en lui ; et il esquivait des responsabilités très banales comme s'il redoutait un inexplicable échec.

Son épouse Loerya demeurait constante dans son travail, mais on la sentait de plus en plus distraite. Elle se mouvait dans les couloirs de la Citadelle telle une ombre, et se privait souvent de nourriture pour que ses filles aient davantage à manger. Chaque fois qu'elle croisait Mhoram, elle le foudroyait d'un regard chargé de ressentiment.

Amhatin devint, elle aussi, peu à peu distante. Dès qu'elle avait un moment libre, elle se plongeait fiévreusement dans l'étude des deux premiers tabernacles, cherchant à percer leurs mystères avec tant d'obstination que, lorsqu'elle retournait à ses obligations publiques, son front semblait aussi meurtri que si elle l'avait cogné contre le bord de la table.

Plusieurs magistères et ignessires prirent l'habitude d'emporter du feu partout où ils se rendaient, comme s'ils avaient l'impression de devenir progressivement aveugles. Et au vingtième jour d'attente, Quaan revint brutalement sur ses décisions précédentes. Sans consulter aucun seigneur, il envoya un groupe d'éclaireurs espionner le campement ennemi. Il n'en revit aucun.

Et toujours l'armée du ravageur occupait la plaine tel un serpent assoupi étouffant le cœur de Pierjoie.

Quaan fit son autocritique devant le haut seigneur.

— Je suis un idiot, lâcha-t-il sévèrement, un vieil imbécile. Remplacez-moi avant que je devienne assez fou pour envoyer toute la milice à la mort.

— Qui pourrait vous remplacer ? répliqua Mhoram. Le Rogue s'est fixé pour objectif de rendre fous les défenseurs du Fief.

— Et il réussira, affirma Quaan sur un ton lugubre. Il n'a besoin d'aucune arme pour ça, si ce n'est la patience.

Mhoram haussa les épaules.

— Peut-être. Mais je pense que c'est une tactique aléatoire. Turpide ne peut pas deviner le niveau de nos réserves ni mesurer l'étendue de notre détermination.

— Dans ce cas, pourquoi attend-il ? interrogea Quaan.

Mhoram n'avait pas besoin d'être devin pour répondre à cette question.

— Le ravageur *samadhi* attend un signe – peut-être de notre part, peut-être de celle du Rogue.

Les sourcils froncés, Quaan retourna vaquer à ses occupations. Et Mhoram reporta son attention sur un problème qui le turlupinait depuis des jours. Pour la troisième fois depuis le début de la crise, il se mit en quête de Trell.

Mais il ne put localiser l'ignessire tourmenté. Trell devait se cacher. Mhoram ne trouva nulle trace, ne découvrit nulle émanation de lui, et aucun autre *rhadhamaerl* ne l'avait vu récemment. Mhoram imaginait le colosse terré quelque part, rongeant son angoisse dans un isolement cataleptique ; cela lui faisait mal. Pourtant, il n'avait ni le temps ni l'énergie nécessaires pour fouiller tous les lieux privés de la Citadelle. Avant d'avoir achevé son tour des lieux, il fut distrait par un groupe de gardiens de la Loge qui avaient, de manière parfaitement irrationnelle, décidé d'aller négocier la paix avec *samadhi*. Une fois de plus, Mhoram dut mettre ses inquiétudes pour Trell Atiaran-mi de côté.

Le vingt-quatrième jour, Trevor manqua à tous ses devoirs. Il s'enferma dans son étude tel un pénitent, refusant nourriture et boisson. Loerya ne parvint pas à l'en déloger et, quand Mhoram alla lui parler, il consentit juste à lui dire qu'il souhaitait que sa femme et ses filles bénéficient de ses rations.

— Maintenant, je le fais souffrir moi aussi, murmura Loerya, les yeux pleins de larmes brûlantes. Parce que j'ai donné une partie de ma nourriture à mes filles, il se prend pour un mauvais mari et un mauvais père ; il est persuadé qu'il doit se sacrifier pour nous.

Elle jeta un dernier regard désespéré à Mhoram, puis s'éloigna très vite avant qu'il puisse réagir.

Le vingt-cinquième jour, Amhatin alla voir le haut seigneur et exigea sans préambule qu'il lui révèle son secret.

— Ah ! Amhatin, soupira Mhoram. Êtes-vous donc si avide de vous charger d'un fardeau supplémentaire ?

La jeune femme se détourna et s'éloigna en titubant comme s'il l'avait trahie.

Quand Mhoram monta au sommet de la tour pour prendre son tour de garde, il était d'humeur bien sombre. Qui était-il pour juger Amhatin trop fragile et lui dissimuler une chose aussi importante alors qu'elle demandait à la connaître ? Mais nulle part dans son cœur il ne trouvait le courage de fournir aux autres seigneurs la clé du rituel de profanation. Cette clé exerçait sur lui une influence néfaste, le poussait à se mettre en colère contre Trevor, à frapper Loerya pour effacer la douleur de son visage, à secouer la frêle Amhatin comme un prunier jusqu'à ce qu'elle comprenne, à invoquer la puissance cachée du ciel pour faire pleuvoir du feu sur la tête du Pilonneur. Mhoram refusait de parler.

Le vingt-septième jour, la première réserve fut officiellement déclarée vide. Le cuisinier et le plus expérimenté des guérisseurs rapportèrent à Mhoram que les vieux et les infirmes commenceraient bientôt à mourir de faim.

Quand le haut seigneur regagna sa chambre ce soir-là, il se sentait trop glacé pour dormir. Malgré la tiédeur des ignescentes, l'hiver provoqué par Turpide traversait les murs pour l'atteindre, comme si le vent cruel était en harmonie avec ses résonances les plus vulnérables. Mhoram resta allongé les yeux grands ouverts, en proie à la fièvre de l'impuissance et du désespoir imminent.

Peu après minuit, il fut tiré du lit par la brusque trépidation qui parcourut la forteresse telle une étincelle enflammant le bois sec. Il sortit de sa chambre avant qu'on puisse l'appeler et, serrant son bâton entre ses doigts livides, se dirigea à grands pas vers les plus hauts remparts de la Citadelle proprement dite. Il se concentra sur l'aura maussade de Quaan, qu'il repéra sur un balcon surplombant à la fois la tour de garde et les contreforts alentour. Il le rejoignit.

Quaan tendit l'index, comme une condamnation, en direction de l'est. Geste parfaitement superflu : le spectacle semblait jaillir des ténèbres pour sauter à la figure de Mhoram.

Une brèche s'était ouverte dans les nuages. S'étendant du nord au sud aussi loin que portait le regard de Mhoram, elle vomissait une lumière verte pareille à de l'essence d'émeraude. Marée lente mais inéluctable, elle avançait au-dessus des champs gelés. Son rayonnement balayait le sol, découpant et embrasant des reliefs invisibles avant de les abandonner de nouveau aux ténèbres. Mhoram l'observa dans un silence stupéfait tandis qu'elle révélait l'armée du ravageur, arrivait aux abords du plateau et, semblable à un raz de marée dévastateur, se brisait sur la Citadelle.

À la vue de la pleine lune verte qu'ils apercevaient par la brèche, les habitants de la forteresse hurlèrent. Mhoram lui-même frémit et leva son bâton comme pour se protéger contre un cauchemar. L'espace d'un instant atroce, la lune du Rogue domina l'abîme du ciel telle une blessure incurable, une mutilation infligée aux lois de la nature. La lumière émeraude recouvrit Pierjoie, noyant le cœur de ses occupants et baignant ses pierres dans une lueur de défaite.

Puis la brèche s'éloigna, et avec elle cette lumière malsaine. Comme un pan de falaise qui vient de se détacher, la Citadelle s'abîma dans les ténèbres.

— *Melenkurion !* haleta Quaan comme s'il suffoquait. *Melenkurion !*

Mhoram réalisa qu'il grimaçait horriblement. Il s'efforça de détendre ses traits, mais le rictus s'accrochait obstinément à son visage. Il dut lutter contre sa propre chair avant de penser à regarder l'armée du Pilonneur.

Celle-ci était revenue à la vie. Elle s'arrachait à son apathie et commençait à s'agiter, se démenant dans l'obscurité.

— Dites à la milice de se tenir prête, ordonna Mhoram en luttant pour maîtriser le tremblement de sa voix. Le ravageur vient de recevoir le signal qu'il attendait. Il va attaquer.

Quaan se ressaisit et quitta le balcon en criant des ordres.

Resté seul, Mhoram serra son bâton contre sa poitrine et respira profondément. L'air sifflait en pénétrant dans ses poumons et il n'arrivait pas à se débarrasser de son rictus. Lentement, il décontracta ses muscles faciaux et dévia sa tension vers d'autres canaux tandis que ses pensées se ralliaient autour de la défense de la Citadelle. Appelant les hospitaliers et les seigneurs à le rejoindre, Mhoram se rendit à la tour de garde pour observer les agissements de *samadhi*.

Le ravageur brandissait le fragment de Pierre comme un étendard, dont l'éclat vert et cru découpait sa silhouette tandis qu'il passait parmi ses troupes, aboyant des ordres dans une langue gutturale. Sans se presser, il rassembla les ur-vils, jusqu'à ce que ces créatures à la peau noire forment un véritable lac de ténèbres autour de lui. Puis il les divisa en deux immenses triangles, un de chaque côté de lui, la pointe au niveau de ses épaules et tournée vers Pierjoie. Dans la lumière malsaine de la Pierre, les vilmestres ressemblaient à des avatars meurtriers, incarnation d'un pouvoir fatal. D'autres créatures se déployèrent derrière eux pendant qu'ils entamaient leur approche de la Citadelle.

Suivant le fanal du ravageur, l'armée maléfique se dirigea vers les portes de la tour de garde.

Mhoram agrippa son bâton un peu plus fort et tenta de se préparer à la suite. Dans son dos, il sentit arriver Amhatin et Borillar, bientôt suivis par Thorm et Quaan. Sans quitter l'ennemi des yeux, l'insigne fit son rapport.

— J'ai placé deux légions à l'intérieur de la tour, pas plus, pour que les hommes ne se gênent pas entre eux. Une moitié de fantassins, l'autre d'archers équipés de flèches de *lor-liarill*. Tous d'excellents guerriers, ajouta-t-il comme pour se rassurer lui-même. Les galons et les chevrons sont des vétérans de la guerre contre le Lamineur.

Mhoram hocha la tête.

— Très bien. Dites à une partie des archers de tirer dès que le ravageur arrivera à portée. Que les autres attendent mon signal.

Quaan fit mine de s'en aller pour transmettre ces instructions, mais Mhoram lui saisit le bras. Un frisson lui picota le cuir chevelu tandis qu'il ajoutait :

— Augmentez le nombre des archers postés sur les remparts au-dessus de la cour du vermeillan. Si par malheur *samadhi* parvenait à enfoncer les portes, les défenseurs de la tour auraient besoin d'aide. Et… que les soldats se tiennent prêts à abattre les passerelles qui mènent à la Citadelle.

— Oui, haut seigneur.

Quaan comprenait la nécessité de ces ordres. Il agrippa l'avant-bras de Mhoram comme en un salut d'adieu, puis disparut.

— Enfoncer les portes ? hoqueta Borillar, pour qui l'idée était inconcevable. Comment serait-ce possible ?

— Ça ne l'est pas, répondit sèchement Thorm.

— Néanmoins, nous devons nous préparer à toutes les éventualités.

Mhoram cala son bâton entre ses pieds et regarda approcher le ravageur *samadhi*.

Déjà, l'armée ennemie ne se trouvait plus qu'à cent mètres du mur d'enceinte. À l'exception du grondement sourd produit par une myriade de pieds martelant le sol gelé, elle se déplaçait en silence, comme si elle voulait tendre une embuscade à la Citadelle – ou comme si, malgré leur soif de sang, la plupart des créatures avaient peur de ce que leur général s'apprêtait à faire.

Mhoram sentit qu'il ne lui restait que quelques instants. Il demanda à Amhatin si elle avait vu Trevor et Loerya.

— Non, chuchota la jeune femme d'une voix caverneuse qui résonna à ses oreilles tel un aveu d'abandon.

Une volée de flèches s'abattit depuis l'un des niveaux supérieurs de la tour. Les projectiles étaient invisibles dans l'obscurité et *samadhi* ne réagit pas tandis qu'ils filaient vers lui. Mais la lumière de la Pierre de Maleterre les embrasa et les réduisit en cendres alors qu'il leur restait encore dix mètres à parcourir pour atteindre leur cible.

Les flèches suivantes ne réussirent qu'à éclairer les premières lignes ennemies et à souligner la hideur des vilmestres par l'éclat orangé de leurs flammes.

Puis *samadhi* fit halte. Les ur-vils s'immobilisèrent, frémissants. Il aboya ses ordres. Les triangles se resserrèrent. Les lémures et autres créatures se mirent en formation, prêts à charger.

Sans précipitation ni hésitation, le ravageur serra le poing et de la fumée phosphorescente s'éleva du fragment de la Pierre. Mhoram sentit le pouvoir de l'artefact enfler, se répandre et venir irradier son visage par vagues.

Soudain, un éclair jaillit de la Pierre et frappa le sol aux pieds d'un des vilmestres – mais ne se dissipa pas pour autant. La terre et la roche s'enflammèrent, crépitant comme du petit bois. Alors, *samadhi* entreprit de déplacer le faisceau pour lui faire décrire un arc de cercle jusqu'au second vilmestre. Derrière lui, son pouvoir laissait une crevasse incandescente et le sol poussait des grognements de supplicié.

Ainsi le Pilonneur se retrouva-t-il face à un demi-cercle ardent, pareil à un harnais fixé aux deux triangles d'ur-vils.

Se souvenant du vortex de trépidation avec lequel le Lamineur avait attaqué la milice à Doriendor Corishev, Mhoram pivota vers la Citadelle et hurla :

— Évacuez les remparts ! Que tous s'abritent immédiatement, à l'exception des guerriers ! Ne vous exposez surtout pas, de crainte que le ciel lui-même ne vous attaque !

Puis il reporta son attention sur l'armée ennemie.

En contrebas, les deux vilmestres levèrent leur bâton et le plantèrent violemment aux extrémités de l'arc. Du vitriol de démondim se déversa dans la crevasse. Les flammes virèrent au noir, bouillonnèrent, crachotèrent et éclaboussèrent les alentours comme si le Pilonneur avait touché une artère gorgée du sang de la Terre.

Lorsque Quaan regagna la tour, Mhoram savait déjà que *samadhi* n'avait pas l'intention de recourir à un vortex. Le ravageur déployait des efforts sans précédent, dont le résultat se faisait attendre plus longtemps que Mhoram ne l'aurait imaginé. Après que les vilmestres se furent liés à l'arc, il se mit au travail avec la Pierre. De son cœur, il tira un feu, qui se propagea dans la crevasse.

La combinaison de ce pouvoir et du fluide noir produisit un mélange d'une puissance abominable. Bientôt, des éclairs aussi fourchus que des langues de serpent dardèrent vers le ciel sur toute la longueur de l'arc. Jaillissant des fondations rocheuses des collines, comme si le Rogue osait pervertir le squelette même de la Terre, ils étaient porteurs d'un profond sentiment de violation.

Le pouvoir accumulé dans la crevasse croissait. Les éclairs bondissaient de plus en plus haut, se rejoignaient, devenaient de plus en plus brillants et malsains. Leur violence enfla jusqu'à ce que Mhoram ait l'impression que ses nerfs ne pourraient en supporter davantage. Quand l'aube fit pâlir la nuit dans le dos du Pilonneur, le phénomène s'était mué en trois décharges continues, qui se produisaient dans les profondeurs les plus obscures des nuages sans provoquer le moindre grondement de tonnerre.

La gorge du haut seigneur était si sèche qu'il dut déglutir plusieurs fois avant de parler.

— Thorm ! s'étrangla-t-il. Ils vont attaquer les portes. Envoyez tous les ignessires volontaires à l'aide de la pierre.

Thorm sursauta en entendant son nom puis s'éloigna précipitamment, comme impatient de se dérober à l'éclat maléfique de la crevasse.

Tandis qu'un jour grisâtre se levait sur Pierjoie, les salves continuèrent à fuser, à assaillir le ciel muet et à se rapprocher les unes des autres. Les créatures du Pilonneur se mirent à hurler sous la pression.

Amhatin avait planté ses ongles dans l'avant-bras de Mhoram. Borillar se palpait fiévreusement le visage comme pour en effacer la sensation de corruption. Il avait lâché son bâton, qui gisait à ses pieds. Les bras croisés sur la poitrine et le dos très raide, Quaan se retenait visiblement de hurler. Mhoram pria pour eux tous et combattit sa terreur.

Soudain, le ravageur fit tournoyer la Pierre et, avec un rugissement, projeta une nouvelle cascade de pouvoir à l'intérieur de la crevasse. Les trois grandes colonnes de foudre se jetèrent les unes sur les autres et fusionnèrent. En réponse au choc prodigieux qui en résulta, la terre gronda et trembla. L'éclair unique se volatilisa aussitôt, mais le pouvoir de *samadhi* et des ur-vils continua à bouillonner dans la crevasse.

De violentes secousses ébranlèrent les collines. La tour vibra comme si ses fondations allaient s'ouvrir pour l'engloutir. Sous la torture, le sol craqua et se fendilla de toute part. Et par ses fissures émergèrent des formes de pierre.

Horrifié, Mhoram regarda des silhouettes d'humains, de géants et de chevaux s'arracher aux entrailles de la Terre. Leur contour était grossier comme celui de statues inachevées... ou de corps enfouis et fossilisés depuis longtemps.

Le cri d'Asuraka se répercuta dans la tête de Mhoram : « Il a ressuscité la mort antique ! »

Par centaines, puis par milliers, les formes s'extirpèrent du sol. Tandis que la terre hurlait son agonie, elles s'arrachèrent à leur tombe millénaire et se dirigèrent d'un pas lourd, aveugle, vers les portes de la Citadelle.

— Défendez la tour, ordonna Mhoram à Quaan. Mais ne gaspillez pas de vies. Amhatin, vous vous battrez ici. Si l'ouvrage venait à tomber, fuyez. Je descends.

À l'instant où il se détournait du parapet, il bouscula Thorm. L'hospitalier lui saisit le bras et, malgré l'urgence de la situation, un moment s'écoula avant qu'il se résolve à parler.

— Le tunnel est défendu, articula-t-il enfin.

— Par qui ? aboya Mhoram.

— Trevor a renvoyé les miliciens. Il a dit... Il a dit qu'il se chargeait de tenir les portes avec Trell Atiaran-mi, révéla Thorm.

— *Melenkurion ! Melenkurion abatha !* jura Mhoram.

Il observa les collines.

En contrebas, les apparitions de pierre avaient presque atteint la base de la tour. Des centaines d'archers leur tiraient dessus, mais les flèches rebondissaient sur elles sans leur faire de mal.

Mhoram hésita, si atterré qu'il ne pouvait que marmonner entre ses dents. La rupture de la loi de la mort avait eu des conséquences bien plus graves que dans ses pires cauchemars. Les formes rabougries, qui s'extrayaient du sol, telles des âmes perdues, pour obéir à l'injonction du Pilonneur, formaient un flux ininterrompu.

Mais, à l'instant où la première d'entre elles posa les mains sur les portes, Mhoram bondit. Il brandit son bâton et, le pointant vers le bas, en fit jaillir un éclair qui foudroya la créature. Sous l'impact du feu seigneurial, cette dernière s'effrita et tomba en poussière.

Mhoram et Amhatin s'attelèrent à la tâche. Leurs bâtons bourdonnèrent et flamboyèrent, faisant pleuvoir sur les assaillants des décharges d'énergie bleue pareilles à des coups de marteau. Chaque cible atteinte était pulvérisée… et aussitôt remplacée par vingt autres. Sur tout l'espace découvert qui séparait la tour de garde de l'arc du Pilonneur, le sol se cabrait, se soulevait et vomissait de nouvelles créatures. Par dizaines, puis par centaines, elles atteignirent les portes et s'entassèrent contre elles.

À travers la pierre, Mhoram sentait monter la pression. Il percevait le feu de Trevor et la chanson souterraine de Trell qui renforçait les battants tandis que les formes sourdes, aveugles et muettes se déversaient sur eux telle une avalanche contre nature. Il discernait les craquements de protestation qu'émettait la tour.

Les morts ne tardèrent pas à rivaliser en nombre avec les créatures vivantes qui composaient l'armée de *samadhi*. Et ils semblaient aussi implacables qu'un cataclysme. Mhoram et Amhatin en avaient déjà éliminé plusieurs centaines sans que cela fasse la moindre différence.

Agenouillé derrière le haut seigneur, Thorm partageait la douleur de l'édifice et sanglotait ouvertement :

— Pierjoie ! Hélas, Pierjoie !

Mhoram s'arracha à la bataille, le saisit par le col de sa tunique et le força à se relever.

— Ignessire ! lui hurla-t-il à la figure. Rappelez-vous qui vous êtes ! *Vous êtes l'hospitalier de la Citadelle !*

— Je ne suis rien, se lamenta Thorm. Ah, la Terre…

— Vous êtes ignessire et hospitalier ! *Écoutez-moi !* Moi, le haut seigneur Mhoram, je vous l'ordonne ! Étudiez cette attaque, tâchez de comprendre son fonctionnement. Les portes intérieures ne doivent pas tomber. Les *rhadhamaerl* doivent préserver l'accès à la cour coûte que coûte !

Mhoram perçut le changement. La Pierre s'était mise à décocher des éclairs sur les portes extérieures. Amhatin tenta de résister, mais le ravageur contra ses efforts sans difficulté. Pourtant, Mhoram demeura auprès de Thorm, concentra sa volonté sur lui jusqu'à ce qu'il réagisse à ses injonctions.

— Qui pleurera la pierre si je ne le fais pas ? gémit-il.

— Aucun deuil ne pourra être porté si nous ne survivons pas, répliqua Mhoram.

L'instant d'après, il oublia Thorm et le reste, à l'exception des cris silencieux qui se répercutaient en lui depuis la base de la tour.

Par-dessus la rage aiguë de Trell et la véhémence du feu de Trevor, les portes poussèrent un hurlement d'agonie.

Dans un craquement monstrueux, la pierre se convulsa. Les occupants du sommet de l'ouvrage perdirent l'équilibre et s'écroulèrent. Un grondement de tonnerre résonna, comme si le firmament venait de se fendre.

Les portes brisées pivotèrent vers l'intérieur. Et un torrent de formes mortes envahit le tunnel.

— Défendez la tour ! glapit Mhoram en accrochant le regard de Quaan et d'Amhatin.

Puis les secousses s'apaisèrent et il put se relever. Il saisit Thorm par la manche.

— Venez ! Vous devez rallier les ignessires ! Il ne faut pas que les portes intérieures cèdent !

Malgré les vibrations résiduelles de la pierre, il se dirigea vers l'escalier. Mais, avant qu'il puisse commencer à descendre, il entendit des cris humains. Une angoisse mêlée de rage le cingla à travers le bouillonnement de ses émotions.

— Quaan ! rugit-il, bien que l'officier l'ait presque rattrapé. Les miliciens attaquent ! Arrêtez-les ! Ils ne peuvent pas combattre ces morts. Leurs épées ne leur serviront à rien contre eux.

Flanqué de Thorm et de Quaan, il s'engouffra dans l'escalier, laissant Amhatin projeter son feu depuis le parapet.

L'insigne descendit directement, mais Mhoram entraîna Thorm sur la passerelle la plus haute. De là, il vit que Trevor et Trell s'étaient déjà fait bouter hors du tunnel, et qu'ils luttaient pour survivre face à la marée aveugle des morts. Jamais, dans le souvenir de Mhoram, Trevor n'avait déployé cette force extrême. Les décharges qu'il balançait balayaient la première ligne ennemie sans relâche, ne laissant que poussière sur leur passage. Quant à Trell, il brandissait à deux mains un fragment massif d'une des portes. Il s'en servait comme d'une massue, avec une telle férocité que même les formes ressemblant à des chevaux ou des géants tombaient sous ses coups.

Mais les deux hommes n'avaient aucune chance de l'emporter. Les épées, les lances et les flèches ne causaient pas le moindre dommage à l'armée des morts ; les dizaines de soldats qui avaient bondi à l'assaut se faisaient piétiner en poussant des cris atroces. Sous les yeux de Mhoram, Trell et Trevor furent repoussés au-delà du vermeillan, en direction des portes intérieures.

— Ne descendez sous aucun prétexte ! cria Mhoram aux miliciens postés sur les remparts, en contrebas de la passerelle.

Puis il s'enfonça dans les couloirs de la Citadelle et dévala les escaliers conduisant aux étages inférieurs. Thorm sur les talons, il atteignit le premier des arcs-boutants qui surplombaient l'entrée de la forteresse juste à temps pour voir des lémures se déverser dans le tunnel.

Ils se faufilaient entre les revenants pour attaquer les accès latéraux à la tour. Certains s'écroulèrent très vite, une flèche plantée dans la gorge ou le ventre ; d'autres furent embrochés par les rares combattants qui n'avaient pas été piétinés. Mais leur épais pourpoint les protégeait contre la plupart des projectiles et des lames. Armés de leur force supérieure et de leur connaissance de la pierre, ils se jetèrent sur les portes.

Mhoram comprit que, seuls, les miliciens ne parviendraient pas à empêcher l'invasion des créatures du ravageur. Un instant, il chassa Trevor, Trell, les lémures, les guerriers et les morts animés de son esprit afin de se concentrer sur la décision qu'il devait prendre. Pour que Pierjoie reste défendable, il fallait préserver soit la tour, dont le tunnel faisait office de goulet d'étranglement pour ralentir la progression des assaillants, soit les portes intérieures, qui protégeaient la Citadelle proprement dite. Si les deux tombaient, le Pilonneur n'aurait plus qu'à entrer pour prendre possession des lieux. Mais Mhoram ne pouvait pas lutter pour les deux à la fois ; il devait choisir où concentrer la défense de la Citadelle.

Il choisit les portes.

Aussitôt, il envoya Thorm rassembler les ignessires. Puis il reporta son attention sur la bataille dans la cour. Ignorant les lémures, il se focalisa sur les morts, qui avaient renversé le vermeillan et acculé Trevor et Trell contre un mur. Il réclama du *glutor* à grands cris et, pendant que des soldats allaient en chercher, bombarda les formes sans visage avec son feu seigneurial. Ensemble, Trevor et lui dégagèrent une trouée pour permettre à deux hommes de s'échapper.

Ils revinrent avec de solides cordes de *glutor*. Ils les attachèrent à l'arc-boutant, et lancèrent l'autre extrémité à Trevor et à Trell. Mais, durant les quelques secondes nécessaires à la manœuvre, une nouvelle vague de lémures avait déferlé dans la cour et s'était lancée à l'assaut des portes latérales. Les créatures arrachèrent les battants de leurs gonds et se ruèrent à l'intérieur de la tour. De robustes miliciens tentèrent de les bloquer, mais leur élan et leur puissance leur permirent de forcer le barrage.

Trell découvrit les vantaux à terre, il poussa un cri outré et voulut attaquer les lémures. Dédaignant les cordes de *glutor*, il se rua sur les figures de pierre comme s'il pensait pouvoir se frayer un chemin entre elles pour rejoindre les défenseurs de la tour. Un instant, sa massue de granit et son talent de *rhadhamaerl* lui ouvrirent un passage et il réussit à avancer de quelques pas. Puis son arme improvisée se brisa et il disparut sous la masse prodigieuse des attaquants.

Trevor bondit à son secours. Aidé par le feu de Mhoram, il parvint à atteindre Trell. Un des morts lui porta un coup à la cheville, mais il ignora la douleur, passa ses mains sous les aisselles de l'ignessire et entreprit de le traîner vers le salut. Dès qu'il put se relever, Trell le repoussa et reprit le combat à mains nues.

Trevor empoigna une des cordes de *glutor*, l'enroula plusieurs fois autour de sa taille et se jeta sur le dos de Trell. Glissant ses bras sous ceux de l'ignessire, il empoigna à deux mains le bâton qu'il venait de passer en travers de sa poitrine et cria aux miliciens de le remonter. Instantanément, dix guerriers commencèrent à tirer. Pendant que Mhoram couvrait les rescapés, ceux-ci furent hissés jusqu'au parapet de l'arc-boutant.

Les revenants percutèrent les portes de la Citadelle dans une secousse effroyable. Malgré les cris de bataille qui montaient de la tour et la pression silencieuse qui enflait contre les battants, Mhoram s'intéressa à Trevor et Trell. Ce dernier se dégagea brutalement, se redressa de toute sa hauteur et fit face à Mhoram comme s'il voulait lui sauter à la gorge. L'épuisement et la fureur embrasaient son visage.

— Intacte ! cracha-t-il d'une voix rauque. La tour est perdue, mais *intacte* ! Voulez-vous donc que Sheol utilise Pierjoie à ses propres fins ? Mieux vaudrait la détruire de nos mains !

Gesticulant pour empêcher quiconque de le toucher, il pivota et s'enfonça dans les entrailles de la Citadelle.

Une expression dangereuse sur le visage, Mhoram se mordit la lèvre et se retint de courir après Trell. L'ignessire s'était dépensé sans compter et cela n'avait pas suffi. Il ne fallait pas le blâmer de haïr son impuissance et le laisser digérer son échec en paix. Hélas ! Sa voix était celle d'un homme qui avait perdu la paix à jamais, songea Mhoram. Déchiré, il envoya deux hommes veiller sur Trell, puis se tourna vers Trevor.

Le seigneur se tenait, haletant, contre le mur du fond. Du sang coulait de sa cheville blessée ; son visage était couvert de sueur et de crasse, et chaque inspiration le faisait frissonner. Pourtant, il semblait inconscient de sa propre douleur, comme détaché de lui-même. Des perceptions surnaturelles dansaient dans ses yeux.

— Je l'ai senti, hoqueta-t-il. Je sais ce que c'est.

Mhoram appela un guérisseur, mais Trevor secoua la tête.

— Je n'ai pas besoin d'aide, affirma-t-il sur un ton exalté. Je l'ai senti, Mhoram.

— Quoi ?

— Le pouvoir de Turpide. Ce qui rend tout cela possible.

— La Pierre de Maleterre… commença le haut seigneur.

— La Pierre ne suffit pas, coupa Trevor. Ce temps… la vitesse à laquelle il est monté en puissance après sa défaite au Garrot… la façon dont il alimente ses troupes en énergie par-delà une si grande distance… ces formes mortes qu'il a réussi à tirer du sol… La Pierre ne suffit pas à l'expliquer. Je l'ai senti. Seul, même Turpide le Rogue n'aurait pu devenir invincible en l'espace de sept courtes années.

— Alors, comment… souffla Mhoram.

— Réfléchissez, l'exhorta Trevor. Ce maudit hiver dont nous ne voyons plus la fin… Il nourrit l'armée du Rogue et la pousse en avant. Ainsi le Pilonneur est-il libre de manier la Pierre et d'invoquer les morts. Vous souvenez-vous du pouvoir que Sialon Larvae détenait sur le temps… Et sur la lune ?

Mhoram acquiesça, en proie à une stupéfaction et une angoisse grandissantes.

— Je l'ai senti. Turpide détient le Bâton de la Loi.

Mhoram eut la certitude immédiate que Trevor voyait juste.

— Mais comment est-ce possible ? s'enquit-il. Le Bâton est tombé avec Elena sous Melenkurion Barreciel.

— Je l'ignore. Il se peut que l'entité qui a tué Elena ait rapporté le Bâton à la Crypte. Il se peut que, par-delà la mort, Kevin en personne utilise l'artefact selon les instructions du Rogue, pour éviter à celui-ci de manipuler directement un pouvoir qui ne lui est pas destiné. Quoi qu'il en soit, je l'ai *senti*, Mhoram. C'est bien le Bâton de la Loi ; ça ne fait pas le moindre doute.

Le haut seigneur acquiesça, luttant pour contenir la peur mêlée de stupéfaction dont les échos semblaient se répercuter à l'infini dans son cœur. Autour de lui, le combat faisait rage ; il n'avait ni temps ni énergie à consacrer à autre chose qu'au danger le plus immédiat. Le Rogue détenait le Bâton de la Loi. Si Mhoram s'autorisait à y réfléchir, il risquait de céder à la panique. Il agrippa l'épaule de Trevor en signe de félicitations et de camaraderie, puis reporta son attention sur la cour.

Déployant ses perceptions à travers le vacarme et l'agitation ambiante, il tenta d'évaluer la situation. Amhatin, perchée au sommet de la tour, continuait à bombarder les figures de pierre de son feu seigneurial, mais elle faiblissait. Elle avait depuis longtemps dépassé les limites de son endurance habituelle. Pourtant, elle continuait à frapper sans relâche, comme si elle avait l'intention de dédier jusqu'à son dernier battement de cœur à la défense de la tour. Et ses efforts ne demeuraient pas vains. Même si elle était incapable d'arrêter fût-ce un dixième des attaquants, elle en avait pulvérisé tant que du sable commençait à bloquer les abords du tunnel. Les morts étaient de moins en moins nombreux à pouvoir passer de front, ce qui ralentissait leur progression et la croissance de la pression sur les portes intérieures.

Mais, tandis qu'Amhatin luttait, la bataille commença à monter vers elle. Le flot des lémures s'était tari. Les carcasses de leurs semblables bouchaient les accès latéraux et, pendant qu'ils s'efforçaient de les atteindre, ils étaient exposés aux flèches des défenseurs. D'autres créatures avaient pourtant réussi à pénétrer dans la tour ; Mhoram entendait des bruits de combat se répercuter dans les couloirs.

Au prix d'un gros effort, il ignora ce qui l'entourait et se concentra. À travers les ordres aboyés, le fracas des armes et les cris de douleur, il perçut enfin l'attaque du Pilonneur sur le mur de la tour. *Samadhi* lançait des éclairs de pouvoir de Maleterre sur les fenêtres et les remparts – parfois, sur Amhatin en personne. Et sous le couvert des explosions ainsi déclenchées, ses créatures positionnaient des échelles, qu'elles escaladaient pour se faufiler par les ouvertures existantes.

Dans la pierre, Mhoram entendit les portes intérieures grogner. Très vite, il se tourna vers une milicienne, une stèlagienne à l'air tendu.

— Allez à la tour, lui ordonna-t-il. Trouvez l'insigne Quaan. Dites-lui qu'il doit se retirer et emmener Amhatin. Tout de suite !

La femme salua et s'élança. Quelques instants plus tard, Mhoram la vit traverser la cour par une des passerelles. Il s'était déjà replongé dans la bataille. Aidé par Trevor, il renouvela son action contre la pression qui s'exerçait sur les portes de la Citadelle. Tandis que le pouvoir des ignessires faisait vibrer la pierre sous ses pieds, il fit appel à la férocité qu'il avait accumulée et la projeta vers l'armée des morts.

À présent, il avait un objectif très clair : il voulait couvrir les dalles de la cour de tant de sable que les formes de pierre restantes se retrouveraient privées d'un appui solide pour enfoncer les portes. Le soutien de Trevor semblait décupler son efficacité ; il pulvérisa des revenants par dizaines jusqu'à ce que son bâton bourdonne entre ses mains et que l'air autour de lui soit chargé d'assez d'énergie seigneuriale pour lui dessiner une aura azur. Mais, tout en fauchant la macabre moisson du Pilonneur, Mhoram prêtait attention aux passerelles ; il guettait Quaan et Amhatin.

Peu de temps après, la première structure tomba. Les survivants d'une phalange jaillirent de la tour et la traversèrent en courant, une demi-douzaine de lémures aux trousses. Quelques flèches bien placées firent dégringoler les créatures dans la cour et, dès que les miliciens furent en sécurité, leurs camarades sectionnèrent les câbles de la longue construction de bois. Celle-ci décrivit un mouvement de balancier et alla s'écraser contre le mur opposé, auquel elle était toujours attachée par l'autre extrémité.

À l'intérieur de la tour, la bataille se poursuivait. Soudain, Quaan apparut sur une des passerelles supérieures. Hurlant d'une voix stridente pour se faire entendre, il ordonna de toutes les abattre, à l'exception des deux plus élevées.

— Amhatin ! cria Mhoram à l'insigne.

Celui-ci hocha la tête et rebroussa chemin en courant.

Les deux passerelles suivantes tombèrent très vite, mais les sentinelles postées à l'extrémité de la troisième attendirent, car plusieurs combattants mal en point s'y étaient engagés. Se soutenant les uns les autres, portant ceux qui n'étaient plus en état de marcher, ils se traînèrent péniblement vers la Citadelle. Puis une vingtaine de créatures engendrées par la Pierre de Maleterre chargèrent follement. Défiant les flèches et les épées ennemies, elles projetèrent les blessés dans le vide et se ruèrent vers la forteresse.

Avec une grimace amère mais déterminée, les sentinelles tranchèrent les câbles.

Les assaillants qui eurent la mauvaise idée d'apparaître sous les arches dont s'étaient détachées les passerelles furent tués ou repoussés par une volée de flèches. Les passerelles les plus hautes tombèrent rapidement. Bientôt, il n'en resta plus que deux pour évacuer les défenseurs de la tour qui avaient survécu à la bataille.

Trevor haletait et Mhoram lui-même sentait l'épuisement lui faire tourner la tête. Mais il ne pouvait pas s'accorder le moindre repos. Les ignessires ne parviendraient pas à tenir les portes seuls.

Hélas ! Son feu perdait en véhémence au fil des minutes ; sa peur pour Quaan et Amhatin troublait sa concentration. Il brûlait d'aller les chercher. Des miliciens ne cessaient de s'échapper par les passerelles restantes ; Mhoram observait leur fuite la gorge serrée, espérant voir jaillir ses deux amis à tout instant.

L'avant-dernière passerelle tomba.

Mhoram cessa de se battre quand Quaan apparut, seul, à l'extrémité de la dernière. L'insigne lui cria quelque chose qu'il ne réussit pas à entendre. Retenant son souffle, Mhoram regarda quatre miliciens se précipiter vers Quaan.

Puis une silhouette en robe bleue s'encadra dans l'arche derrière l'officier. Amhatin. Mais ni l'un ni l'autre ne firent mine de s'échapper. Quand les miliciens les atteignirent, tous deux battirent en retraite à l'intérieur de la tour.

Suffoquant d'impuissance, Mhoram fixa l'arche vide comme si la puissance de son désir pouvait ramener ses amis. Il entendait les hordes du Pilonneur progresser vers le sommet de la tour.

Quelques instants plus tard, les quatre miliciens reparurent. Ils portaient l'hospitalier Borillar, inerte – inconscient ou mort. Amhatin et Quaan les suivaient. Quand ils eurent gagné la Citadelle, l'ultime passerelle tomba. Dans la clameur généralisée, elle parut ne pas faire le moindre bruit en s'écrasant au sol.

Un voile s'abattit devant les yeux de Mhoram. Soudain, il réalisa qu'il s'appuyait lourdement sur Trevor et que sa respiration était trop laborieuse pour qu'il tienne debout seul. Lorsque son étourdissement se dissipa enfin, il adressa un faible sourire à son pair en guise de remerciement. Sans un mot, tous deux retournèrent à la défense des portes.

La tour était perdue, mais l'issue de la bataille restait indécise. N'étant plus gênées par le feu d'Amhatin, les figures de pierre parvinrent à se frayer un chemin dans le sable accumulé. La corruption qu'elles propageaient à travers la pierre s'accrut. Mhoram sentit la douleur de Pierjoie enfler autour de lui jusqu'à le cerner. S'il n'avait pas été si concentré sur l'armée des morts, peut-être aurait-il envisagé que la forteresse soit assaillie par ailleurs. Mais les formes mobilisaient toute son attention. Ensevelir les portes sous le sable avant que l'ennemi les enfonce était le seul espoir de la Citadelle.

Mhoram perçut l'arrivée de Thorm derrière lui, mais ne se retourna pas avant que Quaan et Amhatin aient rejoint l'hospitalier. Alors, il laissa retomber son pouvoir et leur fit face.

Amhatin était à deux doigts de la catatonie. Ses yeux palpitaient de douleur au milieu de son visage livide, creusé par la faim et la fatigue ; ses cheveux, trempés de sueur, collaient à ses tempes.

— Borillar a reçu un éclair qui m'était destiné, expliqua-t-elle d'une voix tremblante. Il… Je n'ai pas réagi à temps.

Un moment s'écoula avant que Mhoram réussisse à articuler tout bas :

— Il est mort ?

— Non. Les guérisseurs… Il vivra. C'est un magistère, il n'est pas sans défense.

Amhatin s'affaissa contre le mur et se laissa glisser par terre, comme si les fils qui la tenaient debout venaient de se rompre.

— J'avais oublié qu'il était avec vous, murmura Mhoram. J'ai honte.

— *Vous avez honte ?* renchérit Quaan.

Le visage et les bras de l'officier étaient maculés de sang, mais il ne semblait pas blessé.

— La tour… perdue ! cracha-t-il amèrement. C'est moi qui ai honte. Aucun insigne ne devrait permettre… Hile Troy aurait trouvé un moyen de la préserver.

— Dans ce cas, trouvez-en un pour nous aider, grogna Thorm. Ces portes ne tiendront plus longtemps.

Le désespoir contenu dans la voix de l'ignessire attira tous les regards vers lui. Des larmes coulaient sur son visage blême comme s'il ne devait plus jamais s'arrêter de pleurer et ses mains s'agitaient nerveusement dans les airs, cherchant à saisir quelque chose qui n'existait pas – quelque chose d'impossible à briser. Derrière lui, les portes gémissaient comme pour attester la pertinence de sa détresse.

— Nous ne pouvons pas tenir, se lamenta-t-il. Que la pierre me pardonne ! Je suis… Nous ne sommes pas de taille face à une telle puissance.

Quaan tourna les talons et s'éloigna, hurlant pour qu'on apporte des poutres et que des magistères viennent renforcer la défense des portes.

Mais Thorm ne parut pas l'entendre. Dévisageant Mhoram, il chuchota :

— Nous sommes infirmes. Quelque chose de corrompu sape nos forces. Nous ne comprenons pas… Haut seigneur, y a-t-il un autre fléau à l'œuvre en ces murs ? Le granit de Pierjoie hurle pour dénoncer un mal qui n'est pas celui de l'armée des morts.

Mhoram fit basculer ses perceptions pour les mettre en résonance avec les entrailles de la Citadelle, comme s'il voulait fusionner avec la roche. Il sentit les innombrables formes de pierre peser sur sa conscience, et son âme gronder et craquer sous la pression. L'espace d'un instant pareil à une étincelle prophétique, il devint Pierjoie, assimila sa douleur, éprouva l'abominable puissance qui menaçait de la déchirer – et aussi quelque chose de distinct, d'intime, de terrible.

Quand il entendit un bruit de course précipitée se diriger vers lui depuis le hall principal, il sut que Thorm avait entrevu la vérité.

Un des deux hommes qu'il avait chargés de veiller sur Trell pila devant lui. Son visage était livide et ses dents claquaient si fort qu'il avait du mal à parler.

— Haut seigneur, venez vite ! Il... La closerie ! Oh, aidez-le !

Amhatin se couvrit la tête de ses bras comme si elle ne pouvait en supporter davantage. Mais Mhoram dit :

— Je vous entends. Rappelez-vous qui vous êtes. Calmez-vous et parlez plus clairement.

L'homme déglutit à plusieurs reprises.

— Trell... Il est en train de s'immoler. Il va détruire la closerie.

Un cri rauque jaillit de la gorge de Thorm et Amhatin hoqueta :

— *Melenkurion !*

Mhoram fixa le milicien comme s'il n'arrivait pas à croire ce qu'il venait de lui annoncer. En réalité il n'y croyait que trop bien et était atterré que cette révélation arrive trop tard, elle aussi. Une fois de plus, il avait manqué de clairvoyance, n'avait pas réussi à pourvoir aux besoins de la Citadelle. Assailli par d'irréfutables exigences, il pivota vers Trevor.

— Où est Loerya ?

Pour la première fois depuis son sauvetage, l'excitation de Trevor retomba. Il se tenait dans une flaque de son propre sang comme si sa blessure n'avait pas le pouvoir de l'affecter, mais la seule mention de sa femme ouvrit une brèche dans l'armure de son courage tout neuf.

— Elle… commença-t-il. Elle a quitté Pierjoie. La nuit dernière, elle a emmené nos filles dans les hauteurs ; elle voulait leur trouver une cachette pour qu'elles soient en sécurité.

— Par les sept tabernacles ! aboya Mhoram, plus furieux contre lui-même que contre Trevor. Nous avons besoin d'elle !

La situation était désespérée et ni Trevor ni Amhatin n'avaient plus la force de se battre. Un instant, Mhoram eut le sentiment que c'était un dilemme insoluble, qu'il ne pouvait pas prendre de décision au nom de la Citadelle. Mais il était Mhoram fils de Varil, haut seigneur par le choix du conseil. Il avait dit au milicien : « Rappelez-vous qui vous êtes. » Il l'avait dit à Thorm. Il était le haut seigneur Mhoram, incapable de baisser les bras et de se rendre. Frappant le sol de l'extrémité ferrée de son bâton, il se mit aussitôt au travail.

— Trevor, pouvez-vous tenir les portes ?

Trevor soutint son regard.

— N'ayez crainte, haut seigneur. Si c'est possible, je le ferai.

— Bien. (Mhoram tourna le dos à la cour.) Amhatin, Thorm, pouvez-vous m'accompagner ?

En guise de réponse, Thorm prit la main que lui tendait Amhatin et l'aida à se relever.

Mhoram saisit le bras du guerrier livide de peur et s'enfonça dans les couloirs de la citadelle. Tandis qu'il se dirigeait vers la closerie, il demanda à l'homme de lui raconter ce qui s'était passé.

— Il… bredouilla l'autre. (Mais la fermeté de l'étreinte de Mhoram parut le ragaillardir.) Trell m'a surpassé, haut seigneur.

— Que s'est-il passé ? répéta Mhoram.

— Conformément à vos ordres, nous avons suivi Trell Atiaran-mi. Quand il a compris que nous ne le lâcherions pas, il nous a maudits. Mais cela nous a fait réaliser le bien-fondé de notre surveillance. Nous étions décidés à vous obéir coûte que coûte. Il a fini par se détourner de nous et par nous conduire à la closerie. Là-bas, il est descendu jusqu'à la fosse aux ignescentes et s'est agenouillé. Pendant que nous le surveillions depuis l'escalier, il a pleuré, prié et supplié. Haut seigneur, je suis convaincu qu'il réclamait la paix en son cœur. Mais il ne l'a pas trouvée. Quand il a relevé la tête, nous avons vu… Nous avons vu l'abomination sur ses traits. Il a… Les ignescentes… Des flammes ont jailli des pierres de feu. Nous nous sommes précipités vers lui. Mais les flammes nous ont empêchés de l'atteindre. Elles ont dévoré mon camarade. J'ai couru pour vous prévenir.

Ces mots glacèrent le sang de Mhoram dans ses veines.

— Trell avait brisé son serment de paix, répondit-il pourtant afin d'apaiser la douleur du milicien. Il avait perdu toute confiance en lui et a succombé au désespoir. L'ombre du Tueur Gris est sur lui.

Au bout d'un moment, le guerrier lança sur un ton hésitant :

— J'ai entendu dire… On raconte que… Ne serait-ce pas plutôt l'œuvre de l'Incrédule ?

— Peut-être. Dans une certaine mesure, l'Incrédule est l'œuvre du Rogue. Mais le désespoir de Trell est aussi partiellement dû à Trell et moi. La grande force du Tueur Gris, c'est de parvenir à ce que nos faiblesses se retournent contre nous.

Mhoram s'était exprimé aussi calmement que possible, mais plus de trois cents pieds le séparaient encore de la closerie quand il commença à sentir la chaleur des flammes. Il ne doutait pas que ce soit la source du fléau inconnu mentionné par Thorm. Des vagues de profanation brûlante irradiaient dans toutes les directions depuis la salle du conseil. En approchant des hautes portes en bois, Mhoram vit qu'elles fumaient et que les murs scintillaient comme si la pierre était sur le point de fondre. Bien avant d'atteindre l'arche et de plonger son regard dans l'amphithéâtre, il suffoquait déjà.

Un véritable enfer se déchaînait à l'intérieur de la closerie. Le plancher, les tables, les sièges flambaient en rugissant telle une convulsion de tonnerre. La chaleur rougissait le visage de Mhoram et grillait ses cheveux. Il dut cligner des yeux pour chasser ses larmes. Alors seulement, il parvint à distinguer le cœur de la conflagration.

Trell était planté dans la fosse aux ignescentes tel un holocauste. Avec son corps enveloppé de flammes, il ressemblait à la damnation incarnée. Des deux poings, il projetait de grands jets de feu vers le plafond. Son tourment chauffé à blanc frappait la roche qu'il aimait et était incapable de sauver.

Le pouvoir brut qui émanait de lui fit vaciller Mhoram. C'était là les prémices d'un rituel de profanation. Dans son propre désespoir, Trell avait trouvé le secret que le haut seigneur gardait si craintivement et l'utilisait contre Pierjoie. S'il continuait ainsi, les portes ne seraient que la première partie de la Citadelle à s'effondrer – le premier et le dernier maillon d'une chaîne de destruction qui risquait de réduire le promontoire à l'état de gravats.

Il était donc impératif de l'arrêter. Mais Mhoram n'était pas ignessire ; il n'avait aucune connaissance à opposer au pouvoir qui alimentait ces flammes. Il se tourna vers Thorm.

— Vous êtes un *rhadhamaerl* ! cria-t-il pour se faire entendre par-dessus le rugissement du brasier. Vous devez éteindre cet incendie !

— *L'éteindre ?* (Thorm fixait les flammes d'un air anéanti.) L'éteindre ? (Il n'avait pas haussé la voix et Mhoram ne put le comprendre qu'en lisant sur ses lèvres.) Je suis incapable de rivaliser avec un tel déploiement de force. Je suis un ignessire du *rhadhamaerl*, pas une incarnation du Pouvoir de la Terre. Trell va nous détruire.

— Thorm ! s'époumona Mhoram. Vous êtes l'hospitalier de la Citadelle ! Le seul capable de réussir !

— Comment ?

— Je vais vous accompagner et vous prêter ma force, placer ma puissance en vous.

Thorm détourna son regard apeuré de la closerie et, au prix d'un gros effort de volonté, se força à le braquer sur le visage du haut seigneur.

— Nous allons brûler, protesta-t-il.

— Non. Nous allons résister, affirma Mhoram.

Thorm réfléchit, puis soupira. Il ne pouvait pas refuser de se sacrifier pour la Citadelle, pour ce qu'il aimait le plus au monde.

— Si vous êtes avec moi… articula-t-il en silence.

Mhoram pivota vers Amhatin.

— Thorm et moi allons entrer dans la closerie. Vous devrez nous protéger contre les flammes. Déployez votre pouvoir autour de nous.

La jeune femme acquiesça et repoussa une mèche de cheveux trempée de sueur qui lui tombait devant les yeux.

— Allez-y, dit-elle faiblement. La grande table est déjà en train de fondre.

Mhoram constata qu'elle avait raison. Sous leurs yeux, le croissant de pierre se changea en magma qui se déversa dans la fosse aux ignescentes, autour des pieds de Trell.

Mhoram fit appel à son pouvoir et posa son bâton sur l'épaule de Thorm. Ensemble, ils firent face à l'arche et attendirent tandis qu'Amhatin érigeait un bouclier autour d'eux. L'énergie seigneuriale rampa sur leur peau, les picotant tel un essaim d'insectes.

Au signal d'Amhatin, ils entamèrent la descente de l'escalier comme ils se seraient jetés dans une fournaise.

Malgré la protection d'Amhatin, la chaleur les percuta de plein fouet. La tunique de Thorm fuma, la robe de Mhoram noircit et les poils de ses bras roussirent. Mais le haut seigneur choisit d'ignorer son inconfort pour se concentrer sur Thorm et son bâton. Il devinait que l'ignessire chantait, même s'il n'entendait rien d'autre que le ronflement du brasier. Harmonisant son pouvoir avec la voix de Thorm, il mobilisa toutes ses ressources pour les projeter à travers elle.

Comme Mhoram et Thorm avançaient, les flammes reculèrent légèrement devant eux et des zones de pierre encore intacte apparurent, telles des marches. Les deux hommes descendirent vers la fosse aux ignescentes dans une trouée ouverte à même la rage dévastatrice de Trell.

Mais la brèche se referma instantanément derrière eux. Et plus ils s'éloignaient de l'arche, plus le bouclier d'Amhatin faiblissait. La peau de Mhoram commençait à brûler au contact de sa robe ; ses yeux lui faisaient si mal qu'il n'y voyait plus rien. La chanson de Thorm se mua en cri de douleur et d'angoisse.

Le temps qu'ils atteignent le niveau inférieur de la closerie, où le *krill* était toujours planté dans la petite table de pierre, Mhoram avait compris que, s'il ne retirait pas son pouvoir à Thorm pour l'utiliser à des fins protectrices, tous deux rôtiraient aux pieds de Trell.

— Trell ! hurla Thorm. Vous êtes un ignessire du *rhadhamaerl* ! Ne faites pas ça !

Un instant, la fureur de l'incendie s'apaisa. Trell dévisagea Mhoram et Thorm, et parut les reconnaître.

— Trell ! s'époumona Thorm.

Mais Trell était tombé trop bas, précipité dans le vide par la puissance de son propre holocauste. Il tendit un index accusateur, s'accroupit et projeta une brassée d'ignescentes vers les trouble-fête.

Au même moment, un frisson parcourut Mhoram. Le bouclier d'Amhatin se raffermit. La force de l'attaque renversa Thorm et le fit s'écrouler dans les bras de Mhoram, mais le feu ne les toucha pas. Et le brusque regain de pouvoir d'Amhatin aiguillonna quelque chose en Mhoram, fit jaillir une réponse des profondeurs de son être.

Les yeux brillants, il s'abandonna à lui-même et pensa au secret qu'il gardait depuis des lunes. La profanation était un pouvoir que les seigneurs avaient échoué à découvrir à cause de leur serment de paix, un pouvoir qui permettait de préserver ou de détruire. Le désespoir n'était pas l'unique émotion qui permettait de le libérer. Mobilisant sa passion, Mhoram se dressa contre la dévastation de la closerie.

L'énergie traversait sa poitrine, filait le long de ses bras et palpitait dans son bâton. Elle rendait Mhoram invulnérable, irradiait de lui pour s'opposer au fléau déclenché par Trell et restaurait les forces de Thorm. Celui-ci se releva et s'associa à Mhoram pour résister à Trell.

Les ignessires s'affrontèrent. Ils enchaînèrent les gestes sacrés et les invocations les plus puissantes du *rhadhamaerl*. Autour d'eux, le feu se déchaînait comme si Pierjoie était sur le point de s'écrouler, mais ils modelaient le brasier, mesuraient leur volonté l'une à l'autre pour en prendre le contrôle total.

Thorm était exalté par le soutien de Mhoram. Le pouvoir du haut seigneur résonnait dans chacun de ses mots, dans chacune de ses notes ; il le ragaillardissait et nourrissait son amour pour la pierre. Au final, il lui permit de repousser la profanation. Après une dernière convulsion rageuse, Trell tomba à genoux et les flammes s'éteignirent.

Ce fut comme la marée qui se retire – doucement d'abord, puis de plus en plus vite. La chaleur diminua ; de l'air frais afflua depuis les conduits d'aération de la

Citadelle et enveloppa Mhoram. Le haut seigneur recouvra la vue. Un instant, il craignit de s'évanouir de soulagement.

Pleurant de joie et de chagrin, il aida Thorm à tirer Trell hors de la fosse aux ignescentes. Le colosse ne réagit pas. Il semblait aveugle et insensible à leur présence. Promenant un regard flou à la ronde, il murmura d'une voix brisée :

— Intact. Il ne reste rien d'intact. Rien.

Puis il se couvrit la tête de ses bras et se recroquevilla sur lui-même aux pieds de Mhoram, tremblant comme s'il avait besoin de sangloter mais en était incapable.

Thorm et Mhoram se dévisagèrent, prenant la pleine mesure de ce qu'ils venaient d'accomplir ensemble. L'hospitalier, les traits calcinés, murmura avec une saine émotion :

— Trell manquera aux *rhadhamaerl*. L'heure du deuil est venue.

Depuis le sommet de l'escalier, une voix très excitée s'écria :

— Haut seigneur ! Les morts ! Ils sont tombés en poussière ! Le Pilonneur a épuisé ses forces et les portes tiennent toujours !

Mhoram balaya la closerie du regard. L'amphithéâtre avait subi d'énormes dégâts. La table et les chaises des seigneurs avaient fondu ; les marches étaient bien entamées, et les flammes avaient déformé le tiers inférieur des gradins. Mais le reste avait survécu. Le Citadelle avait tenu. Mhoram hocha la tête.

— Oui, l'heure est venue.

Sa vue était brouillée par les larmes et il crut voir deux silhouettes en robe bleue descendre les marches pour se diriger vers lui. Clignant des yeux, il découvrit que Loerya accompagnait Amhatin. Cela expliquait le regain de pouvoir qui avait sauvé la vie au haut seigneur et à l'hospitalier.

Quand elle atteignit Mhoram, Loerya le dévisagea gravement. Sur ses traits, il chercha de la honte ou de la détresse, mais ne décela que du regret.

— Je les ai laissées sous la garde de l'affranchi, à Scintillia, expliqua-t-elle d'une voix sourde. Peut-être seront-elles en sécurité là-bas. Je suis revenue quand... quand j'en ai trouvé le courage.

Puis quelque chose, sur la gauche de Mhoram, capta son attention. Son visage s'illumina. Le haut seigneur pivota et vit qu'elle fixait la table dans laquelle était planté le *krill*.

Au centre du plateau, la gemme incrustée dans la poignée de l'arme brûlait d'un feu blanc très pur, aussi radieux que celui de l'espoir.

Mhoram entendit quelqu'un dire :

— Le seigneur suprême Covenant est revenu dans le Fief.

Mais il n'avait plus conscience de ce qui se passait autour de lui. Ses sens semblaient aveuglés.

Il tendit la main et saisit le manche du *krill*. Dans sa chaleur intense, il perçut la vérité de ce qu'il venait d'entendre. L'Incrédule était bien revenu.

Éprouvant sa nouvelle puissance, Mhoram agrippa le *krill* et le retira de la table sans aucune difficulté. La lame était si affûtée que même ses yeux en percevaient le tranchant. Et son pouvoir le protégeait contre la chaleur qu'elle dégageait.

Il pivota vers ses compagnons avec un sourire aussi lumineux qu'un rayon de soleil.

— Appelez Trevor, réclama-t-il. J'ai… j'ai un secret à partager avec vous.

12
Amanibhavam

« HAINE. »

C'était l'unique pensée de Covenant. Le poids des choses qu'il avait ignorées écrasait tout le reste.

« Haine. »

S'accrochant à sa question sans réponse et s'appuyant sur l'épieu, il se hissa jusqu'au bord de la cuvette. Puis, clopin-clopant, il redescendit le versant de la colline, laissant derrière lui les braises mourantes du feu.

« Haine. »

Son pied blessé traînait sur le sol ; les os brisés de sa cheville frottaient les uns contre les autres, et bientôt, des gouttes d'agonie jaillirent de chacun de ses pores pour geler instantanément dans le froid hivernal. Pourtant, il continua à avancer tant bien que mal.

Il gravit la colline suivante en diagonale. Le vent lui lacérait la joue droite, mais il n'y prêtait pas la moindre attention. Il avait choisi d'attaquer la pente en biais parce que c'était plus facile, pas parce qu'il s'était fixé une direction à suivre. Quand l'inclinaison de l'autre versant l'entraîna à nouveau vers le nord, loin des plaines de Ra et de ses amis, il se laissa faire. Il progressa d'un pas chancelant, tel un fou infirme, tout son être mobilisé par une seule obsession.

« Haine. »

Atiaran Trell-mie avait dit que c'était la responsabilité des vivants de justifier le sacrifice des morts. Si tel était le cas, Covenant avait du travail en perspective. Léna gisait dans une mare de sang, un pieu planté dans le ventre. Elena était ensevelie quelque part dans les boyaux de Melenkurion Barreciel ; à cause des manipulations et des échecs du lépreux, elle avait succombé à son apocalypse intime. Elle n'avait jamais existé. Des ranyhyn avaient été affamés et massacrés. Bannor et Suilécume avaient peut-être déjà péri ou cédé au désespoir. Pietten, Hile Troy, Trell, Triock… Tous avaient souffert et étaient tombés par sa faute. Aucun d'eux n'avait jamais existé. Sa douleur n'existait pas. Rien n'avait d'importance, sinon cette question absolue.

Un grondement monta du fond de la gorge de Covenant.

— Haine ?

Sans la réponse à cette question, rien ne pouvait avoir de signification. Malgré ses innombrables déguisements, il la reconnaissait comme l'interrogation fondamentale qui modelait sa vie depuis le jour où il avait appris qu'il serait désormais soumis à la loi de la lèpre. Le mépris, le dégoût de soi, la peur, le viol, le meurtre, tout cela ne faisait qu'un.

Ainsi Covenant errait-il en quête d'une réponse. Pour la première fois depuis le début de ses séjours dans le Fief, il était complètement seul.

L'aube grisâtre le trouva en train de se traîner vers le nord-est, utilisant l'épieu comme une pagaie pour prendre appui sur la neige et frissonnant sous l'âpre morsure de la bise. La lumière blafarde parut réveiller certaines parties endormies de son être. Il se réfugia sous une corniche et tenta d'évaluer sa situation.

Enveloppé par le hurlement aigu du vent, il tira sur la jambe de son pantalon avec ses doigts gelés. Quand il réussit à soulever le tissu, il éprouva une vague surprise à la vue de sa cheville. La chair avait noirci et le pied présentait un angle peu naturel avec le reste de sa jambe. À travers le sang séché, Covenant aperçut des échardes d'os qui saillaient sous les lanières de ses sandales.

La blessure était plus laide que douloureuse. Son genou élançait Covenant en sourdine et des crampes enserraient sa cuisse jusqu'à la hanche, mais sa cheville elle-même ne le faisait pas souffrir. Le froid avait insensibilisé ses pieds, déchiquetés et infectés comme ceux d'un pèlerin. Covenant songea qu'il allait probablement perdre le plus mal en point des deux. Mais cette éventualité ne l'affectait pas ; ce n'était qu'un élément de plus au sein d'une expérience irréelle.

Il se rendait compte qu'il aurait dû prendre des mesures pour sa survie, mais ne savait pas lesquelles. Il ne se souciait de rien sinon du besoin primordial qui le poussait en avant. Il manquait de repos et de nourriture. Il ignorait où il se trouvait et où il allait. Pourtant, il éprouvait une envie pressante de se remettre en route. Pour que son sang continue à circuler dans ses veines, il devait bouger. Le mouvement était seul capable de l'aider à trouver la réponse qu'il cherchait.

Covenant se redressa maladroitement, glissa, tomba et cria par pur réflexe, car il n'avait rien senti. Un instant, le vent rugit à ses oreilles tel un prédateur triomphant. Sa respiration brûla Covenant comme si des griffes de froidure lacéraient sa gorge et ses poumons. Mais il cala l'extrémité de l'épieu sur le sol gelé et, se hissant le long du manche une main après l'autre, parvint à se remettre debout.

Il se força à gravir la colline, puis à longer une crête basse qui se dressait en travers de son chemin tel un muret. Ses bras tremblaient sous l'effort consenti pour supporter son poids et ses doigts glissaient sans cesse sur le bois lisse. La montée faillit avoir raison de lui. Quand il atteignit le sommet, il suffoquait à demi et le paysage hivernal tanguait sous ses yeux.

Il s'arrêta, appuyé sur sa béquille improvisée. Il avait tant de mal à respirer qu'il crut que sa sueur gelée obstruait ses narines et sa bouche. Mais quand il tenta de l'arracher, elle se détacha telle une croûte protectrice, meurtrissant sa peau et exposant de nouveau ses nerfs au froid. Il ne toucha pas au reste de son masque, se contentant de rester immobile jusqu'à ce qu'il ait repris son souffle et que sa vision se soit éclaircie.

Le paysage qui se déployait alentour était si désolé, si ravagé par la cruauté du Rogue, que Covenant eut du mal à supporter sa vue. D'un bout à l'autre de l'horizon, tout était gris, glacé et mort. Pas ce gris doux qui fait les illusions crépusculaires ni celui des couleurs qui se fondent complaisamment les unes dans les autres, mais plutôt le gris de la consternation, à la fois morne et violent, terne et poignant, celui des cendres que laissent derrière eux la sève, le sang et les os après s'être consumés. Sous un épais manteau de nuages gris, un vent gris soufflait un froid gris sur les collines grises. De la neige grise s'accumulait au pied des arbres dénudés, à peine visibles dans le lointain sur la gauche de Covenant. Sur sa droite, de la glace grise étouffait les misérables flots gris d'une rivière. Un engourdissement gris tenait le corps et l'âme de Covenant dans son étau. Turpide était partout.

Puis Covenant se souvint de son objectif. À demi aveuglé par les bourrasques qui lui arrivaient en pleine face, il dépassa des abris potentiels et des buissons d'*aliantha* sans s'arrêter, continua à se frayer un chemin en titubant entre les collines et à traîner son pied infirme telle une accusation portée contre le Rogue.

Mais peu à peu, ce souvenir s'estompa ; il disparut de sa conscience comme tout ce qui n'était pas son interrogation entêtante. Quelque instinct primitif empêchait Covenant de dériver vers la rivière. Il n'avait cependant pas retrouvé son sens de l'orientation. Le vent lui cinglait la joue droite en biais ; Covenant grimpait péniblement, comme si prendre de l'altitude était le seul moyen pour lui de rester debout.

Au fil de la matinée, ses chutes se firent de plus en plus fréquentes. Il n'arrivait plus à maintenir sa prise sur l'épieu ; ses mains étaient trop raides, trop faibles. Chacune de ses chutes était ponctuée par le craquement de la glace et ses cris haletants. Après plusieurs efforts convulsifs pour se redresser et continuer, il finit par s'immobiliser face contre terre, son souffle s'étranglant dans sa gorge, et par tenter de dormir.

Mais, très vite, il se remit en mouvement. Le sommeil n'était pas ce qu'il désirait ; il n'avait pas sa place dans l'unique fragment déterminé de sa conscience. Covenant se mit sur les genoux. Puis, avec une brusquerie maladroite, il prit appui sur sa cheville brisée. La douleur poignarda le reste de sa jambe et son pied se tordit sous lui. Mais sa cheville était assez engourdie pour tolérer le poids de son corps. Ignorant l'épieu qui gisait près de lui, Covenant se mit debout, chancela et recommença à se traîner en boitant.

Il progressa ainsi, telle une marionnette actionnée par des mains malhabiles. Il continua à tomber ; il avait deux blocs de glace en guise de pieds et ne pouvait conserver son équilibre quand le relief se faisait trop abrupt. Pour une raison qu'il ne s'expliquait pas, il tendait à dévier vers la gauche, où le sol montait à la rencontre d'arbres rabougris. Les pentes ne cessaient de s'accentuer ; un voyageur en pleine forme les aurait sans doute trouvées faciles à négocier, mais chacune d'elles affectait Covenant comme un précipice. Bientôt, il fut forcé de les gravir à quatre pattes, griffant la terre gelée en quête de prises, et de les descendre en roulant sur lui-même tel un damné précipité dans l'abysse.

Après s'être écroulé, il restait prostré dans la neige ainsi qu'un pénitent et, une fois reposé, se relevait ou se remettait à ramper.

La journée avançait et la progression de Covenant devenait de plus en plus laborieuse. Quand il se retrouvait à terre, il écoutait l'air entrer et sortir de ses poumons avec un bruit de sanglots, comme si, en plus de sa cheville, il s'était fracturé quelque chose d'essentiel : l'endurance obstinée qui l'avait porté jusqu'alors. Comme si même l'engourdissement l'avait trahi et laissé à la merci de sa blessure. Covenant commençait à croire que son rêve allait le tuer.

En milieu d'après-midi, il glissa, culbuta et s'immobilisa sur le dos. Il ne trouva pas la force de basculer sur le ventre. Tel un insecte retourné sur sa carapace, il se débattit un moment, puis sombra dans le sommeil, épuisé, coincé entre le ciel plombé et la terre d'une dureté métallique.

Des visions vinrent troubler son repos sans lui apporter la moindre consolation. Sans cesse, il se revoyait en train de porter le coup avec lequel il avait tué Pietten. Mais l'identité de la victime changeait chaque fois : Llaura, Rue, Elena, Joan, la femme qui était morte en le protégeant durant la bataille de la Haute Sylve – pourquoi n'avait-il jamais demandé son nom à personne ? Dans ses rêves, Covenant les assassinait toutes. Elles gisaient autour de lui, de la lumière s'échappant de leurs plaies comme les notes d'une mélodie surnaturelle. Leur chanson l'ensorcelait, mais, avant qu'il puisse l'entendre, une autre silhouette lui apparut : celle d'un homme qui penchait sur le côté telle une frégate à la coque fendue.

L'inconnu était vêtu de chagrin et de violence. Il avait du sang sur les mains et l'amour du meurtre dans les yeux, mais Covenant ne parvenait pas à distinguer ses traits. De nouveau, il brandit son couteau de stèlagien ; de nouveau, il le plongea de toutes ses forces dans la poitrine exposée de sa victime.

Alors seulement, il vit que cet homme, c'était lui.

Il tressaillit comme si le ciel l'avait frappé et, d'un soubresaut, se retourna sur le ventre pour dissimuler son visage et sa plaie. Puis il se rappela qu'il était allongé dans la neige. Il se releva péniblement et recommença à se traîner dans la lumière faiblissante du crépuscule.

Peu de temps après, il atteignit une colline qu'il ne put gravir. Il se jeta à l'assaut de la pente, d'abord sur ses deux jambes, puis à quatre pattes. Mais il était infirme et épuisé. Il infléchit sa trajectoire vers la gauche, cherchant un chemin plus praticable, et se retrouva en train de rouler vers le bas sans comprendre ce qui s'était passé. Quand il s'immobilisa au pied de la colline, il se reposa, en proie à la plus grande confusion. Il avait dû franchir le sommet sans s'en rendre compte. Le souffle court, il se força à se redresser et poursuivit son chemin.

La hauteur suivante ne fut pas plus facile à négocier. Mais Covenant devait la passer. Voyant qu'il ne parvenait pas à escalader son flanc, il vira de nouveau à gauche – ce qui, pour une raison inexplicable, parut l'entraîner en direction de la rivière.

Un peu plus loin, il découvrit une piste dans la neige.

Il aurait dû s'en alarmer, mais n'éprouva que soulagement. Quelqu'un était passé par là, et récemment, sans quoi le vent aurait déjà effacé ses traces. Peut-être pourrait-il l'aider…

Covenant était transi, affamé, exténué. Sous une carapace de glace, sa cheville continuait à saigner. Il avait atteint le point au-delà duquel il ne pouvait pas continuer ni croire ou espérer que la vie soit encore possible. Il avait besoin que l'auteur de ces traces décide de son sort à sa place.

Il les suivit vers la gauche et vers le bas, jusqu'à un creux niché entre plusieurs collines. Il gardait les yeux rivés sur la piste devant lui, craignant de lever la tête et de découvrir que son sauveur potentiel était invisible ou hors d'atteinte. Les traces étaient extrêmement nettes ; Covenant devinait sans peine où leur auteur était tombé, avait saigné, s'était reposé et avait recommencé à marcher en boitant. Bientôt, il atteignit le pied d'une pente qu'il entreprit d'escalader. Il était désespéré, plus seul qu'il ne l'avait jamais été dans le Fief.

Enfin, la vérité lui apparut. Quand le tracé s'infléchit vers la gauche et redescendit vers la cuvette, il réalisa qu'il suivait ses propres empreintes, qu'il tournait en rond.

Ses dernières forces l'abandonnèrent. La tête lui tourna. Des lumières scintillaient de l'autre côté d'un gouffre sombre, derrière ses paupières closes, mais il ne pouvait pas leur répondre. Avec un gémissement sourd, il bascula en arrière et glissa dans une congère.

Son calvaire n'était pourtant pas terminé. Sa chute avait fait apparaître quelque chose que la neige avait dissimulé jusqu'alors. Pendant que Covenant gisait sur le dos, suffoquant et le cœur battant à tout rompre, une odeur s'insinua dans ses narines. Malgré le froid, elle mobilisa aussitôt son attention. Piquante et séductrice, elle lui caressait le visage, l'envahissait à chaque inspiration, exigeait qu'il réagisse. Il se redressa sur un coude et, d'une main tremblante, écarta la poudreuse qui recouvrait le sol.

Il trouva de l'herbe assez robuste et obstinée pour avoir résisté à l'interminable hiver. De petites fleurs jaunes avaient même réussi à éclore sous le poids de la neige. Leur parfum ensorcelait Covenant. Comme ses doigts gelés ne pouvaient pas les cueillir, il cassa une partie de la glace qui recouvrait sa bouche, puis baissa la tête, arracha quelques tiges avec les dents et les avala.

Le jus de la plante parut filer droit vers ses muscles pour les imprégner de l'énergie de la folie. La soudaineté de cette intrusion prit Covenant au dépourvu. Tandis qu'il se penchait jusqu'au sol pour la quatrième fois, il fut saisi d'une convulsion et s'écroula en position fœtale, tétanisé par le pouvoir à l'état brut qui coulait dans ses veines.

Il poussa un hurlement d'agonie. La seconde d'après, il bascula dans une dimension ravagée, où seuls existaient le froid, le vent et le mépris. Il sentit l'attaque surnaturelle du Rogue à un niveau qui ne relevait ni de la vue, ni de l'ouïe, ni du toucher, mais d'un amalgame de tous ses sens. Ses nerfs vivants palpitaient de douleur comme s'ils avaient été dénudés et exposés à un fléau. Et au cœur de ses perceptions, une pensée transperça Covenant telle la pointe de lance de l'hiver. Il identifia la chose qu'il ne comprenait pas.

C'était de la magie.

Une suggestion de lumières glauques éclipsa cette pensée avant de s'évanouir. La magie n'existait pas ; elle ne pouvait pas exister. Pourtant, elle faisait partie du Fief. Et elle se refusait à lui. Cette idée tordit les entrailles de Covenant comme si des mains cruelles avaient trituré sa plaie.

Il avait entendu Mhoram dire : « L'or blanc, c'est vous. » Qu'est-ce que cela signifiait ? Il ne détenait aucun pouvoir. Ce rêve était le sien, mais il ne bénéficiait plus de sa vitalité, celle qui prouvait, justement, la nature onirique du Fief. La magie venait de lui ; elle jaillissait de son être et il ne pouvait pas la toucher. C'était impossible. La chute de ce monde était irrémédiablement inscrite dans son alliance et il était impuissant à se sauver lui-même.

Saisi par une conviction incohérente, où prophétie et démence se mêlaient sans qu'il parvienne à les distinguer, Covenant plongea sur cette contradiction, l'enveloppa et tenta de la contenir, de l'absorber, pour ne plus faire qu'un avec elle.

Mais elle se décomposa en une nuée de lueurs et le lépreux se retrouva debout sans avoir réalisé qu'il se relevait. Les points lumineux dansaient autour de sa tête telle une mélodie silencieuse. Covenant éclata de rire. Son insondable futilité et l'absurdité de ses efforts pour survivre lui paraissaient tout à coup hilarantes. Il allait connaître une mort de lépreux.

Son rire monta dans les aigus de l'hystérie. Trébuchant, boitant, tombant et se redressant, Covenant suivit la musique en direction des arbres dénudés.

Il s'esclaffait chaque fois qu'il tombait, comme si sa détresse avait quelque chose de désopilant. La douleur qui lui broyait la cheville lui arrachait des hoquets stridents. Mais, bien qu'impatient d'atteindre le bout du chemin et de goûter l'ultime repos, il se laissait porter par les lumières. Parsemant son chemin tels des pétales d'ambre gris, avançant et revenant vers lui, elles le forçaient à se relever après chaque chute et à continuer vers la lisière de la forêt.

Au bout d'un moment, Covenant commença à croire que les arbres chantaient pour lui. Les lueurs qui piquetaient l'air alentour montaient et descendaient à des intervalles irréguliers, comme des notes de musique scintillantes sur une immense portée. Mais il ne les voyait et ne les entendait pas ; il ne les percevait qu'à travers l'énergie infatigable qui coulait dans ses veines. Quand il tenta de les cueillir comme de l'*aliantha*, elles s'enfuirent gaiement et il les poursuivit jusqu'à ce que les premiers troncs noircis par l'hiver se dressent autour de lui.

Alors qu'il s'enfonçait dans la forêt, il sentit le froid diminuer d'une manière inattendue. Derrière lui, la clarté du jour s'éteignait dans le ciel plombé ; devant lui ne s'élevaient que des arbres à la silhouette lugubre. Pourtant, la température semblait s'adoucir à l'approche de la nuit.

Covenant découvrit bientôt que plus il avançait, plus l'épaisseur de la neige diminuait au pied des troncs. À quelques endroits, il aperçut même des feuilles encore vertes qui s'accrochaient aux branches avec détermination. Les arbres se rapprochaient et entrelaçaient leurs rameaux tels des blessés de guerre se soutenant les uns les autres. Dans la poudreuse se dessinaient des traces d'animaux qui donnaient le vertige à Covenant quand il tentait de les suivre du regard. Et l'air tiédissait sensiblement.

Peu à peu, une lumière diffuse enveloppa le lépreux. Trop occupé à dériver comme une épave, il ne la remarqua pas tout de suite. Puis un tentacule de mousse humide lui gifla le visage. Il sursauta et prit conscience de ce qui l'entourait.

Les troncs luisaient faiblement ; on aurait dit qu'ils absorbaient le clair de lune et le restituaient par tous les alvéoles de l'écorce. Des rideaux de mousse noire pendaient aux branches telles d'inquiétantes draperies. Covenant eut l'impression qu'ils l'observaient.

La peur s'abattit sur lui. Assailli par le souvenir de la rage que la forêt ruminait depuis le massacre jamais vengé de ses arbres, il poussa un gémissement et tourna les talons pour s'enfuir. Il replia un bras devant sa figure et, agitant l'autre devant lui, voulut prendre ses jambes à son cou. Mais sa cheville se tordait à chacun de ses pas et la musique le retenait. De séductrice, elle se fit autoritaire, modela sa volonté, de sorte qu'au lieu de lui faire rebrousser chemin, sa course entraîna Covenant dans les profondeurs de la forêt.

Il ne maîtrisait plus rien. Le pouvoir de l'herbe œuvrait en lui comme du poison ; les lumières dansaient et le guidaient. Dans sa fuite éperdue, il se cognait contre les arbres, s'emmêlait aux tentacules de mousse, accrochait ses vêtements aux branchages. Des animaux détalaient sur son chemin et les hululements des hiboux résonnaient à ses oreilles tel l'écho du désespoir.

Bientôt, Covenant fut épuisé. Son corps ne pouvait pas fournir davantage d'efforts. Alors qu'un gémissement s'étranglait dans sa gorge, un papillon de nuit aussi gros qu'un cormoran jaillit soudain de derrière un arbre et le percuta de plein fouet. Il s'écroula telle une marionnette désarticulée. Un instant, il s'agita faiblement. Mais il était incapable de reprendre son souffle, de se calmer et de se relever. Au terme d'une brève lutte, il s'écroula sur le sol tiède et s'abandonna à la forêt.

Les lumières planèrent un moment au-dessus de lui, comme intriguées par son immobilité, puis dérivèrent, le laissant prisonnier de ses rêves douloureux.

Pendant que Covenant dormait, la phosphorescence des troncs s'intensifia. S'il avait été témoin du phénomène, il aurait pensé que les arbres cherchaient un moyen de l'absorber pour débarrasser la Terre de lui et effacer cette insulte faite à leur juste courroux. Mais la lueur spectrale ne le blessait pas. Et lorsqu'un très léger bruit de pattes se fit entendre parmi les branches et la mousse, la menace reflua tandis qu'une nuée d'araignées se laissaient tomber sur Covenant.

Guidées par les lumières, qui étaient revenues entretemps, elles explorèrent la silhouette immobile du lépreux comme si elles cherchaient un point vital où le mordre. Au lieu de cela, elles se rassemblèrent autour de ses blessures et, œuvrant de concert, entreprirent de tisser leur toile au-dessus de ses plaies.

Bientôt, les pieds de Covenant furent enveloppés de fils de soie. L'hémorragie de sa cheville avait été arrêtée, ses os fracturés recouverts d'ouate protectrice. Une vingtaine d'araignées s'affairaient encore à recouvrir les engelures de ses joues et de son nez ; d'autres lui bandaient les mains et le front, bien qu'aucune blessure apparente ne s'y détachât. Leur travail terminé, elles s'enfuirent et disparurent aussi rapidement qu'elles étaient arrivées.

Covenant continua à dormir. Des rêves l'assaillaient par intermittence, mais son sommeil était essentiellement paisible. Peu à peu, son pouls et sa respiration redevinrent normaux. Dans le cocon de soie grise, il ressemblait à une chrysalide d'où n'allait pas tarder à émerger une créature nouvelle.

Beaucoup plus tard cette nuit-là, il s'agita et réalisa à travers ses paupières closes que les lumières le fixaient toujours. Il était loin de reprendre conscience, mais les notes de la mélodie l'éveillèrent juste assez pour qu'il entende des pas se diriger vers lui.

— Ah, miséricorde ! soupira une voix féminine éraillée par le grand âge. Voici donc à quoi sont réduits la paix et le silence. J'avais laissé le monde derrière moi et, aujourd'hui, il vient me chercher dans ma retraite. Miséricorde…

Covenant sentit que l'inconnue déchirait les toiles qui recouvraient son visage.

— Oui, je comprends pourquoi la forêt m'a tirée de mon repos. Le froid l'a à moitié tué et il a mangé de l'*amanibhavam*. Ah, miséricorde ! Comment refuser de lui porter secours si même Morinmoss s'éveille pour lui ? Quoi qu'elle ait pu faire à son esprit, l'herbe a préservé sa vie. Mais ses pensées ne me plaisent guère. Sa présence sera une épreuve pour moi, je le sens.

Les mots pénétrèrent dans les oreilles de Covenant sans toutefois atteindre le centre glacé de son être. Il tenta d'ouvrir les yeux, mais ses paupières demeurèrent obstinément closes, comme pour le protéger d'une vision effrayante. Les mains qui le palpaient en quête d'autres blessures l'emplissaient de dégoût. Pourtant il demeurait immobile, enchaîné par ses rêves déments. Il n'avait aucune volonté à opposer à la vieille femme. Ainsi resta-t-il tapi en lui-même, attendant de pouvoir bondir, la renverser et se libérer.

— Miséricorde ! Gelé jusqu'à la moelle et à demi fou. J'ai renoncé à mon art. Où trouverai-je la force nécessaire ? (Puis ses doigts agiles dénudèrent la main gauche du lépreux et elle hoqueta :) *Melenkurion !* De l'or blanc ? Ah, par les sept tabernacles ! Pourquoi faut-il qu'un tel fardeau retombe sur moi ?

Le besoin de protéger son alliance rapprocha Covenant de la conscience. Il ne pouvait pas bouger, n'arrivait même pas à serrer le poing. Aussi chercha-t-il un autre moyen de distraire la vieille femme.

— Léna ? formula-t-il de ses lèvres craquelées, sans savoir ce qu'il disait. Léna, c'est toi ? Tu es toujours vivante ?

Au prix d'un gros effort, il ouvrit les yeux.

13

La guérisseuse

LE SOMMEIL BROUILLAIT ENCORE LA VUE de Covenant. Au début, il ne distingua rien d'autre que la lueur spectrale des arbres. Mais son anneau était menacé. Il ne voulait pas qu'on lui prenne l'or blanc. À moitié endormi ou pas, il n'avait aucune intention de renoncer à lui. Aussi lutta-t-il pour focaliser son regard et attirer l'attention de la vieille femme.

Puis une douce caresse balaya les toiles d'araignées accrochées à ses sourcils et sa vision s'éclaircit.

— Léna ? s'enquit-il de nouveau.

La vieille femme qui se penchait sur lui avait des cheveux pareils à des herbes emmêlées et un visage brun dont les traits semblaient avoir été modelés dans de la glaise par des mains malhabiles. La capuche d'une pelisse verte en lambeaux recouvrait sa tête. Ses yeux étaient entièrement couleur de boue, un brun inattendu et suggestif, comme si le limon d'une foi très intime emplissait ses iris et effaçait ses pupilles. Pourtant, Covenant ne décela aucune assurance dans son regard. La vie, qui avait altéré ses yeux, se trouvait loin derrière elle. À présent, elle était vieille et timorée. Sa voix craqua comme un parchemin antique lorsqu'elle demanda :

— Léna ?

— C'est toi ? Tu es toujours vivante ?

— Suis-je… Non, je ne suis pas ta Léna. Elle est morte, à en juger par ton expression. Miséricorde ! C'est l'œuvre de l'*amanibhavam*. Peut-être a-t-il préservé ta vie, mais, quand tu l'as mangé, tu devais savoir que c'était du poison pour toi. Le corps humain n'est pas assez robuste pour assimiler un tel pouvoir.

— Tu es toujours vivante ? répéta Covenant.

C'était une ruse pour se protéger, pour préserver cette partie de lui qui s'était arrachée à son sommeil afin de défendre l'or blanc. Si son visage n'avait pas été aussi abîmé, le lépreux aurait eu du mal à réprimer une grimace de satisfaction.

— Peut-être pas, soupira la vieille femme. Mais laissons cela. Tu ne sais pas ce que tu dis. Tu es gelé à cœur, à demi fou et… et il y a en toi un mal dont la nature m'échappe.

— Pourquoi n'es-tu pas morte ? insista Covenant.

— Écoute-moi, ordonna la vieille femme en se penchant vers lui. Je sais que la confusion est sur toi, mais écoute-moi. Tu es entré dans la forêt de Morinmoss. Je suis… une guérisseuse, une affranchie qui s'est consacrée à l'étude de la médecine. Je vais t'aider parce que tu en as besoin, parce que l'or blanc révèle que de grands événements se préparent dans le Fief et parce que Morinmoss a retrouvé sa voix pour me guider jusqu'à toi… même si je ne comprends pas pourquoi.

— Je l'ai vu te tuer.

L'intonation de Covenant n'exprimait qu'horreur et chagrin, mais, au fond de lui, le lépreux se félicitait d'être aussi malin.

La vieille eut un léger mouvement de recul. Ce fut sa seule réaction à ce qu'il venait de dire.

— Je suis venue parce que le sommeil troublé de Morinmoss faisait écho à mon besoin douloureux de repos. Je suis une guérisseuse, aussi Morinmoss m'a-t-elle laissée entrer. Et maintenant, elle me parle… De grands événements, oui. Ah, miséricorde ! Au fond de mon cœur, je sais que le Colosse en personne… Mais je m'égare. Je vis ici depuis de nombreuses années. J'ai pris l'habitude de parler toute seule.

— Je l'ai vu.

— Ne m'as-tu pas entendue ?

— Il t'a planté un pieu en bois dans le ventre. Tu t'es vidée de ton sang.

— Miséricorde ! As-tu donc mené une existence si violente ? Laissons aussi cela. Tu ne m'écoutes pas ; tu as plongé trop profondément sous l'emprise de l'*amanibhavam*. Mais, quelle qu'ait été ta vie jusqu'à présent, je dois t'aider. C'est une chance que mes yeux n'aient pas oublié mon travail d'antan. Je vois que tu es trop faible pour me faire du mal, quand bien même telle serait ton intention.

« Faible » ; la vieille femme avait raison. Covenant n'arrivait même pas à serrer le poing pour protéger son alliance.

— Es-tu revenue pour me hanter ? hoqueta-t-il. Pour m'accuser ?

— Parle si ça te chante, mais je ne peux pas t'écouter. Je dois faire mon travail.

Avec un grognement, elle se releva et s'éloigna d'une démarche raide.

— C'est ça, poursuivit Covenant, mû par une jubilation grotesque. C'est bien ça, n'est-ce pas ? Tu es revenue me torturer. Ça ne te suffit pas que je l'aie tué. Je lui ai planté un couteau dans le cœur, mais tu n'es pas satisfaite. Tu veux me blesser plus encore. Tu souhaites que je repense à mes crimes et que la culpabilité me rende fou. J'ai œuvré à la place du Rogue et tu désires que je paie pour ça. Toi et ton sang ! Où étais-tu quand ce qui pouvait m'arriver avait encore de l'importance ? Pourquoi n'as-tu pas tenté de te venger après que je t'ai violée ? Pourquoi as-tu attendu jusqu'à aujourd'hui ? Si tu avais réagi sur le coup, peut-être aurais-je compris ce qui se passait. Tant de générosité… C'était cruel. Oh, Léna ! Je n'ai pas compris ce que je t'avais infligé jusqu'à ce qu'il soit trop tard. Je n'ai pas pu m'en empêcher. Qu'est-ce que tu attends ? Torture-moi ! J'ai besoin de la douleur !

— Tu as besoin de nourriture, marmonna la guérisseuse d'un air dégoûté. (D'une main, elle saisit la mâchoire de Covenant avec une force inattendue ; de l'autre, elle déposa deux ou trois baies prodigieuses sur sa langue.) Avale les graines. Elles aideront à te restaurer.

Covenant voulut cracher l'*aliantha*, mais la vieille femme le força à mâcher malgré lui. Sa main libre lui frotta la gorge jusqu'à ce qu'il déglutisse, puis lui fourra d'autres fruits dans la bouche. Le lépreux sentit le jus nourrissant se répandre en lui. Pour une raison qu'il ne s'expliquait pas, *l'aliantha* semblait alimenter son sommeil plutôt que sa ruse. Très vite, il ne se rappela plus ce qu'il était en train de dire. La phosphorescence des arbres l'emplissait d'une douce torpeur. Quand la guérisseuse le souleva, il fut incapable de lui résister ou de l'aider.

Ahanant sous son poids, elle le redressa. Puis elle le cala contre son dos, passa ses bras par-dessus ses épaules et agrippa ses mains telles les poignées d'un fardeau. Les pieds du lépreux traînaient sur le sol ; il était littéralement pendu au cou de la guérisseuse. Mais, bien que trapue, celle-ci était robuste. Le charriant comme un sac, elle l'emmena dans les profondeurs blafardes de Morinmoss.

Tandis qu'il somnolait, elle gagna le cœur de la forêt, où l'air était plus chaud et la terre plus vigoureuse – où le printemps n'avait pas été étouffé par l'hiver du Rogue. Là, les feuilles se multipliaient et s'épanouissaient autour de nombreux nids d'oiseaux ; le sol était couvert d'herbe et de mousse, et de petits animaux gambadaient entre les arbres. L'esprit de ce lieu avait lancé un défi au Mépris : il résistait au froid, alimentait la végétation et encourageait ses pulsions naturelles de croissance. C'était comme si les forestals de jadis étaient revenus, rapportant avec eux l'antique conscience de Morinmoss.

Pourtant, celle-ci n'était pas totalement immunisée contre l'influence pernicieuse du Rogue. La température restait au-dessus de zéro mais ne parvenait pas à s'élever jusqu'aux normes saisonnières. Le feuillage était fin et d'un vert foncé plutôt qu'épais et d'un vert tendre. Les animaux portaient encore leur pelage d'hiver sur leurs flancs amaigris. Si un forestal était réellement revenu à Morinmoss, sa puissance était loin d'égaler celle de ses prédécesseurs.

Il était plus probable que le Colosse de la Faille se soit arraché à son inertie monolithique pour prendre part à la défense de Morinmoss. Et il était encore plus vraisemblable que Caerroil Folbois soit intervenu depuis le Garrot, qu'il ait projeté son pouvoir afin de préserver Morinmoss par-delà la distance.

Dans un cas comme dans l'autre, le redoux était une bénédiction pour la faune et la flore. Il maintenait en vie beaucoup de plantes et de créatures qui auraient succombé sous le joug d'un hiver interminable. C'était pour cette raison, entre autres, que l'affranchie cheminait péniblement avec Covenant sur le dos. L'esprit de Morinmoss n'avait pas seulement toléré la présence de cet homme, il l'avait appelée à son secours. Malgré son grand âge et le poids de son fardeau, elle l'emmenait donc chez elle, au fin fond de Morinmoss.

La lumière grisâtre de l'aube avait pointé quand la guérisseuse s'arrêta enfin devant une grotte creusée à flanc de colline. Écartant le rideau de mousse qui masquait l'ouverture, elle se baissa pour entrer et traîna Covenant derrière elle, dans sa modeste demeure.

La caverne était à peine assez haute pour que son occupante puisse se tenir debout en son centre et le plancher ovale ne devait pas mesurer plus de quinze pieds de large. Mais c'était un abri douillet pour une personne seule. Un lit de feuilles mortes et la boue qui recouvrait les murs lui prêtaient confort et tiédeur. La nuit, elle était éclairée en filigrane par les racines d'arbres qui zébraient le plafond.

La guérisseuse déposa Covenant sur sa couche. Elle ouvrit un petit pot d'ignescentes et utilisa son contenu pour raviver les braises du feu soigneusement circonscrit qui brûlait au fond de la grotte. Puis elle s'allongea, épuisée, sur le sol.

La matinée était déjà bien entamée quand le feu menaça de s'éteindre. Soupirant, la vieille se leva pour l'alimenter et se préparer un repas chaud. Elle le mangea sans un regard pour Covenant : il n'était pas en état d'avaler quoi que ce soit de solide. Quant à elle, elle devait se sustenter parce que son art nécessitait de la force – tant, qu'elle avait épuisé ses réserves avant d'atteindre l'âge mûr et renoncé à sa tâche pour se reposer à Morinmoss jusqu'à la fin de ses jours.

Plusieurs dizaines d'années (quatre ou cinq estimait-elle) s'étaient écoulées depuis sa fuite. Pendant tout ce temps, elle avait vécu en paix au rythme de la forêt, persuadée que les épreuves étaient derrière elle. À présent, Morinmoss elle-même s'était réveillée pour lui apporter du travail. Elle avait besoin d'énergie ; aussi se força-t-elle à prendre une collation copieuse avant de se coucher de nouveau.

Dès qu'elle se sentit assez vigoureuse, elle rassembla son courage et s'attela à l'ouvrage. Elle commença par poser le pot d'ignescentes sur une corniche au-dessus du lit, afin que la douce lumière ambrée éclaire Covenant. Celui-ci dormait toujours et la guérisseuse en éprouva un vif soulagement : elle ne se sentait pas d'humeur à supporter ses babillages déments ou ses protestations. Mais l'étendue du mal qui le rongeait lui faisait peur. Un fléau inconnu et incompréhensible imprégnait cet homme jusqu'à la moelle. Il lui rappelait ses cauchemars d'antan, dans lesquels elle essayait de soigner le Rogue.

Plus familières lui étaient la fracture de sa cheville ou les engelures de ses pieds et de ses mains, qui guériraient probablement seules si on le gardait au chaud assez longtemps. L'étrange cicatrice sur ses lèvres gercées, la plaie infectée sur son front : rien de tout cela ne dépassait ses compétences. Mais les dégâts que l'*amanibhavam* avait infligés à l'esprit du dormeur… Ça, c'était une autre histoire. Le poison exorbitait ses yeux dans son sommeil, si bien qu'elle les voyait palpiter derrière ses paupières à chaque frémissement de ses songes. Le poison crispait son front comme un accès de rage ou de douleur et lui faisait serrer les poings si fort que, même si elle avait osé toucher son or blanc, elle n'aurait pas pu le lui prendre. Quant au mal intrinsèque qui le rongeait… Elle entrapercevait la façon dont il était lié à sa folie et redoutait de l'effleurer avec son pouvoir.

Pour garder son calme, elle se mit à fredonner une chanson tout bas :

Quand vient la dernière extrémité
Je n'ai que peu de pouvoir :
Je ne suis qu'un récipient.
Je contiens ma propre sève
Et regarde ma moelle brûler.
Quand vient la dernière extrémité
Je n'ai que peu de force :
Je ne suis qu'un instrument.
J'accomplis son œuvre
Et par ses mains me laisse guider.
Quand vient la dernière extrémité
Je n'ai que peu de vie :

Je ne suis qu'un mouvement,
Une graine d'espoir
Dans un geste mille fois répété.

Tout en luttant pour maîtriser son appréhension, elle continua à s'affairer. D'abord, elle mit de l'eau à chauffer, dans laquelle elle jeta quelques pincées d'une poudre qu'elle gardait dans une bourse en cuir, parmi ses maigres possessions. Puis elle fit avaler le tout à Covenant sans le réveiller. Le brouet rendit le sommeil du lépreux encore plus lourd et plus épais, le plongea dans une inconscience si profonde qu'il n'aurait pu s'y arracher, fût-ce pour sauver sa vie.

Quand la guérisseuse fut certaine qu'il ne pourrait pas lever le petit doigt pour l'en empêcher, elle entreprit de le déshabiller. Lentement, avec une méticulosité encore accrue par l'hésitation, elle lui ôta ses vêtements et le baigna de la tête aux pieds. Après avoir nettoyé les toiles d'araignées, la crasse et le sang séché qui le recouvraient, elle lui palpa le corps pour s'assurer qu'aucune blessure n'avait échappé à son examen. Cela lui prit du temps, mais elle eut fini bien plus tôt que son courage défaillant ne l'aurait souhaité.

À contrecœur, elle déballa un de ses rares trésors : une robe blanche au tissu à la fois léger et résistant, agréable à porter en toutes circonstances. Bien des années plus tôt, un maître tisserand de la Haute Sylve lui en avait fait cadeau après qu'elle lui eut sauvé la vie. Cette marque de gratitude lui était précieuse et elle contempla la tenue sans bouger. Elle était vieille à présent. L'âge faisait trembler ses mains ridées. Elle n'avait plus besoin de ces artifices. Ses habits ordinaires lui suffisaient comme parure quotidienne, et ils lui suffiraient comme linceul. Ses yeux bruns emplis de sacrifice, elle porta la robe jusqu'au lit et l'enfila à Covenant.

L'effort nécessaire pour remuer son corps inerte l'essouffla et elle dut s'asseoir quelques minutes.

— Ah, miséricorde ! marmonna-t-elle. C'est un travail pour quelqu'un de plus jeune. J'aurais beau me reposer des jours entiers que je ne rajeunirais pas pour autant. Mais laissons cela. Je ne suis pas venue à Morinmoss chercher ma jeunesse enfuie, mais parce que je n'avais plus le courage d'exercer mon art. L'aurais-je retrouvé, après toutes ces années ? Le temps n'est pas un guérisseur. Le corps vieillit, et un hiver cruel tient le monde sous son emprise. Le cœur mort ne régénère pas. Miséricorde ! Le courage appartient aux jeunes, et moi, je suis vieille.

« Pourtant, je sens bien que de grandes choses se préparent – grandes et terribles. De l'or blanc ! Par les sept tabernacles ! Et ce froid est l'œuvre du Rogue, même si Morinmoss lui résiste. Ah, quel épouvantable dessein a bien pu conduire cet homme à moi ? Je ne peux pas… Je ne dois pas me dérober. *Je ne dois pas !* Ah, miséricorde ! Mais j'ai si peur ! Je suis vieille ; je n'ai pas à craindre… Non, je ne redoute pas la mort. La douleur, en revanche… Ayez pitié de moi, car je n'ai pas le courage de m'acquitter de cette tâche.

Mais Covenant gisait sur son lit, le corps et l'esprit brisés, à la merci de son intervention. Après s'être brièvement assoupie, la vieille se redressa en sursaut.

— Laissons aussi cela. Les lamentations et les plaintes ne sont pas des guérisseuses. Je dois les mettre de côté et faire mon travail.

Elle se leva avec raideur et se dirigea vers le fond de la grotte, où elle entreposait du bois. Elle espérait vaguement que ses réserves seraient insuffisantes et qu'elle devrait sortir pour ramasser des branches mortes. Mais elle avait bien assez de bûches, et aucune autre raison valable de repousser l'échéance. Elle porta le nécessaire jusqu'au feu et se résigna enfin à subir cette nouvelle épreuve.

Récupérant le pot d'ignescentes, elle le plaça au centre du feu de manière que les pierres sacrées ajoutent leur chaleur et leur lumière à celles des braises. Puis, tressaillant déjà à l'idée de ce qu'elle s'apprêtait à faire, elle attisa les flammes en les nourrissant de bois bien sec.

Très vite, celles-ci bondirent vers le plafond de la caverne, et de la sueur perla sur le front de la vieille femme. Quand le rugissement du brasier commença à aspirer l'air et à faire onduler le rideau de mousse de l'entrée, elle saisit sa bourse en cuir, y plongea la main et se figea, hésitant comme si l'étape suivante constituait un engagement irréversible.

— Ah, miséricorde ! souffla-t-elle. Je dois me rappeler… me rappeler que je suis seule. Personne d'autre ne s'occupera de lui – ou de moi. Je dois faire le travail de deux. Voilà pourquoi les ermites ne sont pas des guérisseurs. Mais je n'ai pas le choix.

Haletant d'angoisse, elle jeta une petite quantité de poudre dans le feu.

Le changement fut immédiat. Les flammes ne moururent pas, mais elles mutèrent, exhalant leur énergie sous une forme moins visible. Leur couleur vira du rouge orangé au brun profond, comme si elles jaillissaient d'une glaise épaisse. Et tandis que leur éclat diminuait, une riche odeur se répandit dans la grotte : celle de la terre fraîchement retournée avant les semis, promesse de bourgeons, d'épis et de printemps. La vieille femme aurait pu se perdre dans ce parfum de fertilité imminente, oublier l'hiver provoqué par Turpide, l'homme malade et la douleur. Mais cela faisait partie de sa besogne. L'amour que lui inspirait cette fragrance la ramena irrésistiblement au côté de Covenant. Là, elle s'accorda un dernier instant de réflexion.

Elle ne toucherait ni les mains, ni les pieds, ni le visage du blessé. Ce n'était pas crucial pour qu'il se rétablisse et ça ne valait pas ce que leur guérison lui coûterait. Quant au mal qui rongeait son esprit, il était trop néfaste et trop complexe ; elle n'osait pas s'y attaquer avant que Covenant soit assez robuste pour le supporter. Aussi s'intéressa-t-elle à sa cheville brisée.

Tandis qu'elle se concentrait sur les os fracturés, l'éclat du feu se focalisa lui aussi. La pénombre envahit la grotte. Bientôt, il ne resta plus qu'un trait de lumière entre les yeux de la vieille femme et le pied de Covenant, et il semblait matérialiser le regard de la première et la douleur du second. Il les liait, unissant un besoin et un pouvoir symétriques. Dans la chaleur et le parfum des flammes, la guérisseuse et Covenant ne faisaient plus qu'un seul être, isolé du reste du monde mais complet en lui-même.

D'un geste machinal, comme si elle n'avait plus conscience d'elle-même, la vieille femme posa ses mains sur la cheville de Covenant et l'explora du bout des doigts jusqu'à ce qu'elle ait jaugé l'étendue et l'angle précis de la fracture. Alors, elle se retira.

Son pouvoir la submergeait, privant son corps de toute signification. Quand elle faisait appel à lui, il devenait le calice de son art, l'ancre et la source du lien avec le patient. Dès que ce lien était assez fort, le besoin de contact physique s'évanouissait.

Sans que sa volonté ou sa conscience y soient pour rien, la vieille se releva et saisit la grosse pierre qu'elle utilisait comme mortier. Elle la présenta à Covenant, puis la brandit au-dessus de sa tête. Elle cligna des yeux et le trait de lumière brune trembla. Alors, de toutes ses forces, elle abattit la pierre sur sa cheville.

Ses os se brisèrent telles des brindilles desséchées. Une lance de douleur la transperça comme si son âme et celle de Covenant venaient de se déchirer. Elle poussa un hurlement aigu et s'écroula, évanouie.

Les minutes, puis les heures s'écoulèrent pour elle à la façon d'une longue agonie, qui fermait et scellait les autres portes de son esprit. Elle resta prostrée sur le sol pendant que le feu se réduisait à des braises mourantes, que l'odeur d'humus se changeait en poussière et que la lueur spectrale des racines enflait puis diminuait. Rien n'existait plus pour la guérisseuse, hormis l'instant où elle avait reproduit la souffrance de Covenant, où elle l'avait attirée à elle et assimilée.

La nuit s'en fut et revint sans qu'elle bouge. Son souffle rauque tremblait entre ses lèvres flasques ; son cœur tressaillait, à la lisière de l'extinction. Si elle avait pu reprendre connaissance assez longtemps pour choisir de mourir, elle l'aurait fait avec joie. Mais le mal l'enfermait en elle-même, la soumettait à son bon plaisir et oblitérait sa conscience.

Enfin, elle se surprit à penser que cela n'avait jamais été aussi terrible quand elle était jeune. Son pouvoir ne l'avait pas totalement abandonnée, mais c'était la première fois qu'il lui infligeait un tel supplice. Son corps était torturé par la faim et la soif. Cela aussi, c'était un fait sans précédent. Où étaient les gens qui auraient dû veiller sur elle, la forcer à boire pour qu'elle ne meure pas de déshydratation avant la fin de son épreuve ? Où étaient la famille, les amis qui lui amenaient les malades et les blessés, et qui faisaient tout leur possible pour aider à leur guérison ?

Petit à petit, ces questions poussèrent la vieille femme à se rappeler qu'elle était seule, que personne ne s'occupait d'elle ni de son patient. Lui non plus n'avait pas mangé ni bu depuis le début de l'épreuve et il n'était pas en état d'endurer de telles privations. Malgré ce à quoi elle venait de survivre pour lui, il avait peut-être succombé.

Au prix d'un effort qui la fit trembler d'épuisement, la vieille se redressa. À quatre pattes sur le sol, elle tenta de reprendre son souffle. Elle devait rassembler ses maigres forces avant d'affronter Covenant. S'il était mort, elle écoperait d'une mission éprouvante. Elle devrait braver l'hiver pour apporter l'anneau d'or blanc aux seigneurs de la Citadelle. Et elle devrait vivre en sachant que son agonie avait été celle de l'échec. Cette possibilité l'atterrait. Mais en l'état des choses, même un délai très bref pouvait se révéler fatal. Avec un grognement, elle fit mine de se relever.

Avant qu'elle puisse ramener ses jambes sous elle, une silhouette tituba vers elle depuis le lit. Un pied la frappa à l'estomac et elle s'écroula de nouveau. Pendant qu'elle gisait sur le sol de terre battue, le blessé la dépassa et se dirigea vers le rideau de mousse.

La surprise fit plus mal à la vieille que le coup en lui-même ; son patient était beaucoup trop faible pour lui causer des dégâts significatifs. Et sa violence avait rallumé un peu d'énergie en elle. Crachant des jurons, elle se mit péniblement debout et sortit de la grotte à la suite de Covenant.

Elle le rattrapa à vingt pieds de l'entrée. La lueur spectrale des troncs l'avait stoppé net dans sa fuite. Des gémissements apeurés montaient de sa gorge, comme si les arbres étaient des prédateurs accroupis qui n'attendaient qu'une occasion pour se jeter sur lui.

— Tu es malade, murmura la vieille femme sur un ton las. Comprends au moins cela, à défaut de tout le reste, et retourne te coucher.

Covenant pivota vers elle.

— Tu essaies de me tuer.

— Je suis une guérisseuse. Je ne tue pas.

— Tu hais les lépreux et tu essaies de me tuer, insista-t-il, les yeux exorbités dans son visage hagard. Tu n'existes même pas.

La vieille femme voyait que l'inanition aggravait l'inexplicable maladie de Covenant et la confusion induite par l'*amanibhavam*. Et elle n'était pas en état de le raisonner ; elle n'avait pas de forces à gaspiller en vaines paroles ou en douceur qui ne le toucheraient pas. Alors, elle fit un pas vers lui et, d'un geste vif, lui enfonça ses doigts tendus dans l'estomac.

Pendant qu'il s'écroulait en toussant et en s'étranglant, elle se dirigea vers le buisson d'*aliantha* le plus proche. Celui-ci ne se trouvait pas très loin de la grotte, mais elle était si exténuée qu'elle faillit s'évanouir avant de pouvoir avaler quelques baies. Aussitôt, ses jambes se raffermirent, ses bras retrouvèrent un peu de vigueur. Très vite, elle fut capable de jeter les graines par-dessus son épaule et de cueillir d'autres fruits.

Elle en mangea la moitié et rapporta le reste à Covenant. Il voulut s'enfuir en rampant, mais elle le retint et le força à ingérer les baies prodigieuses. Puis elle s'approcha d'un rideau de mousse sombre, qu'elle suça pour en absorber l'humidité. Ainsi rafraîchie, elle put traîner le malade dans la grotte et l'immobiliser le temps de lui administrer une nouvelle pincée de poudre.

En d'autres circonstances, la panique que Covenant manifesta en se sentant basculer à nouveau dans l'inconscience lui aurait inspiré de la compassion. Mais elle était trop lasse et trop angoissée par le travail qui l'attendait encore. Ne sachant pas comment rassurer le lépreux, elle n'essaya même pas. Quand il sombra dans un sommeil agité, elle se contenta de marmonner « miséricorde », puis se détourna.

Elle aussi, elle avait envie de dormir, mais elle ne pouvait compter sur personne pour endosser son fardeau. Pestant contre la raideur de ses articulations, elle ralluma le feu à l'aide des ignescentes et mit un repas à cuire.

Pendant que la nourriture chauffait, elle examina la cheville de Covenant et constata qu'elle était intacte, tout comme la sienne. Les cicatrices de son patient pâlissaient déjà. Bientôt, ses os seraient aussi solides que s'ils n'avaient jamais été brisés.

La guérisseuse hocha gravement la tête. Cette preuve tangible de son pouvoir ne lui procurait aucune satisfaction ; elle avait depuis bien longtemps perdu toute capacité à se réjouir de ses propres souffrances. Si elle avait, dans son jeune âge, compris ce que sa décision allait lui coûter, jamais elle ne se serait soumise au rituel d'affranchissement ; jamais elle n'aurait cédé au pouvoir secret qui brûlait d'éclore en elle.

Mais elle ne pouvait plus revenir en arrière. Le temps qu'elle découvre les conséquences de son choix, elle avait cessé d'être la maîtresse de son pouvoir pour devenir sa servante. Elle avait dû s'acquitter d'un prix qu'elle n'avait jamais envisagé de payer, et ce, sans aucune possibilité de dérobade ou de renoncement. À partir de ce moment, l'exercice de son art ne lui avait plus procuré le moindre plaisir.

Pourtant, elle tourna le dos à ses regrets et se remit à cuisiner.

— Laissons cela, murmura-t-elle. Laissons cela. L'important, c'est de faire du bon travail, de ne pas échouer. C'est la seule chose qui compte.

Quand le repas fut prêt, elle se restaura, nourrit Covenant et lui administra encore un peu de brouet soporifique afin qu'il ne se relève pas pour la frapper. Puis elle s'enveloppa de sa pelisse loqueteuse et s'allongea pour dormir contre le tas de feuilles qui avait été son lit.

Durant les jours qui suivirent, elle se reposa, soigna Covenant et tenta de retrouver son courage enfui. Le besoin du blessé faisait défaillir son cœur. Même dans son sommeil, elle voyait que ses tourments intérieurs lui dévoraient l'esprit. Tandis que son corps reprenait des forces, les potions perdirent leur capacité à contrôler son repos, hanté par des rêves délirants. Il commença à se débattre et à bredouiller des paroles sans queue ni tête, comme s'il était pris au filet d'un cauchemar. Par moments, son anneau jetait des éclats de lumière blanche qui transperçaient la guérisseuse telle une voix larmoyante l'implorant de se remettre au travail.

La forêt elle-même faisait écho à cette détresse. Son atmosphère enveloppait la vieille, la tiraillait comme une exigence aussi implacable que l'élan qui l'avait poussée vers Covenant. Elle ne savait pas pourquoi Morinmoss se souciait de cet inconnu, mais elle sentait son inquiétude lui effleurer la joue telle la main de l'autorité – un avertissement qu'elle ne pouvait ignorer. L'homme devait être guéri avant que la pourriture ait irrémédiablement endommagé la trame de son être.

Enfin, la guérisseuse recouvra la notion du temps. À l'éclat de la lueur qui émanait des troncs, elle devina que la lune s'était levée derrière les nuages impénétrables. Elle se força à surmonter ses hésitations une par une pour se remettre au travail.

Rallumer le feu. Préparer la bourse de cuir. Déposer de l'eau et de la nourriture sur la corniche au-dessus du lit pour que le blessé n'ait pas à les chercher s'il revenait à lui avant elle. Elle exécuta tous ces gestes avec une mine lugubre. Au fond, elle ne pensait pas survivre à cette nouvelle épreuve.

— Miséricorde ! marmonna-t-elle en regardant grandir les flammes. Miséricorde !

Bientôt, le feu emplit sa grotte de chaleur et de lumière, fit rougir la peau de ses joues flétries. Le moment était venu. Elle sentait son pouvoir clopiner en elle tel un amant infirme mais encore autoritaire, n'attendant qu'une occasion de se redresser pour la prendre, même si ses capacités n'étaient plus nécessairement à la hauteur de ses désirs.

Un instant, le sang reflua de ses membres ; la faiblesse envahit ses muscles et ses doigts laissèrent échapper la bourse de cuir. Mais elle se ressaisit très vite, se pencha pour ramasser sa bourse et jeta une poignée de poudre dans les flammes comme en une ultime approximation de courage.

Tandis que le puissant arôme de terre fraîchement retournée ouvrait grands les bras pour attirer l'air de la caverne dans son étreinte, tandis que commençait la lente transsubstantiation de la lumière, la vieille femme s'approcha du lit et verrouilla ses genoux flageolants. Fixant le front du blessé, elle attendit que le feu entre en résonance avec son attention. Puis elle se laissa emporter au-delà des limites de la conscience et de la volonté pour devenir le calice de son pouvoir.

Autour d'elle, la pénombre envahit la grotte comme un lien se tissait entre ses yeux et l'esprit malade de Covenant. Celui-ci se raidit. Il souleva les paupières, paniqué ; les tendons de son cou saillirent et ses jointures blanchirent, comme si le pouvoir de la guérisseuse était en train de l'étrangler.

Elle tendit ses mains tremblantes et les posa à plat sur le front orageux de Covenant.

L'instant d'après, elle recula d'un bond.

— Non ! cria-t-elle, se débattant en vain contre l'horreur qui venait de la submerger. C'est trop me demander ! (Elle luttait pour reprendre le contrôle, ravaler son pouvoir, l'enfouir au plus profond d'elle-même afin qu'il ne la détruise pas.) Je ne peux pas guérir un mal pareil !

Mais la folie du patient l'immobilisait comme s'il lui avait saisi les poignets. Gémissant d'impuissance, elle appliqua les paumes sur ses tempes.

Une terreur sans nom l'envahit, la remplit et déborda par ses lèvres entrouvertes sous la forme d'un cri aigu. Hélas ! Elle ne pouvait pas se retirer. Chaque fois qu'elle tentait de se dégager, elle ne réussissait qu'à s'enfoncer davantage. Et quand elle arriva en vue des racines du mal, quand le fléau l'obligea à le contempler dans toute sa hideur, elle sut qu'elle n'en réchapperait pas.

Elle dégagea ses mains, se détourna et se mit à fouiller frénétiquement parmi ses maigres possessions. Sans cesser de hurler, elle empoigna un long couteau de cuisine, le brandit et visa le cœur de Covenant.

Le blessé gisait sur son lit telle une victime sacrificielle souillée par la lèpre. Mais, avant qu'elle puisse le poignarder et permettre à la mort d'effacer sa douleur impure, une nuée de lumières, pareilles à des notes de musique, jaillit dans l'air autour d'elle. Elles lui tombèrent dessus comme des gouttes de rosée, s'accrochèrent à ses vêtements et retinrent son bras. Elles continrent son pouvoir et sa détresse, enfermèrent énergie et émotions dans son corps affaibli jusqu'à ce qu'elle explose sous la pression. Alors, elles la laissèrent tomber.

Puis, scintillant comme le chagrin des arbres, elles s'éloignèrent en chantant.

14

Seuls ceux qui haïssent

COVENANT S'ÉVEILLA UNE PREMIÈRE FOIS au bout d'une nuit et un jour. Mais il était encore abruti par le sommeil ; seule une soif brûlante l'avait arraché à sa profonde torpeur. Quand il s'assit sur le lit de feuilles, il trouva un broc d'eau sur une étagère à hauteur de sa tête. Il but longuement, puis avisa un bol de pain et de fruits. Il dévora son contenu, avala quelques gorgées de plus et se rendormit aussitôt rallongé.

La fois suivante, il émergea d'une douce somnolence. Une odeur de végétation planait dans l'air. Il ouvrit les yeux. Au-dessus de lui, dans une pénombre diffuse, s'étendait un plafond en terre battue entremêlée de racines. Il tourna la tête, balayant les murs du regard jusqu'à ce qu'il repère l'entrée, masquée par un rideau de mousse qui ne laissait filtrer que très peu de lumière. Il ne savait pas où il était ni comment il y était arrivé, et encore moins combien de temps il avait dormi. Mais son ignorance ne l'angoissait pas. Il avait dépassé la peur. Il était certain de n'avoir rien à craindre – même si les fondements de cette certitude étaient dissimulés sous le voile du repos.

Cela mis à part, Covenant n'éprouvait aucune émotion. Il se sentait calme et... vide, comme si le phénomène qui avait étanché sa terreur avait simultanément consumé ses autres passions. L'espace d'un instant, il eut du mal à se rappeler en quoi ces dernières avaient consisté ; entre lui et son passé, il n'y avait qu'un mur de sommeil et un gouffre d'effroi rebouché.

Puis il capta les premiers effluves de mort dans l'air : une odeur d'essence de rose. Elle n'avait rien de pressant ; aussi n'y réagit-il pas tout de suite. Tout en prenant sa mesure, il étira ses muscles raidis, savoura leur flexibilité et leur vitalité retrouvées. De quelque manière qu'il ait atterri à cet endroit, cela s'était produit si longtemps auparavant que même son corps semblait l'avoir oublié. Son rétablissement ne procurait que peu de satisfaction à Covenant. Il l'acceptait avec une tranquille assurance, pour des raisons qui lui demeuraient obscures.

Quand il fut prêt, il se redressa et s'assit au bord de la couche. Aussitôt, son regard se posa sur la vieille femme ratatinée par terre. Elle était morte, un cri silencieux figé sur les lèvres et une expression hantée dans les yeux. Dans la pénombre, elle ressemblait à un monticule de terre craquelée. Covenant ne savait pas qui elle était ; il la fixa en fouillant ses souvenirs et n'en trouva aucun d'elle. Pourtant, il avait la vague impression qu'elle aussi était morte pour lui.

« Ça suffit », se dit-il. D'autres images remontèrent à la surface de sa mémoire tels les débris de l'épave de son existence. « Ça ne doit pas se reproduire. »

Il baissa les yeux vers la robe blanche qu'il portait et ne reconnaissait pas. Au bout d'un moment, il en souleva l'ourlet pour examiner sa cheville cassée. Il se rappelait très bien s'être battu contre Pietten, sentait encore son pied se tordre sous lui et ses os se briser, se revoyait en train d'utiliser l'épieu du sylvestre comme une béquille. Et voilà que sa cheville ne présentait plus le moindre signe de fracture. Il prit appui sur le sol, testa prudemment la solidité de l'articulation, puis se leva et sautilla à cloche-pied avant de se rasseoir.

— Par les feux de l'enfer ! marmonna-t-il en procédant à sa première SVE depuis son retour dans le Fief.

Il réalisa qu'il était en meilleure forme qu'il ne l'aurait cru possible. Ses pieds étaient pratiquement guéris. Ses mains décharnées avaient retrouvé leur souplesse, même si son alliance pendait toujours à son annulaire gauche. Bien qu'un peu engourdis, son nez et ses oreilles ne portaient plus de traces d'engelures. Ses os étaient imprégnés d'une tiédeur revigorante.

L'amélioration de son état physique était spectaculaire, mais pas générale. Ses joues lui paraissaient encore figées. Son front s'ornait d'une boursouflure, une cicatrice qui lui faisait mal quand il appuyait dessus, comme si l'infection continuait à proliférer entre sa peau et son crâne. La lèpre grignotait obstinément les nerfs de ses mains et de ses pieds. Les premières étaient insensibilisées jusqu'aux paumes ; des seconds, l'engourdissement n'avait épargné que le dessus et les talons. Ainsi, la condition fondamentale de l'existence de Covenant demeurait inchangée. La loi de sa maladie était gravée en lui, sculptée par le ciseau de la mort, comme s'il avait été fait de marbre ou de granit plutôt que d'os, de sang et d'humanité.

Voilà pourquoi rien ne le touchait à travers sa guérison. Étant lépreux, il n'avait pas à s'exposer aux risques de la passion.

Quand il reporta son attention sur la morte, il se souvint de ce qu'il faisait juste avant que l'hiver l'arrache à lui-même : il portait son fardeau de haine et de destruction vers la Crypte, à l'est. À présent, son dessein lui apparaissait comme pure folie. Jamais il n'aurait dû se lancer seul dans la tourmente et croire qu'il était de taille à défier le Mépris. Derrière lui, son chemin était jonché de cadavres, les victimes de la manipulation par laquelle Turpide espérait lui faire commettre l'ultime et fatale erreur qui entraînerait sa victoire absolue.

Mais à présent, Covenant était lucide. La morte lui ouvrait les yeux, lui enseignait la sagesse. Il ne pouvait pas défier le Mépris, pour la même raison qu'il ne pouvait pas traverser ce froid surnaturel sans aide. C'était tout simplement impossible, et les mortels qui tentaient l'impossible n'arrivaient jamais à rien, sinon à s'autodétruire. Une fin de lépreux, prescrite par la loi de la maladie, attendait Covenant un peu plus loin sur la route de l'existence. En s'attribuant des missions irréalisables, il ne réussirait qu'à la précipiter. Alors, le Fief serait irrémédiablement perdu.

Covenant réalisa soudain que son incapacité à se souvenir de ce qui avait précédé son arrivée dans la grotte était une grande bénédiction, une miséricorde dont l'amplitude le stupéfia. Il comprenait pourquoi Triock avait refusé de l'accompagner dans sa quête. Mettant son dessein de côté, le lépreux chercha ses vêtements du regard.

Il les repéra en tas contre le mur d'en face, mais au terme d'une brève réflexion, il décida de ne pas les remettre. D'une certaine manière, ils représentaient un engagement auquel il souhaitait désormais tourner le dos. Et cette robe blanche était un cadeau que la morte lui avait fait, à la fois partie intégrante et symbole de son sacrifice. Covenant l'accepta avec calme et gratitude.

Il avait déjà commencé à enfiler ses sandales quand il réalisa à quel point elles empestaient la maladie. Pendant sa longue marche, l'infection de sa chair avait imprégné leur cuir. Avec une grimace dégoûtée, il les jeta sur le reste de ses habits. Il était arrivé dans ce rêve pieds nus et meurtris, et en repartirait pieds nus et meurtris, quelques précautions qu'il puisse prendre. Aussi décida-t-il, malgré sa prudence retrouvée, de laisser ce problème de côté.

La légère odeur de mort qui lui chatouillait les narines lui rappela qu'il ne pouvait pas rester dans la caverne. Serrant sa robe autour de lui, il se plia en deux pour sortir.

Dehors, sous le couvert des nuages gris, la vue de la forêt lui inspira un nouvel accès de surprise détachée. Il reconnaissait Morinmoss pour l'avoir déjà traversée une fois. Cela lui permit de se situer plus ou moins dans le Fief, mais pas de préciser ses souvenirs. La dernière chose qu'il se rappelait, c'était la mort lente induite par l'hiver du Rogue.

Ici, il n'y avait guère de traces de ce climat surnaturel. L'air était frais plutôt que froid et même si les arbres restaient en grande partie dénudés, comme enracinés à la lisière du printemps, de l'herbe drue poussait à leur pied. Tandis que Covenant se remplissait les poumons des odeurs de la forêt, une certitude irraisonnée l'envahit : il n'avait pas à craindre Morinmoss.

Quand il fit demi-tour pour rentrer dans l'abri, son nouveau chemin s'ébauchait déjà dans son esprit.

Il ne tenta pas d'enterrer la morte ; il n'avait pas d'outil pour creuser et aucun désir de blesser le sol de Morinmoss. Il porterait sa robe, en partie pour lui rendre hommage, mais ne voyait pas d'autre moyen de lui témoigner son respect. Il voulait s'excuser pour ce qu'il avait provoqué ; hélas, il ne pouvait se faire entendre d'elle. En fin de compte, il la déposa sur son lit et arrangea ses membres déjà raidis pour lui donner l'apparence de la dignité. Puis il fouilla parmi ses affaires, y trouva une besace et la remplit de toute la nourriture qui lui tomba sous la main.

Après quoi, il but le reste de l'eau et abandonna le broc derrière lui – trop lourd, trop peu pratique. À regret, il décida également de ne pas s'encombrer du pot d'ignescentes : sa chaleur lui aurait été bien utile, mais il ne savait pas s'occuper des pierres de feu. Il laissa le couteau qui gisait sur le sol parce qu'il avait eu plus que son compte d'armes blanches. Se souvenant de Léna, il déposa un baiser sur la joue froide et flétrie de la vieille femme. Puis il quitta la grotte en marmonnant « miséricorde », comme si ce mot était un talisman qu'elle lui avait légué.

Covenant s'éloigna, poussé en avant par sa nouvelle lucidité. Pas un instant il n'hésita sur la direction à prendre. Morinmoss descendait graduellement depuis le nord-ouest jusqu'au sud-ouest et aux plaines de Ra. Le lépreux suivit l'inclinaison du terrain, la besace jetée sur l'épaule et le cœur vide – ou plutôt, plein de manques, comme celui d'un homme qui a accepté la perspective d'un futur incolore et sans saveur.

Il n'avait pas couvert deux lieues que la lumière du jour commença à décliner et que la nuit s'abattit depuis les nuages telle une averse. Mais Morinmoss s'éveilla, lui éclairant le chemin. Après son long repos, Covenant n'avait pas besoin de dormir. Il ralentit le pas de façon à ne pas déranger la mousse et continua à marcher tandis que la forêt s'agitait autour de lui. La rage et le chagrin qu'elle manifestait, suscités par un outrage très ancien, n'étaient pas dirigés contre lui. L'effervescence douloureuse des arbres semblait presque s'apaiser sur son passage, mais il la sentait quand même, entendait des marmonnements se mêler à la brise, comme si Morinmoss grommelait. Les perceptions du lépreux demeuraient tronquées, engourdies par le froid ; pourtant, il se rendait compte que Morinmoss était consciente de sa présence et faisait un effort pour la tolérer.

Puis il se rappela que le Garrot non plus ne s'était pas dressé contre lui. Il se souvint de Caerroil Folbois et de son involontaire disciple.

— Miséricorde ! murmura-t-il aux troncs pâles et luisants qui l'encadraient.

Et il redoubla de prudence pour ne pas les offenser.

Sa progression s'en trouva ralentie et, quand l'aube se leva, il n'avait pas encore atteint la lisière de Morinmoss. En revanche, il sentait de nouveau l'emprise de l'hiver. Le froid lui mordait le visage et plus aucune feuille n'ornait les branches des arbres alentour. L'herbe avait cédé la place à la terre nue. Entre les troncs, Covenant apercevait des plaques de neige.

Il réalisa très vite que la robe blanche était un cadeau précieux. Bien que légère et confortable, elle lui tenait chaud et coupait la brise. Elle lui serait plus utile que n'importe quel couteau, bâton ou morceau d'*orcrest*, songea-t-il avec gratitude.

Quand la phosphorescence des arbres eut cédé la place à la lumière du jour, Covenant fit halte pour se reposer et manger ; mais il n'était pas réellement fatigué. Après un repas frugal, il se remit donc en route. Le vent forcit. Une lieue plus loin, Covenant laissa derrière lui le sombre sanctuaire de Morinmoss et plongea à nouveau dans la gueule de l'hiver.

Le paysage lugubre qui s'offrait à ses perceptions émoussées ne semblait guère avoir changé pendant son séjour à Morinmoss. À partir de la lisière des arbres, le terrain continuait à descendre progressivement entre les bosses formées par les collines usées et jusqu'à la rivière apathique qui coulait vers le nord-est. L'hiver exerçait sa domination grise et glacée d'un bout à l'autre de l'horizon. Le sol gelé s'affaissait sous la caresse abrasive du vent et le poids des congères comme s'il avait à jamais abdiqué toute perspective de fertilité. Malgré sa tenue et ses forces restaurées, Covenant éprouva la morsure du froid et courba l'échine comme si le poids du Fief reposait sur ses épaules.

Il plissa les yeux, larmoyant, et regarda autour de lui pour choisir sa direction. Bien qu'incapable de se situer par rapport au cours d'eau, il était à peu près certain qu'il s'agissait de l'Erratique, qui marquait la frontière nord des plaines de Ra. Et sur sa gauche, le paysage lui semblait vaguement familier. Si sa mémoire ne l'abusait pas, le gué devait se trouver par là.

Plié en deux pour mieux résister au vent, traînant les pieds sur le sol martyrisé, Covenant se dirigea vers le point de passage, comme si c'était la porte ouvrant sur son dessein modifié. Mais la distance qui l'en séparait était plus grande qu'il ne l'aurait cru vue d'en haut, et le vent, la neige et la déclivité du terrain entravaient ses mouvements. Midi était déjà passé quand il atteignit la dernière crête à l'ouest du gué.

Lorsqu'il regarda vers la berge, il fut très surpris d'y trouver un homme immobile.

Le visage dissimulé par la capuche d'une cape de stèlagien, l'inconnu se tenait face à lui, les poings sur les hanches comme s'il l'attendait depuis longtemps et commençait à perdre patience. La prudence incita Covenant à s'accroupir pour ne pas se faire voir. Mais l'homme fit un geste brusque et aboya d'une voix qui lui parut à la fois familière et étrangement distordue :

— Viens, Incrédule ! Tu n'es pas plus doué pour te cacher que pour t'enfuir. Ça fait une lieue que je t'observe.

Covenant hésita, mais son détachement le préservait contre la peur. Haussant les épaules, il entama la descente sans quitter le stèlagien des yeux. Qui était-il ? Peut-être faisait-il partie de son expérience dans la forêt, dont il ne se souviendrait et qu'il ne comprendrait peut-être jamais. Puis il remarqua le motif tissé sur les épaules du vêtement : des éclairs entrecroisés.

— Triock, hoqueta-t-il tout bas.

« Triock ? »

Covenant s'élança sur le sol gelé, rejoignit le stèlagien et le prit par les épaules.

— Triock ! s'exclama-t-il d'une voix étranglée. Triock, que fais-tu ici ? Que s'est-il passé ?

Tandis qu'il le bombardait de questions haletantes, Triock détourna la tête, de sorte que l'ombre de sa capuche engloutit ses traits. Il saisit les poignets de Covenant et les arracha de lui comme si leur contact lui était néfaste. Il repoussa le lépreux d'une bourrade coléreuse, mais quand il parla, ce fut sur un ton presque désinvolte.

— Eh bien ! seigneur suprême Covenant, Incrédule et porteur d'or blanc, dit-il avec une pointe de sarcasme. Depuis le temps que nous nous sommes séparés… tu n'as pas fait beaucoup de chemin. T'es-tu bien reposé à Morinmoss ?

Covenant se frotta les poignets. Le ressentiment de Triock le brûlait tel un résidu d'acide laissé sur sa chair. La douleur le fit douter un instant, mais il reconnaissait le profil du stèlagien sous l'ourlet de sa capuche. Et il ne comprenait pas pourquoi Triock se montrait aussi agressif.

— Que s'est-il passé ? répéta-t-il, hésitant. As-tu réussi à contacter Mhoram ? As-tu trouvé l'affranchi ?

Triock garda la tête tournée, mais ses doigts se recourbèrent telles des griffes avides de violence. Alors, une vague de chagrin balaya la confusion de Covenant.

— Et Léna ?

— Je t'ai suivi parce que je n'avais nulle confiance en ton dessein ou en tes compagnons. Je vois que je ne me suis pas trompé.

— Et Léna ?

— Ta croisade contre le Rogue coûte cher en vies et en temps. Qui a réussi à persuader le géant de t'abandonner ? Aurait-il succombé aux plaisirs pervers de Morinmoss ? grimaça Triock.

— As-tu trouvé Léna ? insista Covenant.

Triock porta brusquement les mains à sa figure, comme s'il voulait s'arracher les yeux.

— Un pieu planté dans le corps et le cadavre d'un homme à son côté, répondit-il, ses paumes étouffant le son de sa voix et le rendant plus familier. (Il se mit à trembler violemment. Mais soudain, il laissa retomber ses mains et lança avec une insouciance mordante :) Peut-être veux-tu me faire croire qu'ils se sont entre-tués ?

Covenant secoua la tête.

— C'était ma faute. Elle a essayé de me sauver. Et j'ai abattu son meurtrier. (Réalisant l'insuffisance de cette explication, il ajouta :) Il voulait mon anneau.

— L'imbécile ! aboya Triock. Pensait-il qu'il aurait la permission de le garder ? (Sans laisser au lépreux le temps de répondre, il enchaîna plus doucement :) Et le géant ?

— Nous sommes tombés dans une embuscade, révéla Covenant. Suilécume est resté en arrière pour me permettre de m'enfuir avec Léna.

Triock éclata d'un rire dur.

— Fidèle jusqu'à la dernière extrémité, commenta-t-il sur un ton railleur. (L'instant d'après, il fut secoué par un sanglot convulsif. On aurait dit que quelque chose s'était brisé en lui, que le chagrin venait d'enfoncer la digue de son sang-froid. Mais il se ressaisit très vite et ricana :) C'est une chance que je sois venu.

— Une chance ? souffla le lépreux. Triock, que t'est-il arrivé ?

Le stèlagien renifla comme pour ravaler ses larmes.

— La dangereuse séduction de Morinmoss t'a fait perdre beaucoup de temps. Chaque jour, la puissance de Turpide grandit. Déjà, il… (La grimace de Triock s'élargit.) Thomas Covenant, ton dessein ne saurait plus souffrir aucun délai. Je suis venu t'emmener à la Crypte.

Covenant regarda fixement Triock. Il testa sa certitude intime et constata qu'elle n'avait rien perdu de sa fermeté. Puis il prêta toute son attention au stèlagien, tentant de voir au-delà des apparences.

Hélas ! Le froid et la distraction de Triock le mirent en échec. Il distinguait le visage détourné du stèlagien, ses doigts crochus, son rictus et son tourment émotionnel, mais ne parvenait pas à dépasser ces indices superficiels pour jauger son état intérieur. Une seule chose était sûre : Triock semblait la proie d'un étrange phénomène.

— Triock, tu dois me raconter ce qui s'est passé, réclama Covenant, par compassion autant que par intérêt.

— Vraiment ? *Je dois ?*

— Oui.

— Est-ce une menace ? Si je refuse, utiliseras-tu la magie sauvage pour me punir ?

Triock frémit comme si cette perspective l'effrayait réellement et une grimace pareille à un spasme tordit brièvement ses lèvres. Puis il haussa les épaules et tourna le dos à Covenant.

— Très bien, interroge-moi, lança-t-il à la face du vent.

« *Une menace ?* songea Covenant, abasourdi. Non, non. Je ne veux pas que ça recommence. J'ai déjà fait assez de mal. »

— Interroge-moi ! aboya Triock.

— As-tu… (La voix de Covenant s'étrangla dans sa gorge.) As-tu trouvé l'affranchi ?

— Oui.

— A-t-il prévenu Mhoram ?

— Non.

— Pourquoi ?

— Il n'était pas assez puissant.

Le stèlagien avait craché ces mots avec tant d'amertume que Covenant ne put que répéter :

— Triock, que s'est-il passé ?

— L'affranchi n'avait pas la force nécessaire pour utiliser le *lomillialor*. Il m'a pris la baguette mais n'a pas pu s'en servir. Yeurquin et Quirrel ont péri ; encore deux compagnons perdus pendant que tu traînais en route !

— Je ne… Comment m'as-tu trouvé ?

— Tu nous coûtes cher en sang, Incrédule. Quand ta soif sera-t-elle enfin étanchée ?

La question blessa Covenant, mais il l'endura sans broncher. Il avait depuis longtemps perdu le droit de s'offusquer des propos de Triock, si injustes soient-ils.

— Comment m'as-tu trouvé ? répéta-t-il au prix d'un gros effort.

— J'ai attendu. Il n'existait guère d'autre chemin que tu pouvais emprunter.

— Triock… (Covenant se drapa dans son calme intérieur.) Triock, regarde-moi.

— Je n'en ai aucune envie.

— Regarde-moi !

— La vue de ton visage m'est insupportable.

— *Triock !*

Covenant posa une main sur l'épaule du stèlagien. Instantanément, celui-ci pivota et lui lança son poing dans la figure.

Il avait retenu son coup, n'avait pas frappé de toutes ses forces, loin s'en fallait. Pourtant, l'impact jeta Covenant à terre. Sa joue le brûlait comme si on l'avait arrosée de vitriol et ses yeux étaient pleins de larmes. Ce fut tout juste s'il vit Triock frémir, tourner les talons et faire mine de s'enfuir, puis se raviser et se figer, planté à quelques enjambées de lui.

La douleur emplit sa tête en rugissant tel un noir bouillonnement, mais il se força à se redresser et dit tout bas :

— Je ne vais pas à la Crypte.

Choqué, Triock pivota vers lui.

— Non ?

— Non. (Covenant était vaguement surpris par sa propre décision.) Je vais traverser la rivière et tenter de rejoindre le peuple de Ra dans le sud. Les nomades pourront peut-être…

— Tu oses ? vociféra Triock. (Bien que livide de fureur, il se retint de marcher sur le lépreux.) Tu m'as coûté l'amour de ma vie ! Mes camarades ! Mon foyer ! Tu as causé la perte de tout ce qui m'était cher ! Et maintenant, tu veux revenir sur l'unique promesse qui aurait pu racheter tes crimes ? Incrédule ! Penses-tu vraiment que je te laisserais partir vivant si tu commettais une telle trahison ?

Covenant haussa les épaules.

— Tue-moi si ça te chante. Ça ne fait aucune différence.

La brûlure sur son visage interférait avec sa concentration, mais ne l'empêchait pas de percevoir la contradiction inhérente aux propos de Triock. Le stèlagien était partagé entre la peur et la colère ; il hésitait entre la fuite et l'attaque, comme si en lui se tapissaient deux hommes regardant dans des directions opposées. L'un d'eux était le Triock dont Covenant se souvenait – et celui auquel il devait faire entendre raison. Tentant d'oblitérer le rugissement dans sa tête, le lépreux chercha les mots adéquats.

— Le seul moyen pour toi de me tuer, c'est que je meure dans mon propre monde. Tu as vu dans quel état j'étais lorsque tu m'as rappelé. Peut-être pourrais-tu avoir raison de moi. Mais si je suis déjà en train d'agoniser dans ma réalité, peu importe que tu m'achèves ici ou pas. Je disparaîtrai d'une façon ou d'une autre, car c'est ainsi que fonctionnent les rêves.

« Quoi qu'il en soit… Avant de prendre ta décision, laisse-moi t'expliquer pourquoi je n'irai pas à la Crypte.

Covenant se releva péniblement. Il voulait s'approcher de Triock et planter son regard dans le sien, mais les passions conflictuelles du stèlagien le maintenaient à distance.

— Je ne suis pas franchement innocent, je le sais. Je t'ai dit que c'était ma faute, et j'étais sincère. Mais je ne suis pas l'unique responsable de ce qui est arrivé. Léna, Elena, Atiaran, les géants, les ranyhyn, le peuple de Ra, la sangarde… Et toi. Chacun de vous a fait des choix. Léna a décidé de me protéger après que je l'eus violée ; Atiaran a souhaité m'emmener à Pierjoie malgré tout ; Elena a voulu boire le sang de la Terre. Et toi, tu es resté fidèle à ton serment de paix. Je ne suis pour rien là-dedans.

— Tu parles comme si nous existions, grommela amèrement Triock.

— Du point de vue de mes responsabilités, vous existez. Je ne contrôle pas mes cauchemars. Une partie de moi, celle qui te parle en ce moment, est victime d'eux autant que vous. Juste un peu moins innocente. Mais c'est Turpide qui a tout manigancé. Lui, ou la part de moi qui est occupée à rêver. Il me manipule depuis le début et je viens enfin de comprendre pourquoi. Il veut mon anneau pour s'approprier la magie sauvage. Et il sait que s'il parvient à aiguillonner ma culpabilité, à faire en sorte que je me sente responsable de ce qui arrive autour de moi, je tenterai de le combattre sur *son* terrain, à *ses* conditions.

« Je ne gagnerai pas ainsi. J'ignore comment procéder. Donc, il me pousse à le faire. De cette façon, il remportera une victoire totale et, moi, je finirai comme n'importe quel suicidé.

« Regarde-moi, Triock ! Regarde-moi ! Tu vois bien que je suis malade. J'ai la lèpre. Elle est gravée en moi, si profondément que n'importe qui peut la voir. Et il n'en faut pas beaucoup pour pousser un lépreux au suicide. Il suffit de lui faire oublier la loi de la survie, celle de l'extrême prudence et de l'égoïsme absolu. Jusqu'à présent, Turpide s'est très bien débrouillé sur ce point. Voilà pourquoi tu me tueras si tu le désires vraiment.

« Mais s'il me reste encore la moindre possibilité d'influer sur mon destin, c'est en me rappelant qui je suis : Thomas Covenant, lépreux. Je dois renoncer à m'amender ou à me racheter, car c'est impossible ; je dois renoncer à la culpabilité et au devoir tel que je le conçois ; je dois renoncer à retrouver mon innocence. Tous ces objectifs sont inaccessibles, et ce serait folie que de les poursuivre – une folie *suicidaire*. Or, mon suicide constituerait un triomphe absolu pour le Rogue. C'est le seul moyen pour lui de récupérer l'or blanc, sans quoi il peut encore être vaincu.

« Donc, je n'irai pas à la Crypte. Au lieu de ça, je vais me conduire de manière prudente et égoïste, en prenant soin de moi comme n'importe quel lépreux se doit de le faire. Je vais me rendre dans les plaines de Ra et trouver les nomades. Ils m'emmèneront avec eux. Les ranyhyn sont probablement déjà en route vers le sud, où ils pourront se cacher dans les montagnes. Je les accompagnerai. Mhoram ignore que je suis ici, donc, il ne s'attendra pas à une quelconque intervention de ma part.

« Comprends-moi, Triock. Le chagrin que tu m'inspires est infini. J'aimais Elena et j'aime le Fief. Mais si j'arrive à me maintenir en vie, Turpide ne gagnera pas.

Le stèlagien avait écouté ce discours sans bouger par-delà la distance qui le séparait de Covenant. Lorsque le lépreux se tut, sa colère parut s'évanouir. Ce qui la remplaça, toutefois, n'avait rien à voir avec de la compréhension. On aurait plutôt dit un mélange de ruse et de désespoir, qui prêta à sa voix une note mi-enjôleuse, mi-hystérique quand il lança :

— Garde-toi d'agir sur un coup de tête, Incrédule. Discutons calmement de tout cela, veux-tu ? (Il regarda autour de lui comme s'il cherchait de l'aide, puis reprit très vite :) Tu es fatigué et affamé. La forêt t'a extorqué un droit de passage élevé, je le vois d'ici. Reposons-nous un moment. Nul danger ne nous menace. Je vais allumer un feu et te préparer un repas. Puis nous parlerons de ton choix pendant que tu peux encore revenir dessus.

« Pourquoi ? voulut lui demander Covenant. Pourquoi as-tu autant changé ? » Mais il n'imaginait que trop d'explications possibles. Et Triock s'éloigna pour ramasser du bois mort – ou esquiver ses questions.

Une végétation touffue occupait les rives de l'Erratique avant le début de l'hiver du Rogue, aussi Triock revint-il avec une pile de broussailles et de branchages secs, qu'il déposa à l'abri d'une colline. Il s'accroupit devant le tas de bois mort en dissimulant ses mains, comme si, pour quelque obscure raison, il ne voulait pas que l'Incrédule voie la manière dont il s'y prenait pour faire jaillir une étincelle. Dès que les flammes commencèrent à lécher les branches, il contourna le feu et fit signe à Covenant d'approcher.

Le lépreux obtempéra avec joie. Il avait froid, et pouvait difficilement refuser de discuter avec Triock. Sa dette envers lui était immense. En silence, il s'assit dans la lueur radieuse des flammes et regarda son compagnon s'affairer.

Triock marmonnait entre ses dents sur un ton qui mit Covenant mal à l'aise. Ses mouvements avaient quelque chose d'emprunté, comme s'il essayait de dissimuler des gestes d'arcane dans la façon dont il manipulait la nourriture. Il s'obstinait à éviter le regard de Covenant, mais, chaque fois que celui-ci détournait les yeux, il sentait le stèlagien lui jeter un coup d'œil furtif.

— Donc, tu as renoncé à la haine, lança brusquement Triock.

Covenant sursauta.

— Renoncé à… (Il n'avait pas envisagé la question sous cet angle.) C'est possible. Ça ne me semble pas une très bonne réponse. Je veux dire, en dehors du fait qu'il n'y a pas de place pour un tel sentiment dans la loi de la lèpre. La haine, l'humiliation, le désir de vengeance… Chaque fois que je les laisse s'emparer de moi, je commets une erreur. Je risque ma vie. Et c'est la même chose avec l'amour, si tu veux connaître toute la vérité. Cela mis à part… je ne crois pas que ce serait une arme efficace contre le Rogue. Je ne suis qu'un homme. Ma haine ne peut pas être aussi immense, aussi absolue que la sienne. Et… elle n'est pas aussi pure, articula-t-il alors même que cette idée lui traversait l'esprit pour la première fois. Elle est corrompue parce qu'une partie de moi se haïra toujours davantage qu'elle ne le hait, lui.

Triock plaça une marmite de ragoût dans les flammes et répliqua avec une conviction brûlante :

— C'est la seule réponse possible. Regarde autour de toi. La santé, l'amour, le devoir, rien de tout cela ne suffit à lutter contre cet hiver. Seuls ceux qui haïssent sont immortels.

— Immortels ? répéta Covenant sans comprendre.

— Oui. La mort finit inévitablement par emporter le reste. Pourquoi crois-tu que le Rogue et ses… ses ravageurs… (Triock prononça le mot comme s'il lui écorchait la langue.)… Pourquoi penses-tu qu'ils aient perduré jusqu'à présent ? C'est parce qu'ils haïssent.

Dans sa bouche, le verbe adoptait une résonance passionnée et violente : celle de la vérité et de la transcendance.

L'odeur du plat mijoté atteignit les narines de Covenant, qui réalisa qu'il avait faim et que même les étranges propos de Triock n'entamaient pas sa tranquillité. Il étendit les jambes devant lui et s'allongea en appui sur un coude.

— La haine... soupira-t-il, afin de réduire le concept à des dimensions maîtrisables. C'est tout ce que tu as trouvé, Triock ? Depuis le début de ce... rêve, de cette illusion – appelle ça comme tu veux –, je cherche une bonne réponse à la mort. Le déni, le viol, l'amour... La haine ? C'est ça, ta réponse ?

— Ne t'y méprends pas : je ne hais pas la mort, précisa Triock.

Covenant observa la danse des flammes ; le fumet de la préparation renforçait sa sérénité intérieure. Puis, comme s'il achevait une litanie, il demanda :

— Alors, que hais-tu ?

— Je hais la vie.

Avec des gestes brusques, Triock remplit deux écuelles. Il dut se pencher sur le côté pour tendre la sienne à Covenant d'une main tremblante. Mais dès qu'il eut regagné son sanctuaire d'ombre de l'autre côté du feu, il aboya :

— Oseras-tu dire que je n'ai pas de bonnes raisons pour ça ? L'oseras-tu, Incrédule ?

« Non. Non », pensa Covenant, qui n'arrivait pas à redresser la tête face à l'accusation contenue dans la voix du stèlagien.

— Tu peux me haïr autant qu'il t'est nécessaire, murmura-t-il, dans le craquement des branches mortes. Je ne veux plus que quiconque se sacrifie pour moi.

Sans lever les yeux, il se mit à manger.

La viande était bonne, mais elle avait un arrière-goût indéfinissable qui la rendait difficile à avaler. Pourtant, dès que la première bouchée eut franchi sa gorge, Covenant la trouva chaude et réconfortante. Une douce somnolence s'empara de lui. Quelques instants plus tard, il fut surpris d'avoir déjà tout englouti.

Il posa son écuelle vide et s'allongea sur le dos. Les flammes lui semblaient de plus en plus hautes et de plus en plus chaudes ; il avait du mal à distinguer Triock, même s'il sentait son regard perçant braqué sur lui. Il commençait à s'assoupir quand la voix du stèlagien lui parvint à travers le rideau de chaleur et de lumière.

— Incrédule, pourquoi ne poursuis-tu pas ton voyage vers la Crypte ? Crois-tu vraiment que Turpide te permettra de t'enfuir, après avoir tant lutté pour provoquer votre confrontation ?

— Oh ! il ne voudra pas me laisser partir, répondit Covenant avec autant de conviction que de détachement. Mais je pense qu'il est trop occupé par ailleurs pour m'arrêter. Et si j'arrive à lui filer entre les doigts, il me fichera la paix – du moins, pendant quelque temps. J'ai déjà tant fait pour lui ! La seule chose qui l'intéresse encore en moi, c'est mon alliance. Si je ne m'en sers pas pour le menacer, il se désintéressera de moi afin de se concentrer sur les seigneurs. Et, le temps que la bataille soit finie, je serai aussi loin que les ranyhyn auront pu m'emmener.

— Mais et ce… ce Créateur dont on raconte qu'il t'a choisi ? cracha Triock. N'a-t-il donc aucune prise sur toi ?

La somnolence ne faisait que raffermir l'assurance de Covenant.

— Je ne lui dois rien. Il m'a chargé de cette mission sans me demander mon avis. S'il n'aime pas la façon dont je m'en acquitte, il n'a qu'à me trouver un remplaçant.

— Et les gens qui ont souffert, qui sont morts pour toi ? (La colère de Triock avait refait surface ; le stèlagien broyait les mots entre ses dents comme il aurait piétiné les débris d'œuvres impies dans sa salle des offrandes privée.) Comment donneras-tu à leur sacrifice la signification qu'il mérite ? En fuyant, tu les priveras de leur dû à jamais.

« Je sais, songea Covenant dans la lueur des flammes et le souffle du vent. Vivants ou morts, nous sommes tous insignifiants. » Il fit un effort pour parler clairement malgré le sommeil qui l'envahissait.

— Quel genre de reconnaissance leur offrirais-je en me suicidant ? Ils ne me remercieraient pas de gaspiller une chose qu'il leur a coûté de préserver. Tant que je suis en vie… (Covenant perdit le fil de ses pensées et le retrouva quelques instants plus tard.) Tant que je suis en vie, le Fief l'est aussi.

— *Parce que c'est ton rêve !*

— Oui. Entre autres raisons.

Covenant savoura un moment de calme avant que la véhémence de la réponse de Triock le pénètre. Alors, il se redressa et dévisagea le stèlagien à travers les flammes dansantes. Parce qu'il ne voyait rien d'autre à dire, il murmura :

— Pourquoi ne te reposes-tu pas ? Tu as dû t'épuiser à m'attendre.

— J'ai renoncé au sommeil.

Il étouffa un bâillement.

— Ne sois pas ridicule. Pour qui te prends-tu ? Un sangarde ?

Pour toute réponse, Triock éclata d'un rire tendu comme une corde prête à se rompre. Alors, Covenant réalisa que quelque chose clochait, que ses paupières n'auraient pas dû se fermer toutes seules, qu'il aurait dû avoir la force de répondre à la détresse du stèlagien. Frottant son visage engourdi, il lança :

— En vérité, tu crains que je ne m'enfuie dès que tu auras le dos tourné, admets-le.

— Je n'ai aucune intention de te perdre maintenant, grimaça Triock.

— Ne t'inquiète pas, je ne te ferais pas ça.

Covenant cligna des yeux et se retrouva la joue collée contre le sol gelé. Il ne se souvenait pas de s'être allongé. « Réveille-toi », s'intima-t-il sans conviction. Le sommeil semblait s'abattre sur lui depuis les nuages gris.

— Je ne sais toujours pas comment tu m'as trouvé, marmonna-t-il.

Mais il s'endormit avant même que le son de sa voix parvienne à ses oreilles.

Il aurait juré que quelques secondes à peine s'étaient écoulées quand il prit conscience, à un niveau semi-subliminal, qu'une nuée sombre fondait sur lui depuis la gueule de l'hiver. Contre cette obscurité se détachaient des notes de musique scintillantes, qu'il reconnaissait sans se les rappeler. Leur mélodie l'enveloppa, dessinant des intervalles bleu-vert invisibles et inaudibles. Elles paraissaient faibles et fuyantes, comme des voix l'appelant par-delà une grande distance. Mais elles étaient insistantes ; elles le bousculaient, chantaient à ses oreilles et le ramenaient peu à peu vers la conscience. À travers son hébétude, elles dansaient pour l'avertir d'un péril.

À sa propre surprise, Covenant s'entendit grommeler :

— Il m'a drogué. Par les feux de l'enfer ! Ce fou m'a drogué.

Mais cela ne tenait pas debout. Triock était un homme honnête, franc et magnanime dans son chagrin, quelqu'un qui respectait la paix et dispensait la miséricorde malgré leur coût exorbitant pour lui.

« Il m'a drogué », songea Covenant.

D'où lui venait cette certitude absurde ? Covenant fouilla son inconscience, tandis qu'un pressentiment impossible à ignorer lui serrait le cœur. Des ténèbres maléfiques se dirigeaient vers lui. Au-delà du sommeil et de la mélodie, il lui semblait voir onduler des flammes.

« Comment a-t-il allumé ce feu ? Comment m'a-t-il trouvé ? »

Les lueurs se faisaient de plus en plus pressantes ; elles essayaient de dire des choses à Covenant qu'il ne pouvait entendre. Triock constituait une menace pour lui. Triock l'avait drogué. Il devait se relever et fuir dans la forêt.

Covenant lutta pour se rasseoir et ouvrit les yeux. Il était face au feu de camp, dans la pénombre grandissante du crépuscule. Autour de lui, le vent vomissait son âpreté. Une odeur de neige imminente planait dans l'air ; déjà, quelques flocons grisâtres se détachaient à la limite de la lumière orangée. Triock, assis en tailleur, fixait Covenant avec une expression abominable.

« Fuis ! Fuis ! » hurlèrent les fragments de chanson muette qui oscillaient devant les yeux du lépreux.

— Ces points lumineux… qu'est-ce que c'est ? balbutia-t-il, tentant de repousser le sommeil. Que font-ils ?

— Renvoie-les, ordonna Triock avec hargne. Débarrasse-t'en. Il n'a plus aucun droit sur toi, à présent.

— De qui parles-tu ? (Covenant se mit debout, tremblant de panique.) Que se passe-t-il ?

— Ce que tu appelles des lumières, c'est la voix d'un forestal. (Le ton de Triock n'exprimait qu'exécration. Il se leva d'un bond, prêt à donner la chasse au lépreux si celui-ci tentait de s'enfuir.) Le Garrot a envoyé Caer-Caveral à Morinmoss. Mais il ne peut pas t'emmener. Je ne le permettrai pas.

— *M'emmener ? Permettre ?* (L'étau qui comprimait le cœur de Covenant se resserra encore, lui arrachant un hoquet. Quelque chose en lui, un souvenir inaccessible, l'incitait à faire confiance aux lueurs.) Tu m'as drogué !

— C'était pour que tu ne t'échappes pas ! (La peur faisait blêmir Triock et creusait ses traits.) Il v… voudrait que tu me d… détruises ! bégaya-t-il. Son emprise ne s'étend pas aussi loin de Morinmoss, mais il te presse de… L'or blanc… Ah ! (Brusquement, l'intonation de Triock monta dans les aigus.) Ne joue pas avec moi ! Je ne peux pas… Tue-moi et finissons-en ! Je ne le supporte pas !

Les cris du stèlagien déchirèrent le voile d'effroi qui s'était abattu sur Covenant. Sa détresse reflua, cédant la place à une vive compassion.

— Te tuer ? haleta-t-il à travers des lumières fébriles qui l'imploraient de réagir. Ne vois-tu pas que tu n'as rien à craindre de moi ? Ne comprends-tu pas que j'ignore comment utiliser l'or blanc ? Je ne pourrais pas te faire de mal, quand bien même ce serait l'unique désir de mon cœur.

— *Quoi ?* hurla Triock. Tu ne sais toujours pas ? T'ai-je donc redouté pour rien ?

— Pour rien, acquiesça Covenant.

Triock le fixa bouche bée pendant quelques instants. Puis il rejeta la tête en arrière et éclata de rire avec une jubilation qui fit frémir les lueurs de dégoût.

— Impuissant ! s'esclaffa-t-il. Par l'hilarité de mon maître !

Impuissant !

Avec un gloussement féroce, il se leva et se dirigea vers Covenant.

La mélodie silencieuse se précipita pour s'interposer entre les deux hommes. Mais Triock força son barrage.

— Disparais ! grogna-t-il. Toi aussi, tu paieras pour le rôle que tu as joué dans tout cela.

D'un geste vif, il saisit une note scintillante dans chaque main. Leur gémissement fit onduler l'air quand il les écrasa entre ses doigts. Avec un tintement pareil à celui du cristal brisé, le reste de la mélodie s'évanouit.

Covenant se sentit basculer. Privé de son soutien invisible, il leva les mains pour se protéger et tituba en arrière. Mais Triock ne le toucha pas ; il se contenta de taper violemment du pied. Le sol gelé se cabra sous les pieds du lépreux, qui s'étala de tout son long.

Alors, Triock repoussa sa capuche. Son visage reflétait les potentialités brisées, la foi et l'amour piétinés, mais, sous ses traits, son crâne luisait d'une pâle malveillance. Le fond de ses yeux était aussi noir que la nuit ; ses lèvres se retroussaient. Toisant Covenant, il grimaça :

— Non, vermisseau, je ne te frapperai pas. La mascarade est finie. Mon maître n'apprécierait pas que je te blesse.

— Quel maître ? s'enquit Covenant.

— Je suis le ravageur *turiya*, également connu sous le nom d'Herem, de Massacreur et de Triock. (À nouveau, il éclata d'un rire grotesque.) Ce déguisement m'a bien servi, même si « Triock » n'est pas très content que je l'aie utilisé comme hôte. Prends garde à moi, vermisseau ! Je n'ai plus besoin de me dissimuler sous la forme et les pensées de ce mortel. Tu es impuissant ! Quelle ironie… Aussi puis-je me révéler à toi. C'est moi qui ai tué les géants d'Ondemère, moi qui ai éliminé l'affranchi qui voulait prévenir cet imbécile de Mhoram, moi qui ai capturé l'or blanc ! *Mes frères ! Je siégerai à la droite du maître et régnerai sur l'univers !*

Il glissa une main à l'intérieur de sa cape et en sortit la baguette de *lomillialor*, qu'il brandit sous le nez de Covenant.

— Tu vois ça ? aboya-t-il. C'est du haut bois ! Et je crache dessus. Le test de vérité n'a pu avoir raison de moi !

Saisissant la baguette à deux mains, il lui lança une salve de mots cruels. Le haut bois s'embrasa, jeta quelques flammes d'agonie écarlate et tomba en cendres.

— Ainsi ai-je signalé ta chute, conformément aux instructions que j'avais reçues, ricana le ravageur. Tu devrais respirer plus vite, vermisseau, il ne te reste que quelques instants.

Les muscles de Covenant tremblaient comme si le sol tanguait encore sous lui, mais il banda sa volonté et se releva maladroitement. Il se sentait étourdi d'horreur, impuissant. Pourtant, une partie de lui-même cherchait un moyen de s'échapper.

— L'anneau, souffla-t-il. Pourquoi ne le prends-tu pas ?

Un éclair noir déchira les prunelles de Triock.

— Me le donnerais-tu ?

— Non.

Covenant pensait que, s'il parvenait à forcer le ravageur à exercer son pouvoir, la mélodie de Caer-Caveral reviendrait peut-être pour l'aider.

— Dans ce cas, vermisseau, laisse-moi répondre que je ne prendrai pas ton anneau, parce que l'injonction de mon maître est trop forte. Il ne veut pas que je serre l'or blanc entre mes mains. Jadis, il ne nous imposait nulle restriction ; nous étions libres d'accomplir sa volonté par les moyens de notre choix. Aujourd'hui… il ordonne et j'obéis.

— Essaie donc de le prendre ! l'exhorta Covenant. Deviens ton propre maître ! Pourquoi l'anneau lui reviendrait-il ?

Un instant, il crut voir l'ombre d'un regret passer sur le visage de Triock.

— Parce que la loi de la mort a été brisée et qu'il n'est pas seul, gronda *turiya*. Des yeux m'observent en ce moment même, des yeux impossibles à défier. (Un rictus carnassier découvrit ses dents.) Peut-être les verras-tu avant de succomber, avant que mes frères et moi arrachions ton cœur encore battant de ta poitrine pour le dévorer sous tes yeux mourants.

Il éclata d'un rire dur et, comme obéissant à un signal, les ténèbres s'amplifièrent. La nuit vira au noir telle une accumulation de mépris, puis se coagula et dessina des silhouettes qui s'avancèrent vers Covenant. Le lépreux entendit le frottement de pieds sur le sol gelé. Il fit volte-face et se retrouva cerné par des ur-vils.

Quand leurs visages sans yeux sentirent son regard atterré, les créatures hésitèrent. Leurs larges narines dégoulinantes de morve frémirent comme si elles humaient l'air, en quête de signes de pouvoir – une preuve que l'Incrédule faisait usage de la magie sauvage. Puis elles se jetèrent sur lui et le submergèrent.

Des lames écarlates tournoyèrent au-dessus de la tête de Covenant comme pour faire voler les cieux en éclats. Mais au lieu de le transpercer, elles se pressèrent sur son front. Des vagues d'horreur traversèrent le lépreux. Il hurla une fois et s'évanouit dans l'étreinte des ur-vils.

15

La Victoire du seigneur Mhoram

L'EFFORT NÉCESSAIRE POUR RELEVER LES MORTS enfouis dans le sol et les lancer à l'assaut de Pierjoie avait épuisé le ravageur *samadhi*, consumé ses forces jusqu'à la dernière goutte. Le géant avait vu les lémures arracher le *ferlé* du haut seigneur à son mât. Il savait que, durant cette attaque, il avait atteint une partie des objectifs fixés par son maître. Tant que ses hordes tiendraient la tour, que des tonnes de sable bloqueraient les accès à la Citadelle et que l'hiver dénuderait les hauteurs, les seigneurs et leur peuple seraient condamnés. Les murs de leur forteresse les tenaient prisonniers et leurs vivres ne dureraient pas indéfiniment. Au pire, la patience suffirait à *samadhi* pour changer Pierjoie en tombeau.

Pourtant, il était fou de rage de n'avoir pas réussi à enfoncer les portes intérieures ; il brûlait d'essayer à nouveau, même s'il n'avait pas la force de les abattre lui-même. C'était un ravageur ; malgré les limites mortelles du corps qu'il occupait, sa soif de sang demeurait insatiable. Et d'autres choses le poussaient à agir au lieu d'attendre. Le vent lui apportait un souffle de coercition, une exigence implacable qui ne tolérerait aucun échec, fût-il partiel et temporaire.

Tandis que les morts tombaient en poussière, le Pilonneur donna à ses troupes trop longtemps contenues l'ordre de passer à l'attaque.

Avec un hurlement qui fit frissonner l'air et se répercuta contre les murs de Pierjoie, les hordes monstrueuses chargèrent. Elles se ruèrent sur les contreforts telle une marée grise et corrosive bien décidée à submerger la Citadelle.

Les créatures engendrées par la Pierre de Maleterre venaient en tête, pas parce qu'elles étaient plus efficaces contre des murs de granit, mais parce qu'elles étaient sacrifiables. L'armée du ravageur en comptait près de deux cent mille dans ses rangs et chaque jour elles arrivaient plus nombreuses depuis la Crypte. Aussi *samadhi* les utilisait-il pour absorber le gros des défenses adverses, ménageant ainsi ses lémures et ses ur-vils. Des milliers de créatures perverties s'écroulèrent, une flèche, un épieu ou un javelot planté dans le corps, mais des milliers de milliers d'autres les suivaient. Et derrière elles venaient les forces réellement capables d'endommager la Citadelle.

La lame de fond atteignit sa cible en quelques secondes. Grâce à leurs affinités avec la pierre, les lémures trouvèrent des prises minuscules qui leur permirent de se hisser rapidement jusqu'aux balcons et aux remparts. De puissants triangles d'ur-vils utilisèrent leur vitriol pour nettoyer les chemins de ronde de leurs défenseurs, puis escaladèrent les solides échelles de bois dressées par d'autres créatures. En l'espace de quelques minutes, la Citadelle se retrouva assaillie tout le long de ses faces nord et sud.

Mais les architectes de Pierjoie n'avaient rien laissé au hasard. Les chemins de ronde les plus bas se trouvaient déjà fort loin du sol ; ils pouvaient être scellés afin d'empêcher l'ennemi d'accéder à la cité, et défendus depuis des positions situées plus haut encore. Sans compter que, depuis des années, Quaan formait la milice à repousser une telle attaque. Lorsque des alarmes résonnèrent à travers la Citadelle, le dispositif qu'il avait conçu se mit aussitôt en place. Les guerriers abandonnèrent leurs tâches secondaires pour se ruer sur les remparts ; des chaînes se formèrent pour les ravitailler en flèches et armes diverses ; des phalanges œuvrant de concert chargèrent les lémures et les ur-vils qui avaient réussi à poser un pied dans la place. De leur côté, les gardiens de la Loge entonnèrent une chanson de pouvoir tandis que les magistères mettaient le feu aux échelles et que les ignessires renforçaient les murs pour leur permettre de résister à la pression.

Quaan, qui dirigeait la manœuvre depuis un balcon surélevé, comprit très vite que ses hommes auraient facilement pu repousser l'assaillant s'ils n'avaient pas été à trente contre un – si chacune de leurs vies n'avait pas été si précieuse, et chacune des vies adverses si insignifiante. La milice souffrait d'une grave infériorité numérique ; elle avait besoin de renforts. En réponse aux rapports fragmentés qui lui parvenaient depuis la closerie, lui relatant un incendie et une catastrophe évitée de justesse, Quaan envoya un appel à l'aide aux seigneurs.

Le messager trouva Mhoram dans l'amphithéâtre ravagé. Le haut seigneur l'écouta d'une oreille distraite, comme si ses paroles atteignaient ses tympans mais échouaient à pénétrer sa conscience. Quand il entendit un des gardes expliquer au jeune homme ce qui venait de se passer, il s'autorisa à chasser de son esprit toute pensée pour la bataille en cours et s'abandonna à la communion seigneuriale.

Les membres du conseil étaient assis sur le sol affaissé autour de la fosse aux ignescentes, leur bâton posé devant eux : Trevor et Loerya à la gauche de Mhoram, Amhatin à sa droite. Entre les mains tremblantes de Mhoram, le *krill* flamboyait comme pour confirmer la présence de l'or blanc dans le Fief. Mais c'était tout juste si Mhoram voyait sa lumière ; la chaleur des flammes lui avait brûlé les yeux et il était à demi aveuglé par des larmes de soulagement.

En silence, il projeta son esprit autour de lui, communiqua sa force aux autres seigneurs et leur dévoila le secret qui l'accablait depuis des lunes. Il leur expliqua comment il avait pu tirer le *krill* de sa gangue de pierre et pourquoi l'arme ne consumait pas sa chair vulnérable.

Il sentit Amhatin se recroqueviller d'angoisse, Trevor trembler d'une douleur qui n'était que partiellement due à sa blessure, Loerya peser la révélation comme elle aurait examiné n'importe quelle arme nouvelle. Mhoram s'ouvrit complètement à chacun d'eux, leur montra son savoir et sa conviction. Dans ses mains, il tenait une preuve si irréfutable que ses semblables ne pouvaient pas douter de lui. Aussi suivirent-ils le fil du raisonnement qui l'avait conduit à découvrir son secret et comprirent-ils l'effroi qui l'avait poussé à le dissimuler jusqu'alors.

Enfin, Amhatin formula la question qui la taraudait – une question si importante qu'elle méritait d'être posée bien fort, afin que Pierjoie elle-même l'entende. Ses mots flottèrent hors de sa bouche et se répandirent dans les airs, portés par l'acoustique intacte de la closerie.

— Ainsi, c'est nous qui… Depuis des générations, ce sont les seigneurs eux-mêmes qui se ferment au pouvoir de la Sagesse de Kevin.

— Oui, souffla Mhoram.

— Le serment de paix nous a empêchés…

— Oui.

La respiration d'Amhatin trembla dans sa gorge.

— Alors, nous sommes perdus.

Mhoram perçut le dilemme et la désolation dans la voix de la jeune femme. Il se redressa, s'enveloppant de l'autorité que lui conférait son statut de haut seigneur.

— Non.

— Sans pouvoir, nous sommes perdus, insista Amhatin. Mais sans le serment de paix, nous ne sommes plus ce que nous sommes, et nous sommes perdus aussi.

— Thomas Covenant est revenu, répliqua Loerya.

— Peu importe. Ou il ne détient aucun pouvoir, ou ce dernier viole le serment de paix, avec lequel nous nous sommes toujours efforcés de servir le Fief. Il ne peut donc pas nous sauver. Avec ou sans lui, nous sommes perdus.

— Non, répéta Mhoram. Pas *perdus*. Nous, et le seigneur suprême Covenant, devons trouver le moyen de concilier paix et pouvoir. Nous devons nous souvenir de ce que nous sommes ; sinon, nous désespérerons et dévasterons comme Kevin jadis. Mais nous devons aussi nous réapproprier le pouvoir, sans quoi, nous n'aurons pas fait tout notre possible pour le Fief. Nos successeurs découvriront peut-être qu'ils doivent se détourner de la Sagesse de Kevin et en trouver une autre, moins encline à la destruction. Nous n'avons pas le temps d'entreprendre une telle quête. Bien que conscients du danger inhérent à notre sagesse, nous devons nous accrocher à elle pour ne pas trahir le Fief.

Ses mots parurent résonner dans la closerie et un temps s'écoula avant qu'Amhatin remarque sur un ton douloureux :

— Vous nous présentez des choses contradictoires en nous demandant de les concilier. C'est plus facile à dire qu'à faire.

En silence, Mhoram tenta de l'amener à partager sa vision, son idée sur la manière dont le problème pouvait être résolu. Il laissa son amour pour le Fief, pour Pierjoie et pour Amhatin s'écouler librement dans l'esprit de celle-ci. Et il sourit en entendant Trevor glisser :

— C'est peut-être faisable. J'ai senti quelque chose qui y ressemblait beaucoup. Le peu de force dont je dispose m'est revenu quand le besoin de la Citadelle a pris le pas sur la peur que m'inspiraient ses ennemis.

— La peur, répéta Loerya en acquiesçant.

— La peur ou la haine, ajouta Mhoram.

Un instant plus tard, Amhatin se mit à pleurer doucement. Elle comprenait. Aidé par Loerya et

Trevor, Mhoram l'enveloppa de courage et la berça jusqu'à ce que sa frayeur et sa capacité à profaner le Fief se dissipent. Alors, il posa le *krill* et rouvrit les yeux.

Sa vue encore brouillée ne lui permit que de distinguer Thorm et Trell. Ce dernier était toujours barricadé en lui-même, incapable d'affronter l'horreur de son geste. Thorm avait posé sa tête dans son giron pour partager, à la manière des *rhadhamaerl*, le tourment qui avait poussé un ignessire à se retourner contre sa pierre bien-aimée. Ni Trell ni lui ne pipaient mot et Mhoram les regarda d'un air chagriné, comme s'il était responsable du sort de Trell.

Mais avant qu'il puisse parler, un autre messager dépêché par Quaan pénétra dans l'amphithéâtre. Quand le haut seigneur leva les yeux vers lui, il répéta l'appel à l'aide de son supérieur.

— Bientôt, soupira Mhoram. Bientôt. Dites à mon vieil ami que nous viendrons dès que possible. Trevor est blessé. Je… (D'un geste bref, il désigna la peau brûlée de son crâne.) Amhatin et moi devons nous restaurer et nous reposer. Quant à Loerya…

— J'arrive, coupa fermement l'intéressée. Je ne me suis pas encore battue comme je l'aurais dû pour Pierjoie. (Elle se tourna vers le messager.) Conduisez-moi à l'endroit où on a le plus besoin de moi, puis portez la réponse du haut seigneur à l'insigne.

Avec une démarche pleine d'assurance, comme si la découverte d'un nouveau pouvoir avait eu raison de ses doutes les plus lancinants, Loerya monta l'escalier et suivit le jeune guerrier vers le mur sud de la Citadelle.

En sortant, elle ordonna aux gardes d'appeler les guérisseurs et de faire venir de la nourriture. Les autres seigneurs restèrent seuls et Thorm en profita pour demander à Mhoram ce qu'il envisageait pour Trell.

Mhoram balaya du regard l'amphithéâtre ravagé comme pour estimer l'ampleur de sa défaillance envers Trell. Le travail de plusieurs générations de *rhadhamaerl* serait nécessaire pour restaurer la closerie. Les larmes aux yeux, Mhoram répondit :

— Les guérisseurs s'occuperont de lui. Peut-être parviendront-ils à lui rendre la raison.

— À quoi cela servira-t-il ? Comment pourra-t-il vivre avec le souvenir de ses actes ?

— Nous l'y aiderons. *Je* l'y aiderai. Toute guérison doit être tentée, aussi difficile qu'elle s'annonce. Et je ne peux pas abandonner Trell maintenant, pas après avoir manqué à tous mes devoirs envers lui.

— Manqué à tous vos devoirs envers lui ? répéta Trevor. (La douleur avait fait refluer le sang de son visage, mais il n'avait pas perdu l'esprit combatif qui l'avait poussé à assumer une si grande partie de la défense de la Citadelle.) De quelle façon ? Vous n'êtes pas la cause de son désespoir. En lui témoignant de la méfiance, vous n'auriez réussi qu'à amplifier sa détresse ; la méfiance tend à susciter sa propre justification.

Mhoram hocha la tête.

— Oui, et je me suis défié de vous tous en gardant un secret qui me mettait mal à l'aise. Il est heureux que mes cachotteries n'aient pas causé plus de tort au Fief.

— Mais vous n'auriez pas pu empêcher…

— Peut-être que non, peut-être que si. Si j'avais partagé mon savoir avec Trell, s'il avait réalisé le danger qui le menaçait… peut-être aurait-il trouvé la force de se souvenir de qui il était : un ignessire du *rhadhamaerl* et un serviteur de la pierre.

Thorm acquiesça avec raideur et sa sympathie pour Trell lui fit dire :

— Vous avez commis une erreur, haut seigneur.

— Oui, hospitalier, convint Mhoram d'une voix très douce. Je suis ce que je suis, à la fois humain et mortel. J'ai encore beaucoup à apprendre.

Thorm baissa la tête. La crispation de ses épaules ressemblait à de la colère, mais Mhoram venait de partager une épreuve avec lui et il le comprenait mieux à présent.

Quelques instants plus tard, les guérisseurs arrivèrent à la closerie. Ils avaient apporté deux civières. Ils emmenèrent Trell sur la première et, malgré ses protestations, chargèrent Trevor sur la seconde. Thorm sortit avec eux.

Bientôt, Amhatin et Mhoram se retrouvèrent seuls avec le guerrier qui leur avait apporté à manger et un guérisseur qui se hâta d'appliquer un onguent cicatrisant sur les brûlures du haut seigneur. Dès qu'il eut terminé, Mhoram congédia les deux hommes. Il devinait qu'Amhatin voulait lui parler et préférait le faire en privé ; aussi s'arrangea-t-il pour lui laisser le champ libre avant d'attaquer sa nourriture.

Il mangea mécaniquement, par nécessité plutôt que par envie. Il entendait bien se remettre au travail dès qu'il aurait fini son repas.

Amhatin fit écho à son silence. Elle semblait reproduire jusqu'au rythme de sa mastication, comme si l'exemple du haut seigneur était la seule chose qui la maintenait debout face à un péril inopiné. Toutes les années passées à étudier les tabernacles de Kevin l'avaient bien mal préparée aux révélations de Mhoram ; elle avait placé une si grande confiance en la Sagesse des vénérables !

Le sentant, Mhoram lui laissa le temps de se ressaisir. Même après avoir repoussé son assiette, il se tut, se contentant d'attendre que la jeune femme formule son trouble à voix haute. Mais quand Amhatin prit la parole, les mots qui sortirent de sa bouche ne furent pas du tout ceux auxquels il s'était préparé.

— Haut seigneur, si Thomas Covenant est revenu dans le Fief… (Du menton, elle désigna le *krill*.) Qui l'a rappelé ? De quelle façon ? Et où se trouve-t-il à présent ?

— Amhatin…

— Qui aurait pu accomplir pareil tour de force, sinon le Rogue en personne ?

— Il existe…

— Et si ce n'est pas l'œuvre de Turpide, où Covenant est-il apparu ? Comment nous aidera-t-il s'il n'est pas ici, à Pierjoie ?

— Il ne nous aidera pas, affirma Mhoram pour couper court à ce flot de questions. S'il décide de se rendre utile, ça ne sera pas aux défenseurs de la Citadelle. Il existe d'autres endroits, d'autres façons dont il peut servir le Fief – et d'autres forces capables de le ramener ici, aussi. Le conseil et Turpide ne sont pas les seuls. Le Créateur lui-même pourrait avoir convoqué l'Incrédule, s'il l'estimait nécessaire.

Amhatin dévisagea Mhoram comme si elle essayait de voir à travers lui pour localiser la source de sa sérénité.

— Je n'ai pas votre foi en ce soi-disant Créateur. À supposer qu'il existe, la loi qui gouverne la Terre lui interdit de… Les légendes n'affirment-elles pas que, s'il venait à briser l'arche du temps pour intervenir dans nos affaires, cela entraînerait la fin du monde et la libération du Rogue ?

— C'est ce qu'on raconte, en effet, acquiesça Mhoram. Et je ne doute pas que ce soit vrai. Mais le sort de toute création relève de la responsabilité de son créateur. Notre travail nous suffit. N'allons pas nous charger, en plus, du fardeau des dieux.

Amhatin soupira.

— Vous vous exprimez avec tant de conviction, haut seigneur ! Si je devais dire de telles choses, elles sonneraient creux.

— Alors, ne les dites pas. Je ne parle que de ce qui me donne du courage. Vous êtes une personne distincte de moi ; vous possédez vos propres qualités. Rappelez-vous seulement que vous êtes un seigneur et une servante de la Terre. Souvenez-vous de l'amour qui vous a menée jusqu'au conseil et ne défaillez pas.

— Non, haut seigneur, promit la jeune femme en l'examinant avec intensité. Pourtant, je n'ai pas confiance en ce pouvoir qui rend la profanation possible. Je ne me risquerais pas à l'employer.

Mhoram regarda le *krill*. La gemme blanche flamboyait, véritable paradoxe, promesse de vie et de mort. Mhoram tendit un bras et toucha le manche de l'arme. Mais son exaltation était retombée et la chaleur du *krill* lui fit très vite retirer sa main.

Il eut un sourire en coin.

— Oui, souffla-t-il comme s'il parlait à la lame. C'est un risque et j'ai très peur de le prendre.

Il sortit un mouchoir de sa robe, en enveloppa prudemment le *krill* et le mit de côté afin que les gardiens de la Loge puissent l'emporter pour l'étudier. Puis il leva les yeux vers Amhatin ; elle essayait de sourire, elle aussi.

— Venez, sœur Amhatin. Nous n'avons déjà que trop tardé à nous remettre au travail.

Ensemble, ils regagnèrent les remparts et, avec Loerya, unirent le feu de leurs bâtons pour repousser les hordes du Pilonneur.

En fin d'après-midi, ils furent rejoints par un Trevor clopinant sur sa cheville bandée. Mais le plus gros de l'assaut ennemi était déjà passé et Pierjoie avait tenu. Les seigneurs avaient apporté à la milice le soutien réclamé par Quaan. Partout où ils avaient déployé leurs efforts, les pertes des défenseurs étaient retombées à zéro ou presque, tandis que celles des attaquants se multipliaient. Dans ce genre de bataille, les ur-vils ne pouvaient pas focaliser leur pouvoir de manière efficace. Aussi les seigneurs purent-ils occasionner des dégâts prodigieux parmi les lémures et autres rejetons de la Pierre de Maleterre. Un peu avant le crépuscule, le ravageur *samadhi* rappela ses forces.

Mais cette fois, il ne laissa pas à la Citadelle le temps de récupérer. La nuit était à peine tombée qu'il déclencha l'offensive suivante. Sous le couvert des ténèbres glacées, les ur-vils se précipitèrent pour éclabousser les remparts de leur pouvoir liquide, et derrière eux, des créatures charriant boucliers et échelles chargèrent en rangs serrés. La frénésie désorganisée de l'attaque précédente avait cédé la place à des frappes concertées, précises. Les hordes affamées et grondantes s'employaient à saper la résistance de Pierjoie de la façon la plus rapide et la plus efficace possible.

Pendant plusieurs jours, la bataille se poursuivit sans relâche. Le Pilonneur régulait ses charges de sorte que ses pertes ne dépassent jamais les renforts qui arrivaient continuellement, mais il exerçait une pression impitoyable sur les défenseurs, auxquels il ne laissait pas le moindre répit. Malgré les efforts de Quaan pour organiser un roulement, les miliciens commencèrent bientôt à fatiguer. Or, un guerrier épuisé était plus facile à tuer et ceux qui tombaient ne pouvaient être remplacés.

Mais la milice ne luttait pas seule. Elle bénéficiait de l'aide considérable des ignessires, des magistères et des gardiens de la Loge. Les habitants de Pierjoie qui n'avaient rien de plus urgent à faire – les fermiers, les bouviers, les artistes et même les enfants les plus âgés – s'occupaient de ravitailler les archers, de monter la garde ou de porter des messages. Ainsi de nombreuses phalanges furent-elles libérées pour se battre ou se reposer. Et les seigneurs volaient à la rescousse des combattants chaque fois que Quaan les appelait. Ils étaient puissants et autoritaires ; chacun à sa façon, ils résistaient avec la force de ceux qui se savent capables de profanation et refusent de se laisser pousser jusqu'à cette extrémité.

La Citadelle tenait bon. Chaque jour, des unités entières succombaient ; les réserves de nourriture diminuaient ; le stock de potions des guérisseurs baissait. Les privations creusaient les traits des défenseurs. Mais Pierjoie continuait à protéger ses habitants.

Au début, les seigneurs se concentrèrent sur la bataille. Instinctivement, ils se dérobèrent à leur dangereux secret, employant leur énergie à se battre plutôt qu'à examiner leur dernier recours. Mais lorsque le fracas du combat eut résonné dans les couloirs de la forteresse pendant plus de six jours d'affilée, Mhoram commença à craindre le moment où le Pilonneur changerait de tactique, où son maître et lui seraient de nouveau en état d'utiliser la Pierre et le Bâton. Et durant la septième nuit, le sommeil du haut seigneur fut troublé par des rêves flous, pareils aux ombres de ses cauchemars visionnaires d'antan. À plusieurs reprises, il crut entendre, montant des profondeurs de son âme, les hurlements d'un affranchi. Il se réveilla en nage et se hâta de monter dans les hauteurs pour voir s'il était arrivé quelque chose à celui de Scintillia.

Il allait bien, tout comme les filles de Loerya. Mais cela ne soulagea pas Mhoram. Il se sentait glacé jusqu'à la moelle. Quelque part, quelqu'un était mort dans d'atroces souffrances ; il en avait la certitude. Se raidissant contre le frisson qui le parcourait tel un écho de l'hiver du Rogue, il convoqua le reste du conseil. Et pour la première fois, il souleva devant ses pairs la question de leur savoir tout neuf et de la manière dont ils pouvaient l'utiliser contre Turpide.

Il sentit bien les étincelles d'angoisse fébrile que cette question fit jaillir chez les trois autres seigneurs. Amhatin le regarda fixement, Trevor frémit, Loerya étudia ses mains – et Mhoram les entendit penser : « Croyez-vous donc que nous devions reproduire le geste de Kevin le Dévastateur ? » Mais il savait que personne ne cherchait à l'accuser ; aussi attendit-il en silence jusqu'à ce que Loerya prenne la parole :

— Quand vous avez défendu la closerie, vous avez lutté contre le fléau déclenché par quelqu'un d'autre. Comment contrôlerez-vous ce pouvoir si c'est vous qui le libérez ?

Mhoram n'avait pas de réponse à lui fournir.

— Nous ne disposons d'aucun objet à travers lequel canaliser une telle puissance, se força à ajouter Trevor. Je suis convaincu que nos bâtons ne suffiraient pas. Celui de la Loi nous fait défaut et je ne connais nul autre instrument à la hauteur de cette tâche.

— Sans compter, ajouta Amhatin sur un ton tranchant, que ce savoir en lequel vous osez placer votre foi n'a pas suffi au haut seigneur Kevin fils de Loric. Il n'a fait qu'augmenter le coût de son désespoir. J'ai... j'ai dédié ma vie à l'étude de la Sagesse de Kevin, et j'ai l'intime conviction qu'un tel pouvoir est à la fois un piège et une illusion. Il ne peut être maîtrisé. Il frappe la main qui le manipule. Mieux vaut mourir au nom de la paix qu'acheter un jour de survie à un prix si extravagant.

Là encore, Mhoram ne sut que répondre. Il était bien incapable de formuler des explications. Seul le mauvais pressentiment qui l'assaillait l'incitait à agir, lui soufflait que des horreurs inimaginables sévissaient dans le Fief, très loin de Pierjoie.

— Craignez-vous que le seigneur suprême Covenant puisse encore nous profaner ? interrogea Amhatin d'un air lugubre.

Mhoram ne put affirmer le contraire.

Ainsi le conseil s'acheva-t-il sans qu'aucune conclusion ait été tirée, aucune stratégie mise au point.

Dehors, la bataille se poursuivait sans répit. Pendant les quatre jours suivants, les seigneurs manièrent le feu de leurs bâtons avec toute la puissance et la ruse dont ils disposaient ; la milice repoussa les limites de son endurance, et les habitants de la Citadelle firent de leur mieux pour tenir en respect les lémures, les ur-vils et les rejetons de la Pierre de Maleterre. Mais le Pilonneur ne faiblissait pas. Il lançait ses troupes en avant comme si les pertes subies n'avaient aucune importance, sacrifiait des compagnies entières pour causer des dégâts insignifiants. Et chaque jour, Pierjoie payait un peu plus cher sa résistance.

Le cinquième jour, Mhoram désengagea le combat pour faire le point sur les conditions de vie dans la forteresse. Quaan se joignit à lui. Quand ils eurent constaté l'état des stocks et comptabilisé les victimes, l'officier lâcha d'une voix rauque mais tremblante :

— Nous allons tomber. Quand bien même le ravageur ne lèverait plus le petit doigt contre nous à partir de maintenant, nous tomberions.

— Combien de temps pouvons-nous encore tenir ? s'enquit calmement Mhoram.

— Trente jours, dans le meilleur des cas. Quarante si nous cessons de nourrir les malades, les blessés et les infirmes.

— Nous ne refuserons de nourriture à personne.

— Trente jours, donc. Moins si mes guerriers perdent courage et autorisent l'ennemi à ouvrir une brèche dans nos défenses. (Les épaules de Quaan s'affaissèrent et il baissa les yeux.) Haut seigneur, comment en sommes-nous arrivés là ? Est-ce la fin pour nous et pour le Fief ?

— Non, mon ami, le détrompa Mhoram. Nous n'avons pas encore épuisé nos ressources. Et l'Incrédule… N'oubliez pas Thomas Covenant.

Quaan se raidit.

— Je l'oublierais si je pouvais, répliqua-t-il sur un ton brusque. Il ne fera que…

— Doucement, insigne, l'interrompit Mhoram. Ne soyez pas si prompt à prédire une apocalypse. La Terre recèle des mystères dont nous ignorons tout.

Quaan resta muet quelques instants, puis murmura :

— Avez-vous toujours foi en lui ?

Mhoram n'hésita pas.

— J'ai foi en le fait que le Mépris n'est pas la somme de la vie.

Quaan le fixa comme s'il cherchait à découvrir en lui la source de cette certitude. L'ombre d'une protestation ou d'une supplique passa sur son visage, mais avant qu'il puisse l'exprimer, un messager vint le rappeler sur les remparts. Quaan se détourna et s'en fut à grands pas.

Mhoram regarda son large dos s'éloigner, puis se secoua et partit dans la direction opposée. Il voulait voir ce que devenait Trell Atiaran-mi.

Dans le hall bas de plafond que les guérisseurs avaient transformé en hôpital pour les centaines de blessés, au beau milieu, il trouva le colosse étalé sur une civière. Une forte fièvre cérébrale l'avait fait fondre. Aux yeux consternés de Mhoram, il incarnait le destin des habitants du Fief. Les mains du haut seigneur se mirent à trembler. Jamais il ne supporterait d'assister à l'inéluctable dégradation de tout ce qu'il aimait.

— Au début, nous l'avions mis près du mur pour qu'il soit en contact avec la pierre, expliqua doucement un des aides-soignants. Mais il s'est recroquevillé sur lui-même en roulant des yeux, terrifié. C'est pourquoi nous l'avons déposé ici. Il a aussitôt cessé de hurler. Néanmoins, nos efforts pour le soulager sont demeurés vains. Il n'a pas recouvré la raison.

— Covenant la lui rendra, souffla Mhoram. Il le doit.

La nuit suivante, *samadhi* changea de tactique. Une bande de lémures se hissa jusqu'à l'un des remparts principaux. Quand les miliciens s'élancèrent pour les repousser, deux triangles d'ur-vils dissimulés non loin du mur tissèrent des rebutants aux extrémités du rempart pour prévenir toute fuite. Deux phalanges furent ainsi massacrées par les vilmestres avant qu'Amhatin réussisse à contrecarrer l'action de l'adversaire.

La manœuvre fut répétée simultanément en plusieurs autres points autour de la Citadelle. Le temps de réaliser que les créatures ne cherchaient pas à entrer dans Pierjoie, mais seulement à piéger ses défenseurs, Quaan avait déjà perdu plus de cent soixante hommes.

Les seigneurs durent faire front au plus gros de ces nouvelles attaques, car eux seuls étaient équipés pour contrer un rebutant. Les frappes se poursuivirent jusqu'à l'aube, leur interdisant le moindre repos. Quand l'obscurité se dissipa et que la lumière du jour révéla la position des ur-vils, le Pilonneur revint à sa tactique précédente.

Après quatre nuits de ce régime, Mhoram et ses pairs étaient épuisés. Ils devaient se mettre à deux pour arriver à leurs fins, car un seul seigneur ne pouvait venir à bout assez rapidement de l'œuvre de soixante à cent ur-vils. Des cernes violets soulignaient les yeux d'Amhatin dans son visage livide ; les muscles jadis saillants de Loerya pendaient sur ses os et Trevor sursautait au moindre bruit, comme s'il craignait de se faire cerner par des goules. Mhoram lui-même avait l'impression qu'un étau lui comprimait le cœur. Les funestes prédictions de Quaan avaient un goût de vérité qui donnait la nausée à tous.

Pendant la quatrième nuit, le haut seigneur s'assoupit quelques minutes et se surprit à murmurer dans son demi-sommeil « Covenant, Covenant », comme s'il tentait de rappeler à l'Incrédule une promesse faite par celui-ci.

Mais le matin suivant, les attaques cessèrent. Le vent apporta jusqu'à Pierjoie un silence pareil à celui qu'exhale un tombeau ouvert. Les créatures avaient regagné leur campement ; en leur absence, la Citadelle haletait et frissonnait tel un supplicié entre deux séries de coups de fouet.

Mhoram en profita pour manger, mais il enfourna la nourriture dans sa bouche sans la voir et la mâcha sans percevoir son goût. Il était trop occupé à jauger ses réserves d'endurance. Néanmoins, lorsqu'un messager vint l'informer que *samadhi* approchait de Pierjoie, il réagit immédiatement.

Flanqués par des archers qui les protégeraient contre toute attaque éventuelle en provenance de la tour, les quatre membres du conseil montèrent sur l'un des plus hauts balcons de la façade est de la Citadelle et firent face au Pilonneur.

Le géant se dirigeait vers eux d'une démarche arrogante, pleine de mépris. Il était seul. Un rictus sardonique tordait ses lèvres ; son poing serré brandissait le fragment de la Pierre de Maleterre qui fumait dans l'air glacial. Il s'arrêta à la limite de portée des flèches adverses, leva la tête et lança d'une voix de stentor :

— Salutations, seigneurs ! Je viens prendre des nouvelles de votre santé !

— *De notre santé !* gronda Quaan entre ses dents. Qu'il fasse cinq pas de plus et je vais lui en donner, moi, des nouvelles !

— Mon maître s'inquiète pour vous, poursuivit *samadhi*. Il craint que vous ne souffriez de ce conflit inutile.

Les yeux de Mhoram étincelèrent.

— Ton maître se délecte des tourments d'autrui ; c'est sa seule raison de vivre. Veux-tu nous faire croire qu'il a tourné le dos au Mépris ?

— Il est sidéré et chagriné que vous lui résistiez avec tant d'obstination. N'avez-vous toujours pas compris qu'il est l'unique vérité en ce monde infirme ? Que sa force est le seul droit existant ? Le Créateur est un être égoïste et cruel ; ceux qui ne sont pas aveuglés par la folie le savent pertinemment. Vos souffrances ne vous ont-elles donc rien appris ? Thomas Covenant ne vous a-t-il donc rien enseigné ? Rendez-vous ! Renoncez à vous vautrer dans votre misère ; c'est une attitude perverse qui ne vous mènera à rien. Montrez-vous raisonnables, et je vous jure que vous servirez le seigneur Turpide comme mes égaux.

En dépit de son sarcasme, la voix du ravageur possédait un étrange pouvoir de persuasion. La puissance de la Pierre imprégnait ses paroles, incitait son auditoire à se soumettre. Elle tranchait la résistance de Mhoram, le laissant, comme nu, exposé à la morsure de l'hiver. Un goût d'abdication emplit la bouche du haut seigneur et il dut déglutir avant de répondre :

— *Samadhi* Sheol ! Tu te moques de nous, mais nous ne sommes pas aveugles ; nous voyons bien les atrocités qui nous attendent si nous nous soumettons. Va-t'en ! Emmène ton armée maudite et retourne auprès de ton maître ! Il est à l'origine de votre corruption ; qu'il la savoure pendant qu'il en est encore temps ! Les jours de son règne sont comptés. Et quand il verra approcher sa fin, sois certain qu'il ne fera rien pour préserver ta misérable existence. Va-t'en, ravageur ! Tes minables provocations sont sans effet sur nous.

Il espérait que *samadhi* se mettrait en colère et commettrait une erreur qui l'amènerait à portée de flèches. Mais le géant se contenta d'éclater de rire. En proie à une hilarité bestiale, il se détourna et cria à ses forces d'attaquer.

Mhoram pivota vers ses pairs. Mais ceux-ci n'avaient d'yeux que pour le messager tremblant qui se tenait devant eux. Malgré le froid, son visage ruisselait de sueur et sa gorge, nouée, l'empêchait de parler. En silence, il plongea une main dans le col de sa tunique et en sortit un objet enveloppé d'un linge, qu'il déballa maladroitement.

C'était le *krill*. Sa gemme était terne, comme morte.

Mhoram crut entendre des hoquets, des grognements et des exclamations atterrées, mais il n'aurait pu en jurer. L'épouvante rugissait à ses oreilles, brouillant les autres sons. Il saisit le *krill* et tomba à genoux comme si ses jambes venaient de se briser. Il étudia la pierre et, de toute sa volonté, tenta d'y déceler une étincelle de vie. Mais le métal était froid sous ses doigts ; le tranchant de la lame semblait émoussé.

L'espoir représenté par la magie sauvage s'était envolé. Covenant avait disparu. Mhoram comprenait pourquoi le ravageur s'était esclaffé.

— Mhoram ?

— Haut seigneur ?

— Mhoram !

Les voix des autres seigneurs l'atteignirent enfin. Ses semblables l'imploraient de se ressaisir et de partager sa force avec eux. Mais il les ignora. D'un haussement d'épaules, il repoussa les tentatives de communion et ferma son esprit. La prophétie venait de s'accomplir. Il ne restait nulle réponse à apporter aux supplications, nul moyen d'étancher les larmes ni d'apaiser le désespoir.

Machinalement, Mhoram se releva et rendit le *krill* au messager. Il voulait qu'on ôte l'arme traîtresse de sa vue, mais son dégoût ne mobilisait qu'une infime partie de son être. Il resserra sa robe bleue autour de lui comme s'il était encore assez fou pour croire qu'elle le protégerait contre les rigueurs de l'hiver, puis s'éloigna avec une expression hébétée. Ses cheveux courts et raides, qui avaient repoussé après l'incendie de la closerie, se hérissaient sur son crâne en lui donnant l'aspect d'un dément.

Des gens coururent après lui, le bombardant de requêtes, mais il continua à marcher d'un pas mécanique, le regard fixé droit devant lui pour ne pas être obligé de contempler les visages suppliants.

Il n'avait pas de destination précise en tête et ne se demanda où il allait qu'en atteignant le premier carrefour. Là, le poids de la décision à prendre manqua le remettre à genoux : à gauche, pour s'enfoncer dans les entrailles de la Citadelle, ou à droite, pour monter vers les hauteurs ? Mhoram opta pour la seconde solution, parce qu'il ne supportait pas l'idée d'affronter les récriminations involontaires de Pierjoie – et qu'il savait déjà qu'il n'avait pas le choix.

Quand il s'engagea sur la longue route menant à l'extérieur de la forteresse, les gens qui le suivaient ralentirent et le laissèrent filer.

— Il va voir l'affranchi, l'interprète des rêves, les entendit-il chuchoter derrière lui.

Ils se trompaient. Il n'avait aucune question à lui poser. Les oracles étaient destinés aux êtres dont les visions ambiguës permettaient de faire la différence. Or, la seule chose qui pouvait faire une différence pour le haut seigneur Mhoram fils de Varil, c'était qu'il retrouve son courage.

Encore abasourdi, il émergea sur le plateau balayé par la bise. En contrebas, il entendait des vagues de créatures s'écraser contre les murs de la Citadelle comme sur des falaises orgueilleuses mais friables. Il n'y prêta pas attention : ce n'était qu'un symbole, un avant-goût de l'apocalypse globale qui s'apprêtait à ravager le Fief. « Sans Thomas Covenant… » Mhoram ne pouvait même pas achever cette pensée.

Il gravit les collines, gagna le bord de la rivière et longea celle-ci en direction du nord. Dans son cœur, un abîme béait à l'endroit où aurait dû se trouver le salut du Fief. Voilà, se dit-il, ce que Kevin le Dévastateur avait dû ressentir quand Turpide avait ravagé Kurash Plenethor. Mhoram ne comprenait pas comment on pouvait supporter une telle douleur.

Bientôt, il se retrouva planté dans le froid au sommet d'une crête qui surplombait Scintillia. Le lac gorgé de Pouvoir de la Terre était parfaitement immobile malgré la férocité du vent ; sous le ciel d'un gris de cendre, il étincelait comme s'il restituait le souvenir du soleil. Les hauteurs environnantes se reflétaient à sa surface et ses eaux étaient si limpides que Mhoram voyait le fond rocheux.

Il savait quelle décision prendre ; il manquait de courage, pas de lucidité. Les dernières exactions de sa foi s'étalaient devant lui telle la carte d'un pays disparu. Il descendit en titubant vers Scintillia, n'ayant nul autre endroit où se rendre. Il déposa son bâton sur la rive, se déshabilla et se laissa tomber dans le lac en priant pour que celui-ci accomplisse ce dont il était incapable.

Il était déjà transi de froid ; pourtant, les eaux glaciales le brûlèrent sur tout le corps, dans une déflagration nerveuse qui dissipa aussitôt son engourdissement. Mhoram avait l'intention de se laisser couler, mais la puissance de Scintillia déclencha ses réflexes de survie et le propulsa vers le haut. Il émergea à l'air libre en inspirant à pleins poumons et, dès qu'il eut repris son souffle, rebroussa chemin à la nage.

Il se hissa sur la berge avec la sensation d'être en flammes, mais se força à rester nu le temps que le vent sèche son corps. Alors, il enfila hâtivement sa robe, serrant son bâton contre sa poitrine afin que le pouvoir seigneurial le réchauffe là où il en avait le plus besoin. En attendant que ses tremblements fiévreux s'apaisent, il tenta de préparer son cœur à endurer l'effroi qui l'attendait.

Il devait faire quelque chose d'apparemment impossible : tuer le ravageur *samadhi*.

Et pour cela, il aurait besoin d'aide.

Résolument, il mit ses scrupules de côté et se tourna vers les seuls alliés possibles, les seuls êtres dont la fidélité égalait son besoin. Portant une main à sa bouche, il émit un sifflement aigu qu'il répéta deux fois.

Le vent parut arracher le son à ses lèvres et le déchiqueter instantanément. En ce lieu d'ordinaire plein d'échos, l'appel se dissipa sans produire la moindre résonance, comme si l'hiver cherchait à réduire Mhoram au silence et à le priver de tout secours. Pourtant, le haut seigneur rassembla sa foi et se hissa de nouveau jusqu'à la crête. L'angoisse tempêtait en lui, mais il fit face à l'ouest d'un air imperturbable, comme s'il ne connaissait ni le doute ni la peur.

L'incertitude lui donnait envie de hurler. De longs moments s'écoulèrent avant qu'il aperçoive une traînée brune émergeant des montagnes et progressant dans sa direction. Alors, malgré les nombreux fardeaux qui l'accablaient, l'âme de Mhoram bondit de joie. Il se redressa de toute sa taille et leva le menton pour faire bonne figure au ranyhyn qui l'avait entendu.

L'attente faillit figer son sang dans ses veines. Finalement, un grand étalon contourna Scintillia en hennissant pour le saluer. À sa vue, Mhoram poussa un grognement. Pour le rejoindre, le coursier avait dû quitter les plaines de Ra des dizaines de jours auparavant, fuir devant l'armée du Pilonneur, traverser les plaines centrales et la chaîne Ouestronne, puis se frayer un chemin parmi les pics enneigés jusqu'au plateau qui abritait Pierjoie. Son périple montagnard l'avait mis dans un état terrible. Sa peau flasque pendait sur ses flancs décharnés, à la robe ternie, et ses articulations étaient si gonflées qu'il avait du mal à mouvoir ses membres. Pourtant, Mhoram le reconnut et le salua avec tout le respect que sa voix pouvait exprimer.

— Salut à toi, Drinny, fier ranyhyn ! Que c'est courageusement fait ! Tu es le digne fils de ta digne mère. Queue du ciel, crinière du monde, je suis... (L'émotion noua la gorge de Mhoram et il ne put que chuchoter :) Je suis honoré.

Drinny fit un vaillant effort pour trotter jusqu'à lui, mais quand il l'atteignit, tremblant, il posa la tête sur son épaule, comme s'il avait besoin de soutien pour tenir debout. Mhoram lui passa les bras autour de l'encolure, lui murmura félicitations et encouragements à l'oreille, flatta sa croupe constellée de glace. Tous deux se pressèrent l'un contre l'autre comme pour se faire des promesses malgré leur faiblesse respective.

Puis Mhoram sacrifia à l'indomptable fierté de Drinny. Il bondit sur son dos et, réchauffant l'animal avec son bâton, reprit lentement le chemin de Pierjoie.

Le retour fut très long. Les muscles de Drinny menaçaient de céder à chaque pas et l'épuisement le faisait sans cesse trébucher. Tandis qu'ils traversaient les collines, la lassitude de Mhoram revint, elle aussi, à la charge, et le haut seigneur se souvint de son incompétence et de l'accablement qui l'avait paralysé quelques heures plus tôt. Mais il s'était engagé sur le chemin de sa foi ; à présent, il serrait un ranyhyn entre ses genoux et se bardait de détermination pour ne pas faire demi-tour. Profitant de la clarté que Scintillia avait insufflée à ses pensées, il mit son plan au point.

Enfin, sa monture s'enfonça en clopinant dans le large tunnel qui conduisait à Pierjoie. Le bruit de ses sabots se répercuta contre la pierre lisse et fila en avant tel un héraut chargé d'annoncer son approche. Bientôt, la nouvelle du retour de Mhoram sur le dos d'un ranyhyn se propagea dans la Citadelle. Abandonnant leur labeur, les habitants affluèrent pour regarder passer le haut seigneur. Ils s'alignèrent le long des murs, poussèrent des exclamations émerveillées ou consternées à la vue de Drinny, chuchotèrent qu'une lueur bien dangereuse brillait dans les yeux de Mhoram. Et ce dernier s'enfonça dans la forteresse comme porté par un courant de stupéfaction et d'espoir.

À peine avait-il commencé à remonter l'avenue principale de Pierjoie qu'il aperçut les autres dirigeants de la Citadelle droit devant lui : Trevor, Loerya et Amhatin, Quaan, Thorm et Borillar. Ils l'attendaient comme pour lui rendre hommage. Quand Drinny s'arrêta à leur hauteur, ils saluèrent le haut seigneur et le coursier en silence. Aucun mot ne pouvait exprimer ce qu'ils ressentaient.

Mhoram les étudia l'un après l'autre. Chacun à sa façon, ils étaient hagards, anéantis par la bataille. Quaan en particulier semblait usé jusqu'à la trame. Son visage buriné arborait une expression orageuse, comme si seule la tension provoquée par la féroce belligérance l'empêchait de tomber en morceaux. Amhatin était visiblement au bord du désespoir ; on aurait dit que sa fragilité physique sapait ses forces mentales. Des larmes dont Mhoram devinait qu'elles étaient dues à la disparition de Thomas Covenant ruisselaient sur le visage de Borillar. Trevor et Loerya se soutenaient l'un l'autre. Seul Thorm paraissait calme, et sa sérénité était celle d'un homme qui a déjà surmonté une crise personnelle. Rien ne pouvait être pire pour lui que la profanation dont il avait fait l'expérience – et triomphé –, dans la closerie. Tous les autres accueillirent Mhoram avec un mélange d'espoir et d'hébétude. Par leur expression, ils l'implorèrent de révéler ce que signifiait son retour sur le dos d'un ranyhyn.

D'un signe de tête muet, Mhoram leur rendit leur salut. Puis il se laissa lourdement tomber à terre et fit deux pas vers eux. Il leur répondit de la seule manière qu'il avait encore la force d'employer. D'une voix douce mais imbue d'une autorité dangereuse, il lança :

— Entendez-moi. Je suis Mhoram fils de Varil, haut seigneur par le choix du conseil. Ma décision est prise. Entendez-moi et obéissez. Quaan, Drinny, des ranyhyn, doit recevoir tous les soins appropriés à sa condition. Qu'on le nourrisse, qu'on le panse et qu'on restaure sa vigueur dans les plus brefs délais. J'ai l'intention de le monter très bientôt.

« Seigneurs, hospitaliers, insigne… nous devons reprendre la tour de Pierjoie et dégager les portes de la Citadelle. Le temps presse. Quaan, faites préparer les chevaux de la milice, tous les cavaliers et autant de fantassins que vous le jugerez nécessaire pour marcher contre le ravageur *samadhi*. Nous frapperons dès que la voie sera libre.

Mhoram vit bien que ses interlocuteurs étaient abasourdis, que l'attaque de l'armée ennemie leur apparaissait comme une idée démente. Mais il ne chercha pas à les rassurer. À l'heure de sa mort prochaine et inéluctable, il voulait laisser derrière lui des hommes et des femmes qui s'étaient prouvé leur propre valeur, qui savaient par expérience qu'ils pouvaient se débrouiller sans lui.

Pourtant, il leur devait une explication.

— Mes amis, poursuivit-il d'une voix blanche, la lumière du *krill* s'est éteinte. Vous savez tous ce que ça signifie. De trois choses l'une : ou Thomas Covenant a quitté le Fief, ou il est mort, ou il n'est plus en possession de son anneau. En cette dernière possibilité réside notre unique espoir. Si l'Incrédule est toujours en vie, nous devons espérer qu'il récupérera l'or blanc avant que le Rogue ait utilisé sa magie contre nous.

« C'est un espoir bien maigre, mais nous devons agir comme s'il était fondé. Notre mission consiste à arracher la victoire au sang et au chaos du désespoir. Si Thomas Covenant a perdu son anneau ou si on le lui a dérobé, Turpide est sans doute au courant. Cela va détourner son attention de nous pendant un certain temps, durant lequel nous aurons une chance de vaincre le ravageur *samadhi*. Et si le Rogue cherche à empêcher l'Incrédule de reprendre le précieux métal, peut-être pourrons-nous aider le seigneur suprême Covenant à distance en forçant notre ennemi commun à se concentrer de nouveau sur nous.

Mhoram ne supportait pas les supplications épouvantées qu'il lisait sur le visage de ses amis. Passant un bras autour de l'encolure de Drinny, il conclut comme s'il s'adressait à l'étalon :

— Ce choix m'appartient. S'il le faut, j'irai seul. Mais le Pilonneur doit être affronté.

Enfin, Amhatin réussit à hoqueter :

— *Melenkurion ! Melenkurion abatha !* Mhoram, n'avez-vous rien appris de Trell Atiaran-mi, de la sangarde, de Kevin le Dévastateur en personne ? Vous vous apprêtez à devenir un nouveau profanateur, à détruire ce que vous aimez !

La réponse de Mhoram fusa, cinglante d'autorité :

— Insigne Quaan, je n'emmènerai avec moi nul guerrier qui ne se sera pas porté volontaire pour cette mission. Vous devez expliquer à la milice que la lumière du *krill* s'est éteinte.

Mhoram voulait se précipiter vers ses amis, leur jeter les bras autour du cou, les serrer contre lui, leur montrer combien il tenait à eux, et avait besoin d'eux. Mais il se connaissait ; il se savait incapable de les quitter s'ils ne prouvaient pas d'abord leur autonomie en satisfaisant à ses exigences extravagantes. Son propre courage n'était guère solide ; une démonstration de force l'aiderait à ne pas s'écarter du bon chemin. Aussi se contenta-t-il de tourner les talons avant de s'éloigner avec raideur en direction de ses appartements.

Il passa les jours suivants cloîtré, à se reposer et à chercher en lui quelque ressource qui l'aiderait à supporter la vacuité de sa décision. Mais une fièvre s'était emparée de son âme. Les fondations de sérénité qui l'avaient soutenu si longtemps semblaient s'être érodées. Qu'il soit allongé sur son lit, en train de manger, de faire les cent pas ou d'étudier, il sentait un vide béant dans le cœur de la Citadelle à l'endroit où aurait dû brûler le feu du *krill*.

Jusqu'alors, Mhoram n'avait pas réalisé à quel point cette flamme blanche l'avait incité à se reposer sur l'Incrédule. Son extinction le confrontait à une mort vaine – pour lui, pour Drinny et pour tous ceux qui auraient le courage de le suivre –, qui ne réussirait qu'à hâter la chute de la Citadelle. Aussi passa-t-il une bonne partie de son temps à quatre pattes par terre, sondant la pierre en quête des réactions suscitées par son annonce.

Il n'eut pas de difficulté à suivre les préparatifs de la milice. Les quelques centaines de chevaux logés dans les écuries de la Citadelle recevaient les soins appropriés. Le roulement des guerriers avait été modifié pour permettre aux volontaires de se reposer avant de tenter une sortie. Résultat : la défense de la Citadelle reposait désormais sur un nombre restreint d'épaules. La fébrilité de l'atmosphère faisait écho à la fièvre de Mhoram. Ses ordres avaient précipité l'inéluctable déclin de la milice en la faisant basculer dans la frénésie et le désespoir. Les dents serrées, Mhoram projeta son esprit à la recherche des autres seigneurs.

Amhatin s'était retirée dans la bibliothèque de la Loge, mais Trevor et Loerya demeuraient très actifs. Accompagné de Thorm, Trevor descendit dans l'une des cavernes inusitées qui s'étendaient sous la tour de garde. Là, les deux hommes combinèrent leur pouvoir pour effectuer un rituel dangereusement similaire à celui dont Trell s'était servi pour détruire la closerie : ils envoyèrent un geyser de chaleur à travers la pierre et l'entretinrent pendant un jour entier, jusqu'à ce que les lémures et les créatures engendrées par la Pierre de Maleterre commencent à abandonner les couloirs de la tour.

Dès que les niveaux inférieurs furent vides, plusieurs phalanges emmenées par Loerya passèrent à l'assaut. Elles sautèrent depuis les balcons de la Citadelle, atterrirent dans le sable, traversèrent la cour et pénétrèrent dans la tour, où elles se frayèrent un chemin vers le haut à la force de l'épée. À l'aube du troisième jour, elles atteignirent le sommet. Des passerelles improvisées furent lancées jusqu'aux remparts et des centaines d'archers se précipitèrent pour aider à sécuriser la tour.

La réussite de la manœuvre suscita chez Mhoram une fierté qui soulagea temporairement sa détresse. Il doutait que la milice tienne sa position plus d'un jour ou deux, mais ce serait bien suffisant pour qu'il mette son plan en œuvre – si le reste de ses ordres était exécuté de manière aussi efficace.

Cette même journée, Amhatin sortit de sa réclusion. Elle avait passé son temps à étudier certaines parties du deuxième tabernacle, si ésotériques que Mhoram lui-même n'avait jamais réussi à les comprendre, et y avait trouvé les rituels qu'elle cherchait. Armée de ce savoir, elle monta sur le chemin de ronde qui surplombait la cour, dessina des symboles d'arcane sur la pierre, tissa des gestes étranges dans les airs et chanta des invocations dans la langue perdue des vénérables. Alors, une main invisible fendit le sable provenant de la destruction des formes mortes, juste assez pour permettre aux portes de s'ouvrir et aux défenseurs de passer.

Mhoram était sorti de ses quartiers pour assister à la tentative d'Amhatin. Quand la jeune femme eut terminé, elle s'écroula dans ses bras, mais il était si fier d'elle que son soulagement l'emporta sur son inquiétude. Les guérisseurs lui assurèrent qu'elle se remettrait très vite si on lui accordait le repos nécessaire. Alors, Mhoram la laissa entre leurs mains compétentes et descendit aux écuries pour voir Drinny.

Le ranyhyn qu'il trouva ne présentait plus qu'une ressemblance très lointaine avec l'animal efflanqué qui était arrivé à Pierjoie quelques jours plus tôt. Une nourriture et des soins appropriés avaient rallumé la flamme de ses yeux, reconstitué son poids et restauré ses muscles. À la vue de son cavalier, Drinny racla le plancher de ses sabots et hennit comme pour lui dire qu'il était prêt.

Tout cela ragaillardit Mhoram. Sans plus d'hésitation, il annonça à Quaan qu'il se porterait à la rencontre du ravageur le lendemain.

Mais très tard ce soir-là, pendant que Trevor, Loerya et Quaan repoussaient une série d'attaques particulièrement rudes, Amhatin lui rendit visite dans ses appartements. Le visage blême et meurtri de la jeune femme serra le cœur de Mhoram. Les efforts qu'elle déployait depuis le début du siège l'avaient affectée ; en mobilisant jusqu'à ses dernières ressources, elle avait consumé ses défenses, s'était exposée à des périls et à des perceptions qu'elle était incapable d'endurer. Cette vulnérabilité lui donnait un aspect misérable, comme si elle était venue se jeter aux pieds de Mhoram pour implorer sa pitié. Sans un mot, elle lui tendit le *krill*.

Le haut seigneur le prit sans quitter des yeux celle qui était venue le lui remettre.

— Ah, sœur Amhatin, souffla-t-il. Vous devriez vous reposer. Vous avez bien mérité…

Mais une crispation douloureuse de la bouche d'Amhatin l'interrompit. Il baissa les yeux vers le *krill*.

Et dans les profondeurs de la gemme, il aperçut des éclats émeraude.

Alors, Amhatin tourna les talons et le laissa seul avec la certitude que le Rogue tenait l'anneau de Covenant en son pouvoir.

Lorsque Mhoram quitta ses appartements le lendemain matin, il semblait avoir passé la nuit à lutter en vain contre sa propre damnation. Sa démarche avait perdu toute conviction ; il se mouvait comme si son squelette était en caoutchouc. La dangereuse promesse de son regard s'était estompée, laissant ses yeux ternes et remplis de chagrin. Il portait le *krill* à l'intérieur de sa robe et sentait croître l'emprise que le Rogue exerçait sur l'arme. Bientôt, le froid commencerait à brûler la chair de Covenant, mais ce dernier n'était plus en état de s'en soucier. Il se traînait comme s'il était sur le point de commettre une perfidie qui l'atterrait d'avance.

Dans le grand hall d'entrée, à quelque distance des portes intérieures, toujours closes, il rejoignit les miliciens qui s'étaient portés volontaires pour l'accompagner. D'un coup d'œil, il estima leur nombre à deux mille, soit un tiers des guerriers survivants. Son cœur défaillit. Il ne s'attendait pas à être responsable de tant de morts. Mais les hommes – un cinquième de cavaliers pour quatre cinquièmes de fantassins – le saluèrent courageusement et il se força à leur répondre comme s'il avait foi en l'issue de la bataille. Puis, en proie à une angoisse grandissante, il gagna l'avant du détachement, où l'attendait Drinny.

Quaan et les autres seigneurs se tenaient près du ranyhyn. Incapable de soutenir leur regard, Mhoram les ignora et voulut monter l'étalon, mais ses muscles le trahirent. À demi paralysé par l'appréhension, il ne parvenait pas à aller assez haut. Réprimant un cri, il s'accrocha à l'encolure de Drinny et se contraignit à la sérénité, qui avait toujours été sa plus grande force. Hélas ! le dos de Drinny n'était pas à sa portée.

Avant qu'il réussisse à demander de l'aide – car sa gorge nouée avait du mal à émettre le moindre son –, Mhoram sentit une main se poser sur son épaule.

— Haut seigneur, dit la voix bourrue de Quaan derrière lui, vous prenez un risque qui va affaiblir Pierjoie. Un tiers de la milice, deux mille vies gaspillées. Pourquoi ? Êtes-vous devenu l'égal de Kevin le Dévastateur ? Souhaitez-vous détruire ce que vous aimez ?

— Non ! chuchota Mhoram, incapable de parler plus fort. Je ne… Je n'oublie pas… Je suis le haut seigneur. Le chemin de la foi est clair. Je dois le suivre, car ce n'est pas celui du désespoir.

— Si vous échouez, vous nous enseignerez le désespoir, contra Quaan.

Mhoram perçut la douleur de l'insigne et se força à lui répondre. Malgré sa faiblesse, il ne pouvait pas se dérober.

— Non. Turpide enseigne le désespoir. C'est une leçon plus facile que celle du courage. (Lentement, il se retourna et regarda d'abord Quaan, puis ses pairs.) Une leçon plus facile, répéta-t-il. C'est pourquoi le désespoir et la haine n'ont aucune chance de triompher sur le Mépris.

Loin d'apaiser Quaan, cette réponse parut accentuer sa détresse. Son visage se crispa et il gémit d'un ton brisé :

— Dans ce cas, pourquoi repoussez-vous le moment du départ ? Pourquoi avez-vous peur ?

— Parce que je suis mortel, faible et vulnérable. Le chemin est clair ; je n'ai pas dit qu'il était sûr. Jadis, j'étais voyant et oracle. À présent, j'aspire à… à recevoir un signe.

Mhoram avait à peine achevé sa phrase que l'émotion le submergea. Des larmes emplirent ses yeux. Il ne pouvait pas porter ce fardeau seul. Alors, il ouvrit les bras et se laissa étreindre par les autres seigneurs.

Les ondes de la communion l'atteignirent et se déversèrent en lui. Embrassé par Trevor, Loerya et Amhatin, et enveloppé par leurs pensées, il sentit leur amour l'apaiser, l'emplir comme de l'eau étanchant une soif terrible. Depuis le début du siège, il leur donnait sa force et voilà que tous trois la lui rendaient. Trevor pansa son endurance défaillante et son dévouement meurtri. Loerya lui communiqua son instinct protecteur, sa volonté de se battre au nom des êtres aimés incapables de se défendre seuls. Amhatin partagea avec lui la concentration qu'elle appliquait à ses études ; et bien qu'elle désapprouvât ce qu'il s'apprêtait à faire, elle lui insuffla une partie de son immense sagesse.

Ainsi Mhoram commença-t-il à se rétablir. Le sang se remit à couler librement dans ses veines ; ses muscles se dénouèrent ; ses os retrouvèrent leur solidité. Il accepta la présence de ses semblables en lui et, en retour, leur permit d'accéder aux perceptions qui rendaient son geste nécessaire. Puis il s'abandonna à eux et but avidement à la source de leur amour.

Au bout d'un moment, la communion fut interrompue par une voix si aiguë et pleine de trépidation qu'aucun seigneur ne put refuser de l'entendre. Une sentinelle pénétra en trombe dans le hall et hurla :

— Le ravageur est assailli ! Des repentis viennent d'attaquer son campement ! Ils sont peu nombreux, mais ont visé un point vulnérable des défenses ennemies et déjà réussi à faire de gros dégâts. *Samadhi* a dû rappeler ses hordes pour les combattre !

Mhoram fit volte-face, ordonnant aux miliciens de se tenir prêts. Quaan répéta ses instructions comme un écho. Les deux hommes échangèrent un regard lourd de conséquences pour le ravageur. Puis Quaan bondit sur le dos de sa monture, un robuste mustang originaire des montagnes.

Parmi les cavaliers, Mhoram avisa Borillar. Il faillit lui interdire de l'accompagner : les magistères n'étaient pas des combattants. Mais se souvenant de l'espoir que Borillar avait placé en Thomas Covenant, il garda le silence.

Loerya était déjà partie aider les défenseurs de la tour. Le tunnel devait rester sous leur contrôle pour que les miliciens puissent regagner la Citadelle une fois leur mission accomplie. Trevor s'éloigna en direction des portes intérieures. Seule Amhatin s'attarda auprès de Mhoram et vit la lueur dangereuse se rallumer dans ses yeux. Elle l'étreignit brièvement, puis le lâcha en marmonnant :

— Il semblerait que les repentis soient arrivés à la même conclusion que vous.

Mhoram bondit avec légèreté sur le dos de Drinny. Le ranyhyn hennit et les échos de sa fierté résonnèrent à travers le hall. Tandis que les battants massifs pivotaient vers l'extérieur, le haut seigneur lança sa monture au petit galop. La milice se mit en mouvement derrière lui.

Quelques instants plus tard, Mhoram franchissait les portes en trombe, traversait la cour entre deux dunes escarpées et s'engouffrait dans le tunnel sous la tour. Exalté par sa santé retrouvée, la course et l'odeur du combat, Drinny allongea la foulée avec jubilation. Le temps d'atteindre les débris des portes extérieures, Mhoram avait déjà distancé la milice.

Une fois dehors, il fit volter Drinny et s'accorda un instant pour contempler la majestueuse Citadelle. Il ne vit pas de guerriers dans la tour, mais comprit qu'ils étaient massés derrière les remparts et les fenêtres. La silhouette de pierre, qui se dressait devant Pierjoie telle la figure de proue d'un grand navire, soutint son regard de toute sa permanence granitique – comme si elle était une prophétie antique sculptée par les géants, un symbole du fait que la victoire et la défaite étaient des notions humaines ne possédant nulle signification dans le langage des montagnes.

Lorsque les cavaliers émergèrent hors les murs, Mhoram pivota vers l'ennemi. Pour la première fois, il découvrait l'armée de *samadhi* depuis le niveau du sol. Les sombres hordes se détachaient contre le paysage hivernal tel un garrot dans lequel il aurait prématurément passé le cou. En un éclair, il repensa aux précédentes batailles qu'il avait livrées – Kiril Threndor, la Retraite Maudite, Doriendor Corishev – comme si elles n'avaient été que des jeux d'enfants, de vulgaires opérations d'entraînement en vue de l'affrontement qu'il s'apprêtait à engager. Puis il les repoussa dans un coin de son esprit pour se concentrer sur les collines en contrebas.

Ainsi que la sentinelle l'avait annoncé, l'armée du Rogue battait précipitamment en retraite. Son camp ne se trouvait qu'à quelques centaines de pieds de distance, et Mhoram voyait bien pourquoi *samadhi* avait regroupé ses forces. Le ravageur était assailli par un triangle compact de deux ou trois cents repentis – pas directement, même s'il ripostait à grands coups d'explosions vertes –, qui visaient l'arrière de son campement afin de détruire ses stocks de vivres. Déjà, ils avaient ouvert de larges trouées calcinées parmi les charognes dont se nourrissaient les créatures du Rogue. Et tout en s'efforçant de repousser l'engeance de la Pierre de Maleterre, ils attaquaient de nouveaux magasins, réduisaient en cendres des morceaux de chair morte.

Mais même si les créatures avaient eu affaire au seul ravageur, elles n'auraient eu aucune chance de survivre. Avec sa force de géant, son fragment de Pierre de Maleterre et le soutien du Bâton de la Loi, *samadhi* aurait pu tenir tête à mille ou mille cinq cents repentis. Et il disposait d'un immense soutien. Des centaines d'ur-vils arrivaient à distance de frappe ; des milliers d'autres convergeaient depuis toutes les directions. Les repentis n'avaient plus que quelques minutes à vivre.

Pourtant, ils continuaient à se battre, opposant une résistance étonnante au fléau émeraude. Comme les ur-vils, ils descendaient des démondims, les maîtres d'une sagesse ténébreuse à laquelle les seigneurs n'avaient jamais touché. Et ils n'étaient pas restés inactifs pendant les quarante-sept ans qu'ils venaient de passer cachés. Ils avaient mis le temps à profit pour se préparer à affronter le Mépris. Glapissant des mots de pouvoir, gesticulant avec frénésie, ils repoussaient les explosions du ravageur et détruisaient les réserves qu'ils pouvaient atteindre.

Un rapide balayage du champ de bataille suffit à Mhoram pour saisir la situation. Le vent glacial lui mordait le visage et lui brûlait les yeux, mais il voyait bien que, grâce aux repentis, l'armée du Pilonneur ne l'avait pas encore repéré.

— Quaan, aboya-t-il, nous devons aider les repentis !

L'officier donna rapidement ses instructions aux quatre phalanges qui venaient d'émerger du tunnel. Aussitôt, une centaine de cavaliers se positionnèrent de chaque côté du haut seigneur. Les deux cents autres se mirent en rang derrière lui et les fantassins allongèrent la foulée.

Mhoram toucha l'encolure de Drinny, qui s'élança au galop vers le ravageur.

Une partie des ennemis aperçut les cavaliers avant qu'ils aient couvert un tiers de la distance. Des avertissements s'élevèrent de tous côtés ; les créatures que *samadhi* n'avait pas encore rappelées à lui se ruèrent vers les miliciens. Mais la confusion générale empêcha le Pilonneur de se rendre compte que quelque chose clochait. Il ne tourna pas la tête. Les miliciens étaient presque sur lui quand il réalisa le danger.

Durant la ruée finale, Quaan cria un ordre et les cavaliers lancèrent leur monture au galop. Mhoram eut le temps d'évaluer la situation une dernière fois. Les forces qui entouraient *samadhi* étaient toujours occupées à combattre les repentis. Les renforts du ravageur n'arriveraient pas tout de suite. Si les miliciens réussissaient à atteindre rapidement les repentis, les fantassins pourraient peut-être protéger leurs arrières assez longtemps pour leur permettre de frapper l'adversaire et de se retirer. Ainsi, certains guerriers survivraient à la charge et rentreraient à la Citadelle.

Mhoram fut parmi les premiers à percuter les hordes monstrueuses. La violence de l'impact manqua de le désarçonner. Les chevaux se jetèrent dans la mêlée en donnant des coups de sabots. Les épées étincelèrent tels des éclairs métalliques. Les cris de surprise et de rage s'élevèrent cependant que les créatures, désorganisées, tombaient par centaines. Talonnant leur monture de plus belle, les guerriers se frayèrent un chemin vers le ravageur.

Mais des milliers d'êtres difformes se dressaient entre eux et leur cible. Bien que désorientés, ils les ralentissaient par leur seul nombre. Quaan donna de nouveaux ordres. À son commandement, les hommes qui flanquaient Mhoram s'écartèrent, ouvrant un passage aux phalanges qui le suivaient. Celles-ci se ruèrent en avant. Quand elles atteignirent le haut seigneur, il rassembla son pouvoir. Du feu bleu jaillit de son bâton telle la pointe d'une lance, découpant une brèche dans les lignes adverses. Les miliciens s'y engouffrèrent en brandissant leur épée et en tailladant ceux qui avaient eu le malheur de rester à leur portée.

Le ravageur se détourna des repentis pour contrer cette nouvelle menace. Hurlant des ordres, il se porta à la rencontre des assaillants à grandes enjambées furieuses. La distance qui le séparait d'eux diminua à toute vitesse. Mhoram continua à jouer de son bâton ;

il voulait atteindre *samadhi* avant que la horde brise son élan.

Hélas ! les cavaliers rencontrèrent un obstacle. Un groupe de lémures avait eu le temps d'obéir aux ordres du ravageur ; ils s'étaient alignés en travers du chemin des miliciens, avaient planté leurs pieds dans le sol et crocheté leurs bras pour former un mur. Et ils étaient si forts qu'ils bronchèrent à peine lorsque le choc se produisit.

Des chevaux s'écroulèrent. Des guerriers furent jetés à terre, devant et derrière la ligne ennemie. La charge de la milice se retourna contre elle tandis que les montures suivantes trébuchaient sur celles de tête et les piétinaient.

Seul Mhoram parvint à garder son assiette. Au dernier moment, Drinny se ramassa sur lui-même et bondit. Il franchit aisément les lémures, leur décochant des coups de sabots au passage.

Ainsi le haut seigneur et quelques cavaliers désarçonnés se retrouvèrent-ils face à un triangle massif d'ur-vils. Les lémures les séparaient de leurs camarades et la chute des chevaux offrait aux créatures de *samadhi* une chance de riposter.

Avant que Quaan puisse organiser la contre-attaque, ses troupes furent assaillies et durent se défendre là où elles étaient tombées. Mhoram fit volter Drinny et réalisa qu'il ne pouvait attendre aucune aide. Mais s'il rebroussait chemin pour combattre les lémures, les ur-vils auraient le temps de compléter leur formation et les cavaliers se retrouveraient à leur merci. Alors, il envoya les combattants qui l'entouraient porter secours à leurs camarades et s'abattit sur les ur-vils comme un éclair de feu seigneurial.

Il était seul contre plusieurs centaines de créatures maléfiques et puissantes. Mais il avait déverrouillé le secret de la Sagesse de Kevin, et découvert le lien existant entre pouvoir et passion. Jamais il n'avait été aussi dangereux.

Tel un bélier humain, il brisa le groupe des ur-vils et éparpilla ces derniers. Tandis que Drinny se cabrait sous lui et distribuait force ruades meurtrières, il saisit son bâton à deux mains, le fit tournoyer et décocha des décharges bleues dans un grondement de tonnerre. Les ur-vils titubèrent comme si le sol s'était cabré sous leurs pieds, s'effondrèrent comme si le ciel plombé leur était tombé sur la tête. Mhoram fonça parmi eux en laissant un sillage de mort derrière lui et ne s'arrêta qu'au fond d'une cuvette nichée entre les collines.

Là, il fit volte-face et découvrit qu'il avait perdu les miliciens. Face à la supériorité numérique écrasante de l'ennemi, les cavaliers avaient dû rebrousser chemin. Quaan voulait sans doute rejoindre les fantassins pour lancer un assaut concerté et secourir le haut seigneur.

De l'autre côté, au sommet d'une colline, le Pilonneur toisait Mhoram, l'air furibond. Il tenait la Pierre, prêt à frapper, et une rage meurtrière tordait son visage de géant. Pourtant, il se détourna sans attaquer et disparut derrière la crête – comme s'il avait décidé que les repentis constituaient une menace plus grave que le haut seigneur Mhoram fils de Varil.

— Ravageur *samadhi* ! tonna Mhoram. Sheol le Pilonneur ! Reviens ici et affronte-moi ! Es-tu donc assez lâche pour te dérober à mon défi ?

Tout en hurlant, il talonna Drinny et le lança à la poursuite du colosse.

Tout à son action, il ne remarqua pas que les ur-vils survivants se ralliaient. Au lieu de battre en retraite pour former un nouveau triangle, ils se jetèrent sur lui. Mhoram ne put même pas brandir son bâton. Des mains avides le saisirent, lui griffèrent les bras et empoignèrent sa robe. Drinny se débattit… et ne réussit qu'à désarçonner Mhoram, qui fut aussitôt englouti par une masse de corps noirs.

Il eut juste le temps de voir des lames écarlates flamboyer au-dessus de lui. Avant qu'elles puissent le frapper, il produisit une explosion qui repoussa ses agresseurs. Il se releva d'un bond, brandissant son bâton pour foudroyer les créatures qui osaient s'approcher de lui et cherchant frénétiquement sa monture du regard. Mais Drinny avait disparu.

Brusquement, Mhoram se retrouva seul. Les derniers ur-vils s'enfuirent, le laissant avec les morts et les mourants pour unique compagnie. Dans leur sillage s'abattit un silence lugubre qui glaça le sang du haut seigneur. De deux choses l'une : ou le combat avait cessé, ou le vent glacial emportait les sons au loin, car il n'entendait que le sifflement cruel de l'hiver et sa propre respiration haletante.

La brusque absence de tumulte le paralysa. Il voulait appeler Quaan ou siffler, mais une horreur indéfinissable lui nouait la gorge.

L'instant d'après, Mhoram réalisa que *samadhi* l'avait piégé. Il s'élança, non pas vers la milice, mais vers les repentis, espérant que son choix prendrait le ravageur par surprise.

Immédiatement des créatures tapies en embuscade jaillirent autour de la cuvette. Elles étaient des centaines et le toisaient en grimaçant, en faisant claquer leurs mâchoires ou en salivant de plaisir anticipé. Leur avidité était aussi palpable que la morsure de la bise.

Mhoram recula, cherchant une brèche ou une faiblesse dans la ligne ennemie. Il n'en trouva aucune. Et il eut beau projeter ses perceptions le plus loin possible, il ne découvrit aucun signe de la milice. Si les guerriers étaient toujours en vie, toujours en train de se battre, le piège du Pilonneur le coupait d'eux.

La situation semblait désespérée. Alors Mhoram se replia en lui-même comme s'il fuyait. Il contempla en face la fin d'une existence consacrée à servir le Fief et réalisa que son visage couturé de cicatrices ne l'effrayait plus. Il était un combattant-né. Tant qu'il lui resterait une cause à défendre, il demeurerait imperméable à la terreur. Et tant qu'il vivrait, brûlerait au moins une flamme d'amour pour le Fief. Il se devait de la préserver.

Ses lèvres s'étirèrent en un rictus tandis qu'une lueur triomphante et sereine s'allumait dans ses yeux.

— Venez donc ! hurla-t-il. Si votre maître est trop lâche pour m'affronter lui-même, venez me chercher ! Je ne souhaite pas vous faire de mal, mais si vous vous attaquez à moi, je n'hésiterai pas à vous tuer !

Quelque chose dans sa voix fit hésiter les créatures. Un instant, elles se dandinèrent sans oser avancer. Puis un ordre claqua dans l'air comme un coup de fouet et elles dévalèrent des hauteurs telle une avalanche.

Mhoram n'attendit pas qu'elles arrivent au contact. Il pivota dans la direction prise par *samadhi*, avec la ferme intention de le poursuivre aussi loin que ses forces le porteraient. Mais quelque obscure intuition le retint au dernier moment et dévia sa trajectoire sur le côté. Il fit face aux monstres les plus proches.

La seule chose qui limitait sa puissance était la solidité de son bâton. Ce dernier avait été taillé par des gens qui ne comprenaient pas la Sagesse de Kevin et n'était pas conçu pour supporter la quantité de pouvoir que Mhoram projetait à travers lui. Mais la prudence était un luxe que le haut seigneur ne pouvait pas s'offrir. Il força son bâton à se surpasser malgré les crépitements et les vibrations qui le parcouraient sur toute sa longueur. Bientôt, l'incandescence de sa flamme faucha ses adversaires telle une lame forgée de soleil.

En quelques instants, les créatures avaient empli l'horizon, oblitérant le reste du monde de la conscience de Mhoram. Il ne voyait rien d'autre que leurs corps difformes, ne sentait rien d'autre que leur soif de sang et sa propre passion flamboyante. Elles se jetaient sur lui par dizaines, par centaines, et systématiquement il les repoussait, les foudroyait, les pulvérisait. Piétinant leurs cadavres comme il aurait pataugé dans un océan de mort, il les combattait avec de la fureur dans les veines, de l'invincibilité dans le cœur et du triomphe dans les yeux.

Pourtant, ses adversaires le débordaient. Ils étaient trop nombreux. D'une seconde à l'autre, l'un d'eux lui plongerait une épée dans les reins et c'en serait fini. À travers la clameur du combat, Mhoram entendit un cri aigu et ne réalisa que très confusément qu'il sortait de sa propre bouche.

Soudain, il aperçut une lueur entre deux de ses agresseurs. Malgré le grouillement des créatures il la reconnut, et entreprit de se frayer un chemin vers elle.

Ignorant le danger qui se tenait dans son dos, il découpa une brèche devant lui et entrevit de nouveau la lumière.

C'était le feu d'un magistère.

Au sommet d'une des collines environnantes, Borillar et les derniers repentis luttaient pour s'ouvrir une trouée. Borillar utilisait son bâton enflammé comme une massue et les repentis l'aidaient avec leurs propres pouvoirs. Visiblement, ils tentaient de rejoindre le haut seigneur.

Mhoram chancela. Des monstres hideux se dressaient face à ses alliés, prêts à les écraser. Il y avait de quoi le déconcentrer. Mais il se ressaisit très vite et entreprit d'atteindre l'hospitalier.

Sous la pression, son bâton hurlait entre ses mains. Trop de créatures s'interposaient entre Borillar et Mhoram ; jamais ce dernier ne pourrait arriver à temps. Pendant qu'il pataugeait dans le sang qui maculait le sol, il vit Borillar s'écrouler et les repentis s'éparpiller, et faillit succomber à sa propre impuissance.

Mais leur sacrifice avait porté ses fruits. Dans le passage qu'ils venaient de tailler s'engouffra Drinny, bien décidé à récupérer son cavalier.

Son galop sauvage l'emporta jusqu'au fond de la cuvette. Il percuta les créatures de plein fouet, bondit par-dessus leur tête ou les écarta de sa route à grands coups de sabots. Avant qu'elles se soient ralliées pour l'affronter, il parvint jusqu'au haut seigneur.

Celui-ci sauta sur son dos. Profitant de sa position dominante, il abattit son pouvoir sur le crâne de ses agresseurs tandis que l'étalon s'arrachait à la mêlée pour rebrousser chemin vers le sommet de la colline.

Quelques instants plus tard, tous deux franchirent la crête et se retrouvèrent en terrain dégagé.

Un peu plus loin, les guerriers s'étaient regroupés autour de Quaan et progressaient laborieusement en direction de Mhoram. Les cavaliers chargeaient pour briser les lignes ennemies et ouvrir la voie aux fantassins. Mais ils étaient cernés tel un îlot de vaillance au milieu d'un océan maléfique. Outre le fait qu'ils avaient beaucoup de mal à avancer, ils subissaient d'énormes pertes.

Mhoram ne connaissait qu'un seul moyen efficace de les aider. Sans hésiter, il talonna Drinny.

Tous deux s'élancèrent vers le ravageur.

Le géant ne se trouvait qu'à cent cinquante pieds d'eux, planté sur une butte depuis laquelle il pouvait diriger la bataille. Et il était seul, toutes ses forces étant occupées ailleurs. La lumière émeraude de la Pierre nimbait sa silhouette, lui donnant l'aspect d'un monolithe de haine et de destruction.

Mhoram brandit son bâton et fit plonger Drinny droit vers le Pilonneur. Quand il ne fut plus qu'à quelques foulées de lui, il hurla son défi :

— *Melenkurion abatha ! Duroc minas mill khabaal !*

Et de toutes ses forces, il projeta une décharge de feu seigneurial vers le visage grimaçant du colosse.

Samadhi dévia l'attaque d'un geste dédaigneux et renvoya un éclair vert si glacial qu'il brûla l'atmosphère sur son passage – et vibrant d'une telle puissance que Mhoram crut sa dernière heure arrivée. Malgré son élan, Drinny esquiva d'un mouvement fluide. La décharge manqua sa cible, s'écrasa parmi les créatures qui poursuivaient le haut seigneur et les tua instantanément.

Cela donna à Mhoram la seconde dont il avait besoin pour rectifier la trajectoire de Drinny et armer son bras. Avant que *samadhi* puisse récidiver, le haut seigneur fut sur lui. Il frappa en utilisant toute la vitesse de Drinny, toute la force de son propre corps et toute la passion de son amour meurtri pour le Fief.

Il atteignit le Pilonneur au front et la violence de l'impact le déstabilisa. Son bâton se brisa sous le choc et explosa en une nuée de fragments qui s'abattirent autour de lui telle une brève averse d'échardes. Mhoram se sentit rouler sur la terre gelée. Étourdi, le souffle coupé, il ne parvint pas à s'arrêter. Son esprit se vida l'espace d'un instant. Ses mains et ses bras étaient engourdis, paralysés par la force brûlante qu'ils venaient de canaliser.

Ce qui n'empêcha pas Mhoram de réaliser vaguement ce qu'il venait de faire. Son coup avait renversé le Pilonneur, l'avait jeté à bas de la butte.

Mhoram reprit son souffle en hoquetant. Des aiguilles de douleur se plantèrent dans ses bras ; une sensation étourdissante emplit son champ de vision. Il tenta de bouger et, au prix d'un gros effort, parvint à basculer sur le flanc. Ses mains pendaient à l'extrémité de ses poignets, comme infirmes. Prenant appui sur son épaule et son coude, Mhoram se retourna sur le ventre, puis se mit à genoux et attendit que les nerfs de ses mains se réveillent à leur tour.

Un bruit de pas lourds et un souffle rauque lui firent lever la tête.

Samadhi le toisait de toute sa hauteur. Du sang dégoulinait de sa blessure et lui tombait dans les yeux, décuplant sa fureur. Un rictus triomphant étirait ses lèvres, révélant une rage extatique. Entre ses mains aux doigts entrelacés, la Pierre de Maleterre brûlait et fumait comme à deux doigts d'une apothéose. Lentement, le ravageur la brandit telle une hache.

Choqué, pétrifié, aussi impuissant qu'une victime sacrificielle, Mhoram regarda sa mort se dresser au-dessus de lui et s'apprêter à le frapper.

Au loin, il entendit Quaan s'époumoner :

— Mhoram ! Mhoram !

Plus près de lui, Drinny luttait pour se relever. Partout ailleurs, ce n'était que silence. Les belligérants semblaient s'être interrompus pour observer l'exécution du haut seigneur. Et celui-ci ne pouvait que rester à genoux en regrettant d'avoir gaspillé tant de vies.

Mais quand le changement se propagea dans l'atmosphère l'instant d'après, il fut si intense, si vibrant qu'il le fit bondir sur ses pieds – et qu'il arrêta le geste de *samadhi*. Bouche bée, le géant scruta le ciel, puis baissa les poings et pivota pour hurler des malédictions stridentes à la face du levant.

Mhoram mit quelques secondes à réaliser ce qui se passait. Il n'arrivait pas à croire ses perceptions, ne pouvait ajouter foi à la caresse de l'air sur son visage meurtri par le froid. Il écarquillait les yeux comme s'il assistait à un phénomène qui ne s'était plus produit de mémoire humaine.

Drinny, en appui sur ses jambes écartées, leva la tête pour pousser un long hennissement. Bien que brisée et douloureuse, sa voix gonfla le cœur de Mhoram telles les trompettes de la victoire.

Pendant que *samadhi* et son adversaire avaient le nez en l'air, le vent mourut. Il commença par faiblir et zigzaguer follement tel un oiseau blessé, puis s'écrasa sur le sol et ne bougea plus. Pour la première fois depuis le début de l'hiver surnaturel, l'air redevint immobile ou presque. Et Mhoram devina que le Pilonneur venait d'être privé d'un soutien important.

Le géant lui fit face.

— Imbécile ! glapit-il comme si le haut seigneur avait poussé un cri de triomphe. Ce n'était que l'une de mes armes parmi tant d'autres. Je boirai quand même le sang de ton cœur jusqu'à la lie !

Vacillant sous le poids de sa fureur, il leva de nouveau ses poings pour porter le coup fatal.

Alors, Mhoram sentit une brûlure contre sa peau. L'exaltation le submergea. Il comprenait intuitivement ce que c'était et ce que cela signifiait. Tandis qu'il subissait l'éclat maudit de la Pierre, il ouvrit sa robe d'un geste vif et en sortit le *krill*.

La gemme blanche flamboyait. Elle était gorgée d'échos de magie sauvage.

Quand Mhoram brandit le *krill*, il perçut le tranchant de sa lame. C'était une arme assez robuste pour faire front à n'importe quel pouvoir.

Le regard du haut seigneur croisa celui du géant. Dans les yeux de *samadhi*, la consternation et le doute le disputaient à la haine et à l'arrogance conférée par la Pierre.

Avant que le colosse songe à se protéger, Mhoram bondit et lui planta le *krill* dans la poitrine.

Le ravageur poussa un hurlement d'agonie. Tandis que Mhoram restait suspendu dans le vide, accroché au manche, *samadhi* agita les bras comme s'il ne trouvait rien à frapper, personne contre qui diriger sa fureur. Puis il tomba à genoux.

Le haut seigneur planta ses pieds dans le sol et s'arc-bouta pour ne pas lâcher prise. À travers le métal, il projeta toute sa puissance vers le cœur du Pilonneur.

Samadhi ne mourut pourtant pas. Confronté à sa propre mort, il trouva un moyen de résister. Ses poings se crispèrent sur la Pierre, un peu au-dessus de la nuque de Mhoram. Et avec toute la puissance rocailleuse de son corps de géant, il se mit à serrer.

L'artefact palpita et fuma tel un cœur de glace en proie à d'épouvantables convulsions. Mhoram sentit ses battements se répercuter le long de son dos ; ils maintenaient le Pilonneur en vie en essayant d'absorber le pouvoir qui alimentait le *krill*.

Mais le haut seigneur endura la douleur. Il pesa de tout son poids sur la lame flamboyante, l'enfonçant vers l'organe le plus vital de *samadhi*. Lentement, sa chair parut disparaître, s'estomper, comme si sa passion le transformait en une entité d'énergie pure à la volonté indomptable. Les pulsations de la Pierre lui martelaient le dos, enflant tel le grondement d'une apocalypse imminente, et la poitrine du ravageur se soulevait par à-coups brutaux contre ses mains.

Puis le *krill* trancha les fils de la vie du géant.

La Pierre de Maleterre explosa, s'autodétruisant avec une force qui souffla Mhoram et *samadhi*. La déflagration fit trembler le sol et déchira le silence qui planait sur le champ de bataille. L'espace d'une seconde, la stupéfaction paralysa l'armée du Rogue. Puis elle fut dissoute par les glapissements aigus des créatures.

Quelques instants plus tard, Quaan et les cavaliers survivants s'élancèrent au galop vers la butte. Quaan sauta à terre et s'accroupit près du haut seigneur.

La robe de Mhoram, déchiquetée, pendait en lambeaux noircis sur ses membres couverts de crasse et de sang. Ses mains, qui agrippaient toujours le *krill*, étaient brûlées jusqu'à l'os. Le haut seigneur semblait brisé ; de la tête aux pieds, son corps n'exprimait qu'une infinie douleur. Mais il respirait encore – bien faiblement.

Alors, la peur, la lassitude et les doutes de Quaan s'envolèrent comme par enchantement. L'officier saisit le *krill*, l'enveloppa dans un morceau de tissu et le glissa à sa ceinture. Puis, avec autant de rapidité que de prudence, il souleva Mhoram dans ses bras et regarda autour de lui.

Il vit Drinny secouer la tête et l'armée du Rogue s'agiter, en proie à l'hébétude et à la confusion. Il espérait que, sans le ravageur pour les diriger par la contrainte, les créatures ne tarderaient pas à s'éparpiller. En réalité, les ur-vils se ressaisissaient déjà, prenaient le commandement et rassemblaient les hordes monstrueuses.

Malgré le poids de son fardeau, Quaan s'élança et sauta sur le dos de Drinny.

— Repliez-vous ! hurla-t-il aux miliciens. Regagnez la Citadelle ! L'emprise du Tueur Gris n'a pas été brisée !

Talonnant le ranyhyn, il s'élança au galop vers les portes ouvertes de Pierjoie.

16

Le Colosse

IL Y EUT DANS LES TÉNÈBRES des moments durant lesquels Covenant eut vaguement conscience qu'on le forçait à ingurgiter des liquides répugnants. Malgré leur goût atroce, ils le sustentaient ; ceux qui l'avaient capturé voulaient donc le maintenir en vie. Mais à part cela, rien ne venait interrompre son deuil, la perte de tout ce qu'il connaissait et comprenait. Il était amputé de lui-même. Le clou de douleur écarlate que les ur-vils avaient planté dans son front annihilait son identité, sa mémoire et ses perceptions. Covenant était prisonnier, vaincu, dépouillé – et seule cette souffrance métallique s'interposait entre lui et l'ultime engourdissement de la mort.

Quand il se sentit revenir à lui, il se redressa en sursaut tel un cadavre à demi enseveli, cherchant à s'arracher à l'obscurité qui l'enveloppait comme l'étreinte avide d'une tombe. Le froid exhalé par l'abysse de l'hiver le transperçait jusqu'à la moelle. Son cœur battait à coups laborieux et semblait sur le point de défaillir. Ses doigts griffaient vainement la terre gelée.

Puis des mains brutales le jetèrent sur le dos. Un visage sinistre se pencha vers lui. Quelque chose le frappa à la poitrine et la force du coup le fit hoqueter. Mais elle l'aida en brisant la gangue d'hystérie imminente qui l'enserrait. La respiration de Covenant se fit plus aisée. Il réalisa qu'il se tapait l'arrière du crâne contre le sol. Au prix d'un gros effort, il s'arrêta et tenta de focaliser son attention.

Il voulait voir, trouver une réponse à la perte si absolue qu'il venait de subir. Et ses yeux étaient ouverts – ils devaient l'être, sans cela, comment aurait-il perçu l'ombre menaçante qui l'avait frappé ? Pourtant, il n'arrivait pas à en distinguer les contours. Ses globes oculaires étaient secs et aveugles ; il ne discernait rien que le gris glacé et universel de l'hiver surnaturel entourant une masse de gris plus compact.

— Debout, Covenant ! aboya une voix rauque. Allongé, tu ne sers à rien.

Un autre coup fit partir sa tête sur le côté et mollement remuer son corps. À travers la douleur de sa joue, Covenant sentit le vent âpre s'engouffrer dans sa bouche ouverte. Il cligna des yeux ; des larmes commencèrent à fragmenter sa cécité, découpant des formes et des espaces.

— J'ai dit : debout !

L'intonation était familière à Covenant, même s'il ne parvenait pas à l'identifier. Mais il n'avait pas la force de se tourner pour dévisager son bourreau. Le dos sur le sol gelé, il continua à cligner des paupières jusqu'à ce que sa vision se stabilise, révélant un énorme poing de pierre.

Non loin de là se dressait un pilier d'obsidienne de quarante pieds de haut, dont le sommet noueux évoquait une crispation de défi muet. Au-delà, Covenant ne distinguait rien ; la colonne se détachait contre un arrière-plan de nuages comme si elle avait été érigée au bord du monde. Il crut d'abord que c'était une icône de Pouvoir de la Terre censée marquer une frontière contre le mal. Mais tandis que sa vue s'éclaircissait, la pierre parut s'évider, devenir aussi inerte et inexpressive que de la roche ordinaire. Si une quelconque énergie palpitait encore en elle, il était incapable de la sentir.

Ses autres perceptions lui revenaient par fragments. Il réalisa qu'il entendait le sifflement avide du vent, et un fracas sourd et étouffé comme le grondement d'une chute d'eau.

— Debout ! Dois-je te rosser pour t'obliger à te lever ?

Un rire moqueur fit écho à cette question.

Soudain, les mains brutales empoignèrent la robe de Covenant et le mirent debout. Il était encore trop faible pour supporter son propre poids, même pour redresser la tête. Il se laissa aller contre la poitrine de l'inconnu, haletant de douleur et tentant vainement d'agripper les épaules de l'homme.

— Où… murmura-t-il enfin. Où…

Nouveaux éclats de rire. Deux voix distinctes se gaussaient de lui.

— Où ? aboya l'inconnu. Thomas Covenant, tu es à ma merci. C'est la seule chose qui compte.

Covenant redressa péniblement la tête et découvrit l'expression orageuse de Triock.

« Triock ? » Il voulut prononcer son nom, mais la voix lui manqua.

— Tu as tué tout ce qui m'était précieux. Penses-y, si tu veux savoir où tu te trouves, Incrédule, lâcha le stèlagien en investissant ce titre d'un abîme de mépris.

« Triock ? »

— Chacune de tes exhalaisons empeste le meurtre et la dégradation. Je ne le supporte pas.

Un spasme de dégoût tordit le visage de Triock, qui lâcha Covenant.

Le lépreux atterrit lourdement et une hilarité sarcastique salua sa chute. Il était encore trop abasourdi pour mettre de l'ordre dans ses pensées. La répulsion de Triock l'affectait comme un ordre ; il resta prostré, les yeux clos et les narines frémissantes.

C'était vrai, réalisa-t-il en reniflant. Il puait la lèpre. Des relents de pourriture sans aucune mesure avec l'étendue de son infection émanaient de ses mains et de ses pieds. Ils envoyaient un message très clair : la souillure en lui se répandait comme s'il était contagieux, comme si même son corps était devenu une violation de la santé fondamentale du Fief. Cette puanteur était la couronne du vent, l'apogée du dessein de Turpide. Lorsque le mal de l'Incrédule et l'hiver du Rogue ne feraient plus qu'un, ils éteindraient la dernière étincelle vitale du Fief et le Mépris triompherait.

Alors, Covenant comprit intuitivement d'où lui venait cette sensation de deuil. Il devina ce qu'il avait perdu. Sans avoir besoin de baisser les yeux, il sut qu'on lui avait pris son anneau : il percevait l'absence de l'or blanc dans le dénuement de son cœur.

Les manipulations du Rogue – la coercition et les subterfuges qui avaient modelé les expériences du lépreux dans le Fief – avaient porté leurs fruits. Tel un arbre corrompu par la Pierre de Maleterre, elles avaient produit cette fin à laquelle il n'existait nulle réponse. La magie sauvage était désormais en possession de Turpide.

Une vague de chagrin submergea Covenant. L'énormité du désastre qu'il avait précipité sur le Fief l'atterrait. L'étau de la culpabilité lui enserra la poitrine et un sanglot lui noua la gorge.

Mais avant qu'il puisse se mettre à pleurer, Triock se jeta de nouveau sur lui et le secoua assez fort pour faire s'entrechoquer ses os.

— Réveille-toi ! gronda-t-il. Il ne te reste plus beaucoup de temps – et à moi non plus. Je n'ai pas l'intention de le gaspiller.

Un instant, Covenant ne put résister. L'inanition et le remords le paralysaient. Puis la violence de Triock fit jaillir des étincelles dans la poudrière oubliée de sa rage de lépreux. La colère le galvanisa, lui rendit le contrôle de ses muscles. Prenant appui sur le sol d'un bras et d'une jambe, il se débattit dans l'étreinte du stèlagien. Celui-ci le lâcha et il se redressa en haletant :

— Enfer et damnation ! Ne me touche plus, ravageur !

La riposte fut immédiate. Atteint en pleine figure par le poing de Triock, Covenant s'étala de tout son long.

— Je ne suis pas un ravageur ! tempêta le stèlagien en le toisant, les yeux flamboyants d'indignation. Je suis Triock fils de Thuler, l'homme qui aimait Léna Atiaran-mie, l'homme qui a assumé le rôle de père auprès d'Elena sa fille parce que tu l'avais abandonnée ! Cela suffit à justifier tous les coups que je pourrais te porter !

Un rire narquois résonna aux oreilles de Covenant, mais l'Incrédule ne parvenait toujours pas à identifier sa provenance. La douleur de son front rugissait à nouveau dans sa tête, confondant son ouïe. Quand le vacarme s'apaisa, sa vue s'éclaircit et il se força à lever les yeux vers Triock.

Celui-ci avait encore changé. Envolée l'étrange combinaison de haine et d'avidité, de colère et de peur, d'angoisse et de ruse. À la place de ces émotions conflictuelles, Covenant ne percevait qu'une amertume extravagante, une rage délestée de ses entraves ultérieures. Triock était redevenu lui-même, bien qu'il ne soit, pourtant, plus lui-même. Son chagrin s'était abîmé dans une passion violente. Ses sourcils crispés formaient un nœud au-dessus de son nez ; les lignes implorantes qui entouraient ses yeux étaient aussi profondes que des cicatrices et un rictus rentré creusait ses joues.

Mais quelque chose dans son regard perturbait l'Incrédule. Ses yeux étaient voilés et laiteux, comme cataractés, et ils palpitaient avec une intensité futile. On aurait dit que le stèlagien devenait aveugle. Soudain, sa propre fureur parut bien égoïste, bien injustifiée à Covenant. Triock n'était qu'une de ses victimes, une de plus. Il n'avait aucune raison de l'accabler.

— Triock, grogna-t-il, incapable de trouver une autre réponse. Triock…

Ce dernier le laissa se relever, puis marcha sur lui d'un air menaçant. Covenant recula d'un pas ou deux. Il devait trouver quelque chose à dire, quelque chose qui puisse pénétrer ou dévier le ressentiment de Triock. Mais son esprit hébété tournait au ralenti, comme réduit à l'inefficacité par la perte de son alliance.

Triock lança son poing vers lui. Covenant bloqua le coup avec ses avant-bras et réussit à ne pas s'écrouler. Des mots, il lui fallait des mots.

— Par les feux de l'enfer ! hurla-t-il faute de mieux. Qu'est devenu ton serment de paix ?

— Il n'est plus, répliqua le stèlagien. On lui a planté un pieu dans le ventre. (Son coup suivant fit chanceler Covenant.) La loi de la mort a été brisée, la paix réduite en miettes.

Covenant reprit son équilibre et battit en retraite face à son adversaire.

— Triock ! haleta-t-il. Je n'ai pas tué Léna ! Elle est morte en me secourant. Elle savait que c'était ma faute et a quand même tenté de me sauver. Si elle pouvait te voir en ce moment, elle se battrait contre toi ! Que t'a donc fait ce ravageur ?

Triock s'avança avec lenteur et férocité.

— Tu n'es pas comme ça ! protesta Covenant. Tu as consacré ta vie à prouver que tu n'étais pas comme ça !

Soudain, Triock bondit et saisit le lépreux à la gorge. Ses pouces s'enfoncèrent dans sa trachée artère.

— Tu n'as pas vu ce que j'ai vu ! aboya-t-il.

Covenant se débattit, mais il n'était pas de taille face à son assaillant. Il le frappait et le griffait, sans résultat. Bientôt, le manque d'air fit bourdonner ses oreilles.

Triock le lâcha d'une main et le cogna délibérément au milieu de son front blessé. Covenant bascula en arrière et faillit tomber. Mais des mains le rattrapèrent et le redressèrent, qui le brûlèrent comme de l'acide.

Il se dégagea en sursaut et fit volte-face. Du sang dégoulinait jusque dans ses yeux. Il l'essuya du bout des doigts et se força à détailler les deux hommes qui l'avaient retenu. Ils s'esclaffaient à l'unisson et proféraient les mêmes harmonies discordantes, donnant l'impression qu'une seule voix sortait de leurs deux gorges.

« Des nomades », réalisa Covenant, stupéfait.

Comme à la faveur d'un éclair déchirant un ciel nocturne, il les identifia en une fraction de seconde. C'était Lal et Whane, deux des pisteurs de Kam. Mais ils avaient changé. Le lépreux percevait l'altération qu'ils avaient subie. Leur éclatante santé mentale et physique était noyée sous le mépris et la soif de violence. Seuls les spasmes qui tordaient parfois leur visage révélaient qu'une lutte farouche se livrait en eux.

— Notre ami Triock dit la vérité, clamèrent-ils en chœur, comme pour se moquer à la fois de Covenant et du stèlagien. Notre frère n'est pas avec nous. En ce moment, il œuvre à la destruction de Pierjoie. Mais Triock prendra sa place… temporairement. Nous sommes les ravageurs *turiya* et *moksha*, Herem et Jehannum. Nous sommes venus nous délecter de la ruine de ce que nous haïssons. Tu n'es plus rien pour nous, Incrédule, vermisseau. (De nouveau, ils éclatèrent de rire comme si un même esprit articulait son dédain par deux gorges différentes.) Toutefois, tu peux nous distraire pendant notre attente.

Ce fut à peine si Covenant les entendit. Un instant après avoir réalisé ce qu'il était advenu de Lal et Whane, il avait aperçu quelque chose d'autre, qui l'avait presque rendu aveugle à leur présence. Deux personnes se tenaient derrière les nomades, les deux êtres que Covenant aspirait le plus ardemment à revoir depuis qu'il avait repris connaissance dans la grotte de la vieille femme.

Salin Suilécume et Bannor.

Cette vision le remplit d'horreur. Le géant arborait des cicatrices de bataille toutes fraîches et le sangarde avait vieilli de façon palpable. Mais tout cela n'était rien à côté de leur atroce immobilité. Ils étaient paralysés, réduits à l'impuissance par l'énergie verte qui les enveloppait telle une aura de coercition. Même leur pouls et leur respiration semblaient avoir été anéantis par l'éclat émeraude. Eussent-ils pu tourner la tête vers leur ami qu'ils ne l'auraient pas vu : leurs yeux étaient encore plus vitreux que ceux de Triock. C'était tout juste si l'on devinait le contour de leurs pupilles et de leur iris derrière le voile blanc qui recouvrait leurs globes oculaires.

« Bannor ! Suilécume ! Non ! »

Covenant vacilla sur ses articulations raidies. Il frémit et leva les bras comme pour protéger sa tête contre un coup de hache. Le supplice enduré par ses compagnons lui causait un choc intolérable. Il resta planté là, tremblant de tous ses membres, comme si des secousses sismiques agitaient le sol sous ses pieds.

Puis Triock l'empoigna, le fit basculer en arrière et se pencha vers lui.

— Tu n'as pas vu ce que j'ai vu, haleta-t-il, furieux. Tu ignores ce que tu as fait.

Malgré sa consternation, Covenant entendit le stèlagien et comprit qu'il n'avait pas encore affronté le pire. Cette révélation l'enfonça dans la peur, le força à se retrancher dans un coin de son esprit qui n'avait pas encore été touché par l'horreur. Elle le repoussa vers la sérénité qui lui avait été impartie à Morinmoss, fit ressurgir des souvenirs qui lui avaient été dissimulés jusqu'alors. Quelque chose avait changé en lui dans la forêt et on ne pouvait pas le lui retirer. Il s'y accrocha, s'immergea dans le cadeau qui lui avait été fait.

Un instant plus tard, il releva la tête comme s'il émergeait d'un abysse de panique. Il n'était pas en état de combattre Triock ; il avait perdu son anneau et était blessé. Mais il n'était plus à la merci de la peur. Clignant des paupières, il hoqueta :

— Que leur est-il arrivé ?

— Tu n'as pas vu ! rugit Triock.

Une fois de plus, il leva le poing pour frapper l'Incrédule au visage. Mais avant qu'il puisse porter le coup, une voix sourde ordonna simplement :

— Arrête.

Triock sursauta, luttant pour achever son geste.

— Je t'ai donné du temps. À présent, je veux qu'il sache la vérité sur moi.

Tremblant, le stèlagien lâcha Covenant et s'écarta de lui, puis pivota vers la colonne d'obsidienne.

Covenant se redressa en s'essuyant les yeux. Une silhouette se dressait entre lui et le bloc de pierre dressé.

Elena !

Drapée de brocart vert, la jeune femme se tenait très droite, le menton fièrement levé. Elle semblait dégager une lumière vert vif et, quand elle sourit, son aura étincela telle une nuée de joyaux. Sans hausser le ton ni proférer la moindre menace, elle venait de montrer qu'elle était maîtresse de la situation. Triock et les ravageurs courbaient la tête devant elle comme des sujets devant leur reine.

Dans sa main droite, elle tenait un bâton ferré aux deux extrémités, dont le bois était gravé, sur toute la longueur, de runes et de symboles théurgiques.

Le Bâton de la Loi.

Mais la réapparition de l'artefact ne signifiait rien pour Covenant, comparée au miracle de la présence d'Elena, qu'il avait aimée et perdue. Sa mort aux mains du spectre de Kevin le Dévastateur avait mis un terme au deuxième séjour du lépreux dans le Fief. Pourtant, Elena se tenait à moins de trente pieds de lui et souriait.

Un frisson de joie parcourut Covenant. L'amour qui le torturait depuis la chute d'Elena jaillit en lui avec tant de force qu'il se crut sur le point d'imploser. Des gouttes de sang pareilles à des larmes coulaient de ses yeux et il suffoquait de bonheur. Mi-aveuglé, mi-sanglotant, il se dirigea vers Elena comme pour se prosterner devant elle et lui embrasser les pieds.

Mais avant qu'il ait couvert la moitié de la distance, elle fit un geste bref avec le Bâton. Un éclair frappa Covenant, lui coupant le souffle et le faisant tomber à quatre pattes.

— Non, dit la jeune femme d'une voix douce, presque tendre. Toutes tes questions recevront des réponses avant que je te tue, Thomas Covenant, seigneur suprême et Incrédule, mon bien-aimé. (Prononcé par ses lèvres froides, le mot sonnait comme une accusation.) Mais tu ne me toucheras pas. Tu n'approcheras pas davantage de moi.

Un poids énorme s'abattit sur les épaules de Covenant, le clouant au sol. Un haut-le-cœur le saisit et quand un filet d'air pénétra enfin dans ses poumons, il le brûla comme s'il avait inhalé une infection liquide. La présence d'Elena contaminait l'atmosphère, l'imprégnait de relents de pourriture. À une échelle qui surpassait Covenant, la jeune femme empestait la lèpre autant que lui. Il se força à relever la tête et la fixa par-dessous sa blessure sanguinolente.

Avec un sourire grimaçant, Elena ouvrit sa main gauche pour lui faire voir l'anneau d'or blanc qui reposait dans sa paume.

« Elena ! éructa Covenant en silence. Elena ! » Écrasé par un fardeau de circonstances impénétrables, il tendit les bras, suppliant. Elena se mit à rire tout bas, comme s'il exécutait un numéro pour la divertir.

Un moment s'écoula avant que l'angoisse permette à Covenant de la voir clairement et, pendant qu'il rampait devant elle sans comprendre, elle continua à étinceler de mille feux. Lentement, il recouvra l'usage de ses yeux.

Les flammes qui nimbaient la jeune femme lui donnaient l'apparence d'un phénix renaissant de ses cendres. Pourtant, d'une certaine façon, elle rappelait à Covenant le spectre de Kevin le Dévastateur : un esprit tiré de la tombe par une compulsion d'une cruauté irrésistible. Son expression était placide ; elle exprimait le triomphe et la corruption. Mais ses yeux étaient totalement dénués de lumière. C'était comme si la dualité de son regard avait basculé vers le pôle opposé aux choses tangibles qui l'entouraient. Elle ne semblait pas savoir où elle était, ni même qui elle était. Sa vue se focalisait ailleurs, sur le secret qui gouvernait son apparition.

Elle était devenue une servante du Rogue. Malgré le Bâton de la Loi et l'alliance qu'elle brandissait, elle était la chose de Turpide, qui la tenait en son pouvoir. À travers sa beauté souillée, Covenant contemplait le sort prochain du Fief. Ce monde conserverait son apparence afin que le Rogue puisse profiter de ses charmes, mais il serait pourri jusqu'à la moelle.

— Elena, haleta le lépreux. Elena, regarde-moi.

Avec un signe du menton dédaigneux, elle se détourna et fit deux pas vers le pilier d'obsidienne.

— Triock, lança-t-elle sur un ton désinvolte, réponds aux questions de l'Incrédule. Je ne souhaite pas qu'il demeure dans l'ignorance. Son désespoir fera un cadeau parfait pour notre maître.

Aussitôt, Triock s'avança d'un pas raide et vint se placer devant Covenant, de manière que celui-ci puisse le voir sans combattre la présence qui le clouait au sol. Le stèlagien arborait toujours la même expression renfrognée ; ses traits n'avaient rien perdu de leur véhémence, mais un chagrin étrange vibra dans sa voix quand il lança d'une façon bourrue, comme s'il récitait une condamnation :

— Tu as demandé où tu étais. Tu es à la Faille. Derrière toi s'étendent les chutes de la Cavalière et la pointe nord de la cordillère Sudronne. Devant toi se dresse le Colosse.

Cette information arracha une quinte de toux à Covenant, comme si elle interférait avec ses efforts laborieux pour respirer.

— Les seigneurs t'ont peut-être parlé du Colosse, siffla Triock. Jadis, il faisait respecter l'interdiction de passage dans les Hautes Terres émise par la Forêt primordiale à l'intention de ses ennemis, les trois ravageurs. Il s'est abîmé dans le silence voilà plusieurs millénaires – à l'époque où les hommes ont brisé l'esprit de la Forêt. Tu remarqueras cependant que *turiya* et *moksha* se gardent bien de l'approcher. Tant qu'un forestal vit encore dans les vestiges de la Forêt, le Colosse ne peut être totalement vaincu. Ainsi reste-t-il une épine plantée dans le flanc du Rogue.

« Aujourd'hui, la mission d'Elena consiste à le détruire.

Derrière Covenant, les ravageurs grognèrent de plaisir anticipé.

— Un tel exploit était impossible jusqu'à maintenant. Depuis le début de cette guerre, Elena attend ici, soutenant les armées de son maître à l'aide du Bâton de la Loi. C'est elle qui alimente l'hiver surnaturel afin que le Rogue puisse se concentrer sur d'autres tâches. Il a choisi de la poster à cet endroit pour qu'elle soit prête à agir si le Colosse se réveillait – et qu'elle puisse le détruire dans le cas contraire. Mais la pierre est encore imprégnée de Pouvoir de la Terre ; jusqu'alors, elle lui a résisté.

« Désormais, grâce à la magie sauvage de l'or blanc, Elena va jeter les restes du Colosse à bas de cette falaise. Et quand tu auras vu qu'aucun bastion antique, si incorruptible soit-il, ne saurait rester debout face à une servante du maître, alors, Elena Turpide-mie t'éliminera pendant que tu te vautreras dans ton désespoir. Elle nous tuera tous.

D'un signe du menton, Triock engloba Bannor et Suilécume dans sa prédiction. Et les ravageurs s'esclaffèrent de plus belle.

Covenant se tordit sous la pression qui le plaquait à terre.

— Comment ?

Sa question aurait pu signifier beaucoup de choses, mais Triock la comprit instinctivement.

— Parce que la loi de la mort a été brisée ! gronda-t-il.

Une fureur que le stèlagien ne pouvait plus contenir flamboyait dans sa voix. Il regarda Elena se diriger gracieusement vers le Colosse qu'elle se préparait à défier et il haussa la voix comme s'il cherchait un moyen de la retenir en dépit du pouvoir qu'elle exerçait sur lui. Visiblement, il savait qu'il était manipulé ; il comprenait ce qui lui arrivait et sa lucidité le mettait au supplice.

— Brisée ! répéta-t-il dans un cri. En utilisant le pouvoir du commandement pour tirer Kevin le Dévastateur de sa tombe, Elena a détruit la barrière qui sépare la vie de la mort. Ainsi le maître a-t-il pu la rappeler à son tour. Ainsi est-elle devenue sa servante. Ainsi le Bâton de la Loi sert-il désormais le Rogue, bien que celui-ci ne puisse le manier de ses mains, par crainte de partager le sort de Sialon Larvae. Ainsi tout le Fief ploie-t-il devant le Mépris.

« Prends garde à elle, Thomas Covenant ! Elle n'a pas changé. En elle vit toujours l'esprit de la fille de Léna. Alors même qu'elle se prépare à détruire le Colosse, elle se souvient de ce qu'elle était et déteste ce qu'elle est devenue. (La poitrine de Triock se souleva comme si l'amertume le suffoquait.) Telle est la façon d'agir du maître. Il l'a ressuscitée afin qu'elle participe à la ruine du Fief, qu'elle aime tant.

Le stèlagien ne faisait même plus semblant de s'adresser à Covenant ; il projetait sa voix vers Elena comme si c'était la seule partie de lui qui soit encore capable de résister à la jeune femme.

— Elena Turpide-mie détient l'or blanc. Elle est la servante du Rogue bien davantage que n'importe quel ravageur. Dans les mains de *turiya* ou de *moksha*, un tel pouvoir engendrerait la rébellion. Un ravageur disposant de la magie sauvage renverserait le maître à la première occasion et prendrait sa place sur le trône de Ridjeck Thome. Elena, elle, ne se révoltera pas. Elle n'utilisera pas le précieux métal pour se libérer. Elle a été ramenée d'entre les morts ; sa loyauté est absolue.

Triock avait craché le mot « absolue » comme si c'était la pire insulte qu'il puisse imaginer. Mais le pouvoir d'Elena la rendait imperméable aux injures. Pour toute réaction, elle eut un sourire amusé et entama ses préparatifs.

Tournant le dos à Covenant et Triock, elle fit face au monolithe. Celui-ci la surplombait comme s'il allait se renverser et l'écraser, mais la posture de la jeune femme démentait tout danger potentiel. Avec l'anneau et le Bâton de la Loi, elle était supérieure à toutes les puissances du Fief. Baignée d'un rayonnement triomphant, elle leva les mains en brandissant les deux artefacts et se mit à chanter d'une voix exaltée.

La mélodie blessa les oreilles de Covenant et exacerba son impuissance. Il ne supportait pas le dessein d'Elena, mais n'était pas en mesure de s'y opposer ; l'interdit de la jeune femme le maintenait à genoux, telles des chaînes, l'humiliant. Il ne se trouvait qu'à une trentaine de pieds d'elle, mais ne pouvait ni l'atteindre ni l'interrompre. Les rouages de son esprit tournaient follement, cherchant une solution. Il ne pouvait autoriser la destruction du Colosse. Il devait trouver une autre réponse.

— Suilécume ! murmura-t-il en désespoir de cause. J'ignore ce qui t'est arrivé – ce qui t'arrive en ce moment. Mais il faut que tu luttes, que tu prennes le dessus ! Tu es un géant ! Tu dois arrêter Elena ! Suilécume ! Bannor !

Les ravageurs saluèrent ses cris par des gloussements sardoniques et Triock lâcha, sans quitter Elena des yeux :

— Tu es un imbécile, Thomas Covenant. Tes amis ne peuvent pas t'aider. Ils sont trop forts pour être réduits en esclavage, comme moi, et trop faibles pour devenir des maîtres. C'est pourquoi Elena les a liés avec le pouvoir du Bâton, qui étouffe toute résistance, prouvant ainsi que la Loi ne s'oppose pas au Mépris. Et que nous sommes désormais au-delà de toute rédemption.

— Pas toi ! répliqua Covenant sur un ton pressant.

Il lutta contre la pression jusqu'à ce qu'il lui semble que ses poumons allaient exploser, mais ne parvint pas à se libérer. Sans son alliance, il se sentait aussi infirme que s'il avait été amputé des bras ; il pesait moins que rien dans la balance du destin du Fief.

— *Pas toi !* répéta-t-il. Je t'entends, Triock ! Elle n'a pas peur de toi – elle ne t'immobilise pas ! Arrête-la !

De nouveau, *turiya* et *moksha* pouffèrent, mais, cette fois, Covenant perçut une certaine tension dans leur intonation. À force de se tordre sur le sol, il réussit à tourner la tête vers Lal et Whane, qui se tenaient toujours à une distance respectueuse du Colosse. Ils ne faisaient pas mine d'aider l'Incrédule ou de s'opposer à Elena. Pourtant, leurs lèvres étaient exsangues, leurs traits figés et de la sueur dégoulinait sur leur visage. Mus par la fierté ancestrale de leur peuple, ils luttaient pour échapper à l'emprise des ravageurs.

Derrière eux, Bannor et Suilécume n'étaient pas en reste. Ils avaient réussi à bouger légèrement. Tête baissée, le géant plaquait une main sur sa figure comme s'il tentait de remodeler son crâne. Les doigts de Bannor lui griffaient les flancs et un rictus sauvage dévoilait ses dents. Frénétiquement, désespérément, tous deux combattaient le pouvoir d'Elena.

C'était un spectacle terrible. À l'instar de Lal et Whane, Suilécume et Bannor avaient atteint les limites de leurs capacités. La pression montait en eux et irradiait de chacun de leurs pores, si intense que Covenant craignit que leur cœur ne lâche. Et ils n'avaient aucune chance de réussir. Le pouvoir du Bâton enflait pour contrer leurs efforts, aussi futiles que vaillants.

Leur impuissance blessait l'Incrédule davantage que la sienne. Il était habitué à subir, contrairement à Suilécume et Bannor. La cruauté de leur défaite lui donnait envie de gémir, de leur crier de s'arrêter et de se résigner avant de devenir fous.

L'instant d'après, une bouffée d'espoir l'envahit comme il réalisait ce que ses amis essayaient de faire. Suilécume et Bannor, conscients qu'ils ne pouvaient pas s'échapper, poursuivaient un autre objectif. Elena ne faisait pas attention à eux ; elle se concentrait sur la destruction du Colosse. Donc, elle ne les restreignait pas activement. Elle avait juste laissé son pouvoir en suspension dans l'air tandis qu'elle leur tournait le dos. Les prisonniers se débattaient non pour se libérer, mais pour consumer ce pouvoir.

Pendant qu'ils dépensaient leurs forces sans compter, Triock releva la tête, frissonna, claqua des dents et fit un pas vers Elena. Les ravageurs ne tentèrent pas de l'arrêter. Ils ne le pouvaient pas : la résistance des nomades ne leur en laissait pas la latitude.

Triock peinait pour avancer comme si chaque mouvement démantibulait son squelette. Mais peu à peu, il approchait d'Elena. Covenant l'observait, angoissé.

Avant que le stèlagien arrive à sa portée, Elena lança sévèrement :

— Arrête.

Pris dans un tourbillon d'exigences conflictuelles, Triock s'immobilisa.

— Si tu t'obstines à me résister, si tu fais encore un pas, j'arracherai ton cœur de ton corps pathétique pour le donner à Herem et Jehannum, qui le dévoreront sous tes yeux pendant que tu me supplieras de te laisser mourir.

Triock se mit à sangloter.

— Elena… Elena…

Sans même lui jeter un coup d'œil, la jeune femme recommença à chanter.

L'instant d'après, elle sursauta violemment, fit volte-face et tourna son visage blême vers l'ouest. La surprise et la colère déformaient ses traits, et l'espace d'une seconde, l'indignation la rendit muette. Puis elle brandit le Bâton de la Loi.

— Les seigneurs ripostent ! hurla-t-elle, furieuse. *Samadhi* est menacé ! *Ils osent !*

Covenant en resta bouche bée. Comment Elena pouvait-elle savoir ce qui se passait à Pierjoie ? Mais il n'avait pas le temps de s'interroger.

— Par le sang de Turpide ! enragea Elena. Pulvérise-les !

Des forces immenses s'accumulèrent dans le Bâton de la Loi pour être projetées au secours du ravageur et Elena négligea son emprise sur les gens qui l'entouraient.

La cécité de Bannor et de Suilécume se dissipa. Tous deux vacillèrent, se ressaisirent et se mirent en mouvement. *Turiya* et *moksha* tentèrent de réagir. Covenant sentit la pression se relâcher dans son dos. Aussitôt, il roula sur lui-même pour s'y soustraire, puis se releva d'un bond et se rua vers Elena.

Mais, d'eux tous, Triock était le seul qui se trouvât assez près de la jeune femme pour profiter de sa distraction. Avec un cri sauvage, il lui abattit ses poings sur la main gauche. Ils traversèrent la chair intangible et frappèrent l'anneau. Le coup était si inattendu qu'Elena laissa échapper le talisman. Celui-ci tomba à ses pieds. Triock plongea, réussit à poser une main dessus et à le projeter en direction de Covenant tandis que son corps basculait sur le sol.

La réaction d'Elena fut immédiate. Avant que Triock puisse rouler sur lui-même pour esquiver, elle lui abattit l'extrémité ferrée du Bâton sur les reins. Un flamboiement brisa la colonne vertébrale du stèlagien. Dans le même mouvement ou presque, Elena dégagea le Bâton, le saisit à deux mains et pivota face à Covenant.

Emporté par son élan, l'Incrédule faillit rater son alliance. Celle-ci le dépassa par la gauche, mais il fit une embardée, se jeta dessus et la ramassa avant qu'Elena puisse l'en empêcher. Serrant l'anneau dans son poing, il se raidit pour encaisser l'assaut.

Elena le fixa un instant, puis choisit de ne pas l'attaquer. Elle pointa le Bâton sur Bannor et Suilécume, puis sur les deux nomades pour les lier à nouveau. Cela fait, elle baissa son arme comme si elle n'en avait plus besoin. Sa voix tremblait de colère, mais son visage demeura serein lorsqu'elle dit :

— Ça ne lui servira à rien. Il ignore comment l'utiliser. Herem, Jehannum, je vous le laisse.

Avec un ensemble parfait, les ravageurs glapirent leur jubilation et se dirigèrent vers Covenant.

L'Incrédule était pris en tenaille. Pour ne pas risquer de perdre son anneau, il l'enfila ; il n'en avait jamais eu autant besoin. Serrant le poing dessus, il battit en retraite face aux ravageurs.

Au fond de lui, il pensait que Triock n'était pas mort : sans quoi, il aurait disparu du Fief comme les deux fois précédentes, après que celui qui l'avait appelé avait trépassé. Mais le stèlagien n'avait sans doute plus longtemps à vivre, et même si Covenant ne voyait pas comment s'y prendre, il avait l'intention de mettre ces derniers instants à profit.

Il recula en direction d'Elena. Elle se tenait immobile près du Colosse et l'observait. Sur son visage, la satisfaction le disputait à la colère.

Lal et Whane avançaient lentement, les bras tendus devant eux en un geste avide et moqueur, comme pour inviter leur proie à se précipiter vers l'oubli de leur étreinte. À chaque pas qu'ils faisaient, Covenant les imitait pour maintenir la distance avec eux. Derrière lui, Elena ne bougeait pas ; elle le mettait au défi de la toucher.

L'alliance demeurait inerte autour du doigt du lépreux, tel un vulgaire bout de métal, un talisman dénué de signification. Covenant sentit une vague de protestation monter en lui, l'emplissant de jurons futiles. « Par les feux de l'enfer ! » Impulsivement, il hurla à la face du vent gris :

— Forestal ! Aide-moi !

Aussitôt, le sommet noueux du monolithe s'embrasa. Herem et Jehannum poussèrent un hurlement tandis que la couronne du Colosse jetait des flammes vertes : une explosion pareille à celle des bourgeons au printemps, dont la teinte n'avait rien de commun avec l'émeraude de la Pierre de Maleterre. Des parfums riches et fertiles crépitèrent dans l'air.

Deux éclairs jaillirent du brasier. Dans une nuée d'étincelles, ils atteignirent Lal et Whane en pleine poitrine. Ils demeurèrent fichés dans le cœur des nomades jusqu'à ce que leur chair calcinée tombe en poussière, puis se volatilisèrent, et les flammes vertes avec eux.

Herem et Jehannum n'étaient plus.

Vacillant sous le choc, Covenant promena un regard hébété à la ronde. Lal et Whane étaient morts. Encore du sang versé, encore des vies sacrifiées sur l'autel de son impuissance. « Non ! » faillit-il hurler.

Puis son instinct l'avertit d'un danger imminent. Il se baissa et le Bâton de la Loi passa en sifflant au-dessus de sa tête. Covenant s'écarta d'un bond, fit volte-face et perdit l'équilibre. Elena marchait sur lui, brandissant le Bâton à deux mains. Une expression meurtrière déformait son visage.

Elle aurait pu utiliser le pouvoir de l'artefact pour foudroyer Covenant à distance, mais sa rage le lui interdisait. Elle voulait l'écraser physiquement, le tuer de ses mains. Tandis que le lépreux lui faisait face, elle fit un geste vers Bannor et Suilécume sans même regarder dans leur direction. Le géant et le sangarde s'écroulèrent telles des marionnettes dont on vient de couper les fils, tombèrent à terre et ne bougèrent plus. Alors, Elena leva le Bâton de la Loi et l'abattit sur Covenant telle une hache.

D'un moulinet désespéré, le lépreux le dévia. Le coup le toucha à l'épaule au lieu de lui défoncer le crâne, paralysant son côté droit. Mais Covenant empoigna le Bâton avec sa main gauche, empêchant Elena de l'armer de nouveau pour porter une seconde attaque.

Elle modifia sa prise et pesa sur le Bâton de tout son poids. Attrapant Covenant, elle le força à s'agenouiller devant elle. Il prit appui sur le sol de son bras engourdi et tenta de résister, de ramener ses pieds sous lui pour se relever. Mais il était trop faible. Elena lui colla alors le Bâton en travers de la gorge. Il dut le saisir à deux mains pour ne pas se faire broyer le larynx.

Lentement, presque sans effort, la jeune femme fit ployer sa victime en arrière. Covenant se retrouva allongé sur le dos, incapable de la repousser. Le Bâton lui coupait la respiration ; bientôt, ses yeux l'élancèrent tandis qu'il contemplait le visage féroce de son agresseur. Elena le fixait avec avidité, comme si elle cherchait à apaiser la faim la plus dévorante de son âme. Dans ses yeux, Covenant crut voir le Rogue saliver de mépris triomphant. Mais il remarqua également autre chose. Triock avait eu raison au sujet de la jeune femme. Derrière la sauvagerie, le noyau intouchable de son être sanglotait de dégoût et d'horreur.

Covenant n'avait pas la force de se sauver. S'il avait pu haïr Elena, ressentir une fureur équivalente à la sienne, peut-être aurait-il réussi à se dégager d'un coup de reins, à gagner quelques instants de sursis. Mais il en était incapable. Elena était sa fille ; il l'aimait. Il l'avait conduite là aussi sûrement que s'il avait servi le Rogue de son plein gré depuis le début. Elle était sur le point de le tuer, et il l'aimait. Il ne lui restait plus qu'à mourir sans abjurer sa foi.

Avec sa dernière goulée d'air, il lâcha :

— Tu n'existes même pas.

Ses paroles enflammèrent Elena tel un ultime déni. En proie à la folie, elle relâcha un instant la pression qu'elle exerçait sur la gorge du lépreux tandis qu'elle rassemblait ses forces et le pouvoir du Bâton pour éradiquer les dernières défenses de Covenant, éteindre son dernier souffle de vie. Elle prit une profonde inspiration, puis projeta tout son poids, toute sa vigueur, toute son énergie à travers le Bâton.

Mais Covenant l'agrippait et son anneau touchait le bois. Quand le pouvoir d'Elena entra en contact avec celui de l'or blanc, la magie sauvage jaillit comme la lave d'un volcan qui vient de se réveiller après un très long sommeil.

L'explosion fut si intense qu'elle oblitéra les perceptions du lépreux. Pourtant, pas une flamme ne le toucha : la puissance de la déflagration fut contenue par le Bâton et renvoyée à Elena. Elle ne fit pas voler la jeune femme en arrière, mais parcourut le bois telle une traînée de feu solaire, brisant les fibres comme si l'artefact n'était qu'un vulgaire fagot d'échardes. L'air vibra si fort que même le Colosse parut esquisser un mouvement de recul.

Puis le Bâton de la Loi se changea en cendres dans les mains d'Elena.

L'instant d'après, le vent défaillit comme si l'éruption de magie sauvage était une flèche plantée dans son sein. Il fit une embardée, poussa un cri silencieux et s'écrasa sur le sol, où il expira sans un bruit, démon de l'hiver abattu en plein vol par un unique trait.

Un tourbillon d'énergie enveloppa Elena. La mort était revenue la chercher ; la loi qu'elle avait brisée l'arrachait de nouveau à la vie. Sous les yeux de Covenant, choqué, hagard et presque aveuglé par ce sursis inattendu, elle commença à se dissiper. Une particule après l'autre, son être se décomposa et fut aspiré par le tourbillon. Mais tandis qu'elle s'estompait, tandis que son existence malsaine lui était arrachée, elle trouva assez d'énergie pour pousser un dernier cri :

— Covenant, mon bien-aimé ! Porte un coup pour moi !

Puis elle disparut et le phénomène se dispersa dans l'atmosphère.

Covenant resta seul avec les victimes. Involontairement, par des moyens sur lesquels il n'avait aucun contrôle, il s'était sauvé, et avait laissé ses amis se faire tuer. Il se sentait accablé, aussi coupable que s'il avait intentionnellement éliminé la femme qu'il aimait.

Tant de gens s'étaient sacrifiés pour lui… Mais Triock, à tout le moins, était encore vivant. Covenant se releva et se traîna jusqu'à lui. La gorge du stèlagien gargouillait ; il ne tarderait pas à succomber, noyé dans son propre sang. Covenant s'assit en tailleur près de lui et souleva sa tête pour la poser dans son giron.

Triock était défiguré. Sa peau noircie se détachait de son crâne par endroits et ses yeux brûlés s'étaient ratatinés dans leurs orbites. Du trou noir de sa bouche s'échappaient de minuscules volutes de fumée, tels des fragments de son âme.

Covenant le serra contre lui et se mit à sangloter.

Devinant qui le tenait, le stèlagien lutta pour articuler :

— Covenant…

Sa voix était à peine audible, mais le lépreux ravala ses larmes pour répondre :

— Je t'entends.

— Tu n'es pas responsable. Elle était… défectueuse de naissance.

Triock avait atteint les limites de la miséricorde. Après une dernière exhalaison, il cessa de vivre.

Covenant ne réagit pas. Il comprenait que le stèlagien lui avait pardonné. Ce n'était pas la faute de Triock si cela ne lui apportait nulle consolation. En plus du reste, il était coupable de la naissance d'Elena. La jeune femme était le produit d'un crime qu'il ne pourrait jamais effacer. Il ne lui restait qu'à bercer le cadavre du stèlagien et à verser toutes les larmes de son corps en attendant d'être renvoyé dans son propre monde.

Mais l'arrachement qu'il attendait ne se produisit pas. Quelques minutes s'écoulèrent sans le moindre changement. Peu à peu, Covenant réalisa qu'il ne disparaissait pas, que, pour des raisons qui lui échappaient, il n'avait pas encore perdu cette chance de se racheter.

Il n'était pas obligé d'accepter la fin d'Elena. Ce n'était pas son dernier mot.

Quand Bannor et Suilécume s'agitèrent, grognèrent et revinrent à eux, il s'arracha à son hébétude. Avec une lenteur délibérée, il ôta son alliance de son annulaire gauche et l'enfila à l'index de sa main droite, duquel elle aurait moins de chances de glisser.

Puis, envahi par le chagrin et le regret, il se leva et se traîna jusqu'à ses amis.

17

Les plaines Dévastées

BANNOR RÉCUPÉRA PLUS VITE que Suilécume. Malgré son âge avancé, il portait toujours en lui la vigueur des haruchai. Après que Covenant lui eut frictionné les poignets et le cou, il s'arracha à l'inconscience et parut instantanément rétabli. Il soutint le regard de l'Incrédule avec son impassibilité habituelle et tous deux se dirigèrent vers le géant.

Suilécume gisait sur le sol, où il gémissait et se tordait en proie à une forte fièvre. Des spasmes l'agitaient ; ses mains massives frappaient sa poitrine au hasard, comme s'il essayait de localiser et d'écraser un parasite maléfique en train de s'enfouir dans sa chair. Craignant qu'il ne se fasse mal, Bannor s'assit derrière la tête du géant, cala ses pieds sur ses épaules et lui saisit les poignets pour l'immobiliser pendant que Covenant s'accroupissait sur sa poitrine et giflait son visage grimaçant.

Suilécume se débattit et poussa un rugissement. D'une traction sauvage, il projeta Bannor au loin, désarçonna l'Incrédule et se redressa en haletant.

Covenant battit en retraite face à la menace de ses poings. Mais tandis qu'il clignait des yeux et reprenait son souffle, le géant reconnut ses amis.

— Covenant ? Bannor ? lança-t-il sur un ton hésitant, comme s'il craignait que des ravageurs ne les aient possédés.

— Suilécume, souffla le lépreux. (Des larmes de soulagement roulèrent sur ses joues creuses.) Tu es indemne.

Voyant qu'ils étaient saufs et maîtres d'eux-mêmes, le géant se détendit.

— Par la pierre et la mer ! s'exclama-t-il faiblement. (Un frisson le parcourut.) Vous aurais-je blessés ?

Covenant ne put répondre. Les bras ballants, il laissa Suilécume le regarder pleurer. Il n'avait pas d'autre moyen de lui expliquer ce qu'il ressentait. Au bout d'un moment, Bannor répondit à sa place :

— Nous allons bien, aussi bien que possible. Tu ne nous as fait aucun mal.

— Et le... le spectre du haut seigneur Elena ? Le Bâton de la Loi ? Comment se fait-il que nous soyons toujours en vie ? s'étonna Suilécume.

Covenant dut prendre sur lui pour articuler :

— Disparus. Détruits.

Une expression compatissante s'inscrivit sur le visage du géant.

— Non, mon ami, le détrompa-t-il. Les morts ne peuvent être détruits.

— Je sais. (Covenant serra les dents et s'enveloppa de ses bras pour dissimuler son chagrin. Lorsque celui-ci commença à refluer, il soupira :) Elena est juste… de nouveau morte. Mais le Bâton, lui… il a été détruit. Par la magie sauvage. (Craignant la réaction de ses compagnons, le lépreux se hâta d'ajouter :) Ce n'est pas ma faute. Je n'ai rien fait. Elena…

Il ne put achever sa phrase. Il entendait encore Mhoram clamer : « L'or blanc, c'est vous. » Comment pouvait-il être certain qu'il n'était pas responsable ?

Mais sa révélation n'alluma qu'une étrange lueur dans les yeux inexpressifs de Bannor. Le sangarde avait toujours considéré les armes comme inutiles, voire corruptrices. La perte du Bâton de la Loi lui inspirait plus de satisfaction que de regret. Et Suilécume haussa les épaules de façon très éloquente : tout cela, semblait-il dire, n'était que détail comparé à la détresse de l'Incrédule.

— Ah, Covenant, grogna-t-il. Comment peux-tu le supporter ?

— Je suis un lépreux. (Covenant fut surpris de s'entendre prononcer ce mot sans amertume.) Je peux tout supporter. Parce que je ne sens rien. (Et parce que ses larmes le contredisaient, il agita ses mains rongées par la maladie pour appuyer sa déclaration.) Il s'agit d'un rêve. Ça ne peut pas me toucher. Je suis… (Il grimaça, se souvenant de la conviction intime qui avait poussé Elena à briser la loi de la mort.)… Je suis engourdi.

Les yeux de Suilécume s'embuèrent.

— Tu es surtout très brave, répliqua-t-il d'une voix enrouée. Tu me surpasses.

Pour ne pas se remettre à pleurer, Covenant pensa aux questions qu'il devait poser, aux choses qu'il devait dire. Il voulait sourire au géant, mais ses joues étaient trop crispées. Un échec de plus à mettre au compte de son inadéquation, songea-t-il. Lorsque Bannor fit une remarque sur le climat, il fut ravi de se détourner de son impuissance en pivotant vers lui.

Le vent était tombé. Pendant sa lutte contre Elena, Covenant n'y avait pas prêté attention. À présent, il percevait l'immobilité de l'air comme une promesse de guérison. La tourmente glaciale s'était évanouie. Et sans bourrasques pour les pousser, les nuages gris demeuraient suspendus dans le ciel tels des cercueils ouverts attendant leur occupant.

Déjà, l'air se réchauffait. Covenant s'attendait presque à voir le dégel s'amorcer sous ses yeux et le printemps jaillir du sol humide. Au loin, il entendait clairement le murmure des chutes d'eau.

Les perceptions de Bannor étaient encore plus affûtées que celles du lépreux. D'un signe, le sangarde invita ses amis à le rejoindre près du Colosse.

De douces ondes de chaleur s'élevaient du pilier d'obsidienne. Elles sentaient bon les bourgeons, l'herbe naissante, l'*aliantha* et la mousse. Covenant s'emplit les poumons de ce bouquet printanier et parvint enfin à se détendre. Mettant de côté le chagrin, la peur et les questions sans réponse, il se laissa tomber par terre et s'assit dos au monolithe avec un soupir de bien-être.

Suilécume fouilla les environs jusqu'à ce qu'il retrouve sa besace, dont il sortit un pot d'ignescentes et quelques victuailles. Bannor, Covenant et lui se restaurèrent en silence sous le poing du Colosse, comme s'ils communiaient – comme s'ils acceptaient l'abri offert par la pierre afin d'honorer celle-ci. Ils n'avaient aucun autre moyen de lui témoigner leur gratitude.

Covenant était affamé ; depuis plusieurs jours, il n'avait rien absorbé d'autre que des breuvages de démondim. Pourtant, il avala la nourriture de Suilécume et s'imprégna de la tiédeur du Colosse avec une grande humilité, car il ne les méritait pas. La destruction du Bâton n'offrait qu'un bref sursis au Fief, ne faisait que retarder l'inéluctable victoire du Rogue. Et elle ne pouvait même pas être imputée au lépreux. Seul un réflexe indépendant de sa volonté avait libéré le pouvoir de l'or blanc. Pour le contrôle qu'il en avait eu, la magie sauvage aurait aussi bien pu agir pendant son sommeil. Pourtant, une autre vie s'était achevée à cause de lui. S'il se nourrissait et se réchauffait, c'était parce que son travail dans le Fief restait encore à faire et que personne ne pouvait s'en charger à sa place.

Dès la fin de leur repas frugal, il s'attela à la tâche en demandant à ses amis comment ils étaient arrivés jusqu'à la Faille. Le souvenir de leur voyage fit frémir Suilécume, qui laissa Bannor se charger du récit. Pour s'occuper pendant ce temps, le géant entreprit de nettoyer et de panser le front de Covenant.

Bannor expliqua que, grâce à l'aide prodigieuse de Suilécume, les nomades avaient réussi à repousser leurs agresseurs. Mais la bataille avait été longue et coûteuse, et le jour s'était levé avant que Suilécume et lui-même puissent partir à la recherche de Léna et Covenant.

— Les ur-vils ! marmonna Suilécume en examinant la plaie de l'Incrédule. Ça ne guérira pas. Ils t'ont marqué pour te retenir prisonnier.

Pour toute escorte, les écuyers ne leur avaient confié que Lal et Whane car, pendant la nuit, un changement s'était produit chez les ranyhyn. À la stupéfaction générale, les grands coursiers s'étaient mis en route vers le sanctuaire des montagnes, au sud. Ravis, les nomades leur avaient immédiatement emboîté le pas. Sans l'inquiétude que leur inspirait l'Incrédule, ils auraient laissé Bannor et Suilécume se débrouiller seuls.

Ainsi les quatre compagnons avaient-ils entamé leurs recherches. Mais trop de temps s'était déjà écoulé ; le vent et la neige avaient brouillé la piste des fuyards. Ils avaient perdu celle-ci de l'autre côté de l'Erratique et conclu que Covenant avait dû trouver quelqu'un pour le guider vers l'est. Pressant le pas, ils s'étaient dirigés droit vers les chutes de la Cavalière.

Leur progression avait été ralentie par des maraudeurs et plusieurs meutes de *kresh*. Pendant un temps, ils avaient craint d'arriver trop tard. Mais en approchant du Colosse, ils étaient tombés sur une bande d'ur-vils accompagnés par Herem – sous les traits de Triock. Les créatures portaient l'Incrédule, immobile et inconscient.

Bannor, Suilécume, Lal et Whane avaient attaqué et tué les ur-vils. Toutefois, ils n'avaient pu empêcher Herem de lancer un appel. Et avant qu'ils puissent délivrer Covenant ou récupérer son anneau, Elena était apparue, brandissant le Bâton de la Loi. Elle avait neutralisé le groupe sans difficulté, puis avait donné Lal à Jehannum et Whane à Herem afin que la détresse de Triock soit encore plus poignante. Covenant connaissait la suite.

Bannor et Suilécume n'avaient aperçu aucun signe de Léna. Ils ignoraient pourquoi l'Incrédule avait mis si longtemps à atteindre la Faille.

— Par la pierre et la mer ! gronda le géant, dégoûté, lorsque Bannor se tut enfin. Elena m'a souillé. Je dois me baigner… Il va me falloir un océan pour me laver de son emprise.

— À moi aussi, acquiesça Bannor.

Mais, bien que la Cavalière se trouvât juste derrière une rangée de collines, ils ne bougèrent ni l'un ni l'autre. Covenant devina qu'ils se tenaient à sa disposition ; ils devinaient qu'il avait besoin d'eux. Ne se sentant pas encore prêt à leur faire des révélations, il s'enquit sur un ton douloureux :

— Pourquoi suis-je encore ici alors que Triock est mort ? C'est lui qui m'avait appelé.

Suilécume réfléchit brièvement.

— Peut-être parce que la loi de la mort a été brisée et que c'était elle qui t'avait renvoyé dans ton monde les fois précédentes. Ou peut-être parce que je suis également responsable de ton retour dans le Fief.

« Oui », soupira Covenant en lui-même. Sa dette envers Triock était à peine moindre que celle qu'il avait contractée envers le géant. Il ne pouvait se dérober plus longtemps à ses responsabilités ; aussi se força-t-il à raconter ce qui était arrivé à Léna.

Ce fut sur un ton morne qu'il parla d'elle, vieille femme qui avait connu une fin sanglante au milieu de nulle part parce que, dans sa folie et sa confusion, elle s'était accrochée au responsable de ses maux. Et sa mort n'était que la plus récente des tragédies ayant frappé sa famille à cause de l'Incrédule. Trell, Atiaran, Elena… Covenant les avait détruits. Cette prise de conscience le transformait ; elle faisait de lui un autre homme, capable de poser la question qui le taraudait depuis son retour dans le Fief.

— Suilécume, commença-t-il prudemment. Je sais que ça ne me regarde pas, mais Pietten a dit des choses horribles à ton sujet. Il a dit…

Mais il ne put se résoudre à rapporter les propos du sylvestre : de quelque façon qu'il les tourne, ils sonneraient comme une accusation.

Suilécume soupira, et son corps massif s'affaissa. Il étudia ses mains comme si elles renfermaient un secret inaccessible.

— Il a dit que j'avais trahi mon peuple, que les géants d'Ondemère étaient morts jusqu'au dernier entre les mains du ravageur *turiya* parce que je les avais abandonnés, devina-t-il. C'est la vérité.

— Suilécume, gémit Covenant. Mon ami !

Le chagrin le submergea et il faillit se remettre à pleurer.

— Beaucoup de choses ont été perdues à la Désespérance ce jour-là, commenta Bannor sur un ton détaché.

— Oui. (Suilécume cligna des paupières comme pour retenir ses larmes, mais ses yeux étaient aussi secs qu'un désert.) Oui, beaucoup de choses. Je n'ai été que la moindre.

« Ah ! Covenant, comment te raconter ? Ma langue ne connaît pas de mots assez longs capables d'exprimer l'amour que l'on voue à une patrie perdue, l'angoisse que l'on éprouve en voyant faiblir la semence d'un peuple ou la fierté que l'on tire de son indéfectible loyauté. Car la loyauté était bien la seule réponse que nous avions trouvée à notre fertilité déclinante. Sans elle, jamais nous n'aurions pu supporter de voir notre nombre décroître ainsi au fil des ans.

« Les trois frères nés d'une même mère, le même jour, devaient être l'augure signalant notre retour prochain dans notre patrie. Quand mon peuple vit son plus grand espoir se muer en fléau le plus terrible que le Fief ait jamais connu, il en conçut une horreur qui l'engourdit jusqu'à la moelle et fit défaillir son cœur. Personne n'était de taille à lutter contre des géants habités par des ravageurs. Ainsi les apatrides devinrent-ils l'instrument de la destruction de tout ce à quoi ils étaient restés fidèles pendant des millénaires. Ainsi leur fierté fut-elle piétinée et leur volonté étouffée. Leur dégoût oblitéra toute velléité de résistance en eux. Plutôt que d'affronter les conséquences de leur échec – que de courir le risque que Pulverâme réduise d'autres géants en esclavage –, ils... choisirent de se laisser massacrer.

« Quant à moi... j'étais déjà devenu ce que je haïssais. Aussi ne fus-je guère surpris par la métamorphose des trois frères. Si quelque chose m'horrifia, ce ne fut pas l'idée qu'un ravageur ait possédé un géant, mais la réaction de mes semblables. Ah ! par la pierre et la mer ! Consterné et furieux, je m'abattis sur la Désespérance telle une sombre vague de folie, m'engouffrai dans ses couloirs en rugissant que les apatrides n'avaient pas le droit de baisser les bras. J'espérais que ma rage ferait jaillir une étincelle de résistance dans le bois détrempé de leur cœur. Mais non. Ils rangèrent leurs outils, éteignirent leurs feux et se préparèrent comme pour rentrer...

La voix de Suilécume se brisa ; il poussa un cri étranglé.

— Je n'ai pas pu le supporter ! Je me suis enfui de la manière la plus abjecte qui soit pour ne pas être contaminé par leur abdication. Et voilà comment ils ont été massacrés. J'étais le seul qui aurait pu combattre *turiya* et j'ai abandonné les miens quand ils avaient le plus besoin de moi. (Incapable de se contenir plus longtemps, le géant se redressa.) Je suis impur. Je dois... me laver.

Très raide, il se détourna et partit vers la rivière d'un pas pesant.

Covenant jeta un coup d'œil à Bannor, et son impuissance s'exprima par des trémolos de colère dans la voix lorsqu'il grommela :

— Si vous osez le blâmer, je vous jure que...

Il s'interrompit. Dans le passé, il n'avait déjà porté que trop d'accusations injustifiées contre le sangarde. Bannor lui avait sauvé la vie à plusieurs reprises ; il ne méritait pas que l'Incrédule le traite ainsi. Mais, loin de s'offusquer, il se contenta de hausser les épaules.

— Les haruchai ne sont pas davantage immunisés que les géants contre la corruption. Elle peut arborer bien des visages, et même si le blâme compte parmi les plus séduisants, il n'en demeure pas moins l'un des masques du Rogue.

Covenant étudia attentivement Bannor. Un malaise planait entre eux, qui n'avait été résolu ni à Montgibet ni dans la bastille du peuple de Ra. Cela aurait pu n'être que la réserve instinctive des sangardes, mais en scrutant les yeux de Bannor, le lépreux réalisa que le problème était beaucoup plus étendu.

— La haine et la vengeance comptent également parmi les masques du Rogue, poursuivit Bannor de manière atone.

Covenant fut frappé par la décrépitude de Bannor. Son vieillissement s'était accéléré. Ses cheveux avaient la même teinte argentée que ses sourcils ; sa peau semblait parcheminée et ses rides étrangement fatales, comme des sillons de mort tracés dans son visage. Pourtant, il n'avait rien perdu de son détachement. Son apparence n'était pas celle d'un homme qui a trahi son serment le plus sacré.

— Seigneur suprême, que comptez-vous faire ? s'enquit-il.

— *Faire ?* (Covenant tenta de reproduire l'impassibilité de son interlocuteur, même s'il ne pouvait pas le regarder en face sans que des remords le poignardent.) J'ai encore beaucoup de choses à faire. Je dois me rendre à la Crypte.

— Dans quel but ?

— Pour arrêter le Rogue.

— Le haut seigneur Elena cherchait ça également. Vous avez vu le résultat.

— Oui. (L'objection de Bannor était plus que fondée ; pourtant, Covenant ne se laissa pas démonter.) Il faut que je trouve une meilleure réponse qu'elle.

— Est-ce la haine qui vous a dicté ce choix ?

— Honnêtement… je l'ignore.

— Dans ce cas, pourquoi vous êtes-vous fixé ce but ?

— Parce que c'est mon devoir.

Dans ce mot, Covenant mit tout le poids d'une irréfutable nécessité. L'échappatoire qu'il avait envisagée en quittant Morinmoss ne suffisait pas. Le besoin du Fief le guidait tel un harnais.

— J'ai fait tant d'erreurs, commis tant de crimes, causé tant de torts… Je dois réparer.

Bannor médita ces paroles puis demanda tout de go :

— Avez-vous donc découvert comment utiliser la magie sauvage ?

— Non… Oui…

Covenant hésita, pas parce qu'il doutait de la réponse, mais parce qu'il répugnait à la formuler. Cependant, il commençait à avoir sa petite idée sur la nature du malaise qui planait entre Bannor et lui.

— J'ignore comment l'exploiter, mais je sais la déclencher. (Il se souvint de la façon dont Bannor l'avait forcé à aider Prothall à appeler les lions de feu du mont Tonnerre.) Si j'arrive à m'approcher de la Pierre de Maleterre, je pourrai peut-être agir.

La voix de Bannor se durcit.

— La Pierre corrompt ceux qui la touchent.

— C'est pour ça que je dois l'approcher. C'est vers cet instant que tout converge depuis le début. C'est la raison pour laquelle Turpide m'a manipulé. Elena… a fait ce qu'elle a fait et Mhoram a confiance en moi.

— Cela entraînera-t-il une nouvelle profanation ?

Covenant dut prendre une profonde inspiration avant de répondre :

— J'espère que non. Je ne veux pas que ça se produise.

Bannor se leva. Baissant les yeux vers l'Incrédule, il annonça sobrement :

— Seigneur suprême, si tel est votre dessein, je ne vous accompagnerai pas.

— Comment ça ? s'exclama Covenant, qui comptait bien sur le soutien du sangarde.

— Je ne suis plus au service des seigneurs, lui rappela Bannor.

— Donc, vous avez décidé de tourner le dos au Fief ? aboya Covenant.

— Non, le détrompa Bannor sans s'émouvoir. Je vous apporterai l'aide que je pourrai. Je partagerai avec vous les connaissances de la sangarde sur les plaines Dévastées, Kurash Qwellinir et Mordouve. Mais je ne me rendrai pas à Ridjeck Thome, le siège de la Corruption. Le vœu le plus cher de la sangarde était de combattre le Rogue dans son antre et ce désir l'a égarée. Aussi l'ai-je mis de côté. Désormais, ma place est auprès des ranyhyn et du peuple de Ra dans les montagnes où ils se sont exilés.

Dans l'intonation de Bannor, Covenant perçut une angoisse qui le blessa – comme Bannor l'avait toujours blessé. Il poussa un soupir.

— Ah, Bannor… avez-vous donc tellement honte de ce que vous êtes ?

Le sangarde haussa un sourcil.

— Non, je n'ai pas honte, répondit-il en détachant bien les syllabes. Mais je suis affligé que tant de siècles aient été nécessaires pour nous enseigner les limites de notre valeur. Nous avons poussé la fierté et la folie beaucoup trop loin. Aucun mortel ne devrait renoncer aux femmes, au sommeil et à la mort pour servir quelque cause que ce soit, de crainte que la perspective d'un échec ne lui devienne insoutenable. (Bannor marqua une pause avant de lancer :) Avez-vous oublié que, dans la dernière œuvre de moellage du haut seigneur Elena, nos deux visages n'en formaient plus qu'un ?

— Non, murmura Covenant, ému. Je ne l'oublierai jamais.

Bannor acquiesça.

— Moi non plus. Je dois me laver, annonça-t-il.

Et il se dirigea vers la rivière sans jeter le moindre coup d'œil derrière lui.

Covenant le regarda s'éloigner. Puis il appuya la tête contre le monolithe et ferma les paupières. Il n'aurait pas dû atermoyer, car chaque seconde où il traînait en route multipliait les risques encourus. Pourtant, il resta où il était. Turpide devait être au courant de tout ; il avait dû sentir la brusque destruction du Bâton de la Loi et chercherait sûrement une explication à ce qui s'était produit. Peut-être rappellerait-il Elena d'entre les morts pour qu'elle la lui fournisse. Puis il se préparerait à recevoir l'Incrédule. Il organiserait la défense de la Crypte et enverrait des éclaireurs à la recherche de l'intrus. Tout délai pouvait entraîner un échec retentissant.

Mais Covenant n'était pas prêt. Il lui restait une confession à faire – la dernière et la plus difficile. Aussi continua-t-il à s'imprégner de la chaleur du Colosse en attendant le retour de ses amis. Il voulait déposer le fardeau de sa duplicité avant de quitter l'endroit où Triock était mort.

Bannor et Suilécume revinrent dégoulinants et s'approchèrent du monolithe pour se sécher. Le géant s'était ressaisi et semblait avoir hâte de se remettre en route, comme s'il était prêt à se frayer un chemin à travers un océan d'ennemis pour avoir la chance de porter un coup au Rogue. Bannor se tenait près de lui, l'air morose. Malgré leur différence de taille, tous deux étaient égaux. Ils soutinrent le regard de l'Incrédule quand il leva les yeux. Un instant, Covenant se sentit partagé entre eux, comme s'ils représentaient les pôles opposés de son dilemme.

Mais plus étrange que ce déchirement fut la certitude qui l'accompagna. L'espace d'un instant fugitif, le lépreux comprit sa position, et ses craintes s'envolèrent en même temps que ses doutes et son appréhension.

— J'ai encore une chose à vous dire, lâcha-t-il.

Puis, parce qu'il ne voulait pas voir la réaction de ses amis avant que son récit soit terminé, il fixa son anneau inerte tandis qu'il expliquait comment Mhoram l'avait rappelé et comment il avait refusé de revenir dans le Fief.

Il s'exprima de manière concise, sans minimiser pour autant la détresse qu'il avait perçue chez les habitants de la Citadelle, le danger que courait la fillette ou sa propre hystérie. Tout en parlant, il réalisa qu'il ne regrettait pas sa décision – que le regret, d'ailleurs, n'avait rien à faire là-dedans. Il n'aurait pas pu agir autrement. Il admettait pourtant que le Fief avait une myriade de raisons de déplorer son choix : une pour chaque vie perdue à cause de lui, une pour chaque jour dont l'hiver s'était trouvé allongé parce qu'il s'était dérobé à la tentative de Mhoram. Il racontait cela à ses amis pour qu'à tout le moins ils ne puissent pas lui reprocher sa malhonnêteté.

Quand il eut terminé, il releva la tête. Au début, ni Bannor ni Suilécume ne voulurent le regarder. Chacun à sa façon, ils semblaient perturbés par ce qu'ils venaient d'entendre. Finalement, le sangarde dévisagea Covenant et dit sur un ton égal :

— Vous avez fait un choix coûteux, Incrédule. Très coûteux. De nombreux maux auraient pu être évités si…

— Coûteux ! Auraient pu ! interrompit Suilécume. (Ses lèvres s'étirèrent en un rictus féroce, dont l'écho se répercuta dans les cavernes jumelles de ses yeux.) Une fillette a été sauvée ! Covenant, mon ami… Si diminué que je sois, j'entends la joie dans ta décision. Ton courage… Par la pierre et la mer ! Il me stupéfie.

Bannor ne se laissa pas ébranler.

— Prends ça pour du « courage » si cela te chante. Il n'en demeure pas moins que le Fief saignera pendant maintes années pour acquitter le prix à payer, quelle que soit l'issue de l'affrontement entre l'Incrédule et le Rogue.

— Je sais, acquiesça Covenant une fois de plus. Mais je ne pouvais rien faire d'autre. Et… sur le coup, je n'étais pas prêt. Maintenant, je le suis. Ou du moins, je le suis davantage.

« Je ne serai jamais prêt, songea-t-il. C'est impossible de l'être pour ce genre d'action. »

— Peut-être pourrai-je faire aujourd'hui quelque chose dont j'aurais été incapable alors.

Bannor soutint son regard quelques instants encore, puis hocha brusquement la tête.

— Vous devriez y aller, conseilla-t-il, impassible. La Corruption doit déjà vous chercher.

Covenant soupira et prit appui sur le Colosse pour se lever. Il ne voulait pas renoncer à la proximité réconfortante du monolithe.

— Oui, soupira-t-il. Il faut en finir.

Bannor et Suilécume l'encadrèrent et le guidèrent jusqu'au sommet de la dernière colline. De là, il put contempler les plaines Dévastées, qui s'étendaient au bas de la Faille. Le précipice parut lui sauter à la figure, comme s'il l'avait attendu tapi en embuscade. D'une seconde à l'autre, le lépreux se trouva confronté à deux mille pieds d'à-pic ; il agrippa les bras de ses amis et respira profondément pour contenir son vertige. Peu à peu, il s'habitua à la vue et commença à remarquer des détails.

Au pied de la colline sur sa droite, la Cavalière se jetait impétueusement par-dessus le bord de la Faille, à un endroit où la falaise formait une sorte d'escalier – quatre ou cinq marches immenses, que l'eau dévalait avec un rugissement fracturé et cacophonique. Arrivée au fond, elle infléchissait sa trajectoire vers le sud-est et les plaines Dévastées.

— C'est ici que commence le calvaire de la Cavalière, lança Bannor, ici qu'elle se change en Ruinelave pour charrier des torrents de pollution vers la mer. Ses eaux deviennent sales et nauséabondes, impropres à la consommation, sauf par les créatures pestilentielles qui les habitent. Mais elle vous fournira un chemin à suivre pendant la traversée d'une bonne partie des plaines et vous conduira jusqu'au sud de Kurash Qwellinir. (Du menton, le sangarde fit signe à Suilécume.) Tu sais sûrement que les plaines Dévastées cernent le promontoire de Ridjeck Thome à l'endroit où la Crypte s'avance dans la mer du Levant. À l'ouest de ce promontoire se dresse Kurash Qwellinir, les collines Brisées. Certains racontent qu'elles sont nées de l'usure d'une montagne ; d'autres, qu'elles ont été formées à partir des détritus rejetés par les fournaises, les laboratoires et les arsenaux du Rogue. En leur sein s'étend Gorak Krembal : Mordouve. Dessinant un arc de cercle d'une falaise à l'autre autour du promontoire, elle protège le siège de la Corruption avec la lave dont elle est remplie, de sorte que nul ne peut passer par là pour gagner l'unique porte de la Crypte.

« Les créatures du Rogue entrent et sortent de Ridjeck Thome en utilisant des tunnels qui s'ouvrent à différents endroits de Kurash Qwellinir. Mais mon cœur me dit qu'une telle approche ne vous sera pas bénéfique. Je ne doute pas qu'un géant puisse se diriger dans ce labyrinthe. Malheureusement, la Corruption a posté des milliers de sentinelles à l'intérieur. Vous ne parviendrez pas à déjouer leur surveillance.

« Je vais donc vous révéler l'existence d'un passage à travers les collines Brisées, là où la lave se déverse dans la mer par une fissure à flanc de paroi. Un géant réussira peut-être à l'emprunter.

Bannor s'exprimait sur un ton aussi badin que s'il avait parlé d'un sentier de randonnée plutôt que de l'unique accès praticable à la Crypte.

— Ainsi, peut-être pourrez-vous prendre les occupants de Ridjeck Thome par surprise, conclut-il.

Suilécume acquiesça d'un air grave. Puis il écouta le sangarde lui détailler le chemin à suivre dans Kurash Qwellinir.

Covenant aussi semblait écouter, mais son attention était ailleurs. Il avait l'impression que la Faille l'appelait. Le vertige troublait sa concentration. « Elena », chuchotait-il en son for intérieur. Il pensa à la jeune femme, espérant que son image le calmerait.

Hélas ! le rayonnement émeraude attaché à sa personne ne lui arracha que frissons et grognements. « Non ! protesta-t-il en lui-même en sentant la tête lui tourner. Il n'est pas obligatoire que ça se passe ainsi. C'est mon rêve. Je peux en contrôler le dénouement. »

Bannor et Suilécume le dévisageaient d'un air étrange. Il réalisa qu'il leur enfonçait les ongles dans les avant-bras. Il n'arrivait pas à détacher son regard des chutes de la Cavalière. Leur rugissement l'affectait tel le chant des sirènes. Il prit une profonde inspiration et, un doigt après l'autre, se força à lâcher ses amis.

— Allons-y, murmura-t-il. Je ne supporte plus d'attendre.

Suilécume chargea sa besace sur son épaule.

— Je suis prêt. Nos réserves de vivres sont au plus bas, mais nous ne pouvons nous dérober. Espérons que nous trouverons de l'*aliantha* dans les Basses Terres.

Covenant apostropha Bannor. Il ne pouvait pas l'implorer de changer d'avis, aussi se contenta-t-il de lui demander :

— Pourrez-vous enterrer Triock ? Il mérite une sépulture décente.

Bannor acquiesça.

— Ce n'est pas tout ce que je ferai. (Glissant une main à l'intérieur de sa courte tunique, il en sortit les extrémités métalliques noircies du Bâton de la Loi.) Je rapporterai ceci à Pierjoie. Lorsque viendra l'heure de ma fin, je retournerai dans les montagnes natales des haruchai et, en chemin, m'arrêterai à la Citadelle. J'ignore quelle valeur ces bouts de métal possèdent encore, mais les survivants de cette guerre leur trouveront peut-être un usage.

« Merci », articula Covenant en silence.

Bannor rempocha les vestiges du Bâton de la Loi et s'inclina brièvement devant Covenant et Suilécume.

— Cherchez de l'aide en route, leur conseilla-t-il. Même dans les plaines Dévastées, le Rogue ne règne pas en maître absolu.

Avant que ses compagnons puissent répondre, il se détourna et repartit à petites foulées en direction du Colosse. Sa silhouette très raide disait assez clairement que ni l'Incrédule ni le géant ne le reverraient jamais.

— Bannor ! grogna Covenant. Était-ce si terrible ?

Il se sentait vulnérable et abandonné, comme si la moitié de son soutien venait de lui être retirée d'un coup.

— Doucement, mon ami, souffla Suilécume. Bannor a tourné le dos à la vengeance, décidé de ne pas réclamer le prix de ses deux millénaires de service piétinés. C'est un choix qu'il a dû avoir du mal à faire et auquel il lui sera difficile de se tenir. La vengeance… Ah ! c'est le plus doux de tous les rêves ténébreux.

Covenant fixait toujours les chutes. Le plongeon fracturé de la rivière l'hypnotisait. Il se secoua.

— Par les feux de l'enfer ! (La vacuité de ses jurons semblait appropriée à sa condition.) On y va ou pas ?

— On y va. (Il sentit le géant le détailler, mais ne pivota pas vers lui.) Covenant, seigneur suprême… tu n'es pas forcé d'endurer cette descente. Ferme les yeux et je te porterai comme la dernière fois, à l'observatoire de Kevin.

Ce fut tout juste si le lépreux s'entendit répondre :

— C'était il y a très longtemps. Aujourd'hui, je dois me débrouiller seul.

Un instant, il relâcha sa résistance et faillit tomber à genoux. Mais il devait affronter sa peur du vide au lieu de l'esquiver, il le comprenait, à présent. Le seul moyen de vaincre son vertige était de trouver le noyau de stabilité au cœur du tourbillon.

— Contente-toi de passer devant pour me rattraper si je tombe, réclama-t-il.

L'œil du cyclone était le seul endroit où le sol redeviendrait solide sous ses pieds.

Suilécume le regarda d'un air dubitatif, puis se dirigea vers le bord de la falaise. Tandis que Covenant le rejoignait d'un pas traînant, il chercha le meilleur endroit pour descendre et disparut le long de la paroi.

Un instant, Covenant demeura chancelant à l'orée du gouffre. La Faille béait en travers de son champ de vision telle la gueule d'un abysse lui promettant la fin de son délire. C'était une réponse si simple, si évidente ! Il ne voyait vraiment pas comment la refuser.

Mais le vertige qui l'assaillait affolait son pouls, le faisait battre beaucoup trop vite sous son front blessé. Il tourna autour de sa douleur comme autour d'un pivot et l'attraction fatale du vide s'estompa. Le tourbillon ne s'évanouit pas, mais relâcha sa prise sur Covenant, passa à l'arrière-plan de ses perceptions. Lentement, les palpitations s'apaisèrent.

Et le lépreux ne tomba pas.

Il se sentait aussi faible qu'un pénitent affamé, tout juste capable de supporter son propre poids. Pourtant, il se mit à quatre pattes au bord de la falaise et, tournant le dos au gouffre, commença à descendre les jambes les premières. À plat ventre, les mains crispées sur la roche, il chercha à tâtons des anfractuosités où caler ses pieds et rampa dans le vide à reculons.

La descente fut longue mais pas particulièrement ardue. Suilécume protégeait Covenant, et maintes corniches, fissures et touffes de végétation broussailleuses leur permettaient de s'accrocher. Le géant n'eut pas de mal à lui trouver un chemin praticable, et Covenant lui-même finit par acquérir une certaine assurance. Le temps qu'il atteigne les contreforts de la Faille, l'aide de Suilécume lui était devenue beaucoup moins indispensable.

Mais quand il prit enfin pied dans les Basses Terres, il se dirigea tout droit vers le bassin dans lequel se jetaient les chutes de la Cavalière et se laissa tomber dans l'eau glacée pour laver la sueur due à l'angoisse.

Pendant qu'il se baignait, Suilécume remplit l'outre et but longuement dans ses mains en coupe. C'était peut-être la dernière fois qu'ils trouveraient de l'eau potable. Puis le géant sortit le pot d'ignescentes pour Covenant. Tout en se séchant, ce dernier demanda combien de temps tiendraient leurs réserves de nourriture.

— Deux jours, répondit Suilécume. Trois ou quatre si nous trouvons de l'*aliantha* dans les plaines Dévastées. Mais nous sommes encore loin de la Crypte. Même si nous devions nous jeter dans les bras de Pulverâme, nous jeûnerions pendant trois ou quatre jours avant qu'il nous soulage définitivement de ces préoccupations triviales. (Le géant grimaça.) On prétend que la faim enseigne de nombreuses choses… Mon ami, ce voyage va développer notre sagesse.

Covenant frissonna. Il avait déjà fait l'expérience de la faim à plusieurs reprises. Et voilà que le spectre de l'inanition se tapissait en embuscade sur sa route ; son front était de nouveau blessé et il allait devoir parcourir une très longue distance pieds nus. Les conditions de son retour dans le monde réel se rétablissaient une par une.

Il resserra les cordons de sa robe. Malgré l'absence de vent, la température était encore hivernale. Des doigts de glace s'accrochaient à la berge du bassin et le souffle de Suilécume formait de petits nuages humides devant sa bouche. Covenant avait besoin de bouger pour se réchauffer, pour ne pas laisser son courage s'éteindre.

— La faim n'a rien d'agréable et, si tu veux mon avis, la sagesse est une chose très surfaite, grommela-t-il. Mais elles peuvent se révéler utiles à l'occasion. On y va ?

Suilécume rangea les ignescentes, chargea sa besace sur son épaule et entraîna Covenant à l'écart de la Faille, le long de la rivière.

Lorsque la nuit tomba, ils avaient à peine parcouru trois ou quatre lieues. Mais ils étaient sortis des contreforts et avaient laissé derrière eux la partie encore intacte des plaines qui, jadis, déployaient leurs riantes étendues depuis la cordillère Sudronne jusqu'au plateau de Sarangrave et au Vorace. Et ils arrivaient aux abords de Ruinelave.

Des buissons gris aux brindilles cassantes, des genévriers et des tamaris autrefois majestueux jaillissaient des deux côtés de la rivière, occupant la partie de son lit qui s'était asséchée des siècles plus tôt. Dans le limon semi-fertile que l'eau avait laissé derrière elle, les végétaux s'étaient accrochés à la vie jusqu'à ce que l'hiver surnaturel ait raison d'eux.

Tandis que les ténèbres se répandaient dans l'air comme de l'humidité montant du sol, les arbres morts se changèrent en formes sinistres : une barrière apparemment infranchissable. Covenant se résigna à camper là malgré le sifflement malveillant de Ruinelave et l'odeur de cloaque qui émanait de la boue séchée. Il savait que Suilécume et lui seraient plus en sécurité s'ils voyageaient dans le noir, mais il était fatigué et ne pensait pas que le géant reconnaîtrait son chemin dans l'obscurité.

Plus tard, il découvrit que Ruinelave émettait une lueur blafarde ; sa surface brillait d'une phosphorescence gris-vert provenant des anguilles qui s'ébattaient dans son courant. Les créatures, aux mâchoires garnies de dents pointues, avaient l'air affamées. Mais cette lumière permit à Covenant et Suilécume de se remettre en route.

Ils n'allèrent pas beaucoup plus loin. La destruction du Bâton de la Loi avait modifié l'équilibre de l'hiver du Rogue ; sans le vent pour les contenir, les énergies massées dans le ventre des nuages commençaient à s'échapper. Au plus froid de la nuit, elles se muèrent en une averse torrentielle, qui s'abattit sur le Fief comme si les digues du ciel venaient de se rompre. Suilécume et Covenant n'eurent pas d'autre choix que de se pelotonner l'un contre l'autre et d'essayer de dormir en attendant que passe le déluge.

À l'approche de l'aube, la pluie cessa enfin et les deux compagnons poursuivirent leur chemin le long de Ruinelave dans la pâle lumière du matin. Ce jour-là, ils aperçurent les derniers buissons d'*aliantha* ; plus loin dans les plaines Dévastées, la boue devenait trop stérile pour laisser pousser quoi que ce soit. Afin d'économiser leur nourriture, ils se contentèrent de maigres rations. Le soir, la pluie recommença à tomber et ils furent bientôt trempés jusqu'aux os.

Le lendemain matin, un aigle les repéra par une trouée entre les branches mortes. Il décrivit plusieurs cercles au-dessus de leur tête, puis s'éloigna à tire-d'aile en hurlant d'une voix moqueuse :

— Suilécume ! Lâcheur !

— Ils nous cherchent, commenta sobrement Covenant.

Le géant cracha par terre.

— Oui. Ils vont essayer de nous capturer.

Il ramassa une pierre lisse, de la taille des deux poings de Covenant, et l'emporta avec lui pour la jeter à l'aigle s'il revenait.

Le rapace les laissa en paix jusqu'au lendemain ; mais alors, après qu'une nouvelle ondée s'était abattue sur le Fief, comme si les nuages avaient été une mer inversée, il reparut par deux fois. Le matin, il leur tourna autour jusqu'à ce que Suilécume lui ait lancé tous les cailloux disponibles, puis piqua vers lui et s'éloigna en glapissant :

— Lâcheur ! Vermisseau !

L'après-midi, Suilécume garda un projectile caché dans sa main. Il attendit que l'oiseau s'approche de lui et le lui lança de toutes ses forces. L'animal réussit à le dévier d'un battement d'ailes frénétique, mais il repartit en zigzaguant comme s'il peinait à se maintenir en vol.

— Dépêche-toi, grommela Suilécume. Ce maudit volatile guide nos poursuivants vers nous. Ils ne doivent plus être très loin.

Malgré ses pieds meurtris, Covenant pressa le pas.

Pour se protéger contre les espions ailés, les marcheurs restèrent sous le couvert des arbres autant que possible. Cette prudence les ralentit quelque peu, mais le principal obstacle à leur progression fut l'épuisement de Covenant. Sa blessure et son affrontement avec Elena semblaient lui avoir dérobé une vigueur fondamentale. Il avait beaucoup de mal à dormir dans l'humidité et le froid, et le rationnement de la nourriture ne l'aidait pas à reprendre des forces. Il se traînait lieue après lieue dans un silence abattu, comme si la crainte de se faire rattraper était la seule chose qui le poussait en avant.

Ce soir-là, Suilécume et lui consommèrent leurs dernières provisions.

— Et maintenant ? marmonna-t-il une fois leur repas terminé.

— Nous devons nous résigner à la faim, répondit le géant.

« Enfer et damnation ! » songea Covenant. Il se rappelait très bien ce qui lui était arrivé dans les bois derrière le Refuge, quand son jeûne volontaire l'avait rendu hystérique, et cela l'emplissait d'une terreur froide.

D'autres souvenirs remontèrent à la surface de sa mémoire agitée. Joan, Robin... Il fut saisi par une envie brûlante de parler d'eux à Suilécume, comme si son ex-femme et son fils étaient des esprits qu'il pouvait exorciser en les évoquant de la bonne façon avec la bonne personne. Mais avant qu'il puisse trouver ses mots, la première attaque des maraudeurs dispersa ses pensées.

Sans crier gare, une bande de créatures simiesques jaillit de la végétation morte sur la berge d'en face.

Silencieuses comme un cauchemar dont on aurait coupé le son, elles se jetèrent dans les eaux de Ruinelave pour rejoindre leurs proies.

De deux choses l'une : ou elles étaient inconscientes du danger, ou elles l'avaient oublié. Sans un cri, elles disparurent dans un bouillonnement gris-vert. Aucune ne refit surface.

Covenant et Suilécume repartirent aussitôt, profitant des dernières lueurs du crépuscule pour mettre le plus de distance possible entre eux et le lieu de l'attaque.

Peu de temps après, la pluie recommença à tomber. Elle s'abattit sur eux telle une avalanche, rendant l'obscurité impénétrable. Les compagnons furent forcés de s'arrêter. Ils se serrèrent l'un contre l'autre sous les branches dénudées d'un arbre qui ne leur fournit qu'un bien maigre abri. Là, ils tentèrent de dormir en espérant que leurs poursuivants seraient eux aussi immobilisés par le déluge.

Au bout d'un moment, Covenant s'assoupit. Il allait sombrer dans un sommeil profond lorsque Suilécume le secoua.

— Écoute !

Mais il n'entendit que le crépitement ininterrompu des gouttes. Le géant, toutefois, avait l'ouïe plus fine que la sienne.

— Le niveau de Ruinelave est en train de monter ! Elle ne va pas tarder à déborder.

Tâtonnant comme des aveugles, piétinant des broussailles et se cognant à des arbres qu'ils ne voyaient pas, glissant dans des flaques qui leur arrivaient déjà aux chevilles, les amis parvinrent à s'extraire de l'ancien lit de la rivière. Hélas ! L'eau continua à progresser et le terrain alentour était désespérément plat. Covenant entendait le rugissement de l'inondation, qui semblait les surplomber telle une lame de fond. Il pataugeait jusqu'aux genoux, et aucune échappatoire ne se présentait à lui.

Mais Suilécume le força à avancer et, au bout d'un moment, ils pénétrèrent dans un ravin creusé par l'érosion. Ses parois étaient lisses et l'eau s'y déversait à gros bouillons ; pourtant, le géant n'hésita pas une seconde. Il sortit une corde de *glutor* avec laquelle il attacha Covenant à lui, puis entreprit de remonter le ravin.

Le lépreux suivit péniblement son ami pendant des minutes qui lui parurent aussi longues que des heures. Enfin, il sentit le sol monter sous ses pieds. Les parois s'approchèrent l'une de l'autre ; Suilécume lui fit la courte échelle pour l'aider à les escalader.

Quand ils atteignirent le versant d'une colline où le flot leur couvrait à peine les pieds, ils s'arrêtèrent. À bout de forces, Covenant se laissa tomber dans la boue. La pluie cessa enfin et le lépreux s'endormit comme si on l'avait assommé.

Il se réveilla dans la lueur grisâtre et froide de l'aube qui rampait à travers le ciel depuis l'est. Frottant ses yeux encore pleins de sommeil, il se redressa. Suilécume l'observait d'un air amusé.

— Ah, Covenant ! Quelle belle paire nous faisons ! Toi, tout crotté et l'air mortellement sérieux, et moi… Je crains que mon apparence habituelle ne se soit guère améliorée. (Le géant leva le nez, avança un pied et posa coquettement les mains sur les hanches.) Qu'en penses-tu ?

L'espace d'un instant, il parut aussi gai et insouciant qu'un enfant. Le cœur de Covenant se serra. Depuis combien de temps n'avait-il pas entendu rire son ami ?

— Lave-toi la figure, lança-t-il. Tu es ridicule.

— Ton approbation m'honore, répliqua Suilécume.

Mais il ne rit pas. Tandis que sa bonne humeur se dissipait, il se détourna et se passa un peu d'eau sur le visage pour se nettoyer.

Covenant suivit son exemple, même s'il était beaucoup trop fatigué pour se sentir sale. En guise de petit déjeuner, il but trois gorgées à l'outre de Suilécume, puis se leva avec difficulté.

Au loin, il apercevait la cime de quelques arbres qui dépassait du large ruban boueux. Il ne restait aucun autre signe de la végétation qui avait poussé le long de Ruinelave.

Dans la direction que les compagnons devaient prendre s'étendait une rangée de hauteurs aux flancs abrupts et couturés de cicatrices, à l'aspect aussi mort que si leurs fondations rocheuses avaient pourri depuis des millénaires. La perspective de leur traversée arracha un grognement à Covenant. Mais il n'avait pas le choix : les berges de Ruinelave étaient désormais impraticables.

Sans rien avoir avalé de solide, Suilécume et le lépreux entamèrent leur escalade. La pente était moins abrupte qu'elle n'en avait l'air vue d'en bas. En bonne santé et le ventre plein, Covenant n'aurait guère peiné. Mais il était épuisé et arrivait tout juste à se traîner. La plaie de son front lui pesait tel un énorme fardeau attaché à son crâne et cherchant à le faire basculer en arrière. L'air humide, épais, semblait lui boucher les poumons. De temps en temps, il se retrouvait allongé par terre et ne se rappelait même pas ce qui l'avait fait tomber. Mais, avec l'aide de Suilécume, il continua à avancer.

Plus tard ce jour-là, les marcheurs franchirent les crêtes et entamèrent la descente de l'autre côté. Ils n'avaient détecté aucun signe de poursuite depuis qu'ils s'étaient écartés de Ruinelave.

Le lendemain matin, après une averse nocturne aussi nauséabonde que si la pluie avait stagné à l'intérieur des nuages pendant des mois, ils obliquèrent vers l'est à travers les plaines Dévastées. Le corps décharné de Covenant commença à s'habituer à la faim et sa fébrilité cessa, à défaut de sa faiblesse.

En début d'après-midi, après une halte sans collation, le lépreux et le géant atteignirent la lisière d'une sinistre forêt. Sur plus d'une lieue, le sol légèrement encaissé était recouvert d'arbres morts, dont les branches pareilles à des bras se hérissaient d'épines dures comme le métal. Ces arbres formaient des rangées plus ou moins droites, dans lesquelles des percées s'ouvraient à intervalles irréguliers. L'ensemble évoquait un verger infernal où quelque esprit pervers faisait pousser des pointes de flèches plutôt que des fruits.

Suilécume ne voulait pas traverser la vallée. Le site n'offrant aucune couverture, Covenant et lui risquaient de se faire repérer depuis les hauteurs environnantes. Mais une fois de plus, ils n'eurent pas le choix. Contourner l'endroit leur aurait pris beaucoup de temps – du temps pendant lequel ils auraient pu se faire rattraper.

Maugréant tout bas, Suilécume scruta le terrain alentour en plissant les yeux. Puis il entraîna Covenant à sa suite.

Il apparut très vite que les branchages les plus bas s'étendaient à six ou sept pieds du sol. L'Incrédule pouvait donc se déplacer debout, mais le géant devait se plier en deux pour éviter que les épines ne lui déchirent le torse ou le visage et ne faire aucun geste brusque de peur de se blesser. Ainsi leur progression fut-elle dangereusement ralentie.

Une poussière épaisse recouvrait le sol, comme si les pluies diluviennes des nuits précédentes avaient épargné cette vallée ou comme si des années de déluge n'auraient pas suffi à apaiser la soif de la terre ravagée. À chaque pas, les amis soulevaient des nuages étouffants qui leur remplissaient les poumons, leur brûlaient les yeux et montaient vers le ciel, signalant leur présence aussi sûrement que la fumée.

Bientôt, ils atteignirent l'une des trouées entre les arbres. À leur grande surprise, ils découvrirent un bassin rempli d'une boue aussi froide que l'air environnant, mais qui bouillonnait et s'agitait, comme animée par une vie propre. Avec une grimace méfiante, Covenant s'éloigna aussi vite que cela lui était possible sans semer le géant.

Ils se trouvaient à mi-chemin de la limite est de la vallée lorsqu'ils entendirent un cri rauque derrière eux. Pivotant, ils virent deux bandes de maraudeurs jaillir au sommet de deux collines différentes, dévaler la pente et se rejoindre avant de s'enfoncer dans la forêt d'épineux avec des hurlements avides.

Ils détalèrent.

Covenant courait avec toute l'énergie insufflée par la terreur. Il ne pensait à rien, sinon au mouvement de ses jambes et au rythme de sa respiration. Bientôt, il réalisa qu'il était en train de distancer Suilécume. Celui-ci ne pouvait pas relever la tête sous peine de se la faire arracher par une branche et sa posture ne se prêtait guère à une allure soutenue.

— Fuis ! cria-t-il à Covenant. Je les retiendrai !

— Pas question ! contra l'Incrédule en ralentissant. On reste ensemble.

— Fuis ! répéta Suilécume avec des gestes véhéments, comme pour pousser son compagnon en avant.

En guise de réponse, Covenant rebroussa chemin et se mit à trottiner à côté de lui. Les glapissements approchaient. Le lépreux croyait sentir les griffes de leurs poursuivants lui lacérer la figure ; pourtant, il resta avec Suilécume. Il n'avait déjà perdu que trop de gens importants pour lui.

Suilécume pila.

— Je t'ai dit de fuir ! Par la pierre et la mer ! gronda-t-il, furieux. Crois-tu que je supporterais de te voir échouer à cause de moi ?

Covenant lui fit face en haletant.

— Laisse tomber. Je ne suis bon à rien sans toi.

Suilécume jeta un coup d'œil par-dessus son épaule.

— Alors, tu dois trouver immédiatement le moyen d'utiliser l'or blanc, parce que nos ennemis sont trop nombreux.

— Pas si tu continues à avancer. Par les feux de l'enfer ! On peut encore les semer !

Les muscles du géant se contractèrent comme s'il allait s'élancer. Puis il se raidit. À travers les branches, il fixait quelque chose par-dessus la tête de Covenant.

Une terreur nouvelle saisit le lépreux. Il pivota, suivant le regard de son ami.

À l'est, des dizaines d'ur-vils déferlaient dans la vallée. Covenant les distinguait parfaitement entre les épines. Tout en courant, les monstres formèrent trois triangles. Ils s'arrêtèrent au pied des arbres et levèrent leurs bâtons.

La végétation morte s'embrasa. Les flammes bondirent avec un rugissement, se propageant très vite. Chaque tronc se changea en une torche qui alluma son voisin. Et en quelques instants, Covenant et Suilécume virent leur retraite barrée par un mur de feu.

Les yeux de Suilécume, qui faisaient la navette entre l'incendie et les maraudeurs, lançaient des éclairs.

— Nous sommes pris en tenaille ! rugit-il comme s'il trouvait cette manœuvre parfaitement déloyale. (Mais la seconde d'après, Covenant comprit qu'il était juste vexé.) Ils ont commis une grave erreur ! Le feu ne m'atteint pas ! Il ne m'empêchera pas de passer !

— Moi, si ! lui rappela le lépreux d'une voix blanche.

Voir monter la rage du géant l'emplissait d'appréhension, lui tordait les entrailles. Il savait comment il aurait dû réagir. Suilécume était bien mieux équipé que lui pour combattre le Rogue. Il aurait dû lui dire : « Prends mon anneau et va-t'en. Tu trouveras un moyen de l'utiliser. Tu peux franchir le barrage des ur-vils. » Mais sa gorge refusait de former ces mots. Et la crainte que Suilécume ne lui réclame son alliance lui donnait la nausée. Saisi par une inspiration, il demanda :

— Tu peux nager dans les sables mouvants ?

Le géant le regarda comme s'il parlait une langue étrangère, incompréhensible.

— Les bassins de boue ! On peut se cacher dans l'un d'eux jusqu'à ce que l'incendie s'éteigne, si tu connais un moyen pour qu'on ne se noie pas.

Suilécume continua à fixer Covenant, et celui-ci craignit que sa fureur n'ait déjà atteint le stade où elle ne pouvait plus être contenue. Mais quelques instants plus tard, le géant se ressaisit. Il se secoua convulsivement et ravala son désir de se battre.

— Oui, aboya-t-il. Viens !

Et il partit en direction du feu.

Covenant et lui coururent afin de localiser une mare proche de la ligne des flammes avant que les maraudeurs soient sur eux. Covenant crut qu'ils n'y arriveraient pas. Malgré la clameur du brasier, il entendait les cris des monstres derrière eux. Mais l'incendie progressait avec une rapidité effrayante. Leurs poursuivants se trouvaient encore à plusieurs centaines de mètres quand la chaleur des flammes gifla le visage de l'Incrédule. Celui-ci infléchit sa trajectoire et se mit en quête d'un bassin de boue.

Il n'en trouva aucun. L'air lui piquait les yeux, l'aveuglait à moitié. Il était trop près du feu, qui se frayait un chemin à travers les arbres tel un prédateur bien décidé à engloutir le monde.

— Suilécume !

Le rugissement des flammes engloutit la voix de Covenant. Pourtant, le géant lui saisit le bras et le souleva. Plié en deux tel un infirme, il fonça vers une mare boueuse. Les brindilles les plus proches s'embrasaient déjà, donnant naissance à des fleurs orange, comme si l'incendie les avait ramenées à la vie.

Suilécume bondit. Emportés par son élan, Covenant et lui sentirent la boue se refermer au-dessus de leur crâne, mais, d'une ruade de ses jambes puissantes, le géant les ramena à la surface.

La chaleur du brasier parut leur carboniser instantanément le visage. Mais Covenant avait encore plus peur des sables mouvants. Il se débattit l'espace de quelques secondes, puis se rappela que c'était le meilleur moyen de se faire engloutir très vite. Luttant contre ses instincts de survie, il se laissa aller et sentit Suilécume l'imiter dans son dos. Seule leur tête sortait encore de la boue.

Ils ne coulèrent pas. Le feu les dépassa pendant qu'ils flottaient, et la douleur consuma la figure de Covenant tandis qu'il demeurait en suspension, osant à peine respirer. Son impuissance croissait à chaque instant… Du moins, c'est ce qu'il lui semblait.

Lorsque les flammes s'éloigneraient, Suilécume et lui devraient se défendre contre trois triangles d'ur-vils sans bouger.

Covenant prit une inspiration pour s'adresser au géant. Il n'avait pas encore fini que des mains le saisirent par les chevilles et l'entraînèrent par le fond.

18

Le corrompu

COVENANT LUTTA DÉSESPÉRÉMENT pour se libérer. Mais la boue entravait ses mouvements et absorbait chacun de ses efforts, et les mains qui le tenaient étaient puissantes. Il tâtonna en quête de Suilécume et ne trouva rien. Et pendant ce temps, il continua à couler.

Il retint son souffle. Son instinct de survie l'empêchait de se résigner. Il savait pourtant qu'il était désormais trop loin de la surface, qu'il ne pourrait pas la regagner à temps. Tant bien que mal, il se plia en deux et voulut déplier les doigts de son agresseur pour lui faire lâcher prise. Mais ses mains passèrent au travers de celles qui le bloquaient – qui devaient forcément le bloquer.

Un instant, il crut sentir palpiter son anneau. Il banda son esprit ; en vain. Il ne percevait aucune émanation de pouvoir.

Puis l'air commença à lui manquer. Des veines de lumière rouge se tatouèrent à l'intérieur de ses paupières. « Non, pas comme ça ! Pas comme ça ! » hurla-t-il en silence.

La seconde d'après, il se sentit changer de direction. Tandis que ses poumons protestaient, les mains intangibles le tirèrent à l'horizontale, puis vers le haut. Avec un bruit de succion, elles l'arrachèrent à la boue.

Covenant se remplit les poumons à grandes goulées frissonnantes. L'air avait une odeur de renfermé qui lui rappela l'atmosphère d'une crypte ; pourtant, il lui rendit la vie, et Covenant l'inspira avec avidité.

Pendant un long moment, le réseau écarlate dans son cerveau oblitéra le monde alentour. Lorsque sa respiration pantelante se calma, il crispa les paupières très fort pour chasser la boue de ses yeux et tenta de voir où il était.

Des ténèbres absolues l'enveloppaient.

Il gisait sur de l'argile. Quand il remua, son épaule gauche toucha une paroi molle. Il se mit à genoux et tâtonna vers le haut. À une longueur de bras au-dessus de sa tête, il trouva un plafond.

— Il ne voit pas, dit une voix tout près de lui.

Elle était ténue et effrayée, mais, parce que Covenant ne s'attendait pas à l'entendre, il sursauta, bascula en arrière et se plaqua contre le mur boueux, le cœur battant.

— Tant mieux, répondit une autre petite voix. Sinon, il pourrait nous faire du mal.

— Ça ne va pas du tout, protesta une troisième, un peu plus résolue que les précédentes. Donnez-lui de la lumière.

— Non, non, non ! couinèrent huit ou dix voix apeurées.

— Si nous n'avions pas l'intention de l'aider, nous n'aurions pas dû le sauver, argumenta celle qui était décidée.

— Il risque de nous faire du mal !

— Il n'est pas trop tard ! On peut encore le noyer !

— Non. Nous avons agi ainsi en connaissance de cause.

— Oh ! Si jamais l'Artisan apprend…

— Nous avons choisi. Sauver pour tuer… c'est la façon de faire de l'Artisan, pas la nôtre. Je préfère encore que le rescapé nous blesse. Je… je lui fournirai de la lumière moi-même, si vous m'y obligez.

— Prenez garde ! s'exclamèrent en chœur de nombreuses voix.

Un instant plus tard, Covenant entendit un étrange glissement, comme le bruit d'un bâton écartant la boue. Une faible lueur rouge, de la même teinte que la lumière de roche, fleurit dans l'obscurité devant lui.

Elle provenait d'une silhouette grotesque, haute d'environ deux pieds, qui semblait avoir été sculptée dans l'argile par les mains malhabiles d'un enfant. Covenant distingua des membres inachevés, des traits vagues mais pas d'yeux, d'oreilles, de bouche ni de nez. Sur tout son corps, des poches de boue rougeâtre scintillaient, produisant un maigre éclairage.

Covenant réalisa qu'il se trouvait au fond d'un cul-de-sac. Près de lui s'étendait un large bassin au contenu bouillonnant ; au-delà, le sol, les murs et le plafond se rejoignaient pour sceller le passage. Mais face à lui, le tunnel s'enfonçait dans les ténèbres.

À la lisière du halo rouge se tenaient une douzaine de formes plus ou moins semblables. Elles ne bougeaient pas, ne faisaient pas le moindre bruit. Elles semblaient inanimées, tels des détritus abandonnés là par des créatures fouisseuses. Mais le tunnel ne contenait rien d'autre qui aurait pu parler. Covenant les fixa, bouche bée, en cherchant quelque chose à leur dire.

Soudain, la surface du cloaque s'agita. Plusieurs formes d'argile en jaillirent, traînant deux pieds énormes derrière elles. La silhouette brillante recula précipitamment pour leur faire de la place. En quelques instants, les choses avaient déposé Suilécume et battu en retraite pour rejoindre leurs congénères qui observaient Covenant.

Les poumons du géant lui avaient permis de tenir sans respirer pendant plus longtemps que son ami et l'aidèrent à récupérer très rapidement. Hélas ! Au lieu de remercier ses sauveurs, Suilécume se jeta sur eux, les yeux étincelants de rage et le poing dressé.

Aussitôt, la lueur s'éteignit et les créatures s'enfuirent en poussant des cris de panique aigus.

— Suilécume ! s'époumona Covenant. Elles nous ont sauvés !

Il entendit le géant s'immobiliser, haletant.

— Suilécume, répéta-t-il.

Quelques instants s'écoulèrent.

— Mon ami ? lança enfin Suilécume sur un ton hésitant. (Dans les ténèbres, sa voix paraissait étranglée, nouée par trop d'émotions contenues.) Tu vas bien ?

— Bien ? (Covenant se sentit tituber au bord d'un gouffre d'hystérie, mais il reprit son équilibre.) Elles ne m'ont pas fait de mal. Je crois vraiment qu'elles nous ont sauvés.

Suilécume acheva de reprendre son souffle et de se ressaisir.

— Oui, grogna-t-il. Tu as raison. Et moi, je leur ai appris à nous craindre. (Il projeta sa voix vers le tunnel.) Pardonnez-moi, je vous en prie. Vous venez de nous rendre un grand service. Je ne maîtrise pas mon tempérament ; je suis trop prompt à me mettre en colère, beaucoup trop. Mais sans le vouloir, vous m'avez causé une immense frayeur. Vous avez emmené mon ami et vous m'avez laissé. J'ai cru qu'il était mort. Le désespoir s'est abattu sur moi. Bannor, de la sangarde, nous avait pourtant dit de chercher de l'aide sur notre chemin. Et dans ma stupidité, je ne m'attendais pas à en trouver si près de l'antre de Pulverâme. Quand vous êtes revenues me chercher, une rage aveugle s'était déjà emparée de moi. J'implore votre pardon.

Seul le silence lui répondit.

— Ah, entendez-moi ! supplia Suilécume. Vous nous avez tirés des mains du Rogue. Ne nous abandonnez pas maintenant.

Le silence se prolongea encore quelques instants, puis une voix lança :

— Le désespoir est l'œuvre de l'Artisan. Nous ne voulions pas vous pousser vers lui.

— Ne leur faites pas confiance ! s'exclama une autre voix. Ils sont durs !

Mais le glissement humide revint vers Covenant et Suilécume, et plusieurs formes s'illuminèrent en avançant. Prudentes, elles s'arrêtèrent hors de portée du géant.

— Nous aussi, nous devrions réclamer votre pardon, dit leur chef le plus fermement possible.

— Point n'est besoin, lui assura Suilécume. Je suis peut-être lent à reconnaître mes amis, mais dès lors que je les ai identifiés, ils n'ont plus rien à craindre de moi. Je suis Salin Suilécume, le… (Il déglutit comme si les mots menaçaient de l'étrangler.) Le dernier des géants d'Ondemère. Mon ami est Thomas Covenant, seigneur suprême et porteur d'or blanc.

— Nous le savons, acquiesça le meneur. Nous sommes les *jheherrin*, les *aussat jheherrin Befylam*. L'Artisan ne possède aucun secret que nous n'ayons entendu. Il a parlé de vous. Il a comploté contre vous. Les *jheherrin* ont débattu et décidé de vous aider.

— Si l'Artisan le découvre, ajouta une voix tremblante, nous sommes perdus.

— C'est exact. Jusqu'à présent, il nous a tolérés parce que nous étions inoffensifs. Nous craignons pour notre vie. Mais vous êtes ses ennemis et selon la légende…

Le chef s'interrompit brusquement et pivota pour consulter les autres *jheherrin*. Fasciné, Covenant les observa tandis qu'ils chuchotaient sur un ton pressant. Vus de loin, ils se ressemblaient tous, mais, à y regarder de plus près, ils présentaient de nombreuses différences : des variations de taille, de forme, de couleur ou de posture. En revanche, ils partageaient la même mollesse étrange. À chacun de leurs mouvements, la matière qui les composait ondulait et formait des bosses, comme si seule une tension de surface assurait leur intégrité – comme s'il aurait suffi d'un simple choc pour les réduire à l'état de matière inerte.

Au terme d'une brève conversation, le chef reporta son attention sur Covenant. Frémissant d'appréhension, il demanda :

— Pourquoi êtes-vous venus ici ? Qu'est-ce qui vous donne l'audace de... Quel est votre dessein ?

Suilécume se composa une mine sérieuse, presque sinistre, afin que les *jheherrin* le croient.

— Notre dessein est d'éliminer Turpide le Rogue.

Cette réponse abrupte arracha une grimace à Covenant, mais nulle rectification : il ne voyait pas de manière plus adéquate de présenter les choses.

Les *jheherrin* conférèrent de nouveau, puis annoncèrent sur un ton anxieux :

— C'est impossible. Venez.

Même si la voix du meneur était trop faible pour véhiculer une réelle autorité, sa brusquerie donna à ces mots l'accent d'un ordre. Covenant se sentit obligé de protester, pas parce qu'il voyait la moindre objection à suivre les *jheherrin*, mais parce qu'il voulait savoir ce qu'ils entendaient par « impossible ». Toutefois, ces derniers le prirent de vitesse. Avant qu'il puisse formuler une question, la moitié des lumières s'était déjà retirée et l'autre moitié prenait le même chemin.

Suilécume haussa les épaules et fit signe à Covenant de passer devant lui. L'Incrédule acquiesça. Avec un grognement de lassitude, il s'engagea dans le tunnel à la suite des *jheherrin*.

Ceux-ci se déplaçaient avec une rapidité surprenante. Oscillant et dégoulinant, ils se déversaient plus qu'ils ne couraient dans le passage. Covenant avait le plus grand mal à soutenir leur allure. Pour ne pas se cogner, il devait garder la tête rentrée dans les épaules et le dos à moitié courbé. L'air croupi viciait ses poumons et ses pieds glissaient sans cesse. À quatre pattes, Suilécume progressait encore plus lentement. Mais certains *jheherrin* étaient restés en arrière pour les guider aux intersections. Bientôt, le tunnel s'élargit ; les passages latéraux se firent plus nombreux et le plafond remonta. Covenant put marcher normalement et Suilécume se redressa, ce qui leur permit de presser le pas.

Un très long moment s'écoula ainsi. Dans la myriade de couloirs qui s'entrecroisaient et, parfois, se superposaient tels les rayons d'une ruche, l'Incrédule aperçut d'autres créatures qui filaient toutes dans la même direction. Pataugeant dans une sorte de poix, enveloppé par la lumière des *jheherrin* qui se reflétait sur les veines de charbon, il se traîna sur des lieues. Il avançait le plus vite possible, mais, peu adapté aux exigences de cet environnement souterrain, il ne tarda pas à fatiguer. Cela faisait deux jours qu'il n'avait rien mangé et dix qu'il n'avait pas pris une bonne nuit de repos. Sous une croûte de boue séchée, son front palpitait de fièvre. Et l'absence de sensations dans ses extrémités, qui ne devait rien au froid, gagnait peu à peu du terrain.

Pourtant, il continua à avancer. Il n'avait pas peur de se causer des dommages irréversibles ; l'emprise de la fatigue annulait celle de ses craintes de lépreux. Pieds meurtris, front blessé, estomac vide : les conditions du retour de Covenant au monde réel étaient réunies. Ce n'était pas la peur de la maladie qui le poussait en avant ; il avait d'autres motivations.

Puis le terrain s'améliora. La pierre remplaça la boue sous les pieds de Covenant ; l'air se fit plus pur, plus respirable, et la température remonta sensiblement. Ces facteurs aidèrent l'Incrédule à tenir bon.

Chaque fois qu'il défaillait, l'inquiétude et les encouragements de Suilécume remédiaient à sa faiblesse. Lieue après lieue, il continua à marcher, comme s'il essayait d'effacer l'engourdissement de ses pieds sur la roche nue.

Sans s'en rendre compte, il glissa dans une vague somnolence. Il n'avait plus conscience de ce qui l'entourait, ni de ses guides ou de sa propre exténuation. Il ne sentait pas la main que Suilécume lui posait de temps en temps sur l'épaule pour le diriger. Quand il se retrouva planté dans une grande caverne baignée par la lumière de roche et pleine de formes d'argile, il promena un regard hébété à la ronde, comme s'il n'avait aucune idée de la façon dont il était arrivé là.

La plupart des *jheherrin* restèrent à une distance prudente des nouveaux venus, mais quelques-uns s'avancèrent, des bols pleins d'eau ou de nourriture dans les mains. Ils transpiraient la peur et ne s'approchèrent pas plus que nécessaire pour tendre leurs offrandes à leurs protégés. Covenant fit mine de prendre un bol ; Suilécume l'en empêcha.

— Ah, *jheherrin*, dit-il sur un ton formel. Votre hospitalité nous honore. Si nous le pouvions, nous vous rendrions l'honneur que vous nous faites en l'acceptant. Mais nous ne sommes pas comme vous. Nous ne… fonctionnons pas de la même façon. Vos présents nous feraient plus de mal que de bien.

Ce petit discours arracha Covenant à l'hébétude. Baissant les yeux vers les bols, il constata que Suilécume avait raison : la nourriture offerte par les *jheherrin* avait l'aspect de la marne liquéfiée et empestait la pourriture stagnante, comme si de la chair morte y croupissait depuis des siècles.

L'eau, en revanche, était fraîche et limpide. Suilécume l'accepta avec une courbette de remerciement, but à longues gorgées et la fit passer à Covenant.

Pour la première fois, le lépreux réalisa que son ami avait perdu sa besace dans la forêt d'épineux.

La sensation du liquide glacé se précipitant dans ses intestins vides dissipa les derniers lambeaux de sa somnolence. Il engloutit le contenu du bol, savourant la pureté de l'eau comme s'il ne devait plus jamais en boire de potable. Quand il rendit le récipient aux *jheherrin*, tremblants, il fit de son mieux pour imiter la révérence de Suilécume.

Puis il tenta d'évaluer la situation. La caverne abritait déjà plusieurs centaines de créatures et d'autres continuaient à affluer. Toutes semblaient constituées de boue animée. Elles avaient une apparence grotesque – celle des monstres dont se moquent les autres monstres – et ne possédaient aucun organe sensoriel apparent. À bien les examiner, Covenant réalisa qu'elles se répartissaient en plusieurs catégories : d'un côté, les trapues, qui se tenaient debout ; de l'autre, différents types de quadrupèdes, qui rappelaient vaguement des chevaux, des loups ou des lémures.

— Suilécume ? murmura-t-il tandis qu'une intuition douloureuse lui tordait les entrailles. Que sont exactement ces créatures ?

— Les noms qu'elles se donnent appartiennent à la langue des vénérables, répondit le géant avec prudence, comme s'il abordait un sujet dangereux. Celles qui nous ont sauvés sont les *aussat Befylam* des *jheherrin*. (Il tendit un doigt vers un groupe de formes rampantes qui évoquaient des serpents.) Ça, ce sont les *fael Befylam*. (Puis il désigna les ébauches de lémures.) Et ça, les *roge Befylam.* Je les ai entendues discuter entre elles pendant que nous marchions.

La nausée de Covenant s'intensifia.

— Que sont-elles exactement ? répéta-t-il.

Les mâchoires de Suilécume se crispèrent et ce fut d'une voix légèrement tremblante qu'il murmura :

— Demande-le-leur. Qu'elles te l'expliquent elles-mêmes, si elles le désirent.

Et il promena un regard vague à la ronde, comme pour ne pas être obligé de soutenir celui de Covenant.

— Nous allons parler, annonça une voix froide et sifflante.

Un des *fael jheherrin Befylam* s'avança en rampant. La matière dont il était fait tremblotait comme de la gelée et, quand il s'immobilisa, Covenant vit qu'il haletait tel un poisson sorti de l'eau. Détermination et peur se combattaient en lui à chaque ondulation de sa silhouette. Curieusement, il n'inspira nul dégoût à l'Incrédule, juste de la pitié.

— Nous allons parler, répéta-t-il. Vous êtes durs ; vous nous menacez tous.

— Vous allez nous détruire ! gémirent des dizaines de voix en chœur.

— Mais nous avons choisi de vous aider.

— Ce n'était pas un choix unanime.

— Notre décision a été arrêtée. Vous êtes… selon la légende… (Perplexe, le *fael Befylam* s'interrompit.) Nous acceptons ce risque. (Sa voix se fit geignarde.) Et nous vous implorons de ne pas vous retourner contre nous.

— Jamais nous ne ferons volontairement de mal aux *jheherrin*, affirma Suilécume sur un ton ferme.

Cette déclaration fut accueillie par un silence stupéfait et vaguement sceptique. Puis quelques voix résignées lancèrent :

— Alors, parle. Nous avons choisi.

Le *fael Befylam* se tortilla comme s'il cherchait une position confortable.

— Nous allons parler. Nous avons choisi. Porteur d'or blanc, tu demandes ce que nous sommes. Nous sommes les *jheherrin*, les mous, l'œuvre de l'Artisan.

La lumière de roche scintillait douloureusement au rythme de ses paroles.

— Dans les tréfonds de son antre, l'Artisan fabrique des armées. Il applique son pouvoir à de la chair vivante – dans le sens où vous l'entendez – afin de la modeler et de lui faire servir ses desseins. Mais le résultat n'est pas toujours à la hauteur de ses attentes. Parfois, ses rejetons sont aveugles ou infirmes et il les jette dans un vaste lac de boue enflammée pour qu'ils s'y consument.

Une vibration horrifiée parcourut la caverne : le souvenir.

— Mais cet abîme recèle une puissance différente. Au lieu de nous tuer, elle nous change en *jheherrin*. Transformés, nous émergeons de ses profondeurs en rampant.

— En rampant, clamèrent les voix tel un écho.

— Dans ces souterrains obscurs, dont même l'Artisan a oublié l'existence, nous nous tapissons jusqu'à la fin de notre vie.

— De notre vie.

— Depuis la boue de la forêt d'épineux jusqu'aux murs de l'Atelier, nous errons en tremblant de peur. Nous cherchons…

— Cherchons.
— Nous écoutons…
— Écoutons.
— Nous attendons.
— Attendons.
— La surface de la Terre nous est interdite. Nous tomberions en poussière si la lumière du soleil venait à nous toucher. Et nous sommes incapables de creuser, de fabriquer d'autres tunnels pour nous éloigner d'ici. Nous sommes mous.
— Perdus.
— Et nous n'osons pas offenser l'Artisan. Il nous tolère parce que notre abjection le fait sourire.
— Perdus.
— Pourtant, nous conservons la forme de ce que nous étions autrefois. Nous ne sommes… (La voix frémit comme si elle craignait d'être foudroyée pour son audace.)… Nous ne sommes pas des serviteurs de l'Artisan.

Des centaines de *jheherrin* hoquetèrent de peur.

— Nombre de nos tunnels bordent les passages qu'utilise l'Artisan. Nous fouillons les murs et nous écoutons. Nous entendons… tout. L'Artisan n'a pas de secrets pour nous. Nous savons qu'il vous considère comme son ennemi ; nous connaissons le sort qu'il vous réserve. Au nom de la légende, nous avons débattu et pris notre décision. Nous avons choisi de vous apporter toute l'aide que nous pourrions vous offrir sans nous faire remarquer de l'Artisan.

Les *jheherrin* firent le silence et observèrent Covenant tandis qu'il digérait ces informations. Une partie de lui avait envie de pleurer, de se jeter au cou de ces monstres et de sangloter à s'en fendre l'âme. Mais son dessein était toujours aussi inflexible. S'il tentait de l'assouplir pour témoigner de la compassion aux *jheherrin*, sa détermination se briserait – du moins, c'est ce qu'il lui semblait.

« Éliminer Turpide le Rogue, songea-t-il. Oui ! »

— Mais vous… L'un des vôtres a dit que c'était impossible, lança-t-il d'une voix dure.

— Impossible, répéta le *fael Befylam*. Les voies qu'utilise l'Artisan pour passer sous Kurash Qwellinir sont gardées. Kurash Qwellinir est un dédale en soi. L'Atelier est protégé par les feux de Gorak Krembal, et ses couloirs grouillent de serviteurs et de magie. Nous avons entendu. L'Artisan n'a pas de secrets pour nous.

— Pourtant, vous nous avez aidés, intervint Suilécume, pensif. Vous avez encouru la colère de l'Artisan. Vous deviez avoir une bonne raison.

— C'est exact, acquiesça le *fael Befylam* comme s'il redoutait ce qui allait suivre.

— Donc, vous pouvez nous apporter un autre type d'aide.

— Oui… Oui. De Gorak Krembal, nous ne parlerons pas ; il n'y a rien à en dire. En revanche, nous connaissons Kurash Qwellinir. Et… et aussi l'Atelier. Mais…

La créature se tut.

— Mais ce n'est pas pour cette raison que vous nous avez sauvés tout à l'heure, acheva calmement Suilécume. Je ne suis ni sourd ni aveugle, *jheherrin*. Un autre motif vous pousse à vous exposer ainsi.

— Certes.

Le *fael Befylam* hésita, déglutit, puis rebroussa chemin pour s'entretenir avec les créatures massées derrière lui. Il s'ensuivit une conversation à voix basse très animée, durant laquelle Covenant tenta d'étouffer son pressentiment d'une crise imminente. Pour une raison obscure, il espérait que les *jheherrin* refuseraient de parler de leur légende. Mais lorsque le *fael Befylam* s'avança à nouveau, Suilécume ordonna :

— Raconte-nous.

L'écho d'un silence angoissé se répercuta dans la caverne.

— Nous allons le faire, gargouilla le porte-parole des créatures.

Un chœur de glapissements aigus transperça l'air. Plusieurs dizaines de *jheherrin*, paniqués, s'enfuirent à toutes jambes.

— Nous devons le faire, insista le *fael Befylam*. Il n'y a pas d'autre moyen.

Il approcha de quelques pieds et s'affaissa mollement, haletant comme s'il suffoquait. Mais au bout d'un moment, il se mit à chanter dans une langue que Covenant ne connaissait pas, et avec tant de trémolos qu'il ne put discerner aucune mélodie. Pourtant, à la façon dont les autres *jheherrin* écoutaient, il semblait évident que la chanson les tenait sous son emprise. Sans en comprendre un seul mot, Covenant se sentit ému.

C'était un air très court, comme réduit à sa plus simple expression par des siècles d'usure. Quand il l'eut terminé, le *fael Befylam* dit faiblement :

— La légende… Le seul espoir des *jheherrin* ; l'unique élément de notre existence qui ne soit pas l'œuvre de l'Artisan. Elle raconte que nos lointains ancêtres, les nés spontanément, étaient eux aussi des artisans. Mais, contrairement à nous, ils n'étaient pas stériles, pas obligés d'usurper la chair d'autrui pour se reproduire. De leur corps naissaient des jeunes, qui grandissaient et se reproduisaient à leur tour. Ainsi la vie du monde était-elle constamment renouvelée, ferme et vigoureuse. Nous ne pouvons même pas imaginer cela…

« Hélas ! Nos aïeux étaient imparfaits : certains faibles, d'autres aveugles ou irréfléchis. Parmi eux, l'Artisan vit le jour, stérile et amer, et ils ne réalisèrent pas ce qu'ils venaient de créer. Aussi ne le craignirent-ils pas. Aussi tombèrent-ils en son pouvoir. L'Artisan les captura et les emmena dans les inviolables profondeurs de son antre, où il se servit d'eux pour commencer la fabrication de son armée.

« Nous sommes les derniers vestiges de ces nés spontanément. Leur ultime souffle de vie perdure en nous. En châtiment de leurs imperfections, nous sommes condamnés à ramper dans ces tunnels, éternellement misérables et vigilants. La boue est notre soleil et notre sang, notre chair et notre foyer. La peur est notre héritage, car nous vivons dans l'ombre de l'Artisan, qui pourrait nous anéantir d'un simple mot. Mais, au nom de notre seul espoir, nous veillons. Car on raconte que certains nés spontanément échappent encore à l'emprise de l'Artisan, qu'ils continuent à faire naître des jeunes de leur corps. On raconte que le moment venu ils donneront le jour à un être parfait, imperméable aux manigances de l'Artisan et à la peur qu'il sème autour de lui. On raconte que cet être détiendra de puissants artefacts et qu'il pénétrera dans l'antre du Rogue. On raconte qu'il sauvera les *jheherrin* s'il les en trouve dignes et obtiendra leur libération de l'Artisan à condition que… à condition que…

Le *fael Befylam* ne parvint pas à continuer. Sa voix s'abîma dans le silence, laissant un vide douloureux au sein de la caverne.

Mais Covenant ne pouvait plier sans se briser. Il sentait l'attention des *jheherrin* focalisée sur lui. Il entendait leurs supplications muettes : « Es-tu cet être parfait que nous attendions ? Si nous t'aidons, nous libéreras-tu ? » Et il ne pouvait leur donner la réponse qu'ils attendaient. Ces morts vivants méritaient la vérité, pas un faux espoir.

Covenant sacrifia donc l'aide que les *jheherrin* auraient pu lui apporter. D'un ton dur et coléreux, il lança :

— Regardez-moi ! Vous connaissez déjà la réponse. Sous cette boue, je suis malade, impur. Et pas seulement de corps : j'ai fait des choses qui… Je suis corrompu.

Une dernière pulsation de silence accueillit cette déclaration – une seconde immobile avant que l'espoir des *jheherrin* vole en éclats. Alors, un gémissement de désespoir aigu monta de la multitude. Les lumières s'éteignirent en même temps. Hurlant dans les ténèbres telles des goules, les créatures s'éparpillèrent.

Suilécume attrapa Covenant par le col, prêt à le soulever pour le protéger contre une attaque. Mais les *jheherrin* se contentaient de fuir. Leur départ précipité résonna à travers la caverne comme un vent de désolation. Très vite, le bruit mourut et le silence revint pour s'écraser mollement aux pieds des compagnons, suaire vide retombant dans une tombe violée.

De gros hoquets pareils à des sanglots secs agitaient la poitrine de Covenant, mais il se força à communier avec le silence. Il ne pouvait pas plier ; pour qu'il ne se brise pas, sa détermination devait demeurer intacte, inchangée.

— Turpide ! éructa-t-il. Turpide, tu es vraiment trop cruel !

Il sentit Suilécume lui poser une main sur l'épaule pour le consoler. Il voulut réagir, exprimer d'une façon ou d'une autre la fermeté de son dessein. Mais avant qu'il puisse parler, le silence parut se liquéfier et se concentrer en des pleurs.

Covenant tendit l'oreille. Le bruit s'intensifia. Il s'élevait dans l'obscurité tel un chagrin irrémédiable qui faisait palpiter l'air. L'Incrédule brûlait de consoler la créature qui en était l'auteur. Mais quand il fit un pas vers elle, elle lui lança comme une accusation larmoyante :

— Le désespoir est l'œuvre de l'Artisan.

— Pardonne-moi, grogna Covenant. Je ne pouvais pas vous mentir. (Il chercha la bonne réponse et, se fiant à son intuition, enchaîna :) Mais la légende n'a pas changé. Je ne l'ai pas détruite. Je ne nie pas votre valeur. Vous êtes dignes qu'on vous libère. Simplement, je… je ne suis pas l'être parfait que vous attendiez. Il n'est pas encore venu. Votre espoir ne réside pas en moi.

La créature continua à sangloter sans répondre, comme si les vannes de son cœur s'étaient ouvertes et ne se refermeraient plus jamais. Mais au bout d'un moment, elle produisit un éclat rougeâtre diffus et Covenant vit que c'était le *fael Befylam* qui avait servi de porte-parole à son peuple.

— Venez, vagit-il. Venez.

Tremblant de détresse, il pivota et rampa hors de la caverne.

Covenant et Suilécume le suivirent sans hésitation. Sa peine écrasante leur faisait accepter d'avance tout ce qu'il pouvait bien leur réserver.

Le *fael Befylam* les entraîna dans le dédale souterrain, loin des tunnels qu'ils avaient déjà longés et en direction de la surface. Bientôt, les murs de pierre redevinrent froids et l'air se chargea d'une légère odeur de soufre. Peu après – Covenant estima qu'ils avaient parcouru une demi-lieue depuis la caverne –, leur guide fit halte. Les compagnons restèrent à une distance respectueuse de lui pendant qu'il s'efforçait de se calmer. Dans la lumière de roche écarlate, sa lutte intérieure était pénible à contempler, mais Suilécume et Covenant réprimèrent leurs propres émotions et attendirent. Le lépreux était prêt à accorder au *fael Befylam* tout le temps dont il aurait besoin. La patience semblait être la seule chose qu'il avait à offrir aux *jheherrin*.

— Ce tunnel, articula enfin le *fael Befylam* d'une voix enrouée. Il conduit à Kurash Qwellinir. À chaque intersection, choisissez toujours… la voie du feu. Vous devrez franchir un des passages utilisés par le Rogue. Il sera gardé. Au-delà, tournez le dos au feu à chaque croisement et vous arriverez à Gorak Krembal. Vous ne pouvez pas franchir la douve, et devez absolument le faire. De l'autre côté se dresse l'Atelier, l'antre de l'Artisan. Son entrée est protégée, mais pas fermée. Elle abrite des myriades de… Par chance pour vous, il existe un moyen, des accès secrets que seul l'Artisan utilise. Pour trouver la porte invisible, appuyez une fois au centre du linteau. De nombreuses voies et cachettes se révéleront alors à vous.

Le *fael Befylam* se détourna et repartit en rampant dans la direction d'où il était arrivé. Sa lumière vacilla et s'éteignit, laissant Covenant et Suilécume seuls dans l'obscurité.

— Tâchez de croire à votre pureté, gémit la créature au loin.

Puis le son de son chagrin s'évanouit.

Au terme d'un long silence, Suilécume toucha l'épaule de Covenant.

— L'as-tu bien écouté, mon ami ? Il vient de nous fournir une aide précieuse. Te souviens-tu de tout ce qu'il a dit ?

Covenant entendit quelque chose d'étrange dans la voix du géant, mais il était trop préoccupé par son propre dessein pour s'interroger sur la signification de ce ton.

— Du moment que toi, tu t'en souviens… lâcha-t-il avec raideur. Je compte sur toi. Conduis-moi là-bas et je me chargerai du reste.

— Mon ami… Incrédule, commença le géant. (Puis il s'interrompit et parut se raviser.) Dans ce cas, viens. Nous allons faire notre possible.

Ils s'engagèrent dans le tunnel. Celui-ci décrivait deux virages serrés avant de commencer à monter selon une pente abrupte. Covenant fut forcé de se mettre à quatre pattes pour escalader la pierre froide. Il sentait Suilécume respirer lourdement derrière lui et le pousser chaque fois qu'il avait du mal à avancer. Bientôt, les parois se resserrèrent.

Quand l'Incrédule se retrouva dans un cul-de-sac, il tâtonna autour de lui et ne trouva aucune ouverture, mais, en levant la tête, il aperçut un rectangle de lumière rougeâtre au-dessus de lui.

Suilécume et lui durent se plaquer l'un contre l'autre pour tenir debout côte à côte. Le rectangle lumineux était hors de portée de l'Incrédule, mais pas du géant. Celui-ci le souleva prudemment et n'eut plus qu'à se faufiler à l'intérieur d'une fente verticale qui courait à travers la pierre.

Il s'avança à quatre pattes et, un peu plus loin, déboucha sur un court passage dépourvu de plafond. Ses murs de roche noire ignée culminaient à plusieurs dizaines de pieds au-dessus du sol et il semblait ne mener nulle part. Mais comme ses yeux s'ajustaient à la lumière, Covenant distingua des intersections à ses deux extrémités.

La lumière provenait du ciel nocturne. Sur la gauche de l'Incrédule, un éclat rougeâtre ensanglantait la pierre. L'air était âcre et sentait le soufre ; s'il n'avait pas fait aussi froid, Covenant aurait pensé qu'il approchait de Mordouve.

Une fois certain que la voie était libre, il appela Suilécume. Le géant bondit, passa la tête et les épaules par l'ouverture, et se tortilla pour hisser le reste de son corps. Quelques instants plus tard, il avait rejoint Covenant.

— Kurash Qwellinir, chuchota-t-il en promenant un regard à la ronde. Les collines Brisées. Si je n'ai pas perdu mon sens de l'orientation, nous sommes très loin du chemin que Bannor nous a indiqué. Sans l'aide des *jheherrin*, nous aurions eu beaucoup de mal à arriver jusqu'ici. Viens. Et reste près de moi ; si nous sommes découverts, mieux vaut que je sache où tu es.

D'un pas léger, presque impatient, il se dirigea vers la lueur. Covenant lui emboîta le pas en clopinant.

Parvenus au bout du couloir, ils se plaquèrent prudemment contre un mur. Covenant retint son souffle pendant que Suilécume passait la tête à l'angle. L'instant d'après, le géant lui fit signe de le rejoindre.

Le deuxième boyau était plus long que le premier, et les suivants se révélèrent tordus et difficiles à négocier ; ils changeaient brutalement de direction, sinuant à travers la roche tels des serpents torturés. Covenant perdit bientôt toute notion de distance parcourue.

Sans les instructions du *fael Befylam*, il aurait tenté de progresser en ligne droite, de corriger les changements de cap involontaires. Une fois de plus, il réalisait combien sa survie dépendait des autres – et ce, depuis le début de ses aventures dans le Fief. Atiaran, Elena, Léna, Bannor, Triock, Mhoram, les *jheherrin*… Sans eux, il ne serait arrivé nulle part, n'aurait rien accompli. Il les avait insultés et brutalisés ; en retour, ces gens l'avaient maintenu en vie et lui avaient donné un but. Et voilà qu'il était totalement dépendant de Salin Suilécume. Ce n'était pas une bonne chose, pour un lépreux.

Covenant se traînait, ralenti par son fardeau d'augures douloureux. Sa blessure au front l'accablait tant qu'il ne pouvait plus redresser la tête ; l'air sulfureux semblait saper ses forces. Petit à petit, il se laissa gagner par l'engourdissement et la confusion.

Pourtant, il remarqua que la lumière s'intensifiait brusquement devant lui. La clarté fut très brève, comme si quelqu'un avait ouvert et refermé une porte, mais elle l'arracha à l'abrutissement. Il pressa le pas pour rattraper Suilécume.

Des voix gutturales résonnaient de l'autre côté du virage. À l'idée que des serviteurs du Rogue puissent être à sa recherche, Covenant frémit. Il s'exhorta au calme. Les voix n'étaient ni pressantes ni discrètes. Leurs propriétaires ne poursuivaient personne.

Suilécume passa la tête à l'angle du mur et le lépreux s'accroupit contre ses jambes pour regarder aussi.

Plus loin, le passage débouchait sur une vaste zone faiblement éclairée par deux petites pierres lumineuses : une près de chaque entrée. Contre le mur du fond se découpait un groupe de créatures semi-humaines. Covenant en compta dix, qui tenaient chacune un épieu à la main.

Debout dans une posture lasse ou juste détendue, elles échangèrent quelques phrases. Puis cinq d'entre elles pivotèrent vers la paroi. Un pan de celle-ci s'ouvrit, vomissant un flot de lumière rouge. De l'autre côté, Covenant aperçut un long tunnel. Les cinq créatures franchirent le seuil et refermèrent le battant derrière elles. Il était si bien ajusté qu'il ne laissait rien filtrer.

— La relève de la garde, souffla Suilécume. Nous avons de la chance que la lueur nous ait prévenus.

Dans la pénombre, les cinq créatures restantes étaient presque invisibles – et d'autant plus difficiles à repérer qu'elles ne pipaient mot.

Covenant et Suilécume reculèrent de quelques pas. L'Incrédule se sentait partagé : il ne voyait pas comment franchir le barrage des gardes, mais était si épuisé qu'il redoutait de devoir chercher un autre passage dans ce dédale. Suilécume, en revanche, ne manifesta aucune hésitation. Approchant sa bouche de l'oreille de Covenant, il chuchota :

— Reste caché. Quand je t'appellerai, fonce du côté opposé à Mordouve et attends-moi à la sortie du premier tournant.

Le sang de Covenant lui martela douloureusement les tempes.

— Que comptes-tu faire ?

Suilécume grimaça. Mais aucune gaieté ne se lisait sur son visage maculé de boue et une lueur avide brillait dans ses yeux.

— Je vais porter un ou deux coups aux créatures de l'Artisan.

Sans laisser à Covenant le temps de protester, il regagna l'angle du tunnel. Ses mains puissantes palpèrent le mur jusqu'à ce qu'elles aient trouvé un morceau de roche en saillie. Ses muscles se contractèrent ; le bloc se détacha de la paroi. Suilécume jeta un bref coup d'œil aux gardiens, arma son bras et lança le projectile improvisé.

Celui-ci atterrit bruyamment dans un coin sombre. Une des sentinelles aboya un ordre. Brandissant leur pieu, ses camarades et lui s'avancèrent dans la direction du bruit. Suilécume leur accorda quelques instants pour bouger, puis il leur fonça dessus.

Covenant prit la place que le géant venait d'abandonner. Il le vit charger leurs ennemis, qui regardaient de l'autre côté. En une demi-douzaine de longues enjambées silencieuses, Suilécume les rejoignit et ils eurent tout juste le temps de l'apercevoir avant qu'il s'abatte sur eux comme une avalanche.

Ils étaient robustes, taillés pour le combat, mais Suilécume les surpassait et l'effet de surprise jouait en sa faveur. En trois coups de poing rapides, il élimina trois gardes avant de bondir sur un quatrième. Celui-ci recula précipitamment et tenta de le repousser. Le géant lui arracha son arme des mains et la lui abattit sur la tête. Son crâne se fendit sous l'impact.

Mais la manœuvre avait coûté un instant de trop à Suilécume. La dernière créature en profita pour se ruer vers la porte dissimulée, qui s'ouvrit dans un flamboiement rouge et l'engloutit.

Suilécume fit volte-face. L'épieu paraissait à peine plus gros qu'une flèche dans son énorme main, mais il l'équilibra au-dessus de son épaule et le projeta vers le fuyard comme un javelot.

Un cri de douleur étranglé s'échappa du tunnel.

— Maintenant ! aboya Suilécume en pivotant vers Covenant. Cours !

Le lépreux s'arracha à son immobilité. Mais il ne pouvait pas forcer ses membres à se mouvoir vite. Suilécume l'hypnotisait. Il se tenait dans la lumière de roche, les mains couvertes de sang, les traits déformés par un rictus sauvage et les yeux étincelant d'une extase écarlate.

— Suilécume ? chuchota Covenant comme si le nom de son ami lui blessait la gorge.

— Vas-y ! aboya le géant.

Puis il reporta son attention sur le passage et, d'un geste ample, referma la porte de pierre.

Planté dans la pénombre revenue, Covenant cligna des yeux et le regarda ramasser les trois épieux restants, les casser en deux et enfoncer les morceaux dans les rainures de la porte afin de bloquer son ouverture.

Quand le géant eut terminé, il s'écarta du mur et aperçut son ami. Il lui sauta dessus et le saisit par le bras.

— Imbécile ! Je t'avais dit d'y aller, gronda-t-il en le faisant pivoter brutalement vers le tunnel de gauche. Te moquerais-tu de moi ?

Sa main rougie glissa sur le bras de Covenant et projeta involontairement celui-ci contre la roche. Le souffle coupé, l'Incrédule s'affaissa.

— Suilécume, haleta-t-il. Que t'est-il arrivé ?

Le géant le rejoignit, le prit par les épaules et le secoua violemment.

— Ne te moque pas de moi. Je fais tout ça pour toi !

— Non, contra Covenant. Tu le fais pour toi.

Avec une grimace, Suilécume souleva le lépreux.

— Si tu crois qu'il existe un autre moyen pour nous de survivre, tu es un idiot.

Portant Covenant sous le bras comme un enfant trop têtu, il s'enfonça dans le labyrinthe en direction de Mordouve.

Il se détournait du flamboiement à chaque intersection. Covenant se débattait dans son étreinte et exigeait qu'il le pose, mais Suilécume fit la sourde oreille tant qu'il n'eut pas mis plusieurs virages derrière eux. Alors seulement, il s'arrêta et reposa l'Incrédule sur ses pieds.

Covenant vacilla et reprit son équilibre. Il voulait s'emporter, hurler et réclamer des explications, mais aucun mot ne se décidait à franchir ses lèvres. Car, malgré lui, il comprenait Salin Suilécume. Le dernier des apatrides avait porté des coups qui ne pourraient être effacés. Une partie du lépreux approuvait le geste de son ami ; pourtant, son cœur protestait. Il avait besoin d'une autre réponse à son propre dilemme.

Un moment s'écoula avant qu'il entende le son qui avait capté l'attention de Suilécume : des détonations lointaines mais répétitives, pareilles aux impacts d'un bélier de siège sur une fortification. Il devina aussitôt de quoi il s'agissait. Les créatures du Rogue tentaient de sortir du tunnel dans lequel le géant les avait enfermées.

Un instant plus tard, il y eut un craquement sec suivi par des cris de colère. Suilécume posa une main sur l'épaule de Covenant.

— Viens.

L'Incrédule dut trottiner pour suivre l'allure du géant. Ensemble, ils foncèrent dans les souterrains.

Ils avaient renoncé à la discrétion et à la prudence ; ils n'essayaient même plus de se garder contre des pièges éventuels. À chaque croisement, ils tournaient le dos au flamboiement rouge et, à chaque virage, se rapprochaient du feu, plongeaient plus profondément dans l'atmosphère suffocante de Gorak Krembal.

Covenant sentait la chaleur, sèche et étouffante comme celle du désert, monter autour de lui. De la sueur se mit à dégouliner le long de son dos. Le sol inégal le faisait trébucher, mais il continuait à courir. À intervalles irréguliers, il entendait les cris de leurs poursuivants résonner à travers Kurash Qwellinir.

Chaque fois qu'il tombait, Suilécume le ramassait et le portait sur une courte distance. Les chutes du lépreux étaient de plus en plus fréquentes ; la fatigue et l'inanition l'affectaient comme un vertige. Bientôt, il eut l'impression d'être couvert d'ecchymoses de la tête aux pieds.

Le changement fut si brutal qu'il faillit renverser Covenant. Celui-ci titubait dans un dédale de couloirs aveugles et, la seconde d'après, il débouchait sur la rive de Mordouve. La lumière et la température de la lave lui giflèrent le corps. Il pila. Les collines s'achevaient brusquement ; il se tenait sur une plage de cendres, tout près d'une rivière de roche fondue et rougeoyante.

Sous le dôme de la voûte céleste, Mordouve étirait sa courbe à perte de vue des deux côtés de lui. Elle crachait des fumerolles et dessinait des tourbillons comme si elle bouillait sur place au lieu de s'écouler. Pourtant, elle ne faisait aucun bruit ; son silence anéantissait l'Incrédule. Il avait l'impression que sa chair se consumait sur ses os et que l'acidité du soufre lui ratatinait les poumons, mais la lave s'agitait sous ses yeux, mirage cauchemardesque ou hallucination.

Au début, Mordouve lui parut s'étendre d'un bout à l'autre de l'horizon. Mais après avoir cligné des yeux pour focaliser sa vue à travers les ondulations de chaleur, il réalisa qu'elle mesurait moins de cent cinquante pieds de large. De l'autre côté, il ne distinguait qu'un étroit ruban gris. Par contraste avec la lumière incandescente, la nuit semblait aussi noire et abyssale que la gueule ouverte de l'enfer.

Cette analogie arracha un grognement à Covenant. La Crypte était enfouie au-delà d'une rivière de lave. Toute sa détermination, toute sa douleur n'avaient servi à rien. Mordouve ne pouvait être franchie.

Soudain, l'écho d'un chœur de glapissements s'éleva derrière Covenant. Il fit volte-face, s'attendant à voir une nuée de créatures jaillir du labyrinthe. Le son faiblit tandis que ses poursuivants s'engageaient dans des tunnels à la résonance moins forte, mais il savait que le temps lui était compté.

— Suilécume ! cria-t-il d'une voix brisée. Qu'allons-nous faire ?

— Écoute-moi, lui ordonna son ami sur un ton fiévreux. Nous devons traverser immédiatement, avant que l'on nous voie. Si Pulverâme apprend que tu es passé… il te fera chercher de l'autre côté. Et il te capturera.

— Traverser ? hoqueta Covenant. Mais comment ?

— En revanche, poursuivit Suilécume comme s'il ne l'avait pas entendu, si on ne nous voit pas, jamais il ne devinera que tu as réussi ton coup. Il pensera que tu erres toujours dans le labyrinthe et te cherchera à Kurash Qwellinir plutôt que sur le promontoire de Ridjeck Thome.

— Traverser *ça* ? Ma parole, tu es fou ! Pour qui me prends-tu ?

Covenant n'en croyait pas ses oreilles. Jusqu'alors, il avait pensé que le géant et lui trouveraient un moyen de franchir Mordouve, parce qu'il n'avait pas visualisé le fleuve de lave qui protégeait l'accès de l'antre du Rogue ni imaginé l'immensité de l'obstacle. Il réalisait sa stupidité. Il lui semblait que, s'il faisait deux pas de plus, sa peau allait se calciner.

— Non, je ne suis pas fou, répondit Suilécume sur un ton résigné. Je me prépare depuis que tu m'as révélé ton dessein. Ainsi dissiperai-je peut-être la longue affliction de ma vie avant de mourir. Mon ami, je vais te porter jusqu'à l'autre rive.

Sans attendre de réponse, il souleva Covenant et l'assit sur ses larges épaules.

— Pose-moi ! protesta l'Incrédule. Par les feux de l'enfer, qu'est-ce que tu fabriques ?

Le géant fit face à la matière en fusion.

— Ne respire pas, aboya-t-il. Ma force t'aidera à endurer l'épreuve, mais elle ne protégera pas tes poumons des brûlures.

— Enfer et damnation, Suilécume ! tempêta Covenant. Pose-moi ! Tu ne réussiras qu'à nous tuer tous les deux !

— Je suis le dernier des géants. Je dispose de ma vie comme je l'entends.

Avant que le lépreux puisse ajouter quoi que ce soit, Suilécume s'élança en direction de Mordouve. Arrivé au bord de la plage de cendres, il se propulsa dans les airs d'un bond puissant et, dès que ses pieds touchèrent le magma, se mit à courir vers la berge d'en face.

La chaleur percuta Covenant de plein fouet et le choc faillit lui faire perdre connaissance. Un gémissement étouffé parvint à ses oreilles ; le lépreux mit quelques instants à réaliser que le son montait de sa propre gorge. Le feu l'aveuglait, effaçait de sa vue tout ce qui n'était pas sa flamboyance, lui plantait ses griffes dans le corps comme pour le déchiqueter. Mais il ne le tuait pas, car l'endurance du géant coulait dans les veines de l'Incrédule. Et à sa main mutilée, son anneau palpitait comme s'il absorbait la violence de ses tourments.

Covenant sentait Suilécume couler peu à peu. La lave était plus épaisse que la boue ou les sables mouvants, mais, à chaque enjambée, le géant s'y enfonçait davantage. Le temps qu'il couvre la moitié de la distance, il en avait déjà jusqu'aux cuisses.

L'Incrédule percevait la souffrance qui le traversait et jaillissait de ses épaules. Pourtant, Suilécume ne faiblit pas. Il banda ses muscles, étira ses tendons au-delà des limites de leur endurance dans son effort pour atteindre la berge opposée.

Covenant cessa de gémir pour retenir son souffle, même si la douleur du géant le brûlait davantage que la température de la lave. Il tenta d'activer l'or blanc avec son esprit, de déclencher son pouvoir pour venir à l'aide de Suilécume. Mais il ne sut pas s'il avait réussi ou non. Ses perceptions étaient oblitérées.

Encore deux enjambées, et la lave atteignit la taille du géant. Celui-ci saisit les chevilles de Covenant et le mit debout sur ses épaules. L'Incrédule vacilla sur son perchoir, mais son ami le tenait solidement. Il ne le lâcha pas.

Deux enjambées de plus, et la poitrine de Suilécume disparut. Le géant surmonta sa douleur le temps de hoqueter :

— Souviens-toi de ce qu'a dit le *jheherrin* !

Puis il se mit à hurler. La matière en fusion avait fini par consumer son endurance.

Covenant ne voyait rien, ne savait pas à quelle distance se trouvait la terre ferme. Chancelant au-dessus du fleuve bouillonnant, il retint son souffle et s'interdit de joindre ses cris à ceux du géant. Suilécume continuait à avancer, se propulsant sur ses jambes torturées comme s'il fendait une rivière ordinaire.

Finalement, il s'immobilisa. La lave avait eu raison de son élan. Il ne pouvait pas aller plus loin. Au prix d'un ultime et atroce effort, il se redressa, se cambra… Et, avec tant de force que ses bras parurent s'arracher à ses épaules, il propulsa Covenant vers la berge.

L'Incrédule se sentit filer à travers la flamboyance aveuglante. Il se raidit, anticipant la douleur brutale de l'incinération. Mais il atterrit à cinq pieds du bord de Mordouve. Les cendres se tassèrent sous lui, absorbant une partie de l'impact. Le souffle coupé, il roula sur lui-même et se redressa sur les genoux. Les larmes l'aveuglaient. Il les essuya et cligna furieusement des paupières.

Non loin de là, il aperçut une des mains de Suilécume qui dépassait encore du magma. Les doigts se crispèrent comme pour trouver une prise dans l'air chargé de soufre, puis disparurent.

— Suilécume ! hurla Covenant en silence, car il n'arrivait pas à inspirer assez d'air pour crier fort. Suilécume !

La chaleur l'assaillait sans relâche. Et à travers son martèlement, il perçut des exclamations étouffées : la clameur d'une poursuite qui approchait.

« Avant que l'on nous voie… », se rappela-t-il, hébété. Suilécume avait fait ça pour lui, afin que le Rogue ne sache pas qu'il avait traversé Mordouve. Covenant aspirait à rester prostré jusqu'à ce que la chaleur et le chagrin le dissolvent, pourtant, il se releva.

« Suilécume ! Mon ami ! » songea-t-il.

Il tourna le dos au fleuve de lave comme si c'était la tombe de toutes ses victimes et, d'un pas raide, s'enfonça dans les ténèbres.

Un peu plus loin, il franchit une petite butte et tomba dans le ravin peu profond qui s'étendait au-delà.

Aussitôt, l'exténuation l'envahit et il s'abandonna au sommeil. Il resta longuement allongé dans sa nuit intime, rêvant d'une aube impossible.

19

Ridjeck Thome

COVENANT SE RÉVEILLA AVEC UN GOÛT de soufre dans la bouche et des cendres dans le cœur. Au début, il ne put se rappeler où il était ; il ne parvenait pas à identifier le sol ravagé sur lequel il gisait, ni la brûlure dans sa gorge ni le ciel privé de soleil. Pourquoi était-il si seul ? Comment pouvait-il être si seul et continuer à respirer quand même ? Mais bientôt, il distingua une odeur de transpiration et de maladie sous celle du soufre. « La lèpre, réalisa-t-il. J'ai la lèpre. » Alors, tout lui revint en bloc.

Il s'assit péniblement, s'adossa à une des parois friables et tenta d'évaluer sa situation. Ses pensées en lambeaux pendaient sur la mâture de son esprit, déchiquetées par un ouragan d'inanition et de chagrin. Il n'avait rien avalé depuis trop longtemps. Ses pieds étaient meurtris, couverts d'ecchymoses et d'entailles ;

son front lui faisait mal comme si quelqu'un lui avait planté un clou dans le cerveau. Il hocha la tête. « Oui, c'est exactement ça. » Mais ni sa peau crasseuse ni sa robe maculée de boue n'étaient brûlées.

Il resta assis sans bouger, tentant de comprendre pourquoi il était toujours en vie. Suilécume avait dû le protéger de la chaleur en canalisant une partie de son pouvoir à travers lui, de la même façon que les géants propulsaient leurs bateaux en concentrant une partie de leur pouvoir dans les gouvernails de vermeillan. Le courage de son ami lui fit secouer la tête. Comment pourrait-il continuer sans son aide ?

Pourtant, il ne versa pas de larmes sur Suilécume. Il se sentait vide, desséché. La joie et le chagrin étaient des émotions étrangères aux lépreux. « Oui, étrangères », clama-t-il en son for intérieur. Le drame qui s'était déroulé aux pieds du Colosse l'avait emmené au-delà de lui-même, suscitant des réactions qui ne lui appartenaient pas réellement. Depuis son réveil, il lui semblait être revenu à son engourdissement habituel, avoir recouvré le facteur principal qui définissait son existence. Plus jamais il ne tenterait de se faire passer pour ce qu'il n'était pas.

Cependant, sa mission n'était pas terminée. Il devait continuer et trouver le Rogue, mettre en œuvre, si possible, le dessein qui l'avait conduit jusque-là. Toutes les conditions de son retour dans le monde réel n'étaient pas encore remplies. Pour le meilleur ou pour le pire, il devait achever la quête de l'or blanc entreprise par Turpide. Et il devait le faire comme Bannor et Suilécume l'auraient fait : d'une manière détachée et passionnée, en se battant et en refusant de se battre tout à la fois. Parce qu'il avait découvert une raison supplémentaire d'affronter le Rogue.

Chacune de ses victimes le hantait. Il ne lui restait qu'une bonne réponse accessible : la victoire sur le Mépris. Triompher de Turpide était le seul moyen de donner une signification aux nombreuses vies sacrifiées en son nom tout en préservant son irrémédiable identité : Thomas Covenant, Incrédule et lépreux.

Délibérément, il regarda son alliance ; elle pendouillait à son doigt, terne et inerte. Il poussa un grognement et lutta pour se lever.

Il ne comprenait pas pourquoi il était resté dans le Fief après la mort de Suilécume, et peu lui importait. L'explication résidait sans doute dans la rupture de la loi de la mort. Désormais, le Rogue pouvait faire n'importe quoi. Covenant était prêt à croire que, sous son règne, les anciennes lois de la Terre avaient été abrogées.

Il entreprit d'escalader la paroi opposée du ravin. Il n'avait pas de préparatifs à faire, pas d'affaires à ramasser ni de plan à élaborer, bref, aucune raison de ne pas se mettre en route immédiatement. Plus il traînerait, plus il s'affaiblirait.

En approchant du sommet de la colline, il leva la tête pour regarder autour de lui.

Et découvrit la Crypte.

L'antre de Turpide se dressait une demi-lieue plus loin, de l'autre côté d'une étendue de terre rocailleuse et craquelée – un endroit désolé depuis si longtemps qu'il avait oublié jusqu'au concept de vie. Depuis son perchoir (le dernier endroit surélevé avant l'entrée de la Crypte), Covenant vit qu'il se trouvait à la base de Ridjeck Thome. À plusieurs centaines de pieds sur sa gauche et sa droite, le sol cédait la place à des falaises abruptes qui se rapprochaient l'une de l'autre jusqu'à se rejoindre à la pointe du promontoire. Au loin, l'Incrédule entendait des vagues s'écraser contre la roche et apercevait les eaux gris-vert de la mer du Levant.

Mais il n'accorda que peu d'attention au paysage. La Crypte attirait son regard tel un aimant. De tout ce qu'il avait entendu dire, il avait déduit que le repaire de Turpide était en grande partie souterrain ; il constatait qu'il ne s'était pas trompé. À l'extrémité de l'avancée rocheuse, des tours jumelles aussi élégantes que des minarets culminaient à plusieurs centaines de pieds ; entre elles, l'unique entrée de la forteresse béait à même le sol. Il n'y avait rien d'autre à voir. Depuis les fenêtres des constructions, Turpide ou ses gardes pouvaient surveiller les abords de Mordouve et probablement la totalité des collines Brisées, mais le reste de la Crypte – les laboratoires, les entrepôts, les baraquements, la salle du trône – devait se nicher dans la pierre, et on n'y accédait que par l'entrée grande ouverte ou les tunnels de Kurash Qwellinir.

Covenant scruta les lieux et les fenêtres des tours lui rendirent son regard telles les orbites creuses d'un corps sans âme. Il les fixa un long moment, fasciné et horrifié de se trouver si près de son abominable destination. Mais petit à petit, ces émotions s'estompèrent et il commença à se demander comment il arriverait à s'introduire dans la Crypte sans se faire repérer par les sentinelles. Il refusait de croire que les tours étaient aussi désertes qu'elles en avaient l'air. Le Rogue ne devait négliger aucun angle d'approche potentiel. Et si le lépreux attendait que l'obscurité le dissimule, il risquait de tomber d'une falaise ou de dégringoler dans une faille.

Il réfléchit pendant quelque temps sans trouver de solution à son problème. Finalement, il décida de s'en remettre au hasard. Les probabilités ne lui étaient pas plus défavorables que d'habitude. Et l'étendue qu'il devait traverser était toute crevassée, parsemée de rochers et de tas de cendres qui lui serviraient de couverture.

Rebroussant chemin, il longea le ravin jusqu'à l'endroit où celui-ci s'incurvait vers la falaise, en direction du sud. Là, le bruit de l'océan était beaucoup plus distinct, même si l'odeur du soufre masquait toujours celle de l'iode dans l'atmosphère. Mais Covenant ne prêta attention au ressac que pour esquiver le danger d'une chute. Il remonta en haut de la colline et jeta un coup d'œil de l'autre côté pour étudier le terrain.

À son grand soulagement, il aperçut plusieurs vallées étroites, qui se déployaient telle une toile d'araignée, réseau de cicatrices terrestres dues à l'érosion. S'il parvenait à y descendre sans se faire repérer, il progresserait à l'abri sur une bonne distance.

Il se félicita de la saleté de sa tenue, qui se fondait à merveille avec le gris et le brun du paysage. Après s'être accordé un instant pour rassembler son courage, il s'élança vers le bas de la pente et se laissa tomber dans le ravin le plus proche. Celui-ci n'était pas assez profond pour lui permettre de se déplacer debout, mais, en se traînant à quatre pattes, il put gagner le suivant, où il eut la place de se redresser.

Au fur et à mesure qu'il s'éloignait de Mordouve, l'air devenait froid et humide comme l'atmosphère d'un tombeau ; il transperçait le lépreux jusqu'à la moelle, gelait sa sueur sur sa peau et drainait ses maigres forces. Le sol palpitait de corruption sous ses pieds et la faim creusait un abîme dans son estomac. Mais il se força à continuer.

Une fois sorti du réseau de ravins, il se déplaça en traînant la patte de rochers en tas de cendres, jusqu'à une zone dépourvue de relief et zébrée par de multiples crevasses. Le rugissement des vagues montait de certaines fissures ; d'autres, qui laissaient échapper de l'air croupi, servaient probablement de conduits de ventilation à la Crypte. Covenant dut traverser cette zone sans la moindre protection, courant aussi vite que ses pieds meurtris et ses jambes affaiblies l'y autorisaient, bondissant par-dessus les crevasses, en proie à une peur vertigineuse.

Quand il atteignit enfin le pied de la butte sur laquelle se dressaient les tours, il se laissa tomber derrière un rocher et resta allongé là, haletant, frissonnant de tout son corps, guettant un signe qu'on l'avait repéré. Mais il n'entendit ni cris d'alarme ni bruits de course précipitée, juste sa propre respiration, son pouls fébrile et le grondement du ressac. Ou personne ne l'avait vu, ou les gardes s'apprêtaient à lui tendre une embuscade. Mobilisant ses forces défaillantes, il se releva et entreprit d'escalader la butte.

Pendant son ascension, la tête lui tourna. Une faiblesse pareille à un vertige l'envahit. Il n'arrivait plus à refermer ses doigts sur les prises qu'il trouvait dans la roche, avait toutes les peines du monde à plier et à mouvoir ses jambes. Plusieurs fois, il s'arrêta, le cœur dans la gorge, parce qu'il avait cru entendre un bruissement de tissu ou un frottement de pieds. Et malgré cela, il continua à grimper. Solitaire, affaibli, nauséeux, tremblant et vulnérable. Il n'y avait là aucune circonstance qu'il ne puisse comprendre et gérer. Il avait fait trop de chemin pour renoncer si près du but.

Le terrain ne pouvait plus le dissimuler complètement. Mais si des gardes étaient postés aux fenêtres des tours, leur angle de vue ne leur permettrait sans doute pas de repérer Covenant ; aussi acheva-t-il l'ascension sans chercher à se cacher. Il avait besoin de toute son attention, de toute son énergie pour bouger les pieds et les mains, et hisser son corps toujours plus haut.

Enfin, il atteignit le sommet de la butte. Risquant un coup d'œil entre deux rochers, il examina l'entrée de la Crypte. C'était une ouverture lisse, ronde et dépourvue du moindre ornement. Elle se découpait au milieu d'un arc-boutant de pierre sculptée et polie, qui l'encadrait comme si elle conduisait à un tombeau sacré.

Une silhouette aussi haute qu'un géant était plantée devant. Elle avait trois têtes, trois paires d'yeux pour surveiller toutes les directions en même temps et trois jambes musclées qui assuraient sa stabilité. Chacun de ses trois bras brandissait une large épée étincelante. Un pourpoint de cuir lui ceignait le torse.

Comme elle ne bougeait pas, Covenant crut d'abord qu'elle n'était pas vivante. Puis elle cligna des paupières, attirant l'attention de l'Incrédule sur ses yeux d'un jaune malsain. Elle scrutait perpétuellement le paysage alentour en quête d'intrus. Quand son regard frôla les rochers derrière lesquels Covenant était tapi, le lépreux frémit et eut un mouvement de recul.

Mais, si la créature l'aperçut, elle n'en manifesta rien, si bien qu'au bout d'un moment, l'appréhension de Covenant s'estompa. Le garde était placé de manière à ne veiller que sur les abords immédiats de la Crypte ; depuis Mordouve, le lépreux progressait hors de sa vue. Donc, il était en sécurité… tant qu'il ne sortirait pas de sa cachette.

Comment allait-il faire pour gagner l'entrée de la Crypte ? Il ne pouvait pas combattre le monstre et ne voyait aucun moyen de le berner. Plus il attendait l'inspiration, plus la peur et la faiblesse grandissaient.

Au lieu de rester immobile jusqu'à ce que la paralysie soit complète, il se mit à plat ventre et, rampant entre les rochers, escalada l'arc-boutant du côté gauche. Puis il se traîna jusqu'à l'aplomb de l'ouverture ronde, à égale distance des deux tours. Dissimulé derrière le parapet, il tenta de calmer sa respiration et de trouver le courage nécessaire pour mettre en œuvre l'unique solution qu'il entrevoyait : se laisser tomber dans l'entrée de la Crypte et tenter de prendre la sentinelle de vitesse. Il était si près d'elle qu'il craignait qu'elle ne sente l'odeur de sa transpiration ou n'entende les battements laborieux de son cœur.

Pourtant, il ne pouvait pas bouger. Il avait trop peur. Dès que le gardien l'apercevrait, les occupants de la Crypte seraient avertis de sa présence. Les efforts et les sacrifices de Suilécume, l'aide des *jheherrin* seraient anéantis en cet instant. Covenant se retrouverait seul face à toutes les défenses de Ridjeck Thome.

« Enfer et damnation ! songea-t-il. Allons, Covenant, tu es lépreux. Tu devrais avoir l'habitude, depuis le temps. »

La Crypte était vaste. S'il échappait à la sentinelle, peut-être réussirait-il à éviter les autres assez longtemps pour découvrir la porte secrète dont le *fael Befylam* lui avait parlé. Cette condition n'était pas si difficile à remplir. Coincé entre son impuissance de mortel et son irrémédiable besoin, Covenant avait depuis longtemps cessé de comptabiliser ses pertes ou de mesurer ses chances.

Posant les mains sur le parapet, il prit une profonde inspiration.

Mais avant qu'il puisse bondir, quelque chose le percuta et le renversa. Il se débattit. Une poigne de fer lui immobilisa les bras dans le dos tandis qu'un genou clouait ses deux jambes au sol. Furieux et paniqué, il ouvrit la bouche pour crier. Une main se plaqua sur le bas de son visage.

Il était à la merci de son agresseur. Celui-ci aurait facilement pu lui briser la nuque, mais il se contentait de le neutraliser, de lui prouver qu'il ne pouvait rien faire et d'attendre qu'il capitule.

Au prix d'un gros effort, Covenant força ses muscles à se détendre. Alors, son assaillant le retourna sur le dos.

Et Covenant, ébahi, découvrit le visage de Salin Suilécume.

Le géant posa un doigt sur ses lèvres, puis lâcha l'Incrédule. Celui-ci l'étreignit de toutes ses forces, se suspendant à son cou comme un enfant. Une joie radieuse, pareille à un lever de soleil, chassa l'obscurité qui l'avait envahi et le souleva sur les ailes de l'espoir.

Suilécume lui rendit brièvement son accolade avant de se dégager et de s'éloigner à pas feutrés. Covenant le suivit, même si ses yeux étaient si pleins de larmes qu'il voyait à peine où il mettait les pieds. Suilécume l'entraîna derrière l'une des tours. Quand ils furent hors de vue de la sentinelle et que le bruit du ressac couvrit leurs voix, Suilécume adressa une grimace ravie à Covenant et chuchota :

— Pardonne-moi pour cette petite démonstration de force. Je te cherche depuis un moment. Je t'ai vu monter sur le parapet, mais je ne pouvais pas t'appeler sans alerter l'engeance du Rogue et craignais que ta surprise ne trahisse ta présence.

— Te pardonner ? J'ai failli mourir de peur, lâcha Covenant d'un ton tremblant de soulagement.

Suilécume gloussa doucement.

— Ah, mon ami, que je suis heureux de te revoir ! Je redoutais de t'avoir perdu à Mordouve ; je redoutais que tu te sois fait capturer ; je redoutais… tant de choses que je ne puis les énumérer.

— Et moi, je te croyais mort.

Covenant laissa échapper un sanglot, puis se ressaisit. Du dos de la main, il s'essuya les yeux.

Suilécume semblait en pleine forme. Il était nu, car la lave avait dévoré ses vêtements, mais, de la tête aux pieds, sa chair était intacte et immaculée. La passion torturée qui imprégnait son regard avait cédé la place à une sérénité joviale qui faisait pétiller ses prunelles. Ses membres à la peau d'albâtre paraissaient aussi solides que le marbre et, à l'exception de quelques égratignures récentes, même ses cicatrices avaient disparu, effacées par le feu qui l'avait purifié jusqu'à la moelle. Rien ne laissait supposer qu'il venait d'endurer une effroyable agonie. Pourtant, Covenant captait les vibrations de la douleur transcendante qui l'avait fondamentalement altéré.

— Je te croyais mort, répéta-t-il.

— Moi aussi, répliqua Suilécume sans se départir de sa bonne humeur. Je suis tout aussi stupéfait que toi. Par la pierre et la mer ! J'aurais parié que je n'en réchapperais pas. Mon ami, le Rogue ne triomphera jamais dans un monde où de tels miracles peuvent se produire.

« Dans ce genre de monde, sans doute, songea Covenant. Dans ce genre de monde… »

— Mais comment… reprit-il. Comment as-tu fait ? Que t'est-il arrivé ?

— Je ne sais pas trop, avoua Suilécume. Tu n'as sûrement pas oublié la *caamora*. Les flammes ordinaires n'affectent pas les géants et la douleur nous purifie sans nous brûler. Et puis… tu seras peut-être surpris de l'apprendre, mais je pense que ta magie sauvage m'a protégé. Avant de te jeter sur la rive, j'ai senti… un pouvoir me communiquer sa force comme je t'avais transmis la mienne.

— Par les feux de l'enfer ! hoqueta Covenant.

Il baissa les yeux vers son anneau. Une fois de plus, les paroles de Mhoram lui revinrent en mémoire : « L'or blanc, c'est vous. » Mais il ne comprenait toujours pas ce que le haut seigneur avait voulu dire.

— En outre, poursuivit Suilécume, la Terre recèle des mystères inimaginables pour le seigneur Turpide, Sanguinaire et Pulverâme. Le Pouvoir de la Terre, qui s'adressa jadis à Berek Demi-Main, n'est pas devenu muet. Peut-être s'exprime-t-il désormais dans une autre langue et les habitants du Fief ont-ils oublié sa voix, mais il n'a pas été réduit au silence. La Terre ne pourrait exister si elle n'abritait pas des bienfaits aussi considérables qu'un fléau tel que la Pierre de Maleterre.

— Peut-être, oui, murmura distraitement Covenant.

La vue de son alliance avait déclenché en lui une réflexion totalement différente. Il ne voulait pas y penser, encore moins l'évoquer tout haut, mais au bout d'un moment il se força à demander :

— Es-tu certain de n'avoir pas été... ressuscité comme Elena ?

Un éclat de rire contenu éclaira le visage du géant.

— Par la pierre et la mer ! Ça, c'est de l'incrédulité !

— Alors, en es-tu certain ?

— Non, mon ami, je n'en suis pas certain. Et pour te dire la vérité, ça m'est égal. Je me réjouis juste qu'on m'ait donné une chance supplémentaire de t'aider.

Covenant rumina la réponse de Suilécume pendant quelques instants avant de prendre sa décision.

— Dans ce cas, dépêchons-nous d'agir tant que nous en avons la possibilité.

— Oui, dépêchons-nous. (L'expression du géant se fit plus grave.) À chaque minute écoulée, ce sont des vies supplémentaires qui s'éteignent dans le Fief.

— J'espère que tu as un plan. (Covenant luttait pour contenir son anxiété.) Ça m'étonnerait que la sentinelle nous laisse passer si nous le lui demandons poliment.

— J'ai déjà réfléchi à la question.

Suilécume expliqua à l'Incrédule comment il comptait s'y prendre pour entrer dans la Crypte.

— L'idée n'est pas mauvaise, convint Covenant lorsque le géant eut terminé. Mais que ferons-nous s'ils sont déjà prévenus de notre arrivée, s'ils nous attendent à l'intérieur ?

Suilécume secoua la tête. Il avait, révéla-t-il, passé un certain temps à écouter à travers la pierre. Il n'avait rien perçu qui lui fasse croire à une embuscade ; en fait, il n'avait rien entendu du tout, comme si les tours étaient vides.

— Il se peut que Pulverâme se croie à l'abri d'une approche par la surface et que ce monstre soit l'unique gardien posté à l'entrée de sa Crypte. Nous le saurons très bientôt.

Les deux amis revinrent en catimini jusqu'à l'entrée. Puis ils se séparèrent. Conformément aux instructions de Suilécume, Covenant redescendit en se faufilant parmi les rochers et les cailloux, et resta le plus près possible de l'ouverture sans toutefois se faire voir du guetteur. Il se déplaçait avec une extrême prudence, qui lui fit faire bien des détours. Quand il s'immobilisa, cent vingt pieds le séparaient encore de l'arc-boutant. Cette distance l'angoissait, mais il ne pouvait y remédier. Après tout, il n'essayait pas de forcer le passage, il voulait juste faire hésiter la sentinelle.

« Allez, mon vieux, s'exhorta-t-il. Au boulot. Ce n'est pas le moment de t'abandonner à ta lâcheté naturelle. »

Il prit une profonde inspiration, s'injuria une fois de plus pour s'aiguillonner et sortit de sa cachette.

Aussitôt, il sentit les yeux du monstre se braquer sur lui. Mais il l'ignora et se dirigea vers l'entrée de la

Crypte avec une nonchalance feinte. Les mains croisées dans le dos, sifflotant entre ses dents, il s'avança comme si sa présence en ce lieu était parfaitement légitime.

Le regard de la créature paraissait assez brûlant pour mettre son dessein à nu et révéler la supercherie imaginée par Suilécume. Covenant en ressentait des frissons de dégoût. Mais, lorsqu'il prit pied sur le tablier de pierre qui précédait l'ouverture béante, il se força à lever le nez.

Son sifflotement mourut sur ses lèvres. L'éclat jaune et corrompu des yeux de la sentinelle l'atteignit tel un coup au plexus et il sentit sa gorge se nouer. L'autre semblait voir au plus profond de lui, connaître chacun de ses secrets et lui vouer un mépris absolu. Un instant, Covenant craignit qu'il ne s'agisse du Rogue en personne. Mais non. Comme la plupart des maraudeurs, la créature était juste modelée à partir de chair usurpée, victime des manipulations de Turpide, et sa posture trahissait un certain manque d'assurance.

Le menton crânement levé et l'air désinvolte, Covenant s'approcha d'elle. Il s'arrêta hors de portée de ses épées et la détailla de la tête aux pieds. Puis il la provoqua en lançant avec toute l'insolence dont il était capable :

— Ne dis pas à Turpide que je suis ici. Je veux lui faire la surprise.

Et, sans crier gare, il ramena brusquement ses mains devant lui. Son alliance exposée à son index droit, il plongea comme pour attaquer le monstre à coups de magie sauvage.

Celui-ci recula d'un bond en adoptant une posture défensive. L'espace d'une fraction de seconde, ses trois têtes se tournèrent vers l'Incrédule. Et Suilécume en profita pour se laisser tomber depuis le sommet de l'arc-boutant.

Il atterrit juste derrière la sentinelle, roula sur lui-même et lui balaya les jambes. La créature s'écroula dans un enchevêtrement de membres et de lames. Aussitôt, il l'enfourcha. Elle était aussi grande que lui et peut-être encore plus forte – sans compter qu'elle était armée. Mais il la cloua à terre de tout son poids, lui assenant une telle volée de coups de poing qu'elle ne put se défendre. Il la frappa violemment à la base de la nuque et son corps difforme mollit sous lui.

D'un geste vif, il s'empara d'une de ses épées pour la décapiter.

— Suilécume ! protesta Covenant.

Le géant se releva et fit face à son ami.

— Ne la tue pas, implora Covenant.

— Dès qu'elle reprendra conscience, elle donnera l'alerte, fit valoir Suilécume, légèrement essoufflé.

Son expression était déterminée, mais il avait perdu sa sauvagerie d'antan.

— Il y a déjà eu bien assez de morts, lâcha Covenant d'une voix enrouée. Je déteste ça.

Un instant, Suilécume soutint le regard du lépreux. Puis il rejeta la tête en arrière et éclata de rire.

Covenant sentit ses genoux flageoler de gratitude. Ses jambes faillirent se dérober sous lui.

— C'est mieux, marmonna-t-il, soulagé.

Adossé à un des murs, il se reposa en savourant l'hilarité de Suilécume.

Peu après, le géant recouvra son sérieux.

— Très bien, mon ami. La mort de cette créature nous ferait gagner du temps qui nous permettrait peut-être de mener à bien notre mission et de nous échapper. Mais la fuite n'a jamais fait partie de notre plan. (Il laissa tomber l'épée à côté de la sentinelle évanouie.) Si son inconscience nous permet d'atteindre notre objectif, nous aurons déjà de la chance. Ne soyons pas trop exigeants. (Il eut un sourire en coin, puis ajouta :) Toutefois, je pense pouvoir faire un meilleur usage qu'elle de ce pourpoint.

Se penchant sur le monstre, il le délesta de sa tenue de cuir et s'en servit pour couvrir sa propre nudité.

— Tu as raison, soupira Covenant, qui n'avait jamais eu l'intention de s'échapper. Mais point n'est besoin que tu te fasses tuer. Contente-toi de m'aider à trouver cette fameuse porte secrète et fiche le camp d'ici.

— En t'abandonnant ? (Suilécume ajusta le vêtement avec une grimace dégoûtée.) De toute façon, comment pourrais-je quitter cet endroit ? Il est hors de question que je retraverse Mordouve.

— Saute dans la mer et enfuis-toi à la nage… Je ne sais pas, moi. (Covenant sentait sa fébrilité grimper en flèche. Il ne pouvait pas se permettre de perdre du temps à discuter devant les portes mêmes de la Crypte du Rogue.) Mais ne me rends pas responsable de toi, s'il te plaît.

— Bien au contraire, répliqua le géant sur un ton égal. C'est moi qui suis responsable de toi, puisque je t'ai appelé dans le Fief.

Covenant frémit.

— Je ne m'inquiète pas pour ça.

— Moi non plus, admit Suilécume. Mais je n'aime pas que tu me parles d'abandon. Je suis trop familier avec ce concept.

Les amis se regardèrent gravement et, dans les yeux du géant, Covenant vit qu'il ne pouvait pas prendre de décision à sa place. Il devait accepter son aide et lui en être reconnaissant. L'issue qu'il entrevoyait lui arracha un grognement.

— Alors, allons-y, lâcha-t-il d'un air funeste. Je ne tiendrai pas beaucoup plus longtemps.

Pour toute réponse, Suilécume lui prit le bras afin de le soutenir. Côte à côte, ils pivotèrent vers la gueule noire de la Crypte et pénétrèrent dans les ténèbres de l'antre du Rogue.

À leur grande surprise, l'obscurité se dissipa comme s'ils venaient de franchir un rideau noir. Ils se retrouvèrent dans l'extrémité la plus étroite d'une salle en forme d'œuf, dont les murs dégageaient une lumière verte glaciale. Malgré eux, ils s'immobilisèrent et promenèrent un regard à la ronde.

La maçonnerie était d'une symétrie parfaite. Au point le plus large de la pièce, des passages jumeaux montaient vers les tours ; dans le fond, le sol descendait graduellement pour former un escalier en colimaçon qui se perdait dans les entrailles de Ridjeck Thome.

Covenant ne voyait ni joints ni fissures. Partout, la pierre était lisse, polie, dépourvue du moindre ornement et du moindre défaut, comme si la vision de son créateur avait été concrétisée dans de la roche immaculée sans l'interférence d'esprits ou de mains faillibles. De toute évidence, ce n'était pas l'œuvre d'un géant ; les apatrides, qui avaient le souci du décorum, incluaient toujours une profusion de détails et d'enjolivures dans leurs constructions. En vérité, l'architecture du lieu surpassait tout ce qu'un mortel aurait pu concevoir et réaliser. L'ensemble était d'un achèvement surnaturel.

Tandis que Suilécume s'arrachait à sa contemplation et commençait à sonder les parois en quête de la porte secrète mentionnée par le *fael Befylam*, Covenant déambula dans la salle ; comme par hasard, ses pas le conduisirent vers le grand escalier. Il y avait là une magie très ancienne, une puissance alimentée par la haine et la faim ; l'Incrédule la sentait dans la lumière sépulcrale, dans la morsure de l'air, dans la perfection de la réalisation.

Cet endroit embrasé par un feu glacial était la demeure de Turpide, le siège et la source de son pouvoir. Son absence d'âme symbolisait la souveraineté du Rogue, son règne total et inviolable. À elle seule, la pièce ridiculisait les ennemis de Turpide, les réduisait à l'état de blattes ou de moucherons. Covenant se souvint d'avoir entendu dire que le Rogue ne serait jamais vaincu tant que Ridjeck Thome perdurerait. À présent, il y croyait.

Lorsqu'il atteignit la large spirale de l'escalier, il découvrit que son centre était un énorme puits ; les marches, assez larges, permettaient à quinze ou vingt personnes de les descendre de front. Le lépreux s'attacha aux courbes de la maçonnerie, jusqu'à se retrouver penché en équilibre précaire au-dessus du vide. La symétrie de l'escalier alimentait son vertige, mais il avait découvert comment maîtriser celui-ci et ne tomba pas.

Un instant plus tard, il vit quelque chose qui l'arracha en sursaut à sa dangereuse fascination. Un groupe d'ur-vils arrivait en courant, sans faire le moindre bruit. Covenant battit en retraite.

— Tu ferais bien de te dépêcher, lança-t-il à Suilécume. Ils déboulent.

Le géant ne s'interrompit pas. Tout en palpant et en sondant la pierre, il grommela :

— Cette fichue porte est bien cachée. J'ignore comment il est possible de tailler ainsi la roche. Mes frères n'étaient pas des novices en la matière, mais jamais ils n'auraient pu rêver semblables murs.

— Parce qu'ils étaient déjà bien assez occupés par leurs nombreux cauchemars, grinça Covenant. Fais vite ! Les ur-vils seront bientôt ici. (Se souvenant de la créature qui avait provoqué sa chute dans les catacombes du mont Tonnerre, il ajouta :) Ils sentent l'or blanc.

— Je suis un géant, répondit Suilécume. Le travail de la pierre est gravé dans le sang de mon peuple. Cette porte ne peut pas se dérober à moi.

Ses mains découvrirent un pan de mur qui semblait creux. Il l'explora rapidement, en mesura les dimensions et, lorsqu'il eut situé ses contours exacts, appuya une fois au centre du linteau.

La lumière verte brillante découpa le chambranle de la porte, la faisant apparaître comme si elle venait d'être créée d'un claquement de doigts. En silence, le battant pivota vers l'intérieur.

Suilécume se frotta les mains d'un air satisfait.

— Tes désirs sont des ordres, seigneur suprême, gloussa-t-il.

Et il fit signe à Covenant de passer devant.

L'Incrédule jeta un coup d'œil vers l'escalier, puis rejoignit Suilécume d'un pas vif. De l'autre côté de la porte, il trouva une petite pièce aux murs nus. Suilécume entra sur les talons de son ami, baissant la tête pour ne pas se cogner contre le plafond bas. Il referma la porte derrière lui et regarda ses contours se dissoudre à nouveau. Puis il précéda Covenant dans le couloir qui s'ouvrait au fond de la pièce.

Le passage était aussi brillamment éclairé que le hall en forme d'œuf. Il descendait selon une pente assez raide. Covenant espéra qu'il le conduirait directement là où il avait besoin d'aller ; il se sentait trop faible pour explorer la Crypte à la recherche de sa propre fin.

Suilécume et lui ne pipaient mot : ils ne voulaient pas prendre le risque que les ur-vils les entendent. Suilécume jeta un coup d'œil à Covenant, haussa les épaules et s'engagea dans le tunnel.

Bien qu'il soit obligé de marcher plié en deux, il progressait assez vite. Covenant réussissait à suivre l'allure en s'appuyant contre le dos large de son camarade et en laissant la gravité mouvoir ses jambes affaiblies un pas après l'autre. Tels des siamois reliés l'un à l'autre, en dépit de leurs différences, par le cordon ombilical d'un même besoin, les deux amis s'enfoncèrent dans les entrailles de Ridjeck Thome.

Covenant tomba plusieurs fois. L'exiguïté du passage accroissait sa fébrilité et son angoisse ; au lieu de le doper, elle sapait le peu d'énergie qui lui restait, le laissant aussi mou que s'il avait déjà été vaincu. Le froid brûlant l'imprégnait jusqu'à la moelle et, au bout d'un moment, il commença à trouver cette sensation confortable. La somnolence le gagna comme s'il était un voyageur épuisé qui, à peine rentré chez lui, s'écroule devant un bon feu de cheminée.

Il entrevoyait l'esprit du lieu, l'implacable perfection qui engendrait la plus féroce, la plus insatiable des malveillances. Dans l'atmosphère glacée, le mépris et le bien-être ne faisaient qu'un. La Crypte était l'œuvre d'une entité qui haïssait la vie, pas parce que celle-ci la menaçait, mais parce que ses défaillances mortelles souillaient le concept qui définissait son existence même. À ces moments-là, il semblait à Covenant que la pierre se dérobait sous ses pieds meurtris et il s'affaissait contre le dos de Suilécume.

Mais les compagnons continuèrent à avancer et finirent par atteindre l'extrémité du tunnel. Celui-ci débouchait sur une série d'appartements dépourvus de mobilier et de décoration, qui semblaient n'avoir jamais été occupés – et ne jamais devoir l'être. La lumière verte brillait partout ; l'air était aussi piquant que des cristaux de glace. La transpiration de Suilécume parsemait sa barbe d'une nuée d'émeraudes et, malgré son immunité naturelle aux variations de température, le géant frissonnait.

Plus loin, Covenant et lui découvrirent une suite d'escaliers, qui les menèrent à travers des cavernes assez vastes pour abriter les plus redoutables fléaux, des galeries vides où un orateur aurait pu s'adresser à des milliers de personnes. Elles aussi étaient désertes. Toute cette partie de la Crypte était réservée à l'usage personnel du Rogue ; en vérité, aucune créature n'y avait jamais mis les pieds.

Suilécume pressa le pas. Covenant et lui continuèrent à descendre, cherchant les profondeurs dans lesquelles Turpide conservait la Pierre de Maleterre. La corruption antique de Ridjeck Thome se faisait de plus en plus pesante et douloureuse autour d'eux. Suilécume était gelé et Covenant se traînait comme si seul un irrésistible désir de trouver l'endroit le plus froid de la Crypte l'empêchait de s'endormir sur place.

L'instinct qui les poussait à poursuivre vers le bas à chaque occasion ne les avait pas trompés. Bientôt, Suilécume commença à sentir l'emplacement de la Pierre, à capter ses émanations maléfiques avec ses nerfs en éveil.

Les deux amis atteignirent un palier taillé à flanc de précipice. Là, Suilécume trouva une seconde porte dissimulée. Il l'ouvrit comme la première et pénétra dans une immense salle ronde. Dès que Covenant l'eut rejoint, il referma derrière eux et s'avança prudemment.

Le lieu n'abritait pas davantage de mobilier ou d'ornements que les précédents, mais le géant compta huit arches parfaitement identiques qui se découpaient dans les murs à intervalles réguliers. Chacune était scellée par une lourde porte de pierre. Il les scruta tour à tour et ne perçut d'activité derrière aucune. En revanche, il devina l'emplacement de la Pierre.

— C'est là, souffla-t-il en désignant l'une des arches. Là que se trouve la salle du trône de Ridjeck Thome. Là que Pulverâme détient la Pierre de Maleterre.

Sans regarder Covenant, il se dirigea vers la porte et posa les mains dessus pour vérifier qu'il ne s'était pas trompé.

— Oui, chuchota-t-il. Elle est bien là.

La peur et l'exultation livraient bataille en lui. Quelques instants s'écoulèrent avant qu'il réalise que l'Incrédule ne lui avait pas répondu. Il se pressa contre la paroi pour tester sa résistance.

— Covenant, lança-t-il par-dessus son épaule. Mon ami, la fin est proche. Tiens bon. Je vais enfoncer cette porte. Dès que j'aurai réussi, fonce vers la Pierre avant que quiconque puisse intervenir.

Covenant garda le silence.

— Incrédule ! Nous touchons au but. Ne faiblis pas maintenant !

D'une voix d'outre-tombe, Covenant lança :

— Ce ne sera pas la peine de défoncer quoi que ce soit.

Suilécume fit volte-face.

L'Incrédule se tenait au centre de la pièce. Il n'était pas seul. Un vilmestre le toisait de toute sa hauteur. Dans ses mains, il tenait des chaînes pourvues de menottes, qu'il referma sur les poignets de Covenant. Puis il entraîna son prisonnier vers la salle du trône.

Horrifié, Suilécume voulut se porter au secours de Covenant, mais un regard de celui-ci l'arrêta. Les yeux de l'Incrédule étaient deux ecchymoses de douleur et d'inanition. Dans leurs prunelles, le géant lut un message qu'il ne parvint pas à déchiffrer. Covenant essayait de lui dire quelque chose qu'il n'avait pas de mots pour décrire. Suilécume avait examiné la blessure au front que les ur-vils avaient infligée à son ami, mais ne pouvait concevoir l'ampleur d'une détresse capable de pousser un homme à se rendre à l'engeance des démondims.

— Covenant ! s'exclama-t-il, consterné.

L'Incrédule le fixa intensément puis fit glisser son regard sur le côté d'un air entendu.

Malgré lui, Suilécume pivota et découvrit un autre géant, planté là. Le nouveau venu avait posé les poings sur ses hanches et un rictus féroce retroussait ses lèvres. Suilécume le reconnut : c'était l'un des trois frères qui avaient succombé aux ravageurs. Comme Elena, cette malheureuse âme avait été ressuscitée pour servir Pulverâme.

Avant que Suilécume puisse réagir, les huit portes s'ouvrirent d'un coup. Celle de la salle du trône se referma aussitôt derrière Covenant. Et les sept autres se mirent à vomir des rejetons de la Pierre.

20

Incrédule

SUILÉCUME FIT VOLTE-FACE et constata qu'il avait été encerclé. Des dizaines de créatures venaient de s'engouffrer dans la salle ; elles étaient plus qu'assez nombreuses pour l'ensevelir sous leur poids si elles ne choisissaient pas de le massacrer. Mais au lieu de l'attaquer, elles se rangèrent le long du mur et formèrent de petits groupes compacts devant chaque arche pour l'empêcher de s'échapper. Tandis que les portes se refermaient derrière elles, elles se penchèrent en avant d'un air avide, comme si elles brûlaient de tailler en pièces leur proie. Suilécume devina pourtant qu'elles ne bougeraient pas : elles le laissaient au géant mort vivant.

Il pivota vers ce dernier, qui s'avança lentement, une grimace moqueuse aux lèvres.

— Salutations, Suilécume. Je suis venu te féliciter. Tu as admirablement servi le maître. Non content d'abandonner notre peuple et de permettre son éradication définitive du Fief, tu viens de livrer ce vermisseau et son misérable or blanc entre les mains du Rogue, Sanguinaire et Pulverâme. Bien joué, camarade, cracha-t-il comme si c'était l'insulte suprême. Je suis le Massacreur. C'est moi qui ai tué les occupants de la Désespérance, jusqu'au dernier enfant. Contemple le fruit de ton existence, Suilécume ! Contemple-le, et désespère !

Suilécume recula de quelques pas, mais à aucun moment ses yeux ne quittèrent son adversaire.

— Vengeance ! ricana le Massacreur. Elle se lit sur ton visage. Tu ne songes même pas au désespoir ; tu es trop aveugle pour réaliser ce que tu as fait. Par le maître ! Tu ne songes pas non plus à ton méprisable compagnon. Tu n'as que la vengeance au cœur, camarade. Tu me regardes et tu penses que, dusses-tu ne jamais rien accomplir d'autre, ta vie n'aura pas été vaine si tu répares la perte de ton peuple. Si tu laves ton propre crime ! Lâcheur ! Je lis en toi comme dans un livre ouvert. Ton plus cher désir est de me démembrer à mains nues. Imbécile ! Ai-je l'air de te craindre ?

Tout en soutenant le regard du Massacreur, Suilécume évalua sa position au sein de l'espace. Les paroles du revenant l'affectaient, le poussaient sur une pente qui ne lui était que trop naturelle. Il connaissait le goût de la rage meurtrière, se souvenait de l'atroce ravissement qu'il avait longtemps éprouvé en sentant un corps céder entre ses mains. Il frémit et se ramassa sur lui-même comme s'il n'attendait qu'une occasion de bondir.

— Affronte-moi donc, poursuivit le Massacreur. Libère la fureur qui te submerge. Crois-tu qu'il suffirait de me vaincre pour venger les tiens ? Es-tu aveugle à ce point ? Rien ne justifie un tel geste. Quand bien même tu ferais couler assez de sang pour inonder le Fief d'est en ouest, tu ne pourrais noyer le mal qui te ronge. Imbécile ! Si le maître ne te contrôlait pas, tu ferais son travail avec tant de précipitation qu'il n'y prendrait aucun plaisir. Viens donc, camarade ! Affronte-moi. J'ai déjà été tué. Comment me renverras-tu dans les bras de la mort ?

— Je vais t'affronter, dit doucement Suilécume. Mais à ma façon.

Les provocations superflues du revenant lui avaient appris tout ce qu'il avait besoin de savoir. Les rejetons engendrés par la Pierre auraient pu le tuer à n'importe quel moment ; pourtant, elles attendaient que le Massacreur le fasse sortir de ses gonds. Pulverâme espérait donc quelque chose de lui. Covenant était encore vivant et invaincu. Peut-être le Rogue espérait-il le contrer grâce à lui…

Mais Suilécume avait survécu à la *caamora* de Mordouve. Sa puissance n'était pas de celles qu'il convient de prendre à la légère. Quand il s'élança, ce ne fut pas pour attaquer le Massacreur. Poussant sur ses jambes de toutes ses forces, il plongea vers les créatures qui gardaient l'arche conduisant à la salle du trône. Elles s'accroupirent instinctivement pour esquiver. Il vola par-dessus leur tête et, les bras pliés devant lui, percuta la porte de tout son poids.

Les battants, qui n'avaient pas été conçus pour encaisser un tel choc, explosèrent dans un craquement sec. Suilécume retomba parmi une nuée d'éclats de pierre, roula sur lui-même et se releva dans l'élan.

La salle du trône était vaste et ronde comme celle qu'il venait de quitter, mais elle possédait des accès moins nombreux et son plafond était plus haut. Contre le mur du fond, sur une petite estrade, se dressait le siège du Rogue : un rocher très ancien sculpté en forme de gueule ouverte, garnie de dents crochues et menaçantes. C'était la seule chose imparfaite que Suilécume ait vue à l'intérieur de la Crypte. Il semblait que la malveillance de son occupant l'avait corrompue, qu'elle l'avait craquelée et ternie pour en faire un augure ou un avant-goût de l'apocalypse qui attendait la pierre immaculée de Ridjeck Thome.

Au pied de l'estrade, la Pierre de Maleterre était sertie dans le sol. Elle n'était pas aussi grosse que Suilécume l'imaginait, et ne paraissait pas trop lourde pour qu'il la soulève. Pourtant, son rayonnement le frappa comme un coup de poing titanesque. Elle ne brillait pas beaucoup plus que les parois de la Crypte, mais palpitait tel un cœur minéral. À chaque battement, elle envoyait des décharges de pouvoir frigorifiant. Suilécume s'arrêta net. Déjà, il croyait sentir l'éclat corrupteur de l'émeraude changer sa peau en glace.

Horrifié, il fixa la Pierre un bon moment. Puis ses perceptions chamboulées lui signalèrent la proximité d'une seconde puissance, plus discrète mais non moins grande ; juste plus subtile, plus insidieuse. Il n'avait pas encore pivoté vers elle qu'il savait déjà à qui elle appartenait.

Au maître de la Pierre, Turpide.

Ce ne fut pas avec ses yeux que Suilécume le repéra. Le Rogue était essentiellement invisible, même s'il projetait un vide impénétrable dans l'air, une ombre qui montrait où il se serait tenu et quel espace il aurait occupé s'il avait possédé une présence tangible. Une aura verte scintillante l'enveloppait et il empestait l'essence de rose.

Il se trouvait d'un côté de la Pierre, tournant le dos à la porte et au géant. Devant lui, face à Suilécume, se tenait Thomas Covenant. L'ur-vil qui l'avait capturé s'était sans doute retiré, car il n'y avait personne d'autre dans la pièce.

Covenant ne semblait pas se débattre. Il n'avait pas l'air de se rendre compte qu'il portait des chaînes aux poignets, ou peut-être ne s'en souciait-il pas. Il avait atteint l'ultime stade de l'inanition et de l'hypothermie. La douleur marquait son visage et son regard hanté soutenait celui de Turpide, comme si tout le pouvoir du Rogue était concentré dans l'horrible plaie de son front.

Ni Covenant ni Turpide ne réagirent à l'irruption de Suilécume ; ils se concentraient l'un sur l'autre. Quelque échange avait eu lieu entre eux, et si le géant arrivait trop tard pour y assister, il put au moins en contempler le résultat. Le Rogue leva un bras de ténèbres et frappa Covenant à la bouche. Avec un rugissement, Suilécume fonça au secours de son ami.

Il n'avait pas fait deux enjambées qu'une avalanche de créatures s'abattit sur lui depuis la porte brisée. Elles le renversèrent, le clouèrent au sol et lui immobilisèrent les membres.

Suilécume se débattit avec fureur, mais ses adversaires étaient trop forts et trop nombreux. En quelques secondes, ils eurent raison de lui. Ils le traînèrent jusqu'au mur et l'y enchaînèrent avec des fers si massifs qu'il ne put les briser. Le Massacreur n'était pas avec eux, nota-t-il vaguement. Après avoir servi (ou échoué à servir) le dessein de son maître, le revenant avait dû être banni.

Quand, leur tâche achevée, les rejetons de la Pierre ressortirent en hâte, Suilécume se retrouva condamné à l'impuissance. Il ouvrit la bouche pour appeler Covenant et l'encourager à résister.

Alors, Turpide se tourna vers lui pour la première fois. Ses yeux étaient la seule partie visible de lui à l'intérieur de son ombre soulignée par une lueur verte. Et ils ressemblaient à des crocs jaunâtres, pourris, dégoulinants d'une haine si véhémente qu'elle étrangla la voix de Suilécume.

— Silence ! ordonna le Rogue sur un ton venimeux. Silence, si tu ne veux pas périr rôti avant l'heure.

Le géant obtempéra bien involontairement, bouche bée, hoquetant comme s'il avait la gorge obstruée par de la glace. Satisfait, Turpide cligna des yeux et reporta son attention sur Covenant.

Le coup que celui-ci venait de recevoir l'avait renversé. Agenouillé, il se couvrait la figure de ses mains enchaînées en un geste d'extrême abjection. Ses doigts semblaient morts ; ils palpaient maladroitement son visage sans réussir à localiser la blessure ou à sentir le sang qui en ruisselait. En revanche, Covenant percevait le mal qui lui rongeait les nerfs comme si la présence de Turpide l'amplifiait. Il savait que la lèpre s'était remise à progresser, que la fragile trêve à laquelle son existence était suspendue venait de se rompre. Déjà, la maladie plongeait ses tentacules dans son âme telles des racines d'arbre s'insinuant dans les fissures d'un roc pour le faire imploser. Aucun cauchemar ne pouvait l'affaiblir davantage sans que son cœur cesse de battre.

Mais quand il baissa ses mains ensanglantées, quand le contact empoisonné du Rogue eut tant fait noircir et gonfler sa lèvre qu'il ne put plus supporter de la toucher, quand il leva les yeux vers son ennemi, il n'avait rien d'abject. Il était invaincu.

— Maudit sois-tu, Turpide, marmonna-t-il. Maudit sois-tu. Ce n'est pas si facile.

Et, d'un geste délibéré, il serra le poing sur son alliance.

Les yeux du Rogue jetèrent des éclairs de rage, mais ce fut sur un ton à la fois paternaliste et moqueur qu'il lança :

— Allons, Incrédule… Ne prolonge pas cette situation désagréable. Tu sais que tu n'es pas de taille face à moi. Même sans la Pierre de Maleterre, je te serais supérieur. Avec elle, je peux faire dévier la lune de sa trajectoire, relever des guerriers morts depuis des millénaires et ravager à ma guise. Sans effort, je peux déchirer chaque fibre de ton être et éparpiller les lambeaux de ton âme aux quatre coins de l'univers.

— Alors, qu'est-ce que tu attends ? grommela Covenant.

— Pourtant, je ne te fais aucun mal, poursuivit le Rogue comme s'il ne l'avait pas entendu. Je ne souhaite pas ta perte. Contente-toi de déposer ton anneau dans ma main, et c'en sera fini de tous tes tourments. C'est un bien faible prix à payer, Incrédule.

— Ce n'est pas si facile.

— Sans compter que je puis te récompenser généreusement. Si tu veux régner avec moi sur le Fief, je t'y autoriserai et tu découvriras que je suis un maître raisonnable. Si tu veux que j'épargne la vie de ton ami Suilécume, je t'accorderai cette faveur, bien qu'il m'ait gravement offensé.

Le géant se débattit dans ses chaînes et voulut protester, mais sa gorge se refusait à émettre le moindre son.

— Si tu veux la santé, je te la rendrai. Regarde !

Le Rogue agita son bras de ténèbres et une onde de distorsion balaya les sens de Covenant. Aussitôt, ses nerfs revinrent à la vie. Ses mains et ses pieds le picotèrent. Sa détresse, sa faim et sa douleur s'envolèrent. Son corps parut déborder d'une énergie triomphante.

Pourtant, il ne se laissa pas impressionner. Recouvrant l'usage de sa voix, il grogna :

— Mon problème, ce n'est pas la santé. C'est toi qui enseignes la haine d'eux-mêmes aux lépreux.

— Vermisseau ! aboya le Rogue.

Sans transition, Covenant redevint malade et affamé.

— Tu es à genoux devant moi ! Bientôt, tu me supplieras d'épargner les ultimes fragments de ta vie. Les lépreux se haïssent ? C'est une preuve de sagesse de leur part. Je vais t'enseigner la véritable stature de la haine !

Covenant se raidit. Mais au lieu de l'attaquer, Turpide se mit à rire. Son mépris fit trembler l'air comme le grondement d'une avalanche et, face à ce son, même la pierre du plancher parut soudain aussi molle que la boue.

— Tu es déjà un homme mort, vermisseau, aussi dénué de vie qu'un cadavre, ricana Turpide lorsqu'il eut fini de s'esclaffer. Pourtant, tu te dresses contre moi. Tu refuses la santé, la domination et même l'amitié. Je suis intrigué… et plus tolérant que tu ne le crois. Je vais te laisser un peu de temps pour réfléchir. Explique-moi donc pourquoi tu t'obstines dans ta folie.

Covenant n'hésita pas.

— Parce que je te hais.

— Ce n'est pas une raison valable. Nombreux sont ceux qui me haïssent parce qu'ils sont trop lâches pour mépriser par eux-mêmes. Je ne m'y trompe pas. Donne-moi la véritable raison, vermisseau.

— Parce que j'aime le Fief.

— Oh, pitié ! Je n'arrive pas à croire que tu sois aussi stupide. Le Fief n'est pas ton monde ; il ne peut prétendre à ta minuscule fidélité. Depuis ton premier séjour, il te tourmente avec des exigences que tu ne peux satisfaire, des honneurs que tu es incapable de mériter. Tu te dépeins comme un homme loyal jusqu'à la mort au nom d'une robe crasseuse et du sable qui t'emplit l'estomac. Non, vermisseau. Je ne suis pas convaincu. Je le répète : donne-moi la véritable raison de ton refus.

Le Rogue avait prononcé le mot « véritable » comme si ces quatre syllabes pouvaient avoir raison de la résistance de Covenant.

« Le Fief est magnifique, et toi, tu es hideux », songea l'Incrédule. Un instant, il se sentit trop las pour répondre à voix haute. Mais il finit par articuler :

— Parce que je ne crois pas.

— Toujours pas ? s'exclama le Rogue, ravi. Vermisseau, tu es si pathétique qu'il n'existe aucun mot pour te décrire. J'ai presque envie de te garder à mon côté. Tu ferais un bouffon de premier choix. (Il reprit d'un ton curieux.) Comment peux-tu haïr ou aimer quelque chose à quoi tu ne crois pas ?

— Malgré moi, grogna Covenant.

— Comment peux-tu ne pas croire à quelque chose que tu hais ou aimes ?

— Très facilement.

— Mes oreilles me joueraient-elles des tours ? gloussa Turpide. Mon ennemi a fait tout ce qui était en son pouvoir pour te convaincre et tu continues à penser que c'est un rêve ?

— Ce n'est pas réel, s'obstina Covenant. Mais peu importe.

— Alors, qu'est-ce qui importe, vermisseau ?

— Le Fief. Toi.

Le Rogue ricana de plus belle. Mais son hilarité fut brève. Il semblait perturbé, comme si Covenant lui échappait.

— Le Fief et l'incrédulité, railla-t-il. Pauvre âme malade que tu es ! Tu ne peux pas avoir les deux : ils s'excluent mutuellement.

Après ce qu'il avait vécu, Covenant n'était pas de cet avis. Accepter les pôles de sa contradiction intime, les maintenir en équilibre et avancer non pas en louvoyant mais en se laissant guider par eux, était le seul moyen de les préserver l'un et l'autre, de trouver l'endroit où se rejoignaient les chemins parallèles de son impossible dilemme, l'œil du paradoxe. En ce lieu se cachait la raison pour laquelle il voyageait dans le Fief.

Aussi garda-t-il le silence tandis qu'il fixait l'ombre du Rogue, son aura émeraude et sa puissance incalculable. Mais en lui-même, il grinça : « Non, Turpide, ils ne s'excluent pas mutuellement. Tu as tort. Si c'était si facile, j'aurais trouvé la réponse depuis longtemps. »

— Mais je commence à me lasser de tes justifications stupides, reprit le Rogue au bout d'un moment. Ma patience n'est pas infinie et j'ai d'autres questions à te poser. Aussi vais-je laisser de côté le mystère de ton arrivée en mon domaine. D'abord parce qu'il n'a que peu d'importance, ensuite parce qu'il est facile à résoudre. D'une façon que j'ignore, tu as dû suborner une partie de mes séides. Par deux fois, ils m'ont rapporté que tu étais mort alors que te voici devant moi, bien vivant. Je les ferai fouetter jusqu'à ce que leur âme se détache de leurs os et je découvrirai la vérité. Pour le moment… Réponds à cette question, vermisseau.

Il s'approcha de Covenant et l'intensité de sa voix révéla au lépreux qu'il arrivait au cœur de son interrogatoire, au sujet qui l'intéressait par-dessus tout.

— La magie sauvage ne fait pas partie de ton monde. Elle viole ton incrédulité. Comment peux-tu utiliser un pouvoir auquel tu ne crois pas ?

Telle était donc la raison de la magnanimité dont Turpide avait fait preuve jusqu'alors. S'il avait interrogé Covenant au lieu de lui arracher tout bonnement les doigts pour lui prendre son anneau, c'est parce qu'il craignait que le lépreux n'ait secrètement acquis la maîtrise de la magie sauvage, qu'il n'ait risqué la mort dans les plaines Ravagées, à Mordouve ou à Kurash Qwellinir, et qu'il ne se soit laissé capturer que dans le seul but de le surprendre.

Cette crainte était sûrement née de la destruction du Bâton de la Loi. Un instant, Covenant pensa la mettre à profit. Puis il réalisa qu'il ne le pouvait pas. Dans son propre intérêt, afin que sa défense ne soit pas entachée par sa duplicité d'antan, il avoua :

— J'ignore comment l'utiliser. (Ses paroles avaient du mal à franchir sa lèvre boursouflée.) Je ne sais pas comment le canaliser, mais je parviens à le déclencher. Oui, je pourrais faire écrouler ce foutu glacier sur ta tête, Turpide.

Le Rogue ne douta pas une seule seconde qu'il ait dit la vérité. Sa silhouette d'ombre parut enfler tandis qu'il tonnait :

— *Tu ne déclencheras rien du tout !* J'ai suffisamment toléré ton insolence ! Tu te dis lépreux ? Je vais te montrer ce qu'est réellement la lèpre !

Un pouvoir semblable à mille milliers de guêpes folles enveloppa Covenant. Face à lui, l'ombre du Rogue continua à grandir jusqu'à ce que même Suilécume semble minuscule comparé à elle ; elle emplit la salle du trône, puis la Crypte tout entière. Elle était pareille à un abysse dans lequel le lépreux se sentit tomber. Il appela à l'aide, mais en vain. Tel un oiseau abattu en plein vol, il dégringola.

La vitesse de sa chute rugissait à ses oreilles et semblait vouloir l'aspirer hors de lui-même. Il croyait déjà percevoir la pierre sur laquelle il allait s'écraser, à une distance infinie en contrebas.

Dans le vide, une voix chargée du parfum de l'essence de rose souffla :

— Vénère-moi et je te sauverai.

Une irrépressible terreur envahit Covenant. Un tourbillon noir le précipitait vers la roche comme si toute la puissance de l'univers s'était mobilisée pour le broyer contre le granit inébranlable de sa destinée. Le Mépris hurlait dans sa tête, exigeant qu'il le laisse entrer, menaçant de le submerger tel le paradoxe suicidaire du vertige. Mais Covenant s'accrocha à lui-même et refusa de céder. Il était lépreux ; le Fief n'était pas réel ; ce n'était pas ainsi qu'il allait mourir. Avec toute la maigre force de son bras, il serra le poing sur son alliance.

L'impact résonna telle une explosion à l'intérieur de son crâne. Des griffes incandescentes lui lacéraient le cerveau. Le Rogue surfait sur sa douleur comme sur une vague, luttant pour engloutir ou faire écrouler la falaise de sa volonté. Mais Covenant était trop engourdi pour se briser. Ses mains et ses pieds étaient gelés, insensibles ; son front était déjà immunisé contre les maux et la noire boursouflure de sa lèvre lui était familière. Le froid d'un vert spectral ne pouvait faire plier son squelette. Il était aussi raide qu'un cadavre.

Turpide essaya d'entrer en lui, de fusionner avec lui. Son offre était extrêmement tentante : la fin de la douleur, la délivrance du long supplice que Covenant s'était obstiné à appeler sa vie. Mais il était harnaché à lui-même d'une façon qui ne lui permettait ni de se détourner ni de se rendre. Il était incrédule et lépreux. Il refusait tout en bloc.

Soudain, sa souffrance s'abîma dans les ténèbres et un courant d'air immobile l'emporta. Elle fut aussitôt remplacée par un engourdissement familier. Et Covenant réalisa qu'il se voyait. Il se tenait au milieu de nulle part, entouré de rien, et fixait ses mains d'un air hébété.

Au début, elles lui semblèrent normales. Ses doigts décharnés évoquaient des brindilles. L'annulaire et l'auriculaire manquants le faisaient toujours souffrir, l'emplissaient d'une sensation de perte qui lui arracha un grognement. Son anneau était intact, cercle argenté d'une perfection implacable.

Mais bientôt, des taches violettes apparurent. Lentement, elles recouvrirent les phalanges, s'étendirent aux paumes et commencèrent à suppurer, se gonflant comme des cloques avant de s'ouvrir pour révéler des abcès suintants.

Puis l'infection vira à la gangrène. Une puanteur de chair putréfiée se répandit tels les effluves d'un champignon toxique. Les os de Covenant se ratatinèrent. Dénudés, attaqués par la pourriture, affaiblis par la tension perpétuelle que leur infligeaient les tendons, ils se tordirent et se brisèrent.

Alors, la boursouflure noirâtre attaqua les poignets. La même pression, la même crispation involontaire déforma les avant-bras de Covenant de façon grotesque. Du pus se mit à dégouliner au-dessus de ses coudes. Quand il se tortilla pour écarter les pans de sa robe, il découvrit que ses jambes étaient rongées jusqu'aux genoux.

Cet assaut l'horrifia. Il contemplait son propre futur, l'inéluctable issue de la maladie, le bout du chemin que suivaient les lépreux qui ne se suicidaient pas mais ne luttaient pas assez fort pour se maintenir en vie. Il était de nouveau confronté à l'abominable vision qui l'avait décidé à se battre, bien des mois auparavant, à la léproserie ; mais voilà qu'il en était le sujet. Le sort qu'il avait tant cherché à éviter s'était abattu sur lui, violent et irrémédiable. Les fleurs de son mal s'étaient épanouies. Il ne lui restait plus rien à préserver.

Pourtant, il était dans son domaine. Il connaissait la lèpre comme le corps d'une maîtresse ; il savait qu'elle ne pouvait pas se propager aussi rapidement, aussi complètement. Sa vision n'était pas réelle. Et le mal n'était pas l'unique chose qui le définissait, il ne constituait pas son identité à elle seule. Malgré ce que les médecins lui avaient dit, malgré ce qu'il percevait en lui-même, Covenant était bien davantage qu'un lépreux.

— Non, Turpide, haleta-t-il. Ce n'est pas si facile.

— Tom ! Tom ! supplia une voix familière. (Covenant la connaissait et l'aimait autant que sa santé.) Renonce. Ne vois-tu pas ce que tu es en train de nous faire ?

Levant les yeux, il vit Joan debout devant lui. Son ex-femme lui tendait leur bébé, Robin, à bout de bras comme une offrande. Tous deux étaient exactement tels que dans le souvenir de Covenant. Joan arborait la même expression déchirée que lorsqu'elle l'avait imploré de comprendre les raisons de sa demande de divorce. Mais curieusement, elle était nue. Le cœur de Covenant saigna à la vue des trésors qui lui étaient désormais refusés.

Tandis qu'il la fixait, des taches violettes affleurèrent sous la peau de Joan. Des abcès recouvrirent ses seins ; un liquide jaunâtre se mit à couler de ses mamelons. Robin se débattit pathétiquement. Quand il tourna son regard de bébé vers son père, celui-ci vit que ses yeux étaient déjà vitreux, à demi aveuglés par la lèpre. Deux taches vermillon se dessinaient sur ses joues.

— Turpide ! Sois maudit !

Puis l'Incrédule avisa d'autres silhouettes qui se tenaient derrière Joan. Mhoram était là en compagnie de Léna, d'Atiaran, de Bannor et d'Hile Troy. Le visage du haut seigneur était constellé de chancres et ses yeux dégoulinaient comme s'ils se noyaient dans un abominable cloaque. Les cheveux de Léna étaient tombés, dénudant son crâne couvert de pustules. Un voile laiteux s'était abattu devant les prunelles d'Atiaran. Ses membres difformes et rabougris faisaient de Bannor un infirme. La figure d'Hile Troy n'était plus qu'une masse grouillante d'infection, qui semblait avoir attaqué jusqu'à son cerveau.

Venaient ensuite dix, vingt, trente autres personnes que Covenant avait rencontrées dans le Fief. Toutes étaient au dernier stade de la lèpre, rongées par la maladie jusqu'à la moelle. Et derrière elles se pressaient des inconnus au faciès et au corps hideux, agonisant dans d'épouvantables souffrances physiques et morales – aussi sûrement condamnés que si Covenant avait introduit parmi eux la plus virulente des épidémies.

À cette vue, l'Incrédule explosa. Sa fureur jaillit telle la lave trop longtemps contenue, projetant des geysers de passion brûlante dans le vide.

— Turpide ! hurla-t-il. Turpide, tu ne peux pas faire ça !

— Je suis déjà en train de le faire, répliqua la voix moqueuse de son adversaire.

— Arrête !

— Donne-moi l'anneau.

— Jamais !

— Alors, délecte-toi des conséquences de ton choix. Et réjouis-toi : je t'offre des compagnons de misère. Le lépreux a reformé le monde à son image pour ne plus souffrir seul.

— Je ne te laisserai pas faire !

Le Rogue éclata d'un rire sardonique.

— Tu m'aideras avant de mourir.

— Jamais ! Sois maudit ! *Jamais !*

Une rage bouillonnante comme le magma emportait Covenant au-delà de ses limites. Il jeta un dernier coup d'œil aux innombrables victimes massées devant lui, puis commença à se débattre tel un insecte luttant pour s'extirper de sa chrysalide.

Même s'il lui semblait flotter à la verticale dans l'abysse, il savait que son corps était toujours agenouillé sur le plancher de la salle du trône. Bandant sa volonté, il écarta les impressions sensorielles, les apparences qui lui masquaient la réalité physique. Et spasmodiquement, il redressa sa carcasse famélique. Il était aveugle, sous l'emprise du Rogue ; pourtant, il cracha :

— Je te vois, Turpide.

Il n'avait pas besoin d'yeux. Les nerfs de ses joues percevaient les émanations de pouvoir qui l'enveloppaient.

Il fit trois pas chancelants et sentit le Rogue se précipiter vers lui pour l'arrêter. Avant que ce dernier l'atteigne, il leva les bras et, les poings les premiers, se laissa tomber de tout son poids sur la Pierre de Maleterre.

À l'instant où son alliance entra en contact avec elle, un ouragan se déclencha dans sa main. Des bourrasques de feu vert et blanc fusèrent, faisant exploser l'air sur leur passage. L'attaque illusoire de Turpide fut déchiquetée tel un voile dont les lambeaux s'éparpillèrent instantanément. Covenant se retrouva allongé par terre, un vortex de pouvoir jaillissant de sa main mutilée.

Il se remit debout. D'une simple secousse des poignets, il se libéra de ses chaînes comme il l'eût fait d'un tissu de mensonges.

De l'autre côté de la Pierre, l'ombre du Rogue était accroupie en position de bataille. Ses yeux étincelaient telles des lames destinées à poignarder Covenant en plein cœur.

— Imbécile ! Vermisseau ! C'est moi qui commande, ici ! Je suis ton maître et celui de la Pierre ! Je vais te détruire ! Tu ne réussiras même pas à me toucher !

Tout en hurlant, Turpide projeta un éclair qui frappa la main de Covenant et se planta profondément dans le métal de son alliance. Un fluide glacial imprégna aussitôt l'or blanc, souillant sa teinte argentée de vert. De nouveau, l'Incrédule se sentit basculer dans le vide.

Sans transition, il se retrouva sur l'observatoire de Kevin. Il se tenait sur la plate-forme tel un titan et, avec son anneau maléfique, lâchait un nouveau rituel de profanation sur le Fief. Devant lui, la santé du monde se flétrissait. Les grands vermeils se fendaient et se brisaient. Les fleurs se fanaient. L'*aliantha* devenait poussière. La terre se changeait en sable. Les rivières s'asséchaient. Les stèlages et les sylves chutaient. La famine et les intempéries frappaient les créatures vivantes. Covenant était le seigneur d'une désolation absolue ; il régnait sur une ruine irréparable.

— *Jamais !*

D'une violente décharge de volonté, il pulvérisa la couleur qui contaminait le métal et se transporta dans la salle du trône. Son alliance avait retrouvé sa pureté immaculée et nulle force au monde n'aurait pu la dompter.

Covenant faillit éclater de rire. La Pierre ne pouvait pas le corrompre ; il était déjà aussi fondamentalement impur qu'il est possible de l'être.

— Tu as eu ta chance, lança-t-il d'une voix rauque. Tu as utilisé ton immonde pouvoir. À présent, c'est mon tour. Tu ne peux pas m'arrêter. Tu as brisé trop de lois. Et je suis extérieur à celles de ce monde ; elles ne me contrôlent pas. Mais elles seules auraient pu s'opposer à moi si tu les avais employées à bon escient. Maintenant, il ne reste que moi. Ma volonté va faire la différence. (Covenant haletait comme s'il n'arrivait pas à respirer assez profondément pour alimenter son extrême passion.) Je suis lépreux, Turpide. Je peux tout supporter.

Aussitôt, le Rogue l'attaqua. Il posa les mains sur la Pierre de Maleterre et projeta son pouvoir à l'intérieur du cœur d'émeraude palpitant. Une vague d'énergie verte s'abattit sur Covenant telle une avalanche. Incapable de résister, l'Incrédule tituba en arrière.

Il réalisa alors son erreur. Il avait tenté d'utiliser la magie sauvage comme un outil ou une arme, quelque chose d'extérieur à lui, qu'il pouvait manipuler avec des résultats bons ou mauvais selon ses intentions et son habileté. Mais Mhoram lui avait bien dit : « L'or blanc, c'est vous. » Le pouvoir nouvellement éveillé de Covenant faisait partie de lui ; c'était une expression de son âme, de son esprit, de son être. Covenant n'avait pas besoin de le braquer vers une cible et de le déclencher : il lui suffisait de le laisser jaillir en même temps que sa passion.

Avec un cri sauvage, il repoussa l'attaque du Rogue, la fit voler en éclats, la transforma en une nuée de gouttelettes de fièvre putride.

De nouveau, son adversaire frappa. Le pouvoir qui consumait l'air entre eux fondit sur Covenant, luttant pour interrompre le flot d'énergie blanche de son alliance. La collision des deux forces illumina la salle du trône, déclenchant des salves d'éclairs qui crépitèrent et se dévorèrent les uns les autres comme si tous les orages du monde étaient devenus fous.

L'immensité de l'affrontement ébranla Covenant et fit vaciller sa détermination. Il n'était pas habitué au pouvoir et ne possédait aucune aptitude au combat. Mais la rage qui l'animait au nom des lépreux et de toutes les victimes du Mépris l'aida à rester debout. Et son incrédulité lui permit de riposter.

Contrairement aux natifs du Fief, il savait que Turpide n'était pas invincible. L'existence du Rogue ne relevait pas d'une réalité absolue ; sa suprématie dépendait de la foi que les gens plaçaient en lui. Croyant son triomphe inévitable, les habitants du Fief n'auraient pas réussi à le vaincre. Mais Covenant, lui, ne pensait pas qu'il était forcé d'échouer face à l'ennemi. Le Mépris n'était qu'une partie extériorisée de lui-même, pas un dieu ni une entité immortelle. La victoire était donc possible.

Aussi Covenant se jeta-t-il dans la bataille de tout son cœur, de toute son âme et de tout son sang. Pas une seconde il n'envisagea la défaite. Peu importait ce que cela lui coûterait à titre personnel.

Turpide le força à reculer jusqu'au mur, près de Suilécume. La Pierre générait un holocauste autour de lui ; elle consumait les plus infimes frémissements de tiédeur et projetait de grandes lances de glace vers Covenant. Pourtant, celui-ci ne flancha pas. La magie sauvage était insondable, aussi infinie que le temps, aussi profonde que la Terre, un pouvoir à l'état brut que seule limitait la volonté de l'Incrédule. Et sa volonté ne cessait de croître, gonflée par la sève de sa rage. Peu à peu, il devenait l'égal du Rogue.

Bientôt, il recouvra une certaine liberté de mouvement et brava la tempête pour marcher sur le Rogue. Des décharges vertes et blanches incendiaient l'atmosphère ; des explosions assourdissantes se brisaient les unes contre les autres. Le froid glacial du Rogue et l'ouragan de l'Incrédule luttaient furieusement. Ils se tenaient à la gorge, se lacéraient, reprenaient des forces et repartaient de plus belle. Dans la virulence de la bataille, Covenant crut que Ridjeck Thome allait s'effondrer. Mais la Crypte tenait bon. Seuls les deux adversaires étaient secoués et malmenés par la tempête de pouvoir.

Soudain, l'Incrédule parvint à écarter le Rogue de la Pierre et son brasier blanc flamboya de plus belle. Sans un contact direct, Turpide ne contrôlait plus aussi parfaitement le fléau émeraude. Ses efforts se firent frénétiques, décousus. L'énergie qu'il ne maîtrisait pas secoua son trône, fit dégringoler de gros morceaux de plafond et fissura le plancher. Turpide se mit à vociférer dans un langage inconnu de Covenant.

L'Incrédule sauta sur l'occasion. Il s'avança, décochant des volées d'éclairs au Rogue pour l'empêcher de se ressaisir. Puis, brusquement, il entreprit d'ériger un mur de force entre ce dernier et la Pierre. Turpide poussa un glapissement aigu et tenta de le contrer.

Mais c'était trop tard. En un clin d'œil, la magie sauvage l'avait encerclé.

Sans s'accorder le moindre instant de répit, Covenant resserra l'étau autour du Rogue. Telles les griffes d'un faucon, les éclairs blancs se plantèrent dans la silhouette d'ombre.

L'aura de Turpide résista par de grandes gerbes d'étincelles. Elle était coriace et quasi impossible à pénétrer. À son contact, les décharges envoyées par l'Incrédule s'éteignaient comme des pétards mouillés.

Pourtant, l'obstination du Rogue n'avait d'égale que celle de Covenant. Celui-ci continua à bombarder l'aura émeraude jusqu'à ce qu'un prodigieux trait de foudre blanche la transperce.

L'impact ébranla la salle du trône avec la violence d'une secousse sismique. Des ondes de choc frappèrent l'Incrédule à la tête, pilonnant son crâne fiévreux. Mais il s'accrocha et ne laissa pas flancher sa volonté.

L'aura verte s'embrasa telle une feuille de papier ; en brûlant, elle se déchira et tomba en lambeaux fumants sur le sol. Alors, Turpide se matérialisa. Graduellement, il bascula de l'intangibilité à la présence physique. Une tête léonine au menton fièrement dressé, un visage autoritaire, une longue crinière et une barbe blanches, un torse large et puissant, des membres aussi purs que l'albâtre… Seuls ses yeux, venimeux, n'avaient pas changé.

Quand il fut entièrement solide, le Rogue croisa les bras sur sa poitrine et dit sur un ton dur :

— Maintenant, tu me vois pour de bon, vermisseau. (Sa voix ne trahissait aucune crainte, aucune capitulation.) Crois-tu m'avoir vaincu ? Imbécile ! Mon pouvoir surpassait déjà ta ridicule sagesse, ta pathétique volonté du temps où ton monde en était encore à ses premiers balbutiements.

« Je te le dis tout net : un mépris tel que le mien est l'unique produit de l'expérience et de la lucidité. À terme, tu n'agiras pas autrement que moi. Tu apprendras à honnir tes congénères pour les minuscules avanies auxquelles ils donnent le nom d'amour, de foi, d'espoir ou de loyauté. Tu découvriras qu'il est plus facile de les manipuler que de les laisser faire – plus facile et infiniment préférable. Tu deviendras l'ombre de ce que je suis, un Rogue n'ayant pas le courage de ses opinions.

« Dépêche-toi, vermisseau. Détruis mon œuvre si tu le désires, tue-moi si tu le peux, mais finissons-en ! Je suis las de ta compréhension superficielle.

Malgré lui, Covenant se sentit troublé. L'allure majestueuse du Rogue, sa dignité et sa résignation l'impressionnaient plus qu'aucun défi, aucune malédiction n'aurait pu le faire. Il se rendait compte que, malgré le chemin déjà parcouru, il lui restait encore beaucoup de réponses à trouver.

Mais avant qu'il puisse répondre, tenter d'exprimer les émotions et les intuitions que les paroles de Turpide avaient fait naître en lui, une détonation brisa le silence. Une grande porte invisible s'ouvrit et Covenant sentit des présences hostiles dans son dos. L'intensité de leur fureur faillit briser sa concentration et son emprise sur le Rogue. Il raffermit sa volonté et pivota en se préparant à subir un choc.

De hautes silhouettes semblables à celle qu'il avait vue dans la caverne du sang de la Terre, sous Melenkurion Barreciel, le toisaient de leur écrasante puissance. C'étaient les spectres des seigneurs morts, qui semblaient se manifester à travers la pierre plutôt qu'à l'intérieur de la salle du trône. Parmi eux, Covenant reconnut Kevin le Dévastateur. Les deux hommes livides qui se tenaient près de lui devaient être Loric Vilmotu et Damelon Gigamis, raisonna-t-il. Prothall et Osondrea étaient également là, en compagnie d'une vingtaine d'hommes et de femmes dont il n'avait jamais entendu parler. Son regard se posa brièvement sur Elena fille de Léna avant de se lever vers la plus imposante des apparitions : un colosse aux yeux ardents et à la main mutilée. Berek Terramis, le père fondateur.

Avec une rage qui ébranla Covenant jusqu'à la moelle, les spectres tonnèrent en chœur :

— Tue-le ! C'est en ton pouvoir ! N'écoute pas ses mensonges éhontés. Au nom de la Terre, de la vie et de la santé, tue-le !

Leur passion avide se déversa sur l'Incrédule comme pour le submerger. Ils étaient les défenseurs du Fief. Ils avaient juré de protéger et de faire prospérer ce monde. Pourtant, Turpide avait surpassé chacun d'eux. Tandis qu'on les enterrait l'un après l'autre, leur ennemi ancestral avait survécu et poursuivi ses ravages. Ils lui vouaient une haine brûlante, à côté de laquelle la colère individuelle de Covenant était insignifiante.

Mais, au lieu de l'aiguillonner, leur véhémence dissipa l'exaltation du lépreux. Sa violence s'évapora, cédant la place à un chagrin si poignant qu'il eut du mal à retenir ses larmes. Les seigneurs méritaient qu'il leur obéisse ; ils avaient le droit de lui donner des ordres. Mais leurs exigences clarifiaient son intuition. Il se souvint de la soif de sang de Suilécume et réalisa que la rage ne l'aiderait pas à accomplir son dessein. C'était un instrument adéquat pour se battre, pas pour résister. Au contraire : elle risquait de compromettre l'objectif qu'il aspirait à atteindre.

D'une voix enrouée par le chagrin, il déclara :

— Je ne peux pas le tuer. Chaque fois que vous avez essayé, il a survécu et est revenu plus fort que jamais, car telle est la nature du Mépris. Non, je ne peux pas le tuer.

Abasourdis, les seigneurs se mirent à trembler de consternation.

— Vas-tu donc le laisser vivre ? s'exclama Kevin, horrifié.

Covenant ne pouvait pas répondre directement. Aussi suivit-il son intuition. Pour la première fois depuis le début de son combat contre le Rogue, il se tourna vers Salin Suilécume.

Enchaîné au mur, le géant avait observé la scène. Ses chevilles et ses poignets ensanglantés montraient combien il avait lutté pour se libérer, et il semblait choqué par la bataille à laquelle il venait d'assister, mais, cela mis à part, il était indemne. Il fixa Covenant avec une profonde sympathie, comme s'il comprenait son dilemme.

— Jusqu'à présent, tu t'es bien débrouillé, mon ami, souffla-t-il. Je m'en remets au choix que te dictera ton cœur.

— Il n'y en a pas de possible, haleta Covenant, luttant pour refouler ses larmes. Je ne vais pas le tuer : il reviendrait, et tout recommencerait. Je ne veux pas être responsable de ça. Non, Suilécume, mon ami. Tout dépend de toi à présent… et d'eux.

Du menton, il désigna les spectres.

— La joie est dans les oreilles qui entendent, tu t'en souviens ? C'est toi qui me l'as appris. Écoute-moi bien. Voici la joie que je te donne à entendre : j'ai battu le Rogue. Le Fief est en sécurité… pour le moment. Je te le jure. Maintenant, je voudrais… (Ses yeux s'embuèrent.) Je voudrais que tu ries. Que tu fasses résonner un peu de joie dans ce trou maudit. (Il pivota vers les seigneurs.) Vous aussi, riez ! Vous m'entendez ? Oubliez le Rogue et prenez votre guérison en main !

L'espace d'un long moment qui faillit briser la volonté de Covenant, pas un bruit ne résonna dans la salle du trône. Turpide dégageait un mépris glacial ; les spectres arboraient une mine ahurie et Suilécume s'était affaissé dans ses chaînes comme sous le poids d'un fardeau trop lourd pour lui.

— Aidez-moi ! implora Covenant.

Enfin, sa supplique toucha le cœur de ceux qui l'écoutaient. Au prix d'un terrible effort, Suilécume se mit à rire. Ce fut d'abord un son discordant, qu'il cracha comme une malédiction. Et à ce niveau, les seigneurs purent le partager. Ils ricanèrent à la face du Rogue, le vaincu.

Mais, tandis que Suilécume luttait pour retrouver sa jovialité naturelle, ses muscles se détendirent. Le nœud de sa gorge se défit ; sa cage thoracique se relâcha pour laisser le vent de la bonne humeur chasser les cendres de rage et de douleur qui tapissaient ses poumons. Bientôt, quelque chose qui ressemblait fort à une joie sincère perça dans son intonation.

Le phénomène se révéla contagieux. Sous son influence, les seigneurs renoncèrent à s'accrocher à la haine. Un souffle d'allégresse passa dans leurs rangs, gagnant force et vitesse à chaque instant. En l'espace de quelques secondes, leurs ricanements se muèrent en hilarité pure. Ils ne riaient pas pour se moquer de leur adversaire, mais parce que c'était bon et que cela leur faisait du bien.

Ce son fit frémir le Rogue. Il lutta pour conserver son apparence majestueuse, mais en vain. Avec un cri de douleur et de colère mêlées, il se couvrit le visage tandis qu'une étrange métamorphose s'opérait en lui. Ce fut comme si les années de sa longue existence fondaient au soleil de la joie de ses ennemis. Ses cheveux et sa barbe foncèrent, et il rajeunit à une vitesse époustouflante ; simultanément, il perdit stature et solidité. Il devint un adolescent flou, puis un enfant à peine visible et, l'espace d'une fraction de seconde, un bébé transparent qui hurlait sa frustration. Enfin, il disparut.

Tout en riant, les seigneurs s'étaient eux aussi estompés. Le Rogue vaincu, ils retournaient à la tombe qu'ils n'auraient jamais dû quitter. La rupture de la loi de la mort leur avait enfin apporté autre chose que des souffrances.

Covenant se retrouva seul avec Suilécume.

Il pleura sans retenue. L'épuisement résultant de son périple et du combat qu'il venait de livrer l'avait finalement rattrapé. Il se sentait trop faible pour lever la tête, trop las pour vivre une seconde de plus. Pourtant, il lui restait encore une chose à faire. Il avait promis que le Fief serait en sécurité et n'entendait pas manquer à sa parole.

— Suilécume ? sanglota-t-il. Mon ami ?

Sa voix implorait le géant de le comprendre, car il n'avait pas la force de formuler sa question à voix haute.

— Ne t'en fais pas pour moi, répondit Suilécume. (Il semblait étrangement fier, comme si Covenant venait de lui accorder un honneur inimaginable.) Thomas Covenant, seigneur suprême et Incrédule, courageux porteur d'or blanc, je ne désire nulle autre fin. Fais ce que tu dois, mon ami. Je suis en paix. J'ai été le témoin d'une histoire merveilleuse.

Covenant hocha la tête. Suilécume était assez grand pour prendre les décisions le concernant. D'une pensée, Covenant brisa ses chaînes afin qu'il puisse au moins tenter de s'échapper si tel était son désir. Puis la présence de son ami devint cendres dans sa conscience.

Tout en traînant les pieds sur le sol, il tenta de se convaincre qu'il avait trouvé la réponse à la mort : la solution était de l'utiliser au lieu d'en devenir la victime – de la contrôler en la forçant à servir ses croyances, ses desseins. Ce n'était pas une bonne réponse, mais c'était la seule dont il disposât.

Se fiant aux nerfs de son visage, il tendit les mains vers la Pierre de Maleterre comme si elle était le fruit de l'arbre de la connaissance.

Dès qu'il la toucha, la puissance assoupie de son anneau se réveilla. Un immense pilier de feu blanc et vert jaillit vers le plafond comme pour transpercer les cieux. En le sentant défoncer la coquille malmenée de son être, Covenant sut qu'il avait trouvé son feu. Au cœur du cyclone, il s'agenouilla près de la Pierre et l'enlaça. Du sang goutta de sa lèvre empoisonnée et fut aussitôt vaporisé par le rayonnement émeraude.

À chaque instant, la conjonction des deux pouvoirs dégageait davantage d'énergie. Pareille à un cœur dénué de vie mais animé par une indomptable fureur, la Pierre vibrait dans les bras de Covenant, cherchant par réflexe à le détruire avant d'être détruite. Et le lépreux la serrait sur sa poitrine, l'embrassait comme un destin qu'il aurait choisi. Il ne pouvait pas éliminer la Corruption, mais il pouvait essayer de détruire son principal outil. Sans la Pierre, les vestiges du Mépris mettraient des siècles et des siècles de plus à reconstituer leur pouvoir perdu. Aussi Covenant s'abandonna-t-il au feu glacial de l'artefact en bandant les derniers lambeaux de sa volonté.

L'ouragan blanc et vert enfla jusqu'à remplir la salle du trône et continua à monter au travers de la roche pour échapper aux boyaux de Ridjeck Thome. Tels des guerriers prisonniers d'une étreinte mortelle, l'émeraude et l'argent flamboyaient en tournant si vite sur eux-mêmes qu'aucun granit n'aurait pu leur barrer le passage – ni endurer une telle pression très longtemps.

Les fondations du promontoire se mirent à trembler. Les murs de la Crypte plièrent ; de grands morceaux de plafond se détachèrent ; les veines minérales les plus tendres fondirent et s'écoulèrent ainsi que des ruisseaux.

Puis une énorme convulsion agita la Crypte. Des fissures béantes s'ouvrirent dans le sol et fusèrent le long des murs comme si elles voulaient s'enfuir. La roche frémit et grogna. Des détonations étouffées firent remonter de gros nuages de débris par les crevasses. Mordouve cracha des geysers de lave. Les tours jumelles s'inclinèrent tels des saules par jour de grand vent.

Soudain, le cœur de Ridjeck Thome explosa. La déflagration souleva les eaux de la mer du Levant. Sous une pluie de rochers aussi gros que des maisons ou des villages entiers, le promontoire se fendit de la pointe à la base. Les deux moitiés s'écartèrent l'une de l'autre et, avec un grondement de tonnerre cataclysmique, basculèrent dans l'océan.

Aussitôt, l'eau s'engouffra dans la faille depuis l'est tandis que la lave s'y déversait depuis l'ouest. La collision produisit un monstrueux nuage de vapeur qui dissimula l'effondrement de Ridjeck Thome et masqua la fureur des éléments déchaînés, sans toutefois voiler le pouvoir qui flamboyait en son cœur.

C'était un vortex blanc et vert, sauvage, qui se précipitait vers une apocalypse imminente.

Mais le blanc dominait, et il finit par prévaloir.

21

La fin du lépreux

AINSI THOMAS COVENANT TINT-IL SA PROMESSE.

Très longtemps après l'explosion, il flotta dans les ténèbres de l'épuisement et de l'oubli. Il se sentait aussi indifférent, aussi insensible que s'il était déjà mort. Mais son cœur continuait à battre comme s'il n'était ni assez lucide ni assez sage pour s'arrêter alors qu'il n'avait plus aucune raison de continuer. Fragile et besogneux, il le maintenait en vie.

Et tout au fond de lui, dans un endroit bien caché et bien défendu, sous son crâne, subsistait une vague étincelle de conscience. Le feu primordial de son être ne s'était pas encore éteint, même s'il semblait s'abîmer lentement dans la terre molle et tiède de sa tombe.

Covenant n'aspirait qu'à un repos bien mérité. Mais il avait payé beaucoup trop cher la sérénité diffuse qui l'imprégnait. Il ne pouvait pas approuver cette issue.

– Suilécume est mort, murmura-t-il.

Jamais il n'échapperait à la culpabilité. Aucune réponse ne valait pour l'ensemble de ses questions. Il réussirait peut-être à survivre, mais pas à retrouver la pureté. Alors, à quoi bon ?

En lui, une petite voix têtue protesta : « Ce n'est pas ta faute. Il était libre de prendre ses décisions. Au-delà d'un certain point, ton sens des responsabilités n'est qu'une forme sophistiquée de suicide. »

C'était un argument tout à fait valable, Covenant devait le reconnaître. Les lépreux étaient condamnés dès qu'ils commençaient à se croire responsables de leur état. Au final, la culpabilité ne différait guère de la mortalité. Toutes deux étaient des faits irrémédiables, contre lesquels il ne servait à rien de se révolter. Mais Suilécume avait disparu. Jamais plus Covenant ne l'entendrait rire.

— Alors, console-toi avec ton autre innocence, lança une voix dans les ténèbres. Tu n'as pas choisi cette mission. Tu ne l'as pas entreprise de ton plein gré. Elle t'a été imposée. La faute retombe donc sur celui qui te l'a attribuée sans ton consentement.

Covenant n'eut pas besoin de demander qui lui parlait. Il avait reconnu la voix du mendiant qui l'avait abordé avant son premier séjour dans le Fief, le vieil homme qui lui avait rendu son alliance et lui avait fait lire un texte sur la question fondamentale de l'éthique.

— Vous deviez être bien sûr de vous, hasarda-t-il.

— Absolument pas. Le risque était énorme, non seulement pour le monde que j'avais créé, mais aussi pour moi. Si mon ennemi s'était rendu maître de l'or blanc et de la magie sauvage, il aurait pu s'arracher à la Terre, la détruire pour être en mesure de m'attaquer directement.

« Non, Thomas Covenant. J'ai placé ma confiance en toi sans savoir ce qui en résulterait. Mes mains étaient liées. En touchant la Terre pour la défendre, je n'aurais réussi qu'à détruire ce que je voulais protéger. Seul un homme libre pouvait se dresser contre mon adversaire et préserver ma création.

Dans le ton de son interlocuteur, Covenant décela de la compassion, du respect et même de la gratitude. Mais cela ne suffit pas à le convaincre.

— Je n'étais pas libre, puisque je n'avais pas choisi, objecta-t-il.

— Ah ! mais tu n'étais pas sous l'emprise de mon influence ; je ne te manipulais pas. Je t'ai choisi sans pour autant te forcer à servir mon dessein. Si tel avait été ton désir, tu aurais très bien pu damner le Fief, la Terre et même le temps. Comme je viens de te le dire, le risque était énorme, mais tu représentais mon unique espoir.

Covenant haussa les épaules dans le noir.

— Tout de même, je n'étais pas libre, insista-t-il. La chanteuse qui m'a appelé Berek. Les prêcheurs. La petite fille qui s'est fait mordre par un serpent. Vous m'avez peut-être laissé libre d'agir dans le Fief, mais vous m'avez manipulé dans ma vie.

— Non, répondit doucement la voix. Ces événements n'étaient que le fruit du hasard. Si je t'avais guidé de quelque façon que ce soit, tu serais devenu mon instrument, inutile, impuissant. Privé de ton indépendance, incapable de choisir toi-même ton allégeance, tu n'aurais pu venir à bout de mon ennemi. Non, j'avais déjà pris trop de risques en te parlant une fois. Par la suite, je n'ai plus jamais interféré avec tes décisions.

Covenant détestait penser qu'il aurait pu provoquer la ruine du Fief. Il était passé si près de tout détruire ! Il garda le silence, ruminant les propos du Créateur et mesurant la décision que celui-ci avait prise. Puis il demanda :

— Qu'est-ce qui vous a fait penser que je ne m'effondrerais pas, que je ne céderais pas tout bonnement au désespoir ?

— C'est une émotion comme les autres, affirma la voix sans se troubler. Seule l'habitude de se livrer à lui entraîne la damnation. Or, tu avais déjà eu l'occasion de te familiariser avec l'une et l'autre, ainsi qu'avec la loi de la vie. Ta connaissance intime de la maladie avait développé ta sagesse.

« Ma sagesse... » Covenant ne comprenait pas pourquoi son stupide cœur s'obstinait encore à battre.

— Et puis, tu étais toi aussi un créateur. Tu savais par expérience que nous sommes parfois impuissants à sauver notre œuvre. Souvent, c'est cette impuissance qui enseigne le désespoir à nos créations.

— Et les créateurs ? Pourquoi ne désespèrent-ils jamais, eux ?

— Parce que, s'ils ne supportent plus le monde qu'ils ont façonné, ils peuvent toujours en imaginer un autre. Non, Thomas Covenant. (La voix partit d'un petit rire triste.) Les créateurs sont à la fois trop puissants et trop impuissants pour offrir une prise au désespoir.

« Je comprends », acquiesça Covenant en son for intérieur. Puis, par habitude, il ajouta : « Mais ce n'est pas si facile. » Il voulait que la voix s'en aille, qu'elle le laisse en tête à tête avec l'oubli. Mais même si elle ne disait plus rien, il devinait qu'elle n'était pas partie. Il se laissa dériver dans les ténèbres un moment avant de se résoudre à demander :

— Que voulez-vous ?

— Thomas Covenant, mon fils malgré toi, je souhaite te faire un cadeau, t'offrir quelque chose en témoignage de mon ineffable gratitude. Selon toutes les lois de l'univers – celles de ton monde comme celles du mien –, j'ai une dette envers toi. Tu as sauvé ma Terre alors qu'elle vacillait au bord de la dissolution. Aucun trésor ne sera assez précieux pour te récompenser.

« Un cadeau ? » Covenant poussa un soupir. Non. Il ne pouvait pas s'abaisser à réclamer un remède à la lèpre. Il était sur le point de refuser l'offre du Créateur quand une idée lui traversa l'esprit.

— Sauvez le géant, s'écria-t-il, tout excité. Sauvez Salin Suilécume !

— Hélas, répondit la voix sur un ton infiniment chagriné. C'est impossible. Ne t'ai-je pas dit que, si ma main venait à toucher la Terre, elle briserait l'arche du temps ? Si immense que soit ma gratitude, je ne peux rien faire pour toi dans le Fief. Sinon, jamais je n'aurais permis à mon ennemi de causer autant de dégâts.

Covenant acquiesça à regret. C'était logique. Après quelques instants de flottement, il lança :

— Alors, vous ne pouvez rien faire pour moi. J'ai dit à Turpide que je ne croyais pas en lui. Je ne crois pas non plus en vous. J'ai eu l'occasion de faire un choix important. Ça me suffit. Les présents sont trop coûteux ; c'est un luxe que je ne puis m'offrir.

— Mais tu as gagné…

— Je n'ai rien gagné du tout. (Une vague colère s'agita en lui.) Vous ne m'en avez pas laissé la possibilité. Vous m'avez parachuté dans le Fief sans mon consentement. Je n'ai fait que voir la différence entre la santé et… la maladie. Ça ne m'a pas réclamé de vertu particulière.

— Ne sois pas si prompt à juger les créateurs de mondes, répliqua la voix. Te crois-tu capable d'écrire une histoire dont aucun personnage n'aurait motif à se plaindre de toi ?

— En tout cas, j'essaierai.

— J'espère que tu réussiras. Mais dans mon propre intérêt, je souhaite te faire un cadeau, et je te prie de m'y autoriser.

— Non.

Le refus de Covenant se fondait sur la lassitude plutôt que sur une quelconque animosité. Il ne voyait tout simplement rien qu'il soit en mesure d'accepter.

— Je peux te ramener dans le Fief. Tu y passeras le reste de ta vie dans la santé et les honneurs, ainsi qu'il sied à un héros.

« Miséricorde. Je ne pourrais pas le supporter. »

— Non, merci. Ce n'est pas mon monde. Ma place n'est pas là-bas.

— Alors, je peux t'apprendre à croire que tes expériences dans le Fief ont été réelles.

« Ce n'est pas si facile. »

— Non. Vous me rendriez fou.

La voix garda le silence pendant un moment avant de reprendre sur un ton légèrement irrité :

— Très bien, Thomas Covenant. Mais avant de m'opposer encore un refus, écoute ce que j'ai à te dire.

« Quand les parents de la fillette que tu as sauvée ont réalisé ce que tu venais de faire, ils ont cherché à t'aider. Tu étais blessé et à demi mort de faim. Tes efforts physiques avaient hâté la circulation du venin entré dans ton sang par la coupure de ta lèvre. Ton état était critique. Ils t'ont conduit à l'hôpital pour qu'on te soigne.

« Le traitement que les guérisseurs de ton monde t'ont administré était un antidote fabriqué à partir de sang de cheval. Or, il se trouve que ton corps rejette… que tu es allergique au sang de cheval. Ta réaction est extrêmement violente. Affaibli comme tu l'es, tu n'y survivras pas. En ce moment même, tu te tiens sur le seuil qui sépare la vie de la mort.

« Thomas Covenant, écoute-moi. (La voix vibrait de compassion.) Je peux te rendre la vie, donner à ta chair malade la force dont elle a besoin pour subsister.

Covenant ne répondit pas tout de suite. Dans son passé à demi oublié, il avait entendu dire que certaines personnes étaient allergiques à ce genre de vaccin. Les médecins de l'hôpital auraient dû faire un test avant de lui administrer une dose complète, mais peut-être n'en avaient-ils pas eu le temps. Un instant, il envisagea de mourir entre leurs mains. Ce serait une forme de vengeance comme une autre… Mais il rejeta aussitôt cette idée. Il en avait fini avec l'apitoiement.

— Je préfère survivre, murmura-t-il. Je ne veux pas finir ainsi.

— Marché conclu, se réjouit la voix. Tu vivras donc.

Par la force de l'habitude, Covenant répliqua :

— Je le croirai quand je le verrai.

— Tu le verras. Mais d'abord, je vais te montrer autre chose. Tu n'as pas réclamé ce cadeau ; je vais pourtant te l'offrir, que tu le veuilles ou non. Je ne t'ai pas demandé ton avis quand je t'ai choisi pour le Fief, et je ne te le demande pas maintenant.

Avant de pouvoir protester, Covenant sentit que la voix l'avait quitté.

Une fois de plus, il se retrouva seul dans les ténèbres. L'oubli l'enveloppa si confortablement qu'il regretta presque sa décision de vivre. Puis quelque chose autour de lui ou en lui se mit à changer. Sans que ses perceptions entrent en jeu, il prit graduellement conscience de la lumière du soleil, de voix qui parlaient tout bas, d'une brise tiède. Et il se retrouva en train d'observer une scène comme s'il s'était tenu au sommet d'une des collines qui entouraient Scintillia.

Les eaux limpides du lac reflétaient l'azur vivace des cieux et le vent tiède charriait une odeur printanière. Les hauteurs alentour arboraient les cicatrices infligées par l'hiver surnaturel, déjà, l'herbe recommençait à pointer à travers le sol ravagé par le gel et quelques fleurs plus robustes que les autres oscillaient courageusement au bout de leur tige. La terre nue avait perdu sa stérilité grisâtre. La guérison du Fief était en bonne voie.

Des centaines de gens s'étaient rassemblés autour de Scintillia. Au milieu, Covenant distingua le haut seigneur Mhoram. Il se tenait face à Scintillia, tourné en direction du soleil levant. Il ne portait pas son bâton et d'épais bandages enveloppaient ses mains. Sur sa gauche se trouvaient Trevor et Loerya en compagnie de leurs trois filles ; sur sa droite, Amhatin. Tous quatre affichaient une expression de joie solennelle, mais l'éclat du regard de Mhoram éclipsait celui de ses pairs, témoignait de la victoire du Fief de manière encore plus éloquente.

Derrière les seigneurs, Covenant avisa Quaan et Thorm. Le premier était flanqué par les chevrons de la milice, et le second par tous les ignessires et les magistères de la Citadelle. Trell Atiaran-mi ne se trouvait pas parmi eux. Covenant comprit instinctivement pourquoi. Trell avait dû explorer son dilemme personnel jusqu'à sa conclusion ; il était sûrement parti ailleurs… ou mort. Une fois de plus, l'Incrédule ne put se défendre contre la culpabilité.

Autour des seigneurs se massaient les gardiens de la Loge et les soldats de la milice, et derrière eux, tous les survivants du siège de Pierjoie : fermiers, bouviers, palefreniers, cuisiniers, artisans, enfants et parents, jeunes et vieux. Ils ne semblaient guère nombreux, mais Covenant savait qu'ils suffiraient à entamer la restauration de la Citadelle.

Sous ses yeux, la foule approcha de Scintillia et fit le silence. Mhoram attendit que l'attention générale soit concentrée sur lui pour hausser la voix :

— Peuple du Fief, nous sommes rassemblés aujourd'hui pour célébrer la vie. Je n'ai pas d'ode à vous chanter. Je suis encore faible, comme vous tous. Mais nous avons survécu. Le Fief a été préservé. La déroute et la fuite de l'armée du Rogue nous prouvent qu'il a été vaincu. Les échos de bataille qui ont résonné à travers le *krill* clament que l'or blanc a combattu la Pierre de Maleterre et prévalu. C'est une raison bien suffisante pour que nous nous réjouissions

– et pour que nos descendants continuent à se réjouir jusqu'à la fin de notre ère.

« En témoignage de cette victoire, j'ai apporté le *krill* à Scintillia.

Glissant maladroitement sa main blessée à l'intérieur de sa robe, Mhoram en sortit l'épée courte dont la gemme était redevenue inerte.

— Il nous montre que le seigneur suprême Thomas Covenant, Incrédule et porteur d'or blanc, est retourné dans son monde, où ce grand héros fut modelé pour notre délivrance. Mon cœur le déplore, mais il devait en être ainsi. Et je ne crois pas qu'il soit perdu pour nous à jamais. Les légendes de jadis ne disaient-elles pas que Berek Demi-Main reviendrait parmi nous ? Leur prophétie ne s'est-elle pas réalisée en la personne de l'Incrédule ? Et elle se réalisera de nouveau.

« Mes amis, Thomas Covenant m'a demandé un jour pourquoi nous nous consacrions à l'étude de la Sagesse de Kevin le Dévastateur. Durant la guerre qui vient de s'achever, nous avons découvert les dangers de cette Sagesse. Comme le *krill*, c'est un pouvoir à double tranchant, susceptible d'être utilisé pour le carnage autant que pour la protection. Son usage compromet notre serment de paix.

« Je suis Mhoram fils de Varil, haut seigneur par choix du conseil. Et je déclare qu'à compter de ce jour, nous tournerons le dos à tout savoir constituant une menace pour la paix. Nous chercherons jusqu'à ce que nous trouvions notre propre sagesse, celle qui nous permettra de préserver le Fief sans trahir notre serment. Nous servirons la Terre à notre façon.

Comme il achevait son discours, Mhoram brandit le *krill* et le lança très haut dans les airs. L'arme décrivit un arc étincelant et retomba au centre de Scintillia. À l'instant où elle toucha les eaux gorgées de pouvoir, elle s'embrasa, projetant une explosion de lumière blanche dans leurs profondeurs. Puis elle disparut à jamais.

Mhoram regarda les ondulations s'estomper à la surface du lac. Il leva les bras en un geste exultant et, derrière lui, les habitants de la Citadelle se mirent à chanter :

> Salut à toi, Incrédule !
> Gardien qui dévoile la vérité et éradique les
> [fléaux,
> Seigneur suprême, Malesauveur et Prouve-Vie.
> Salut à toi, Covenant !
> Porteur d'or blanc à la main mutilée,
> Serviteur de la magie sauvage,
> Tu détiens le pouvoir qui préserve.
> Chante, peuple du Fief ; témoigne-lui ton
> [dévouement,
> Perpétue son honneur et sa gloire jusqu'à la fin
> [des temps,
> Protège à jamais les fruits de sa victoire.
> Salut à toi, Incrédule !
> Salut à toi, Covenant !

Alors, tous les habitants de la Citadelle levèrent leur bâton, leur épée ou leurs mains vers Covenant. Les yeux de l'Incrédule se remplirent de larmes, qui lui brouillèrent la vue et changèrent Scintillia en une simple tache de lumière. Il cligna très vite des paupières pour les chasser, afin de ne pas perdre une miette du spectacle.

Puis il réalisa qu'au lieu de se répandre sur ses joues, ses larmes coulaient du coin de ses yeux et allaient se perdre dans ses oreilles ou dans son cou. Il était allongé sur le dos. Quand il parvint à focaliser sa vision, à la régler comme l'objectif d'un appareil photo, il se rendit compte que la tache claire était le visage d'un homme. Celui-ci l'observa, puis battit en retraite dans une brume de lumière fluorescente.

Petit à petit, Covenant distingua le bord d'un lit encadré par des barres métalliques horizontales. Son poignet gauche était attaché à l'une d'elles, probablement pour qu'il ne fasse pas bouger l'aiguille plantée au creux de son coude et reliée par un tube de plastique transparent à une bouteille d'intraveineuse. Une légère odeur de germicide planait dans l'air.

— Si je ne l'avais pas vu de mes propres yeux, je ne le croirais pas, s'émerveilla l'inconnu. Ce pauvre diable va s'en tirer.

— C'est pour ça que je vous ai appelé, docteur, lança une voix féminine. Ne peut-on rien faire ?

— Faire ? répéta sèchement son interlocuteur.

— Ce n'est pas ce que je voulais dire, se défendit la femme. C'est un lépreux ! Il terrorise les gens de cette ville depuis des mois. Personne ne sait comment le maîtriser. Les autres infirmières veulent… Elles exigent d'être payées en heures supplémentaires pour s'occuper de lui. Et regardez-le ! Il est dans un tel état… Mieux vaudrait pour tout le monde qu'il… Qu'il…

— Ça suffit ! aboya l'homme. Si j'entends encore un mot de ce genre sortir de votre bouche, vous pourrez vous chercher un autre poste. Vous ne voulez pas aider les malades ? Changez de métier !

— Je ne pensais pas à mal, grommela la femme en sortant de la pièce.

Après son départ, Covenant perdit le médecin de vue pendant un petit moment. Il tenta d'évaluer sa situation. Son poignet droit était attaché lui aussi, de sorte qu'il gisait dans la position d'un crucifié. Ses pieds et ses mains étaient engourdis. Son front palpitait de fièvre. Sa lèvre blessée était boursouflée et douloureuse. L'infirmière n'avait pas tort : il était dans un sale état.

Le docteur s'approcha à nouveau de son lit. Il semblait jeune et en colère. Puis un autre homme entra dans la chambre, un toubib plus âgé que Covenant reconnut – il l'avait soigné durant son précédent séjour à l'hôpital. Contrairement à son confrère, il ne portait pas une blouse blanche mais un costume sombre.

— J'espère que vous aviez une bonne raison de m'appeler, lança-t-il. Je ne manque pas la messe pour n'importe qui. Surtout le jour de Pâques.

— C'est un hôpital, pas une foutue église, grommela le jeune praticien. Évidemment que j'avais une bonne raison.

— Qu'est-ce qui vous tracasse ? Il est mort ?

— Non. Bien au contraire. Il faisait un choc allergique ; il était en train de mourir parce que son corps était trop faible, trop infecté et trop empoisonné pour lutter. Et tout à coup… son pouls et sa respiration sont redevenus réguliers, ses réactions pupillaires normales et il a commencé à reprendre des couleurs. Je vais vous dire : c'est un vrai miracle.

— Allons, allons. Je ne crois pas aux miracles, et vous non plus. (Il jeta un coup d'œil à la feuille de soins puis, à l'aide d'un stéthoscope, écouta le cœur et les poumons de Covenant.) Peut-être est-il tout simplement trop têtu pour mourir. (Il se pencha vers le patient.) Monsieur Covenant, j'ignore si vous pouvez m'entendre. J'ai une nouvelle importante à vous annoncer. J'ai vu Megan Roman hier, votre avocate. Elle a dit que le conseil municipal avait décidé de ne pas reclasser le Refuge. Depuis que vous avez sauvé cette fillette… disons que beaucoup de gens ont honte de la façon dont ils vous ont traité. Difficile de chasser un héros de chez lui.

« Bien entendu, pour être tout à fait honnête, je dois vous avouer qu'ils ont été influencés par le tour de passe-passe que Megan Roman a effectué pour vous. C'est une sacrément bonne avocate. Elle a pensé que le conseil y réfléchirait à deux fois avant de vous expulser s'il savait qu'un grand hebdomadaire préparait un article sur le célèbre romancier qui sauve un enfant mordu par un serpent. Aucun de nos politiciens locaux ne voulait lire un gros titre du genre : “La ville qui bannit ses héros.” Bref, le résultat, c'est que vous garderez le Refuge.

Le médecin recula et sortit du champ de vision de Covenant. Au bout d'un moment, celui-ci l'entendit dire à son jeune collègue :

— Vous ne m'avez toujours pas expliqué pourquoi vous êtes aussi énervé.

— Ce n'est rien, répondit l'autre comme ils quittaient la pièce ensemble. Une de nos Florence Nightingale a suggéré qu'on devrait l'euthanasier.

— Laquelle ? Je vais demander à l'infirmière en chef de la transférer. On trouvera quelqu'un d'autre pour s'occuper décemment de lui.

Puis ils s'éloignèrent, laissant Covenant seul dans son lit.

« Un miracle », pensa-t-il confusément.

Il était malade, victime de la maladie de Hansen. Mais il n'était pas que lépreux. La loi de sa maladie était gravée sur les nerfs de son corps en grosses lettres indélébiles ; pourtant, il ne se réduisait pas à elle. Au moment le plus critique, il avait fait le nécessaire pour sauver le Fief. Il avait un cœur qui faisait encore circuler son sang dans ses veines, des os qui pouvaient encore supporter son poids. Et il avait… lui-même.

Thomas Covenant, Incrédule.

« Un miracle. »

Malgré la douleur de sa lèvre, il sourit. Parce qu'il était vivant.

Glossaire

affranchis : étudiants de la Sagesse dégagés de leurs responsabilités
Ahanna : peintre ; fille d'Hanna
aliantha : baies prodigieuses
amanibhavam : herbe curative pour les chevaux, mais dangereuse pour les hommes
Amhatin : seigneur ; fille de Mhatin
Amorine : premier chevron de la milice
anathème (ou mot d'avertissement) : rebutant puissant et destructeur
anundivian yajña : art de la sculpture sur os, développé puis oublié par le peuple de Ra ; également appelé « moellage »
apatrides : surnom donné aux géants
Arbre primordial : arbre mystique dans le bois duquel fut taillé le Bâton de la Loi
Artisan : nom donné par les *jheherrin* au seigneur Turpide

Asuraka : doyenne du Bâton à la Loge

Atelier : nom donné par les *jheherrin* à la Crypte du Rogue

Atiaran Trell-mie : stèlagienne ; fille de Tiaran, épouse de Trell et mère de Léna

aubiers : dirigeants d'une sylve

aussat Befylam : forme enfantine des *jheherrin*

baies prodigieuses : fruits nourrissants qui poussent partout dans le Fief ; également appelées *aliantha*

Banas Nimoram : Célébration du printemps

Bannor : sangarde assigné à la protection de Covenant

Basses Terres : territoire situé à l'est de la Faille

Bâton : une des branches de la Sagesse de Kevin

Bâton de la Loi : taillé par Berek dans le bois de l'Arbre primordial

Berek Demi-Main : fondateur de la dynastie des seigneurs ; premier des vénérables

Brathair : peuple rencontré par les géants durant leur errance

Boijovial : siège de la Loge

Borillar : magistère et hospitalier de la Citadelle

brandebourg : commandant en second de la milice

caamora : épreuve du feu que les géants s'imposent afin de combattre les tourments de l'âme

Caer-Caveral : apprenti forestal

Caerroil Folbois : forestal du Garrot

Callindrill Faer-mi : seigneur

Célébration (du printemps) : danse des esprits d'Andelain par une nuit sans lune survenant au milieu du printemps

cercle des anciens : instance dirigeante d'un stèlage

chevron : commandant d'une légion

chutes Ferlées : chute d'eau à Pierjoie
Citadelle : lieu de séjour des seigneurs, également appelé Pierjoie
closerie : salle du conseil, à la Citadelle
Cœur du Tonnerre : caverne de pouvoir située à l'intérieur du mont Tonnerre
Cœur-Vaillant : Berek Demi-Main
Colosse (le) : antique statue qui garde les Hautes Terres
conclave : assemblée de géants
Corimini : aïeul de la Loge
Corruption : nom donné par la sangarde au seigneur Turpide
Créateur (le) : ennemi légendaire du seigneur Turpide
Creuset : laboratoire de pouvoir des démondims
Crochal l'Équarrisseur : nom donné par le peuple de Ra au seigneur Turpide
Crypte (la) : demeure du Rogue

Damelon Gigamis : fils de Berek Demi-Main ; ancien haut seigneur
danse des esprits : Célébration
démondims : créatures maléfiques ayant engendré les ur-vils et les repentis
Désespérance (la) : surnom donné à Coercri, la cité des géants
Désolation : ère de ruine qui suivit le rituel de profanation
dharmakshetra : « le brave » ; ancien nom du repenti *dukkha*
Doar : sangarde
doyen de l'Épée : gardien de la branche de l'Épée à la Loge

dragon : commandant de la sangarde
Drinishok : doyen de l'Épée à la Loge
Drinny : ranyhyn ; monture du seigneur Mhoram
dukkha : « la victime » ; nouveau nom du repenti *dharmakshetra*
duramen : lieu de réunion des sylvestres

eau de roche : liqueur fabriquée par les géants
écuyer : rang le plus élevé au sein du peuple de Ra
Elena : haut seigneur avant Mhoram ; fille de Léna
Élohim : peuple rencontré par les géants durant leur errance
Épée : une des branches de la Sagesse de Kevin
épreuve (ou test) de vérité : détection de la sincérité utilisant le *lomillialor* ou l'*orcrest*
esprits d'Andelain : créatures de lumière vivante qui dansent pendant la Célébration

fael Befylam : forme reptilienne des *jheherrin*
Faer : compagne du seigneur Callindrill
ferlé : bannière du haut seigneur
feu ferlé : signal de danger à Pierjoie
feu seigneurial : manifestation du pouvoir des seigneurs
Fief : territoire défini par la carte
forestal : protecteur des vestiges de la Forêt primordiale
Forêt primordiale : forêt qui recouvrait autrefois l'ensemble du Fief
frère/sœur de roc : terme d'affection entre humains et géants

galon : commandant d'une phalange
gardien de la Sagesse : professeur enseignant à la Loge
géants : les apatrides ; amis de longue date des seigneurs
gîte : lieu de repos pour les voyageurs

glutor : cuir adhésif
Gorak Krembal : Mordouve
griffon : créature ailée à corps de lion
guérisseur : médecin
guinguet : alcool léger, très désaltérant

haruchai : peuple dont descendent les sangardes
haut seigneur : chef du conseil des seigneurs
haut bois : bois issu de l'Arbre primordial, également appelé *lomillialor*
Hautes Terres : territoire situé à l'ouest de la Faille
Herem : ravageur ; également appelé le Massacreur et *turiya*
Hile Troy : insigne de la milice du haut seigneur Elena devenu apprenti du forestal Caerroil Folbois
hospitalier : responsable de l'éclairage, du chauffage et de l'accueil des visiteurs de la Citadelle
Hyrim : seigneur ; fils de Hoole

ignescentes : pierres que la tradition du feu peut faire briller
ignessire : maître de la tradition du feu
Incrédule : Thomas Covenant
insigne : commandant de la milice

Jahin : écuyer du peuple de Ra
Jehannum : ravageur ; également appelé le Lamineur et *moksha*
jheherrin : créatures à chair molle, issues des expériences de Turpide

Kam : écuyer du peuple de Ra
Kelenbhrabanal : père des chevaux dans les légendes des ranyhyn ; Étalon originel

Kevin le Dévastateur : fils de Loric Vilmotu ; dernier haut seigneur des vénérables

Kiril Threndor : caverne de pouvoir sise dans les entrailles du mont Tonnerre ; également appelée le Cœur du Tonnerre

Korik : sangarde ; commandant de l'ancienne armée des haruchai

kresh : loups jaunes, monstrueux et sauvages

krill : épée enchantée de Loric, au pouvoir réveillé par Covenant

Kurash Plenethor : région jadis appelée Pierre Rompue, et désormais connue sous le nom de la Mémoriade

Kurash Qwellinir : les collines Brisées

La Victoire du seigneur Mhoram : tableau peint par Ahanna

Lal : pisteur du peuple de Ra

Lamineur : ravageur de géants ; également appelé Jehannum et *moksha*

lémures : créatures maléfiques qui vivent sous le mont Tonnerre

légion : unité de la milice composée de vingt phalanges et d'un chevron

Léna : stèlagienne ; fille d'Atiaran et de Trell, mère d'Elena

lillianrill : nom désignant à la fois la tradition du bois et ses maîtres

lions de feu : magma du mont Tonnerre

Lithe : écuyer du peuple de Ra

Llaura : aubier de la Haute Sylve

Loerya Trevor-mie : seigneur

Loge : école située à la Mémoriade où l'on étudie la Sagesse de Kevin
loi de la mort : la séparation des vivants et des morts
lomillialor : haut bois
Loric Vilmotu : haut seigneur ; fils de Damelon Gigamis
lor-liarill : vermeillan

magistère : maître de la tradition du bois
Massacreur : ravageur de géants ; également appelé Herem et *turiya*
melenkurion abatha : invocation ou phrase de pouvoir
Mépris : pouvoir maléfique
Mhoram : seigneur ; fils de Varil
milice : armée de la Citadelle
moellage : art de la sculpture sur os, perdu par le peuple de Ra ; également appelé *anundivian yajña*
moksha : ravageur ; également appelé Jehannum et le Lamineur
Montgibet : lieu où se déroulent les exécutions au Garrot

Nécropole : demeure des lémures sous le mont Tonnerre

orcrest : pierre de pouvoir
orréchal : nom donné par le peuple de Ra à Thomas Covenant
Osondrea : haut seigneur après Prothall ; fille de Sondrea

panseglaise : boue aux propriétés curatives
peuple de Ra : peuple servant les ranyhyn
père fondateur : Berek Demi-Main
phalange : unité de la milice composée de vingt guerriers et d'un galon
pic des Lions de Feu : autre nom du mont Tonnerre

Pierjoie : Citadelle des seigneurs, située dans les montagnes
Pierre de Maleterre : source de pouvoir maléfique découverte sous le mont Tonnerre
Pierre Rompue : ancien nom de la Mémoriade
pierres de feu : ignescentes
Pietten : sylvestre envoûté par les suppôts du seigneur Turpide ; fils de Sorenal
Pilonneur : ravageur ; également appelé Sheol et *samadhi*
pisteur : deuxième rang au sein du peuple de Ra
Ponterrier : entrée des catacombes situées sous le mont Tonnerre
Pouvoir de la Terre : source de tout le pouvoir dans le Fief
premier chevron : commandant en troisième de la milice
premier tabernacle de la Sagesse de Kevin : savoir primordial laissé par le haut seigneur Kevin
Puhl : pisteur du peuple de Ra
Prothall : haut seigneur après Varil ; fils de Dwillian
Pulverâme : nom donné par les géants au seigneur Turpide

Quaan : insigne de la milice du haut seigneur Mhoram
Quirrel : stèlagienne ; amie de Triock

ranyhyn : grands chevaux sauvages des plaines de Ra
ravageurs : Herem, Sheol, Jehannum ; les trois anciens serviteurs du seigneur Turpide
rebutant : mur de pouvoir
repentis : créatures qui entretiennent les gîtes et s'opposent aux ur-vils, bien qu'elles soient également issues des démondims

rhadhamaerl : nom désignant à la fois la tradition de la pierre et ses maîtres
Ridjeck Thome : la Crypte
rillinlure : poussière de bois aux vertus curatives
rituel d'affranchissement : cérémonie qui libère les affranchis de leurs responsabilités
rituel de profanation : acte désespéré par lequel Kevin détruisit les vénérables et propagea la ruine dans le Fief
Rogue : titre donné au seigneur Turpide
roge Befylam : forme lémurienne des *jheherrin*
Runnik : sangarde

Sagesse de Kevin : connaissance et pouvoir laissés par Kevin dans les sept tabernacles
Salin Suilécume : géant ; ami de Covenant
samadhi : ravageur ; également appelé Sheol et le Pilonneur
sanctuaire : lieu où l'on dit les vêpres à Pierjoie
sangarde : corps d'élite chargé de la protection des seigneurs
Sanguinaire : nom donné par les géants au seigneur Turpide
Scintillia : lac situé sur les hauteurs de Pierjoie
seigneur : titre donné à toute personne maîtrisant deux branches de la Sagesse de Kevin : l'Épée et le Bâton
seigneur suprême : titre donné à Thomas Covenant
seigneur Turpide : nom donné par les seigneurs à l'ennemi du Fief
sept mots : mots de pouvoir
sept tabernacles : coffrets dans lesquels est enfermée la Sagesse de Kevin

serment de paix : serment prêté par les habitants du Fief, qui s'engagent ainsi à renoncer à toute violence inutile

Sheol : ravageur ; également appelé le Pilonneur et *samadhi*

Shetra Verement-mie : seigneur

Sialon Larvae : lémure ayant retrouvé le Bâton de la Loi

Sill : sangarde assigné à la protection du seigneur Hyrim

Slen Terass-mi : stèlagien

Stabula : résidence principale du peuple de Ra

stèlage : village entièrement construit en pierre

stèlagien(ne) : habitant(e) d'un stèlage

suru-pa-maerl : art consistant à créer des images avec de la pierre sans altérer celle-ci à l'aide d'outils

sylve : village dans les bois

sylvestre : habitant(e) d'une sylve

tabernacle : partie de la Sagesse de Kevin

Tamarantha Varil-mie : seigneur ; fille d'Énesta

Terass Slen-mie : stèlagienne

Terramis : titre que Berek Demi-Main fut le premier à porter

Terrel : sangarde assigné à la protection du seigneur Mhoram ; commandant de l'ancienne armée des haruchai

Thorm : ignessire et hospitalier de la Citadelle

Trell Atiaran-mi : ignessire de Mithil-Stèlage ; époux d'Atiaran et père de Léna

tradition de la guerre : maîtrise de l'Épée dans la Sagesse de Kevin

Trevor Loerya-mi : seigneur

Triock : stèlagien, fils de Thuler
Tueur Gris : nom donné au seigneur Turpide par les habitants des plaines
turiya : ravageur ; également appelé Herem et le Massacreur

ur-vils : créatures maléfiques engendrées par les démondims

valet : rang le plus bas au sein du peuple de Ra
vallée des Deux Rivières : site où se trouve Boijovial
Varil Tamarantha-mi : seigneur, fils de Pentil ; ancien haut seigneur
vénérables : seigneurs antérieurs au rituel de profanation
vermeil : arbre ressemblant à un érable aux feuilles dorées
vermeillan : bois imprégné de pouvoir, tiré des vermeils
viancome : lieu de réunion à Boijovial
vilmestre : chef d'un groupe d'ur-vils
vils : seigneurs démondims
vœu : serment des haruchai qui donna naissance à la sangarde
Vorace : surnom du grand marécage situé dans les Basses Terres

Whane : pisteur du peuple de Ra

Yeurquin : stèlagien ; ami de Triock
Yolenid : plus jeune fille de Loerya et de Trevor

Table des matières

Composition et mise en pages : FACOMPO, Lisieux

Impression réalisée par

CPI
Brodard & Taupin

50452 – La Flèche (Sarthe), le 29-12-2008
Dépôt légal : janvier 2009

POCKET – 12, avenue d'Italie - 75627 Paris cedex 13

Imprimé en France